D1924605

Das Kleine Mac Buch

Robin Williams

MIDAS VERLAG

Titel der amerikanischen Originalausgabe:

The little Mac Book, 6th edition, © 1999 Robin Williams
Published by arrangement with Peachpit Press

Copyright der deutschen Ausgabe
© 2000 Midas Verlag AG

ISBN 3-907020-54-5
1. Auflage 2000

03 02 01 00 / 5 4 3 2 1

Deutsche Bearbeitung: Claus-Jürgen Kocka und Peter Linzenkirchner

Angaben zur Produktion:
Deutsche Übersetzung: Albert Umbach, Jens Nassall,
Claus Rothweiler und Matthias Schossig
Satz und Layout: Lisardo Verlag, Augsburg
Cover: Agentur 21, St. Gallen
Druck- und Bindearbeiten: Media-Print, Paderborn

Alle Rechte vorbehalten. Die Verwendung der Texte und Bilder, auch auszugsweise, ist ohne schriftliche Zustimmung des Verlages urheberrechtswidrig und strafbar. Dies gilt insbesondere für die Vervielfältigung, Übersetzung oder die Verwendung in Kursunterlagen und elektronischen Systemen.

Inhaltsverzeichnis

Teil B Auf dem Weg zum Profi

Lies mich zuerst

Ich hoffe, Sie wurden vor dem Kauf Ihres Macintosh gewarnt: Der Mac kann wirklich süchtig machen. Ehe Sie sich versehen, werden Sie Arbeiten erfinden, nur um Ihren kleinen Liebling verwenden zu können. Aber es kommt noch schlimmer: Sie werden gar nicht mehr merken, daß Sie arbeiten, Sie werden Spaß haben und gleichzeitig produktiv sein – kaum zu glauben, aber wahr!

In diesem Buch zeige ich Ihnen die wichtigsten Funktionen des Macintosh, damit Sie nicht zuviel Zeit mit der Einarbeitung verlieren und gleich loslegen können. Sie werden hier allerdings kaum technische Erklärungen finden, weil die meisten von uns ganz gut ohne auskommen können. Sie müssen ja auch nicht wissen, wie man das Flugzeug fliegt, um Urlaub in Rio zu machen.

Dieses Buch war mal wirklich klein. Es wuchs zusammen mit dem Macintosh, der mittlerweile einfach viel mehr Möglichkeiten bietet. Trotzdem ist der Mac nach wie vor der einfachste Computer mit der meisten Anwender-Power. Allerdings stimmt es auch, daß einige Dinge heute ein wenig komplizierter geworden sind und etwas Aufmerksamkeit erfordern. Doch mal ehrlich: Wer hat denn heute noch Zeit und Geduld, erst zu lernen, wie man seinen Computer benutzt! Wir wollen mit dem Ding arbeiten, und zwar sofort.

Deshalb habe ich dieses Buch in vier Teile gegliedert. In Teil A erfahren Sie alles Nötige vom Einschalten Ihres Macs bis zum Ausschalten und was so dazwischenliegt. Und keine Angst, Sie brauchen das nicht alles auf einmal zu lesen. Der Macintosh hat seinen Ruf als anwenderfreundlichster Computer nicht zu unrecht. Alle Macs, iMacs und iBooks kommen vorkonfiguriert, und der *Mac OS Systemassistent* führt Sie sicher durch Ihre erste gemeinsame Begegnung. Und danach erklären sich viele Dinge mehr oder weniger von selbst. Sie können die einzelnen Kapitel also nach Lust und Laune lesen.

Das gilt noch viel mehr für Teil B, in dem wir einen tiefen Blick ins Herz des Macintosh tun und ihm bei der Arbeit zusehen. Sie sollten das zunächst als (hoffentlich!) interessante Lektüre betrachten und später in erster Linie als Nachschlagewerk. Viele erfahrene Anwender arbeiten schon jahrelang am Mac und wissen vieles nicht, was in diesem Teil zu lesen ist. Sie wissen es nicht, weil man es oft nicht unbedingt wissen muß! Viele Informationen dieses Abschnitts ergeben aber Sinn, sobald ein entsprechendes Problem auftritt. Und darauf können Sie notfalls warten.

Um Teil C werden Sie dagegen nicht herumkommen. Schließlich wollen Sie doch auch ins Internet, nicht wahr? Das Internet selbst ist kinderleicht zu bedienen, man muß nur zuerst hineinkommen. Aber keine Bange, der Mac hat nicht nur einen *Systemassistenten*, er hat auch einen *Internet Assistenten*. Und ich helfe Ihnen dabei, die nötigen Angaben zu sammeln.

Teil D schließlich ist ausschließlich zum Nachschlagen gedacht, falls Sie mal Hilfe brauchen oder ein paar Tips und Tricks benötigen. Vielleicht wollen Sie sich auch irgendwann ein neues Peripheriegerät für Ihren Macintosh zulegen und brauchen deshalb einige Informationen über die vielen Anschlüsse an Ihrem Mac.

Machen Sie sich nicht allzu viele Gedanken, wenn Sie nicht immer alles gleich verstehen. Wenn Sie eine Weile mit Ihrem Mac arbeiten, werden sich auch die Dinge erschließen, die Sie nicht sofort verstehen. Ganz abgesehen davon, daß Sie sich ohnehin nicht alles auf einmal merken können.

Unbekannte Begriffe, die Sie nicht im Kapitel Jargon finden, sollten Sie im Index nachsehen. Wirklich, ich habe eine Unmenge Zeit auf ihn verwendet, und es wäre sehr ungerecht von Ihnen, wenn Sie ihn nicht nutzen würden. Denn vor allen Dingen liegt mir Ihr Erfolg und Ihr Vergnügen mit dem Macintosh am Herzen. Ich wünsche mir, daß er Ihnen genauso unentbehrlich wird, wie mir der meine. Also, hinein ins Vergnügen!

Robin Williams

Anmerkung zur deutschen Übersetzung

Robin Williams kleines Macbuch erschien im Original zum erstenmal vor zehn Jahren, damals noch im Eigenverlag, weil es sonst keiner drucken wollte. In den Zeitmaßstäben der Computerwelt sind das vier oder fünf Generationen – eine Ewigkeit. In dieser Zeit hat sich die Benutzeroberfläche des Macintosh mehrfach gewandelt, weiterentwickelt und erweitert, und ist doch im Grunde die gleiche geblieben.

Wir haben uns nach Kräften bemüht, das inzwischen gar nicht mehr so kleine Macbuch an die Gegebenheiten der deutschsprachigen Anwenderschaft anzupassen. Aus diesem Grund mußte vieles geändert, manches gestrichen und einiges ergänzt werden. Bei all diesen Änderungen und Ergänzungen sind wir jedoch stets dem Geist der Autorin treu geblieben und haben deshalb auch darauf verzichtet, unsere Modifikationen kenntlich zu machen. Vor allem aber, weil wir von einer Sache überzeugt sind: Wenn Robin Williams nicht in Amerikanisch sondern Deutsch schreiben würde, hätte Sie all diese Dinge von sich aus erwähnt.

Zum neuen Mac OS 9 konnte sich Robin Williams allerdings nicht äußern, da es bei Erscheinen ihres Buches noch in weiter Ferne war. Mittlerweile ist es aber erhältlich, und deshalb sollte dieses Buch auch darüber informieren. Wir haben deshalb die Kapitel von Robin Williams um ein weiteres ergänzt (Kapitel 36), das die wichtigsten und besten Funktionen der neuen Betriebssystemversion vorstellt.

Claus-Jürgen Kocka und Peter Linzenkirchner

Grundlagen

Dieser Abschnitt beschreibt alles, was Sie wissen müssen, um Ihren Macintosh einzurichten und zum Laufen zu bringen – vom Einschalten bis zum Ausschalten. Genau genommen wird Ihnen mehr erzählt, als Sie eigentlich wissen müssen. Die folgenden Kapiteln enthalten so viele kleine Tips und Tricks, daß sogar die Power User unter Ihren Freunden beeindruckt wären.

1

Das Ding lebt!

Das ist so einfach – so einfach, daß Sie versucht sein werden, dieses Kapitel zu überspringen. Dennoch, überfliegen Sie es wenigstens. Je mehr Informationen Sie über den Macintosh absorbieren, desto mehr Macht haben Sie über ihn.

Einschalten

Jeder heutzutage verkaufte Macintosh wird über den **Ein/Ausschalter** oben auf der Tastatur (in der Regel rechts) eingeschaltet. Dieser Schalter bzw. diese Taste hat entweder ein nach links weisendes Dreieck oder das Symbol ◎. Auch ausschalten können Sie Ihren Mac hiermit.

Falls Sie in einem großen Büro oder Betrieb arbeiten, stoßen Sie unter Umständen auch mal auf Macs, die anders eingeschaltet werden, oder auf solche, die speziell so eingerichtet wurden, daß man sie anders einschaltet – möglicherweise über Schalter auf der Rückseite, am Monitor, auf der Steckerleiste oder sonstwo. Aber machen Sie sich deshalb nicht verrückt. Selbst wenn Sie bereits das meiste von all den Beschreibungen in diesem Buch wieder vergessen haben – sobald Sie einmal wissen, wie Sie Ihren Computer einschalten, werden Sie es bestimmt nicht mehr vergessen.

Interne Festplatte

Ihr neuer Mac hat eine interne Festplatte – soll heißen, eine Festplatte, die im Rechner eingebaut ist. Sobald Sie einschalten, wird das System auf dieser Festplatte gestartet. Kenner sprechen auch von *booten*. Dieser Ausdruck entspringt der kindlichen Vorstellung, sich selbst an den Schnürsenkeln hochzuziehen, bzw. als könne der Mac in sein eigenes System hineinspazieren und sich selbst einschalten.

Externe Festplatte

Falls Sie eine externe Festplatte haben, also eine Festplatte, die in einem separaten Kunststoffgehäuse untergebracht ist und neben Ihrem Computer steht, dann sollten Sie zunächst diese Hardware einschalten, und erst dann Ihren Mac.

Sonstige angeschlossene Geräte

Wenn Sie irgendwelche zusätzlichen Gerätschaften – der Fachmann spricht von Peripherie (und meint nichts anderes als weitere Hardwareteile, die zusammen mit Ihrem Computer betrieben werden; zum Beispiel externe Festplatten, Zip-Laufwerke usw.) – an Ihrem Mac angeschlossen haben, müssen Sie mitunter zunächst diese und dann erst Ihren Mac einschalten. Aber (natürlich) nicht immer! Sie werden selbst sehr schnell feststellen, was Sie alles einschalten müssen, bevor Sie Ihren Mac starten.

Monitore

Ihr Monitor wird höchstwahrscheinlich einen Ein/Ausschalter auf der Vorderseite haben. Je nachdem, wie Ihr Mac eingerichtet ist, schaltet sich der Monitor automatisch beim Starten des Computers ein, oder muß separat ein- und ausgeschaltet werden. Ob

Sie Ihren Monitor nun vor oder nach dem Starten des Mac einschalten, spielt in der Regel keine Rolle, obwohl es einige wenige Modelle gibt, die erst eingeschaltet werden dürfen, nachdem der Mac gestartet wurde. Falls irgend etwas nicht so richtig klappt, sollten Sie mal im Monitorhandbuch nachlesen.

Systemordner

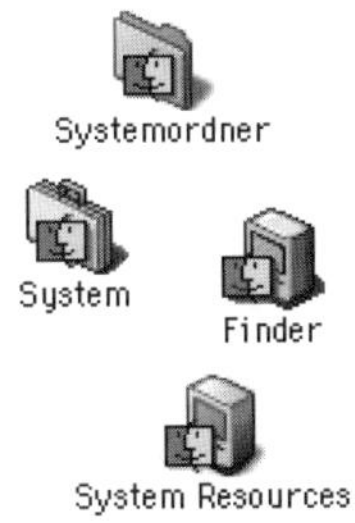

Auf Ihrer Festplatte muß sich ein **Systemordner** befinden. Dieser muß mindestens zwei *Icons*, oder *Symbole* enthalten: das **Systemsymbol** und das **Findersymbol** (siehe Randspalte linkes bzw. rechtes Symbol). Ohne diese beiden kann der Mac nicht selbständig starten. Heutzutage brauchen die meisten Rechner außerdem noch eine Datei namens *System Ressources* und evtl. einen *Enabler*.

Auf Ihrem Macintosh ist der Systemordner in der Regel schon installiert, so daß sie gleich loslegen können. Dieser Systemordner nimmt sich derart wichtig, daß er gleich ein ganzes Kapitel vereinnahmt hat (Kap. «Der Systemordner» ab Seite 212). Obwohl Sie den Ordner auch umbenenen können, rate ich davon dringend ab, weil Sie damit unter Umständen einige Verwirrung im System auslösen. Und legen Sie vor allem keine Sachen darin ab, von denen Sie nicht mindestens 100%ig wissen, daß sie auch dorthin gehören.

Das **System** sorgt dafür, daß der Computer läuft, während der **Finder** für den *Schreibtisch* verantwortlich ist. Dieser ist immer das erste, was Sie nach dem Starten Ihres Mac sehen (siehe Kap. «Der Schreibtisch» ab Seite 12).

Startvolume

Das Symbol, das Sie oben rechts in der Ecke Ihres Schreibtischs sehen, ist das **Startvolume** – oder anders ausgedrückt, das Medium, auf dem sich der Systemordner befindet, über den Ihr Mac gestartet wird. Man bezeichnet es auch als Boot Disk. Das Symbol für dieses Startvolume erscheint immer als erstes Symbol oben rechts auf dem Schreibtisch. Rechts sehen Sie einige Beispiel dafür, wie unterschiedlich solche Festplattensymbole aussehen können – Ihr Symbol wird anders aussehen und auch anders heißen.

Eine Diskette einlegen

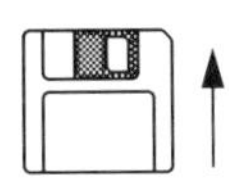

Die Bezeichnung **Diskettenlaufwerk** bezieht sich auf den kleinen Schlitz vorn an Ihrem Rechner, in den Sie **eine Diskette einführen**. Disketten werden immer mit der Etikettseite nach oben (die Seite, auf der sich nicht diese runde Metallscheibe befindet) und dem Metallschieber voran eingeführt. (Falls Sie Ihren Computer hochkant auf der Seite stehend betreiben, dann bezieht sich oben auf das, was oben wäre, wenn Sie Ihren Computer nicht hochkant auf der Seite stehend betreiben würden.)

- Disketten auswerfen

Der einfachste Weg, eine Diskette wieder auszuwerfen, besteht darin, ihr Symbol auf den *Papierkorb* zu ziehen – schon kommt sie heraus. Aber keine Sorge! Dadurch wird nichts ungewollt gelöscht. Genaueres zum Thema Auswerfen von Disketten, Zips und anderen Medien finden Sie in Kap. «Disketten auswerfen» ab Seite 107.

Eine CD-ROM einlegen

Sofern Ihr Computer neueren Datums ist, haben Sie sicherlich auch ein **CD-ROM-Laufwerk**, in das Sie Ihre CDs einlegen können. Ältere Modelle verwenden mitunter noch einen speziellen CD-Träger, in den Sie die CD einlegen und danach das Ganze in das Laufwerk einschieben müssen. Bei Ihrem CD-ROM-Laufwerk fährt wahrscheinlich eine Art Schublade heraus, das die nackte CD aufnimmt. Um dies zu tun, drücken Sie auf die Taste, die sich direkt unterhalb des Laufwerks befindet. Damit sich das Laufwerk samt CD wieder schließt, drücken Sie entweder leicht gegen den Schlitten oder drücken Sie die Taste erneut.

■ CDs auswerfen

Um eine CD auszuwerfen, müssen Sie zuerst alle Programme schließen, die Sie geöffnet haben, und ziehen dann ihr Symbol auf den *Papierkorb*. Je nach Laufwerkstyp kommt die CD daraufhin von allein heraus, oder Sie müssen die Auswurftaste betätigen.

Neue Software installieren

Unter Umständen ist die Software bereits installiert, wenn Sie Ihren neuen Computer zu Hause auspacken. In diesem Fall befindet sie sich auf der Festplatte und wartet ungeduldig auf ihren Einsatz. Falls nicht, oder falls Sie neue Software gekauft haben, müssen Sie sie **selbst installieren**. Na und? Kleinigkeit. Die nachfolgenden Anweisungen sind ziemlich allgemein gehalten und deshalb auch nicht erschöpfend. Da ich beim besten Willen nicht auf jedes einzelne Programm eingehen kann, lautet mein Rat: «Lesen Sie das Handbuch!»

Heutzutage wird Software überwiegend auf CD-ROMs verkauft, die genauso wie Musik-CDs aussehen. Wenn Sie eine solche Software-CD in Ihr CD-ROM-Laufwerk einlegen und das erscheinende Symbol anschließend doppelklicken, öffnet sich ein Fenster mit der obersten Ebene der CD (sofern es sich nicht automatisch öffnet). Hier werden Sie fast immer ein Installationssymbol vorfinden, das je nach Programm mit *Installer* oder *Aktualisierer* bezeichnet wird. Doppelklicken Sie auf dieses Symbol, und es packt die Software irgendwo auf Ihre Festplatte – freundlicherweise werden Sie aber im allgemeinen gefragt, wo denn das Ganze gespeichert werden soll. Der Aktualisierer lädt aber nicht nur das eigentliche Programm auf Ihrer Festplatte ab, sondern zusätzlich noch eine ganze Reihe von Hilfsprogrammen, die das Programm zum Leben braucht.

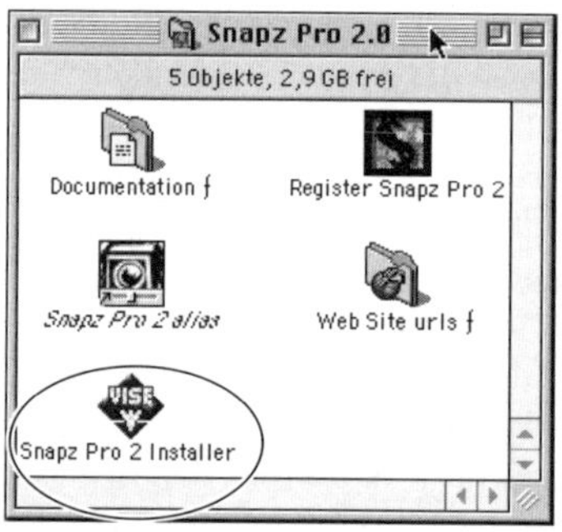

Dies ist der Installer bzw. Aktualisierer von Snapz Pro, einem Programm zum Erstellen von Bildschirmfotos, mit dem auch die Abbildungen in diesem Buch gemacht wurden.

Beachten Sie, daß bei Spiele-CDs häufig nur ein Teil des Spiels auf Ihrem Computer installiert wird. Um das Spiel zu spielen, müssen Sie in einem solchen Fall die entsprechende CD einlegen, weil das Spiel die restlichen darauf befindlichen Dateien benötigt. Dies ist bei Anwendungen wie Textverarbeitungs- oder Layoutprogrammen nicht der Fall, da sie vollständig installiert werden. Bewahren Sie Ihre Original-CDs an einem sicheren Ort auf, um sie stets griffbereit zu haben, falls Sie die Software einmal neu installieren müssen.

■ Software auf mehreren Disketten

Sofern Sie kein CD-ROM-Laufwerk besitzen, haben Sie häufig die Möglichkeit, die jeweilige Software auch auf **Disketten** zu beziehen (bei Spielen eher unüblich) – es werden wahrscheinlich ziemlich viele Disketten sein. Teilweise befindet sich die Software ohnehin auf Disketten. Diese sind dann normalerweise mit Etiketten versehen, von denen auf einem so etwas wie Programmdiskette, Installationsdiskette oder Diskette 1 steht. Suchen Sie nach der Diskette, die allem Anschein nach die erste aus einer Reihe ist, und legen Sie sie in das Laufwerk ein. Auf dem Schreibtisch sollte nun ein Symbol mit der Bezeichnung *Aktualisierer* (oder so ähnlich) erscheinen. Doppelklicken Sie darauf, und es installiert die Software automatisch für Sie. Es befördert sogar die abgearbeiteten Disketten aus dem Laufwerk heraus und sagt Ihnen, welche als nächste dran ist. Sofern es einen Installer gibt, benutzen Sie ihn. Viele Installer packen die verschiedensten Dateien in die verschiedensten Ordner – in und um den Systemordner herum; abgesehen vom eigentlichen Programm, wo Sie es ja sehen können. Wann immer also ein solcher Installer vorhanden ist, haben Sie durchaus gute Chancen, daß das Programm nicht richtig funktioniert, falls Sie die glorreiche Idee hatten, die Dateien selbst auf Ihre Festplatte zu kopieren.

■ Software auf nur einer Diskette

Kleinere Programme finden häufig auf nur einer Diskette Platz. Und wenn sich auf dieser Diskette lediglich ein oder zwei normal aussehende Symbole befinden, brauchen Sie bloß einen neuen Ordner auf Ihrer Festplatte zu erstellen (siehe Seite 56) und die Dateien dorthin zu kopieren (dazu ziehen Sie einfach das Symbol von der Diskette auf den Ordner; siehe Seite 62).

Dies ist ein völlig normales, irgendwie hübsches und ein wenig spaßiges Anwendungssymbol.

Was ich mit normal aussehend meine? Tja, schwer zu sagen, nicht wahr? Sagen wir mal so: Wenn das Symbol irgendwie hübsch und ein bißchen spaßig aussieht, ist es vermutlich normal. Dann kopieren Sie es auf Ihre Festplatte, und fertig. Falls das Symbol aber irgendwie nach Schraubenschlüssel oder explodierenden Pfeilen aussieht, die Initialien DD trägt, oder hinter dem Namen eine Endung wie .sea oder .sit hat (siehe Abbildung), dann wurde das Programm höchstwahrscheinlich komprimiert (auf ein handlicheres Format zusammengestaucht), damit es auf eine Diskette paßt.

■ Komprimierte Software

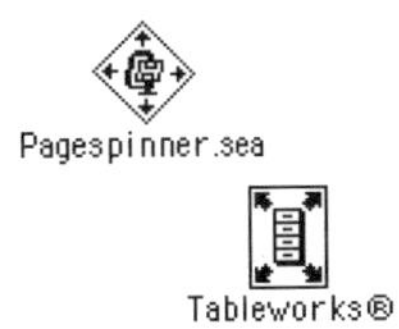

Dies sind Beispiele für komprimierte Dateien.

Wenn Sie annehmen müssen, daß die Software komprimiert wurde, dann sollten Sie die komprimierte Datei zuallererst auf Ihre Festplatte kopieren, und zwar in einen neuen Ordner. Der neue Ordner ist für das Auspacken und Installieren der Software nicht unbedingt nötig, jedoch sorgen Sie so dafür, daß zusammengehörige Dateien auch in einem gemeinsamen Ordner liegen. (Wie Sie neue Ordner anlegen, können Sie im Kap. «Ordner» ab Seite 56 nachlesen.) Sobald sich die komprimierten Dateien auf der Festplatte befinden, klicken Sie doppelt auf deren Icon. Die Datei öffnet sich und wird entweder automatisch im neuen Ordner ausgepackt, oder Sie werden gefragt, wo die ausgepackten Dateien abgelegt werden sollen. Anschließend finden Sie auf Ihrer Festplatte sowohl die ausgepackten Dateien wie auch die komprimierten. Sie können die komprimierten Dateien nun löschen – Sie haben ja immer noch das Original auf der Diskette.

ReadMe-Dateien

Häufig finden Sie auf Disketten mit neuer Software eine Datei namens **ReadMe** (erklärte Gegner der heutzutage inflationären Verwendung von Amerikanismen nennen sie auch *Liesmich* oder *Bitte lesen*), die manchmal bei der Installation gleich mit auf Ihre Festplatte kopiert wird. Nun raten Sie mal, was Sie mit dieser Datei tun sollen? Richtig, lesen Sie sie. Dazu doppelklicken Sie einfach auf das betreffende Symbol. Die Datei wird nun von einem Textprogramm namens SimpleText geöffnet, das sich entweder auf der Diskette oder aber bereits auf Ihrer Festplatte befindet. Diese Dateien enthalten häufig wichtige Informationen, die es nicht mehr rechtzeitig ins Handbuch geschafft hatten. Jawohl, Sie sollten durchaus auch das Handbuch lesen!

Falls Sie überhaupt keine Version von SimpleText haben (was allerdings sehr erstaunlich wäre; wahrscheinlich haben Sie eher mehrere Kopien davon), können Sie ReadMe-

Dateien auch mit praktisch jeder anderen Textverarbeitung öffnen. Auf älteren Macs finden Sie an Stelle von SimpleText ein kleines Programm namens TeachText.

Schriften installieren

Die Installation neuer Schriften (auch Zeichensätze oder Fonts) unterscheidet sich von der Installation neuer Software. Lesen Sie hierzu bitte Kap. «Zeichensätze» ab Seite 137.

System und Systemversionen

Für jede Computersoftware gibt es mit schöner Regelmäßigkeit Upgrades oder Updates (man kann auch Aufrüstung oder Aktualisierung sagen), die sie noch effizienter, leistungsfähiger, magischer macht. Manchmal dienen solche Updates allerdings lediglich dazu, spezielle Programmfehler zu beheben. (Das sind kleinere Probleme, die es eigentlich gar nicht geben dürfte, aber trotzdem ständig und überall auftauchen, weil diese lästigen Bugs – zu Deutsch Insekten – niemanden um Erlaubnis fragen.) Um nicht selbst den Überblick zu verlieren, versehen die Entwickler jedes ihrer Upgrades mit einer Versionsnummer. Anhand dieser Nummer können Sie jederzeit feststellen, ob Ihre Software auf dem neuesten Stand oder bereits schon wieder ein alter Hut ist.

- Punkte in Versionsnummern

Im allgemeinen taucht beim Nennen einer Versionsnummer immer irgendwo ein ominöser Punkt auf. So spricht man die Version des Mac OS 8.5 als «acht Punkt fünf» aus, die Version 8.6 entsprechend als «acht Punkt sechs» (oder teilweise auch einfach als «acht sechs»). Ergo heißt 8.01 «acht Punkt null eins». Und 8.0.1 ist natürlich «acht Punkt null Punkt eins». Die Punkte geben Aufschluß darüber, wie wichtig so ein Upgrade ist – 8.1 ist wichtiger als 8.0.1.

- Punkte in Dokumentennamen

Auch der Dateiname eines Dokuments enthält einen Punkt, der die sogenannte Dateierweiterung abtrennt. Eine komprimierte Datei kann beispielsweise den Dateinamen «Katalog.sit» haben (wobei «sit» eine häufig vorkommende Erweiterung ist, die anzeigt, daß es sich hier um eine komprimierte Datei handelt). Generell dienen Erweiterungen dazu, den Dateinamen zu präzisieren.

- Führen Sie regelmäßig Systemupgrades durch

Bei jedem Systemupgrade müssen die Programme auf die jeweiligen Feinheiten des neuen Systems abgestimmt werden. Aus diesem Grund ist es durchaus ratsam (manchmal auch wichtig), nicht nur das System zu aktualisieren, sondern auch die Programme. Wenn Sie nie ein Systemupgrade durchführen, wird die Anzahl der auf Ihrem Mac benutzbaren Software langfristig immer geringer. Falls Sie vorhaben, Ihre Dateien auch auf PCs (ein PC ist im allgemeinen jeder Computer, der kein Mac ist und mit irgendeinem Windows-Betriebssystem läuft) zu benutzen, ist es um so wichtiger, daß Sie Ihr System regelmäßig aktualisieren. Denn jedes neue System bietet weitere Funktionen, die den Mac zum universellsten Computer machen, den man finden kann.

Power User

Was ist ein **Power User**? Es handelt sich hier um eine Person, die mehr über Computer weiß als Sie. Und echte Power User wissen verdammt viel. Sie schmeißen mit Begriffen um sich, wie 32-Bit-Adressierung, sauberen ROMs und CPU, und haben tatsächlich eine Ahnung, wovon sie da sprechen. Power User verwenden statt der Maus Tastaturbefehle (natürlich sagen sie dazu Shortcuts) und laden Ihren Computer mit allen Erweiterungen und Zusatzprogrammen (wer dazu nicht Extensions sagt, wird nie Power User), deren sie habhaft werden können. Sie erschauern vor Begeisterung über die Geschwindigkeit eines SCSI-2-Ports und erörtern stundenlang die Vorzüge von RISC- gegenüber CISC-Processing. Power User können sogar ResEdit benutzen, ohne daß ihnen dabei mulmig wird. Jeder sollte unbedingt einen Power User zum Freund haben.

2

Vom Umgang mit Mäusen

Die **Maus** (was könnte es auch anderes sein) ist dieses handliche kleine Stück Hardware, mit dem der Zeiger auf dem Bildschirm gesteuert wird. Durch die Bewegung der Maus auf dem realen Schreibtisch wird eine analoge Bewegung des Pfeils auf dem Bildschirm vollzogen. Die meisten Macintosh-Anwendungen lassen sich ohne Maus gar nicht umfassend nutzen. Einige wenige Programme bieten zwar die Möglichkeit, absolut alles über die Tastatur zu erledigen. Aber warum 450 Tastaturbefehle auswendig lernen – ist es nicht genau das, was wir möglichst vermeiden wollen?

Der Hot Spot

Die Maus bewegt den **Zeiger** (auch Mauspfeil oder Cursor genannt) über den Bildschirm. Denken Sie daran, daß der einzige Teil der Maus, der alles in Bewegung bringt, die Pfeilspitze ist – der sogenannte **Hot Spot**. Achten Sie also immer darauf, daß sich diese Pfeilspitze genau dort befindet, wo Sie etwas unternehmen wollen.

Dies ist der Hot Spot …

*Nur die **Spitze** des Pfeils macht die Action.*

Mäuse halten

Sie können die **Maus** auf verschiedene Weise benutzen. Dabei liegt sie stets flach auf einer ebenen Unterlage auf, und Sie bewegen sie herum. Und zwar, indem Sie ihr die «Hand auflegen», so daß Ihr Zeigefinger auf der Maustaste ruht (das ist der Teil, der klickt). Nehmen Sie die Maus nicht ganz in die Hand, und nehmen Sie sie auch nicht hoch und zeigen damit auf den Bildschirm.

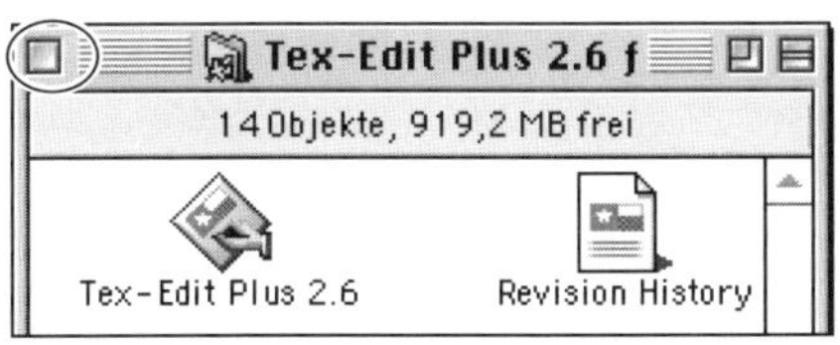

■ Einfacher Klick

Ein **einfacher Klick** ist das schnelle, leichte Betätigen der Maustaste, wobei Sie den Pfeil (oder die Einfügemarke einer Textverarbeitung; siehe Seite 75) vorher an die gewünschte Stelle auf dem Bildschirm gebracht haben. Ein einfacher Klick mit dem Pfeil aktiviert ein *Icon* auf dem Bildschirm, das heißt, das Bildchen wird schwarz. Ein Klick in das kleine Quadrat links oben in einem Finderfenster schließt es. Versuchen Sie es!

■ **Doppelklick**

Ein **Doppelklick** ist das schnelle zweifache Betätigen der Maustaste, wobei sich der Zeiger wieder an der gewünschten Stelle auf dem Bildschirm befinden muß. Ein Doppelklick muß ziemlich schnell erfolgen, und die Maus darf sich dabei nicht bewegen, weil der Mac dies sonst als zwei einzelne Klicks interpretiert. Ein Doppelklick auf ein Dokument-Icon öffnet dieses meistens; ein Doppelklick auf ein Wort aktiviert dieses, so daß es redigiert oder gelöscht werden kann. Probieren Sie den Doppelklick aus, indem Sie nun einen Ordner öffnen.

■ **Drücken**

Beim **Drücken** richten Sie den Pfeil auf irgend etwas und halten die Maustaste gedrückt. Diese Technik verwenden Sie, um ein Menü aufzuklappen oder um in einem Fenster den Ausschnitt mit Hilfe der Rollbalken-Pfeile zu verschieben.

■ **Drücken und ziehen**

Wenn Sie **drücken und ziehen,** können Sie zum Beispiel einen Befehl aus einem Menü auswählen. Mit Hilfe dieser Technik werden auch aktivierte Icons bewegt oder Texte aktiviert. Versuchen Sie nun auch dies. Wenn Sie es sich anders überlegt haben, fahren Sie mit der Maus außerhalb des Menüs, so daß kein Befehl aktiviert ist und lassen die Maus los.

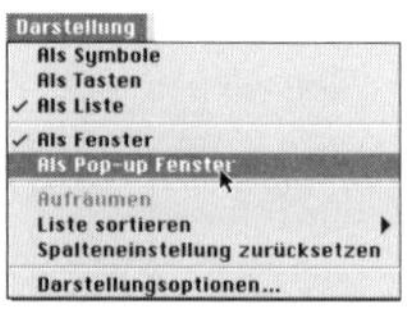

Mit Drücken und Ziehen werden unter anderem Menübefehle angewählt.

*Häufig werden **Drücken** bzw. **Drücken und Ziehen** fälschlicherweise als Klicken bzw. Klicken und Ziehen bezeichnet. So werden Sie zum Beispiel in Anweisungen oft aufgefordert, auf Objekte zu klicken, obwohl Sie eigentlich die Maustaste dabei gedrückt halten sollen. Wenn also normales Klicken nicht funktioniert, versuchen Sie es mit **Drücken**, also Klicken und Halten. Um beispielsweise ein Menü aufzuklappen, können Sie entweder in der Menüleiste darauf klicken, **oder** Sie halten die Maustaste gedrückt und ziehen den Zeiger nach unten.*

■ **Umschalt-Klick, Befehl-Klick, Wahl-Klick und Control-Klick**

Häufig werden Sie auf Anweisungen wie **Umschalt-Klick, Befehl-Klick, Wahl-Klick** und **Control-Klick** stoßen. Gemeint ist damit nur, daß Sie die betreffende Taste (Umschalttaste, Befehlstaste, Wahltaste oder Control-Taste) drücken und gleichzeitig einmal mit der Maustaste klicken. Wenn Sie dies tun, passieren mehrere Dinge:

Mit **Umschalt-Klicken** können Sie mehrere Icons auf dem Schreibtisch auswählen oder einzelne Objekte einer Gruppe wieder ausschließen. **Control-Klicken** auf verschiedene Objekte auf dem Schreibtisch öffnet das zugehörige Kontextmenü; das sind Menüs, deren Inhalt vom jeweils so angeklickten Objekt abhängt.

■ **Befehl-Wahl-Drücken und ziehen; Wahl-Drücken und ziehen**

Befehl-Wahl-Drücken und ziehen bzw. Wahl-Drücken und ziehen bedeutet, daß Sie die Befehlstaste und/oder die Wahltaste gedrückt halten und gleichzeitig die Maus ziehen.

Mit Befehl-Wahl-Drücken und ziehen können Sie beispielsweise das Alias einer Datei erzeugen. Wenn Sie die Wahltaste beim Verschieben eines Icons gedrückt halten, bleibt das Original an seinem Platz und Sie erzeugen statt dessen eine Kopie.

Mausaktionen mit Befehls- und Wahltaste sind Techniken für fortgeschrittene Anwender (Stichwort Power User), und fürs erste können Sie sie getrost ignorieren, denn die damit verbundenen Aktionen können Sie auch mit normalen Befehlen ausführen:

Zum Erzeugen von Aliassen und Kopien stehen die entsprechenden Menübefehle im Ablage-Menü des Finders bereit, und die Kontextmenüs enthalten ebenfalls keine Befehle, die es nicht auch in den regulären Menüs gäbe. Wenn Sie später alle Menüs aus dem Effeff kennen, können Sie sich diese Tastaturkürzel ja aneignen – danach werden Sie allerdings nichts mehr auf die lange Tour machen!

Trackballs und Trackpads

Manche Anwender bevorzugen einen Mausersatz, beispielsweise einen Trackball oder ein Trackpad. Die Macintosh PowerBooks, diese phantastischen kleinen Laptop-Macs, beispielsweise verwenden solche Trackpads, ältere haben noch Trackballs. (Niemand sagt Trackbälle!)

Es gibt auch Joysticks, sie werden aber meist nur für Spiele eingesetzt.

Ein Trackball ist praktisch eine umgedrehte Maus. Anstatt nun die ganze Maus auf Ihrem Schreibtisch hin und her zu schieben, um so die Kugel auf der Unterseite zum Rollen zu bringen, bewegen Sie die Kugel hier direkt mit Ihren Fingern. Zusätzlich gibt es noch Tasten, die dieselbe Funktion wie die Maustaste haben. Je nach Trackball-Modell können Sie diese Tasten mit dem Zeigefinger oder, wie bei PowerBooks, einfach mit dem Daumen bedienen.

Ein Trackpad ist eine berührungsempfindliche Oberfläche, über die Sie mit dem Finger fahren und dadurch den Zeiger auf dem Bildschirm steuern können. Diese Technik ist zwar komfortabel, für manche aber etwas gewöhnungsbedürftig.

Trackballs und Trackpads eignen sich besonders für diejenigen, die ihre Maus rückwärts bewegen. Ja, wirklich. Ich habe schon mehrfach Leute getroffen, die die Maus mit dem Schwanz zu sich heran benutzen. Das heißt, wenn sie die Maus nach rechts bewegen, bewegt sich der Zeiger nach links. Wenn sich nun mehrere Personen einen Computer teilen, müssen sie jedesmal die Maus umdrehen. Bei einem Trackball oder Trackpad fallen solche Eigenarten dagegen noch nicht einmal auf.

Mousepad

Sicherlich haben Sie schon mal eine Mausmatte gesehen, diese kleinen Kunststoffmatten, die man auf den Schreibtisch legen kann, um darauf die Maus hin und her zu schieben – und die auch Ihnen vermutlich nur als Mousepad geläufig ist. Diese Unterlage hat mit der Funktion der Maus rein gar nichts zu tun, sie kann gut und gerne auch ohne sie auskommen. Ihr Zweck besteht allein darin, der Mauskugel eine bessere Bodenhaftung zu verleihen, damit sich der Zeiger auf dem Bildschirm präzise steuern läßt. Sie können statt dessen aber genausogut ein Buch, ein Zeichenbrett, ein Tablett, ja sogar ein Stück weiches Papier verwenden.

■ Zuwenig Platz?

Manchmal müssen Sie die Maus auf Ihrer Unterlage oder Ihrem Schreibtisch so weit bewegen, daß der Platz nicht ausreicht, um den Zeiger oder die Einfügemarke an der gewünschten Stelle zu plazieren. Statt jetzt eine Schneise in Ihren Schreibtisch zu pflügen, tun Sie folgendes: Halten Sie die Maustaste weiterhin gedrückt, heben Sie die Maus nun etwas an und setzen Sie sie dort ab, wo Sie wieder mehr Platz haben. Anschließend setzen Sie die Mausbewegung fort.

Das Kontrollfeld Maus

Die Einstellungen für die Maus sollten Sie als erstes ändern. Kontrollfelder werden zwar weiter hinten in Kap. «Kontrollfelder» ab Seite 219 behandelt, aber dieses ist so wichtig, daß ich der Meinung bin, Sie sollten es aufrufen, sobald Sie Menüs mit Hilfe der Maus öffnen können. Falls Sie Ihren ersten Mac eben erst ausgepackt haben, sollten Sie diese Seite in ein paar Tagen wieder aufschlagen.

- Fahren Sie mit dem Zeiger im Apple-Menü nach unten auf den Eintrag *Kontrollfelder*. Seitlich klappt nun ein weiteres Menü aus, in dem Sie auf den Eintrag *Maus* gehen. Lassen Sie die Maustaste los sobald dieser Eintrag markiert ist, daraufhin öffnet sich das Kontrollfeld *Maus*.

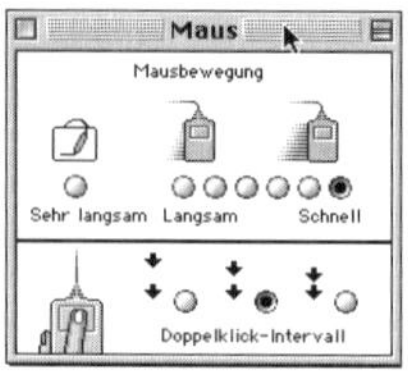

- Falls sich die Markierung unter Mausbewegung auf oder nahe an der Einstellung *Langsam* befindet, müssen Sie mit Ihrer Maus ziemlich weite Wege gehen, um den Zeiger quer über den Bildschirm zu bewegen. Wenn Sie in das Auswahlfeld über Schnell klicken, brauchen Sie die Maus dagegen nur relativ wenig zu bewegen. Sie werden diese Veränderung sehr schnell wahrnehmen.

  Wenn Sie mit einem Zeichen- oder Bildbearbeitungsprogramm arbeiten, werden Sie möglicherweise die Zeigergeschwindigkeit wieder auf *Langsam* einstellen, um kleine Details präziser bearbeiten zu können.

  Behalten Sie für *Doppelklick-Intervall* die mittlere Einstellung bei.

- Nachdem Sie in diesem Kontrollfeld eine Einstellung vorgenommen haben, klicken Sie auf das *Schließfeld* (linke obere Ecke), um es wieder zu schließen. Sollte der Ordner mit den Kontrollfeldern geöffnet sein, klicken Sie auch in dessen Schließfeld.

Anschließen der Maus

ADB-Port

USB-Port

Die Maus kann an jedem der dafür vorgesehenen Ports (Buchsen) angeschlossen werden. Dies sind bei allen Macs, die neueste Modellgeneration ausgenommen, sogenannte ADB-Ports (ADB steht für Apple Desktop Bus); bei den neuesten Rechnermodellen sind es sogenannte USB-Ports (USB steht für Universal Serial Bus). Die Ports sind übrigens durch lustige kleine Symbole gekennzeichnet (siehe in der Randspalte). Ältere Macs haben zwei ADB-Ports auf der Rückseite: einer für die Tastatur, einer für die Maus. Neuere Modelle haben dagegen nur noch einen ADB-Port, so daß Sie dort Ihre Tastatur und dann die Maus an der Tastatur anschließen. Auch Ihre Tastatur hat entweder an beiden Seiten oder in der Mitte solche ADB-Ports. Bei den Rechnern der neuesten Generation finden Sie statt dessen USB-Ports an der Tastatur.

- Mäuse für Linkshänder

Viele Tastaturen haben an beiden Seiten eine Anschlußbuchse. Das ist praktisch, wenn Sie beispielsweise als Linkshänder Ihre Maus auf der linken Seite an der Tastatur anschließen wollen. Falls Ihre Tastatur nur einen Port in der Mitte hat, brauchen Sie die Maus natürlich einfach nur nach links legen.

Übrigens eignet sich die linke Maus auch für Rechtshänder, weil Sie dadurch die rechte Hand schnell auf den Zahlenblock bewegen können. Probieren Sie es einige Tage aus – vielleicht bleibt Ihre Maus dann auch lieber links!

Manche Monitore haben unten im Sockel ADB- oder USB-Ports, was das Anschließen von Tastatur und Maus noch einfacher macht.

Bevor Sie irgend etwas an Ihrem Computer anschließen oder davon abtrennen, einschließlich Maus und Tastatur, sollten Sie ihn unbedingt ausschalten.

Die einzige Ausnahme hiervon ist USB. Bei USB können Sie USB-Geräte bei eingeschaltetem Computer je nach Lust und Laune anschließen und abtrennen. Allerdings empfiehlt Apple, zuvor alle laufenden Anwendungen zu schließen.

Reinigen der Maus

Halten Sie Ihre Maus sauber! Wenn Sie sie auf einer ebenen Unterlage bewegen, können Sie deutlich spüren, ob sich Katzenhaare oder Wollmäuse im Innern angesammelt haben. Zerlegen Sie sie deshalb regelmäßig und reinigen Sie sie. Es ist ganz einfach:

1. Nehmen Sie die Maus in die Hand und drehen Sie sie auf den Rücken.
2. Drehen Sie den runden Deckel (aus dem die Kugel herausragt) mit dem Daumen nach links. (Möglicherweise sehen Sie kleine Symbole auf der Unterseite wie ein O und ein L: O steht für open oder offen, und L steht für locked oder verriegelt.) Drehen Sie den Deckel so weit es geht, um ihn zu entriegeln.
3. Drehen Sie die Maus nun wieder um, und lassen Sie Deckel und Kugel in die andere Hand fallen.
4. Reinigen Sie die Kugel mit einem trockenen, weichen Tuch. Zum Säubern der Führungsrollen im Innern der Maus nehmen Sie am besten ein mit Alkohol getränktes Wattestäbchen.
5. Legen Sie die gereinigte Kugel nun in Ihre Handfläche, stülpen Sie das Gehäuse mit der anderen Hand darüber und drehen Sie beide Hände um. Auf diese Weise fällt die Kugel automatisch an ihren angestammten Platz.
6. Bringen Sie den Deckel wieder an und drehen Sie ihn nach rechts, um ihn sicher zu verriegeln.

   Das wars!

3

Der Schreibtisch

Der **Schreibtisch** ist das, was auf Ihrem Bildschirm erscheint, nachdem Sie Ihren Macintosh gestartet haben; er ist auch unter dem Namen **Finder** bekannt. Dieser virtuelle Schreibtisch weist viele Parallelen zu Ihrem richtigen Schreibtisch im Büro oder zu Hause auf: Da gibt es Utensilien für den täglichen Gebrauch, wie zum Beispiel Taschenrechner, Haftzettelchen und Notizblock. (Sie finden sie ganz links im *Apple*-Menü; dem mit dem). Sie haben einen Aktenschrank (die Festplatte), in dem Sie alle Ihre Ordner unterbringen können. Für die Ablage Ihrer Dokumente stehen Ihnen jedoch nicht nur beliebig viele Dateiordner zur Verfügung, sondern Sie können in jedem davon praktisch noch einmal unendlich viele Unterordner einrichten. Und wie in einem richtigen Büro darf natürlich auch der Papierkorb nicht fehlen.

Der Finder

Der **Finder** ist die Systemsoftware, die Ihren Schreibtisch verwaltet. Er hat die Oberaufsicht darüber, welche Dateien Sie auf Ihrem Schreibtisch gespeichert haben, wo Sie Ihre Anwendungen aufbewahren, welche Diskette Sie in das Laufwerk eingelegt haben und vieles mehr. Wenn Sie ein Upgrade auf eine neuere Systemversion durchführen (zum Beispiel von Mac OS 8.1 auf 8.6), erhalten Sie auch einen neuen, aktualisierten Finder.

Also was nun – Schreibtisch oder Finder?

Der **Schreibtisch** ist das, was Sie tatsächlich sehen, und der **Finder** ist das Programm, das den Schreibtisch kontrolliert und überwacht. Da die beiden jedoch eine so enge Beziehung zueinander haben, und man auf keinen von beiden verzichten kann, werden diese Begriffe häufig wechselweise benutzt, als handele es sich um ein und dasselbe. Wenn Sie also jemand fragt: «Bist du im Finder?», dann wissen Sie, daß er eigentlich meint: «Bist du auf dem Schreibtisch?» (und umgekehrt).

Der Schreibtisch: Ihr virtuelles Zuhause

Wann immer Sie die Arbeit mit einem Programm beenden, bringt Sie der Mac automatisch zum **Schreibtisch** zurück, er ist Ihr Dreh- und Angelpunkt, Ihr virtuelles Zuhause eben. Sie befinden sich allerdings immer dann nicht auf dem Schreibtisch, wenn Sie die zuletzt benutzte Anwendung beispielsweise nicht wirklich beenden, sondern lediglich das bearbeitete Dokument schließen. In diesem Fall sind Sie immer noch in diesem Programm.

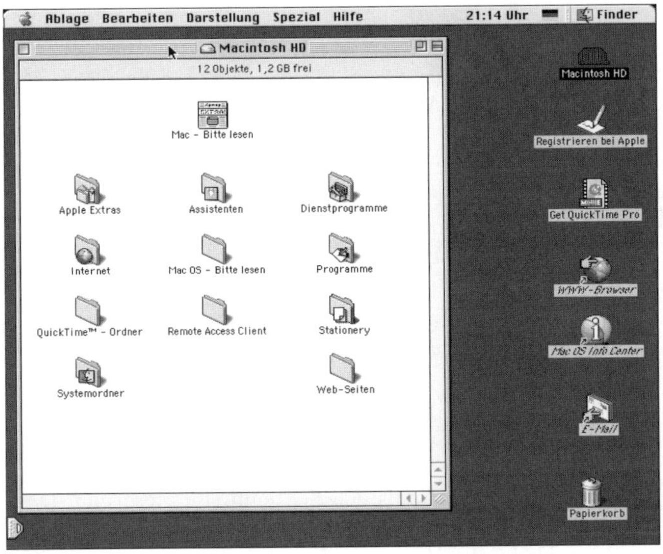

Dies ist der Schreibtisch. Das Hintergrundmuster auf Ihrem Schreibtisch kann anders aussehen, und vermutlich werden sich auch andere Icons (die kleinen Bilder) darauf befinden.

Um wirklich wieder zum Schreibtisch oder Finder zurück zu gelangen, brauchen Sie nur einmal auf einen sichtbaren Teil des Schreibtischs zu klicken. Die Menüzeile wechselt und Sie sind wieder zu hause.

Wenn Sie dieses Menü sehen, sind Sie im Finder – wenn nicht, befinden Sie sich in einem Programm!

Organisieren Sie Ihren Schreibtisch!

Es lohnt sich wirklich, wenn Sie Ihren Mac-Schreibtisch etwas **organisieren** – etwa so, wie Sie es vermutlich auch bei Ihrem Schreibtisch im Büro machen. Legen Sie für jede Kategorie oder Information neue Ordner an (über das Menü *Ablage*; siehe auch Seite 56), und speichern Sie alle verfügbaren Daten in entsprechenden Ordnern. Sie können dazu einen neuen Ordner bereits auf Ihrer Festplatte einrichten, bevor Sie mit einer Anwendung zu arbeiten anfangen, und das neue Dokument beim Speichern (siehe Seite 86) in diesem Ordner ablegen. Wenn Sie nach getaner Arbeit wieder zum Schreibtisch zurückkommen, ist alles schön ordentlich in den jeweiligen Ordnern abgelegt.

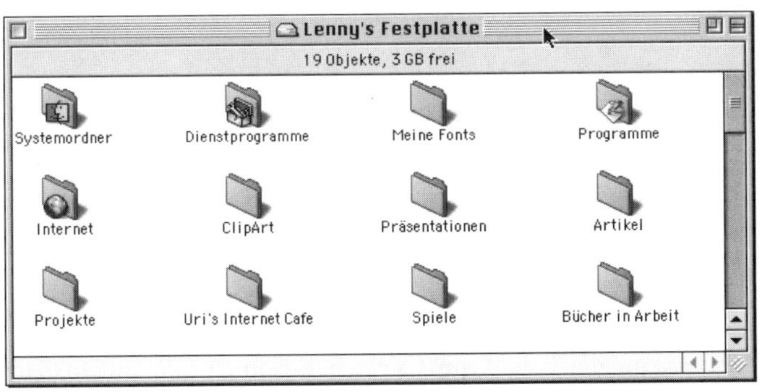

Dies ist ein Beispiel für eine übersichtlich mit Ordnern und Unterordnern organisierte Festplatte.

Jede Software- oder Informationskategorie hat ihren eigenen Platz, wobei jeder Ordner weitere Unterordner enthalten kann, in denen Dateien gespeichert sind. Sie werden sehen, daß es viel einfacher ist, Ihren Mac-Schreibtisch aufzuräumen als den im Büro.

Andere ausblenden

Manchmal können Sie beim Arbeiten auf dem Schreibtisch im Hintergrund noch die Fenster anderer geöffneter Programme sehen. Dies kann mitunter etwas störend sein, läßt sich aber schnell ändern. Dazu gehen Sie einfach ins *Programm*-Menü – dies ist das Symbol ganz rechts in der Menüleiste (siehe Abbildung unten) – und wählen *Andere ausblenden*.

Alle im unteren Teil dieses Menüs aufgeführten Anwendungen sind zur Zeit geöffnet. Falls Sie deren Fenster beim Arbeiten auf dem Schreibtisch nicht sehen wollen, wählen Sie «Andere ausblenden».

*Beachten Sie das Häkchen neben «Finder». Dies ist ein **visueller Hinweis** darauf, daß Sie sich auf dem Schreibtisch bzw. im Finder befinden.*

- Störungen ausblenden

Während der Arbeit kommt es häufig vor, daß Sie zum Schreibtisch (Finder) wechseln müssen. Dadurch kommen zwar die Finder-Fenster nach vorne, möglicherweise verdecken jedoch Fenster eines anderen Programms den Schreibtischhintergrund. Dem kann abgeholfen werden: **Um beim Wechseln zum Finder automatisch alle Fenster des aktuellen Programms auszublenden,** halten Sie die Wahltaste (⌥) gedrückt und wählen im *Programm*-Menü den Eintrag *Finder* – dadurch werden alle Fenster Ihres aktuellen Programms ausgeblendet. **Um ein Programm wieder einzublenden**, wählen Sie das betreffende Programm im *Programm*-Menü aus. Mit dieser Methode können Sie nacheinander auch mehrere Programme ausblenden. Experimentieren Sie auch mit den Optionen *Andere einblenden* und *Alle einblenden* im *Programm*-Menü.

Der Finder bietet noch eine Besonderheit: Klicken Sie in einem beliebigen Programm einfach mit gedrückter Wahltaste auf einen sichtbaren Teil des Schreibtischs. Der Finder kommt nach vorne und das eben noch aktive Programm wird ausgeblendet.

Den Schreibtisch aufräumen

Sie werden auf Ihrem Schreibtisch möglicherweise schon Dateien vorfinden und im Laufe der Zeit sicherlich auch selbst noch einige hinzufügen. Nach einer Weile sammeln sich immer mehr Icons an, zum Beispiel für Festplatten, hier und da ein Dokument und vor allem Aliase (das sind Icons, die stellvertretend für andere Dateien stehen), und der Schreibtisch wird immer unübersichtlicher. Dann entsteht das Bedürfnis, den **Schreibtisch aufzuräumen**. Und weil die Jungs von Apple dieses Chaos vorausgesehen haben (kein Wunder, wo sie doch in einer Garage angefangen haben!), haben sie diese Möglichkeit gleich eingebaut.

- Klicken Sie ein beliebiges Icon auf dem Schreibtisch, zum Beispiel das Festplattensymbol oder den Papierkorb, einmal an.

- Klicken Sie auf das Menü *Darstellung*, ziehen Sie die Maus auf *Aufräumen* und lassen Sie die Maustaste los. Dadurch werden alle Symbole (nicht die geöffneten Fenster) am nächstliegenden Punkt eines unsichtbaren Rasters ausgerichtet.

- Wenn Sie die Symbole auf eine andere Art sortiert haben wollen, wählen Sie statt dessen den Eintrag *Anordnen* im gleichen Menü. Es erscheint ein Untermenü, in dem Sie die gewünschte Sortierfolge (nach Name, Größe, Art usw.) wählen können. Und schwuppdiwupp, schon werden Ihre Symbole wie von einer magischen Hand gezogen nach rechts springen und sich in der von Ihnen angegebenen Reihenfolge aufstellen. (Weiß jemand zufällig, wo der *Aufräumen*-Befehl in meiner Küche ist?)

Es gibt einen Kurzbefehl für die Optionen des Menüs «Darstellung»: Halten Sie die Control-Taste gedrückt und klicken Sie irgendwo auf den Schreibtisch.

Schreibtischfarben und Muster

Wenn Sie mit gedrückter Control-Taste auf den Schreibtisch klicken, erscheint dieses Menü.

Sie können die Farben oder Muster, die auf Ihrem Schreibtisch erscheinen, ändern. Dafür stehen Ihnen etwa 50 Optionen zur Verfügung. So ändern Sie Muster:

- Fahren Sie mit dem Mauszeiger im *Apple*-Menü auf *Kontrollfelder*. Gehen Sie dann im seitlich erscheinenden Untermenü weiter auf *Erscheinungsbild*.

  Schneller geht es, wenn Sie mit gedrückter Control-Taste irgendwo auf den Schreibtisch klicken (nicht in ein Fenster). Es erscheint ein Kontextmenü. Wählen Sie darin die Option *Schreibtischhintergrund...*

- Klicken Sie im folgenden Dialogfeld auf *Schreibtisch*.

- Klicken Sie mit dem Mauszeiger auf die Rollbalken und halten Sie die Maustaste gedrückt, um alle Einträge in der Liste zu sehen. Ein Klick auf eine Option zeigt eine Vorschau des entsprechenden Schreibtischmusters (siehe Abbildung). Wenn Ihnen eines gefällt, klicken Sie auf die Schaltfläche *Übernehmen*. Daraufhin erscheint Ihre Auswahl sofort als neuer Schreibtischhintergrund.

- Sie können beliebig viele Muster ausprobieren und mit der Schaltfläche *Übernehmen* anzeigen lassen. Wenn Sie das Dialogfeld wieder schließen, bleibt die zuletzt gewählte Farb- oder Musteroption auf dem Schreibtisch angezeigt.

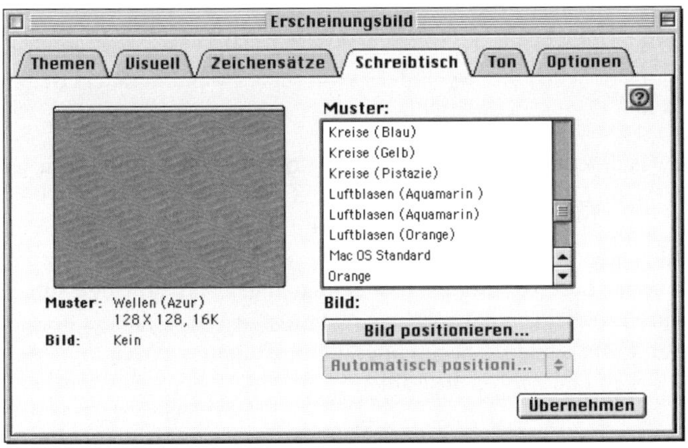

Dies ist das Kontrollfeld «Erscheinungsbild».

Sie können übrigens auch ein Bild verwenden, wenn Sie als Schreibtischhintergrund lieber eine Landschaft oder Weltraumschiffe sehen wollen. Hinweise hierzu (zum Beispiel wie Sie Ihre eigenen Bilder anfertigen) finden Sie ab Seite 222.

4

Menüs

Praktisch bei jedem Programm, das Sie auf Ihrem Mac benutzen, finden Sie am oberen Bildschirmrand eine **Menüleiste** mit Symbolen und Begriffen. Dahinter verbergen sich sogenannte **Drop-Down-Menüs** (oder **Pull-Down-Menüs**), die – wie die englische Bezeichnung anschaulich beschreibt – nach unten aufklappen, sobald Sie auf eine Option in der Leiste klicken. Dieses Kapitel behandelt die verschiedenen Menüs und Befehle sowie den Umgang mit ihnen.

Dies ist die Schreibtisch-Menüleiste (auch Finder-Menüleiste genannt.

Uhrzeit und Datum werden automatisch angezeigt.

Einen Menübefehl auswählen

Der Befehl «Aufräumen» ist markiert – klicken Sie, um ihn auszuwählen.

Um einen Befehl in einem Menü auszuwählen, klicken Sie auf eine der Optionen in der Menüleiste. Das Menü öffnet sich daraufhin. Wenn Sie nun mit dem Zeiger über die Liste fahren, sehen Sie, daß ein Befehl markiert oder ausgewählt wird, sobald sich der Zeiger darüber befindet. Klicken Sie, wenn der gewünschte Befehl markiert ist.

- Feststellmenüs

Um bei einem älteren Macintosh (das heißt mit einem früheren Betriebssystem als Mac OS 8) einen Menübefehl auszuwählen, müssen Sie die Maustaste gedrückt halten, damit das jeweilige Menü aufgeklappt bleibt. Anschließend müssen Sie den Zeiger auf den gewünschten Befehl ziehen und schließlich loslassen, wenn dieser markiert ist. Ab Mac OS 8 gibt es sogenannte **Feststellmenüs**, die, einmal angeklickt, so lange aufgeklappt bleiben, bis Sie durch Klicken eine Auswahl getroffen haben. Ungeachtet dessen, ob Sie auf Ihrem Mac nun Feststellmenüs haben oder nicht, können Sie Menüoptionen natürlich auch durch Drücken und Ziehen auswählen.

- Bei kurzen Entschlüssen ...

Falls Sie mitten in der Menüliste Ihre Meinung ändern, und keine Auswahl treffen wollen, ziehen Sie den Zeiger einfach von der Liste herunter und klicken (wenn Sie die Feststellfunktion benutzen) oder lassen die Maustaste wieder los (wenn Sie mit Drücken und Ziehen arbeiten). Das Menü verschwindet daraufhin, ohne daß eine Auswahl getroffen wurde.

Untermenüs und Kontextmenüs

Bei einigen Programmen enthält das Pull-Down-Menü noch ein **Untermenü**, das sogenannte **Pop-Out-Menü**. Hier können Sie mit dem Zeiger nicht nur nach unten, sondern auch noch zur Seite fahren, normalerweise in die Richtung, die durch den Pfeil angegeben wird. Man bezeichnet diese Menüs auch als **hierarchische Menüs**.

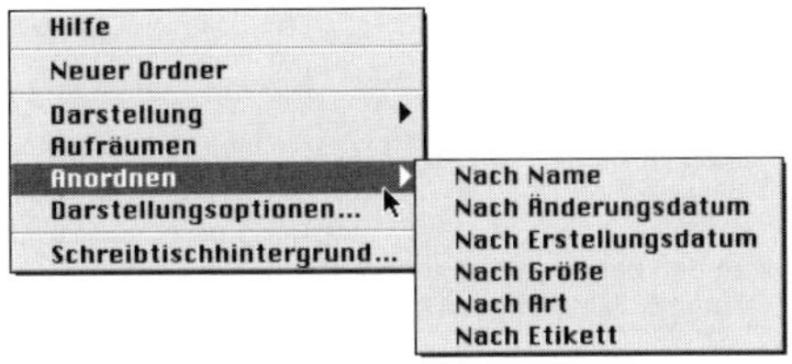

Beispiel für ein hierarchisches Menü.

Eine weitere Variante sind die **Pop-Up-Menüs**. Diese befinden sich am unteren Bildschirmrand und klappen nach oben auf. Und schließlich können Sie auf dem Schreibtisch noch sogenannte **Kontextmenüs** aufrufen: Dazu halten Sie die Control-Taste (nicht die Befehlstaste) gedrückt und klicken – schon öffnet sich ein Menü. Hier ist die Menüauswahl immer davon abhängig, worauf Sie gerade geklickt haben.

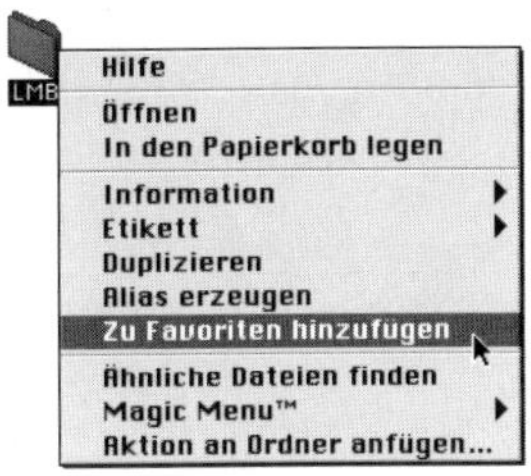

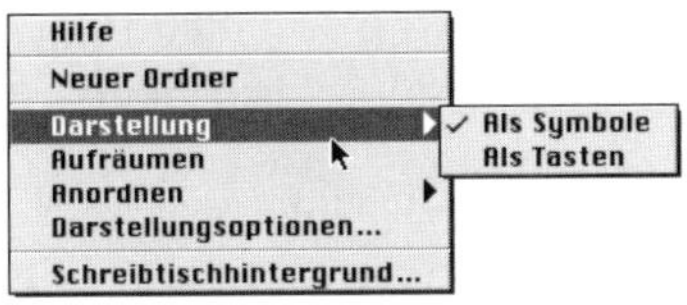

Beispiele für Kontextmenüs – einmal für einen Ordner (links), und einmal für den Schreibtisch (rechts).

Graue und schwarze Befehle

In den Menülisten werden Sie feststellen, daß einige der Befehle **schwarz,** andere hingegen **grau** sind. Eine grau dargestellte Menüoption bedeutet, daß der jeweilige Befehl momentan nicht verfügbar ist.

Wenn ein Befehl nicht zur Verfügung steht, liegt es häufig daran, daß vor dem Öffnen des Menüs keine Auswahl getroffen wurde. So können Sie beispielsweise den Befehl *Öffnen* im Menü *Ablage* erst verwenden, wenn Sie zuvor ein Medium oder eine Datei ausgewählt haben. Genauso läßt sich Text nur dann mit dem Befehl *Kopieren* übertragen, wenn die zu kopierende Passage zuvor entsprechend markiert wurde. (Um Text zu markieren, bewegen Sie den Zeiger mit gedrückter Maustaste darüber hinweg; um ein Objekt auszuwählen, klicken Sie es einmal an.)

Einige Befehle werden grau, andere schwarz dargestellt. In diesem Beispiel ist die Option «Papierkorb entleeren...» grau, weil der Papierkorb bereits leer ist.

Eine Regel beim Mac lautet: Erst wählen, dann machen lassen.

Kurzbefehle

In den Pull-Down-Menüs finden Sie rechts neben den Befehlen häufig Codierungen wie ⌘ - **N**. Es handelt sich hier um **Kurzbefehle**, die Sie alternativ zur jeweiligen Menüoption benutzen können. Merken Sie sich den Kurzbefehl im Menü, und verwenden

Sie ihn das nächste Mal, wenn Sie diesen Befehl wieder brauchen. Dies erspart Ihnen das Hantieren mit der Maus.

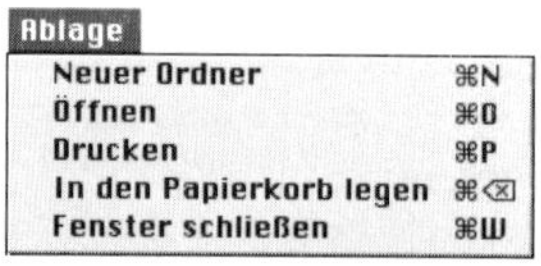

Häufig enthält ein Kurzbefehl Symbole, die sich auf bestimmte Tasten beziehen (siehe Kap. «Wichtige Tasten» ab Seite 21).

Kurzbefehle benutzen

Um einen Kurzbefehl zu benutzen, und nicht den entsprechenden Menübefehl, halten Sie die Befehlstaste (die mit dem Apple- und/oder Kleeblatt-Symbol, ⌘) sowie jede weitere im Menü angegebene Änderungstaste. (Dies kann, Buchstaben- und Zahlentasten ausgenommen, eine beliebige Taste wie die Umschalttaste sein.) Halten Sie nun diese beiden Tasten gedrückt, und betätigen Sie zusätzlich die ebenfalls angegebene Buchstabentaste. Tippen Sie diese Taste jedoch nur kurz an, halten Sie sie nicht gedrückt! Wenn Sie beispielsweise eine Datei durch Anklicken auswählen und dann ⌘ - O drükken, wird diese Datei genauso geöffnet, als wenn Sie mit der Maus den *Öffnen*-Befehl im Menü *Ablage* gewählt hätten. Die meisten Kurzbefehle basieren übrigens – zumindest im englischsprachigen Betriebssystem – auf durchaus logischen Überlegungen. So steht zum Beispiel ⌘ - O für Open (Öffnen), ⌘ - P für Print (Drucken), ⌘ - E für Eject (Auswerfen), ⌘ - W für Window (Fenster schließen) usw.

Häufig sind die Tasten in den Kurzbefehlen durch Bindestriche, Pluszeichen oder auch Kommas voneinander getrennt. Geben Sie diese Trennungen nicht mit ein, sondern drücken Sie nur die angegebenen Tasten! Beim Kurzbefehl *Befehlstaste* und *Umschalttaste* und *B* (⌘ - ⇧ - B) beispielsweise ignorieren Sie die Bindestriche einfach. Halten Sie nur die Befehlstaste und die Umschalttaste gedrückt, und drücken Sie dann den Buchstaben B.

Auslassungszeichen in Menüs

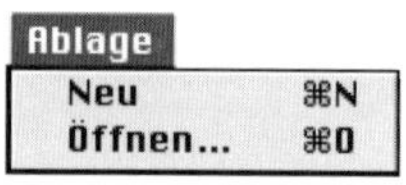

Jedesmal, wenn Sie hinter einem Menübefehl eine Ellipse, also eine Auslassung in Form von drei Punkten (zum Beispiel *Öffnen...* oder *Speichern unter...*), sehen, bedeutet dies, daß nach Auswahl des betreffenden Befehls ein Dialogfeld erscheint. Diese Dialoge kommen in den unterschiedlichsten Varianten vor, beispielsweise als Warnhinweise oder Mitteilungen, beziehen jedoch immer in irgendeiner Form die Kommunikation mit Ihnen ein.

Erkunden Sie die Dialogfelder

In allen Dialogfeldern finden Sie die Option *Abbrechen*, so daß Sie sich darin relativ sicher umsehen können. Wählen Sie einfach einen Befehl mit einer Ellipse, sehen Sie sich das entsprechende Dialogfeld an, und klicken Sie dann auf *Abbrechen*. Selbst wenn Sie auf Schaltflächen klicken oder irgend etwas eingeben, können Sie das Dialogfeld mit der Option *Abbrechen* jederzeit wieder verlassen, ohne das dadurch Änderungen wirksam werden.

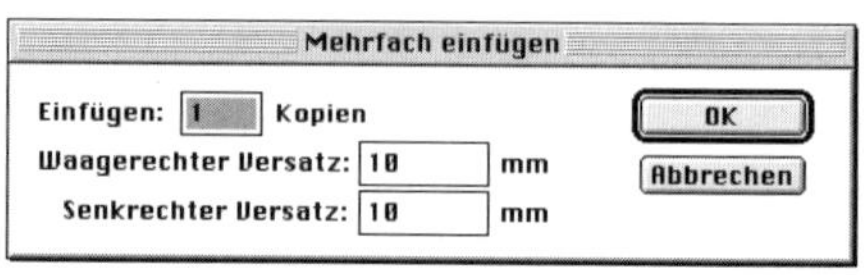

Die Schaltfläche «Abbrechen» ist immer vorhanden. Alternativ können Sie fast immer auch den Tastaturbefehl «Befehl + Punkt» (⌘ - .) benutzen.

Weitere Menüs und ihre optischen Hinweise

Manchmal werden Sie unvermutet auf weitere Menüs treffen. Allerdings sind sie gar nicht so versteckt, denn es gibt immer optische Hinweise auf ein solches Menü. Können Sie erraten, hinter welchem Feld sich im unten abgebildeten Dialogfenster ein Menü verbirgt? Und, was glauben Sie passiert, wenn Sie auf die Schaltfläche *Linien…* oder *Abstände…* klicken?

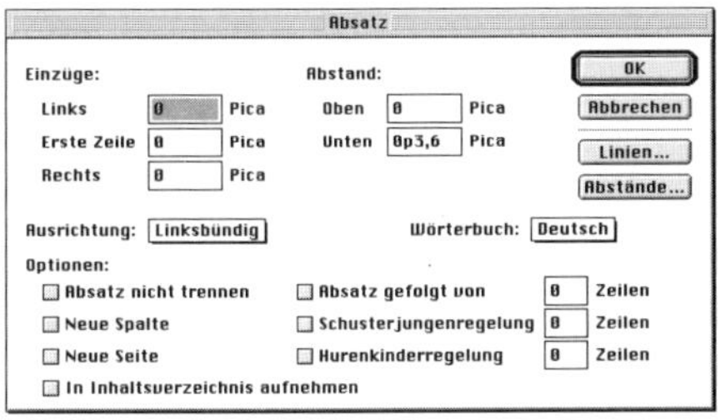

Welche Optionen sind Menüs? (Beachten Sie, daß in den beiden Schaltflächen «Linien…» und «Abstände…» Auslassungszeichen sind, was darauf hinweist, daß durch Anklicken ein weiterer Dialog aufgerufen wird.)

- Achten Sie auf Schatten

Achten Sie in der Abbildung oben mal darauf, daß die Felder neben *Ausrichtung* und *Wörterbuch* einen kleinen Schatten werfen. Dieser Schatten ist ein untrüglicher optischer Hinweis darauf, daß Sie ein Aufklappmenü (siehe unten) erhalten, wenn Sie auf diese Option klicken. Also, achten Sie auf Schatten!

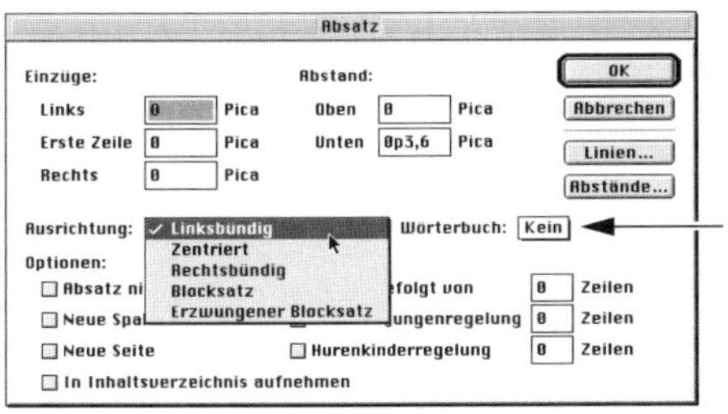

Sehen Sie den kleinen Schatten hinter dem Feld?

- Bearbeitungsfelder

Felder, die keinen Schattenwurf haben (wie im selben Dialogfeld unten gezeigt), nennt man Bearbeitungsfelder. In diese Felder können Sie über die Tastatur andere Werte eingeben.

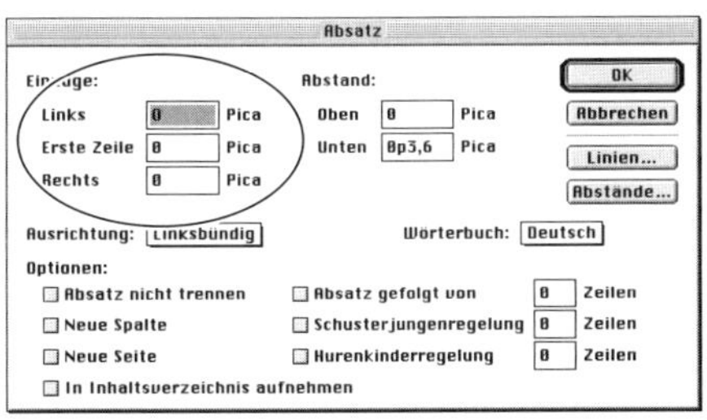

Dies sind Bearbeitungsfelder, in die Sie andere Werte eingeben können. Diese Felder haben keinen Schatten.

- Pfeile und Bearbeitungsfelder

Nun werfen wir mal einen näheren Blick auf die Auswahlmöglichkeiten in Dialogfeldern. In der Beispielabbildung unten weist das Bearbeitungsfeld für Kopf keinen Schatten auf; das heißt, hier können Sie nur etwas eingeben. Das Feld Rastergröße hat dagegen einen Schatten und einen Pfeil. Dieser ist ein weiterer optischer Hinweis auf ein verborgenes Menü.

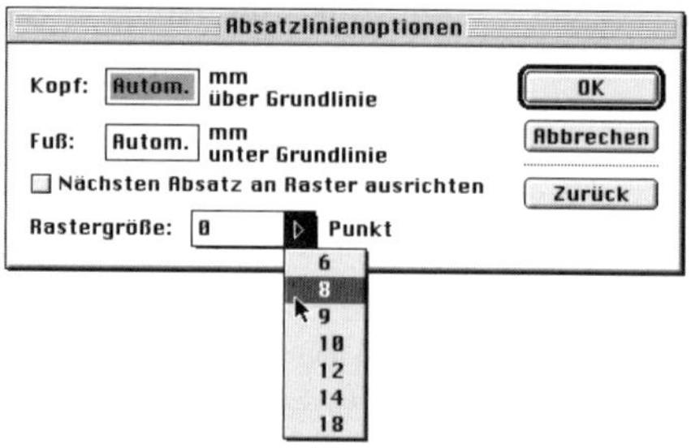

Wenn Sie innerhalb eines Felds einen Pfeil sehen (wie bei «Rastergröße»), können Sie den Mauszeiger darauf halten, um die Menüauswahl aufzurufen, oder manchmal auch über die Tastatur direkt Werte ändern.

- Doppelpfeile

Wenn Sie auf Doppelpfeile stoßen, in der Regel über einem Listenfeld (siehe Beispiel unten), klicken Sie darauf und fahren dann mit dem Mauszeiger nach oben oder unten, um eine Auswahl zu treffen. Doppelpfeile kommen recht häufig vor.

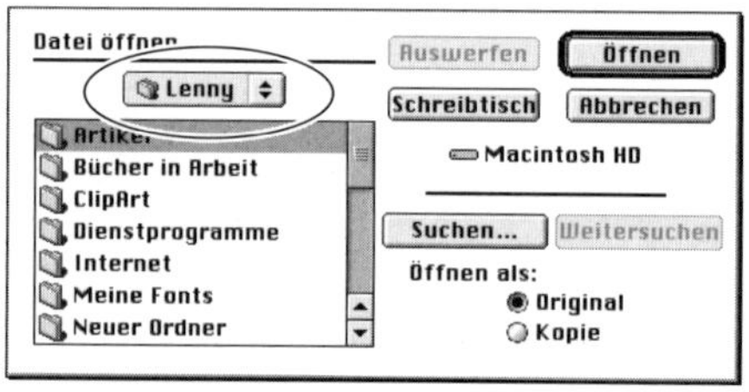

Halten oder klicken Sie irgendwo auf den Doppelpfeil über dem Listenfeld (im Bild links eingekreist).

Daraufhin erhalten Sie das im Bild unten eingekreiste Menü. Probieren Sie es mal!

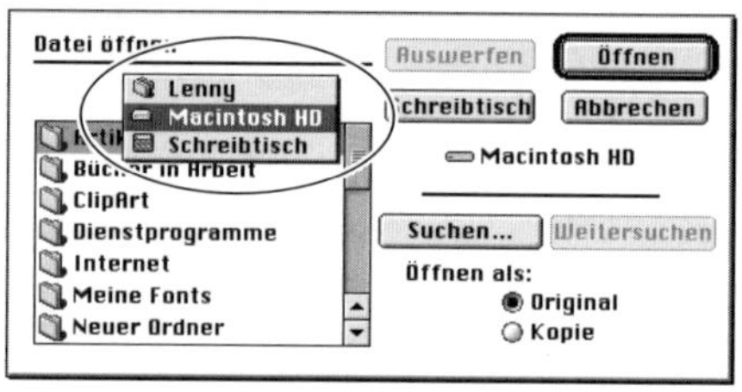

5

Wichtige Tasten

Es gibt auf der Macintosh-Tastatur einige **Tasten,** die besonders wichtig und nützlich sind. Sie werden für Abkürzungen gebraucht, manipulieren Bilder, erlauben das Erzeugen von Sonderzeichen und erledigen eine ganze Anzahl anderer, programmspezifischer Dinge.

Für den Macintosh gibt es grundsätzlich zwei Arten von Tastaturen, die **Standard-** und die **erweiterte Tastatur.** Bei älteren Modellen und dem iMac findet man die Standard-Tastatur mit dem numerischen Zahlenblock auf der rechten Seite. Die erweiterte Tastatur verfügt zusätzlich über Funktionstasten (die Tasten mit dem F davor) und einem extra Tastenblock über den Cursortasten mit sechs speziellen Tasten, die wir weiter unten besprechen werden. Neben diesen beiden gängigen Modellen gibt es im Fachhandel noch viele spezielle Tastaturen, beispielsweise die ergonomischen Tastaturen.

Auf allen Tastaturen finden Sie die üblichen Standardzeichen, auch wenn sie bei manchen Modellen anders angeordnet sind. Ungeachtet ihrer Plazierung haben jedoch alle Tasten immer dieselbe Funktion.

Modifikationstasten
⌘ ⇧ ⌥ ⌃
Die Tastatursymbole erscheinen oft auch neben verschiedenen Menübefehlen und bedeuten, daß die entsprechende Taste gedrückt werden muß, um den Befehl zu aktivieren.

Einige der Tasten auf der Tastatur nennt man **Modifikationstasten**, weil sie selbst keine Funktion haben, sondern erst in Verbindung mit einem Standardzeichen etwas bewirken, beispielsweise Tastaturbefehle (siehe Kurzbefehle auf Seite 18). Eine solche Modifikationstaste kennen Sie bereits: die Umschalttaste. Für sich allein betätigt bewirkt die Taste überhaupt nichts; wenn Sie sie jedoch gedrückt halten und gleichzeitig eine Buchstabentaste betätigen, erhalten Sie einen Großbuchstaben an Stelle eines kleinen.

Viele Tastaturbefehle verwenden sogar mehrere Modifikationstasten. Halten Sie immer alle angegebenen Modifikationstasten gemeinsam gedrückt (Befehl-, Umschalt-, Wahltaste usw.), und betätigen Sie die zugehörige Buchstabentaste einmal kurz. Es klingt wirklich komplizierter als es ist, daher ein Beispiel: Der Tastaturbefehl für den Menübefehl *Einsetzen* aus dem *Bearbeiten*-Menü, lautet ⌘ - V. Halten Sie die Befehlstaste gedrückt und geben Sie ein V ein. Wenn Sie die Buchstabentaste gedrückt halten, statt sie nur einmal kurz zu betätigen, wird der Befehl – falls möglich – wiederholt.

Feststelltaste
⇪

Die **Feststelltaste** hat nicht dieselbe Wirkung wie der Umschalt-Feststeller bei einer Schreibmaschine. Mit der Feststelltaste schreiben Sie zwar Großbuchstaben, nicht jedoch die Zeichen über den Zahlen oder Satzzeichen. Um diese Zeichen zu erhalten, müssen Sie die Umschalttaste drücken, auch wenn Sie die Feststelltaste bereits gedrückt haben. (Manche Tastaturbefehle funktionieren nicht, wenn die Feststelltaste betätigt wurde; überprüfen Sie bei Problemen daher deren Stellung.)

Befehlstaste
⌘

Die **Befehlstaste** befindet sich in der unteren Reihe und ist mit einem Kleeblattsymbol oder – je nach Anschauung – mit einem Propellersymbol gekennzeichnet. Auf den meisten Tastaturen hat sie zusätzlich noch ein Apfelsymbol, so daß man sie auch häufig als **Apfel**-oder **Apple**-Taste bezeichnet. Die korrekte Bezeichnung ist jedoch Befehlstaste.

Die meisten Tastaturbefehle benutzen die Befehlstaste. Verwechseln Sie sie jedoch nicht mit der Control-Taste!

Control-Taste «Ctrl» bzw. ⌃

Die **Control-Taste** ist heute auf nahezu allen Macintosh-Tastaturen vorhanden – man findet sie ganz links unten. Sie ist nicht nur für diejenigen praktisch, die DOS- oder Windows-Software auf ihrem Macintosh verwenden, sondern wird auch zunehmend in Mac-Programmen als zusätzliche Modifikationstaste genutzt. So werden beispielsweise die Kontextmenüs beim Mac (siehe Kap. «Menüs» ab Seite 16) über die Control-Taste aufgerufen. Lesen Sie also Anweisungen aufmerksam und achten Sie darauf, die Befehlstaste zu drücken, wenn in der Anweisung *Befehl* steht, und die Control-Taste zu drükken, wenn dort *Control* verlangt wird.

Löschtaste, Rückschrittaste

Die **Löschtaste** (auch **Rückschrittaste** oder **Backspace-Taste** genannt) befindet sich oben rechts auf der Tastatur. Der Name kommt daher, daß mit ihr alles gelöscht wird, was sich links von der Einfügemarke befindet oder zuvor markiert wurde. (Es gibt eine weitere Löschtaste in der kleinen Gruppe von Sondertasten, mit der Sie beim Schreiben das rechts von der Einfügemarke befindliche Zeichen entfernen können; siehe Seite 25).

Zeilenschalter
↵ ¶

Der **Zeilenschalter**, auch **Return-Taste** genannt, wird für viel mehr Dinge eingesetzt als nur zum Erzeugen neuer Absätze. So kann beispielsweise jede fett umrandete Taste in einem Dialogfeld mit dem Zeilenschalter anstelle der Maus aktiviert werden. In verschiedenen Programmen erhält diese Taste zum Teil sehr spezifische Funktionen.

Wann immer Sie Tasten mit doppeltem Rand sehen, wie hier bei «OK» oder «Drucken», können Sie den jeweiligen Vorgang statt mit der Maus auch mit dem Zeilenschalter auslösen.

Enter-Taste
⌤

Mit der **Enter-Taste** (auch **Eingabetaste** genannt) im numerischen Zahlenblock rechts außen können Sie wie mit dem Zeilenschalter fett umrandete Tasten aktivieren und einen neuen Absatz beginnen. Auch die Enter-Taste kann je nach Programm weitere Funktionen haben.

Im Finder sind die Return- und die Enter-Taste praktisch immer austauschbar, in vielen Programmen haben sie jedoch unterschiedliche Funktionen: In ClarisWorks (jetzt AppleWorks) beispielsweise erzeugt die Return-Taste wie erwartet einen neuen Absatz, die Enter-Taste jedoch einen neuen Absatz am Beginn einer neuen Seite. Sehen Sie also im Handbuch oder in der Hilfefunktion Ihrer Programme nach.

Escape-Taste
Esc oder ⎋

Die **Escape-Taste** (mit **Esc** gekennzeichnet), oben links auf der Tastatur, wird bislang nur von einigen wenigen Programmen genutzt. In Dialogboxen löst sie jedoch häufig die *Abbrechen*-Funktion aus.

Gelegentlich friert der Bildschirm ein, das heißt, weder über die Tastatur noch mit der Maus läßt sich irgendeine Reaktion auslösen. Bei einem solchen Systemstillstand können Sie versuchen, das aktive Programm zu beenden: ⌘ - ⌥ - ⎋. Wenn es funktioniert, sehen Sie die folgende Dialogbox; klicken Sie auf Sofort beenden.

Man nennt dies einen Zwangsabbruch. Lesen Sie bitte auf Seite 308 nach, bevor Sie es selbst versuchen.

Wahltaste
(Alt-Taste)
⌥

Neben der Befehlstaste befindet sich die **Wahltaste**. (Manchmal ist sie zusätzlich mit **Alt** gekennzeichnet, wie die Alt-Taste bei PCs.) Mit der Wahltaste geben Sie die meisten Sonderzeichen wie ® (⌥ - R), © (⌥ - G deutsch bzw. ⌥ - C in der Schweiz) und natürlich das @ (⇧ - ⌥ - 1 deutsch bzw. ⌥ - G in der Schweiz) ein. Die Wahltaste wird häufig in Verbindung mit der Befehlstaste und/oder der Umschalttaste benutzt.

Am schnellsten finden Sie die Sonderzeichen einer Schrift mit dem Programm «Tastatur» aus dem Apple-Menü. (Mehr darüber erfahren Sie ab Seite 155.)

Umschalttaste
⇧

Die **Umschalttaste** oder **Shift-Taste** ist eine der am häufigsten verwendeten Tasten für Tastaturkürzel. Sie wird durch einen Aufwärtspfeil symbolisiert.

Leertaste
␣

Die **Leertaste** oder **Leerschlagtaste** wird in Menüs durch das Symbol ␣ dargestellt, manchmal aber auch einfach als Leerschritt. Das wird Sie umhauen: Wie lange benötigen Sie, um herauszufinden, daß «⇧ - ⌘ - » bedeutet, daß Sie die Umschalt-, die Befehls- und die Leertaste betätigen sollen?

Akzentzeichen
~ ´ ' ^ ¨

Akzentzeichen gehören zu einer speziellen Gruppe von Sonderzeichen, da sie nur in Verbindung mit einem anderen Zeichen auftreten. Wie auf einer Schreibmaschine geben Sie zuerst das gewünschte Akzentzeichen ein und drücken dann die Taste, über dem es stehen soll. Die wichtigsten Akzentzeichen sind die Tilde (~), die französischen Akzente, Accent aigue (´), Accent grave (') und Accent Circonflexe (^) und das Trema (¨).

Tilde
~

Die **Tilde** ist durch das WWW zu neuer Berühmtheit gelangt, da sie häufig in Adressen vorkommt. (zum Beispiel *http://www.lisardo.com/~privat/*). Sie erhalten sie mit der Tastenkombination ⌥ - N + ␣. Das heißt, Sie drücken zuerst die Wahltaste und das N und lassen beide anschließend los. Erst dann drücken Sie die Leertaste – sonst klappt es nicht. Den Circonflex erhalten Sie auf deutschen Tastaturen mit ⇧ - ⌥ - 6 + ␣, auf der Schweizer Tastatur gibt es dafür eine eigene Taste (links neben der Rückschritt-Taste).

Wir möchten Sie an dieser Stelle noch einmal auf Kap. Schreibtischprogramme ab Seite 150 verweisen. Dort wird das «Tastatur»-Programm vorgestellt (Sie finden es im «Apple»-Menü), mit dem Sie alle Sonderzeichen eingeben können.

Sternchen
*

Das **Sternchen** (auch als **Asterisk** bekannt) wird in Taschenrechnern, Tabellenkalkulationen, Datenbanken usw. als Multiplikationszeichen benutzt. Sie finden es auf dem Zahlenblock oder Sie können es mit ⇧ - + erzeugen.

Schrägstriche
/ | \

Es gibt drei Varianten von **Schrägstrichen:** Vorwärts (/), gerade (|) und rückwärts (\), letzterer heißt auch **Backslash**. Am häufigsten kommt der vorwärts gerichtete Schrägstrich vor: Als Divisionssymbol in Taschenrechnern, Tabellenkalkulationen, Datenbanken usw. sowie als Trennstrich in Web-Adressen. Sie können ihn über die numerische Tastatur oder mit ⇧ - 7 erzeugen. Benutzen Sie bei Trennungen oder in Web-Adressen keinesfalls den geraden Strich (|; ⌥ - 7) oder den Backslash (\; ⇧ - ⌥ - 7).

Tabulatortaste
⇥

Die **Tabulatortaste** (oben links) verhält sich wie der Tabulator bei einer Schreibmaschine, das heißt, durch das Betätigen der Tabulatortaste springen Sie zum nächsten gesetzten Tabulatorstopp (Tab-Stopp). Bei den meisten Textverarbeitungsprogrammen klicken Sie einfach auf das Lineal oben im Bildschirm, um im markierten Absatz einen Tab-Stopp einzurichten. (Um Tab-Stopps wieder zu entfernen, können Sie in aller Regel die Tab-Markierungen mit gedrückter Maustaste vom Lineal herunterziehen.)

In Tabellenkalkulations- und Datenbankprogrammen gehen Sie mit der Tabulatortaste zur jeweils nächsten Zelle oder dem nächsten Feld nach rechts weiter (mit der Rückschrittaste gehen Sie zur jeweils nächsten Zelle oder dem nächsten Feld nach unten). Um rückwärts oder nach links zu gehen, halten Sie die Umschalttaste gedrückt und betätigen die Tabulatortaste (oder gehen mit Umschalt + Rückschritt nach oben).

Programmwechsel
⌘ - ⇥

Ab Mac OS 8.5 gibt es einen Kurzbefehl zum Wechseln zwischen den laufenden Programmen. Die Kombination ⌘ - ⇥ bringt Sie zum nächsten, ⇧ - ⌘ - ⇥ zum vorigen Programm.

Zahlenblock
Löschtaste
Zahlensperre

Einige Anwendungen benutzen die Tasten des **Zahlenblocks** nicht zur Eingabe von Zahlen, sondern zum Bewegen der Einfügemarke! Manchmal dürfen Sie auch beides – Zahlen eingeben und die Einfügemarke steuern. Wenn Sie die **Löschtaste** (Num-Lock) betätigen, wird der Zahlenblock gesperrt. Daher wird die Löschtaste auch häufig als **Zahlensperre** oder **Num-Lock-Taste** bezeichnet.

Pfeiltasten

Die **Pfeiltasten** werden verwendet, um in Textverarbeitungs- und Layoutprogrammen die blinkende Einfügemarke (|) zeichen-, bzw. zeilenweise zu verschieben. Außerdem können Sie im Finder das nächste Objekt in Pfeilrichtung anwählen.

Die Pfeiltasten sind neben der Maus Ihr hauptsächlicher Bewegungsapparat am Macintosh. Es lohnt sich daher in den Handbüchern Ihrer Programme nachzulesen, welche Funktionen ihnen jeweils zugewiesen wurde. Sie werden staunen, wie viele lange Mauswege Sie sich mit den Pfeiltasten (allein oder in Verbindung mit den Modifikationstasten) sparen können!

Sondertastenblock

Nur auf der erweiterten Tastatur finden Sie zwischen dem alphanumerischen und dem Zahlenblock noch einen separaten Block mit sechs Sondertasten: Von oben nach unten finden Sie links die **Hilfetaste** und die **Entf.**-Taste, in der Mitte die **Home-** und die **End**-Taste, und rechts die **Page up**- und die **Page down**-Taste. Diese Tasten stammen von der PC-Tastatur und sollten ursprünglich die Kompatibilität mit PC-Programmen erleichtern. Aus diesem Grund werden sie allerdings auch nur von wenigen Mac-Programmen benutzt. Die folgende Beschreibung bezieht sich daher in erster Linie auf die Funktion der sechs Tasten im Finder. Sehen Sie einfach im Handbuch Ihrer Programme nach, welche Funktionen dem Sondertastenblock zugewiesen sind.

Hilfe !

Die **Hilfetaste** tut, was sie sagt: Sie ruft im Finder die Hilfefunktion, auf und inzwischen funktioniert das auch in immer mehr Programmen. Nach Betätigung der Taste startet der *Help Viewer* die *Aktive Hilfe*. (Nicht zu verwechseln mit den *Erklärungen*, der Sprechblasen-Hilfefunktion.) Diese an sich ganz praktische Funktion ist allerdings für Leute, die blind im Zehnfingersystem tippen können, eher lästig, weil man die Hilfetaste häufig versehentlich statt der darunterliegenden Entf.-Taste erwischt.

Entf., Löschen nach rechts ⌦

Die **Entf.-Taste** (Entfernen nach rechts) löscht das Zeichen rechts von der Einfügemarke. Sie verhält sich damit genau entgegengesetzt zur bereits beschriebenen Löschtaste. (Funktioniert leider nicht im Finder!)

Home & End

Die obere der beiden Tasten in der Mitte des Sechserblocks ist die **Home-Taste** und springt direkt zum Anfang eines Dokumentenfensters, die untere ist die **End-Taste** und springt genau dahin: zum Ende. Die Home-Taste ist durch einen Pfeil von rechts unten nach links oben markiert, bei der End-Taste ist es umgekehrt.

Page Up & Down

Die **Page Up-** und **Page Down**-Tasten springen im Finder um den aktuellen Bildausschnitt nach oben bzw. unten, und nicht um eine Seite. Da dies auch in den meisten Textprogrammen so ist, merken Sie sich besser die deutsche Bezeichnung der Tasten: **Bild auf** bzw. **Bild ab.**

Die meisten Browser unterstützen die Home-, End-, Bild auf- und Bild ab-Tasten. Die Home-Taste führt allerdings nicht zur Homepage einer Web-Site, sondern nur zum Seitenanfang. Probieren Sie es aus!

Ein-/Ausschalter ◎

Der Ein-/Ausschalter ist die etwas abgerundete oder rechteckige Taste oben in der Mitte bzw. oben rechts auf der Tastatur. Sie ist in der Regel mit einem aufgedruckten oder geprägten, nach links weisenden Dreieck oder dem standardmäßigen Netzsymbol (◎) gekennzeichnet. Mit dieser Taste werden alle neueren Macintosh-Modelle ein- und ausgeschaltet.

Keine Bange: Sie können Ihren Mac nicht versehentlich ausschalten. Vorher fragt er Sie noch höflich, ob Sie ihn jetzt auch wirklich ausschalten wollen, und selbst wenn Sie Power-User-mäßig den störenden Dialog mit einem Hieb auf die Return-Taste weggewischt haben, bietet er vor dem Ausschalten noch die Option, alle offenen Dokumente zu sichern.

Umgekehrt, also beim Einschalten, gibt es logischerweise keine Sicherheitsabfrage. Sollten Sie jedoch unbeabsichtigt an die Einschalt-Taste gekommen sein, halten Sie sofort die Umschalt-Taste gedrückt. Dadurch startet der Macintosh schneller und Sie können ihn schneller wieder ausschalten.

6

Fenster – nichts als Fenster

Fenster sind ein nicht wegzudenkendes Element des Macintosh. Wenn man eine Festplatte oder Diskette mit einem Aktenschrank vergleicht, dann entspricht das Öffnen eines Fensters dem Herausnehmen und Aufschlagen eines darin enthaltenen Ordners oder einer Hängemappe. Praktisch alle Programme arbeiten mit Fenstern, allen voran natürlich der Finder, Heimstatt aller Fenster. Daher verwundert es auch nicht, daß Schreibtischfenster mit sehr viel mehr Funktionen und Varianten aufwarten, als gewöhnliche Programmfenster. Soviel Mühe ist denn auch ein eigenes Kapitel wert, daher gehe ich in diesem Kapitel auf die Eigenschaften und Funktionen ein, die den Fenstern von Textverarbeitungen, Tabellenkalkulationen, Datenbanken, Browsern, E-Mail-Programmen etc. als auch dem Finder gemeinsam sind und gehe im folgenden Kapitel auf die speziellen Möglichkeiten von Schreibtischfenstern ein.

Elemente eines Fensters

Nachfolgend sehen Sie ein typisches Fenster. Die jeweils bezeichneten Merkmale werden Sie in nahezu jedem Fenster auf dem Mac vorfinden (Icons finden Sie nur in den Schreibtischfenstern), die nachfolgend ausführlich beschrieben werden.

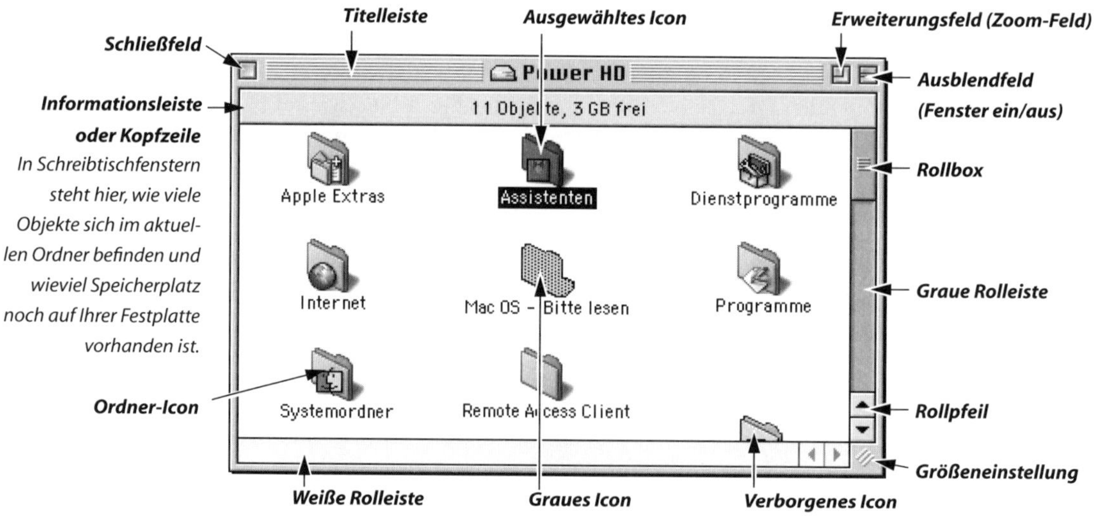

Titelleiste

Die **Titelleiste** ist der gestreifte Balken oben im Fenster und heißt manchmal auch **Kopfleiste**. Hier steht der Name der Festplatte, des Ordners oder des Dokuments, dessen Inhalt gerade angezeigt wird, oder auch der Name der aktuellen Funktion (zum Beispiel *Suchen/Ändern*) oder des geöffneten Kontrollfelds (zum Beispiel *Datum & Uhrzeit*).

Fenster bewegen

Um ein Fenster zu **bewegen**, klicken Sie auf die Titelleiste und ziehen das Fenster mit gedrückter Maustaste an die gewünschte Stelle auf dem Schreibtisch. Alternativ können Sie auch auf den Fensterrahmen klicken. Während des Ziehens sehen Sie nur den Umriß des Fensters als gestrichelte Linie. Lassen Sie die Maustaste los, wenn die Umrißlinie am gewünschten Platz ist, und das Fenster erscheint an seiner neuen Position.

Aktives Fenster

Wenn Sie mehr als ein Fenster geöffnet haben, sind nur bei einem davon Linien oder Streifen in der Titelleiste zu sehen. Diese Streifen signalisieren, daß es sich hier um das **aktive Fenster** handelt. Bei sich überlappenden Fenstern ist immer das vorderste Fenster aktiv.

Alle über die Tastatur oder die Menüs gegebenen Befehle betreffen ausschließlich das aktive Fenster. Wenn Sie beispielsweise aus dem Menü *Ablage* den Befehl *Schließen* wählen, wird dadurch nur das aktive Fenster geschlossen. Bei Auswahl der Option *Neuer Ordner* erscheint im aktiven Fenster ein neuer Ordner. Achten Sie daher darauf, welches Fenster gerade aktiv ist!

Ein Fenster aktivieren

Zum **Aktivieren** eines Fensters klicken Sie einfach auf einen sichtbaren Teil davon. Dadurch wird das betreffende Fenster nach vorn gebracht. Manchmal müssen Sie allerdings noch einige andere Fenster beiseite räumen, um an das gewünschte Objekt heranzukommen.

Tip: *Um ein Fenster zu bewegen, ohne es zu aktivieren, halten Sie die Befehlstaste gedrückt, während Sie den Zeiger auf die Titelleiste drücken und ziehen.*

Größeneinstellung

Unten rechts im Fenster befindet sich das Feld zur **Größeneinstellung**. Klicken Sie in dieses Feld und ziehen Sie das Fenster bei gedrückter Maustaste auf die gewünschte Größe. Auf diese Weise lassen sich mehrere geöffnete Fenster so anordnen, daß alle auf dem Bildschirm Platz finden, ohne sich zu überlappen. Damit können Sie beispielsweise verschiedene Textdokumente oder eine Datenbankdatei, zwei Tabellenkalkulationen und einen Brief auf Ihrem Bildschirm öffnen, und alles gleichzeitig sehen.

Erweiterungsfeld

Oben rechts im Fenster sehen Sie zwei kleine Felder. Das linke davon ist das **Erweiterungsfeld,** auch **Zoombox** genannt. Ein Klick auf dieses Feld vergrößert das Fenster so weit, daß sein gesamter Inhalt zu sehen ist. Wenn Sie in das Erweiterungsfeld eines vergrößerten Fensters klicken, nimmt das Fenster wieder die Größe an, die es vor seiner Erweiterung hatte.

Tip: *Um ein Fenster auf Bildschirmgröße zu erweitern, halten Sie die Wahltaste gedrückt und klicken auf das Erweiterungsfeld.*

Ausblendfeld

Das **Ausblendfeld** ist so neu, daß es noch gar keinen richtigen Namen hat: Apple nennt es **Fensterinhalt ein/aus**. Ein Klick in dieses Feld reduziert das Fenster auf seine Titelleiste. Das ist eine hervorragende Möglichkeit, das Durcheinander auf Ihrem Schreibtisch und in Ihren Programmen zu organisieren. Um ein Fenster wieder einzublenden, klicken Sie erneut in das Ausblendfeld. Um alle auf dem Schreibtisch geöffneten Fenster auszublenden, halten Sie die Wahltaste gedrückt und klicken in das Ausblendfeld.

Wenn Sie in das Ausblendfeld eines Fensters klicken, wird es auf die Darstellung der Titelleiste reduziert.

Praktischer ist die Möglichkeit, Fenster auch mit einem Doppelklick auf die Titelleiste zu reduzieren. Diese Funktion muß allerdings im Kontrollfeld *Erscheinungsbild* unter der Rubrik *Optionen* aktiviert werden (siehe unten; Einzelheiten hierzu finden Sie auf Seite 224).

In diesem Abschnitt des Kontrollfelds «Erscheinungsbild» können Sie festlegen, ob sich Fenster auch per Doppelklick in die Titelleiste reduzieren lassen sollen.

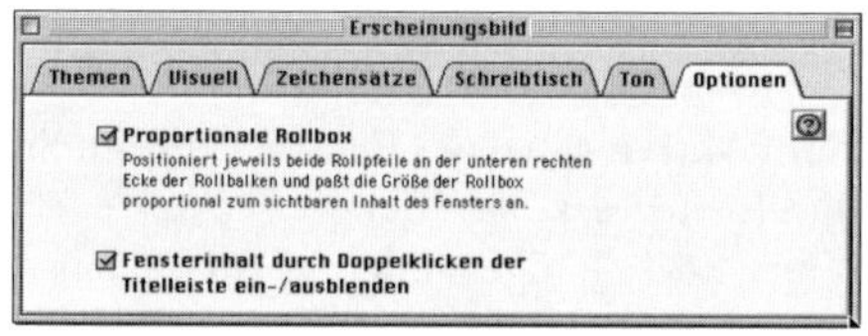

Schließfeld

Oben links im Fenster befindet sich das **Schließfeld**. Wenn Sie in dieses kleine Feld klicken, schließen Sie das Fenster, woraufhin das darin angezeigte Dokument oder der Ordner wieder an der ursprünglichen Stelle abgelegt wird. Auf dem Schreibtisch und den meisten Programmen können Sie ein aktives Fenster auch mit dem Tastenbefehl ⌘ - W schließen. Das heißt, anstatt in das Schließfeld zu klicken, benutzen Sie die Tastenkombination Befehlstaste+W. Um alle geöffneten Fenster gleichzeitig zu schließen, betätigen Sie die Tastenkombination ⌘ - ⌥ - W.

Rollbalken

Am rechten und unteren Rand des Fensters befinden sich **Rollbalken**. Mit Hilfe der Rollbalken können Sie den gesamten Fensterinhalt sehen, selbst wenn er nicht ganz auf den Bildschirm paßt oder das Fenster zu klein ist. Beachten Sie die visuellen Hinweise im Beispiel in der Abbildung auf Seite 26: Der Rollbalken am rechten Rand ist grau, während der am unteren Rand weiß ist.

- Grauer Rollbalken

Ein **grauer Rollbalken** ist ein visueller Hinweis darauf, daß ein Fenster noch weitere, nicht sichtbare Objekte enthält. Im Bild auf Seite 26 sehen Sie am unteren Fensterrand einen Ordner der nur teilweise angezeigt wird; der Rollbalken ist grau und zeigt damit an, daß sich außerhalb des sichtbaren Bereichs noch weitere Objekte befinden. Wenn Sie einen grauen Rollbalken in einer Liste sehen, beispielsweise in einem Öffnen-Dialog, bedeutet dies, daß die Liste noch weitere Einträge enthält, die nicht in den Fensterausschnitt passen. Verwenden Sie in solchen Fällen die Rollpfeile.

Weißer Rollbalken

Ein **weißer Rollbalken** zeigt an, daß in Richtung des Pfeils keine weiteren Objekte vorhanden sind. In unserem Beispiel befindet sich also in horizontaler Richtung kein Objekt mehr außerhalb des sichtbaren Bereichs.

Rollpfeile

An beiden Enden des Rollbalkens befinden sich **Rollpfeile**. Wenn der Rollbalken grau ist, klicken Sie auf einen Rollpfeil und lassen den Fensterinhalt bei gedrückter Maustaste vorbeilaufen – etwa so wie die Landschaft draußen vor einem Zugfenster, nur senkrecht. Versuchen Sie es mal.

Rollbox

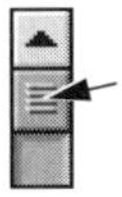

Dies ist die Rollbox.

Beachten Sie bei grauen Rollbalken die kleine Rollbox (sie erscheint nur in grauen Rollbalken). Wenn Sie den Mauszeiger auf die Rollpfeile pressen, bewegt sich diese Box; dadurch können Sie sehen, welcher Teil des gesamten Fensterinhalts gerade angezeigt wird. Wenn die Rollbox ein Ende des Rollbalkens erreicht hat, ist dies auch das Ende eines Fensters oder einer Liste.

Rollboxen ziehen

Um die Position der Rollbox auf dem Rollbalken zu ändern, ziehen Sie sie mit gedrückter Maustaste an die gewünschte Stelle und lassen sie los. Auf diese Weise kommen Sie schnell an eine andere Stelle im Fenster, ohne den gesamten Inhalt durchlaufen lassen zu müssen. Dies ist besonders bei der Bearbeitung langer Dokumente hilfreich. Wenn Sie beispielsweise in einem 50seitigen Dokument die Rollbox in die Mitte des Rollbalkens ziehen, gelangen Sie zur Seite 25. In einigen Programmen wird beim Ziehen der Rollbox sogar die aktuelle Seitenzahl angezeigt.

In den Rollbalken klicken

Der Rollbalken bietet aber noch andere Möglichkeiten: Wenn Sie mit dem Zeiger einfach in den grauen Bereich des Balkens klicken, wird das Fenster jeweils um einen Fensterausschnitt nach oben, unten oder zur Seite geblättert.

Proportionale Rollbox

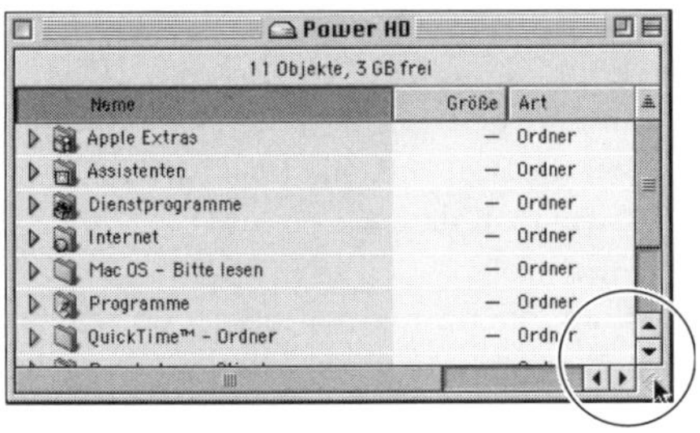

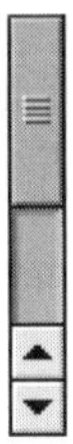

Die Größe der Rollbox ist ein visueller Hinweis darauf, wieviel des Fensterinhalts zu sehen ist.

Die **proportionale Rollbox** ist eine neue Funktion ab Mac OS 8.5. In der Rubrik *Optionen* des Kontrollfelds *Erscheinungsbild* können Sie *Proportionale Rollbalken* aktivieren. Dadurch wird nicht nur die Rollbox proportional zum Prozentsatz des aktuell angezeigten Fensterinhalts skaliert. Zusätzlich werden beide Rollpfeile am unteren oder rechten Ende des Rollbalkens plaziert, anstatt eines Rollpfeils an jedem Ende. So können Sie in jede Richtung rollen, ohne den Zeiger immer von einem zum anderen Ende des Balkens bewegen zu müssen. Probieren Sie diese Option unbedingt einmal aus!

7

Schreibtischfenster

Der Macintosh bietet vielfältige Möglichkeiten, um die Benutzeroberfläche und die verfügbaren Optionen optisch individuell zu gestalten. Dadurch können Sie sowohl Ihre Arbeit als auch Ihre Arbeitsumgebung so einrichten, wie es Ihnen am besten gefällt. Die **Schreibtischfenster** sind ein gutes Beispiel dafür, welche Möglichkeiten Ihnen der Mac hier bietet: Sie können unter mehreren Darstellungsvarianten wählen, was in einem Fenster zu sehen sein soll, sie können die Fenster auf beliebige Weise organisieren, und Sie können sogar neue Symbole für Ihre Dateien erstellen.

Die in diesem Kapitel beschriebenen Verfahren gelten ausschließlich für die Fenster auf dem Schreibtisch – also im Finder.

Fensterinhalt anzeigen

Sie können selbst bestimmen, wie der **Inhalt eines Schreibtischfensters** angezeigt werden soll. Zur Wahl stehen Symbole, Listen und Tasten und gewechselt wird im Menü *Darstellung* im Finder.

Damit Sie die Darstellung eines Fensters ändern können, muß es aktiviert sein. (Das ist das mit den Linien in der Titelleiste). Das Fenster merkt sich die gewählte Darstellungsform so lange, bis Sie sie wieder ändern. Hier sehen Sie drei verschiedene Anzeigevarianten; und auf den folgenden Seiten erfahren Sie, wie man damit umgeht.

- Darstellung als Symbole

Die **Darstellung als Symbole** (Beispiel 1) ist das, was sie normalerweise sehen – Symbole sind die Bilder, die Dateien darstellen. Visuell ausgerichtete Menschen (wie ich), bevorzugen häufig diese Darstellungsform. In der Symbolanzeige haben die Dateien keine bestimmte Reihenfolge. Sie können sie aber selbst problemlos organisieren, indem Sie im Menü *Darstellung* die Option *Anordnen* wählen, die ich weiter unten noch ausführlich erläutern werde.

- Darstellung als Liste

In der **Darstellung als Liste** (Beispiel 2) werden alle Objekte als Einträge in einer vertikalen Liste automatisch nach verschiedenen Kategorien wie Name, Etikett oder Größe angeordnet. Auch in einem Fenster mit Listendarstellung können Sie den Inhalt so handhaben, wie Sie es mit Symbolen tun würden. Das heißt, Sie können jedes Objekt in den Papierkorb oder in einen anderen Ordner ziehen, sie können es umbenennen, kopieren, öffnen usw. (siehe auch Kap. «Icons, Symbole und Dateien» ab Seite 44). Näheres zu den kleinen Dreiecken in Fenstern mit Listendarstellung erfahren Sie in Kap. «Ordner» ab Seite 56.

■ Darstellung als Tasten

In der **Darstellung als Tasten** (Beispiel 3) verwandeln sich die Symbole in Quadrate, die sich mit einem einfachen Mausklick öffnen lassen. Wie bei Listen und Symbolen können Sie auch hier die Tasten umbenennen, kopieren, öffnen und in den Papierkorb befördern. Da Tasten schon auf einfaches Klicken reagieren, müssen Sie etwas aufpassen, wenn Sie sie woandershin ziehen wollen – ziehen Sie eine Taste an ihrem Namen und nicht die Taste selbst, da Sie andernfalls den jeweiligen Ordner oder die Datei öffnen. Um eine Taste auszuwählen, klicken Sie einmal auf ihren Namen.

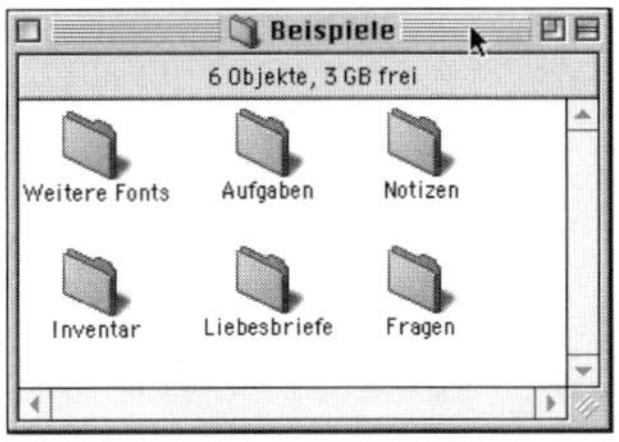

1. Dies ist die Symboldarstellung.

2. Dies ist die Listendarstellung.

3. Dies ist die Tastendarstellung.

Normale Fenster und Pop-up-Fenster

Sie können wählen, ob ein Fenster **normal** oder als **Pop-up-Fenster** angezeigt werden soll. Dies hat keinen Einfluß auf die Darstellung des Fensterinhalts als Symbole, Listen oder Tasten – es betrifft nur die Darstellung des Fensters selbst, nicht seinen Inhalt.

■ Normales Fenster

Die Darstellung **als Fenster** ist vermutlich die Ihnen vertraute Ansicht eines Fensters. Hier sehen Sie die Titelleiste, das Schließfeld, die Größeneinstellung und das Ausblendfeld, die bereits in Kap. «Fenster – nichts als Fenster» ab Seite 26 beschrieben wurden.

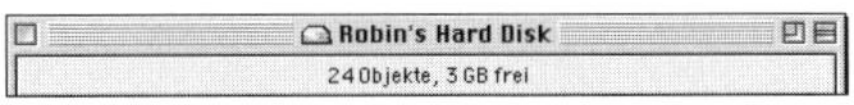

Dies ist die Titelleiste in einem normalen Fenster.

■ Pop-up-Fenster

Wenn Sie die Darstellung als **Pop-up-Fenster** gewählt haben, wird an Stelle der Titelleiste nur ein *Reiter* angezeigt. Sowie Sie auf diesen Reiter klicken oder irgend etwas in diesem Fenster öffnen, wird das Fenster wieder geschlossen; das heißt, es saust nach unten und am Bildschirmrand bleibt nur der Reiter mit dem Titel übrig. Ihren plakativen Namen verdanken diese Fenster der Tatsache, daß sie nach einem Klick auf den Reiter sofort aufgehen.

Dies ist der Reiter eines Pop-up-Fensters.

Dies ist ein geöffnetes Pop-up-Fenster.

Sowie Sie auf den Reiter klicken oder irgendeine Datei in diesem Fenster öffnen, verschwindet es wieder am unteren Bildschirmrand.

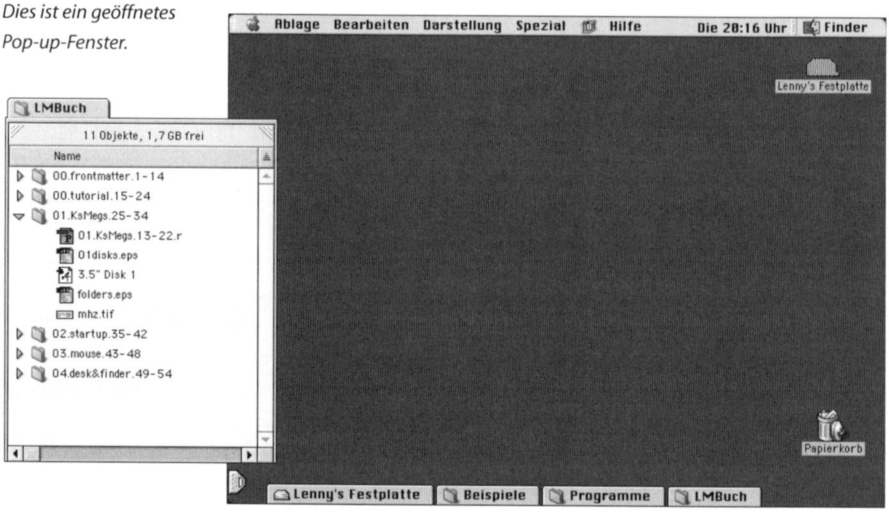

Dies sind zusammengeklappte Pop-up-Fenster.

Für manche sind Pop-up-Fenster enorm platzsparend und bequem – so kann man häufig benutzte Ordner als Reiter unten am Bildschirmrand griffbereit anordnen, ohne lange danach suchen zu müssen.

- Pop-up-Fenster automatisch einrichten

Pop-up-Fenster lassen sich **automatisch einrichten**, indem man ein Fenster bis an den unteren Bildschirmrand zieht – dadurch verwandelt es sich in einen Reiter. Um es wieder als normales Fenster anzuzeigen, ziehen Sie den Reiter entweder weit genug nach oben oder ziehen es teilweise nach oben und wählen dann im Menü *Darstellung* die Option *Als Fenster*. Wenn Sie Dateien auf den Reiter ziehen, öffnet sich das Fenster; sobald sie die Datei loslassen, klappt es wieder auf Reitergröße zusammen und schmiegt sich platzsparend an den unteren Bildschirmrand.

Darstellungen organisieren

In jeder Darstellungsart haben Sie die Möglichkeit, den Inhalt eines Fensters nach bestimmten Kriterien wie Name, Größe oder Version zu sortieren.

- **Listendarstellung:** Gehen Sie im Menü *Darstellung* nach unten auf *Liste sortieren* und wählen Sie, auf welche Weise Ihre Dateien organisiert werden sollen. Einfacher geht es, indem Sie auf die Spaltenüberschrift oben im Fenster klicken.

- **Tasten- oder Symboldarstellung**: Gehen Sie im Menü *Darstellung* auf das Untermenü *Anordnen* und entscheiden Sie, nach welchen Kriterien Ihre Dateien sortiert werden sollen.

Sie können Darstellungen auch direkt im Fenster ändern: Dazu klicken Sie mit gedrückter Befehlstaste auf eine freie Stelle im Fenster, um das Menü aufzurufen.

Darstellung

Wählen Sie im Menü «Darstellung» das Dialogfeld «Darstellungsoptionen…». Die dort getroffene Auswahl betrifft das aktive Fenster.

Sie haben eine ganze Reihe von Möglichkeiten, um festzulegen, wie Ihre Dateien in den einzelnen Fenstern angezeigt werden sollen. Dies geschieht im Dialogfeld *Darstellungsoptionen* (im Menü *Darstellung*). Hier können Sie genau definieren, welche Spaltenüberschriften in der Listenansicht erscheinen sollen, und auf welche Weise die Symbole im Fenster angeordnet und wie groß sie dargestellt werden sollen. Darüber hinaus können Sie wählen, ob der Computer für jede Datei das relative Änderungsdatum (*Gestern* und *Heute*) oder das tatsächliche Datum anzeigen soll. Wenn Sie sich für die Tasten- oder Symboldarstellung entschieden haben, können Sie in den Darstellungsoptionen die Anordnung der Objekte festlegen: Wollen Sie sie auf einem unsichtbaren Raster anordnen? Dann wählen Sie *Am Raster ausrichten*. Oder wollen Sie, daß sie immer nach Name oder Größe angeordnet werden, auch wenn Sie neue Dateien in den Ordner legen oder die Fenstergröße ändern? In diesem Fall klicken Sie auf das Menü neben *Immer ausrichten:* und wählen die entsprechende Option aus.

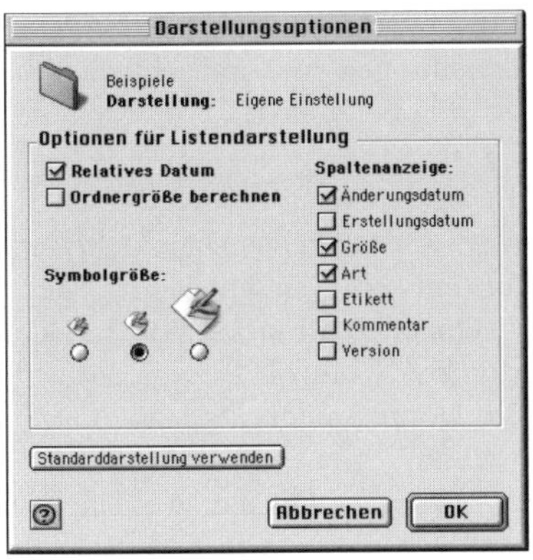

Listendarstellung: *Die in diesem Dialog gewählten Spaltenüberschriften erscheinen im gewählten Fenster als Kopfzeile sowie im Untermenü «Liste sortieren».*

Experimentieren Sie etwas mit der Option «Symbolgröße», um Ihre bevorzugte Darstellung herauszufinden.

Markieren Sie nicht das Auswahlfeld «Ordnergröße berechnen», da es die Arbeitsgeschwindigkeit Ihres Mac enorm beeinträchtigen kann.

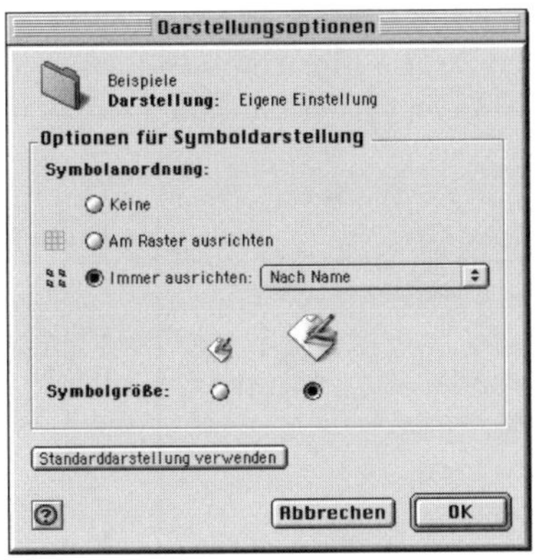

Symbol- oder Tastendarstellung: *Die Option «Am Raster ausrichten» steht im Zusammenhang mit dem im Dialogfeld «Voreinstellungen…» gewählten Rasterabstand. (Siehe Seite 40)*

Wenn Sie «Immer ausrichten» wählen, werden Ihre Symbole oder Tasten automatisch im gewählten System angeordnet, auch wenn Sie Dateien hinzufügen oder entfernen.

Experimentieren Sie mit der Symbolgröße.

Wenn der Befehl «Anordnen» grau ist, bedeutet dies, daß beim betreffenden Fenster die Option «Immer ausrichten» markiert ist. Um dies zu ändern, wählen Sie «Darstellungsoptionen…» und klicken auf «Keine».

Standard- und individuelle Darstellung

Bei den **Darstellungsoptionen** haben Sie für die Listen-, Symbol- und Tastenansicht mehrere Varianten zur Auswahl. Nachdem Sie sich für eine davon entschieden haben, könnten Sie bei dem Gedanken daran, nun jedes einzelne Fenster einrichten zu müssen, verständlicherweise etwas in Panik geraten. Um dieser Gefahr entgegenzuwirken, erlaubt Ihnen der Macintosh, eine Darstellungsvariante als Voreinstellung für alle Fenster zu wählen, die Sie aber individuell für jedes Fenster verändern können.

Um Ihre persönliche Standardvorgabe einzurichten, gehen Sie ins Menü *Bearbeiten* und wählen *Voreinstellungen...* Daraufhin erscheint nebenstehendes Dialogfeld.

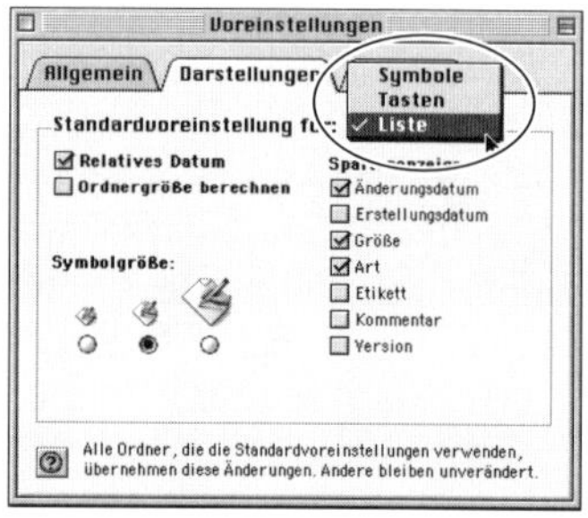

Wählen Sie in diesem Menü eine der drei Darstellungen und stellen Sie die gewünschten Standardoptionen ein. Legen Sie anschließend auch die Standardvorgaben für die beiden anderen Darstellungen fest.

Nehmen Sie die Einstellungen für jede der drei Darstellungen vor, und schließen Sie das Dialogfeld wieder (klicken Sie dazu in das Schließfeld oben links).

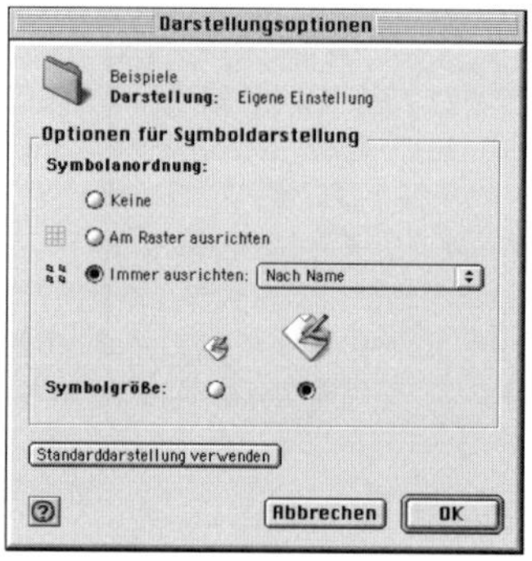

Um Ihre Standardvorgaben anzuwenden, öffnen Sie ein beliebiges Fenster und rufen das Dialogfeld *Darstellungsoptionen* auf (entweder, indem Sie im Menü *Darstellung* den gleichnamigen Eintrag wählen, oder indem Sie mit gedrückter Control-Taste in ein Fenster klicken und im Kontextmenü *Darstellungsoptionen...* anwählen). Wenn Sie nun auf die Schaltfläche *Standarddarstellung verwenden* klicken, werden Ihre Vorgaben sofort auf das ausgewählte Fenster angewendet. Sollte die Schaltfläche *Standarddarstellung verwenden* grau sein, so heißt das, daß für das betreffende Fenster bereits die Standardvorgaben verwendet werden.

Optionen zum Sortieren und Anordnen

Was steckt nun hinter all diesen Optionen? Was bedeutet es, Dinge anzuordnen oder *nach Name* oder *nach Version* zu sortieren? Hier eine kurze Übersicht:

Nach Name

Nach Name organisiert Symbole in alphabetischer Reihenfolge. Namen, die mit einem Leer- oder Satzzeichen beginnen, werden zuerst genannt. Beginnen Sie einen Dateinamen nie mit einem Punkt – dies kann zu internen Problemen führen. (Was meinen Sie, woher ich das weiß?)

Nach Änderungsdatum

Nach Änderungsdatum führt Dateien in chronologischer Reihenfolge auf, wobei die Dateien zuerst genannt werden, die zuletzt geändert wurden. Der Zeitpunkt, an dem Sie das letztemal eine Datei oder einen Ordner geöffnet und darin etwas verändert haben, ist das Datum der letzten Änderung.

Die Anordnung von Ordnern entweder nach Änderungsdatum oder Erstellungsdatum ist dann vorteilhaft, wenn Sie verschiedene, regelmäßig aktualisierte Dokumente haben und feststellen wollen, welches davon die letzte Version ist.

Nach Erstellungsdatum führt Dateien in chronologischer Reihenfolge auf, wobei die Dateien zuerst genannt werden, die zuletzt erstellt wurden. Der Mac richtet sich hier nach dem Erstellungsdatum, das von den im Kontrollfeld *Datum & Uhrzeit* vorgenommenen Einstellungen bestimmt wird (Näheres zu diesem Kontrollfeld finden Sie auf Seite 227).

■ Nach Erstellungsdatum

Nach Größe führt die Dateien entsprechend Ihrer Dateigröße auf, beginnend mit der größten Datei. Sofern Sie die Listendarstellung verwenden, werden Sie feststellen, daß Ihre Ordner ohne Größenangabe angezeigt werden, und daß auch die Auswahl der Spaltenüberschrift Größe keinen Einfluß auf die Sortierung der Ordner nimmt. Um die Ordnergröße anzuzeigen, müssen Sie im Dialogfeld *Darstellungsoptionen* (siehe Seite 33) die Option *Ordnergröße berechnen* wählen. Bedenken Sie dabei jedoch, daß Sie Ihrem Mac dadurch Schwerstarbeit zumuten, die ihn im schlimmsten Fall komplett lahmlegen kann!

■ Nach Größe

Nach Art führt die Dateien in Gruppen auf: Anwendungen, Dokumente und Ordner. Dies ist hilfreich, wenn Sie eine Liste mit all Ihren Programmen oder den in einem bestimmten Ordner abgelegten Dokumenttypen benötigen.

■ Nach Art

Nach Etikett gruppiert Dateien entsprechend ihres Etiketts. Ein Etikett ist eine Kennzeichnung, die Sie selbst einrichten und auf eine Datei anwenden können (siehe Seite 52). Beispielsweise können Sie ein Etikett mit der Bezeichnung Liebesbriefe erstellen und vergeben. Wenn Sie nun den Befehl *Anordnen* oder *Liste sortieren* und anschließend die Option *Nach Etikett* wählen, werden alle Liebesbriefe in diesem Fenster als Gruppe angezeigt. Sie können auch eine entsprechende Suchabfrage starten, um nach allen Liebesbriefen auf Ihrer Festplatte zu suchen.

■ Nach Etikett

Nach Kommentar zeigt die ersten 31 Zeichen eines Textes, der im Kommentarfeld des Fensters Information (siehe Seite 54) eingegeben wurde.

■ Nach Kommentar

Nach Version führt alle Dateien in alphabetischer Reihenfolge auf, wobei Programme zuerst genannt werden. Jedes Programm wird mit seiner Versionsnummer angezeigt. Wie viele Kopien von SimpleText haben Sie eigentlich auf Ihrem Mac? Dazu spüren Sie zunächst mit der Option *Dateien finden* von *Sherlock* (ab Seite 180) alle auf, packen sie dann in einen Ordner und lassen seinen Inhalt *nach Version* anordnen. Nun haben Sie oben in der Liste die neueste Version von SimpleText (die mit der höchsten Nummer) – und können alle übrigen getrost wegschmeißen.

■ Nach Version

Spalten skalieren und neu anordnen

Ab Mac OS 8.5 können Sie die Spalten, die in Fenstern mit Listendarstellung angezeigt werden und bestimmte Informationen enthalten, skalieren und neu anordnen. Dazu müssen Sie zunächst eine beliebige Listendarstellung wählen.

Um Spalten zu skalieren, stellen Sie den Zeiger einfach auf die Linie zwischen zwei Spaltenüberschriften. Der Zeiger verwandelt sich daraufhin in einen Doppelpfeil (siehe unten). Dies ist ein visueller Hinweis darauf, daß Sie nun die Spaltenbreite ändern können – dazu ziehen Sie den Doppelpfeil mit gedrückter Maustaste nach links oder rechts.

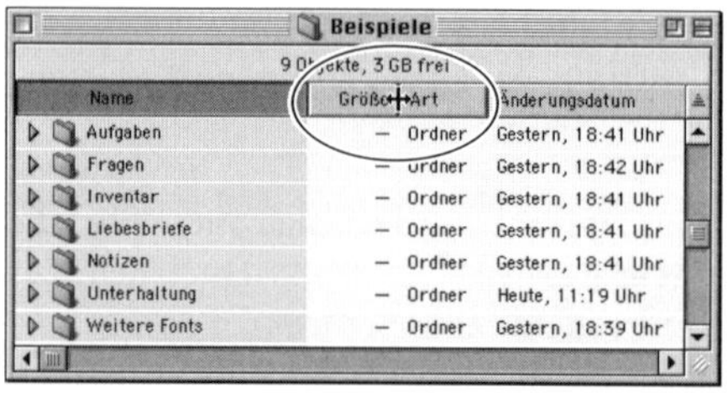

Ein einfacher Pfeil ist ein visueller Hinweis darauf, daß Sie die Breite der jeweiligen Spalte nur in der angegebenen Pfeilrichtung verändern können.

Um Spalten neu anzuordnen klicken Sie direkt auf eine Spaltenüberschrift und ziehen sie mit gedrückter Maustaste nach links oder rechts. Sowie Sie zu ziehen beginnen, verwandelt sich der Zeiger in eine Hand. Dies ist ein visueller Hinweis darauf, daß Sie die Anordnung der Spalten ändern. Die Position der Spalte *Name* läßt sich nicht verändern.

Sortierkriterium

Wie können Sie mit einem Blick feststellen, ob diese Dateien nach Namen angeordnet sind? (Der visuelle Hinweis ist in der Spaltenüberschrift.)

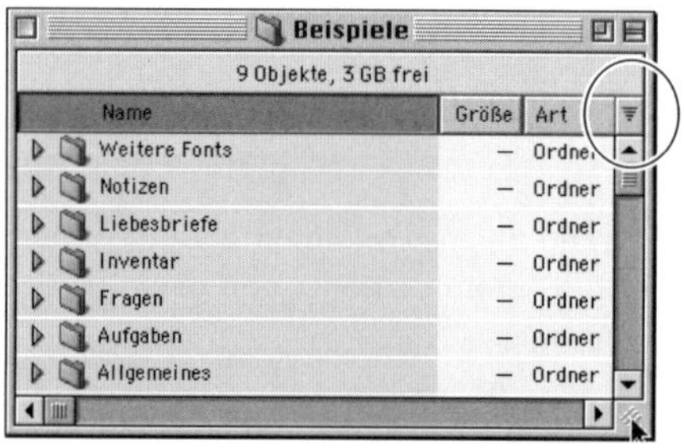

Wenn Sie sich den Inhalt eines Fensters als Liste anzeigen lassen, sehen Sie oben rechts über dem Rollbalken ein kleines Dreieck. Klicken Sie darauf, und der Listeninhalt wird automatisch in umgekehrter Reihenfolge angezeigt. Wenn Sie beispielsweise in einer nach Namen sortierten Liste darauf klicken, ändert sich die Reihenfolge von alphabetisch nach umgekehrt alphabetisch. Ein zweiter Klick stellt die ursprüngliche Sortierung wieder her. Das ist ganz praktisch, wenn Sie im Ordner Liebesbriefe nachsehen wollen, ob Zoe schon einen bekommen hat. Problematisch wird es allerdings, wenn Sie mehr als einen Brief an Zoe geschrieben haben. Dann empfiehlt es sich, alle Dateien mittels der Sortierschaltfläche *Nach Erstellungsdatum* entweder aufsteigend oder absteigend anzeigen zu lassen.

Aufräumen und Anordnen

Wenn Sie sich nach einer Weile mal Ihre Symbole oder Tasten in den Fenstern ansehen, finden Sie häufig ein heilloses Durcheinander, und alles wirkt ziemlich unaufgeräumt. Das gleiche kann Ihnen auch auf dem Schreibtisch passieren, nämlich wenn sich dort ständig mehr Symbole ansammeln. Zum Glück gibt es jedoch verschiedene Möglichkeiten, Ihre Symbole zu organisieren und wieder ordentlich in Reih und Glied antreten zu lassen: Eine einfache Lösung bietet der Befehl *Aufräumen* im Menü *Darstellung* – er sorgt dafür, daß sich alle Symbole schleunigst am nächstliegenden Platz auf einem unsichtbaren Raster einfinden.

Allerdings nimmt der Befehl *Aufräumen* keine Rücksicht darauf, nach welchem ausgeklügelten Plan Sie Ihre Symbole auf dem Schreibtisch arrangiert haben, so daß er vielleicht doch nicht die richtige Wahl ist. Nun, es gibt im Menü *Darstellung* ja noch den Befehl *Anordnen* (siehe ab Seite 32).

- Den Schreibtisch organisieren

Wenn Sie Ihren unaufgeräumten Schreibtisch organisieren wollen, können Sie einen Kurzbefehl benutzen: Halten Sie die Control-Taste gedrückt und klicken Sie auf den Schreibtisch. Dadurch öffnen Sie ein Spezialmenü, das unter anderem die Optionen *Darstellung*, *Aufräumen*, *Anordnen* und *Darstellungsoptionen* enthält – sowie zusätzlich verschiedene andere nützliche Befehle, die man normalerweise nicht im Menü *Darstellung* findet (zum Beispiel *Hilfe*, *Neuer Ordner* und *Schreibtischhintergrund*).

Hierarchische Listenansicht

Hinweise zum Umgang mit den Dreiecken in der Listendarstellung finden Sie in Kap. «Ordner» ab Seite 56.

Falls Sie sich fragen, was diese kleinen Dreiecke links neben den Ordnern in der Listendarstellung zu bedeuten haben, lesen Sie bitte speziell Kap. «Ordner» ab Seite 56. Mit den Dreiecken in der hierarchischen Listenansicht können Sie Ordner auf- und zuklappen und so ihren jeweiligen Inhalt sehen, ohne extra ein neues Fenster öffnen zu müssen. Für den Umgang mit ihnen gibt es einige tolle Tricks, die alle dort erklärt werden.

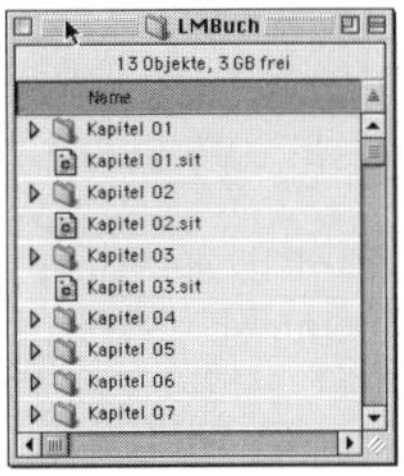

Alle Fenster schließen

Wenn Sie gleichzeitig alle Fenster schließen wollen, die Sie auf Ihrem Schreibtisch geöffnet haben, halten Sie die Wahltaste gedrückt, während Sie in das Schließfeld des aktiven Fensters klicken. Daraufhin verschwinden nacheinander alle Fenster!

- … und andere Fenster-Schließ-Tricks

- Im Menü *Ablage* finden Sie einen Tastaturbefehl zum Schließen eines aktiven Fensters: ⌘ - W. Um alle Fenster gleichzeitig zu schließen, betätigen Sie die Tastenkombination ⌘ - ⌥ - W – schon fliegen alle Fenster nach Hause, und Sie brauchen nirgendwo zu klicken.
- Um alle Fenster gleichzeitig zu schließen, halten Sie die Wahltaste gedrückt und klicken in das Schließfeld des aktiven Fensters. Dies funktioniert auch, wenn Sie in einem Programm mehr als ein Fenster geöffnet haben.
- Häufig ist die Datei, die Sie öffnen wollen, tief in mehreren Ordnern vergraben. In einem solchen Fall halten Sie die Wahltaste gedrückt, während Sie nacheinander alle Ordner doppelt anklicken, bis Sie bei der gewünschten Datei angekommen sind. Dies hat zur Folge, daß sich sofort nach dem Klick alle Fenster automatisch wieder schließen.
- Auch nachdem Sie eine Diskette ausgeworfen oder den Computer ausgeschaltet haben, erinnert sich der Macintosh noch daran, welche Fenster zuletzt geöffnet waren. Wenn Sie später dieselbe Diskette erneut einlegen oder den Computer wieder einschalten, werden alle Fenster am selben Platz geöffnet. Sie können dies zu Ihrem Vorteil nutzen und alle Fenster vor dem Ausschalten entsprechend plazieren. Vielleicht finden Sie es aber auch verwirrend, daß nach dem Einlegen einer Diskette oder dem Starten Ihres Computers gleich überall Fenster aufklappen. In diesem Fall halten Sie einfach die Wahltaste gedrückt. Dadurch schließen sich alle Fenster, die zuletzt geöffnet waren, sobald der Schreibtisch erscheint.

Ohne Rollbalken durch Fenster blättern

Es gibt einen netten kleinen Trick, wie man ohne Hilfe der Rollbalken durch den Inhalt eines beliebigen Schreibtischfensters blättern kann. Dazu betätigen Sie die Befehlstaste, klicken – das ist wichtig – auf eine freie Stelle in einem Fenster und halten die Maustaste gedrückt: Sowie Sie die Maustaste drücken, verwandelt sich der Zeiger in eine Hand. Nun können Sie mit dieser Hand den Inhalt des Fensters in jede beliebige Richtung ziehen – nicht nur vertikal oder horizontal, wie es mit den Rollbalken möglich ist. Versuchen Sie es mal. Damit können Sie auch Power User beeindrucken.

Aufspringende Ordner

In älteren Systemversionen als Mac OS 8.0, zum Beispiel System 7 oder 6, gibt es noch keine aufspringenden Ordner oder Pop-up-Fenster.

Schreibtischfenster können automatisch aufspringen. Vielleicht sind Sie schon zufällig auf diese Funktion gestoßen – wenn Sie ein Dateisymbol auf einen Ordner ziehen und etwas unschlüssig eine Weile dort halten, springt das Ordnerfenster automatisch vor Ihnen auf. Das kann einen ziemlich überraschen, wenn man nicht darauf vorbereitet ist. Wenn der erste Schreck verflogen ist, sieht man jedoch, daß dieses seltsame Verhalten auch Vorteile hat!

Dank dieser Aufspringfunktion können Sie nämlich tief in die Abgründe Ihrer mehrfach ineinander verschachtelten Ordnerstrukturen hinabsteigen, ohne auf Ihrem Schreibtisch zahllose geöffnete Fenster anhäufen zu müssen. Auf Ihrem Weg zum gesuchten Ordner schließen sich die einzelnen Fenster nämlich sofort wieder, sobald sich das nächste Fenster öffnet.

Um ein Symbol mittels Aufspringordner zu verschieben, ziehen Sie es auf einen geschlossen Ordner und warten einen Moment, bis sich der Ordner automatisch öffnet. Halten Sie das Symbol weiterhin fest (die Maustaste nicht loslassen!), und ziehen Sie es nun auf den nächsten Ordner. Falls der gewünschte Ordner nicht zu sehen ist, ziehen Sie zur Seite bzw. nach oben oder unten, um im nicht sichtbaren Bereich des Fensters danach zu suchen. Wenn Sie den Ordner gefunden haben, halten Sie das Symbol darauf und warten, bis er aufspringt. Auf diese Weise können Sie beliebig viele Ordner öffnen. Sobald Sie den Zielordner erreicht haben, lassen Sie die Maustaste los – entweder bevor oder nachdem der Ordner sich geöffnet hat. Sie werden feststellen, daß jeder Ordner, den Sie auf Ihrem Weg geöffnet haben, automatisch wieder geschlossen wurde, statt weiterhin geöffnet den Schreibtisch zu blockieren.

Die Lupe ist ein visueller Hinweis darauf, daß Sie den Eineinhalb-Klick korrekt ausgeführt haben.

Um in mehreren verschachtelten Ordnern nach einer Datei zu suchen, doppelklicken Sie auf einen Ordner, halten jedoch nach dem zweiten Klick die Maustaste gedrückt (dies nennt man Eineinhalb-Klick). Der Zeiger verwandelt sich daraufhin in eine Lupe. Mit Hilfe dieser Lupe und der Aufspringfunktion können Sie nun bequem nach dem gewünschten Ordner oder der Datei fahnden. Das Beste daran jedoch ist, daß sich alle Fenster, die Sie dabei öffnen (bis auf das letzte) anschließend automatisch wieder schließen, sowie Sie die Maustaste loslassen! Probieren Sie es selbst.

- Aufspringfunktion für Ordner ein- und ausschalten

Falls Sie die Aufspringfunktion verrückt macht, schalten Sie sie komplett aus, indem Sie die Markierung im Auswahlfeld wieder entfernen.

Die **Aufspringfunktion für Ordner** müssen Sie zunächst **aktivieren**: Wählen Sie dazu die Option *Voreinstellungen…* im Menü *Bearbeiten*. Klicken Sie auf den Reiter *Allgemein* und markieren Sie das Auswahlfeld vor *Aufspringende Ordner*. Wenn Sie eine längere Verzögerungszeit wählen, kann es einige Sekunden dauern, bis sich der Ordner öffnet; bei einer kurzen Verzögerung springen Ihnen die Fenster schon entgegen, wenn Sie es noch gar nicht erwarten.

***Tip:** Wählen Sie eine längere Verzögerung, und benutzen Sie die Leertaste, um Ordner schneller zu öffnen: Das heißt, Sie halten eine Datei auf einen Ordner und tippen dann auf die Leertaste; daraufhin öffnet sich der Ordner sofort. Übrigens: Mit Hilfe der Leertaste springt ein Ordner auch auf, wenn Sie «Aufspringende Ordner» deaktiviert haben!*

Graue Symbole

Manchmal kann man zwar das Fenster selbst nicht sehen, dafür aber das graue Symbol eines Ordners oder Volumes. Dies deutet darauf hin, daß das zugehörige Fenster zwar irgendwo geöffnet, aber nicht sichtbar ist. In einem solchen Fall doppelklicken Sie auf das graue Symbol, um das betreffende Fenster nach vorn zu bringen.

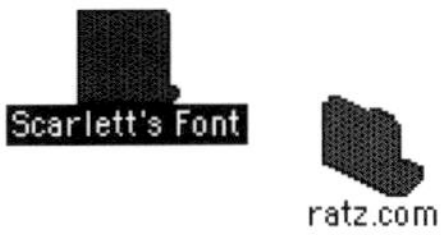

Doppelklicken Sie auf das graue Symbol einer Diskette oder eines Ordners, um das betreffende Fenster in den Vordergrund zu bringen.

Hierarchie bei Ordnern (Fenstern)

Um die hierarchische Struktur ineinander verschachtelter Ordner anzuzeigen (um all die Ordner anzuzeigen, in denen sich ein bestimmter Ordner befindet), halten Sie die Befehlstaste gedrückt und klicken auf den Namen des Fensters in der Titelzeile; dadurch öffnet sich ein Aufklappmenü (siehe Abbildungen). In diesem Menü können Sie einen beliebigen anderen Ordner wählen, dessen Fenster daraufhin im Vordergrund geöffnet wird.

Drücken Sie die Befehlstaste und klicken Sie genau hier.

Es erscheint eine Liste der Ordner, in denen sich dieses Fenster befindet.

Anhand des Titelleistenmenüs können Sie sehen, daß sich der Ordner «Abbildungen 1 bis 4» in einem Ordner namens «Bilder» befindet, der seinerseits im Ordner «Aufgaben» steckt; der wiederum befindet sich im Ordner «Beispiele», und dieser schließlich in einem Festplattenfenster (mit der Bezeichnung «Robin's Hard Disk»).

Das Dialogfeld Voreinstellungen

Das Dialogfeld *Voreinstellungen* (im *Bearbeiten*-Menü des Finders) bietet weitere Möglichkeiten, um dem Erscheinungsbild Ihres Schreibtischs den letzten Schliff zu geben. Mit dem auf Seite 32 beschriebenen Befehl *Darstellungsoptionen…* nehmen Sie Änderungen an jedem Fenster einzeln vor: Die Optionen, die Sie im Dialogfeld *Voreinstellungen* treffen, wirken sich dagegen auf alle Fenster aus, deren Darstellung Sie nicht von Hand geändert haben.

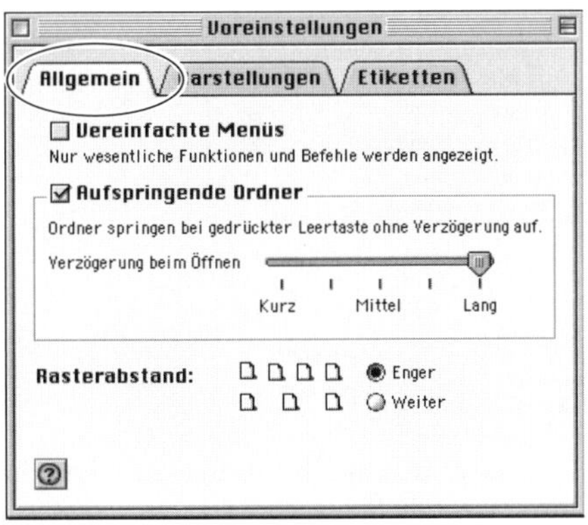

Erläuterungen zu den einzelnen Merkmalen finden Sie auf der vorhergehenden Seite.

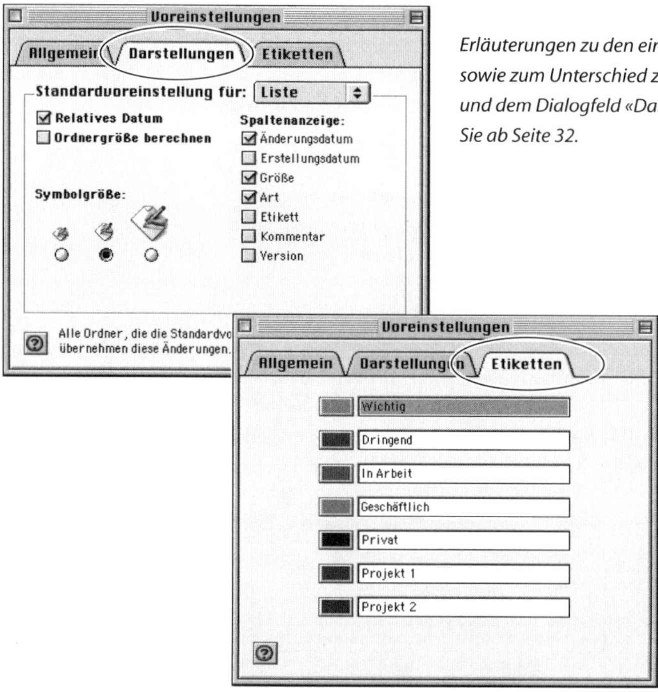

Erläuterungen zu den einzelnen Merkmalen sowie zum Unterschied zwischen diesem Dialogfeld und dem Dialogfeld «Darstellungsoptionen» finden Sie ab Seite 32.

Erläuterungen zu Etiketten finden Sie in Kap. «Icons, Symbole und Dateien» ab Seite 44, speziell ab Seite 52.

- Vereinfachte Menüs

Die Option *Vereinfachte Menüs* wurde eingerichtet, damit noch unerfahrene Computerbenutzer beim Anblick der vielfältigen Menüoptionen nicht gleich den Mut verlieren. Wenn Sie dieses Auswahlfeld markieren, werden Ihnen in den Menüs nur die wichtigsten Optionen angeboten (siehe Abbildung unten). Probieren Sie es selbst.

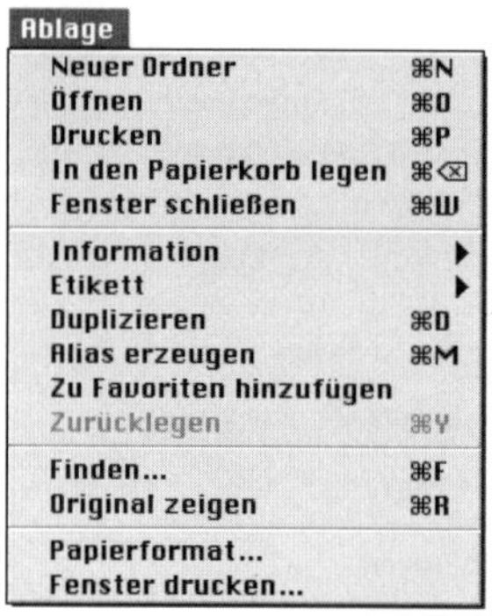

Dies ist das reguläre Menü «Ablage».

So sieht das Menü «Ablage» aus, wenn Sie die Option «Vereinfachte Menüs» gewählt haben. Wie Sie sehen, wird die Auswahl dadurch erheblich eingeschränkt.

- Aufspringende Ordner

Aufspringende Ordner werden ab Seite 38 behandelt.

- Rasterabstand

Der Rasterabstand bestimmt die Maschengröße des unsichtbaren Gitters, an dem sich Ihre Symbole beim Anordnen ausrichten (siehe Darstellungsoptionen auf Seite 33). Ein engmaschiges Gitter erlaubt mehr Symbole auf einer bestimmten Fläche; umgekehrt überlappen sich dann vielleicht lange Dateinamen, was bei einem großen Rasterabstand nicht der Fall ist.

Wie bei allen anderen Dingen im Dialogfeld *Voreinstellungen* auch, wirkt sich die hier getroffene Auswahl auf alle Fenster Ihres Computers aus. Im Gegensatz dazu haben Einstellungen im Dialogfeld *Darstellungsoptionen* lediglich Auswirkung auf einzelne Fenster. Das heißt, Sie können im Dialogfeld *Darstellungsoptionen* zwar festlegen, ob die Symbole im Fenster immer ausgerichtet werden sollen oder nicht. Der Rasterabstand aber wird im Dialogfeld *Voreinstellungen* definiert und gilt damit für alle Fenster gleichermaßen.

Schrift in den Fenstern

Mit einer witzigen Schrift können Sie Ihrem Schreibtisch etwas die kühle Sachlichkeit nehmen.

Sie können wählen, mit welchem Zeichensatz (Schriftschnitt) und in welcher Größe die Namen Ihrer Dateien und Ordner erscheinen sollen. Gehen Sie im *Apple*-Menü auf *Kontrollfelder* und wählen Sie die Option *Erscheinungsbild*. Klicken Sie auf die Rubrik *Zeichensätze* und wählen Sie den oder die Zeichensätze für die drei Optionen. (Näheres über Kontrollfelder finden Sie im Kap. «Kontrollfelder» ab Seite 219).

Da Zeichensätze mit Städtenamen in der Regel besser auf Ihrem Bildschirm zu lesen sind, sollten Sie sich für eine Schrift wie Geneva, Chicago oder New York entscheiden. Falls Sie Schwierigkeiten haben, die winzigen Dateinamen zu erkennen, machen Sie die Schrift einfach größer.

Fenster drucken

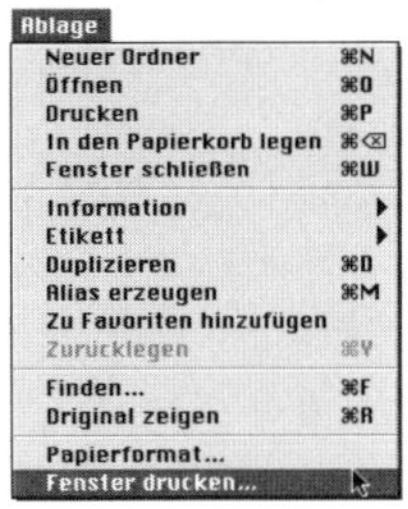

Gelegentlich wollen Sie die Informationen, die in einem bestimmten Fenster angezeigt werden, ausdrucken. Das ist beispielsweise praktisch, wenn Sie eine Liste aller Dokumente auf einer Diskette oder einer Zip-Disk anfertigen wollen oder eine Auflistung aller Dateien in einem bestimmten Ordner benötigen.

Das hier beschriebene Verfahren funktioniert allerdings nur bei Fenstern auf dem Schreibtisch. Wenn Sie das Bild eines Fensters oder des Bildschirms in einem Programm oder einem Dialogfeld drucken wollen, lesen Sie bitte die Hinweise weiter unten unter *Andere Fenster drucken*.

Um den Inhalt des aktiven Fensters zu drucken:

1 Schalten Sie Ihren Drucker ein.

2 Achten Sie darauf, daß das Fenster mit den zu druckenden Informationen das aktive Fenster ist (klicken Sie es an).

3 Wählen Sie im *Ablage*-Menü die Option *Fenster drucken…* (es ist die letzte Option; sollten Sie statt dessen *Schreibtisch drucken…* sehen, so bedeutet das, daß Sie kein Fenster aktiviert haben – klicken Sie in diesem Fall auf das geöffnete Fenster, das gedruckt werden soll).

4 Nehmen Sie bei Bedarf im Dialogfeld *Drucken* Einstellungsänderungen vor und klicken Sie dann auf OK (oder betätigen Sie den Zeilenschalter).

Schreibtisch drucken

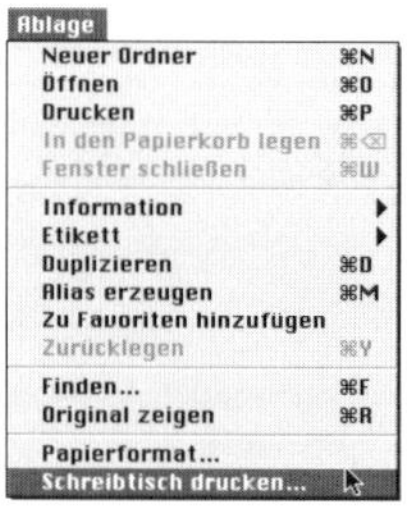

Um alle Symbole auf dem Schreibtisch zu drucken:

1 Schalten Sie Ihren Drucker ein.

2 Achten Sie darauf, daß der Schreibtisch aktiviert ist: Klicken Sie auf ein beliebiges Symbol auf dem Schreibtisch, beispielsweise auf den Papierkorb oder die Festplatte, oder betätigen Sie die Tastenkombination ⌘ - ⇧ - ↑.

3 Wahrscheinlich ist Ihr Monitor zu groß, um auf ein Papier im DIN-A4-Format gedruckt werden zu können. Daher müssen Sie zunächst das Papierformat ändern: Wählen Sie im *Ablage*-Menü *Papierformat…* und geben Sie im Skalierungsfeld entsprechend der Größe Ihres Monitors beispielsweise einen Wert von 75% oder 50% ein. Klicken Sie anschließend auf OK.

4 Wählen Sie nun im *Ablage*-Menü die Option *Schreibtisch drucken…* (es ist die letzte Option; sollten Sie statt dessen *Fenster drucken…* sehen, befinden Sie sich nicht auf dem Schreibtisch – wiederholen Sie Schritt 2).

5 Ändern Sie bei Bedarf im Dialogfeld *Drucken* Einstellungsänderungen vor und klikken Sie dann auf OK oder betätigen Sie den Zeilenschalter.

Andere Fenster oder den Bildschirm drucken

Wenn Sie ein Foto des ganzen Bildschirms in einem Programm drucken wollen (im Gegensatz zum normalen Drucken des Textes in einem Dokument), sehen Sie nach, ob Sie in einem der Menüs den Befehl *Fenster drucken* finden. Falls nicht, können Sie einen sogenannten **Screenshot** (auch Screen Dump oder Screen Capture) des gesamten Bildschirms anfertigen.

+

Dies ist der Fadenkreuz-Cursor. Mit ihm wählen Sie einen Bildausschnitt.

Dies ist der Ziel-Cursor. Mit ihm nehmen Sie das aktive Fenster auf.

Bild 1

Dies erscheint auf Ihrer Festplatte, wenn Sie einen Screenshot anfertigen.

1 Um ein Bild des gesamten Bildschirms zu machen, betätigen Sie die Tastenkombination ⌘ - ⇧ - 3. Daraufhin hören Sie ein Klicken wie von einem Fotoapparat, und Ihr Bildschirm friert für einen Moment ein. Aber keine Angst – der Computer macht nur eine Aufnahme des Bildschirms.

Um nur einen bestimmten Teil des Bildschirms aufzunehmen, betätigen Sie die Tastenkombination ⌘ - ⇧ - 4 – daraufhin erscheint ein Fadenkreuz-Cursor (siehe Abbildung links). Ziehen Sie mit Hilfe dieses Cursors einen Kasten um den gewünschten Bildausschnitt, und lassen Sie die Maustaste dann los.

Um das aktive Fenster aufzunehmen, drücken Sie die Feststelltaste und anschließend ⌘ - ⇧ - 4 – daraufhin erscheint ein runder Ziel-Cursor (siehe Abbildung). Klicken Sie auf das aktive Fenster.

2 Gehen Sie nun auf Ihren Schreibtisch und öffnen Sie das Fenster, das zu Ihrer Festplatte gehört. Sie werden dort ein neues Objekt mit der Bezeichnung *Bild 1* vorfinden.

3 Doppelklicken Sie auf *Bild 1*. Es wird daraufhin mit einem Programm namens *SimpleText* (einem kleinen Textverarbeitungsprogramm) geöffnet.

4 Wählen Sie im *Ablage*-Menü die Option *Drucken…* und klicken Sie auf OK. (Falls

das Bild augenscheinlich zu groß für ein DIN-A4-Blatt ist, passen Sie die Papiergröße an und verringern die Druckgröße. Siehe weiter oben.)

5 Nach dem Drucken wählen Sie im Menü *Ablage* die Option *Beenden*, oder drücken ⌘ - Q.

Tip: *Es ist möglich, einen Screenshot vom aktiven Fenster anzufertigen und direkt in der Zwischenablage zu speichern. So können Sie ihn in jede geöffnete Anwendung einfügen (Näheres über die Zwischenablage und das Einfügen finden Sie ab Seite 80). Und so müssen Sie vorgehen:*

Nehmen Sie mit der zuvor beschriebenen Methode ein Bild des aktiven Fensters auf. Drücken Sie wieder die Feststelltaste und anschließend ⌘ - ⇧ - 4), um den Ziel-Cursor zu aktivieren. Drücken Sie nun die Control-Taste, und klicken Sie anschließend mit dem Ziel-Cursor auf das Fenster. Wenn Sie auf diese Weise das geöffnete Fenster anklicken, erhalten Sie keine «Bild 1»-Datei, sondern der Screenshot des Fensters wird direkt in die Zwischenablage geschickt. Das bedeutet, daß Sie ein beliebiges neues Dokument in praktisch jeder Anwendung öffnen und das Bild gleich aus der Zwischenablage dort einfügen können (mit der Option «Einfügen» im Bearbeiten-Menü). Probieren Sie es einfach mal aus.

8

Icons, Symbole und Dateien

*Da die Begriffe **Icon** und **Symbol** von den Mac-Anwendern munter nebeneinander her verwendet werden, machen wir es genauso! Ob Sie lieber Icon oder Symbol sagen, ist Ihre Sache.*

Icons – diese kleinen Bilder die Sie auf dem Bildschirm sehen – sind ein wesentliches Merkmal der Benutzeroberfläche des Macintosh. In der deutschen Lokalisierung des Mac OS heißen sie **Symbole.** Wie wichtig Icons oder Symbole sind, können Sie daran erkennen, daß sie neben Fenstern sicher zu den meistkopierten Elementen der Macintosh-Oberfläche gehören. Aber Bildchen ist nicht gleich Bildchen! Denn nur wo Macintosh draufsteht, ist auch ein freundlicher, hilfsbereiter Computer drin, der sich nach Kräften bemüht, Sie zu verstehen. Andere Computer ziehen sich zwar das Tarnkleid der Symbole und Fenster über, amüsieren sich jedoch köstlich über den Benutzer, der versucht, ihre verschlüsselten Hinweistexte und kryptischen Fehlermeldungen zu verstehen. Ein Alptraum!

Symbole enthalten zahlreiche visuelle Hinweise. Auf den ersten Blick sehen sie vielleicht aus wie ein skuriles Sammelsurium verschiedenster Objekte – und viele sind nicht gerade begeistert von all diesen Bildchen und wechseln unverzüglich zur Listendarstellung. Wenn man sie sich jedoch einmal genauer ansieht, wird man erstaunt feststellen, daß diese Symbole eine ganze Reihe von Informationen enthalten, die äußerst nützlich für Sie sein können. In diesem Kapitel wird ausführlich erläutert, wie Sie diese Informationen und teilweise versteckten Hinweise nutzen können. Ich möchte Sie daher bitten, für den Anfang zunächst die Symboldarstellung in Ihren Fenstern beizubehalten. Nachdem Sie die Muster und Hinweise kennengelernt haben und wissen, wie man Symbole kopiert, verschiebt und organisiert, können Sie besser entscheiden, ob die Symbole- oder die Listendarstellung besser für Ihre Bedürfnisse geeignet ist. (siehe Erläuterungen ab Seite 32).

Ein Icon kann für jede Art von **Datei** stehen – jede Form von Information, die Sie auf Ihrem Computer sehen, ist eine Datei. Die Bezeichnung Datei kann sich auf eine Anwendung, ein Dokument, ein Kontrollfeld, eine Erweiterung, eine Grafik, einen Ordner, eine E-Mail, eine Webseite oder irgend etwas anderes beziehen. Wie Sie bereits erfahren haben, können Dateien nicht nur als Symbole dargestellt werden, sondern auch als Tasten oder in Listen. Die meisten der in diesem Kapitel erläuterten Techniken, wie beispielsweise das Verschieben eines Symbols oder das Ändern seines Namens, funktionieren auch bei Dateien in der Tasten- oder Listendarstellung.

Icons für Volumes bzw. Datenträger

Auf dem Schreibtisch (siehe auch Kap. «Der Schreibtisch» ab Seite 12) sehen Sie stets die Symbole aller benutzten **Volumes**. (Volume ist der Sammelbegriff für jede Art von Hardware, auf der sich Daten speichern lassen.) Je nachdem, welchen Mac Sie Ihr eigen nennen, sieht das Symbol Ihrer Festplatte etwas anders aus als unten abgebildet.

- Einfaches Klicken wählt ein Volumesymbol aus.
- Ein Doppelklick öffnet das Volume und zeigt sein Fenster an.

Wenn das Symbol für ein Volume grau ist, dann ist es bereits geöffnet – doppelklicken Sie trotzdem darauf, um das zugehörige Fenster nach vorn zu bringen.

Festplattensymbole sehen oft aus wie das linke, sie können aber auch ganz anders aussehen.

Diskettensymbol

Typisches Zip-Disk-Symbol

CD-ROM-Symbole sehen oft aus wie das Beispiel links, sie können aber auch völlig anders aussehen, wie rechts daneben gezeigt.

Typisches JAZ-Disk-Symbol

Ordnersymbole

Wann immer Sie ein Schreibtischfenster geöffnet haben, sehen Sie höchstwahrscheinlich **Ordnersymbole**. Diese funktionieren im Prinzip wie die Ordner in Ihrem Aktenschrank. Sie können darin Dinge ablegen, sie bei Bedarf wieder herausnehmen und sich den Inhalt ansehen. Lesen Sie sich das folgende Kapitel über Ordner möglichst aufmerksam durch, da Ordner ein enorm wichtiges Hilfsmittel sind.

- Mit einem Einfachklick wählen Sie einen Ordner aus.
- Ein Doppelklick wählt ein Ordnersymbol aus und öffnet sein Fenster.
- Mit einem Eineinhalb-Klick öffnen Sie das Fenster vorübergehend (siehe Seite 38).

Wenn Sie Ordner wie die unten abgebildeten sehen, mit Anschlußkabeln, lustigen Gesichtern oder dunklen Reitern, ist das ein Hinweis darauf, daß diese Ordner gemeinsam mit anderen Computern genutzt werden. Näheres hierzu finden Sie in Kap. «Dateien gemeinsam nutzen» ab Seite 196.

(Beachten Sie den dunklen Reiter)

Diese Ordner werden gemeinsam genutzt (oder sind dafür vorbereitet).

Anwendungssymbole

SimpleText

Quicken Special Edition

ClarisWorks

Anwendungssymbole sind oft ziemlich ausgefallen.

Programm- oder **Software-Icons** sind die Zückerchen der Macintosh-Oberfläche und zugleich Bestandteil der betreffenden Software. Sie wurden eigens so entworfen, daß sie über ein individuelles Aussehen verfügen – manche in Schwarzweiß, andere in gediegener Farbe. Was sie jedoch alle gemeinsam haben: Sie geben visuelle Anhaltspunkte über die Art ihrer Funktion. So können Sie beispielsweise rechts am SimpleText-Symbol erkennen, daß es für ein Textverarbeitungsprogramm steht, und das Quicken-Symbol für ein Finanzprogramm.

- Mit einem Einfachklick wählen Sie ein Programmsymbol aus.
- Nach einem Doppelklick auf sein Symbol öffnet sich das Programm. Anschließend wird entweder eine neue, leere Seite in diesem Programm erstellt, oder es erscheint ein Dialogfeld, mit dem Sie eine neue, leere Seite erstellen können.

Dokumentsymbole

Article

Accounts

Fax an Jacques

Dokumentsymbole haben fast immer oben rechts ein Eselsohr.

Dokumentsymbole repräsentieren Dokumente, also Dateien, die Sie in einem bestimmten Programm erstellt haben. Wann immer Sie in einem Programm arbeiten und Ihr Dokument unter einem Namen speichern, wird irgendwo auf Ihrem Schreibtisch das zugehörige Dokumentsymbol erstellt.

Dokumentsymbole sehen fast immer aus wie ein Blatt Papier, bei dem die obere rechte Ecke umgeknickt ist (manchmal auch wie ein Stoß Papier oder ein Stapel Karten). Im allgemeinen ähneln sie der Anwendung, mit der sie erstellt wurden, wie Sie an den beiden hier gezeigten Programm- und Dokumentsymbolen ersehen können.

- Mit einem Einfachklick wählen Sie ein Dokumentsymbol aus.
- Mit einem Doppelklick auf ein Dokumentsymbol öffnen Sie das Programm, mit dem das Dokument erstellt wurde, und das betreffende Dokument wird auf dem Bildschirm angezeigt (siehe aber auch Seite 311).

Leere Dateisymbole

Accounts

Ein leeres Dateisymbol bedeutet meistens, daß das Programm, mit dem es erstellt wurde, vermutlich nicht auf Ihrem Computer installiert ist.

Hin und wieder sehen Sie ein leeres Dateisymbol. Dies bedeutet in der Regel, daß sich die Anwendung, mit der dieses Dokument erstellt wurde, nicht auf Ihrem Computer befindet. Das Symbol links beispielsweise ist dieselbe ClarisWorks-Datei wie oben. Auf einem Computer, auf dem Quicken installiert ist, enthält das Symbol einen optischen Hinweis auf dieses Programm. Wenn ich diese Datei jedoch auf einen Computer kopiere, auf dem Quicken nicht installiert ist, wird ein leeres Symbol angezeigt.

Buttons

Wenn bei einem leeren Dokumentsymbol **die rechte untere Ecke** umgeknickt ist, deutet dies darauf hin, daß es sich hier um einen Formularblock handelt; siehe weiter unten.

Caxton Book 12

Wenn bei einem leeren Dokumentsymbol **die linke obere Ecke** umgeknickt ist, deutet dies darauf hin, daß es sich hier um einen Zeichensatz handelt, bei dem vermutlich ein Problem vorliegt; ersetzen Sie ihn.

Wenn Sie versuchen, ein leeres Dokument per Doppelklick zu öffnen, erscheint normalerweise diese Meldung:

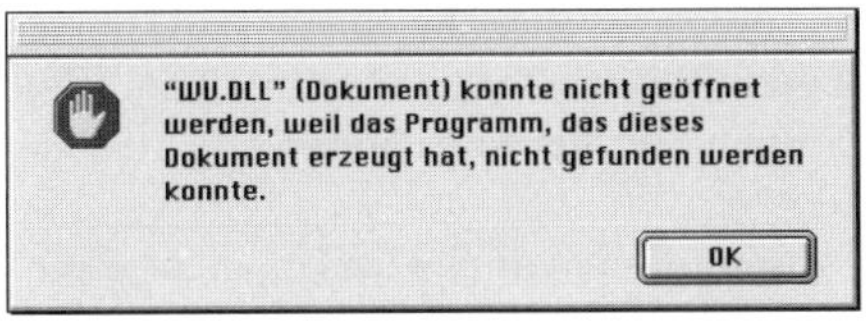

Falls jedoch das Kontrollfeld *File Exchange* aktiviert ist (Näheres hierzu auf Seite 235), erscheint eine Meldung folgender Art:

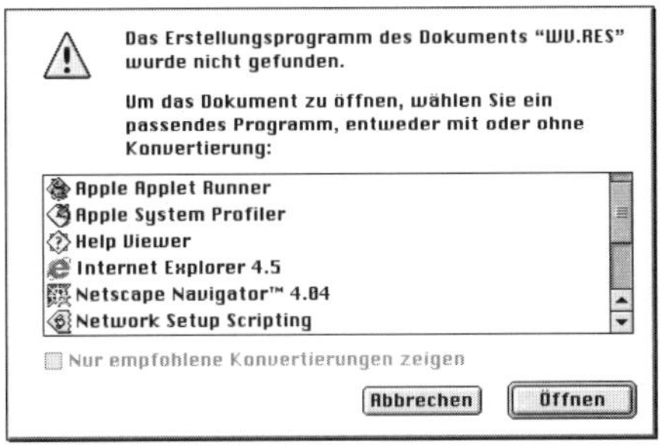

Wählen Sie aus dieser Liste ein Programm aus, von dem Sie annehmen, daß es die Datei öffnet. Oder befolgen Sie den Tip unten.

Profi-Tip! *Ziehen Sie das Dokumentsymbol auf verschiedene Programmsymbole. Sofern das Programm diesen Dateityp öffnen kann (Microsoft Word kann beispielsweise fast jede Art von Textdatei öffnen), wird das betreffende Programmsymbol aktiviert (bzw. verdunkelt; siehe Beispiel unten). Das ist die visuelle Rückmeldung, daß sich die Datei mit diesem Programm öffnen läßt; lassen Sie nun einfach die Maustaste los, und die Datei wird geöffnet.*

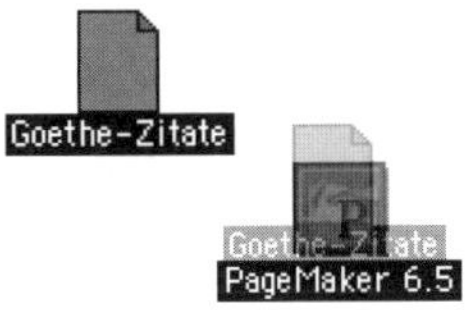

Ziehen Sie das leere Symbol auf verschiedene Programmsymbole um festzustellen, ob sich die Datei von einem der Programme öffnen läßt. Lassen Sie los, sobald ein Icon aktiviert wird. Es kommt allerdings auch vor, daß ein Programm eine Datei öffnet, mit der es nicht umgehen kann. Das Resultat ist dann leider unbrauchbar.

System-Icons

Icons, die zum Betriebssystem gehören, erscheinen in verschiedenen Größen und Formen.

Im Innern eines Ordners mit dem Namen **Systemordner** liegen System-Icons, die der Mac unbedingt zum Arbeiten braucht, außerdem zahlreiche weitere Symbole, die eine mehr oder weniger nützliche Funktion haben. Systemsymbole repräsentieren Programmierungen, die wichtige Betriebsvorgänge ausführen. Unter den vielen unterschiedlichen Arten von Systemsymbolen nehmen die beiden namens System und Finder eine besondere Stellung ein – nur wenn sich diese beiden Symbole im Systemordner befinden, funktioniert der Macintosh.

- Ein Einfachklick wählt ein Systemsymbol aus.
- Nach einem Doppelklick auf ein Systemsymbol erhalten Sie in den meisten Fällen folgenden Hinweis: «Diese Datei wird von der Systemsoftware benutzt. Sie kann nicht geöffnet werden.» Das liegt daran, daß die meisten Systemsymbole lediglich

optische Stellvertreter betriebsnotwendiger Dateien auf Ihrer Festplatte sind – abgesehen von ihrem niedlichen kleinen Symbol gibt es da wirklich nichts zu sehen. (Die Systemdatei selbst und die Kontrollfelder können Sie allerdings öffnen.)

Ihr Systemordner enthält eine ziemlich große Ansammlung von Symbolen, nicht wahr? Er ist auch enorm wichtig – so wichtig, daß er gleich ein ganzes Kapitel vereinnahmt. Es ist Kap. «Der Systemordner» ab Seite 212, das ich Ihnen hiermit sehr ans Herz legen möchte. Und bei dieser Gelegenheit noch mal der Hinweis: Legen Sie nichts in den Systemordner, von dem Sie nicht mindestens 100%ig wissen, daß es auch wirklich dort hingehört!

Kontrollfelder, wie zum Beispiel «Erscheinungsbild» und «Allgemeine Einstellungen», haben im Icon einen kleinen Schieberegler. Erweiterungen, wie beispielsweise «Color Picker» und «Speech Control» sehen aus wie Puzzleteile.

Aktivierte Symbole

Wenn ein Symbol (wie das Beispiel links) dunkel erscheint, ist es **aktiviert** – man sagt auch **ausgewählt** – zum Beispiel, weil Sie es angeklickt haben oder den ersten oder die ersten beiden Buchstaben seines Namens eingegeben haben. Ein ausgewähltes Symbol können Sie mit gedrückter Maustaste irgendwo anders hinziehen. Auch Menübefehle wie *Öffnen* oder *Zurücklegen* lassen sich auf aktivierte Symbole anwenden.

- Dieses Symbol wurde mit einem Einfachklick ausgewählt.
- Mit einem Doppelklick öffnen Sie ein markiertes Symbol wie jedes andere auch.

Tastensymbole

Wenn die Darstellung als **Taste** gewählt wurde, verhält es sich etwas anders. Anders als bei normalen Icons genügt hier bereits ein Einfachklick, um die betreffende Datei zu öffnen. Wenn Sie eine Taste auswählen wollen, klicken Sie auf ihren Namen, statt auf die Taste selbst. Oder Sie ziehen mit der Maus ein Rechteck um die Taste auf, um sie dadurch auszuwählen (siehe links).

Graue Symbole

Ein geöffneter Ordner.

Eine geöffnete Diskette.

Ein geöffnetes Programm.

Ein **graues Symbol** ist ein visueller Hinweis darauf, daß diese Datei bereits geöffnet ist. Unter Umständen ist das Fenster dieses Symbols hinter anderen Fenstern versteckt – aber dadurch wissen Sie, daß es auf jeden Fall geöffnet ist. Es könnte sich allerdings auch um Pop-up-Fenster oder ein zusammengeklapptes Fenster handeln, dann sehen Sie lediglich den Reiter am unteren Bildschirmrand bzw. die Titelleiste dieses Fensters.

- Mit einem Einfachklick wählen Sie ein graues Symbol aus.
- Mit einem Doppelklick auf ein graues Symbol bringen Sie das zugehörige Fenster in den Vordergrund und machen es zum aktiven Fenster.

Wenn es sich bei dem grauen Symbol um ein Programm handelt, bedeutet das, daß dieses bereits geöffnet ist. Wenn Sie das graue Symbol doppelt anklicken, wird das betreffende Programm aktiviert. Sie haben es doppelt angeklickt, aber es ist nichts passiert?

Doch, doch! Achten Sie auf die Menüleiste: Sofern Sie sich noch im Finder (auf dem Schreibtisch) befinden, sehen Sie in der Menüleiste das Menü *Spezial*, und im *Ablage*-Menü fehlt unten die Option *Beenden*.

■ Symbole zurücklegen

Haben Sie auch schon einmal eine Datei aus einem Ordner herausgezogen, auf dem Schreibtisch abgelegt, und anschließend vergessen, woher sie kam? Oder irgendein anderer hat sie dort abgelegt und vergessen, sie wieder zurückzulegen (oder Sie haben einfach keine Lust, es selbst zu tun). Dann markieren Sie das Symbol (einmal anklicken) und wählen anschließend im *Ablage*-Menü den Befehl *Zurücklegen* (oder ⌘ - Y). Wie von Zauberhand verschwindet die Datei daraufhin genau wieder dorthin, wo sie herkam.

Auf diese Weise können Sie sogar Dateien wieder weglegen, die Sie zwar schon in den Papierkorb befördert haben, nun aber doch noch nicht entsorgen wollen: Öffnen Sie per Doppelklick den Papierkorb, wählen Sie eine oder mehrere Dateien (dazu halten Sie die Umschalttaste gedrückt und klicken nacheinander auf die gewünschten Dateien), und drücken anschließend ⌘ - Y.

Symbole verschieben

Wenn Sie **Symbole verschieben** wollen, klicken Sie sie an und ziehen sie mit gedrückter Maustaste an die gewünschte Stelle. Auf diese Weise können Sie jedes Symbol aus einem Ordner heraus- oder in ihn hineinziehen. Wenn Sie ein Symbol (oder eine Datei, ungeachtet ihres Aussehens) von einem Ort zu einem anderen auf demselben Volume ziehen, wird sie vom Computer dorthin verschoben. Wenn Sie dagegen eine Datei von einem Volume auf ein anderes Volume ziehen, dann wird sie vom Computer dorthin kopiert. Näheres hierzu finden Sie in Kap. Dateien kopieren ab Seite 62.

Symbole umbenennen

Sobald ein Objekt in der Symbol-, Tasten- oder Listendarstellung bereit ist zum Umbenennen, sehen Sie einen Rand um dem Namen.

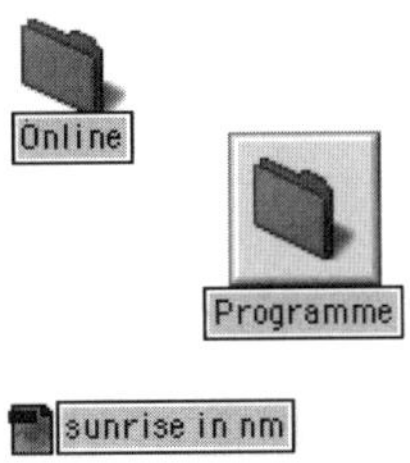

Um ein **Symbol umzubenennen** – also einen Ordner, ein Dokument, ein Programm, ein Volume oder was auch immer –, klicken Sie einfach auf den Namen des Symbols (nicht auf sein Bild), und warten Sie, bis nach einigen Sekunden ein Rand um den Namen erscheint. (Wenn Sie genau hinsehen, wird Ihnen außerdem auffallen, daß sich der Mauszeiger auch in die Einfügemarke verwandelt hat.) Damit signalisiert der Mac, daß Sie jetzt einen neuen Namen eingeben können. Nun können Sie entweder einfach lostippen, dann wird der alte Name komplett ersetzt. Oder Sie setzen die Einfügemarke irgendwo im Text, wenn Sie nur einen Teil des alten Namens ändern wollen. Ansonsten funktionieren hier die meisten Standardtechniken von Textprogrammen, die in Kap. «Texteingabe» ab Seite 75 noch ausführlich behandelt werden. Drücken Sie am Ende noch einmal den Zeilenschalter oder klicken Sie irgendwo anders hin, um den Namen wieder zu fixieren.

Falls Ihnen die Zwangspause zwischen «auf den Namen klicken» und «warten bis der Name aktiviert wird» zu lange ist, es geht auch schneller: Wählen Sie das Symbol aus und drücken Sie den Zeilenschalter: Der Name wird sofort aktiviert.

Änderungen rückgängig machen

Falls Sie einen Namen **versehentlich geändert** haben (was nur allzuleicht passieren kann – man denke nur an die Dateien, die ihren Namen auf mysteriöse Weise in äääääää oder „„„„„„„„ geändert haben, während man sich kurz auf die Tastatur gestützt hat), gibt es eine Möglichkeit, den ursprünglichen Namen wiederherzustellen:

Durch Widerrufen. Sowie Sie Ihren Fehler bemerken, wählen Sie aus dem *Bearbeiten*-Menü den Befehl *Widerrufen*. Sofern Sie die kleine Katastrophe (und es kann durchaus noch schlimmer kommen) gleich bemerkt haben, wird mit diesem Befehl der ursprüngliche Name wiederhergestellt. Falls es für den Befehl *Widerrufen* bereits zu spät sein sollte, müssen Sie den Namen leider neu eingeben (falls Sie sich noch an ihn erinnern). Es gibt übrigens auch einen Tastaturbefehl für *Widerrufen*, den Sie sich vielleicht merken sollten: ⌘ - Z.

Wenn sich ein Name nicht ändern läßt

Gelegentlich läßt der Mac es **nicht** zu, den Namen eines Ordners, eines Volumes oder eines Programms zu **ändern**. Dieser Fall tritt dann ein, wenn die entsprechenden Objekte aktuell gemeinsam genutzt werden, oder die Option *File Sharing* aktiviert ist. Mehr zu diesem Thema erfahren Sie in Kap. «Dateien gemeinsam nutzen» ab Seite 196.

Der kleine schwarze Balken im Reiter weist darauf hin, daß dieser Ordner gemeinsam genutzt wird.

Ein gemeinsam genutzter Ordner wird durch einen kleinen schwarzen Balken oben auf dem Reiter gekennzeichnet (siehe Abbildung am Rand). Ein gemeinsam genutztes Volume hat keinen solchen optischen Hinweis auf seinen Status; Sie merken es nur daran, daß der Name nach dem Anklicken keinen Rand erhält. Um den Namen eines gemeinsam genutzten Objekts ändern zu können, müssen Sie zunächst diesen Status aufheben (siehe Seite 210). Auch wenn ein Volume oder ein Ordner gemeinsam genutzt wird, können Sie dennoch die Namen all derjenigen darin enthaltenen Objekte ändern, die nicht für die gemeinsame Nutzung freigegeben sind.

(Um den Schutz einer Datei aufzuheben (bzw. eines Ordners, Dokuments usw.), lesen Sie bitte die Hinweise auf Seite 55. Um den Schutz einer Diskette aufzuheben, lesen Sie auf Seite 118).

Eigene Symbole erzeugen

Sie können Ihre **eigenen Symbole erzeugen** und damit vorhandene Symbol ersetzen.

Obwohl es ziemlich spaßig ist, alle Symbole zu ändern, möchte ich Anfängern dringend davon abraten, weil das Original so viele Informationen hergibt. Woher wissen Sie, was passiert, wenn Sie nach dem Ändern eines Symbols dieses doppelt anklicken? Ist es ein Ordner, dessen Fenster sich öffnet, oder eine Anwendung, ein Dokument, ein Systemsymbol, oder was? Seien Sie lieber vorsichtig.

- Öffnen Sie ein Grafikprogramm wie ClarisWorks im Zeichen- oder Malmodus. (Profis nehmen natürlich Photoshop.)
- Erstellen Sie mit diesem Grafikprogramm das Bild, das Sie als Symbol verwenden wollen. Oder verwenden Sie statt dessen ein beliebiges Grafikelement oder Albumbild.

  Egal, wie groß es wird, der Mac stutzt es auf die erforderliche Größe zusammen, sowie sie es als neues Symbol verwenden. Zu große Grafiken können allerdings nach dem Verkleinern etwas undeutlich sein.
- Wählen Sie nun das neu erzeugte oder vorgefundene Bild und kopieren Sie es (*Bearbeiten*-Menü).

- Gehen Sie zurück zum Finder (wählen Sie im *Programme*-Menü ganz rechts in der Menüleiste den Eintrag *Finder*).

- Klicken Sie einmal auf das zu ersetzende Symbol. Wählen Sie nun im *Ablage*-Menü die Option *Information* (oder drücken Sie ⌘ - I).

- Klicken Sie einmal auf das Symbol oben links im Informationsfenster.

- Wählen Sie im *Bearbeiten*-Menü die Option *Einfügen* (oder drücken Sie ⌘ - V).

- Schließen Sie das Informationsfenster wieder (oder drükken Sie ⌘ - W).

- Um das Originalsymbol wieder einzusetzen, markieren Sie das Symbol im Informationsfenster und wählen *Löschen* oder *Ausschneiden* (⌘ - X).

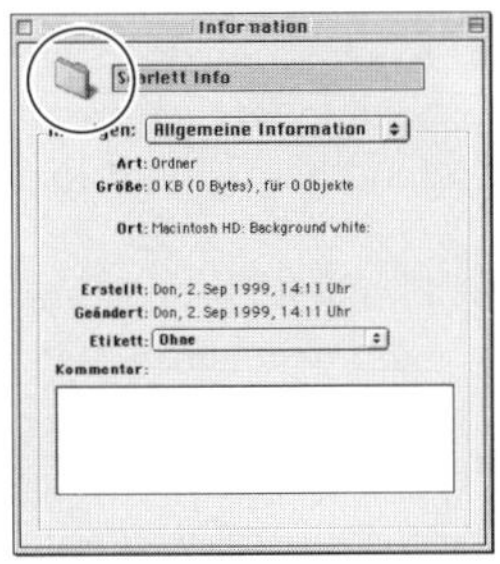

Klicken Sie hier, um das Bild des Symbols auszuwählen, und entweder ein neues einzufügen oder das vorhandene zu löschen.

Screenshots

In bestimmten Situationen benötigt man ein Bildschirmfoto, also einen Schnappschuß des Computerbildschirms, wie er zu einem bestimmten Zeitpunkt ausgesehen hat. Der Kenner spricht hier übrigens von **Screenshots** (gelegentlich auch bekannt als Screen dump oder Screen capture). Praktischerweise bietet Ihr Macintosh diese Funktion frei Haus.

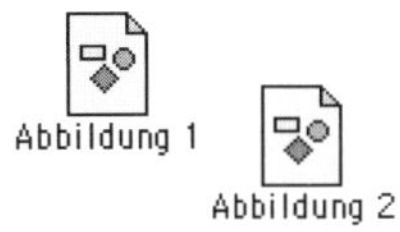

Diese Symbole stellen Screenshots im PICT-Format dar.

Um einen Screenshot anzufertigen, drücken Sie ⌘ - ⇧ - 3. Daraufhin hören Sie das Geräusch des Auslösers einer Kamera, und Ihr Bildschirm friert für einen Moment ein. Keine Panik – der Computer macht lediglich eine Aufnahme Ihres Bildschirms. Sobald er wieder reagiert, finden Sie ein neues Symbol der obersten Ebene Ihrer Festplatte, das mit «Bild 1» bezeichnet ist. Jedesmal, wenn Sie einen Screenshot anfertigen, erhält das Bild die nächsthöhere Nummer. Damit Sie wissen, was die Bilder enthalten, sollten Sie die Symbole am besten gleich umbenenen.

Wenn Sie nur einen bestimmten Bildschirmausschnitt fotografieren wollen, drücken Sie ⌘ - ⇧ - 4; daraufhin erscheint ein Fadenkreuz-Cursor. Ziehen Sie mit diesem Cursor ein Rechteck um den gewünschten Bereich. Sobald Sie loslassen wird der Screenshot erzeugt. Wenn Sie zusätzlich die Feststelltaste drücken, verwandelt sich das Fadenkreuz in eine Art Minizielscheibe. Damit können Sie auf ein beliebiges Fenster klicken.

Screenshots lassen sich mit SimpleText öffnen.

Sie können Screenshots öffnen, um nachzusehen, was sie enthalten. Dazu klicken Sie das Symbol «Bild 1» doppelt an, und es wird automatisch von SimpleText geöffnet. Sie können Screenshots aber, wie andere Grafikdateien auch, mit den meisten Mal- oder Zeichenprogrammen öffnen, um sie zu betrachten und zu bearbeiten.

- Wie man Screenshots druckt

Sie können Screenshots auch drucken. Dazu öffnen Sie sie mit einem Mal- oder Zeichenprogramm, oder Sie kopieren sie in ein anderes Dokument, wie beispielsweise einen Brief. Sie können sie aber auch so wie sie sind als «Bild 1» drucken.

Dies ist ein Desktop-Drucker-Symbol. Während ein Dokument gedruckt wird, sieht das Symbol so aus:

So drucken Sie einen Screenshot im Original:

- Ziehen Sie das Symbol «Bild 1» auf Ihr Druckersymbol auf dem Schreibtisch. Lassen Sie es einfach darauf fallen, und es wird sofort gedruckt.

Falls dies aus irgendwelchen Gründen nicht funktioniert:

- Klicken Sie das Symbol auf dem Schreibtisch doppelt an. Es wird daraufhin mit SimpleText geöffnet (ein kleines Hilfsprogramm, von dem sich vermutlich ein Dutzend Kopien auf Ihrer Festplatte tummeln).
- Um den Screenshot zu drucken, wählen Sie im *Ablage*-Menü den Befehl *Drucken…* oder drücken ⌘ - P. Klicken Sie im Dialogfeld auf OK.

Falls Sie nach dem Doppelklick auf ein Symbol die Meldung erhalten, daß SimpleText diese Art von Datei nicht öffnen kann, oder daß Sie die Datei mit der Anwendung öffnen sollen, mit der sie erstellt wurde, tun Sie folgendes:

- Öffnen Sie zunächst SimpleText (suchen und doppelt anklicken).
- Es wird ein Fenster geöffnet. Schließen Sie es mit ⌘ -W.
- Wählen Sie im *Ablage*-Menü den Befehl *Öffnen…* oder drücken Sie ⌘ - O.
- Suchen Sie den Namen des Bildsymbols, das Sie öffnen wollen, und klicken Sie doppelt darauf. Das Bild sollte sich nun öffnen und drucken lassen.

Etiketten

Mit **Etiketten** haben Sie ein farbiges Kennzeichnungssystem für Ihre Dateien. Etiketten vergeben Sie mit der gleichnamigen Option im *Ablage*-Menü. Jedem Etikett ist außerdem eine eigene Farbe zugewiesen. Etikett und Farbe verändern eine Datei nicht, sie hängen sozusagen wie ein Schildchen dran.

In den einzelnen Schreibtischfenstern können Sie festlegen, ob das Etikett als weitere Informationsspalte angezeigt werden soll (benutzen Sie hierzu das Dialogfeld *Darstellungsoptionen*; siehe ab Seite 39).

Benutzung von Etiketten

Sie können Etiketten benutzen um etwas Farbe in Ihren trüben Alltag zu bringen (weil sie nun mal da sind), oder um sie als farbige Organisationshilfe zu nutzen. Wenn Sie beispielsweise alle Ihre Liebesbriefe mit einem leidenschaftlichen Rot versehen, fallen Sie Ihnen sofort ins Auge – egal, in welchem Ordner sie sich befinden und um welche Art von Datei es sich gerade handelt (vielleicht möchten Sie ja eine Datenbank für alle Ihre Tête-à-têtes und Liebesbriefe einrichten, oder einen Formularblock zum Anfertigen von Mehrfachkopien, eine faxfähige Version, oder eine Grafikdatei für Ihr Foto, um es per Modem verschicken zu können). Möglicherweise haben Sie aber auch eine Reihe von Vorlesungen in verschiedenen Fächern zu halten. Dann könnten Sie für jedes Fach einen speziellen Ordner einrichten, mit dem Etikett *Vorlesungen* versehen, und haben bei Bedarf alles beieinander. Oder Sie haben einen Ordner mit etlichen Dateien aus den unterschiedlichsten Themengebieten darin. Dann könnten Sie einige oder auch alle mit einem Etikett versehen, so daß in der Sortierfolge *Nach Etikett* alle Dateien zu einem bestimmten Thema als Gruppe aufgelistet werden.

■ Ändern von Etikettnamen

So ändern Sie den Namen eines vorhandenen Etiketts:

- Gehen Sie im Finder zum *Bearbeiten*-Menü und wählen Sie *Voreinstellungen...*
- Klicken Sie im Dialogfeld *Voreinstellungen...* auf den Reiter *Etiketten.*
- Wählen Sie einen der vorhandenen Etikettnamen. Betätigen Sie die Tabulatortaste, um die Namen nacheinander auszuwählen, oder markieren Sie einen Namen mit der Maus.

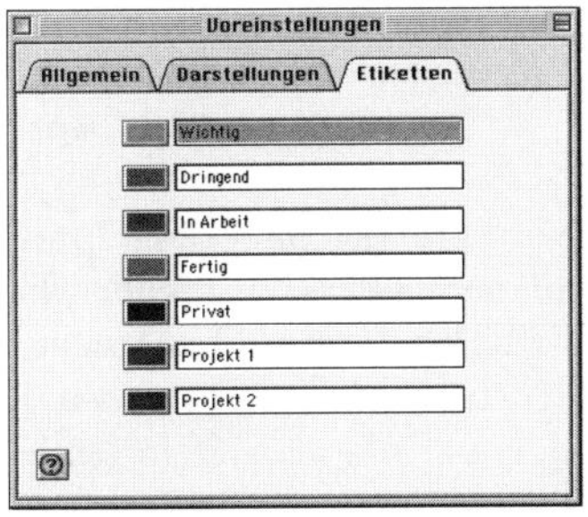

Dies ist die Rubrik Etiketten im Kontrollfeld «Voreinstellungen». Wählen Sie ein vorhandenes Etikett aus und ändern Sie seinen Namen.

- Geben Sie den neuen Namen ein.
- Sowie Sie das Dialogfeld schließen, erscheint der neue Etikettname im Menü *Etikett.*

■ Die Farbe eines Etiketts ändern

So ändern Sie die Farbe eines vorhandenen Etiketts:

- Öffnen Sie das Dialogfeld *Voreinstellungen* im *Bearbeiten*-Menü.
- Klicken Sie in das Farbfeld neben einem Etikett; daraufhin erscheint die Farbauswahl. Lassen Sie sich nicht abschrecken – es sieht komplizierter aus, als es tatsächlich ist; spielen Sie einfach ein wenig damit herum. Probieren Sie die Option *Buntstifte* aus (klicken Sie auf das Symbol links); klikken Sie auf einen der Buntstifte. Wenn Sie ein anderes Farbmodell ausprobieren, sehen Sie möglicherweise kleine Pfeile, einen Schieberegler oder ein Farbrad – probieren Sie einfach alles mal aus. Die neu von Ihnen erstellte Farbe erscheint oben rechts im Feld *Neu.* Um wieder zur Originalfarbe zurückzukehren, klicken Sie auf *Alt* oder einfach auf *Abbrechen.*

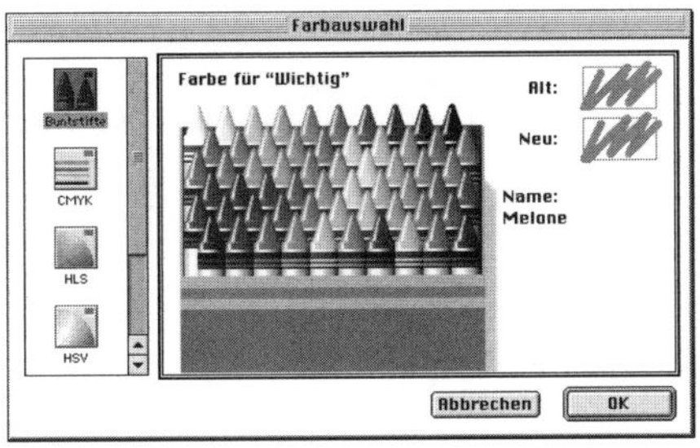

■ Farbige Etiketten vergeben

So versehen Sie ein Symbol mit einer Farbe und einem Etikett:

- Wählen Sie auf dem Schreibtisch ein Symbol oder eine Gruppe von Symbolen.
- Wählen Sie im *Ablage*-Menü die Option *Etikett* und anschließend das gewünschte Etikett bzw. die Farbe. Oder halten Sie die Control-Taste gedrückt und klicken Sie auf ein oder mehrere Dateien; wählen Sie im daraufhin erscheinenden Menü das gewünschte Etikett.

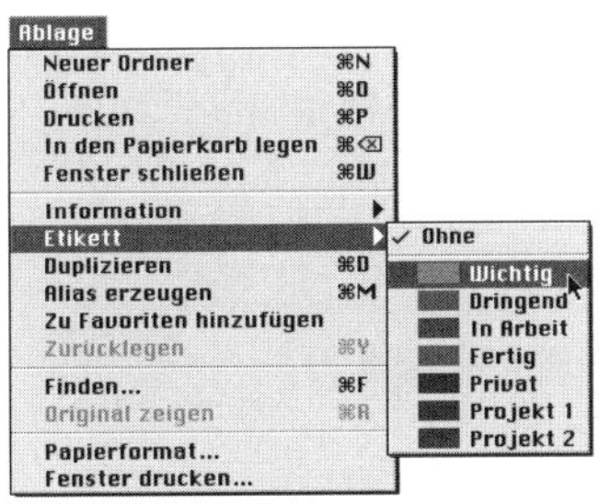

Die von Ihnen im Dialogfeld «Voreinstellungen» erstellten Etiketten (siehe oben) erscheinen im Untermenü «Etikett» des «Ablage»-Menüs.

Wenn Sie ein Etikett vergeben und später den Namen dieses Etiketts ändern, betrifft diese Änderung automatisch alle Dateien, die mit dem ursprünglichen Etikett versehen waren! Wenn ich also beispielsweise acht Dokumente mit dem Etikett Liebesbriefe versehen habe und dieses Etikett dann in Hundefutter umbenenne, trägt anschließend jedes Dokument mit dem Etikett Liebesbriefe nun das Etikett Hundefutter.

- Die Sherlock-Option «Dateien finden»

Mit Hilfe der Sherlock-Option *Dateien finden* (Kap. «Sherlock» ab Seite 180) können Sie nach Objekten suchen, die mit einem bestimmten Etikett oder einer bestimmten Farbe versehen sind. (Manche Programme versehen bestimmte Dateien mit Farben indem sie ein Etikett vergeben. Ich wünschte, sie würden es nicht tun, weil dadurch mein eigenes Etikettensystem weniger effektiv ist.)

Information

Klicken Sie auf dieses Menü, um weitere Informationen anzeigen zu lassen.

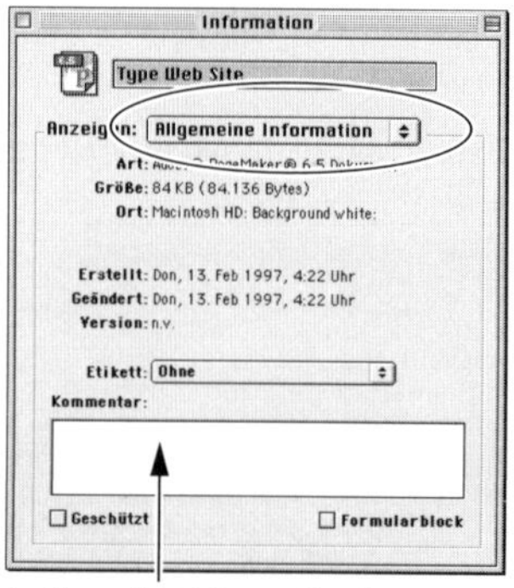

In dieses Feld können Sie eigene Anmerkungen eingeben.

Aktivieren Sie irgendein Objekt, indem Sie einmal darauf klicken. Wählen Sie anschließend *Information* im *Ablage*-Menü. (Sofern Sie die Tastendarstellung verwenden, sollten Sie daran denken, zur Auswahl nur den Namen und nicht die Taste selbst anzuklicken). Es erscheint ein kleines Informationsfenster, das Ihnen interessante Dinge über das ausgewählte Objekt mitteilt: zum Beispiel, wie groß es ist, wann und mit welchem Programm es erstellt wurde oder um welche Version es sich handelt.

Eine tolle Sache bei diesem Fenster ist, daß Sie in einem dafür vorgesehenen Kommentarfeld Ihre eigenen Bemerkungen eingeben können (dort, wo die Einfügemarke blinkt). Sie können Besonderheiten über das Objekt eingeben, was es enthält, was es von anderen Objekten unterscheidet, und Sie können Änderungen notieren, die Sie noch vornehmen wollen. Diese Informationen werden automatisch gespeichert.

- Kommentare suchen

Die Tatsache, daß Sherlock im Modus *Dateien finden* auch Kommentare durchsucht, können Sie sich zunutze machen. Wenn Sie es sich beispielsweise zur Gewohnheit machen, in diesem Feld zu notieren, welche Dateien aktualisiert werden müssen, dann müssen Sie nur noch nach allen Dateien suchen lassen, deren Aktualisierung ansteht (siehe auch Kap. «Sherlock» ab Seite 180).

- Kommentare im Schreibtischfenster anzeigen

Sie können diese Kommentare auch in der Listendarstellung anzeigen lassen. (vgl. die folgende Abbildung.) Rufen Sie dazu das Dialogfeld *Voreinstellungen* im *Bearbeiten*-Menü auf und wählen Sie den Reiter *Darstellungen* (vgl. auch Seite 40).

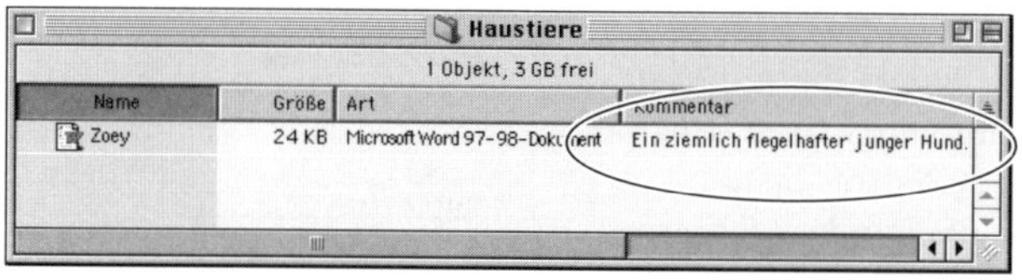

Die Kommentare erscheinen hier.

Eine Datei schützen

In der linken unteren Ecke im Informationsfenster finden Sie das Auswahlfeld *Geschützt*. Wenn Sie dieses Feld markieren (anklicken), kann diese Datei nicht umbenannt oder versehentlich weggeworfen werden – auch nicht, wenn Sie den Papierkorb leeren. Außerdem wird sie zu einer Nur-Lesen-Datei: Jeder kann die Datei öffnen und lesen, aber niemand kann Änderungen an ihr vornehmen. Nicht einmal die Kommentare im Informationsfeld lassen sich dann ändern. Dies ist insbesondere nützlich, wenn man Kopien eines Dokuments versenden und gleichzeitig sicherstellen will, daß keiner versehentlich Änderungen daran vornimmt.

Diese Datei ist nun geschützt.

Tip: *Wenn Sie die Wahltaste gedrückt halten, wenn Sie den Papierkorb leeren, können Sie auch eine geschützte Datei wegwerfen. Aber Vorsicht – weg ist weg!*

Diese Datei ist nun ungeschützt.

Um den Schutz einer Datei aufzuheben, klicken Sie erneut in das Auswahlfeld. Wenn Sie dort kein Häkchen sehen, ist die Datei ungeschützt. (Hinweise zur Aufhebung des Schreibschutzes bei Disketten finden Sie auf Seite 118.)

Formularblock

Ebenfalls im Informationsfenster können Sie aus jedem Dokument eine **Vorlage** machen, im Apple-Deutsch **Formularblock** genannt. Dabei handelt es sich sozusagen um die Masterkopie eines Dokuments. Sie könnten zum Beispiel Ihren Briefkopf als leeren Formularblock anlegen, indem Sie Ihre Adresse, die verwendeten Schriften, Abstände, Einzüge, Grafiken usw. fertig einstellen, und daraus anschließend eine Vorlage bzw. einen Formularblock machen. Wenn Sie die Vorlage das nächste Mal öffnen, öffnen Sie damit tatsächlich eine noch unbenannte Kopie dieser Datei (unter Umständen werden Sie zuvor aufgefordert, die Datei zu benennen). Diesen Brief können Sie dann nach Belieben gestalten, speichern oder drucken. Das Original der Vorlage jedoch, der Formularblock, bleibt unverändert, so daß Sie immer eine einwandfreie Masterkopie haben. Das Symbol für einen Formularblock sieht aus wie ein Papierstapel, bei dem die untere rechte Kante umgeknickt ist (vergleiche die Abbildung am Rand).

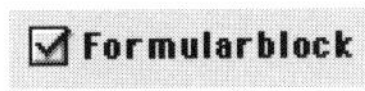

Dies ist ein typisches Symbol für einen Formularblock

Um einen Formularblock zu erzeugen, gehen Sie auf den Schreibtisch:

- Wählen Sie ein Dokument, indem Sie auf sein Symbol klicken (dies funktioniert ausschließlich nur bei Dokumenten).
- Öffnen Sie mit ⌘ - I das Informationsfenster.
- Klicken Sie in das Auswahlfeld *Formularblock*. Falls dieses Auswahlfeld fehlt, bedeutet das, daß Sie aus der betreffenden Datei keinen Formularblock machen können.

Wenn Sie in ClarisWorks eine Datei als Vorlage speichern, erstellen Sie in Wirklichkeit genauso eine Formularblock-Datei, wie Sie sie auch im Informationsfenster erzeugen können.

Links sehen Sie das Originaldokument, rechts den aus diesem Dokument erzeugten Formularblock: Das Eselsohr ist unten rechts und nicht oben rechts. Tja, die feinen Unterschiede …

9

Ordner

Ordner sind ein wichtiges Hilfsmittel, um Ihre Arbeit mit dem Mac zu organisieren. Sie sind praktisch ein grafisches Abbild Ihres Büros und funktionieren auch so.

Sie sind doch hoffentlich kein Chaos-Forscher?

Betrachten Sie Ihre Festplatte als Aktenschrank. Wenn Sie etwas darin ablegen wollen, werden Sie es wohl kaum einfach in eine Schublade schmeißen, oder? Können Sie sich vorstellen, was für ein Chaos in Ihrem Aktenschrank ohne Ordner herrschen würde? Auch beim Macintosh kann sich im Laufe der Zeit eine ziemliche Unordnung einstellen und Ihnen das Arbeiten enorm erschweren, wenn Sie nicht irgendeine Form von Organisationssystem haben. Es ist daher äußerst wichtig, sich den richtigen Umgang mit Ordnern anzueignen.

Ordner erzeugen

Sie können neue, leere Ordner erzeugen, indem Sie *Neuer Ordner* im *Ablage*-Menü anwählen oder das Tastenkürzel ⌘ - N verwenden. Der neue Ordner wird im aktuellen Fenster oder auf dem Schreibtisch erscheinen, falls kein Fenster aktiviert ist.

So sehen die neuerstellten Ordner aus, je nachdem, welche Ansicht Sie gerade im aktuellen Fenster eingestellt haben.

Wenn der neue Ordner im aktiven Fenster erscheint, ist er bereits aktiviert (also dunkel) und hat den Namen Neuer Ordner. Der Mac nimmt an, daß Sie den Namen ändern wollen. Geben Sie den neuen Namen also ein, während das Icon dunkel ist und das Namensfeld farbig hinterlegt ist. Wenn Sie einen Tipfehler machen, korrigieren Sie ihn mit den üblichen Textverarbeitungsmethoden und geben Sie den Rest des Namens ein.

Sie können bis zu 31 beliebige Zeichen verwenden, mit Ausnahme des Doppelpunkts (er wird automatisch durch einen Bindestrich ersetzt). Ansonsten gilt: Erlaubt ist, was gefällt.

Eine Empfehlung sollten Sie allerdings schon beherzigen: Beginnen Sie einen Dateinamen niemals mit einem Punkt, das mag der Mac nicht so gerne.

Je nachdem, wie Sie Ihr Fenster geordnet oder sortiert haben, beispielsweise nach Name oder nach Größe, wird auch Ihr neuer, noch unbenannter Ordner angezeigt. Wenn Sie für das Fenster zum Beispiel die Listendarstellung und als Sortierfolge *Nach Name* gewählt haben, erscheint der neue Ordner im mittleren Bereich der Liste, alphabetisch eingeordnet als Neuer Ordner. In der Sortierfolge *Nach Datum* hingegen wird er ganz oben auf der Liste erscheinen, weil er das jüngste Änderungsdatum hat.

- Wo ist Ihr neuer Ordner geblieben?

Nachdem Sie den neuen Ordner benannt und irgendwohin geklickt oder den Zeilenschalter oder die Eingabetaste betätigt haben, wird der neue Ordner entsprechend der von Ihnen gewählten Darstellungsform in die Liste eingereiht. Das heißt, wenn die Liste nach Namen sortiert ist, wird er sofort entsprechend alphabetisch einsortiert und verschwindet daher unter Umständen aus Ihrem Blickfeld. Sie können ihn nun mit Hilfe der Rollbalken suchen, oder aber Sie geben einfach den Anfangsbuchstaben oder die beiden ersten Buchstaben seines Namens ein, und schon ist er wieder genau vor Ihrer Nase.

Ordner umbenennen

Falls Sie den neuen Ordner versehentlich deaktiviert haben, bevor Sie seinen **Namen ändern** konnten, oder falls Sie einen anderen Ordner (oder ein beliebiges Symbol) umbenennen wollen, ist das überhaupt kein Problem: Klicken Sie einfach auf den Namen (das Symbol wird dunkel), warten Sie eine Sekunde oder zwei bis das Namensfeld weiß umrandet wird. Sie werden bemerken, daß sich der Pfeil in eine Einfügemarke verwandelt, wenn Sie ihn auf den Namen des Ordners richten; dies ist ein unmißverständlicher Hinweis, daß Ihre Eingabe nun den vorhandenen Namen ersetzen wird. Tippen Sie den neuen Namen ein.

***Tip:** Wenn es Ihnen zu lange dauert, bis das Namensfeld nach einem Klick aktiviert wird, markieren Sie einfach das Icon und drücken Sie die Return- oder Enter-Taste: Das Feld wird sofort aktiviert.*

Objekte in einem Ordner ablegen

Um etwas in einem Ordner abzulegen, klicken Sie auf ein Symbol und ziehen es mit gedrückter Maustaste auf den Ordner. Sobald der Ordner dunkel wird (bzw. seine Farbe ändert), lassen Sie die Maustaste los, und das Symbol fällt hinein. Denken Sie daran, daß es nur die Pfeilspitze ist, die den Ordner auswählt, nicht der Schatten des Symbol, das Sie darin ablegen wollen.

- Ordner verschachteln

Sie können Ordner **beliebig** oft ineinander **verschachteln** (also einen Ordner in einem anderen Ordner in einem anderen Ordner usw.). Man bezeichnet dies als Hierarchische Dateistruktur (HFS = Hierarchical File System). Sie können jedes beliebige Objekt aus einem Fenster in einen Ordner eines anderen Fensters ziehen.

Ein Ordner muß aber nicht unbedingt geschlossen sein, um etwas darin abzulegen; außerdem darf er auch grau sein. Im Ordnerfenster können Symbole, Listen oder Tasten angezeigt werden. Der einzige Trick beim Ablegen eines Objekts in einem Ordner besteht darin, daß Sie sowohl das Objekt selbst als auch den Ordner sehen müssen, in dem Sie es ablegen wollen. Manchmal muß man die Fenster auf dem Bildschirm verschieben, damit beides sichtbar wird.

Ordner öffnen

Doppelklicken Sie auf einen Ordner, um das zugehörige Fenster zu **öffnen** und alle darin befindlichen Dateien sehen zu können. Sie können natürlich auch einen Ordner auswählen (einmal anklicken) und dann im *Ablage*-Menü den Befehl *Öffnen* wählen. Oder aber Sie wählen den Ordner aus und drücken ⌘ - O.

- Aufspringende Ordner

Bei einem Eineinhalb-Klick auf einen Ordner verwandelt sich der Cursor in diese kleine Lupe.

Eine weitere Variante für das Öffnen eines Ordners (in der Symbol- oder Listendarstellung) ist der Eineinhalb-Klick – dies ist eine Art Doppelklick, wobei Sie jedoch die Maustaste nach dem zweiten Klick nicht loslassen dürfen. Nach einem Moment verwandelt sich der Mauspfeil in eine Lupe, und kurz darauf öffnet sich der Ordner. Soweit ist alles noch normal. Wenn Sie die Lupe nun jedoch bei weiterhin gedrückter Maustaste auf einen anderen Ordner inner- oder auch außerhalb des ersten Ordners richten, schließt sich der erste und das neu angewählte Objekt wird geöffnet. Das ist eine praktische Möglichkeit, um sich durch verschachtelte Ordnerhierarchien zu manövrieren, weil sich immer das vorherige Fenster schließt, um dem neuen Platz zu machen und am Ende nur das gesuchte Fenster offen ist. Diese Technik funktioniert nur bei Volumes und Ordnern – alle anderen Symbole wollen nicht unter die Lupe genommen werden.

Objekte aus einem Ordner entfernen

Um etwas aus einem Ordner zu entfernen, müssen Sie ihn zunächst öffnen (doppelklicken). Dann ziehen Sie einfach mit gedrückter Maustaste das gewünschte Symbol (bzw. die Symbole) aus dem Ordner heraus; ziehen Sie sie auf den Schreibtisch, einen anderen Ordner oder in ein anderes Fenster. Besonders praktisch ist, daß auch hier wieder die Lupe erscheint, wenn Sie das entsprechende Symbol mit gehaltener Maustaste auf einen Ordner oder ein Volume halten.

- Verschieben im Gegensatz zu Kopieren

Wenn Sie eine Datei an eine andere Stelle auf demselben Volume ziehen, wird sie lediglich aus einem Ordner herausgenommen und in einen anderen Ordner verschoben. Aber, wenn Sie die Datei auf ein anderes Volume ziehen, bleibt die Originaldatei in ihrem jeweiligen Ordner, und der Mac legt eine Kopie von ihr auf dem anderen Volume an. In diesem Fall müssen Sie das Original bei Bedarf von Hand löschen. (Siehe die Tips ab Seite 62).

Organisieren mit Hilfe von Ordnern

Nachfolgend sehen Sie ein Beispiel für eine wohlgeordnete Festplatte – keine unübersichtliche Anhäufung von Dingen, kein heilloses Durcheinander, in dem man kaum etwas wiederfindet. (Ich wünschte, man könnte seinen Haushalt genauso einfach organisieren.) Im Grunde hat die Festplatte dasselbe Ordnungsprinzip wie ein Aktenschrank: Einige Ordner haben Unterordner, in denen sich wiederum Ordner befinden, die Unterordner haben usw.

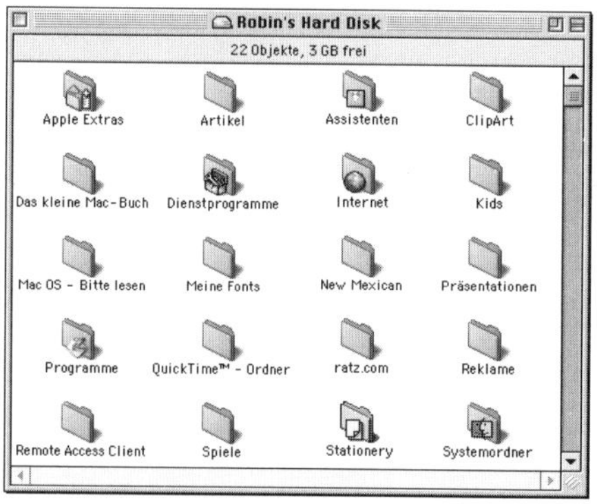

Alle Objekte auf dieser Festplatte (dem Aktenschrank) befinden sich in einem Ordner. Jeder dieser Ordner kann weitere Ordner enthalten, in denen sich der gesamte Inhalt übersichtlich organisieren läßt.

Hierarchische Listenansicht

Möglicherweise bevorzugen Sie für Ihre Fenster die Listendarstellung (vgl. Kap. «Schreibtischfenster» ab Seite 30). Diese Listendarstellung wird auch hierarchische Listenansicht genannt. Hier gibt es neben jedem Ordner ein kleines Dreieck. Wenn Sie dieses Dreieck anklicken, können Sie den Inhalt des jeweiligen Ordners sehen, ohne ihn selbst öffnen zu müssen – wie beim Ordner Kids in der Abbildung. Die Objekte in diesem Ordner sind etwas nach rechts eingerückt, damit klar ist, daß sich diese Objekte im Ordner befinden.

In der hierarchischen Listenansicht können Sie alle ineinander verschachtelten Ordner so lange öffnen, bis Sie auf der untersten Ebene Ihres Dateiablagesystems angelangt sind und alles im selben Fenster angezeigt wird.

Der Vorteil dieser Darstellungsweise liegt darin, daß Sie auf einen Blick sehen können, wie Ihre Dateien organisiert sind und was sie enthalten. Sie können Objekte auch von einem Ordner in einen anderen verschieben, selbst wenn sich die jeweiligen Ordner auf völlig unterschiedlichen Ebenen befinden. Sie können mit Umschalt-Klick (Seite 64) sogar Objekte aus beliebig vielen verschiedenen Ordnern auswählen, was beispielsweise nicht möglich ist, wenn die einzelnen Ordner als Fenster geöffnet sind. (Diese Technik beschreibe ich in Kap. «Dateien kopieren und aktivieren» ab Seite 62 noch genauer.)

- Einen Ordner aufklappen
- Wenn Sie einen Ordner aufklappen wollen, klicken Sie auf das kleine nach rechts weisende Dreieck (oder Sie wählen das Ordnersymbol aus und drücken ⌘ + →).

- Einen Ordner zuklappen
- Wenn Sie einen Ordner zuklappen wollen, klicken Sie auf das kleine nach unten weisende Dreieck (oder Sie wählen das Ordnersymbol aus und drücken ⌘ + ←).

- Alle Ordner zuklappen
- Wenn Sie alle Ordner gleichzeitig zuklappen wollen, wählen Sie mit ⌘ + A den gesamten Fensterinhalt aus und drücken dann ⌘ + ←).

- Objekte in Ordnern verstecken

Die Aufspringfunktion, die ich weiter oben beschrieben habe, eignet sich auch hervorragend, um Objekte in Ordnern zu verstecken. Wenn Sie ein Objekt in einen Ordner legen wollen, der sich wiederum in einem anderen Ordner befindet, ziehen Sie einfach das jeweilige Dateisymbol auf einen Ordner und halten Sie es dort, bis der betreffende Ordner aufspringt, und seinen Inhalt preisgibt. Wenn Sie die Maustaste weiterhin gedrückt halten, können Sie sich auf diese Weise durch beliebig viele Ordner graben, bis Sie den gesuchten Zielordner gefunden haben. Nun halten Sie die Datei auf den letzten Ordner und lassen los, um sie darin abzulegen. Anschließend werden alle auf Ihrem Weg dorthin geöffneten Ordner automatisch wieder geschlossen.

Dateien nach Projekten ordnen

Eine der besten Möglichkeiten, Fenster immer aufgeräumt zu halten, ist das Erstellen spezieller Ordner für neue Projekte, bevor Sie die zugehörigen Dokumente erstellen. Anschließend können Sie die Dokumente direkt im vorgesehenen Ordner speichern. Wenn Sie beispielsweise ein Rundschreiben verfassen, das zehn bis zwölf verschiedene Beiträge enthalten soll, dann ist es doch am besten, man speichert all diese Dateien in einem Ordner mit einem passenden Titel, oder?

Sie müssen dies noch nicht lesen! Sie können auch warten, bis Sie am eigenen Leib erfahren, wie frustrierend es ist, Dateien durch schlechte Organisation zu verlieren.

1 Erstellen Sie auf dem Schreibtisch, bevor Sie das Programm öffnen, mit dem Sie die Beiträge erstellen werden, einen neuen Ordner und benennen Sie ihn (beispielsweise mit Rundschreiben). Dieser neue Ordner kann sich natürlich wieder in einem anderen Ordner befinden.

Dies ist der neue Ordner im Schreibtischfenster, der darauf wartet, daß Sie Ihre Beiträge darin speichern.

2 Öffnen Sie Ihre Software und erstellen Sie den ersten Beitrag.

3 Wählen Sie *Sichern unter…* und geben Sie dem Dokument einen Namen. Suchen Sie im Dialogfeld *Speichern unter…* (siehe unten) den Ordner Rundschreiben. Falls Sie Probleme haben, den Ordner zu finden, lesen Sie bitte Kap. «Navigieren und Sichern» ab Seite 124 oder den Abschnitt über *Sichern unter…* auf Seite 86.

4 Im Listenfeld oder Verzeichnis sehen Sie den Namen des zuvor erstellten Ordners. Doppelklicken Sie auf seinen Namen (in unserem Beispiel Rundschreiben), um den Ordner in diesem Verzeichnis zu öffnen.

In diesem Beispiel finden Sie hier im Listenfeld den Ordner Rundschreiben; öffnen Sie ihn per Doppelklick.

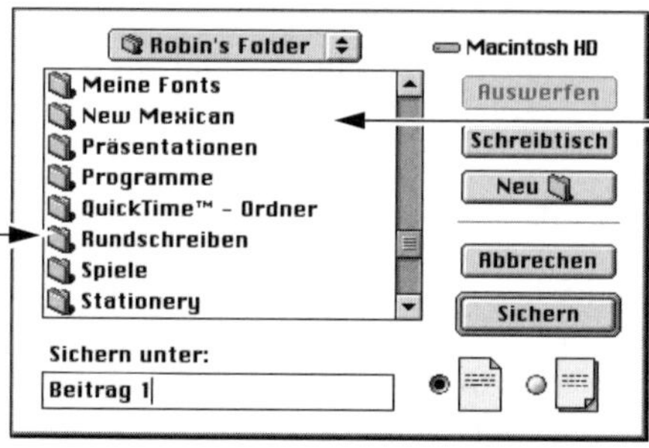

Dies ist das Listenfeld oder Verzeichnis.

Falls Ihr neuer Ordner hier nicht aufgeführt ist, haben Sie ihn eventuell in einem anderen Ordner untergebracht; in diesem Fall müssen Sie zunächst den betreffenden Ordner öffnen. Oder Sie klicken auf die Schaltfläche «Schreibtisch», um nachzusehen, ob sich der Ordner auf einem anderen Volume befindet.

5 Nachdem Sie den Ordnernamen doppelt angeklickt haben, wird in einem Einblendmenü über dem Listenfeld sein Name sowie das Symbol für einen geöffneten Ordner angezeigt (siehe unten). Wenn Sie nun auf *Sichern* klicken, wird Ihr Dokument in dem Ordner gespeichert, dessen Name im Einblendmenü angegeben ist.

Achten Sie darauf, daß hier der Name Ihres Ordners steht.

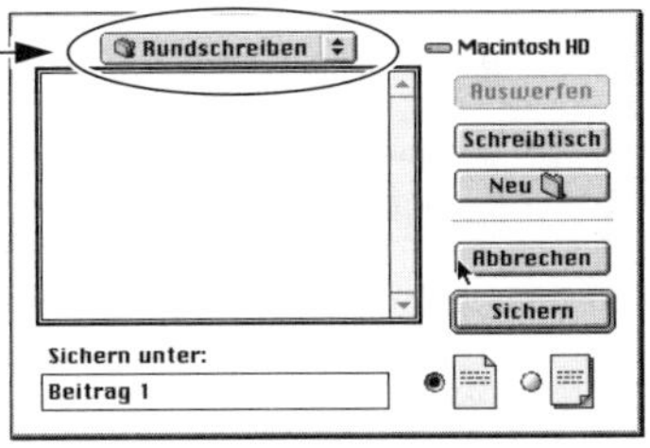

Falls Sie den Namen des Ordners im Listenfeld unterhalb des Einblendmenüs sehen, doppelklicken Sie darauf, damit er im Einblendmenü erscheint.

Wenn Sie eine Datei speichern, wird sie immer in dem Ordner oder auf dem Volume gespeichert, dessen Name im Einblendmenü über dem Listenfeld angegeben ist.

6 Wenn Sie auf den Schreibtisch zurückkehren, werden Sie feststellen, daß sich Ihr Dokument am richtigen Platz befindet – nämlich im vorgesehenen Ordner.

■ Direkt in einen neuen Ordner speichern

Es gibt noch eine andere Möglichkeit, wie Sie Ihre Arbeit in einem neuen Ordner speichern können: Sehen Sie im Dialogfeld oben die Schaltfläche *Neu*, direkt unter *Schreibtisch*? Wenn Sie auf diese Schaltfläche klicken, erstellt der Mac für Sie automatisch einen neuen Ordner. (Manchmal steht auf der Schaltfläche auch *Neuer Ordner*.) Es erscheint dann ein weiterer Dialog, in dem Sie den neuen Ordner benennen sollen. Dieser neue Ordner wird immer an der Stelle angelegt, die im Einblendmenü über dem Verzeichnis angegeben ist. Wenn Sie nun auf *Sichern* klicken, wird Ihr Dokument in dem soeben erstellten neuen Ordner gespeichert.

Ihr neuer Ordner wird in dem Ordner oder auf dem Volume angelegt, dessen Name hier erscheint – achten Sie also darauf, damit Sie wissen, wo Ihr neuer Ordner zu finden ist.

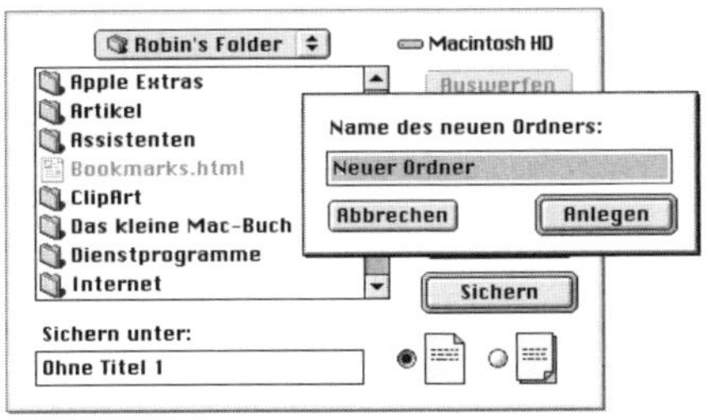

Geben Sie hier einen Namen für Ihren neuen Ordner ein.

■ Falls Sie Dateien verloren haben

Falls Sie diese Hinweise nicht gelesen und genauestens befolgt haben und nun Dateien nicht wiederfinden, weil Sie nicht mehr wissen, wo sie eigentlich gespeichert wurden, dann ist das Ihre eigene Schuld! Wozu mache ich mir die ganze Mühe denn? Aber da ich für meine Großzügigkeit weithin bekannt bin, verrate ich Ihnen trotzdem, wie Sie wieder zu Ihren Dateien kommen.

Lesen Sie bitte in Kap. «Sherlock» ab Seite 180 die Erläuterungen zu Sherlock. Und wenn Sie ernsthaft frustriert sind, weil Ihnen andauernd irgendwelche Dateien abhanden kommen, lesen Sie die speziellen Hinweise zum Navigieren (beziehungsweise wie man sich in Dialogfeldern zurechtfindet) in Kap. «Navigieren und Sichern» ab Seite 124.

10

Dateien kopieren und aktivieren

Das **Kopieren** von Dateien ist ein alltäglicher Vorgang: Manchmal müssen Sie eine Anwendung von der Originaldiskette auf Ihre Festplatte kopieren, dann wieder kopieren Sie einen Bericht für einen Kollegen oder ein Dokument samt den zugehörigen Grafiken für die Weiterverarbeitung in einem Druckbetrieb, oder Sie fertigen die unerläßliche Backup-Kopie an usw., usw. Bevor Sie jedoch eine Datei überhaupt kopieren können, müssen Sie sie zunächst einmal **aktivieren**.

Kopieren von Dateien ist auf dem Mac kinderleicht und hat natürlich weder Einfluß auf die Originaldatei, noch führt es zu irgendeinem Qualitätsverlust bei der neuen Version. Zwischen Original und Kopie besteht absolut kein Unterschied.

Kopieren zwischen Volumes

Genau genommen läuft nur dann ein Kopiervorgang ab, wenn Sie eine Datei von einem Volume auf ein anderes kopieren. Wenn Sie dagegen ein Symbol an eine andere Stelle auf demselben Volume ziehen, beispielsweise in einen anderen Ordner auf derselben Festplatte, wird die Datei lediglich verschoben, nicht kopiert!

Das Pluszeichen am Cursor signalisiert, daß etwas kopiert wird.

Und so kopieren Sie eine Datei von einem Volume auf ein anderes (zum Beeispiel von Ihrer Festplatte auf eine Zip-Disk):

- Klicken Sie auf die Datei, die Sie kopieren wollen.
- Ziehen Sie die Datei mit gedrückter Maustaste auf das Symbol des Volumes, auf das sie kopiert werden soll. Es erscheint ein Hinweis, daß die Datei nun kopiert wird.

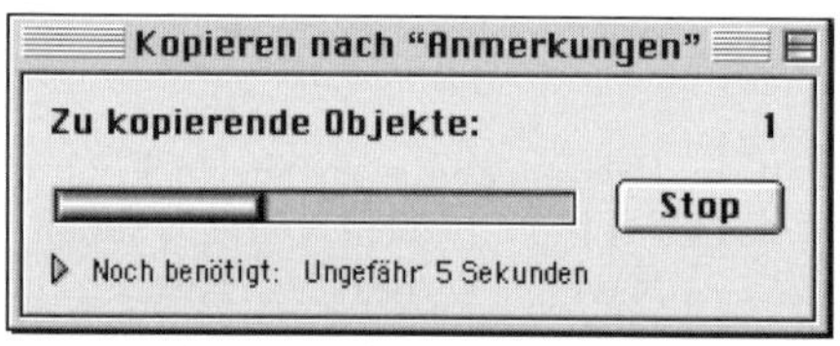

Diese Dialogbox erscheint in der Mitte Ihres Bildschirms, sobald Sie das Icon am Zielort loslassen. Sie zeigt die ungefähre Dauer des Kopiervorgangs. Da die Dialogbox eine Titelzeile hat, können Sie sie auch an eine andere Stelle des Bildschirms verschieben.

Vom Wechselmedium auf die Festplatte kopieren

Es gibt verschiedene Möglichkeiten, Dateien von Wechselmedien (zum Beispiel Diskette, Zip-Disk, Jaz-Disk oder CD-ROM) auf Ihre Festplatte zu kopieren, von denen ich Ihnen nun zwei vorstellen will. Lesen Sie bitte erst beide Beschreibungen, ehe Sie anfangen zu kopieren:

■ Einzelne Dateien kopieren

So **kopieren** Sie einzelne Dateien von einem Wechselmedium auf Ihre Festplatte:

- Legen Sie das Wechselmedium ein und warten Sie, bis sein Symbol auf dem Schreibtisch erscheint.
- Doppelklicken Sie nun auf das Symbol, um das zugehörige Fenster zu öffnen.
- Schauen Sie sich alle Dateien auf dem Medium an und wählen Sie dann diejenigen Dateien aus, die kopiert werden sollen. Ziehen Sie die Dateien mit gedrückter Maustaste auf Ihr Festplattensymbol oder direkt in einen Ordner auf der Festplatte.

■ Alle Dateien kopieren

So **kopieren** Sie alle Dateien von einem Wechselmedium auf Ihre Festplatte:

Bei dieser Methode wird jedes einzelne Objekt vom Wechselmedium auf Ihre Festplatte kopiert. Wenn Sie nur bestimmte Dateien von einem Wechselmedium auf Ihre Festplatte kopieren wollen, verwenden Sie das Verfahren oben.

- Legen Sie das Wechselmedium ein und warten Sie wieder, bis sein Symbol auf dem Schreibtisch erscheint.
- Ziehen Sie das Symbol nun auf Ihr Festplattensymbol. Der Mac legt nun einen Ordner mit dem Namen des Wechselmediums auf Ihrer Festplatte an und kopiert den gesamten Inhalt des Mediums in diesen neuen Ordner. Genial, nicht wahr?

Kopieren Sie niemals einen anderen Systemordner auf Ihre Festplatte (es sei denn, Sie wissen genau, was Sie tun und warum)!

■ Aktivieren Sie das Ziel vor dem Kopieren!

Sie können von Ihrer Festplatte auf ein Wechselmedium kopieren, von einem Wechselmedium auf Ihre Festplatte, oder direkt in einen bestimmten Ordner auf einem anderen Volume. Sie müssen dabei jedoch immer darauf achten, daß das Symbol des Volumes oder des Ordners – also wohin Sie kopieren wollen – aktiviert ist (also dunkler dargestellt). Mit diesem visuellen Hinweis sagt Ihnen der Mac, daß das Volume oder der Ordner als Ziel des Kopiervorgangs ausgewählt ist. Wenn das Symbol nicht aktiviert ist, landen die Dateien neben dem Volume oder Ordner, und nicht darin. Wie schon erwähnt, werden Symbole nur mit der Pfeilspitze markiert bzw. aktiviert.

Wenn Sie direkt **in ein geöffnetes Fenster kopieren**, wird es nicht dunkler. Wenn Sie jedoch genauer hinsehen, können Sie feststellen, daß an der Innenkante des Fensters ein grauer oder farbiger Rand erscheint; damit wird das Fenster als Ziel der aktuellen Operation markiert.

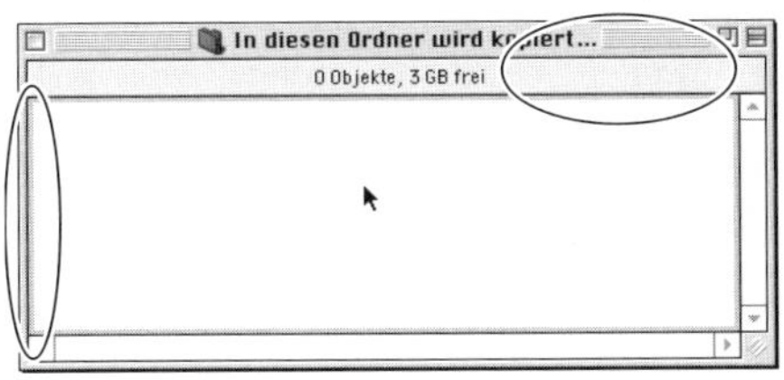

Sobald Sie ein Symbol in ein Fenster ziehen, erscheint an der Innenseite ein grauer oder farbiger Rand. Sie können ein Symbol auch auf die Titel- oder Informationsleiste ziehen; es landet dennoch im Fenster; dies ist insbesondere nützlich, wenn die Objekte in der Listendarstellung angezeigt werden.

Dateien auf dem gleichen Volume kopieren

Wie oben schon erwähnt, werden Dateien **innerhalb eines Volumes** standardmäßig nicht kopiert, sondern nur verschoben. Was ist nun aber, wenn Sie eine Kopie auf demselben Volume anfertigen wollen? Ganz einfach, Sie werfen die eingebaute Dupliziermaschine des Macintosh an. Und das geht so:

So fertigen Sie ein **Duplikat** (eine Kopie) einer Datei auf demselben Volume an:

- Klicken Sie als erstes **einmal** auf das zu duplizierende Symbol, um es auszuwählen.
- Wählen Sie den Befehl *Duplizieren* im *Ablage*-Menü (oder drücken Sie ⌘ - D). Dadurch wird im selben Ordner eine zweite Version mit gleichem Namen und dem Anhängsel « Kopie» erstellt. Wenn Sie weitere Kopien derselben Datei anfertigen, werden sie «... Kopie 1», »... Kopie 2» usw. benannt.

Wenn Sie Ordner duplizieren oder kopieren, wird damit auch deren gesamter Inhalt, also alle enthaltenen Dateien und Unterordner samt Inhalt kopiert.

Um die Kopie einer Datei in einen anderen Ordner auf demselben Volume zu stellen, halten Sie die Wahltaste gedrückt und ziehen die Datei auf den betreffenden Ordner. Dadurch stellen Sie ein Kopie der Datei in den anderen Ordner, ohne daß sie in «... Kopie» umbenannt wird.

- Nebenher kopieren

Falls Sie mal eine große Datei zu kopieren haben, können Sie mit Ihrer Arbeit fortfahren, während der Computer den Kopiervorgang selbständig durchführt. Sie können sogar gleichzeitig mehrere Dateien kopieren, Ihre Fenster durchsehen, den Papierkorb leeren oder andere Finder-Aufgaben vornehmen. Kopieren Sie jedoch nicht zu viele große Dateien auf einmal, da Sie sonst eventuell Speicherplatzprobleme bekommen.

Mehrere Dateien kopieren

Um mehrere Dateien in einem Rutsch zu kopieren, gibt es im wesentlichen zwei Möglichkeiten: Entweder Sie klicken nacheinander alle gewünschten Dateien mit **gehaltener Umschalttaste** (⇧) an, oder Sie verwenden das **Auswahlrechteck**. Sie haben sicher schon bemerkt, daß – wenn Sie auf eine leere Stelle im Schreibtischfenster klicken, die Maustaste gedrückt halten und den Zeiger dann ziehen – ein gepunktetes Rechteck entsteht: Dies ist das Auswahlrechteck, das man in vielen Mac-Programmen antrifft. Auf dem Schreibtisch werden damit alle Objekte, die sich ganz oder auch nur teilweise darin befinden, aktiviert.

Dies ist das Auswahlrechteck – klicken und halten Sie die Maustaste, und ziehen Sie den Zeiger. Auf diese Weise werden alle Symbole markiert.

Um **mehrere Dateien gleichzeitig zu kopieren**, wählen Sie zunächst alle gewünschten Dateien aus. Wenn Sie nun eine der aktivierten Dateien ziehen, werden automatisch auch alle anderen gezogen. Auf diese Weise können Sie gleich eine ganze Gruppe von Dateien bewegen – egal, ob in den Papierkorb, in einen anderen Ordner, oder einfach nur, um ein bißchen Ordnung zu schaffen. Sie müssen beim Ziehen lediglich darauf achten, daß Sie auf eines der markierten Objekte klicken und die Maustaste gedrückt halten. Wenn Sie woandershin klicken, werden alle Objekte wieder deaktiviert!

- Wenn Sie auf den dunklen Bereich eines der aktivierten Symbole drücken und ziehen, werden alle anderen Objekte auch bewegt.

- Wenn Sie auf eine weiße Fläche oder irgendein anderes, nicht aktiviertes Symbol auf dem Schreibtisch klicken, werden alle Dateien deaktiviert.

- Mehrere Dateien in der Listendarstellung aktivieren

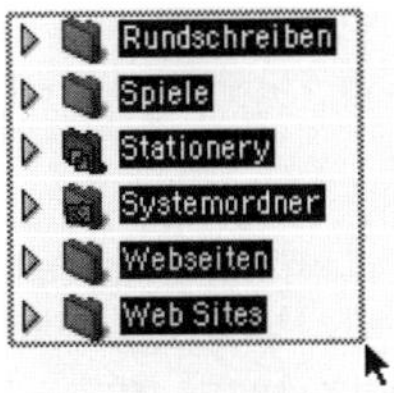

Mit dem Auswahlrechteck können Sie auch nebeneinanderliegende Dateien in der Listendarstellung auswählen. Dazu klicken Sie im Fenster auf eine leere Stelle neben dem Dateinamen, halten die Maustaste gedrückt und ziehen das Auswahlrechteck auf. Alle auch nur teilweise darin eingeschlossenen Objekte werden der Auswahl hinzugefügt.

Aktivieren mit Umschalt-Klick

Die andere Methode zur Auswahl mehrerer Objekte ist der **Umschalt-Klick**.

Sicher haben Sie schon bemerkt, daß eine ausgewählte Datei sofort wieder deaktiviert wird, wenn man woandershin klickt.Wenn Sie beim Klicken jedoch die Umschalttaste gedrückt halten, wird jede weitere angeklickte Datei zusätzlich aktiviert. Auf diese Weise können Sie mehrere Dateien an verschiedenen Stellen auf dem Schreibtisch oder – allerdings nur in der Listenansicht – sogar aus verschiedenen Ordnern auswählen, sofern diese aufgeklappt sind.

- Deaktivieren mit Umschalt-Klick

Die gleiche Methode eignet sich auch, um **mehrere Dateien zu deaktivieren**. Wenn Sie beispielsweise eine Gruppe von Dateien mit dem Auswahlrechteck aktiviert haben, das mittlere aber nicht benötigen, halten Sie einfach die Umschalttaste gedrückt und klicken auf die betreffende Datei – sie wird daraufhin als einziges Objekt deaktiviert.

Halten Sie die Umschalttaste gedrückt und klicken Sie auf die Datei, die Sie deaktivieren wollen.

Auswahl-Tastaturkürzel

Um eine einzelne Datei auszuwählen bzw. zu aktivieren (ungeachtet der jeweiligen Fensterdarstellung), geben Sie den ersten Buchstaben des Dateinamens ein, und sie wird augenblicklich markiert. Wenn mehrere Dateien mit demselben Anfangsbuchstaben vorhanden sind, tippen Sie die ersten zwei oder drei Buchstaben schnell hintereinander ein (mehr werden Sie kaum schaffen). Auf diese Weise ist es erheblich einfacher, beispielsweise in einer alphabetischen Liste einen Ordner namens Waldo zu finden, oder eine Datei mit dem Anfangsbuchstaben Z, oder in einem überfüllten Ordner ein ganz spezielles Symbol. Diese Technik funktioniert übrigens auch in jedem Dialogfeld mit einer Liste von Dateien, beispielsweise in den *Öffnen-* und *Sichern-*Dialogen.

- Pfeiltasten

Sie können Dateien auch mit Hilfe der Pfeiltasten auswählen. Sobald Sie eine Datei ausgewählt haben, entweder durch Anklicken oder Eingabe des ersten Buchstabens, können Sie mit den Pfeiltasten das nächste Symbol oder den nächsten Dateinamen auswählen. In einer Liste wählen Sie mit dem Aufwärts- und Abwärtspfeil natürlich den jeweils nächsten Listeneintrag. In der Symboldarstellung wählen Sie mit den vier Pfeilen das jeweils nächste Symbol links, rechts, oben oder unten, sofern sich in der jeweiligen Richtung etwas befindet.

- Alphabetisch auswählen

- Um das Symbol auszuwählen, das in der alphabetischen Reihenfolge nach dem aktuell markierten Symbol kommt, betätigen Sie die Tabulatortaste.
- Um das Symbol auszuwählen, das in der alphabetischen Reihenfolge vor dem aktuell markierten Symbol kommt, betätigen Sie die Umschalttaste.

- Sondertasten verwenden

Mit Hilfe der Sondertasten auf der erweiterten Tastatur können Sie ebenfalls durch ein Fenster navigieren, obwohl Sie damit keine Auswahl treffen. Mit den **Page Up-** und **Page Down**-Tasten können Sie sich seitenweise in einem Fenster oder einer Liste auf- und abbewegen. Und mit den **Home-** und **End-**Tasten springen Sie unmittelbar an den Anfang oder das Ende einer Liste oder eines Fensters.

Die Sondertasten eignen sich auch, um einen kleinen Schönheitsfehler zu beheben, der beim Auswählen von Dateinamen in einer Liste durch Eingabe der Anfangsbuchstaben entsteht: Wenn man in einer Liste den Anfangsbuchstaben einer Datei eintippt, springt diese zwar brav zum gewünschten Namen, dieser erscheint aber immer ganz unten in der Liste. Sehr viel komfortabler ist es (wirklich – Sie werden es sehr schnell selbst feststellen), wenn der Name statt dessen oben im Fenster steht. Mit Hilfe der Sondertasten können Sie dieses Problem schnell lösen:

Wenn Sie eine erweiterte Tastatur haben, dann drücken Sie die Taste Ende, bevor Sie den ersten oder die ersten beiden Buchstaben des Dateinamens eingeben. Dadurch erscheint die gesuchte Datei im oberen Bereich des Fensters!

Auswahl in der Listenansicht

Sofern Sie für Ihre Fenster die Symbol- oder Tastendarstellung gewählt haben, können Sie immer nur Objekte aus einem Ordner gleichzeitig auswählen. In der Listendarstellung hingegen können Sie die Ordner aufklappen und beliebig viele Dateien aus beliebig vielen aufgeklappten Ordnern innerhalb dieses Fensters auswählen.

Das nach unten weisende Dreieck zeigt an, daß dieser Ordner aufgeklappt ist.

Die in einem Ordner gespeicherten Dateien werden unterhalb des Dateinamens eingerückt dargestellt.

Die drei markierten Dateien in diesem Fenster sind aktiviert. Klicken Sie mit gedrückter Maustaste auf eine von ihnen, um alle gleichzeitig zu ziehen, zu öffnen, zu drucken usw.

Im Beispielfenster oben sehen Sie zwei separat stehende Dateien. Ferner sind dort zwei Ordner, die beide aufgeklappt sind (weil ich auf ihre Dreiecke geklickt habe) und ihren Inhalt zeigen. Mit Umschalt-Klick habe ich weiterhin drei verschiedene Objekte aus drei unterschiedlichen Ordnern ausgewählt. Wenn ich eines davon anklicke und mit gedrückter Maustaste ziehe, bewegen sich alle anderen auch. So kann ich sie gleichzeitig kopieren, drucken, öffnen oder verschieben.

Dateien mit Sherlock finden

Sie können auch Sherlocks Funktion *Dateien finden* benutzen, um Dateien überall auf Ihrer Festplatte auszuwählen. (Sherlock wird in Kap. «Sherlock» ab Seite 180 noch ausführlich vorgestellt.)

Alle gefundenen Dateien werden in einem Fenster angezeigt. Dort können Sie die gewünschten Symbole auswählen und in den Papierkorb ziehen, sie öffnen, verschieben usw. (Denken Sie daran, daß Sie nur eines der markierten Objekte zu ziehen brauchen, alle anderen folgen automatisch). Sie sollten sich in jedem Fall mit der Benutzung dieser Suchfunktion vertraut machen – Sie werden schnell feststellen, daß sie Ihnen in vielerlei Hinsicht nützlich sein kann.

Ich benutze *Dateien finden* oft sogar dann, wenn ich weiß, wo sich die Datei befindet, weil es einfach viel schneller geht, als sich durch unzählige Ordnerebenen hindurchzugraben. Wenn ich ein Dokument benötige, drücke ich ⌘ - F, gebe ein paar Buchstaben ein, betätige den Zeilenschalter – und im Nu habe ich die Datei direkt vor meiner Nase. Nun noch ein Doppelklick zum Öffnen, und schon kann's weitergehen.

11

Der Papierkorb

Der **Papierkorb** auf Ihrem Schreibtisch funktioniert im Prinzip genauso wie Ihr richtiger Papierkorb im Büro – Sie werfen Dinge hinein, die Sie nicht mehr brauchen, und der Reinigungsdienst kommt später vorbei und leert ihn. Übrigens muß der Papierkorb nicht unbedingt unten rechts auf dem Bildschirm stehen, Sie können ihn genauso gut woandershin stellen. Sie können auch ein **Alias** von ihm erzeugen (Kap. «Aliase» ab Seite 173) und es dort plazieren, wo Sie es gerade brauchen. Da der Papierkorb ein wirklich wesentliches Hilfsmittel bei der Arbeit mit dem Mac ist, habe ich ihm ein eigenes Kapitel mit Tips zu seiner Benutzung eingerichtet.

Objekte in den Papierkorb werfen

Der überquellende Papierkorb signalisiert, daß sich etwas darin befindet.

Um ein Objekt in den Papierkorb zu werfen, ziehen Sie es mit gedrückter Maustaste auf das Papierkorbsymbol. Sobald das Symbol schwarz ist, lassen Sie die Maustaste los, und das Objekt verschwindet im Papierkorb. Lassen Objekte aber erst los, wenn das Papierkorbsymbol schwarz geworden ist! Falls Sie um den Papierkorb herum eine Menge Abfall liegen sehen, dann deshalb, weil Sie nicht lange genug gewartet haben – und deshalb jetzt alles selbst aufräumen müssen! Versuchen Sie es noch einmal.

Der Trick dabei ist, daß die Pfeilspitze den Papierkorb berühren muß! Ob Sie nun lediglich eine Datei in den Papierkorb werfen wollen, oder 15 Symbole markiert haben, die Sie dort hineinziehen wollen – die Pfeilspitze ist es, die den Deckel öffnet (bildlich betrachtet, natürlich). Die Schatten der Objekte haben nichts damit zu tun – vergessen Sie einfach diese schemenhafte Schleppe. Sie müssen lediglich darauf achten, daß die Pfeilspitze den Papierkorb berührt und dieser schwarz wird. Lassen Sie die Maus erst dann los.

Dateien auf andere Weise wegwerfen

Es gibt verschiedene andere Möglichkeiten, Objekte in den Papierkorb zu werfen.

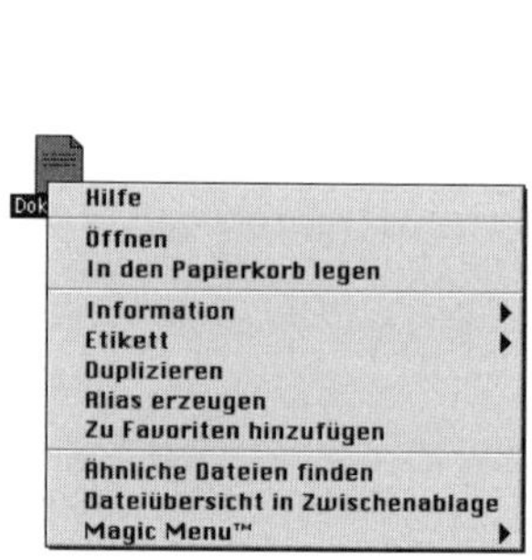

Dies ist ein sogenanntes Kontextmenü.

- Markieren Sie ein Objekt. Wählen Sie im *Ablage*-Menü den Befehl *In den Papierkorb legen*.
- **Oder** markieren Sie die Objekte und drücken Sie Befehl+Löschen (⌘ - ⌫).
- **Oder** halten Sie die Control-Taste gedrückt und klicken Sie auf die Datei, die weggeworfen werden

soll. Es erscheint ein kleines Menü (ein sogenanntes *Kontextmenü*), das Ihnen unter anderem die Möglichkeit bietet, das Objekt in den Papierkorb zu befördern (vgl. die obige Abbildung). Wählen Sie diese Option.

Der Papierkorb öffnet sich als Fenster.

Objekte aus dem Papierkorb herausholen

Um Objekte wieder aus dem Papierkorb herauszuholen, doppelklicken Sie auf den Papierkorb. Dadurch öffnet sich ein ganz normales Fenster. Nun können Sie das soeben weggeworfene Objekt wieder herausholen, indem Sie es mit gedrückter Maustaste auf den Schreibtisch oder direkt in den Ordner ziehen, aus dem es kam. **Oder** klicken Sie auf die Datei im Papierkorb um sie zu markieren, und wählen Sie dann im *Ablage*-Menü *Zurücklegen* (oder drückenSie ⌘ - Y). Die Datei springt automatisch an ihren ursprünglichen Platz.

Papierkorb leeren

Sie können den Papierkorb mit Hilfe des Kontextmenüs leeren: Halten Sie die Control-Taste gedrückt, klicken Sie auf den Papierkorb, und wählen Sie im Aufklappmenü *Papierkorb leeren*.

Alles, was Sie in den Papierkorb werfen, bleibt so lange dort – auch wenn Sie den Computer ausschalten –, bis Sie ihn ganz bewußt leeren: Dazu wählen Sie im Menü *Spezial* den Befehl *Papierkorb leeren*. Nachdem Sie das getan haben, ist alles, was sich im Papierkorb befindet, endgültig und für immer weg. Kein Schreien oder Betteln kann es wieder zurückbringen. Glauben Sie mir.

Früher wurde der Papierkorb jeden Abend geleert, heute müssen Sie extra den Reinigungsdienst bestellen. Wie sich die Zeiten ändern …

Das stimmt so nicht ganz: Es gibt Programme und Techniker, die in vielen Fällen in der Lage sind, Ihre Informationen wiederherzustellen. Wenn Sie also etwas sehr Wichtiges verloren haben, wenden Sie sich an Ihren örtlichen Computer-Guru, einen Power User oder eine Selbsthilfegruppe. In der Zwischenzeit sollten Sie auf keinen Fall Ihren Computer ausschalten oder neue Dateien erstellen. Und es kann Sie natürlich was kosten. Halten Sie sich also einfach daran: Wenn Sie Objekte in den Papierkorb werfen und den Papierkorb danach ausleeren, dann sind die Objekte weg.

- Warnhinweis

Wenn Sie den Papierkorb entleeren, erscheint jedesmal ein **Warnhinweis**, der Sie fragt, ob Sie die Dateien wirklich wegwerfen wollen:

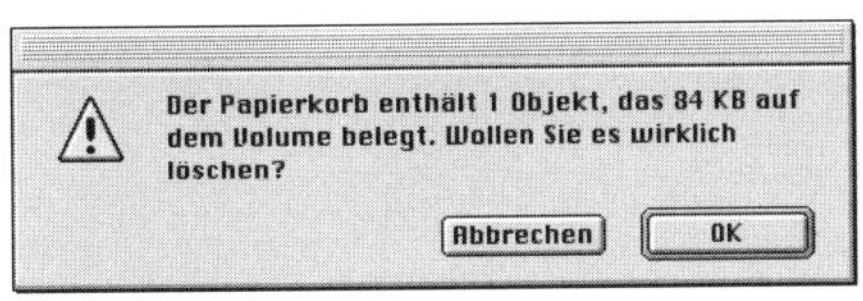

- **Wenn Sie diesen Warnhinweis nicht sehen wollen**, halten Sie die Wahltaste gedrückt, während Sie den Befehl *Papierkorb leeren* wählen.

- **Wenn Sie ein geschütztes Objekt wegwerfen wollen,** halten Sie die Wahltaste gedrückt, während Sie den Befehl *Papierkorb leeren* wählen. (Vielleicht sollten Sie jedoch vorher die Informationsbox des geschützten Objekts aufrufen: Womöglich gibt es ja einen Grund, warum das Objekt geschützt ist …)

Es ist übrigens nicht möglich, eine Datei wegzuwerfen, die gerade im Arbeitsspeicher geöffnet ist! Wenn Sie das versuchen, erhalten Sie einen entsprechenden Warnhinweis:

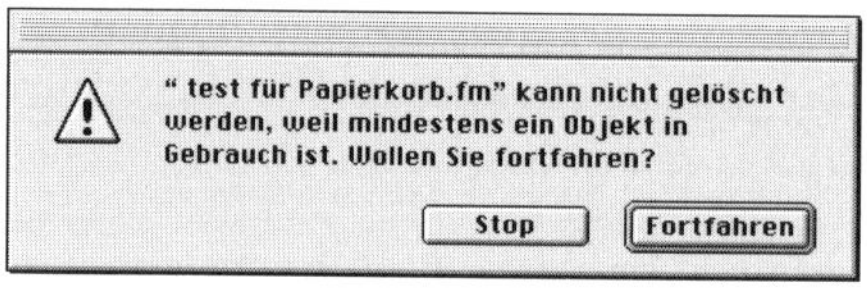

Wenn Sie Objekte in den Papierkorb werfen, um freien Speicherplatz auf der Festplatte zu schaffen, müssen Sie den Papierkorb erst leeren, bevor dieser Platz zur Verfügung steht. Achten Sie auf die Zahlen in der Informationsleiste des Fensters, wenn Sie den Papierkorb leeren. Bis Sie den Papierkorb tatsächlich leeren, belegen die Dateien den dort angegebenen Speicherplatz auf Ihrer Festplatte.

- Warnhinweis deaktivieren

Wenn Sie der Ansicht sind, daß diese Warnung etwas lästig ist (so wie ich zum Beispiel!), können Sie sie auch ausschalten. Falls jedoch noch andere Ihren Computer benutzen (beispielsweise Kinder, Tanten oder Katzen), sollten Sie die Warnung lieber nicht deaktivieren. Allein schon wegen der Katze – die Return-Taste findet die nie!

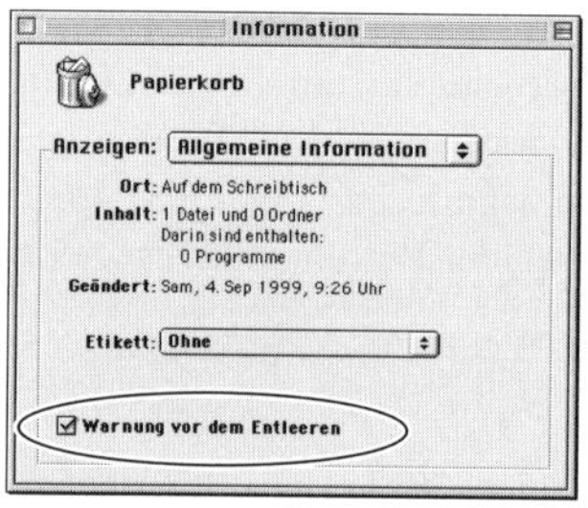

Entfernen Sie diese Markierung, damit die Warnung nicht mehr angezeigt wird.

- Markieren Sie das Papierkorbsymbol (klicken Sie darauf).
- Wählen Sie im *Ablage*-Menü den Eintrag *Information*.
- Klicken Sie in das Auswahlfeld *Warnung vor dem Entleeren*, um das Häkchen zu entfernen.
- Schließen Sie das Informationsfenster wieder.

12

Dateien öffnen

Was ist eigentlich eine **Datei**? Nun, dies ist eine recht allgemeine Bezeichnung für praktisch jedes Symbol auf Ihrem Computer. Eine Datei kann ein Programm sein, also eine Software, mit der Sie etwas machen, oder ein Dokument, das ist das, was Sie mit Ihrem Programm erstellen, oder ein Zeichensatz, was wiederum eine Schrift ist, oder eine Reihe weiterer digitalisierter Informationen. Die Dateien, mit denen Sie am häufigsten zu tun haben werden, sind Anwendungen und Dokumente. In diesem Kapitel finden Sie einige allgemeine Hinweise für den richtigen Umgang mit diesen Dateien.

Was ist eigentlich eine Anwendung?

Der Begriff **Anwendung** klingt im Deutschen eher nach Krankenhaus oder Massagepraxis, als nach Computer und Software. Schuld daran ist die im Computerbereich so beliebte 1:1-Übertragung amerikanischer Begriffe, vermutlich, weil sich die meisten amerikanischen Softwarehäuser keine Sprachwissenschaftler leisten. Das führt immer wieder zu komischen Neuschöpfungen, so auch Anwendung im Sinne von Computer-Programm. Tatsächlich heißen Programme im amerikanischen Mac OS application program, was man am ehesten noch mit Anwendungsprogramm wiedergeben könnte, was aber erstens umständlich und zweitens verwirrend ist. Apple hat das wohl erkannt, denn der Begriff taucht in der Mac OS-Hilfe nirgends auf (vielleicht beschäftigen die doch Sprachwissenschaftler). Statt dessen wird im Apple-Deutsch das viel griffigere Wort Programm verwendet. Dem können wir uns nur anschließen.

Der Begriff Programm wird häufig synonym mit Software verwendet (obwohl ein Programm nur eine spezielle Form von Software ist). Programm bezieht sich auf das Softwarepaket, das Sie zur Erstellung Ihrer Dokumente benutzen, wie beispielsweise AppleWorks, Adobe PageMaker, Macromedia Freehand usw. Jede dieser Anwendungen tut etwas anderes, das heißt, sie haben alle eine ganz bestimmte Funktion. Manchmal müssen Sie ein bißchen suchen, bis Sie die richtigen Programme für Ihre speziellen Belange gefunden haben.

Programme starten

Um ein Programm zu öffnen (manche sagen starten oder aufstarten), müssen Sie zunächst das zugehörige Icon (als Symbol oder Taste) oder Dateinamen auf der Festplatte finden. Wie bereits im Kapitel über Symbole erwähnt, sind Programmsymbole häufig auffällig gestaltet.

Dies ist ein Programmsymbol und ein dazugehöriges Dokument: Die Ähnlichkeit ist doch verblüffend!

- Doppelklicken Sie auf das Symbol oder den Namen des Programms.
- In der Regel wird daraufhin ein leeres Dokument geöffnet, und Sie können sofort mit

der Arbeit beginnen. Bei manchen Programmen passiert jedoch zunächst gar nichts und Sie müssen im *Ablage*-Menü (gelegentlich auch *Datei*-Menü genannt) die Option *Neu* wählen, um eine neue, leere Seite einzurichten oder mit der Option *Öffnen* im gleichen Menü ein bereits vorhandenes Dokument öffnen. Teilweise werden Sie auch gefragt, welche Art von Dokument Sie erstellen wollen oder wie die Seiten eingerichtet werden sollen.

Dokumente per Doppelklick öffnen

Um ein bereits erstelltes und gesichertes **Dokument zu öffnen**, suchen Sie zunächst sein Icon auf dem Schreibtisch. (Sie erkennen ein Dokument am Eselsohr – Sie erinnern sich?) Doppelklicken Sie auf das Dokumentsymbol; das entsprechende Programm wird gestartet und das Dokument automatisch geladen.

- Wichtiger Hinweis!

Wenn Sie das Symbol eines Dokuments, das Sie mit einem Ihrer Programme erstellt haben, im Finder sehen, so bedeutet das nicht automatisch, daß Sie dieses Dokument auch auf jedem anderen Computer öffnen können! Dokumente lassen sich nur dann mit einem Doppelklick auf ihr Symbol öffnen, wenn sich auch das Programm selbst auf Ihrem Computer befindet! – entweder auf der Festplatte oder einem anderen aktiven Volume. Falls das Programm nicht vorhanden ist, kann sich das Dokument nicht selbständig öffnen! Im allgemeinen müssen Sie sogar dieselbe Version (siehe Seite 6) des Programms haben, mit der das Dokument erstellt wurde.

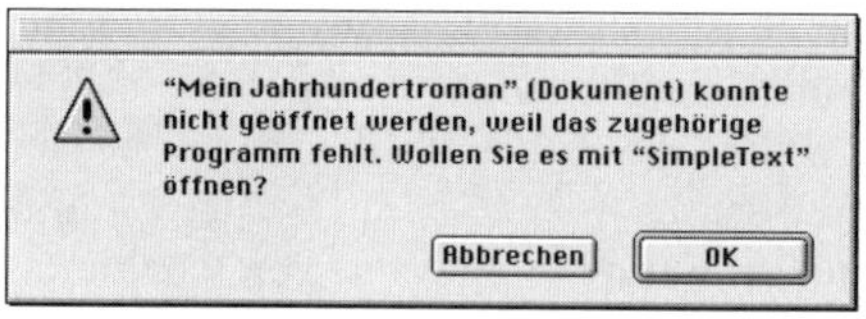

Geben Sie nicht gleich auf, wenn Sie das hier sehen! Probieren Sie den Tip unten und lesen Sie die nächste Seite.

Einige (wenige) Programme erlauben es nicht, ihre Dokumente vom Schreibtisch aus mit Doppelklick zu öffnen. Wenn Sie wissen, daß das betreffende Programm bereits auf der Festplatte Ihres Computers installiert ist und dennoch die Meldung erhalten, daß das Programm nicht gefunden werden konnte, gibt es möglicherweise doch noch eine Lösung. Falls das Dokument mit einer älteren Version dieses Programms erstellt wurde, probieren Sie folgendes:

- Öffnen Sie zunächst das Programm.
- Wählen Sie im *Ablage*-Menü den Befehl *Öffnen*. Dadurch kommen Sie zum Dialogfeld *Öffnen* (Hinweise zum Navigieren in diesem Dialog finden Sie auf Seite 74).
- Suchen Sie im *Öffnen*-Dialog den Namen der Datei, die Sie öffnen wollen. Sofern der Name angezeigt wird, kann die Datei vermutlich von diesem Programm geöffnet werden. Falls der Name überhaupt nicht angezeigt wird, kann die betreffende Datei mit Ihrem Programm überhaupt nicht geöffnet werden.

Unter Umständen finden Sie im «Öffnen»-Dialog Ihres Programms ein kleines Menü (siehe Abbildung unten), in dem die Dateiformate aufgeführt werden, die sich mit diesem Programm öffnen lassen. Wählen Sie in diesem Fall einen Eintrag wie «Alle Dateien anzeigen» und überprüfen Sie anschließend, ob Ihre Datei nun in der Liste erscheint. Wenn dies der Fall ist, kann Sie vermutlich geöffnet werden.

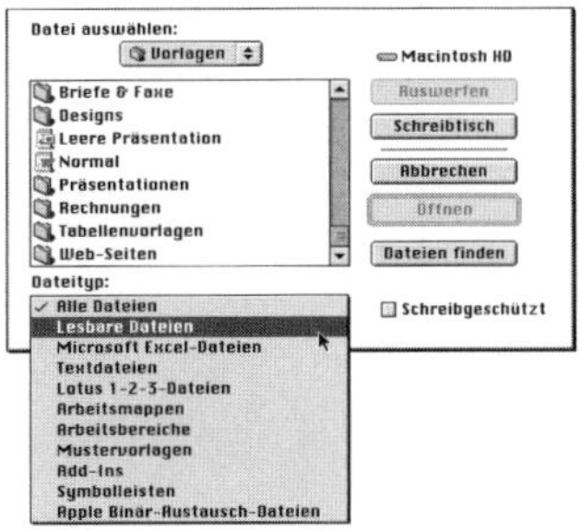

Lesen Sie auf den folgenden Seiten die Hinweise zur Benutzung des «Öffnen»-Dialogs sowie zum Öffnen von Dokumenten, für die Sie das erforderliche Programm nicht haben.

Dokumente per Drag & Drop öffnen

Sie können ein Dokument auch öffnen, indem Sie sein Symbol mit gedrückter Maustaste auf das Symbol des Programms ziehen und loslassen. Sie werden bemerken, daß das Programmsymbol dunkel (markiert) wird: ein optischer Hinweise, daß das Dokument geöffnet wird, sobald Sie die Maustaste loslassen. (Normalerweise.)

Das tolle an diesem Trick aber ist, daß Sie auf diese Weise ein Dokument auch mit einem anderen Programm als demjenigen öffnen können, mit dem es ursprünglich erstellt wurde. Beispielsweise können Sie mit dem Programm AppleWorks (auch bekannt als ClarisWorks) viele Dokumente öffnen, die eigentlich mit anderen Programmen erstellt wurden. Falls Sie von jemandem ein Textdokument erhalten haben, aber das zugehörige Programm nicht besitzen, ziehen Sie dieses Dokument doch einfach mal auf das Symbol von AppleWorks. Wenn das AppleWorks-Symbol dunkel wird, können Sie das Dokument loslassen. Es wird daraufhin geöffnet.

Wenn Sie also einmal ein leeres Dokumentsymbol haben, und nicht im geringsten wissen, wo es herkommt oder ob es sich um eine Grafikdatei, Textdatei oder Tabellenkalkulation handelt, ziehen Sie das Symbol einfach auf jedes Programm, das Sie haben. Jedes Programmsymbol, das dabei dunkel wird, kann das Dokument auch öffnen.

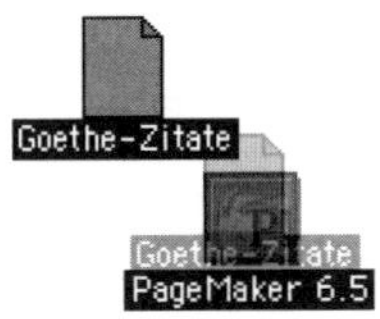

Ziehen Sie eine Datei auf verschiedene Programmsymbole, um festzustellen, ob sie sich damit öffnen läßt. (Manchmal klappt es allerdings doch nicht.)

Lesen Sie bitte in Kap. «Aliase» ab Seite 173 nach, wie Sie von jedem Ihrer Programme ein Alias erzeugen können. Sie können diese Aliase dann in einen Ordner auf Ihrem Schreibtisch legen, damit Sie sie jederzeit schnell griffbereit haben, um alle Dateien – bekannter oder unbekannter Art – zu öffnen.

Neu vs. Öffnen

Nachdem ein Programm gestartet wurde, sehen Sie im *Ablage*-Menü zwei Optionen: *Neu* und *Öffnen*. Mich hat das anfangs etwas irritiert, weil ich dachte, «Nun, ich will ja eine neue Datei öffnen». Der Unterschied ist folgender:

- *Neu* erzeugt eine weißes, leeres Blatt, auf dem Sie ein neues Dokument erstellen können.
- *Öffnen* ruft ein Dialogfeld auf, mit dem Sie ein Dokument öffnen können, das Sie bereits schon erstellt und gespeichert haben.

Öffnen-Dialogfelder

Ausführliche Hinweise zum Navigieren in einem Dialogfeld sowie Beispiele für die Dialoge *Öffnen* und *Sichern unter* finden Sie in Kap. «Navigieren und Sichern» ab Seite 124.

Um sich in einem *Öffnen*-Dialogfeld zu bewegen, muß man etwas navigieren können. Dies ist eine der wichtigsten Fähigkeiten, die Sie sich aneignen sollten. Sie brauchen sie auch in anderen Dialogfeldern – wenn Sie beispielsweise Dokumente speichern oder Text importieren oder exportieren wollen. Nehmen Sie sich ausreichend Zeit, um genau zu verstehen, was die einzelnen Optionen in einem solchen Dialogfeld bedeuten.

*Der **Name** im Einblendmenü gibt den Ordner oder das Volume an, auf dem sich die Dateien im Listenfenster befinden.*

Wenn das Symbol links vom Titel oder Einblendmenü ein Ordner ist (und kein Volume), dann ist dies ein Menü. Drücken Sie auf das Einblendmenü, um den Inhalt anzuzeigen. Wie dieses Menü zeigt, befindet sich der Ordner «Blickfang» in einem weiteren Ordner namens «Artikel», dieser in einem Ordner namens «Robin's Folder», und dieser schließlich auf dem Schreibtisch.

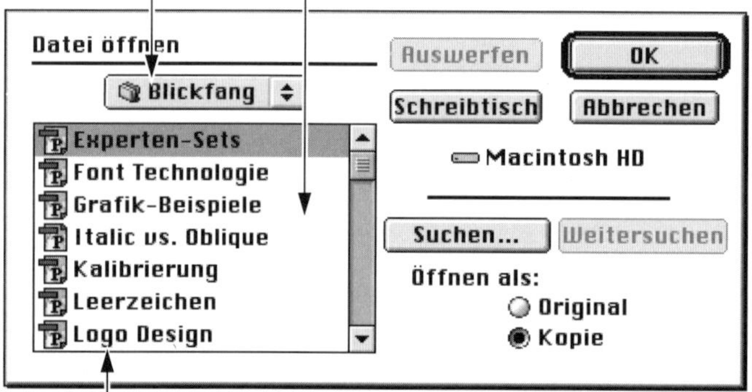

*Klicken Sie auf **Auswerfen**, um eine Diskette zu entfernen und eine neue einzulegen.*

*Klicken Sie auf **Schreibtisch**, um zu sehen, was sich auf dieser Ebene befindet, einschließlich Volumes auf anderen Laufwerken.*

*Klicken Sie auf **Abbrechen**, um wieder dorthin zu gelangen, wo Sie sich befanden, bevor Sie im «Ablage»-Menü den Befehl «Öffnen» gewählt haben.*

*Klicken Sie auf **OK** (manchmal steht hier auch «Öffnen»), um die ausgewählte Datei zu öffnen; oder doppelklicken Sie direkt den betreffenden Namen in der Liste.*

In dieser Liste (Verzeichnis) werden nur Dokumente angezeigt, die das aktuelle Programm öffnen kann.

*Klicken Sie **einmal** auf einen Namen, um die Datei zu markieren.*

***Doppelklicken** Sie auf den Namen, um die Datei zu öffnen.*

*Wenn Sie auf **ein Dokument doppelklicken**, wird es auf Ihrem Bildschirm geöffnet.*

*Wenn Sie auf **einen Ordner oder ein Volume doppelklicken**, wird sein Inhalt als Liste hier angezeigt.*

13

Texteingabe

Ob Sie Ihre ersten Schreiberfahrungen nun auf einer **Schreibmaschine** oder einem Computer mit **Textverarbeitung** gemacht haben, die Verfahren sind sich sehr ähnlich, da beide eine nahezu identische Tastatur benutzen. Der große Unterschied ist der, daß die Textverarbeitung auf dem Computer wesentlich mehr Spaß macht.

Auf dem Macintosh tippen Sie ständig in irgendeiner Weise etwas ein. In Textverarbeitungen ist die Tastatureingabe logischerweise die Haupttätigkeit. In anderen Programmen wie Datenbanken und Tabellenkalkulationen werden über die Tastatur Daten und Werte zur Weiterverarbeitung eingegeben. Und dann gibt es noch Programme, wo Tastatureingaben absolute Nebensache sind, zum Beispiel in Malprogrammen. Und überall gibt es Dialogfelder, die getippte Angaben verlangen. Selbst auf dem Schreibtisch benennen Sie Dokumente und Ordner, indem Sie ihre Namen eintippen. Praktischerweise folgt die Texteingabe auf dem Mac einem einheitlichen Konzept, das sich durch so ziemlich alle Programme hindurchzieht.

Einfügezeiger

Das sind zwei Beispiele von Einfügezeigern.

Beim Macintosh verwandelt sich der Mauspfeil überall, wo Sie etwas eintippen können, in den Einfügezeiger, der ein bißchen wie zwei runde Klammern aussieht, die Rücken an Rücken stehen. In manchen Programmen hat er auch noch einen kleinen Querstrich unten auf der Grundlinie.

Der Einfügezeiger ist einfach eine andere Form des Cursors, und er funktioniert genauso wie der normale Mauspfeil, das Fadenkreuz oder die diversen Cursor-Werkzeuge in anderen Programmen. Der Einfügezeiger signalisiert also, daß Sie an einer bestimmten Stelle Text eingeben können, aber wie bei jedem anderen Cursor auch passiert nichts, solange Sie nicht klicken oder mit gedrückter Maustaste ziehen.

Einfügemarke

Wenn Sie den Einfügezeiger auf eine bestimmte Stelle setzen und klicken, dann taucht an dieser Stelle eine blinkende **Einfügemarke** auf, die aussieht wie ein blinkender, vertikaler Strich.

Nachdem Sie die Einfügemarke gesetzt haben, können Sie den Einfügezeiger (mit der Maus) aus dem Weg fahren. **Um mit der Texteingabe zu beginnen, brauchen Sie die Einfügemarke und nicht den Einfügezeiger!** Der Einfügezeiger wird nur für die Positionierung der Einfügemarke gebraucht.

Wenn die Einfügemarke blinkt, wird alles, was Sie eintippen ab der Marke nach rechts eingefügt. Dies gilt immer, egal ob sich die Einfügemarke nun am Anfang oder Ende eines Absatzes, mitten in einem Wort, in einer Dialogbox, unter einem Icon auf dem Schreibtisch oder sonstwo befindet. (Es gibt ein paar Ausnahmen, zum Beispiel rechtsbündig oder zentriert formatierten Text.)

Sie können den Einfügezeiger jederzeit mit der Maus an eine andere Stelle bewegen, die Maustaste betätigen und an der neuen Stelle mit der Texteingabe beginnen.

Tippfehler korrigieren

Mit dem Drücken der **Löschtaste** (sie befindet sich im oberen, rechten Bereich der Tastatur und wird auf älteren Tastaturen auch als **Backspace**-Taste bezeichnet) werden alle Buchstaben, über die Sie sich ab der Einfügemarke zurückbewegen, gelöscht. Auf diese Weise können Sie eben gemachte Tippfehler korrigieren oder die Einfügemarke an anderer Stelle im Text positionieren und dort gemachte Eingaben löschen.

Wörter aktivieren per Doppelklick

Wenn Sie ziemlich viel Text löschen müssen, ist das Aktivieren und Löschen eine Abkürzung gegenüber dem mehrmaligen Betätigen der Löschtaste. Wenn Sie – egal in welchem Programm – mit dem Einfügezeiger ein Wort doppelklicken, wird dieses Wort aktiviert, sprich negativ dargestellt.

Dieses Wort ist markiert.

Wollen Sie mehr als nur ein Wort auswählen, drücken und ziehen Sie mit der Maus mit dem Einfügezeiger über den gesamten Text, den Sie aktivieren wollen.

Teile dieser Zeile sind markiert.

■ Änderungen

Was bewirkt nun das Aktivieren eigentlich? Nachdem ein bestimmter Textabschnitt aktiviert ist, wird das erste Zeichen, das Sie als nächstes eintippen, den gesamten aktivierten Textabschnitt ersetzen. Oder Sie haben die Möglichkeit, die Schriftart (auch Font genannt), den Schriftstil oder die Schriftgröße des markierten Textes zu ändern. Alternativ können Sie diesen Text auch kopieren, ausschneiden oder löschen. Oder Sie ersetzen ihn, indem Sie etwas Anderes einsetzen. Tatsache ist, daß Sie nichts von alledem tun können, ohne den Text zuvor aktiviert zu haben.

■ Text deaktivieren

Um eine Auswahl zu deaktivieren, klicken Sie einfach mit der Maus einmal an eine beliebige Stelle, egal, ob diese aktiviert ist oder nicht.

■ Einige Tips zum Aktivieren

In praktisch allen Programmen muß der zu aktivierende Text zusammenhängend sein. Eine Ausnahme ist beispielsweise Nisus Writer, bei dem Sie auch jedes dritte Wort aktivieren können.

Probieren Sie folgende Varianten aus, um Text irgendwo auf dem Mac auszuwählen:

- Doppelklicken Sie auf ein Wort, um das ganze Wort auszuwählen.
- Dreifachklicken Sie auf einen Satz um – abhängig vom Programm – entweder die ganze Zeile oder den ganzen Absatz auszuwählen.
- Mit den Cursortasten (Pfeiltasten) bewegen Sie die Einfügemarke vor, zurück, auf und ab. Wenn Sie gleichzeitig die Shift-Taste gedrückt halten, markieren Sie auf diese Weise den Text.
- Wenn Sie sehr viel Text auswählen wollen, klicken Sie zuerst auf den Anfang des Textes. Bewegen Sie sich nun durch Scrollen an das Ende des auszuwählenden Textes (egal ob es sich auf derselben oder einer anderen Seite befindet).

Halten Sie die Shift-Taste gedrückt und klicken Sie nun auf das Ende des Textes. Alles, was sich zwischen erstem Klick und zweitem (Shift-)Klick befindet ist nun aktiviert. Dies funktioniert genauso in Tabellenkalkulationen und Datenbanklisten.

- In vielen Programmen können Sie mit dem Zahlenblock auf der erweiterten Tastatur je nach Einstellung (Num-Lock-Taste aktiviert oder nicht aktiviert) entweder Zahlen schreiben oder die Einfügemarke bewegen. Probieren Sie es aus. In Microsoft Word und Adobe PageMaker bringt beispielsweise ein Druck auf die Taste 1 die Einfügemarke zum Beginn der Zeile, während ein Druck auf die 7 die Einfügemarke ans Ende der Zeile setzt. Andere Tasten bewegen die Einfügemarke ein Wort, einen Paragraphen bzw. eine Seite nach oben oder nach unten. Und wenn Sie gleichzeitig die Shift-Taste gedrückt halten, wird alles markiert, über das sich die Einfügemarke bewegt.

Automatischer Zeilenumbruch

In einem Textverarbeitungsprogramm sollten Sie die Zeilenschaltung nie am Ende einer Zeile verwenden, es sei denn, es ist gleichzeitig das Ende des Absatzes. Eine andere Ausnahme ist, wenn Sie das Ende einer Zeile bewußt am gegebenen Ort festlegen wollen, wie etwa bei einer Adresse. Der Grund dafür ist, daß Textverarbeitungsprogramme Endloszeilen verwenden – die Wörter rutschen automatisch auf die nächste Zeile, wenn sie den rechten Rand erreichen. Wenn Sie eine Zeilenschaltung setzen, heißt das für den Macintosh, daß an dieser Stelle die Zeile zwingend umbrochen werden muß. Wenn Sie zu einem späteren Zeitpunkt Wörter einfügen, rutscht Ihre Zeilenschaltung eventuell auf die nächste Zeile – diese Zeile wird aber nach dem Wort, dem die Zeilenschaltung folgt, bereits wieder umgebrochen, obwohl dieses Wort nun nicht mehr am Schluß einer Zeile steht. Kurzum, der ganze Zeilenfall bricht auseinander.

Zeilenschaltung erzeugt Absätze

Wenn Sie die Zeilenschaltung (die Return-Taste) zweimal zu drücken, hat das denselben Effekt wie ein zweifaches Betätigen der Wagenrücklauftaste auf einer Schreibmaschine: Sie erhalten den doppelten Abstand zwischen zwei Absätzen. Dies können Sie nutzen, um einen größeren Abstand zwischen zwei Abschnitten zu erhalten. Dafür gibt es allerdings in den meisten Textverarbeitungsprogrammen elegantere Lösungen: Sie können den Abstand vor und nach jedem Absatz bestimmen und ihn bei Nichtgefallen nachträglich nach Wunsch verändern.

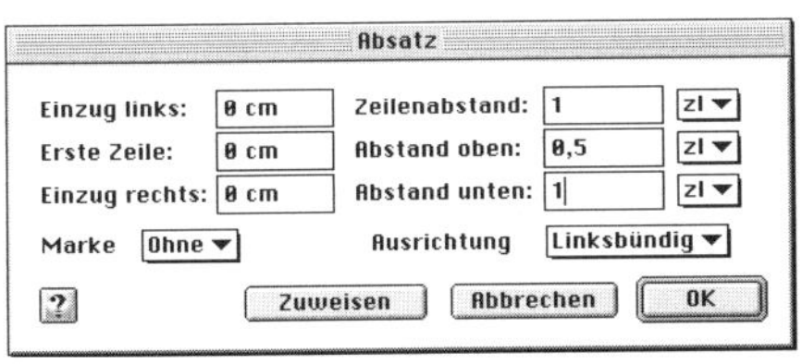

In Textverarbeitungsprogrammen (hier: ClarisWorks) können die Abstände vor und nach einem Absatz frei eingestellt werden. Hier könnten Sie auch den Zeilenabstand verändern.

Zeilenschaltung löschen

Für den Computer ist eine Zeilenschaltung ein Zeichen wie jedes andere, das heißt, es kann genau wie ein unerwünschter Buchstabe einfach mit der Löschtaste entfernt werden. Das Problem dabei ist lediglich, daß es in den meisten Programmen standardmäßig nicht sichtbar ist. Um eine Zeilenschaltung zu entfernen, setzen Sie deshalb am besten die Einfügemarke links vom ersten Buchstaben der Zeile, die dem Zeilenumbruch folgt. Das sieht dann folgendermaßen aus:

|Setzen Sie die Einfügemarke an den Anfang der Zeile (wie hier dargestellt; das Geblinke müssen Sie sich bitte denken) und betätigen Sie die Löschtaste, um die Leerzeile über dieser Zeile zu entfernen. Ein nochmaliges Betätigen der Löschtaste setzt diesen Satz ans Ende des voraugegangenen Abschnitts.

Die meisten Textverarbeitungsprogramme haben einen Befehl, der unsichtbare Zeichen, wie zum Beispiel Zeilenumbrüche, Tabulatoren und manchmal Leerzeichen sichtbar macht, wodurch das Eliminieren dieser Zeichen erleichtert wird. Leider gibt es weder für die Bezeichnung noch die Plazierung dieses Befehls irgendwelche Übereinkünfte. Suchen Sie nach etwas wie «unsichtbare Zeichen sichtbar machen», «Steuerzeichen zeigen» oder «¶ einblenden/ausblenden». (Zeilenschaltungen werden häufig durch das Zeichen ¶ dargestellt.)

■ Auch Leerzeichen sind Zeichen

Der Computer behandelt Leerzeichen (Tabulatoren, Zeilenumbruch, Leerzeichen etc.) wie jedes andere Zeichen. Das heißt, Leerzeichen, Leerzeilen, Tabulatorsprünge oder Zeilenumbrüche können genauso markiert und gelöscht werden, wie andere Zeichen auch.

Das Leerzeichen zwischen diesen Wörtern ist markiert.
Diese Tabulatoreinrückung ist markiert.
Wenn Sie zweimal einen Zeilenumbruch eingeben, können
Sie ebenso die Leerzeile zwischen

diesen Zeilen markieren und löschen.

Da es sich bei Leerzeichen um normale Zeichen handelt, können Sie ebenso die (Schrift-)Größe, Zeilenabstand, den Stil, den Absatzeinzug etc. ändern.

Text zentrieren

Vorsicht Falle: Wenn Sie ein Wort oder eine Zeile zentrieren, bezieht der Mac alle Leerzeichen, Einzüge, Tabulatoren etc. mit ein. Die Folge davon ist, daß die Zeile nicht zentriert scheint!

Ich habe einen Tabulator vor das erste Wort eingegeben, weshalb die Zeile nicht zentriert wirkt.

Diese Zeile ist zentriert.
Diese Zeile ist ebenfalls zentriert,
enthält aber ein TAB.

Der unsichtbare Tabulator,
der die Ausrichtung stört,
muß folgendermaßen markiert
und gelöscht werden:

Ich habe den Tab markiert und gelöscht.

Diese Zeile ist ebenfalls zentriert.
Anschließend ist sie richtig zentriert.

Nach dem Löschen des unsichtbaren Leerzeichens ist die Zeile wieder korrekt zentriert.

Diese Zeile ist ebenfalls zentriert.

Bei allen Arbeiten mit dem Macintosh muß man unserer Regel Nr. 2: **Zuerst markieren, dann ändern** folgen.

Schrift ändern

Wenn Sie beispielsweise die Schriftart oder den Schriftstil ändern wollen, müssen Sie zuerst die Zeichen aktivieren, die Sie ändern wollen, indem Sie zum Beispiel mit gedrückter Maustaste über den Text fahren. Erst dann macht es Sinn, die gewünschte Schriftart oder den Stil auszuwählen. (Das *Schrift*-Menü ist nicht bei allen Programmen am selben Ort; konsultieren Sie gegebenenfalls Ihr Handbuch.)

Formatierungen

Die Einfügemarke übernimmt immer die zuletzt gültige Formatierung (Schriftart, -stil, -größe und –ausrichtung) des Zeichens, das sich direkt links von ihr befindet. Ganz egal, wohin Sie die Einfügemarke setzen, sie wird immer die Formatierung des voranstehenden Zeichens übernehmen, selbst wenn es sich dabei um ein Leerzeichen handelt.

Das können Sie sich zunutze machen: Nehmen wir an, Sie wollen die nächsten Zeichen in einer anderen Schriftart eingeben. Müssen Sie dann zuerst den Text eintippen, anschließend markieren und dann ändern? Nicht, wenn Sie es so machen:

- Stellen Sie sicher, daß sich die Einfügemarke an der Stelle befindet, ab der die neue Schriftart verwendet werden soll.
- Gehen Sie ins *Schrift*-Menü ohne irgendwelchen Text zu markieren und wählen Sie die Schriftart aus; wenn kein Text markiert ist, gehen alle vorgenommenen Formatierungen in die Einfügemarke – was auch immer Sie als nächstes eingeben, es wird in der Formatierung geschehen, die Sie eingestellt haben.
  Sobald Sie die Einfügemarke an einer anderen Stelle plazieren, wird sie die Formatierung des voranstehenden Zeichens übernehmen.

Auszeichnungen

Die **Auszeichnung** (auch Schriftstil genannt) bestimmt, ob der Text normal, **fett**, konturiert, *kursiv* etc. ist. Um den Schriftstil zu ändern müssen Sie die obige Regel beachten: Zuerst markieren, dann ändern. Markieren Sie den Text, den Sie ändern wollen, dann wählen Sie den gewünschten Schriftstil aus dem Menü. Sie können mehr als einen Stil auswählen; Sie können beispielsweise einen Schriftstil wählen, der ***fett-kursiv-konturiert-schattiert-unterstrichen*** ist. (Nicht, daß das schön wäre!)

- Auszeichnungen entfernen

Um alle gewählten Auszeichnungen zu entfernen, markieren Sie den Text und wählen Sie als Schriftstil *Standard* oder *Normal*.

- Schriftstil ohne Menü ändern

Wie schon beim Ändern von Schriftarten erklärt, können Sie den Schriftstil im Menü ändern, bevor Sie Text eingeben (solange Sie die Einfügemarke nach dem Auswählen nicht mehr verschieben). Aber selbst das ist mühsam, wenn Sie lediglich das nächste Wort kursiv darstellen und anschließend wieder zu normalem Text zurückkehren wollen. So geht's einfacher:

Haben Sie die Tastaturkürzel im Menü bemerkt? In vielen Programmen steht beispielsweise ⌘ - B für fett (bold) und ⌘ - I für kursiv (italic). Einige Programme verwenden zusätzlich die Umschalttaste: ⌘ - ⇧ - B bzw. ⌘ - ⇧ - I und wiederum andere orientieren sich mehr an den deutschen Bezeichnungen und benutzen ⌘ - ⇧ -F für fett und ⌘ - ⇧ - K für kursiv. Aber ganz gleich, welche Konvention Ihr Textverarbeitungsprogramm verfolgt, lernen Sie diese Tastatur-Befehle!

Während Sie tippen, drücken Sie einfach die Tastenkombination ⌘ - B, und das nächste Wort, das Sie tippen wird fett sein! Wenn das übernächste Wort wieder normal sein soll, drücken Sie einfach rechtzeitig noch mal die Tastenkombination ⌘ - B. Das funktioniert wie bei einem Wechselschalter: Einmal drücken Ein; noch mal drücken Aus.

Und nun raten Sie mal, wie das nächste Wort aussieht, wenn Sie die Tastenkombination ⌘ - B - I eingeben? ***fett kursiv?*** Was für überaus kluge Leser wir doch haben.

Wenn Sie alle Auszeichnungen gleichzeitig entfernen wollen (zum Beispiel schattiert, konturiert, fett) markieren Sie den Text und geben Sie das Tastaturkürzel für Normaltext (oder wie auch immer Ihr Programm dies nennt) ein.

Schriftgröße wechseln

Die Schriftgröße wird in Punkt angegeben. Ein Punkt entspricht 0,376 mm:

12 Punkt

36 Punkt

Die **Schriftgröße** oder der Schriftgrad wird immer in Punkt angegeben. Punkt sind immer in der Einzahl, egal, wie viele Sie davon haben. Ein Punkt in der traditionellen Typografie mißt 1/72 Zoll, und die Bildschirmauflösung des Macintosh beträgt genau 72 dpi (Dots per Inch). Die Mac-Entwickler haben sich einiges überlegt, als sie die Auflösung des Bildschirms passend zur traditionellen amerikanischen Typografie wählten.

In Ihrem Menü bemerken Sie verschiedene Zahlen, die mit dem Schriftgrad zu tun haben; größere Zahlen entsprechen erwartungsgemäß größeren Schriftgraden. Auch beim Schriftgrad gilt: Zuerst markieren, dann handeln. Oder Sie setzen wieder die Einfügemarke und wählen vor dem Eintippen den Schriftgrad im Menü. Mehr über den Schriftgrad entnehmen Sie Kap. «Zeichensätze» ab Seite 137.

Ausrichtung

Die Ausrichtung bestimmt, wie der Text in der Zeile steht. Linksbündiger Text richtet sich am linken Rand aus, rechtsbündiger Text logischerweise am rechten. Zentrierter Text richtet sich gleichmäßig entlang der Mittelachse aus, die mittig zwischen linkem und rechtem Rand verläuft. Blocksatz spannt sich vom linken zum rechten Rand. Wenn Sie die Ausrichtung eines Absatzes ändern möchten, reicht es, wenn Sie mit dem Einfügezeiger irgendwo in den entsprechenden Absatz klicken. Im Gegensatz zum Ändern der Auszeichnung müssen Sie also nicht den ganzen Absatz markieren. Erst wenn Sie mehrere Absätze gleichzeitig in der Ausrichtung ändern wollen, müssen Sie jeden Absatz mit der Markierung zumindest streifen.

Beinahe überall, wo Sie Text eintippen können, können Sie auch **ausschneiden** oder **kopieren**. Wenn Sie Text ausschneiden, wird er aus dem Dokument entfernt und gelangt in die Zwischenablage. Wenn Sie Text kopieren, bleibt er im Dokument erhalten und eine Kopie wird in die Zwischenablage geschoben. Nun, was in aller Welt ist eine Zwischenablage?

Zwischenablage

Die **Zwischenablage** heißt im Englischen Clipboard und ist ein unsichtbarer Behälter irgendwo tief im Inneren des Macs. Sie enthält das Objekt, das Sie als letztes ausgeschnitten oder kopiert haben, ganz egal, ob es nun Text, Daten einer Tabellenkalkulation, Grafiken oder Was-auch-immer war. Wenn erst einmal etwas hineingeschoben wurde, bleibt es dort, bis Sie es wieder irgendwo einsetzen (wir kommen gleich zu diesem Thema).

Das Wichtigste, das man sich bezüglich der Zwischenablage merken sollte ist, daß sie immer nur ein Objekt gleichzeitig aufbewahren kann; das bedeutet, daß – sobald Sie etwas anderes ausschneiden oder kopieren – der vorherige Inhalt durch die neue Auswahl ersetzt wird.

So sieht das Symbol der Zwischenablage aus, das sich im Systemordner befindet. Wenn Sie darauf doppelklicken, sehen Sie, was momentan darin gespeichert ist.

In einigen Programmen einschließlich des Finders, gibt es den Menübefehl *Zwischenablage einblenden*. Wird dieser Befehl aufgerufen, dann erscheint ein Fenster mit dem Inhalt der Zwischenablage. In den meisten Programmen sehen Sie den aktuellen Inhalt jedoch nicht. Sie dürfen aber sicher sein, daß er da ist!

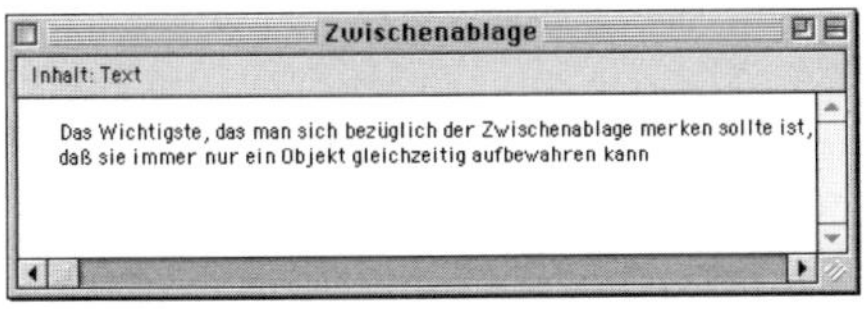

Die Zwischenablage wird als Fenster geöffnet (wenn Ihr Programm dies ermöglicht).

Der Inhalt der Zwischenablage bleibt auch erhalten, wenn Sie zwischen verschiedenen Programmen wechseln: Sie können eine Zeichnung in einem Malprogramm in die Zwischenablage kopieren, eine Textverarbeitung öffnen und die Zeichnung in ein neues Textdokument einsetzen.

Der Inhalt verschwindet von selbst aus der Zwischenablage, sobald der Computer willentlich oder durch eine Stromunterbrechung ausgeschaltet wird. Die Zwischenablage befindet sich im RAM, so daß jedesmal, wenn das RAM gelöscht wird, ebenfalls der Inhalt der Zwischenablage weg ist (RAM wird in Kap. «Wichtige Informationen» ab Seite 245 genauer erklärt).

■ Ausschneiden

Ausschneiden ist ganz einfach: Markieren Sie den Text, den Sie ausschneiden wollen mit gedrückter Maustaste, und dann tun Sie es! Wählen Sie im Menü *Bearbeiten* den Befehl *Ausschneiden*, worauf der markierte Text aus dem Dokument verschwindet und in die Zwischenablage verschoben wird.

■ Kopieren

Kopieren ist genauso einfach: Gewünschten Text markieren und Befehl *Kopieren* aus dem *Bearbeiten*-Menü aufrufen. Im Unterschied zum *Ausschneiden* bleibt der markierte Text im Dokument und eine Kopie davon wird in die Zwischenablage geschoben.

O.k., der Text ist jetzt in der Zwischenablage. Und jetzt? Nun, die Zwischenablage speichert Objekte, damit sie irgendwo eingefügt werden können. Sie können Text oder Grafik von einem Ort nehmen und in ein anderes Dokument einfügen, so als ob Sie es dort mit etwas Klebstoff einsetzen würden.

■ Einfügen

Wählen Sie den Befehl *Einfügen* aus dem *Bearbeiten*-Menü. Wenn Sie sich gerade in einem Textverarbeitungsprogramm befinden, versucht das Programm was immer auch in der Zwischenablage ist, an der Stelle in das Dokument einzufügen, wo sich die Einfügemarke befindet. Wenn Sie zuvor Text markiert haben, wird dieser durch den Inhalt der Zwischenablage ersetzt. Genausogut können auch Tabellenwerte oder Grafiken eingesetzt werden. In einigen Programmen, speziell im Grafikbereich, wird das Objekt genau in der Seitenmitte eingesetzt.

Solange etwas in der Zwischenablage ist, können Sie es beliebig oft in beliebig vielen verschiedenen Programmen einsetzen.

- Löschen vs. Zwischenablage

Die **Löschtaste** (oben rechts auf der Tastatur) kommuniziert nicht mit der Zwischenablage. Wenn Sie diese Taste drücken, während etwas markiert ist, dann wird es gelöscht und nicht in die Zwischenablage verschoben. Das Schöne daran ist, daß sich dadurch der Inhalt der Zwischenablage nicht ändert. Weniger schön ist, daß alles was Sie gelöscht haben, auch wirklich weg ist. (Der Befehl *Löschen* aus dem *Bearbeiten*-Menü funktioniert wie das Betätigen der Löschtaste.) Eine letzte Chance haben Sie allerdings noch: Sie können Ihre unbedachte Löschaktion widerrufen.

Widerrufen

Manche Macintosh-Anwender sagen, daß der Mac allein wegen der **Widerrufen**-Funktion unbezahlbar ist. Und tatsächlich kann Sie der Befehl manchmal vor großem Unheil bewahren. Dazu braucht es allerdings ein wenig Training: Statt in Zukunft bei einem Mißgeschick einen Schrei auszustoßen, drücken Sie ⌘ - Z – schreien können Sie dann immer noch. Damit rufen Sie die Widerrufen-Funktion auf, die Sie natürlich auch über den entsprechenden Befehl im *Bearbeiten*-Menü erreichen.

***Achtung:** Widerrufen kann nur die letzte Aktion rückgängig machen. Wenn Sie beispielsweise zwei Abschnitte mit brilliant geschriebenem Text, an dem Sie drei Stunden gearbeitet haben, markieren, die Katze über die Tastatur marschiert und damit die ganze Arbeit zunichte macht, dann könnte «Widerrufen» Ihnen alles zurückbringen, wenn Sie den Widerrufen-Befehl sofort ausführen – bevor Sie irgend etwas anderes machen. Wenn Sie aber anfangen auf der Tastatur oder mit der Maus herumzuprobieren, dann wird «Widerrufen» nur das Herumprobierte rückgängig machen. Einige Programme können neuerdings auch mehrfach widerrufen. Lesen Sie dazu das Handbuch.*

Die Befehle ⌘ - Z, X, C, V

Die Tastatur-Kurzbefehle für *Widerrufen*, *Ausschneiden*, *Kopieren*, *Einfügen* sind möglichst günstig auf der Tastatur verteilt. Sie werden bemerken, daß die Buchstaben X, C und V nebeneinander und genau über der Befehlstaste liegen. Denken Sie daran: Markieren Sie zuerst den Text (außer beim Widerrufen), dann halten Sie die Befehlstaste gedrückt und drücken zusätzlich auf den jeweiligen Buchstaben.

⌘ - Z widerruft
⌘ - X schneidet aus
⌘ - C kopiert
⌘ - V setzt ein

Akzente setzen

Hier ist eine Liste einiger gebräuchlicher Akzente:

´ (Taste-´)
` (⇧ + Taste-`)
~ (⌥ + Taste-n)
^ (Taste-^)

Beim Mac können Sie Akzente eintippen, wie sie bei Wörtern wie résumé oder piñata vorkommen. Sie können die Akzente mit dem Schreibtischzubehör Tastatur finden (im Apple-Menü). Merken Sie sich auf jeden Fall, daß Akzente, die nicht auf der Tastatur sichtbar sind, über die Wahltaste aktiviert werden. Ein Beispiel zur Verdeutlichung:

Um Akzente zu setzen, gehen Sie folgendermaßen vor (beim Wort piñata):

- Geben Sie das Wort ein, bis Sie zu dem Buchstaben kommen, der unter dem Akzent ist; Beispiel: pi

- Bevor Sie nun diesen Buchstaben eingeben (in unserem Fall das kleine n), drücken Sie nun die Tastenkombination ⌥ - N. Es sieht aus, als ob nichts passieren würde. Das ist o.k.

- Jetzt geben Sie den Buchstaben ein, der unter dem Akzent sein soll und beide (Buchstaben und Akzent) erscheinen zusammen. Beispiel piñ.

Sonderzeichen eingeben

Sonderzeichen sind Zeichen, auf die Sie beim Mac zugreifen können und die nicht auf einer Schreibmaschinentastatur verfügbar sind, wie zum Beispiel das umgekehrte Fragezeichen im Spanischen (¿), das Pfundzeichen für englische Währung (£), das Centzeichen für amerikanische Währung (¢), Symbole wie (© und ™) usw. Sie können alle diese Zeichen finden, indem Sie das Programm *Tastatur* unter dem *Apple*-Menü aufrufen (mehr Einzelheiten dazu finden Sie auf ab Seite 155).

Um Sonderzeichen in den Text einzugeben, gehen Sie folgendermaßen vor:

- Wenn Sie an Ihrem Dokument arbeiten, öffnen Sie das Schreibtischzubehör Tastatur aus dem Apple-Menü.

- Sobald *Tastatur* offen ist, wählen Sie aus dem Menü *Schrift* die gewünschte Schriftart. Die Zeichen auf den Tasten werden nun mit dieser Schrift dargestellt.

- Suchen Sie das gewünschte Sonderzeichen, indem Sie die Umschalttaste, die Wahltaste oder die Kombination Umschalttaste-Wahltaste drücken. Merken Sie sich die Tastenkombination, welche zum gewünschten Sonderzeichen gehört. Beispielsweise erzeugt die Tastenkombination ⇧ - ⌥ - + in der Schriftart Times einen Apfel.

- Merken Sie sich diese Kombination. Schließen Sie das Schreibtischzubehör und gehen Sie zurück in Ihr Dokument. (Denken Sie daran, Sie können in jedem Programm auf das Schreibtischzubehör zugreifen.)

- Setzen Sie die Einfügemarke in Ihrem Dokument, wählen Sie die Schriftart Times und geben Sie die Tastenkombination ⇧ - ⌥ - + ein. Der Apfel wird augenblicklich erscheinen!

- Die gängigsten Sonderzeichen

Hier sind ein paar gängige Sonderzeichen (deutsche Tastatur):

⌥ - ⇧ - 1	@
⌥ - Ü	•
⌥ - G	©
⌥ - E	™
⌥ - 4	¢

(Schweizer Tastatur):

⌥ - G	@
⌥ - Ü	°
⌥ - C	©
⌥ - E	™
⌥ - R	®

- Zeichen aus anderen Zeichensätzen

Wenn sich das benötigte Zeichen in einem anderen Zeichensatz befindet, wie zum Beispiel ein ♥ in Zapf Dingbats, können Sie auch folgendermaßen vorgehen: Suchen Sie die für das Zeichen benötigte Tastenkombination in *Tastatur* (in unserem Fall Wahltaste + Taste-e). Tippen Sie in Ihrem Text diese Tastenkombination ein, egal in welchem Schriftsatz Sie sich befinden. Die Zeichen könnten merkwürdig aussehen, sobald Sie sie jedoch markiert haben und in die Schriftart Zapf Dingbats ändern, erscheint das ♥.

Tip: *Denken Sie daran, die Einfügemarke übernimmt immer die Formatierung des voranstehenden Zeichens, selbst wenn es sich dabei um ein Leerzeichen handelt. Alles, was Sie danach eintippen, hat diese Formatierung. Um in der vorhergehenden Formatierung weiterschreiben zu können, wählen Sie einfach die originalen Einstellungen, ohne die Einfügemarke zu bewegen.*

14

Sichern

Wenn Sie ein Dokument erstellen, also beispielsweise einen Brief schreiben, schwirren die Informationen, die Sie in dieses Dokument eingeben, in den elektronischen Tiefen des **Arbeitsspeichers** herum. Dieses Dokument ist jedoch absolut unwiederbringlich verloren, wenn der Computer abstürzt oder versehentlich ausgeschaltet wird. Selbst eine kurze Stromschwankung kann schon genügen, um das Dokument auf Nimmerwiedersehen verschwinden zu lassen. Da Sie der Nachwelt Ihre Werke jedoch vermutlich hinterlassen wollen, benötigen Sie eine etwas verläßlichere Form von Speicherung, sprich, Sie müssen das **Dokument** auf Ihre **Festplatte** sichern. Später können Sie dann zur Sicherheit noch ein oder zwei Sicherungskopien auf Datenträger wie Disketten, Zip- oder Jaz-Cartridges machen.

RAM: Random Access Memory

Bis zu dem Zeitpunkt, an dem Sie dem Dokument einen Namen geben und es sichern, treibt sich das Dokument im Arbeitsspeicher herum, in der Computersprache RAM genannt. **RAM** steht für **Random Access Memory**. Um den Vergleich ein wenig anschaulicher zu machen, stellen Sie sich bitte folgende Situation vor:

Sie nehmen sich Arbeit vom Büro mit nach Hause. Sie schreiben Berichte, arbeiten Pläne aus, mit anderen Worten: Sie sind ein mustergültiger Angestellter. Aber: Alles, was Sie zu Hause erarbeiten, ist in großer Gefahr! Der Hund könnte Ihre Berichte fressen oder Ihr Kind könnte die völlige Vernichtung Ihrer Akten als willkommene Abwechslung vom drögen Alltag betrachten. Erst wenn Sie Ihre Arbeit heil ins Büro bringen, sind die Daten in relativer Sicherheit. (Zumindest sind Sie dann nicht mehr für den Verlust verantwortlich!)

Flüchtiger Speicher: Regel Nr. 1

Ähnlich verhält es sich mit dem Speicher. Alles, was sich im RAM befindet, ist etwa gleich gefährdet, wie ein wichtiges Schriftstück bei Ihnen zu Hause. Ein kleines Mißgeschick genügt, und die ganze Arbeit ist weg. Erst wenn die Daten auf die Festplatte gesichert werden, sind sie einigermaßen in Sicherheit. Wenden Sie daher immer die **SOS-Technik** an: Save Often, Sweetie, oder wenn Sie es lieber deutsch mögen: Sachen Oft Sichern oder auch so: **Sicher = Oft Sichern**. Ganz egal wie, Hauptsache Sie sichern oft. Am besten alle paar Minuten, oder jedesmal, wenn Sie über Ihren nächsten brillianten Schritt nachdenken.

Schritt für Schritt

Nehmen wir an, Sie schreiben einen Artikel. Sie öffnen ein neues Dokument und sichern es auf die Festplatte. Ihr Dokument ist jetzt gesichert, aber noch leer. Sie schreiben den halben Artikel und sichern erneut, indem Sie die Tastenkombination ⌘ - S drücken. (Natürlich tut‘s auch der entsprechende Menübefehl.) Jetzt wird der halbe Artikel auf die Festplatte gesichert – und ist in Sicherheit. Nun schreiben Sie die zweite Hälfte des Artikels. Wenn es jetzt ohne weitere Sicherung zu einem Absturz, einem Stromausfall oder einer Virusattacke kommt, verlieren Sie nur die zweite Hälfte des Artikels. Den ersten Teil können Sie nach einem Neustart wieder öffnen. Sie sollten es sich jedoch angewöhnen, nicht erst in der Hälfte, sondern immer dann zu sichern, wenn Sie zwei Sekunden über irgend etwas nachdenken. Die Tastenkombination ⌘ - S muß für Sie zu einer Reflexbewegung werden.

■ Wir basteln uns eine Depression

Ersparen Sie sich eine erstklassige Depression, indem Sie jetzt schwören, daß Sie immer brav sichern werden ... ansonsten wird Sie der nächste Systemabsturz schmerzlich an Ihre Unterlassungssünde erinnern.

Wenn Sie vor einem neuen Dokument sitzen, werden Sie bemerken, daß im Titelbalken entweder *Ohne Namen*, *Ohne Titel* oder etwas ähnliches steht. Das ist der Hinweis, daß dieses Dokument noch nicht gesichert worden ist und deshalb ein höchst unsicheres Dasein fristet. Sichern Sie also nicht später, nicht gleich, sondern jetzt!

Sichern und Sichern unter ...

Wenn Sie ein Dokument das erstemal sichern, müssen Sie ihm einen Namen geben. Im *Ablage*-Menü gibt es die Befehle *Sichern unter...* und *Sichern*. Auf den ersten Blick ist der subtile Unterschied etwas verwirrend, doch das ist schnell erklärt.

■ Sichern unter...

Ganz egal, welchen der beiden Befehle Sie beim **ersten Sichern** eines neuen Dokuments auch auswählen, Sie landen immer in der gleichen Dialogbox (siehe Abbildung auf der nächsten Seite). Hier werden Sie aufgefordert, einem neuen, ungesicherten Dokument erstmals einen Namen zu geben, oder einem bereits vorhandenen, gesicherten Dokument einen anderen Namen.

■ Sichern

Sichern ist der Befehl, den Sie benutzen nachdem Sie dem Dokument einen Namen gegeben und mindestens einmal gespeichert haben. Mit ihm sichern Sie lediglich die Änderungen, die Sie inzwischen am Dokument vorgenommen haben. Der *Sichern*-Befehl wird ohne Dialog ausgeführt, da Sie ja bereits einen Namen vergeben haben; als einzige Rückmeldung blinkt das *Ablage*-Menü zwei- oder dreimal auf.

Benennen

Womit wir wieder beim Thema wären. Da Sie Ihrem Dokument noch keinen Namen gegeben haben, müssen Sie das als erstes tun. Nachdem Sie *Sichern unter...* oder *Sichern* gewählt haben, erscheint die schon erwähnte Dialogbox, die das Verzeichnis Ihrer Festplatte zeigt und Ihnen im unteren Teil Gelegenheit gibt, eine Bezeichnung einzutippen.

■ Sinnvolle Namen

Geben Sie Ihrem Dokument zuerst einen sinnvollen Namen – richtig, sinnvoll! Jetzt ist absolut der falsche Zeitpunkt, um geistige Energie einzusparen. Wenn Sie in einem Anfall von Phantasielosigkeit Ihre Briefe Brief_1 bis Brief_15 nennen, womöglich noch mit angehängtem .doc oder .txt, werden Sie bereits nach zwei Stunden nicht mehr wissen, was in welchem Dokument steht. Sie können auf dem Macintosh **Dateinamen mit bis zu 31 Zeichen** verwenden und Sie dürfen alle Zeichen außer dem Doppelpunkt verwenden – den Sie deswegen aber auch gar nicht eingeben können. Ansonsten ist alle Zeichen durchaus wörtlich gemeint, also alle Sonderzeichen (∞viel Liebe √), alle Umlaute und natürlich auch alle Akzente (Exposé d'Aïkido).

Ablageort definieren

Anschließend bestimmen Sie mit Hilfe der Liste im oberen Teil der Dialogbox den Ort, an dem das Dokument gesichert werden soll. Diese Liste zeigt die Hierarchie der Festplatte. Genau wie beim Finder öffnen Sie einen Ordner mit einem Doppelklick. Wenn Sie eine Stufe höher möchten, verwenden Sie das Menü über der Liste. Betrachten Sie die folgende Abbildung gründlich und machen Sie sich mit den verschiedenen Bedienelementen vertraut!

Dialogfenster Sichern unter...

Dies ist eine Liste oder ein Verzeichnis aller Ordner und Dokumente, die sich in dem Ordner «kap fertig» auf der Festplatte «G3 HD» befinden. Ordnernamen sind schwarz, da Sie diese durch Doppelklick öffnen und Ihre Dokumente darin speichern können. Die anderen Dokumentennamen sind grau; diese können Sie zwar nicht öffnen, sehen so aber, welche anderen Dokumente vorhanden sind.

Die Titelleiste zeigt an, in welches Verzeichnis (beachten Sie das Ordnersymbol) Sie Ihr Dokument sichern. Beachten Sie ebenfalls den Pfeil hinter «kap fertig» (meistens stehen hier Doppelpfeile) – das zeigt Ihnen an, daß es hier ein Menü gibt.

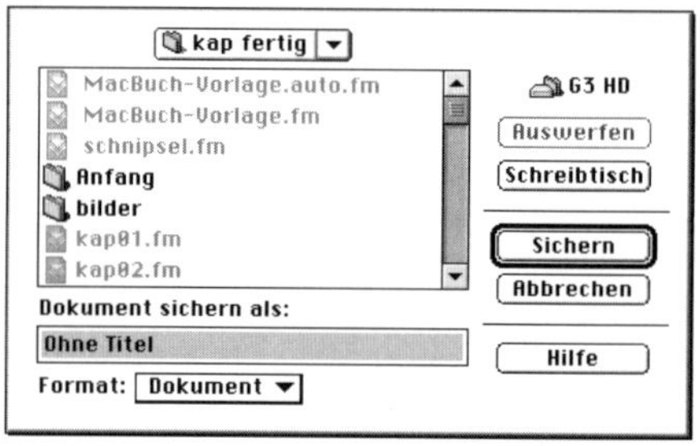

Das Symbol zeigt Ihnen an, daß im Moment alles auf der Festplatte mit Namen «G3 HD» abgespeichert wird.

Klicken Sie auf den «Sichern»-Knopf, nachdem Sie einen Namen eingegeben haben. Manchmal ist dieser Knopf erst dann aktiv, wenn ein Name eingegeben wurde. Manchmal steht auch «OK» statt «Sichern» auf diesem Knopf.

Geben Sie hier den Namen des Dokuments ein. Die graue Markierung ist ein visueller Hinweis, daß der momentane Name «Ohne Titel» aktiviert ist – sobald Sie etwas eingeben, wird der markierte Text ersetzt (Sie brauchen den vorhandenen Text nicht vorher löschen).

- Visuelle Extras im Dialogfenster

Wie beim Mac üblich, gibt es im Dialogfenster einige visuelle Extras, auf die ich kurz eingehen möchte. Ausführliche Informationen zu diesem Thema finden Sie in Kap. «Navigieren und Sichern» ab Seite 124.

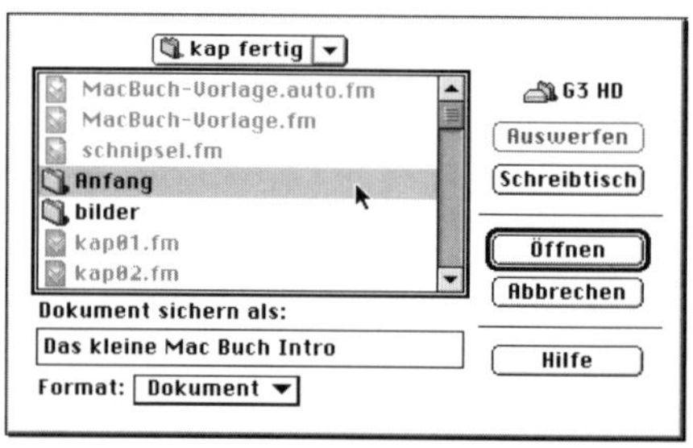

Der Name über der Liste ist der des aktuellen Ordners. Wenn Sie darauf klicken und die Maustaste gedrückt halten, wird ein Menü heruntergeklappt. So können Sie den Pfad Ihres Dokuments erkennen oder einen anderen Pfad wählen.

Wenn Sie wie in der Abbildung ein Ordnersymbol angewählt haben, steht auf dem aktivierten Knopf *Öffnen*, damit Sie den Ordner öffnen können, um Ihr Dokument darin zu sichern. Achten Sie auch auf den doppelten Rand um die Liste; damit wird angezeigt, daß diese jetzt aktiv ist. Wenn Sie also in der Abbildung zum Beispiel ein b eintippen, springt die Markierung in der Liste eins weiter zum Ordner «bilder». Falls Sie den Namen noch mal ändern wollen, müssen Sie zuerst in das Namensfeld unter der Liste klikken.

Wenn Sie in einer «Sichern unter…»-Dialogbox die Tabulatortaste betätigen, werden abwechselnd das Eingabefeld für den Namen und die Liste aktiviert. Probieren Sie es aus!

Gerettet!

Wenn Sie den gewünschten Ablageort gefunden haben, klicken Sie auf *Sichern* und Ihr Dokument ist gesichert. Sie sehen im Titelbalken des Fensters die neue Bezeichnung. Wenn Sie nun die Tastenkombination ⌘ - S eingeben, wird dasselbe Dokument auf der Festplatte auf den neuesten Stand gebracht. Es erscheint auch keine Dialogbox mehr, da für immer und ewig der gleiche Name beibehalten wird.

Zweite Fassung

Immer und ewig? Nicht ganz. Manchmal wäre es nützlich, ein Dokument unter einem anderen Namen zu speichern. Ein Beispiel: Sie haben ein Dokument mit der Bezeichnung «Sitzungsprotokoll 18.4.» erstellt. Eine Woche später müssen Sie ein weiteres Protokoll erstellen, das vom Aufbau her identisch, im Inhalt aber verschieden ist. Sie möchten nun eine zweite Fassung, wobei das Original in seinem ursprünglichen Zustand erhalten bleiben soll.

Öffnen Sie das Dokument «Sitzungsprotokoll 18.4.» und wählen Sie im Menü *Ablage* den Befehl *Sichern unter…*. Sie erinnern sich? Wenn einem Menübefehl drei Punkte (…) folgen, bedeutet das, daß anschließend eine Dialogbox folgt erscheinen wird. (Natürlich nur, wenn Sie den Befehl auswählen!) So auch hier: die bekannten *Sichern*-Dialogbox erscheint, in der Sie eine Kopie des Dokuments unter anderem Namen und auch Wunsch auch an einem anderen Ort speichern können.

Vorlagen und Formulare

Eine andere Möglichkeit, mehrere Versionen eines Dokuments zu erzeugen, bzw. eine Originalvorlage Ihres Protokolls oder Ihrer Kostenaufstellung etc. unverändert aufzubewahren ist, eine Vorlagen- oder Formularblock-Kopie des Dokumentes anzufertigen. Am einfachsten geht dies, indem Sie das gewünschte Dokument auf dem Schreibtisch markieren (klicken Sie einmal darauf) und anschließend den Befehl *Information* aus dem *Ablage*-Menü wählen. Klicken Sie auf das Feld *Formularblock* (im unteren Bild eingekreist). Jetzt ist das Originaldokument ein Formularblock, also eine Vorlage. Es enthält alle verwendeten Schriftarten, Formatierungen, Informationen etc. Wenn Sie auf einen Formularblock doppelklicken wird nicht das Original, sondern eine Kopie des Originaldokuments geöffnet. Sie erkennen das daran, daß in der Titelzeile des Dokuments «Ohne Titel» statt der Name der Vorlagendatei steht. (Bei manchen älteren Programmen werden Sie gleich nach dem Doppelklick aufgefordert, einen Namen für die Kopie zu vergeben.)

Dies ist das Originaldokument. Beachten Sie, daß die obere rechte Ecke umgeklappt ist. Markieren Sie es, indem Sie einmal darauf klicken, und wählen Sie anschließend den Befehl «Information» aus dem Ablage-Menü.

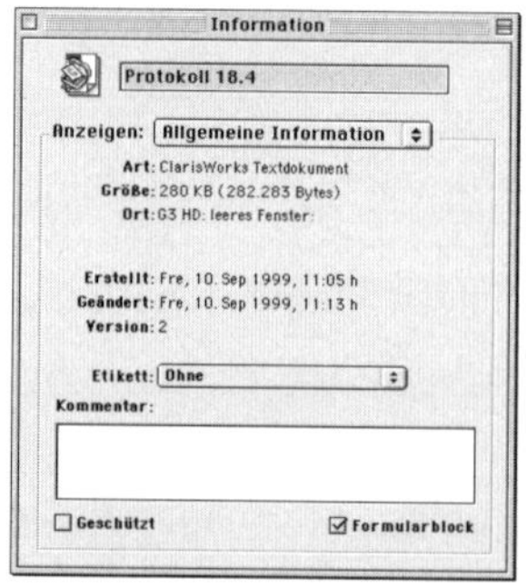

Aktivieren Sie dieses Kästchen im Dialogfenster «Information».

Das Originaldokument ist nun ein Formularblock, auch Vorlage genannt. Beachten Sie, daß jetzt die untere rechte Ecke umgeklappt ist. Öffnen Sie es durch Doppelklick (es wird als neues Dokument «Ohne Titel» geöffnet) und fahren Sie mit dem Schreiben fort.

Murphy's Gesetz

Wenn etwas schiefgehen kann, wird es das!

Kennen Sie Murphy's Gesetz? Früher einmal auf den angelsächsischen Bereich beschränkt, hat sich dieser irische oder schottische Unhold (wer will das schon wissen?) die wachsenden internationalen Kontakte zunutze gemacht und treibt sein Unwesen nun auch hier. Sie wissen, daß Murphy mal wieder am Werk war, wenn gleichzeitig und kurz hintereinander zwei oder mehrere (falls nicht alle) Dinge schiefgehen. Zum Beispiel so: Sie haben den Ratschlag von weiter oben befolgt und drücken regelmäßig die Tastenkombination ⌘ - S. Gerade als Sie den gewohnten Griff ausführen wollen, rutschen Sie ab und drücken statt dessen ⌘ - A gefolgt von einem Y. Das Kürzel ⌘ - A steht dummerweise für den Befehl Alles aktivieren. So geschehen, vernichtet die nächste Eingabe, das Y, den gesamten (aktivierten) Text. Wenn Sie jetzt nicht sofort den Befehl Widerrufen im Bearbeiten-Menü anwählen, ist alles verloren.

Zurück zur alten Fassung

Hilft auch das nicht, oder hat Murphy noch einmal zugeschlagen, gibt es nur noch eine letzte mögliche Maßnahme: Um zu retten, was zu retten ist, schließen Sie das Dokument ohne zu sichern. In den meisten Programmen erscheint nun eine Dialogbox, in der Sie gefragt werden, ob Sie Ihre Änderungen sichern wollen. Lassen Sie sich Zeit mit dieser Dialogbox, sonst hat Murphy Sie endgültig am Wickel.

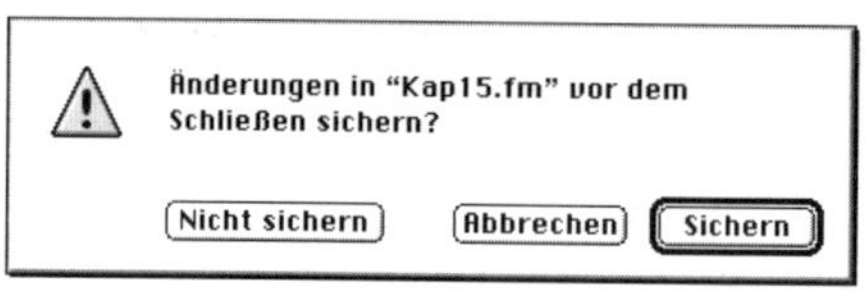

Wenn Sie hier auf «Nicht sichern» klicken, werden alle Änderungen seit der letzten Sicherung verworfen.

Anschließend öffnen Sie das Dokument erneut und können auf den Stand der letzten Sicherung auf der Festplatte zurückgreifen. Inzwischen bieten immer mehr Programme sogar einen eigenen Befehl (meist im *Ablage*-Menü), um zur letzten gesicherten Version eines Dokuments zurückzukehren.

15

Drucken

Die Möglichkeit, Dokumente zu drucken ist der Hauptzweck eines Computers, nicht wahr? Es ist ja schön und gut, all diese wundervollen Dokumente auf dem Computer zu erzeugen. Von Nutzen sind sie aber meist nur dann, wenn wir sie auch zu Papier bringen können. In diesem Kapitel werde ich Ihnen den Druckvorgang näherbringen. Sie sollten dabei aber bedenken, daß jeder der zig Drucker, die es für den Macintosh gibt, seine eigene Software hat, so daß Einzelheiten etwas anders aussehen können, als hier von mir beschrieben. Lesen Sie daher immer auch das Handbuch, das mit Ihrem Drucker mitgeliefert wurde.

Ebenso gibt es Programme, die für die Seiteneinrichtung und den Druckvorgang eigene Dialogfenster haben. Deshalb kann es vorkommen, daß Ihre Dialogfenster etwas anders aussehen, als die in diesem Kapitel gezeigten – aber sie sind sich alle sehr ähnlich.

Schnellstart

Als erstes nun eine Kurzanleitung, wie Sie Ihre Seiten drucken können. Wenn es funktioniert, können Sie den Rest des Kapitels fürs erste überspringen! Für diese kurze Einweisung gehe ich davon aus, daß Sie Ihren Drucker richtig installiert haben. Das heißt, der Drucker ist am Rechner und am Stromnetz angeschlossen und der Druckertreiber ist installiert.

- Schalten Sie den Drucker ein und warten Sie, bis er betriebsbereit ist.
- Öffnen Sie das Dokument, das Sie drucken wollen.
- Gehen Sie ins *Ablage*-Menü und wählen Sie *Drucken...*
- Klicken Sie auf den *Drucken*- oder *OK*-Knopf (oder drücken Sie die Return-Taste).

Oder: einen Drucker das erstemal benutzen

Wenn dies das allererste Mal ist, daß Sie mit diesem Drucker arbeiten wollen, müssen Sie zuvor noch kurz den Eintrag *Auswahl* unter dem Apfelmenü aufrufen. Sie müssen das jedoch nur das allererste Mal machen. (Oder wenn Sie den Drucker wechseln wollen, aber das gehört hier nicht her!) Nach diesem einmaligen Vorgang brauchen Sie nur noch den oben beschriebenen Schritten zu folgen.

- Schalten Sie den Drucker ein und warten Sie, bis er betriebsbereit ist.
- Öffnen Sie das Dokument, das Sie drucken wollen.

■ Wählen Sie *Auswahl* aus dem Apfelmenü.

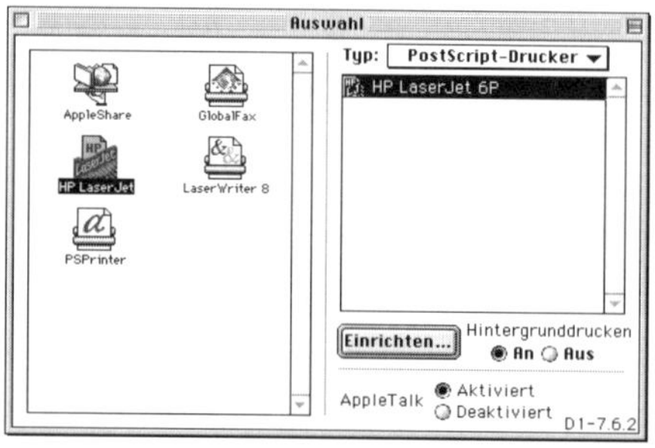

Dies ist das «Auswahl»-Fenster. Einzelheiten dazu finden Sie auf den folgenden Seiten.

■ Klicken Sie links im *Auswahl*-Fenster auf das Symbol des gewünschten Druckers. Oder klicken Sie auf das Symbol, das aussieht wie ein Drucker mit einem &-Zeichen, wenn Sie einen PostScript-Drucker verwenden (siehe Seite 91). Im oben abgebildeten Beispiel nennt sich dieses Symbol LaserWriter 8. Die Chancen stehen nicht schlecht, daß Sie dieses Symbol auch haben.

■ Klicken Sie rechts im *Auswahl*-Fenster auf den Namen des gewünschten Druckers (wenn der Drucker noch nicht eingeschaltet oder betriebsbereit ist, können Sie seinen Namen nicht in der Liste sehen!) oder klicken Sie auf das Druckeranschluß-Symbol.

■ Möglicherweise erscheint eine Meldung, daß *AppleTalk* ein- oder ausgeschaltet werden muß. Klicken Sie auf *OK*. Der Mac wird es für Sie ein- oder ausschalten.

■ Wenn Sie auf einem PostScript-Drucker arbeiten wollen, klicken Sie auf den Knopf *Einstellung …*

■ Klicken Sie auf *Automatisch*. Klicken Sie auf *OK*.

■ Nachdem Sie Ihre Auswahl im linken und rechten Teil des *Auswahl*-Fensters vorgenommen haben, schließen Sie es wieder (Drücken Sie eine der Tastenkombinationen ⌘ - W oder ⌘ - Q oder klicken Sie in das Schließfeld im oberen linken Eck des Fensters).

■ Anschließend erscheint möglicherweise die Meldung, daß Sie den Drucker gewechselt haben und nun in *Papierformat…* die Einstellungen überprüfen sollen. Machen Sie das. Öffnen Sie von Ihrem Dokument aus das Fenster *Papierformat…* im *Ablage*-Menü. Ändern Sie nichts, klicken Sie lediglich auf die *OK*-Taste.

■ Wählen Sie *Drucken…* aus dem *Ablage*-Menü.

■ Klicken Sie auf *Drucken* oder *OK*.

■ Hat es funktioniert?

Falls es nicht funktioniert hat, müssen Sie wohl den Rest des Kapitels aufmerksam durchlesen. Es könnte sein, daß Sie nicht den richtigen Druckertreiber im *Auswahl*-Fenster gewählt haben. Oder Sie waren nicht sicher, ob Ihr Drucker PostScript-fähig ist oder nicht und haben deshalb den falschen Knopf angeklickt.

Bevor Sie weitermachen!

Also gut. Wenn Sie mit diesem Kapitel fortfahren, sollten Sie zuerst noch einmal prüfen, ob Ihr Drucker korrekt am Stromkreis angeschlossen ist. Außerdem brauchen Sie das richtige Kabel, um Ihren Drucker an Ihren Mac anzuschließen. Die meisten Drukker werden mit einem Kabel ausgeliefert, mit dem sie am Mac angeschlossen werden können. Wenn das bei Ihnen nicht der Fall ist, müssen Sie nochmals zum Händler gehen und ein passendes Kabel kaufen, bevor Sie drucken können. Das Kabel wird mit dem einen Ende in den Drucker und mit dem anderen Ende in den Mac eingesteckt – und zwar in die Buchse auf der Rückseite, über der ein kleiner Drucker abgebildet ist. (Okay. Ich gehe jetzt mal davon aus, daß Sie einen Drucker gekauft haben, der am Mac funktioniert; beispielsweise sollte er über einen USB-Anschluß verfügen, wenn Sie ihn mit der USB-Buchse am iMac, iBook oder den neuen G3s verbinden wollen. In Kapitel 34 erfahren Sie einiges über die verschiedenen Anschlußmöglichkeiten und was man daran anschließen kann.)

Mit Ihrem Drucker wurde wahrscheinlich auch eine Diskette oder CD mit Software geliefert. Wenn ja, dann befolgen Sie bitte die im entsprechenden Handbuch beschriebenen Schritte zur Installation der Software.

Schalten Sie Ihren Drucker an. Die meisten Drucker brauchen ein paar Minuten, bis sie warm bzw. betriebsbereit sind. Erst dann kann die Verbindung mit dem Mac aufgebaut werden. Geben Sie ihm also etwas Zeit.

Drucker

Es gibt grundsätzlich zwei Arten von Druckern: PostScript-Drucker und QuickDraw-Drucker (auch Nicht-PostScript-Drucker genannt). Diese beiden Typenbezeichnungen sagen allerdings noch nichts darüber aus, ob ein Drucker mit Ihrem Mac kompatibel ist oder nicht.

■ QuickDraw-Drucker

QuickDraw ist eine Programmiersprache, die von Ihrem Mac benutzt wird – sie erzeugt das, was Sie auf dem Bildschirm sehen können. Ein Drucker, der nur das reproduzieren kann, was auf dem Bildschirm sichtbar ist, wird normalerweise ein QuickDraw-Drucker genannt. ImageWriter, HP DeskWriter, Apple StyleWriter und beinahe alle Drucker, die die Worte Inkjet, Deskjet oder sonstwas-Jet in der Bezeichnung tragen, sind QuickDraw-Drucker mit einer Auflösung von 75 bis 1440 dpi (dots per inch, bzw. Punkt pro Inch). Je höher die Zahl, desto besser sieht das gedruckte Ergebnis aus. Wenn der Drukker unter DM 1.000,– gekostet hat, handelt es sich dabei mit großer Gewißheit um einen QuickDraw-Drucker.

■ PostScript-Drucker

PostScript ist eine Seitenbeschreibungssprache. Es ist im Grunde eine Programmiersprache, die nur von einem PostScript-Drucker umgesetzt werden kann. Ein PostScript-Drucker interessiert sich nicht die Bohne dafür, was sich auf Ihrem Bildschirm befindet. Wenn eine Schriftart oder Grafik in PostScript erzeugt wurde, kann sie auf dem Bildschirm unmöglich aussehen, auf dem Drucker jedoch wunderschön. Personal PostScript-Drucker sind häufig teure Desktop Modelle, die von ungefähr DM 900,– bis DM 4.000,– kosten. Farblaserdrucker sind ab etwa DM 5.000,– erhältlich. Laserdrucker sind so teuer, weil sie einen leistungsfähigen Computer mit spezieller CPU (Central Processing Unit, der kleine Chip der die ganze Sache zum Laufen bringt) und Speicher eingebaut haben.

Belichter

Es gibt auch sehr teure (zum Beispiel DM 150.000,–) und absolut hochwertige PostScript-Drucker mit Auflösungen zwischen 1270 und 2540 dpi wie zum Beispiel die Linotronic. Diese Maschinen – sogenannte Belichter – drucken nicht auf Papier, sondern auf lichtempfindlichen Film. Diese Technik erlaubt höchste Ausgabequalität und wird üblicherweise in der Druckvorstufe verwendet, zum Beispiel bei der Produktion von Büchern, Prospekten oder Zeitschriften.

Belichtungsstudios

Da Belichter so teuer sind, findet man sie nur in Belichtungsstudios. Das sind Geschäfte, die Belichtungen bzw. Ausdrucke als Dienstleistung anbieten. Sie nehmen Ihr Dokument auf einem Wechselmedium (Diskette, Zip- oder Jaz-Cartridge) mit, lassen es dort, und die Leute dort drucken es für Sie. Der Spaß kostet Sie etwa DM 5,– bis DM 15,– pro Seite, aber er ist wunderschön.

Die Auswahl

Öffnen Sie das *Auswahl*-Fenster, wenn Sie das allererste Mal von Ihrem Mac aus drukken wollen (das hatten wir schon), wenn Sie mehr als einen Drucker besitzen und auf einen anderen Drucker wechseln wollen, oder wenn Sie unterwegs drucken wollen. Auch wenn Sie Schwierigkeiten mit dem Ausdrucken haben, müssen Sie die Auswahl öffnen und die Einstellungen kontrollieren. Wenn keine dieser Situationen auf Sie zutrifft, können Sie die folgenden Informationen überspringen und direkt zum Abschnitt Hurra, Hurra! Wir drucken (Seite 96) gehen. Vergessen Sie aber nicht, daß diese Informationen hier stehen, falls Sie sie einmal brauchen.

Rufen Sie das *Auswahl*-Fenster aus dem *Apple*-Menü auf.

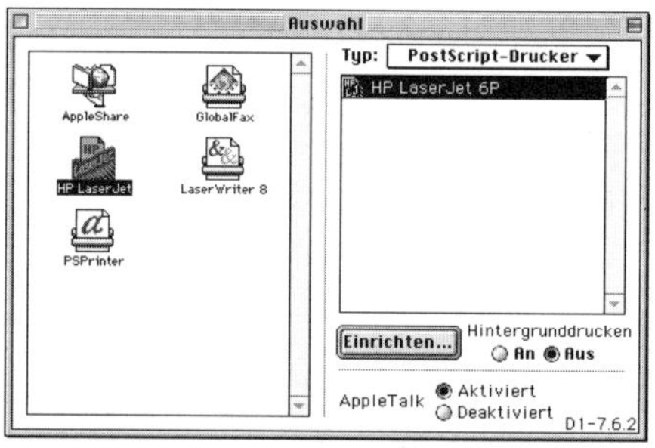

Das ist das «Auswahl»-Fenster, wobei einer der PostScript-Drucker ausgewählt ist. «AppleTalk» muß aktiviert sein.

Lesen Sie auch Seite 94 zu Informationen über Hintergrunddruck.

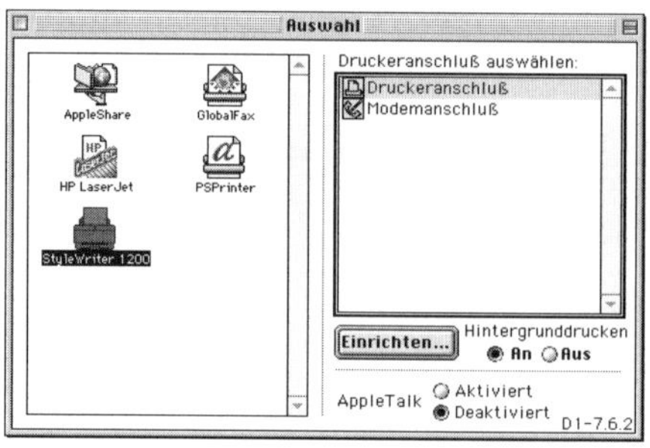

In diesem Fall wurde ein QuickDraw-Drucker (StyleWriter) ausgewählt. Beachten Sie, daß «AppleTalk» deaktiviert ist. Wenn «AppleTalk» zuvor aktiv war und Sie einen QuickDraw-Drucker auswählen, zeigt der Computer eine Mitteilung an, daß er «AppleTalk» deaktivieren wird.

Druckertreiber

Das ist der Druckertreiber für einen der Apple Color StyleWriter.

Links im *Auswahl*-Fenster sehen Sie verschiedene Symbole. Diese Symbole repräsentieren die in Ihrem Systemordner installierten Druckertreiber. (Ein Druckertreiber ist ein Programm, das dem Drucker sagt, was er tun soll; es treibt den Drucker an.) Für jeden Druckertreiber, der im Kontrollfeld *Erweiterungen Ein/Aus* (siehe Seite 238) angewählt ist, gibt es im *Auswahl*-Fenster ein entsprechendes Symbol. Selbst wenn direkt am Rechner vor Ihnen ein Drucker angeschlossen ist, können Sie nicht darauf drucken, solange sich kein passender Druckertreiber im Systemordner befindet.

- Klicken Sie im *Auswahl*-Fenster auf das Symbol des Druckers, mit dem Sie drucken wollen.

- Druckertreiber installieren

Wenn Sie kein Symbol für Ihren Drucker sehen, müssen Sie das *Auswahl*-Fenster schließen (klicken Sie in das Schließfeld) und den Druckertreiber installieren.

Wenn Sie einen Apple-Drucker haben, nehmen Sie die Diskette/CD, die Sie mit dem Drucker erhalten haben und ziehen das Symbol auf das Symbol des Systemordners; der Mac wird den Druckertreiber in den Ordner Systemerweiterungen kopieren (Sie können selbstverständlich auch selbst den Druckertreiber direkt in den Ordner Systemerweiterungen kopieren). Wenn Sie ein Symbol mit dem Namen «System aktualisieren» sehen, doppelklicken Sie darauf und folgen Sie den Anweisungen.

Wenn es sich bei Ihrem Drucker um kein Gerät von Apple handelt, lesen Sie im Handbuch des Druckers nach, wie man den Druckertreiber installiert. Die Installation sollte der von Apple sehr ähnlich sein – Sie sollten entweder den Druckertreiber selbst, oder ein Symbol mit dem Namen «System aktualisieren» finden.

- QuickDraw-Drucker

Wenn Sie ein Symbol für einen QuickDraw-Drucker gewählt haben, dann sollten Sie rechts im *Auswahl*-Fenster ein Schnittstellen-Symbol sehen, bei dem gefragt wird, in welche Schnittstelle das Druckerkabel eingesteckt ist. Das Symbol auf dem Bildschirm sollte gleich aussehen wie die Abbildung der Buchse auf der Rückseite des Macs, in die Ihr Druckerkabel eingesteckt ist.

Wenn Sie ein Modem haben, sollte das Modem-Kabel in der Schnittstelle mit dem kleinen Telefon eingesteckt sein.

Druckerschnittstellen-Symbole. Das Kabel Ihres Druckers ist in eine dieser Schnittstellen auf der Rückseite Ihres Macs eingesteckt. Normalerweise ist das die Druckerschnittstelle (das Symbol mit dem kleinen Drucker).

- Postscript-Drucker

Wenn Sie das Symbol eines PostScript-Druckers oder eines Servers im Netzwerk ausgewählt haben, dann sollten Sie rechts im *Auswahl*-Fenster die Namen aller an Ihren Mac angeschlossenen und eingeschalteten Drucker sehen.

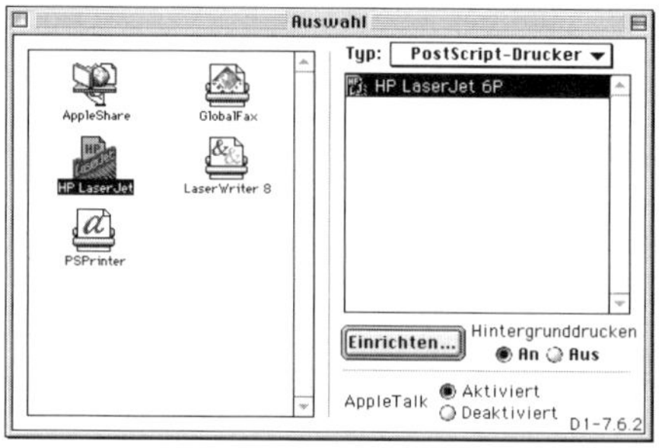

Wenn Sie hier keinen Namen sehen, bedeutet das, daß der Drucker nicht eingeschaltet, nicht betriebsbereit oder nicht richtig angeschlossen (Stecker nicht richtig eingesteckt) ist, oder daß gar das Kabel defekt ist (versuchen Sie es mit einem anderen).

- Klicken Sie auf die Schnittstelle oder den Druckernamen Ihres Druckers.

- Wenn Sie sich in einem Netzwerk befinden (was Sie sicher sind, wenn mehr als ein Computer am selben Drucker angeschlossen ist) oder wenn Ihr Mac mit einem PostScript-Drucker verbunden ist, dann stellen Sie sicher, daß die Schaltfläche *AppleTalk Aktiviert* angewählt ist.

Wenn Sie alleine an einen QuickDraw-Drucker angeschlossen sind, sollte *AppleTalk* auf *Deaktiviert* stehen.

Es ist nicht weiter schlimm, wenn Sie nichts von alledem verstehen – Ihr Mac teilt Ihnen ohnehin mit, ob *AppleTalk* aktiviert oder deaktiviert sein muß und nimmt die entsprechenden Einstellungen für Sie vor.

- In der Abbildung oben können Sie sehen, daß zwei Objekte markiert sind: Das Symbol, das Ihren Drucker repräsentiert (links) und der Name oder die Schnittstelle Ihres Druckers (rechts). Diese zwei Objekte müssen beide markiert sein! Wählen Sie jedes aus, indem Sie jeweils einmal darauf klicken.

- Man sollte meinen, daß das *Auswahl*-Fenster eine *OK*-Schaltfläche hat, aber das ist nicht der Fall. Ich habe mich immer darüber gewundert. Jetzt, wo Sie Ihrem Mac mitgeteilt haben, mit welchem Drucker er arbeiten soll, können Sie das *Auswahl*-Fenster wieder schließen (klicken Sie in das Schließfeld oder drücken Sie die Tastenkombination ⌘ - W oder ⌘ - Q), um mit dem Druckvorgang weiterzumachen.

Nun kann es sein, daß eine Meldung erscheint, daß Sie den Drucker gewechselt haben und nun in *Papierformat...* die Einstellungen überprüfen sollen. Das sollten Sie tun.

Hintergrunddruck

Siehe auch «Desktop Printer Dialogfenster»

Die Option *Hintergrunddruck* ermöglicht es dem Mac, einen Druckauftrag zu bearbeiten, während Sie Ihre Arbeit fortsetzen. Wenn Sie diese Option nicht aktivieren, müssen Sie immer warten, bis der Drucker alle Seiten ausgedruckt hat, ehe Sie weiterarbeiten können. Wenn diese Option jedoch aktiviert ist, schickt der Computer die Druckdaten zunächst in einen Speicher und läßt Sie mit Ihrer Arbeit weitermachen. Während Sie nun weiterarbeiten, werden die Druckdaten nach und nach an den Drukker verschickt. Da insbesondere QuickDraw-Drucker recht langsam arbeiten, spart der Hintergrunddruck einige Zeit. Allerdings kann es währenddessen sein, daß der Cursor etwas ruckelt oder bei der Eingabe nicht alles sofort dargestellt wird. Das ist normal, schließlich versucht der Computer, zwei Dinge zur gleichen Zeit zu erledigen.

Papierformat… / Seite einrichten…

Praktisch jedes Programm, das drucken kann, hat ein Dialogfenster namens *Papierformat…*, *Seite einrichten…*, in dem Sie bestimmte Einstellungen für ein Dokument vornehmen können. Prüfen Sie diese Einstellungen immer, bevor Sie etwas ausdrucken. Unten finden Sie ein paar Beispiele für Einstellungen. Die Möglichkeiten in Ihrem Programm können davon abweichen, sie sind in der Regel aber alle selbsterklärend; und wenn Sie Informationen brauchen, klicken Sie einfach auf *Hilfe…*. Sie erhalten dann eine kurze Erklärung zu jeder Wahlmöglichkeit.

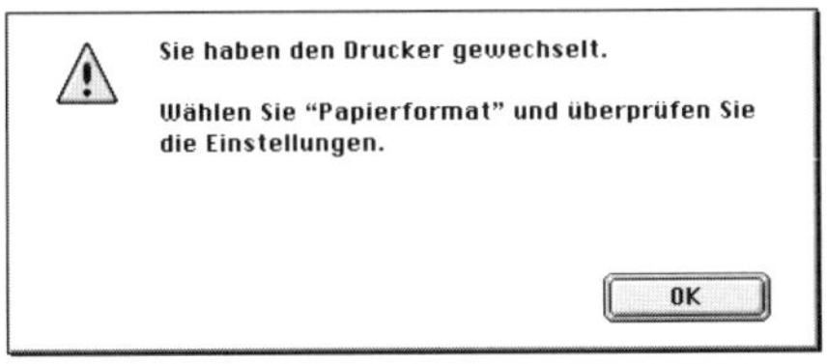

Erinnern Sie sich? Als Sie im *Auswahl*-Fenster einen Druckertreiber gewählt haben, erhielten Sie diese Mitteilung:

Das ist notwendig, weil die Möglichkeiten in *Papierformat…* von den Fähigkeiten des gewählten Druckers abhängen.

Klicken Sie auf *OK*, wenn Sie diese Meldung erhalten und gehen Sie in Ihr Dokument. Wählen Sie *Papierformat…* im *Ablage*-Menü und klicken Sie auf *OK*. Dann weiß Ihr Programm automatisch, welche Einstellungen beim Drucken zulässig sind.

- Verschiedene «Papierformat»-Dialogfenster

Hier folgen Beispiele von Papierformat-Einstellungen. Denken Sie bitte daran, daß sie druckerspezifisch sind und bei Ihnen anders aussehen können. Alle *Papierformat…*-Fenster haben in etwa den gleichen Inhalt, und Sie können nichts einstellen, was schaden könnte. Probieren Sie einfach. Einige der wichtigsten Einstellungen sind hier erklärt.

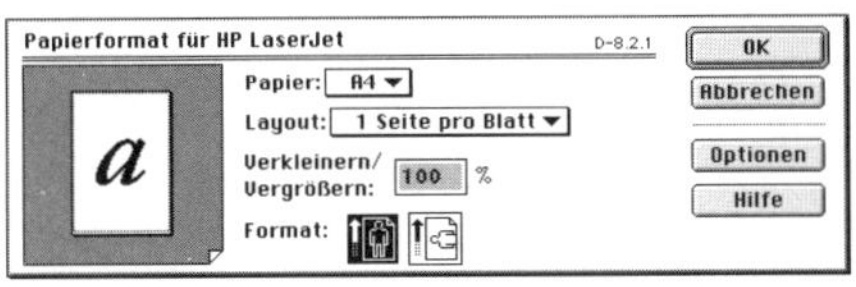

Wählen Sie die Papiergröße, wie viele Seiten auf ein Blatt Papier gedruckt werden sollen («Anordnung»), um wieviel es vergrößert oder verkleinert werden und ob im Hochformat oder im Querformat gedruckt werden soll.

Das Bild links im Fenster zeigt Ihnen, wie sich die gewählten Optionen auswirken.

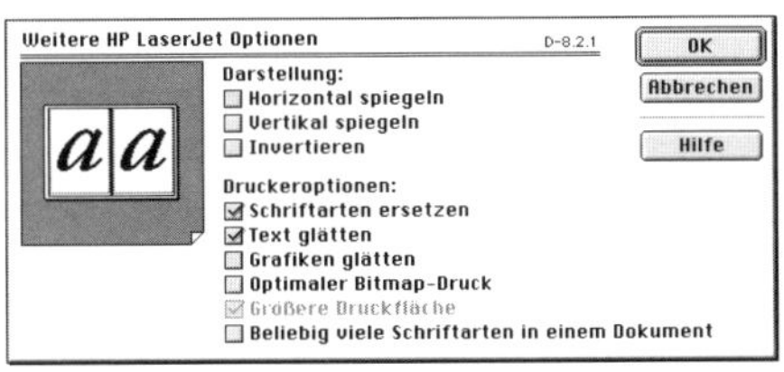

Nach einem Klick auf «Optionen» im vorigen Fenster erscheint dieses Fenster. Hier finden Sie die Schaltfläche, die NewYork zu Times, Geneva zu Helvetica und Monaco zu Courier macht. Deaktivieren Sie diese Schaltfläche, wenn Sie auf einem PostScript-Drucker arbeiten.

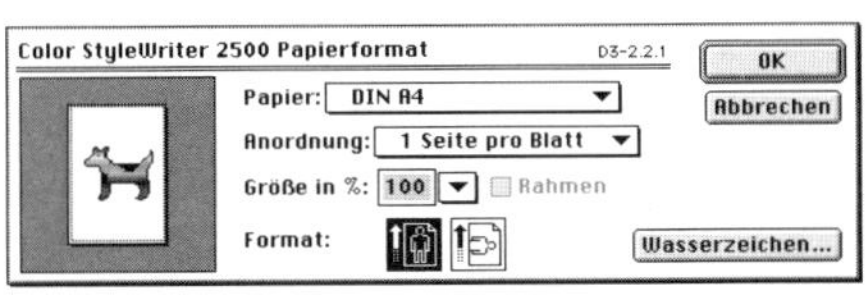

Links sehen Sie ein Dialogfenster, das erscheint, wenn man einen Nicht-PostScript-Drucker wählt. Sie werden feststellen, daß es weniger Optionen als beim PostScript-Drucker gibt.

Optische Hinweise:
Immer wenn Sie einen Abwärtspfeil und/oder einen Schatten hinter einer Schaltfläche sehen, ist dies ein Hinweis, daß ein Menü aufgeht, wenn Sie darauf klicken.

Die Option- und Hilfe-Tasten sollten eigentlich drei Punkte (…) haben, damit man weiß, daß dahinter Dialogfenster kommen, nicht wahr?

Hilfe!
Klicken Sie auf die Hilfe-Tasten in diesen Fenstern. Sie sind wirklich hilfreich!

Hurra, Hurra! Wir drucken!

Nun kommt der Gegensatz zur Schnellstart-Anweisung am Anfang dieses Kapitels: Die längere, detailliertere Beschreibung des Druckvorgangs. Die Drucker-Dialogfenster können – abhängig vom angeschlossenen Drucker – bei Ihnen etwas anders aussehen und die Dialogfenster in den einzelnen Programmen können auch von dem abweichen, was hier abgebildet ist. Grundsätzlich müssen Sie aber eigentlich nur die Fragen beantworten, die Ihnen gestellt werden.

1 **Noch mal sichern!** Als erstes sollten Sie Ihr Dokument nochmals sichern – tun Sie dies immer vorbeugend, bevor Sie drucken. Überzeugen Sie sich ebenfalls davon, ob der Drucker eingeschaltet ist (beim ImageWriter muß außerdem der «Select»-Knopf gedrückt sein).

2 **Gehen Sie ins Auswahl-Fenster (falls nötig).** Wenn Sie zuvor nicht auf diesem Drucker gearbeitet haben, gehen Sie ins *Auswahl*-Fenster und wählen Sie einen Druckertreiber und den Namen der Schnittstelle für Ihren Drucker (siehe vorangegangene Seite).

3 **Überprüfen Sie das Papierformat.** Rufen Sie das Dialogfenster *Papierformat…* aus dem *Ablage*-Menü auf und überprüfen Sie die Einstellungen. Da das Aussehen und die möglichen Optionen von Drucker zu Drucker und von Programm zu Programm unterschiedlich sein können, empfehle ich Ihnen, im zugehörigen Handbuch die möglichen Einstellungen nachzulesen. Die meisten Einstellungsmöglichkeiten sollten dennoch auf den folgenden Seiten beschrieben sein. Wenn Sie alles überprüft haben klicken Sie auf *OK*.

4 **Wählen Sie den Befehl Drucken.** Jetzt gehen Sie ins *Ablage*-Menü und wählen den Befehl *Drucken…* Abhängig vom verwendeten Drucker und Programm öffnet sich ein Dialogfenster (siehe Beispiel unten), in dem Sie verschiedene Eingaben machen können. (Falls Sie statt dessen eine Meldung bekommen, daß Drucken nicht möglich ist, lesen Sie noch mal den Abschnitt über das *Auswahl*-Fenster und überprüfen Sie noch mal, ob der Drucker auch betriebsbereit und richtig verbunden ist).

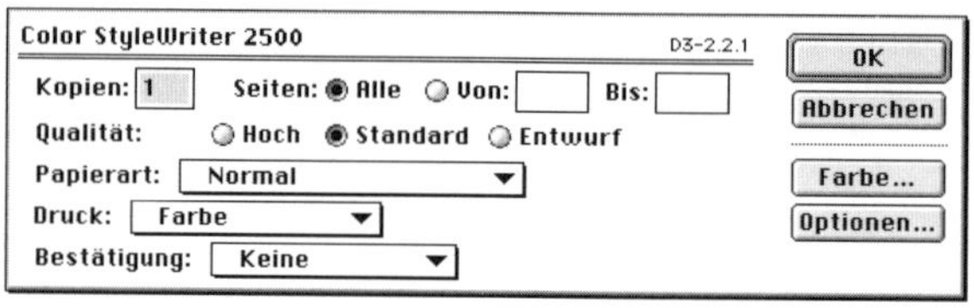

Ein StyleWriter (Nicht-PostScript-Drucker) Dialogfenster

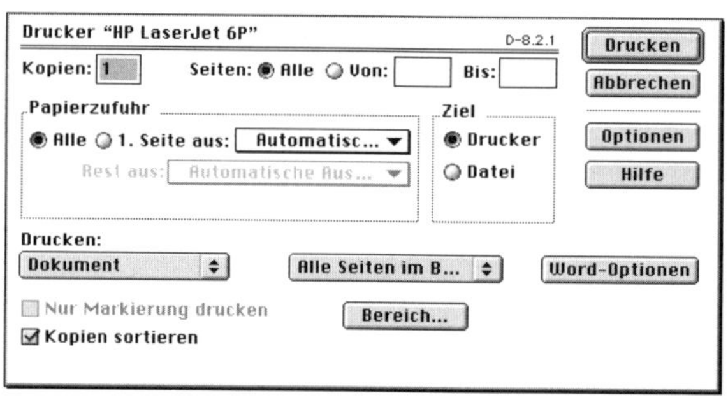

Ein PostScript-Drucker Dialogfenster

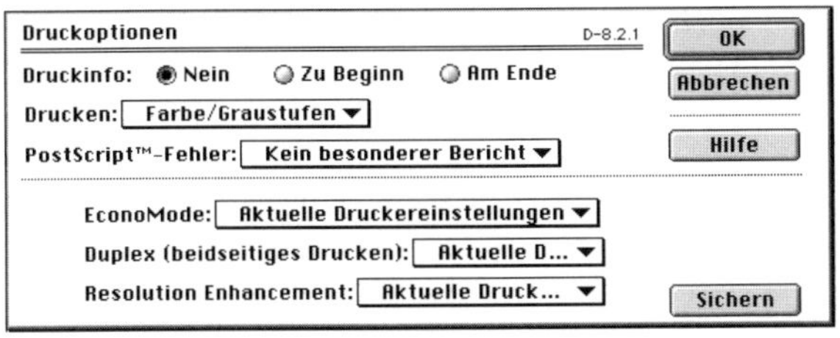

Wenn Sie auf «Optionen» im Bild auf der vorangegangenen Seite klicken, bekommen Sie dieses Dialogfenster. Sehen Sie die fünf Menüs (optischer Hinweis: schattiert und Abwärtspfeil)? Probieren Sie sie aus.

Das sieht alles etwas verwirrend aus, aber die meisten Optionen können Sie zunächst ignorieren. Die Standardeinstellungen (Einstellungen, die automatisch für Sie vorgenommen wurden) sind völlig ausreichend, bis Sie sich mit den diversen Optionen besser auskennen und eigene Einstellungen vornehmen wollen.

5 Klicken Sie auf *OK* oder *Drucken*

Wenn Sie auf die letzte *OK*- oder *Drucken*-Taste im letzten *Drucken*-Dialogfenster (manchmal gibt es bis zu drei Dialogboxen) geklickt haben, wird die Information zum Drucker geschickt und Ihr wunderschönes Dokument sollte zum Vorschein kommen.

Ein paar Details

Es gibt viele Variationen in den Dialogfenstern für *Papierformat...* und *Drucken...* Im folgenden werden die gebräuchlichsten Einstellungsmöglichkeiten erklärt:

Ausrichtung: Vielleicht verwendet Ihr Programm eine andere Bezeichnung, was der Mac aber letztendlich wissen will ist, ob Sie im Hoch- oder Querformat drucken wollen; es gibt hier auch noch die Bezeichnungen *Hoch* oder *Quer*.

Verkleinern/Vergrößern; Maßstab: Ganz egal, welche der beiden Bezeichnungen Ihr Druckertreiber benutzt: Sie können entweder eine Zahl eingeben oder den Zahlenwert mit den Pfeiltasten vergrößern oder verkleinern, um die Größe des Ausdrucks zu bestimmen. Geben Sie zum Beispiel 50 ein, wird Ihr Dokument in der halben Größe ausgedruckt. Denken Sie daran, daß immer **beide** Maße (Höhe **und** Breite) betroffen sind. Auf dem Papier sieht das dann so aus, als ob es nur noch 1/4 der Originalgröße wäre. Das stimmt nicht, denn beide Maße wurden halbiert: Es ist halb so hoch und halb so breit.

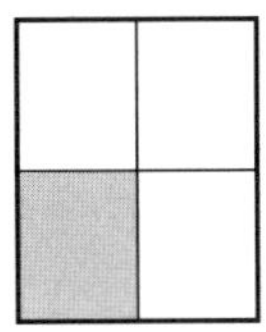

*Der schattierte Teil ist 50% kleiner als der größere Teil – jeweils die Hälfte der Höhe **und** der Breite.*

Kopien: Geben Sie hier die Anzahl der gewünschten Kopien ein. Wenn Sie mehr als eine Kopie drucken und die Option *Kopien sortieren* gewählt haben, druckt Ihr Drucker alle Seiten der ersten Kopie in Folge und anschließend die nächste Kopie. Wenn Sie *Kopien sortieren* nicht aktiviert haben, druckt er beispielsweise erst fünf Kopien von Seite 1, dann fünf Kopien von Seite 2, anschließend fünf Kopien von Seite 3 usw. Denken Sie dabei daran, daß der Drucker schneller ist, wenn er unsortiert druckt, als wenn er alle Seiten einmal druckt und dann wieder mit dem nächsten Set beginnt.

Seiten: *Alle* oder *Von __ Bis __*: Sie können wählen, ob Sie alle Seiten Ihres Dokumentes oder beispielsweise nur die Seiten 3 bis 12 ausdrucken wollen. Wenn Sie *Alle* wählen, werden eventuell bereits eingetragene Seitennummern in den Feldern *Von __ Bis __* ignoriert.

Papierzufuhr: Wenn Sie mehr als einen Papierschacht haben, können Sie dem Drucker sagen, aus welchem Schacht er das Papier holen soll. Ob und wieviel solche Schächte vorhanden sind, ist eine der Angaben, die der Druckertreiber dem Computer mitteilt.

Druckinfo: Wenn Sie *Druckinfo* auswählen, erhalten Sie vor oder nach dem Dokumentenausdruck (abhängig von dem Schaltfeld, das Sie markiert haben) eine sehr nützliche Seite mit Details zu dem durchgeführten Druckauftrag. Beispiel siehe unten:

Benutzer:	Robin Williams
Programm:	AppleWorks 5.0
Dokument:	Bittschrift an den Chef
Datum:	Samstag, 6. Mai 1999
Uhrzeit:	12:49
Drucker:	Toad Hall
Seiten:	3

Wenn Sie die Angaben auf diesem Blatt nützlich finden, sollten Sie daran denken, daß viele Textverarbeitungsprogramme Datum und Uhrzeit des Drucks auch direkt auf dem Dokument einfügen können. Da man dies meist in den Kopf- oder Fußzeilen macht, finden Sie eine Beschreibung dieser Funktion meist unter diesem Stichwort.

Eine PostScript-Datei erzeugen

Ausgabe: Jetzt wird es interessant. *Ausgabe* sagt dem Computer, ob das Dokument wie üblich zum Drucker geschickt oder als PostScript-Datei auf der Festplatte gespeichert werden soll. Wenn Sie die Option *Datei* wählen, legt der Mac eine Kopie Ihres Dokumentes als lange, große Textdatei an, die nichts als PostScript-Befehle enthält. Wenn Sie dieses Dokument in einer Textverarbeitung öffnen, dann sieht das ziemlich komisch aus: gsave @2 load stopped not { @1 0gt {PointsAvailable @1ge / @3 @3 2 mul dup setflat store … und viele Seiten so weiter.

Downloader-Hilfsprogramme

Sie können diese Datei jedoch mit einem «Downloader»-Hilfsprogramm direkt an einen PostScript-Drucker senden und so Ihre Seiten ausdrucken! Warum sollten Sie das tun? Stellen Sie sich vor, Sie sind gerade dabei, auf Ihrem PostScript-Drucker eine wichtige Datei auszudrucken, als das verda… Ding seinen Geist aufgibt. Was nun? Ah, Sie erinnern sich an diesen Abschnitt und Ihren guten Kumpel Max, der ebenfalls einen PostScript-Drucker hat. Flugs drucken Sie Ihr Dokument als PostScript-Datei aus und nehmen sie mitsamt dem Downloader-Hilfsprogramm auf einer Diskette oder Zip-Cartridge zu Max mit. Dort können Sie nun gleichzeitig Ihre Freundschaft erneuern und diese Datei ausdrucken. (Wenn Sie Max nicht so gut kennen, sollten Sie vielleicht noch etwas Papier mitnehmen.) Das Tolle an dieser Methode ist, daß Max weder das Programm, mit dem Sie Ihr Dokument erstellt, noch die enthaltenen Schriften haben muß. Das steckt alles in der PostScript-Datei, die einfach mit dem Downloader an den Drucker geschickt wird. Absolut cool.

Es kann allerdings sein, daß Sie diese Funktion auch einsetzen müssen, wenn Ihr Drukker nicht streikt. Wenn Sie zum Beispiel etwas an eine Druckerei zur Weiterverarbeitung geben, müssen Sie Ihr Dokument oft als PostScript-Datei liefern. Und natürlich auch, wenn Sie von einem Computer ausdrucken wollen oder müssen, auf dem das von Ihnen verwendete Programm nicht installiert ist.

***Tip:** Wenn Sie Ihre Dokumente häufig auf einem anderen Computer drucken müssen, sollten Sie auf jeden Fall die Website der Firma Adobe besuchen (www.adobe.ch, www.adobe.de oder www.adobe.com) und sich über Acrobat PDF (Portable Document Format) informieren. Das ist noch einfacher und sicherer als PostScript-Dateien.*

PostScript-Dateien sind sehr groß, vor allem wenn Sie viele Schriftarten verwenden. Deshalb passen diese Dateien schnell nicht mehr auf eine Diskette. Beispielsweise wird eine Seite mit sechs Absätzen, die in SimpleText gerade mal 33K belegt, als PostScript-Datei 439K groß (allerdings einschließlich der Schriften).

Um eine PostScript-Datei zu drucken, benötigen Sie ein Hilfsprogramm. (Die gängigsten sind das LaserWriter-Dienstprogramm von Apple oder der Downloader von Adobe.) Möglicherweise haben Sie bereits ein solches Hilfsprogramm auf Ihrer Festplatte; manchmal werden sie auch mitgeliefert, wenn man einen Schriftsatz kauft. Doppelklikken Sie einfach darauf und wählen Sie im *Ablage*-Menü den Befehl *Datei laden* oder *Download PostScript file...*. Wählen Sie Ihr Dokument und schicken Sie es zum Drucker.

Ein Fenster drucken

Wenn Sie sich im Finder (auf dem Schreibtisch) befinden, können Sie den Inhalt des aktiven Fensters ausdrucken (das aktive Fenster hat horizontale Linien in der Titelleiste). Klicken Sie einfach das Fenster an, dessen Inhalt Sie drucken wollen. Dann wählen Sie aus dem *Ablage*-Menü den Befehl *Fenster drucken...* (es ist der letzte Befehl in der Liste – falls es dort *Schreibtisch drucken...* heißt, haben Sie vergessen, das Fenster anzuklikken, dessen Inhalt Sie drucken wollen).

Wenn im Fenster Symbole sichtbar sind, wird der Mac diese Symbole drucken. Selbst wenn nicht alle Symbole im Fenster sichtbar sind, werden dennoch alle ausgedruckt. Wenn Ihr Fenster eine Liste anzeigt, wird die komplette Liste mit allen Details ausgedruckt, selbst wenn nur ein Teil davon auf dem Bildschirm sichtbar sein sollte. Das ist eine praktische Möglichkeit, um die Übersicht über den Inhalt von Disketten und Cartridges zu behalten. Drucken Sie einfach das entsprechende Fenster aus und legen Sie es zusammen mit der Diskette ab.

Den Schreibtisch drucken

Sie können den Inhalt des Schreibtischs ebenfalls ausdrucken. Klicken Sie einmal auf ein Symbol, das sich wie z. B. der Papierkorb auf dem Schreibtisch befindet. Dann wählen Sie aus dem *Ablage*-Menü den Befehl *Schreibtisch drucken...* (Es ist der letzte Befehl in der Liste – wenn dort *Fenster drucken...* steht, haben Sie nicht den Schreibtisch aktiviert.) Der Mac wird so viele Seiten drucken, wie dazu nötig sind, den kompletten Schreibtisch (außer offenen Fenstern) abzubilden.

Vom Schreibtisch bzw. Finder aus drucken

Sie können mit der Drag & Drop-Technik (Apple nennt das «Ziehen und Ablegen») ein oder mehrere Dokumente auf dem Schreibtisch markieren und ausdrucken. Sie brauchen dazu nicht im *Auswahl*-Fenster den Drucker oder die Datei auszuwählen. Bei den meisten Dokumenten öffnet der Mac das Programm, mit dem das Dokument erstellt wurde, druckt das Dokument, beendet das Programm wieder, und kehrt anschließend zum Schreibtisch zurück. Manche Objekte, beispielsweise bestimmte Arten von Grafiken, werden auch ohne Hilfe des jeweiligen Programms ausgedruckt.

- Wählen Sie das gewünschte Dokument aus, indem Sie einmal darauf klicken. Sie können auch mehrere Dokumente auswählen – allerdings sollten Sie abhängig vom Arbeitsspeicher Ihres Macs nicht zu viele und vor allem nicht zuviel verschiedene

Dokumente auswählen, weil der Mac sonst nicht mehr alle benötigten Programme gleichzeitig öffnen kann. Sie können aber meist problemlos mehrere Dokumente öffnen, wenn sie alle vom selben Programm stammen.

- Wenn die Datei gewählt ist, ziehen Sie sie auf das Drucker-Symbol auf den Schreibtisch. Das Drucker-Symbol sollte dunkel (markiert) sein, sobald Sie die Datei darüberbewegen. Wenn das Drucker-Symbol nicht dunkel wird, ist der Drucker nicht verfügbar. Vielleicht ist er ja nicht eingeschaltet.

- Das Programm, mit dem die Datei erzeugt wurde, wird gestartet und das *Drucker*-Dialogfenster öffnet sich. Nehmen Sie eventuell notwendige Einstellungen vor und klicken Sie auf *Drucken.*

Schreibtisch-Drucker-Symbole

Wenn Sie eine ganze Horde dieser Symbole auf Ihrem Schreibtisch haben und die meisten überhaupt nicht nutzen, dann öffnen Sie das Kontrollfeld *Erweiterungen Ein/Aus* (siehe Seite 238) und deaktivieren Sie diese Drucker. Anschließend befördern Sie die entsprechenden Symbole alle in den Papierkorb. Keine Sorge – wenn Sie sie wieder brauchen, kann der Mac diese Symbole problemlos neu erstellen; siehe dazu Seite 101.

Druckersymbole Dienstprogramm

Druckersymbole Dienstprogramm

Sie können spezielle Informationen über Ihren Drucker über den Befehl *Information* im *Ablage*-Menü erhalten. Beispielsweise erfahren Sie hier, wieviel Speicher er hat, welche Schriftarten im ROM geladen sind (falls es sich um einen PostScript-Drucker handelt), welchen Status die aktuellen Druckaufträge haben etc. Ist Ihr Drucker erst einmal eingerichtet, erhalten Sie mit dem *Information*-Befehl ein paar Extramenüs zur Auswahl.

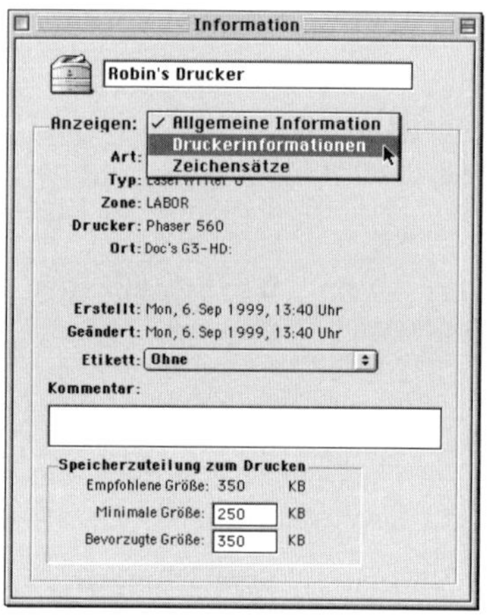

Sie werden diese Optionen nur sehen, wenn Ihr Drucker zuvor eingerichtet wurde und eingeschaltet ist.

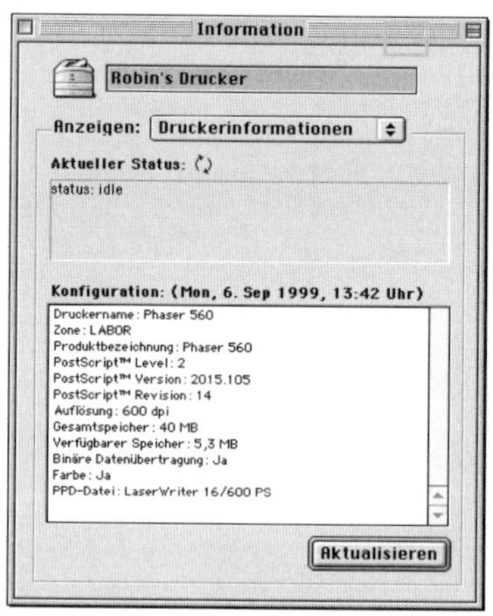

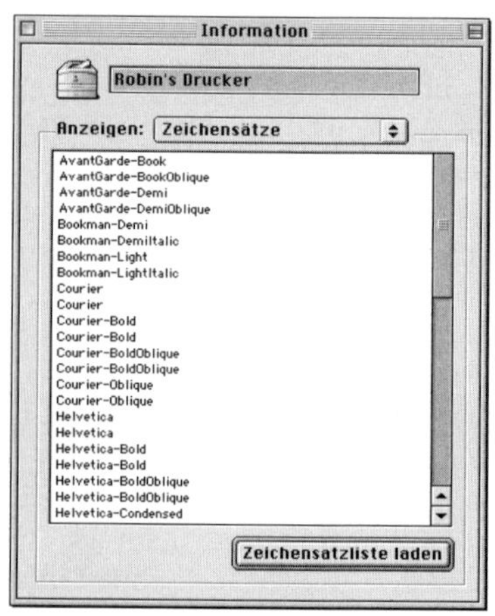

Sie müssen mindestens Version 1.2 des Druckersymbole Dienstprogramms haben. Benutzen Sie den Befehl «Finden…» (Sherlock), um das Dienstprogramm zu suchen; finden Sie über «Information» im «Ablage»-Menü heraus, um welche Version es sich handelt.

Doppelklicken Sie auf das Dienstprogramm und wählen Sie anschließend *Neu* aus dem *Ablage*-Menü. Klicken Sie auf die Schaltflächen *Ändern* und wählen Sie einen Drucker und eine Druckerbeschreibungsdatei aus (letzteres nur, falls Sie einen PostScript-Drukker haben). Danach öffnen Sie das *Auswahl*-Fenster, wählen den Drucker aus und klikken auf die Taste *Drucker anlegen*. Ab jetzt können Sie die gewünschten Informationen mit dem Befehl *Information*... abrufen.

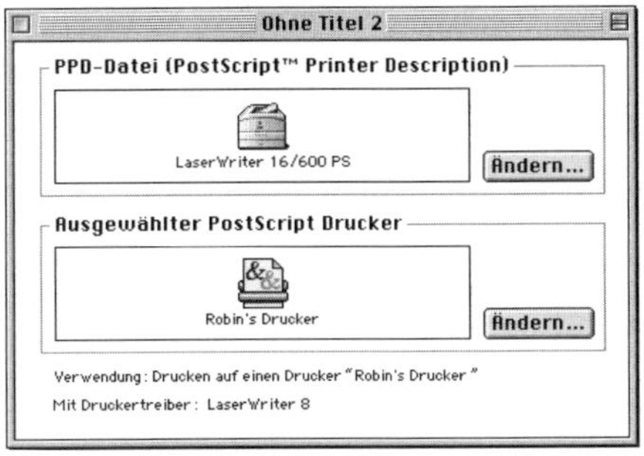

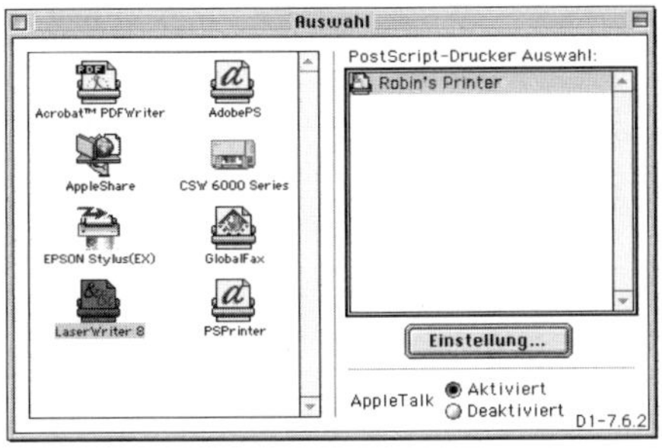

Schreibtisch-drucker-Dialogfenster

Wenn Sie auf das Symbol eines Schreibtischdruckers doppelklicken, öffnet sich das *Schreibtischdrucker*-Dialogfenster um Ihnen die Steuerung des Hintergrunddrucks (der Druckvorgang, der im Hintergrund stattfindet, während Sie an etwas anderem arbeiten – siehe Seite 94) zu ermöglichen. Der Schreibtischdrucker arbeitet immer im Hintergrund. Mit Hilfe dieses Dialogfensters können Sie den Status jedes Druckauftrags überprüfen, den Druckauftrag verschieben oder abbrechen oder einen Termin (Datum und Uhrzeit) für seine Ausführung festlegen.

Benötigte Erweiterungen

Desktop PrintMonitor

Diese zwei Erweiterungen müssen installiert sein, wenn Sie einen Schreibtischdrucker nutzen wollen.

Es gibt zwei Erweiterungen, die installiert sein müssen, damit ein Schreibtischdrucker funktionieren kann: Den Desktop Print Spooler und den Desktop PrintMonitor. Überprüfen Sie im Kontrollfeld *Erweiterungen Ein/Aus*, ob sie geladen sind: Gehen Sie ins *Apple*-Menü, öffnen Sie den Ordner Kontrollfelder und wählen Sie dort *Erweiterungen Ein/Aus*. Finden Sie die zwei Erweiterungen in der Liste der Systemerweiterungen und vergewissern Sie sich, daß sie aktiviert sind. Falls nicht, aktivieren Sie sie und starten Sie Ihren Macintosh neu.

Überprüfen Sie bei der Gelegenheit gleich im Kontrollfeld *Erweiterungen Ein/Aus*, ob der Druckertreiber, den Sie benutzen wollen, aktiviert ist. Jeder Druckertreiber, den Sie aktivieren, taucht in der Liste des *Auswahl*-Fensters auf, und Sie können ein Schreibtischdrucker-Symbol für ihn anlegen. Natürlich ist es Blödsinn, Druckertreiber für nicht vorhandene Drucker zu aktivieren. Meistens jedenfalls.

Ein Schreibtisch-drucker-Symbol erzeugen

Sie können mehrere Schreibtischdrucker-Symbole haben – zum Beispiel eines für jeden installierten Druckertreiber. Gehen Sie ins *Auswahl*-Fenster, wählen Sie einen Drucker und schließen Sie danach das Fenster wieder. Die Symbole verhalten sich genauso wie alle anderen Symbole auf Ihrem Schreibtisch: Sie können sie bewegen, löschen (wobei Sie zumindest ein Symbol überhaben müssen – der Mac läßt Sie das letzte Symbol nicht löschen), sie umbenennen, Aliase anlegen etc.

Öffnen des Schreibtisch-drucker-Dialogs

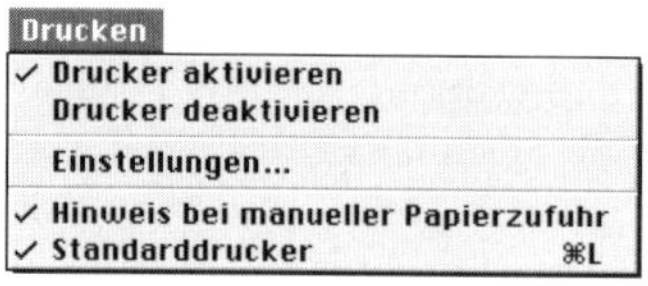

Sie erhalten ein Kontext-Menü, wenn Sie die «Ctrl»-Taste gedrückt halten und gleichzeitig auf das Symbol des Schreibtischdruckers klicken.

Wenn Sie mit dem Ausdrucken eines Dokuments begonnen haben, kehren Sie auf den Schreibtisch zurück und doppelklicken Sie auf das Symbol des Schreibtischdruckers. Die Datei(en), die Sie zum Ausdrucken geschickt haben, werden im Dialogfenster in der Reihenfolge der Druckausführung aufgelistet, wobei die Datei, die gerade gedruckt wird, ganz oben in der Reihe steht. Sie können das Schreibtischdrucker-Dialogfenster jederzeit schließen, ohne den Druckvorgang zu beeinträchtigen.

Solange das Drucker-Symbol ausgewählt ist, erscheint das Menü *Drucken* in der Menüzeile. Damit können Sie die Druckerwarteschlange anhalten (diese Option löscht die Druckaufträge nicht, sie hält nur alle an) und sie wieder starten. Diese beiden Befehle betreffen alle Druckaufträge in der Warteschlangenliste. Mit der Option *Standarddrukker* können Sie ein Schreibtischdrucker-Symbol zum Standarddrucker machen, ohne das *Auswahl*-Fenster öffnen zu müssen.

- **Blinkendes Programm-Menü**

Wenn das *Programm*-Menü während eines Druckvorgangs zu blinken beginnt, eine Raute neben einem Namen im *Programm*-Menü auftaucht oder ein gelbes, dreieckiges Warnsignal über Ihrem Schreibtischdrucker-Symbol erscheint, ist dies ein optischer Hinweis darauf, daß beim Drucken ein Problem aufgetaucht ist. Klicken Sie ins *Programm*-Menü und wählen Sie den Finder. Meistens erhalten Sie eine Meldung, die Sie über die Fehlerursachen in Kenntnis setzt. Ein Doppelklick auf das Schreibtischdrukker-Symbol kann ebenfalls zur Aufklärung der Fehlerursache führen.

- **Visuelle Hinweise beim Schreibtisch-drucker**

Das Symbol des Schreibtischdruckers ändert sich je nach dessen aktuellem Status:

Ein dunkler Rand zeigt, daß es sich hier um den Standarddrucker handelt.

Dieser Schreibtisch-drucker ist nicht fürs Drucken ausgewählt.

Auf diesem Drucker wird gerade ein Dokument ausgedruckt.

Dieser Drucker ist nicht mehr verfügbar.

Die Druckerwarteschlange wurde angehalten.

Beim Drucken ist ein Problem aufgetreten.

Wenn Sie doppelt auf das Symbol des Schreibtischdruckers klicken, öffnet sich die **Dialogbox des Schreibtischdruckers**:

Diese vier kleinen Schaltfelder beeinflussen jeden Druckauftrag, egal ob er gerade ausgeführt wird oder sich noch in der Warteschlange befindet.

Dieser Druckauftrag wird gerade ausgeführt.

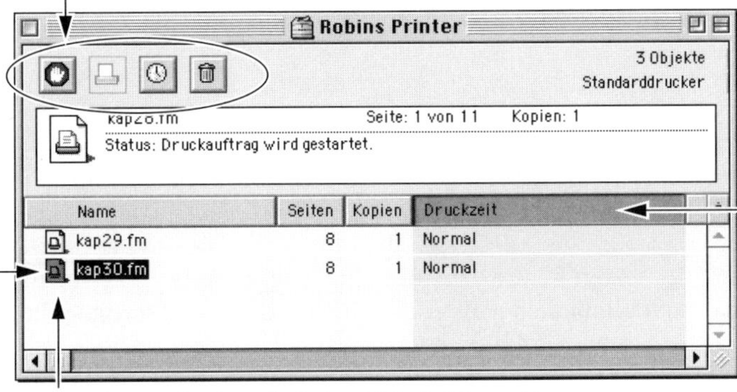

Klicken Sie auf diesen Spaltentitel, um die Liste entsprechend zu sortieren. Das beeinflußt jedoch nicht die Reihenfolge, in der die Dokumente gedruckt werden.

Ich habe diesen Druckauftrag markiert. Deshalb gelten Befehle wie «Anhalten», «Fortfahren» oder «Löschen» jetzt für diesen Druckauftrag.

Diese beiden Druckaufträge befinden sich in der Warteschlange – sie müssen warten, bis der vorausgehende Druckauftrag abgearbeitet ist. Sie können die Reihenfolge in dieser Liste ändern, indem Sie die Symbole in der Liste verschieben; damit ändern Sie auch die Reihenfolge, in der gedruckt wird.

***Anhalten:** Hält den markierten Druckauftrag an, bis Sie **Fortsetzen** anklicken.*

***Entfernen:** Bewegt den Druckauftrag in den Papierkorb und bricht ihn ab. Das Originaldokument, also Ihre ClarisWorks- oder Word-Datei wird nicht angetastet!*

***Fortsetzen:** Wählen Sie einen angehaltenen Druckauftrag aus und klicken Sie auf diese Schaltfläche, um ihn fortzusetzen.*

***Druckzeit festlegen:** Damit können Sie eine Startzeit für einen Druckauftrag festsetzen und eine Dringlichkeitsstufe vergeben.*

16

Schließen und Beenden

Zwischen **Schließen** und **Beenden** existiert ein riesiger und entscheidender Unterschied: Sie schließen ein Dokument, aber Sie beenden ein Programm. Das ist ein wirklich lebenswichtiges Konzept, also überspringen Sie dieses kurze Kapitel nicht.

Beenden vs. Schließen

Auf den ersten Blick erscheint es etwas verwirrend – was ist denn da schon Großartiges dabei, **Schließen** oder **Beenden**. Egal wie, Sie sind fertig, richtig? Falsch.

Grundsätzlich passiert folgendes: Nehmen wir an, Sie öffnen Ihr Textverarbeitungsprogramm – für den Computer heißt das, Sie stellen Ihre Schreibmaschine auf den Tisch. Dann öffnen Sie ein neues Dokument – jetzt spannen Sie ein Blatt Papier in die Schreibmaschine ein.

Wenn Sie *Schließen* im *Ablage*-Menü auswählen, dann ist das, als ob Sie das Blatt Papier wieder aus der Schreibmaschine entnehmen. Die Schreibmaschine steht dann aber noch immer auf dem Tisch! Auf dem Mac sind Schreibmaschine und Schreibtisch ziemlich unsichtbar, deshalb könnten Sie annehmen, daß die Schreibmaschine schon weg ist.

Aber die Schreibmaschine – das Textverarbeitungsprogramm – bleibt auf dem Schreibtisch (im Speicher des Computers, also im RAM), bis Sie das Textverarbeitungsprogramm wegräumen. Erst wenn Sie *Beenden* aus dem *Ablage*-Menü auswählen, wird die Schreibmaschine weggeräumt.

Was passiert, wenn Ihr Tisch voll wird? Er bricht zusammen. Was passiert, wenn der Speicher Ihres Computers voll wird? Er stürzt ab. Deshalb ist es sehr wichtig zu wissen, ob man schließen oder beenden möchte!

Ein Dokument schließen

Wenn Sie mit der Arbeit an einem Dokument fertig sind, können Sie **dieses Dokument schließen**, indem Sie in das *Schließfeld* klicken oder *Schließen* aus dem *Ablage*-Menü auswählen. Egal, welchen Weg Sie wählen, Sie schließen nur das Dokument (nehmen das Papier aus der Maschine) und sind noch immer innerhalb des Programms (die Schreibmaschine ist noch da). Sie sehen nach wie vor die Menüs, die zum Programm gehören, auch wenn der Schreibtisch genauso grau oder bunt aussieht, wie sonst auch –das gilt sogar dann, wenn Sie Fenster sehen, die zu anderen Programmen oder zum Schreibtisch gehören!

***Achtung:** Wenn Sie gerade ein Dokumentfenster geschlossen haben und das Menü «Spezial» in der Menüleiste sehen, dann heißt das noch lange nicht, daß Sie das Programm beendet haben – Sie haben nur geschlossen, aber nicht beendet. Falls Sie in der Zwischenzeit nämlich irgendwo auf den Schreibtisch geklickt haben, gelangen Sie sofort in den Finder (zu dem das «Spezial»-Menü gehört) – was den Eindruck erwecken kann, Sie hätten das Programm beendet.*

Wählen Sie den Befehl *Schließen* nur dann, wenn Sie mit einem Dokument fertig sind und mit einem anderen weitermachen möchten, oder wenn Sie das Programm später noch mal benutzen wollen.

***Tip:** Normalerweise ist das Tastaturkürzel zum Schließen eines Dokuments ⌘ – W, genau wie beim Schließen von Schreibtischfenstern.*

Ein Programm beenden

Der Menüpunkt «Beenden» ist immer der letzte Befehl im «Ablage»-Menü. Wenn Sie im Menü den Befehl «Beenden» nicht entdecken können, sind Sie wahrscheinlich im Finder.

Um **ein Programm zu beenden**, müssen Sie den Befehl *Beenden* auswählen. Das machen Sie immer aus dem *Ablage*-Menü (das in manchen Programmen auch *Datei*-Menü heißt), und *Beenden* ist immer der allerletzte Menüpunkt. In jedem Programm können Sie auch das Tastaturkürzel verwenden: ⌘ - Q.

Falls Sie noch nicht alle Ihre Änderungen an dem geöffneten Dokument abgespeichert haben, fragt Sie der Mac höflich, ob Sie sie jetzt abspeichern möchten, ganz gleich ob Sie *Schließen* oder *Beenden* wollen. Guter Mac, braver Mac.

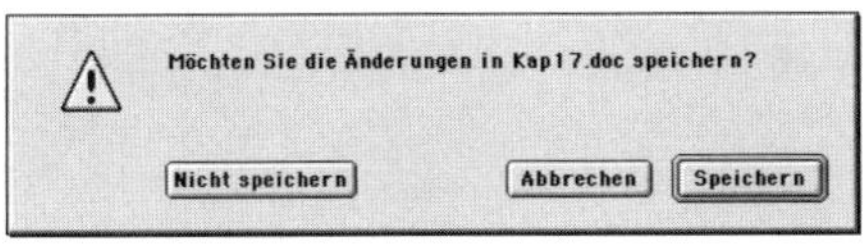

Wenn Sie auf **Speichern** klicken und das Dokument vorher noch nicht mit einem Namen abgespeichert hatten, wird Ihnen normalerweise das *Speichern unter...*-Dialogfenster (siehe auch Seite 86) angezeigt, damit Sie dem Dokument einen Namen geben können, weil nichts ohne einen Namen abgespeichert werden kann.

Klicken Sie auf den **Nicht Speichern**-Knopf, wenn Sie die Änderungen (oder das ganze Dokument, falls Sie es noch nicht gespeichert haben) wegwerfen wollen. Oft können Sie die Tastenkombination ⌘ - N (für Nein) drücken, anstatt den Knopf anzuklicken. (Probieren Sie es doch mal mit ⌘ - D (für Don't Save) falls ⌘ - N nicht funktioniert.)

Klicken Sie auf **Abbrechen**, um zu Ihrem Dokument zurückzukehren, ohne irgendwelche Änderungen abzuspeichern. Sie können auch immer ⌘ - . (Punkt) drücken, um abzubrechen.

Wenn Sie einmal beendet haben, ist das Programm aus dem Speicher des Computers entfernt. Beenden Sie ein Programm, wenn Sie die Arbeit für diesen Tag beendet haben (oder wenn Sie Speicher für andere Programme brauchen – siehe Seite 245).

Alle Programme beendet?

Sehen Sie im *Programm*-Menü nach, wenn Sie sich nicht sicher sind, ob Sie Ihre Programme beendet haben oder nicht. (Das *Programm*-Menü ist das kleine Symbol und/oder der Name ganz rechts in der Menüleiste.) Jedes Programm, das in der Liste erscheint, ist noch im Arbeitsspeicher. Selbst wenn Sie das Programm nirgends sehen, glauben Sie mir: Es ist noch offen! Wählen Sie seinen Namen aus und beachten Sie die Veränderung in der Menüzeile: Die Menü-Befehle werden sich ändern. Drücken Sie anschließend ⌘ - Q, um das Programm zu beenden.

Das «Programm»-Menü zeigt mir an, daß PageMaker geöffnet ist.

Weitere Einzelheiten lesen Sie bitte in Kap. «Ausschalten» ab Seite 113.

17

Disketten auswerfen

Disketten kommen und gehen. Aber manchmal kommen sie nicht mehr heraus. Manchmal bleiben sie stecken. Und manchmal erscheinen sie nicht auf dem Desktop (sie werden nicht gemounted, wie der Power User sagt), was soviel heißt, als daß das Icon nicht auf dem Schreibtisch erscheint. In diesem kurzen Kapitel verrate ich Ihnen alle Tricks, mit denen Sie Disketten, Wechselplatten und CDs in den Mac hinein- und auch wieder herausbekommen.

Wechselmedien auswerfen

Es gibt mehrere Möglichkeiten, ein **Wechselmedium auszuwerfen**. Nicht alle sind gleich geeignet. Die folgenden Techniken funktionieren zum Auswerfen aller auswechselbaren Volumes, die Sie möglicherweise benutzen – also beispielsweise Disketten, Zip-, Jaz- oder Syquest-Medien, MOs, CDs und was alles noch erfunden werden wird. Weitere Hinweise finden Sie auf Seite 107.

- Auswerfen durch Ausschalten

Wenn Sie für heute mit der Arbeit fertig sind und den ganzen Rechner **ausschalten** wollen, dann schließen Sie alle Fenster (am schnellsten, indem Sie die Tastenkombination ⌘ - ⌥ - W drücken). Wählen Sie dann *Ausschalten* aus dem *Spezial*-Menü. Das beendet alle offenen Programme, wirft alle Disketten und die meisten der Wechselmedien aus und schaltet den Computer aus. (CDs werden allerdings nicht ausgeworfen!)

- Auswerfen per Menübefehl

Natürlich müssen Sie nicht jedesmal den Computer ausschalten, nur weil Sie eine Diskette auswerfen wollen! Es gibt einfachere Methoden, zum Beispiel die: Markieren Sie die Diskette (klicken Sie sie einmal an) und wählen Sie *Auswerfen* aus dem *Spezial*-Menü. Ihr Macintosh spuckt daraufhin die Diskette gehorsam aus. Diese Methode funktioniert natürlich analog auch bei allen anderen Wechselmedien. (Wenn Ihre Maus gerade Winterschlaf hält, können Sie auch die Tastenkombination ⌥ – E zum Auswerfen benutzen.)

- Durch den Papierkorb auswerfen

Eine andere Methode verwendet den Papierkorb. Eigentlich ist sie die einfachste und effektivste – wenn Sie sich überwinden können! Wenn Sie eine Diskette (oder jedes andere Wechselmedium) in den Papierkorb werfen, landet sie nicht dort, sondern wird ausgeworfen. Die Diskette fällt gewissermaßen durch.

Wie gesagt, es kostet zunächst ein wenig Überwindung! Aber ich versichere Ihnen hiermit hoch und heilig: Wenn Sie eine Diskette über den Papierkorb auswerfen, wird nichts auf dem Medium gelöscht. Großes Mac-Ehrenwort!

Schließen Sie zunächst alle Dokumente und beenden Sie alle Programme, die Sie von diesem Medium benutzt haben. Dann klicken Sie einfach das Symbol des Volumes an, ziehen es auf den Papierkorb und lassen es los. Disketten und Wechselplatten werden einfach nur ausgeworfen.

- Markieren Sie die Diskette/das Wechselmedium (einmal anklicken).
- Wählen Sie *Zurücklegen* aus dem *Ablage*-Menü.

Dafür gibt es auch ein Tastaturkürzel: ⌘ – Y.

Sie brauchen keine Angst zu haben, es kann nichts passieren, egal welches Volume Sie auf den Papierkorb ziehen. Disketten und Wechselmedien werden immer ausgeworfen, nicht gelöscht. Daher funktioniert auch der Kurzbefehl zum Löschen von Dateien oder Ordnern (⌘ – Rückschrittaste) nicht. Wenn Sie versehentlich ein Volume in den Papierkorb ziehen, das kein Wechselmedium ist (zum Beispiel eine Ihrer Festplatten), so erhalten Sie die Warnmeldung, daß das Volume erst nach einem Neustart wieder verfügbar sein wird. Klicken Sie einfach auf «Abbrechen», und das Volume-Symbol springt zu seinem Platz zurück. Ihr Startvolume können Sie übrigens gar nicht auswerfen – das läßt der Mac einfach nicht zu.

Eine interne Festplatte (ohne Systemordner) wurde auf den Papierkorb gezogen.

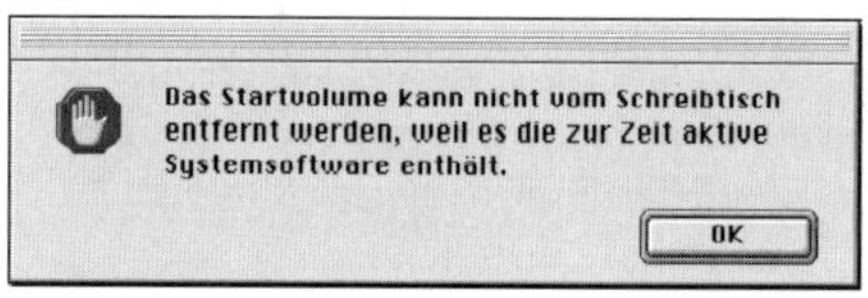

Hier wurde die Festplatte mit dem aktiven Systemordner auf den Papierkorb gezogen. Nach dieser Warnmeldung wird die Aktion einfach abgebrochen.

- Auswerfen mit Kontextmenü

Die vierte Methode, um eine Diskette auszuwerfen, benutzt das Kontextmenü, das erscheint, wenn Sie einmal mit gedrückter Control-Taste auf die Diskette klicken. Einer der Menüpunkte ist *Auswerfen*.

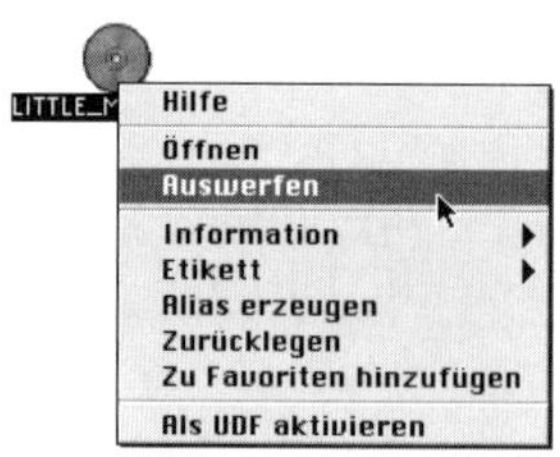

Dieses Kontextmenü öffnet sich, wenn Sie mit gedrückter Control-Taste einmal auf eine Diskette klicken.

Auch in *Speichern unter...*- und *Öffnen...*-Dialogfenstern gibt es die Möglichkeit, eine Diskette auszuwerfen. Wenn Sie in einem Programm arbeiten und eine Diskette auswerfen möchten, wählen Sie einfach *Speichern unter...*, selbst wenn Sie gar nichts abspeichern möchten. Dann:

- Klicken Sie auf den Knopf *Schreibtisch*.
- Klicken Sie einmal auf den Namen der Diskette, die Sie auswerfen möchten und klikken Sie dann auf *Auswerfen*.
- Nachdem die Diskette herausgekommen ist, können Sie auf den *Abbrechen*-Knopf klicken, um zu Ihrem Dokument zurückzukehren.

■ Auswerfen im Dialogfenster

Klicken Sie auf «Auswerfen», um die markierte Diskette auszuwerfen – das funktioniert auch, wenn Sie noch an einem Dokument auf der Diskette arbeiten.

Wenn Sie eine Diskette in diesem Dialogfenster ausgeworfen haben, können Sie auf Wunsch auch eine andere Diskette einlegen. Falls noch eine Datei von der ausgeworfenen Diskette auf dem Bildschirm geöffnet war, verlangt der Mac noch mal nach der ausgeworfenen Diskette, damit er die Datei korrekt schließen kann. Unter Umständen dürfen Sie eine Weile Diskjockey spielen – Diskette rein, Diskette raus, andere Diskette rein –, aber der Mac unterstützt Sie dabei nach Kräften: Er sagt Ihnen immer genau, welche Diskette er als nächstes haben will und akzeptiert auch keine andere.

Das graue Diskettensymbol bleibt auf dem Schreibtisch, nachdem Sie die Diskette über ein Dialogfenster ausgeworfen haben.

Vielleicht haben Sie bemerkt, daß eine graugerasterte Version des Icons auf dem Bildschirm bleibt, wenn Sie eine Diskette mit dieser Methode auswerfen. Das kommt, weil die Erinnerung an diese Diskette noch im RAM (im Arbeitsspeicher) ist. Falls jemand anderes den Rechner benutzen möchte, während das graue Icon auf dem Schreibtisch liegt, wird der Mac jedesmal, wenn die Person eine neue Diskette einlegen will, diese sofort wieder auswerfen und nach der zuletzt eingelegten mit dem grauen Icon fragen. Das ist kein Problem, solange die Diskette vor Ihnen auf dem Tisch liegt, aber wenn Elisabeth diese Diskette auf eine Tagung nach Heidelberg mitgenommen hat, dann könnte das ein kleines Problem werden.

Versuchen Sie dann folgenden Trick:

Sobald Sie der Computer auffordert, die Diskette einzulegen, drücken Sie die Tastenkombination ⌘ – . (Punkt). Dadurch wird der Mac gezwungen, die unauffindbare Diskette zu vergessen – meistens jedenfalls. Es kann durchaus sein, daß Sie das ein paarmal machen müssen und noch ein oder zwei Dialogfenster mit *OK* bestätigen müssen. Falls der Macintosh an seiner Forderung festhält, können Sie auch noch versuchen, das graue Symbol auf den Papierkorb zu ziehen, das funktioniert manchmal. Aber selbst dann kann es sein, daß Sie wieder aufgefordert werden, die Diskette einzulegen.

Wenn Sie die Meldung durch keine der beschriebenen Methoden loswerden, dann bleibt Ihnen nichts anderes übrig, als den Mac zum Neustart zu zwingen. (Falls Sie auf die Idee kommen, dem Mac einfach eine andere Diskette unterzuschieben, die Sie nur wie die fehlende benannt haben: Vergessen Sie's! So dumm ist der Mac nicht: Die Diskette muß genau gleich benannt sein und sie muß exakt die gleichen Daten enthalten. Sonst geht gar nichts.)

Erzwungener Neustart

Wenn Sie den Computer zwingen, neu zu starten (der Power User spricht hier von «resetten»), wirft er normalerweise alle Disketten aus allen Laufwerken aus. Versuchen Sie eine der folgenden Methoden:

⌘ - ⌃ + Einschalttaste

- Halten Sie die Befehls- und Control-Taste gedrückt und drücken Sie dann den Ein-/Ausschalter auf der Tastatur (mit dem Sie sonst den Computer einschalten).

- Wenn Sie einen Neustartknopf (auch Reset-Knopf genannt) auf der Vorderseite des Computers haben, dann drücken Sie ihn. (Das ist der Knopf mit einem kleinen Dreieck am Computergehäuse; bei manchen Modellen ist er auch seitlich oder hinten angebracht.)

Wenn Sie den Computer nicht neu starten können (was selten vorkommt), dann müssen Sie ihn ausschalten. Es gibt einen Knopf, entweder auf der Rückseite (normalerweise) des Macintosh, oder auf der Vorderseite (manchmal), oder auf dem iMac-Monitor. Drücken Sie ihn einfach. Warten Sie eine Minute, bevor Sie ihn wieder einschalten. (siehe Seite 308 für weitere Einzelheiten).

iMac neustarten

Da wir gerade beim Thema sind, verrate ich Ihnen noch schnell, wie Sie Ihren iMac zum Neustart zwingen. (Aber wenn Sie es wirklich geschafft haben, eine Diskette einzulegen, dann brauchen Sie ohnehin einen Apple-Techniker: Der iMac hat gar kein Diskettenlaufwerk.)

- An der Seite des iMac befindet sich hinter der seitlichen Klappe mit den Anschlüssen ein winziger Knopf, der mit einem noch winzigeren Dreieck gekennzeichnet ist. Den müssen Sie drücken.

- Falls Sie einen bondiblauen iMac der ersten Reihe haben, wird das Ganze noch spaßiger: Hier müssen Sie eine Büroklammer aufbiegen und sie in das kleine, mit einem Dreieck gekennzeichnete Loch hineindrücken.

Mounten und Unmounten

Vielleicht hören Sie von anderen Mac-Anwendern hin und wieder die Bezeichnungen **mounten** und **unmounten** im Zusammenhang mit Disketten. Anstelle von einlegen und auswerfen spricht man bei CDs, Wechselmedien und Festplatten normalerweise von Mounten und Unmounten. Diese eingedeutschten Bezeichnungen stammen von to mount, «schultern» (wie in eine Last schultern). Im Zusammenhang mit Disketten sind beide Begriffe allerdings eher unüblich. Das wirft jedoch die Frage auf, wieso man bei internen oder externen Festplatten, Wechselplatten, CD-ROMs, usw. überhaupt vom Mounten und Unmounten spricht. Nun, dazu muß ich wieder etwas ausholen.

Wenn Sie bei einem PC (einem dieser Geräte aus der anderen Welt) eine Diskette einlegen, passiert am Bildschirm erst mal gar nichts; das Icon des Diskettenlaufwerks verändert sich kein bißchen. Sie haben sogar einen eigenen Eject-Knopf am Laufwerk, mit dem Sie die Diskette einfach wieder auswerfen können, ohne daß der PC auch nur Notiz davon nimmt. Erst wenn Sie auf das Icon des Laufwerks doppelklicken, sieht der PC nach, ob überhaupt eine Diskette im Laufwerk ist und was sich auf ihr befindet. Dieser Vorgang entspricht technisch dem Mounten.

Beim Macintosh ist das anders. Sobald Sie in sein Diskettenlaufwerk eine Diskette einlegen, teilt das Laufwerk dem Mac diese Veränderung mit. Das Verzeichnis der Diskette wird gelesen und erscheint auf dem Schreibtisch. Wenn Sie die Diskette mit einer der oben beschriebenen Methoden wieder auswerfen wollen, sieht der Macintosh zuerst nach, ob sich im Arbeitsspeicher nicht noch offene Dateien der Diskette befinden und schließt sie wenn möglich. Erst dann erhält der Motor des Diskettenlaufwerks grünes Licht zum Auswerfen der Diskette. Das funktioniert bei Disketten und bei CD-ROMs, weil im Mac OS die Funktion zum Mounten und Unmounten dieser Medien eingebaut ist. Bei Festplatten und Wechselmedien sieht die Sache jedoch etwas anders aus.

Das Mac OS sieht nur beim Start nach, welche Festplatten und Wechselmedien am SCSI-Bus angeschlossen sind. Wenn Sie also beim Start keine Zip-Disk in Ihrem nigelnagelneuen Zip-Laufwerk eingelegt haben, interessiert sich der Mac später auch nicht mehr dafür. Da dies natürlich ein unhaltbarer Zustand ist – wozu haben Sie schließlich ein Wechselmedium gekauft? –, installieren die Hersteller von Zip-, Jaz-Laufwerken und dergleichen einen eigenen Festplattentreiber, der diese Lücke im Betriebssystem schließt. Nur, manchmal können diese Prográmmchen (man nennt sie Treiber) nichts mit der Information im Startsektor einer Wechselplatte anfangen (jetzt wird's wirklich zu technisch!) und das Icon erscheint nicht auf dem Schreibtisch. Falls Ihnen dies passiert, haben Sie zwei Möglichkeiten:

1 Probieren Sie es mit einem geregelten Neustart über das *Spezial*-Menü oder die Einschalttaste. Normalerweise handelt es sich nur um ein vorübergehendes Mißverständnis zwischen Treiber und Medium, das nach dem nächsten Start vergessen ist.

2 Wenn das Wechselmedium trotz wiederholtem Neustart nicht erscheinen will und Sie alle Kabelverbindungen überprüft haben, ziehen Sie einen Mac-Profi zu Rate. Diese Typen kennen Mittel und Wege, den Mac dazu zu bringen, alle angeschlossenen Laufwerke und Medien zu mounten. Aber ich warne Sie: Das ist nichts für Leute mit schwachen Nerven.

CD und Wechselplatte entfernen

Wechselmedien lassen sich manchmal nicht wie Disketten auswerfen. Manche Wechselplatten und CD-ROMs müssen zunächst ungemountet, also mit dem gleichnamigen Befehl aus dem *Ablage*-Menü zurückgelegt werden, bevor sie aus ihren Laufwerken entfernt werden können.

- CD-ROM auswerfen

Um eine CD-ROM auszuwerfen:

- Ziehen Sie das Icon auf den Papierkorb, um es zu deaktivieren. Ihre CD wird wahrscheinlich ausgeworfen. Bei einigen älteren Laufwerken, müssen Sie eventuell den Knopf neben der CD-Schublade drücken, um die CD auszuwerfen, nachdem sie vom Schreibtisch entfernt wurde.

- Wechselmedien auswerfen

Um ein Wechselmedium auszuwerfen:

- Ziehen Sie das Icon auf den Papierkorb, um es zu deaktivieren. Bei **Zip-Disketten**, ist das alles, was Sie tun müssen. Drücken Sie den Knopf, um eine deaktivierte **Jaz-Cartridge** auszuwerfen. (Gilt nur für manche Jaz-Laufwerke.)

- **Syquest Medien** werden nicht automatisch ausgeworfen. Wenn sie deaktiviert sind, drücken Sie auf den Knopf am Laufwerk, um die Platte anzuhalten.
  Warten Sie unbedingt, bis sich die Platte nicht mehr dreht! Drücken Sie dann den

kleinen Hebel zur Seite und halten Sie die Hand vor den Schacht, damit Sie die Cartridge auffangen können.

Es wird noch etwas benutzt?

Falls Sie beim Auswerfen einer Diskette eine Mitteilung erhalten, daß noch eine Datei der Diskette benutzt wird, während Sie aber der Meinung sind, daß keine Dateien auf der Diskette mehr offen sind, bedenken Sie bitte folgendes: Der Computer hat immer recht, besonders wenn er ein Macintosh ist! Überprüfen Sie daher folgendes:

Haben Sie eine Lies-mich-Datei oder so etwas Ähnliches von der Diskette gelesen? Und noch nicht geschlossen? Haben Sie etwa Zeichensätze direkt von der Diskette gelesen? Sehen Sie! Überprüfen Sie das *Programm*-Menü, um festzustellen, welche Programme noch geöffnet sind (klicken Sie auf das kleine Icon ganz rechts in Ihrer Menüleiste); wählen Sie das Programm aus und beenden Sie es. Wenn Sie Zeichensätze geladen haben, schließen Sie sie.

Mir passierte eine Zeitlang immer wieder folgendes Mißgeschick: Ich öffnete eine Lies-mich-Datei von Diskette oder CD per Doppelklick und schloß die Datei anschließend auch wieder ordnungsgemäß. Trotzdem ließ mich der Macintosh die Diskette oder CD nicht auswerfen und behauptete hartnäckig, daß noch irgendwelche Dateien geöffnet wären. Ich sah im «Programm»-Menü nach, aber hier war nur das Programm SimpleText offen, mit dem ich die Lies-mich-Datei gelesen hatte. Doch das Dokument war schon wieder geschlossen. Es hat eine Weile gedauert, bis ich herausfand, daß die Ursache SimpleText selbst war: Ich hatte unabsichtlich eine Kopie des Programms auf der Diskette oder CD geöffnet. Am Ende hat der Mac doch immer recht!

Der Maus-Trick

Wenn eine Diskette beim Ausschalten im Laufwerk bleibt, zum Beispiel wegen eines Stromausfalls oder eines Systemfehlers, dann versuchen Sie dies:

- Halten Sie die Maustaste gedrückt und schalten Sie den Computer wieder ein. Halten Sie die Maustaste während des Startvorgangs weiter gedrückt, bis Ihre Diskette wie ein Toastbrot herausschießt.

Der Trick mit der Büroklammer

Der hier ist wirklich fies: Haben Sie schon einmal das winzige Loch neben dem Diskettenlaufwerk, dem Zip- oder dem CD-ROM-Laufwerk gesehen? Es ist gerade so groß wie eine Büroklammer, und das ist Absicht. Biegen Sie eine große Büroklammer auf und stecken Sie sie hinein. Das sieht zwar gefährlich aus, ist es aber nicht. Sie können nichts kaputtmachen und auch keinen Schlag bekommen. Sie lösen lediglich den Mechanismus aus, der die Diskette auf ihrem Platz hält – drücken Sie feste.

18

Ausschalten

Wenn Sie Ihren Macintosh richtig **ausschalten** – also über den gleichnamigen Befehl im *Spezial*-Menü oder mit der Einschalttaste – wird er nicht einfach nur ausgeschaltet. Vielmehr startet dann ein Prozeß, der alle losen Enden im Inneren sucht, sie verbindet und noch die Festplatte parkt, bevor der Computer endgültig ausgeschaltet wird. Es ist sicherlich möglich, den Computer auszuschalten, ohne durch den **Ausschalten**-Prozeß zu gehen, aber dann laufen Sie Gefahr, Daten zu verlieren oder unbemerkt wichtige Daten zu beschädigen. Kurz gesagt versetzen Sie Ihren Mac in einen instabilen Zustand, wenn Sie ihm einfach so den Saft abdrehen. Und das mag er gar nicht. Also, seien Sie so lieb und folgen Sie diesem einfachen Ritual, wenn Sie mit Ihrer Arbeit fertig sind. Ihr Mac wird es Ihnen danken und Sie beim nächsten Start mit seinem gewohnten, glücklichen Lächeln begrüßen.

Saubere Fenster

Wenn Sie Ihren Mac ordentlich verlassen wollen, dann sollten Sie am Ende alle Fenster auf dem Schreibtisch schließen. Dafür gibt es einen einfachen Befehl: Klicken Sie mit gedrückter Wahltaste (⌥) in das Schließfeld eines Fensters (noch einfacher geht's mit der Tastenkombination ⌘ - ⌥ - W). Ganz wichtig: Dieser Befehl schließt zwar tatsächlich alle offenen Fenster im Finder, das betrifft aber praktischerweise nicht die PopUp-Fenster. (Das sind die Fenster, von denen Sie nur den Reiter am unteren Bildschirmrand sehen.)

Insbesondere wenn der Computer von mehreren Personen benutzt wird, schätzen es die anderen Anwender, wenn Sie vor dem Ausschalten alle Fenster schließen. Denn alle Fenster, die Sie beim Ausschalten offenlassen, werden beim nächsten Einschalten des Computers wieder geöffnet.

Wenn Sie Ihren Macintosh jedoch mit niemandem teilen müssen (wer will das schon?), können Sie natürlich auch einen Vorteil daraus ziehen, daß die Fenster geöffnet bleiben. Vielleicht lassen Sie ja das Fenster Ihrer gutorganisierten Festplatte offen, wodurch Sie sich bei der Rückkehr zu Ihrem Mac den Doppelklick auf das Festplattensymbol sparen können. Oder Sie lassen den Ordner offen, der das Projekt enthält, an dem Sie die nächsten Tage arbeiten werden. (Hier noch mal der Hinweis, daß Sie den Ordner auch in ein PopUp-Fenster umwandeln und am unteren Bildschirmende aufbewahren können.)

Alle Programme beenden

So stellen Sie sicher, daß Sie alle Programme beendet haben, ehe Sie Ihren Macintosh ausschalten:

- Klicken Sie auf das *Programm*-Menü, das ist das Icon in der rechten oberen Ecke der Menüleiste. (Verwechseln Sie das Symbol des *Programm*-Menüs bitte nicht mit dem Symbol Ihrer Festplatte auf dem Schreibtisch.)

- Sehen Sie sich den unteren Teil des Menüs an. Wenn dort ein anderer Name außer *Finder* steht, heißt das, daß dieses Programm noch immer geöffnet ist. (Vor dem aktiven Programm ist ein Häkchen.)

Das kleine Symbol in der oberen rechten Ecke der Menüleiste verändert sich je nach gerade aktivem Programm. Dieser praktische Hinweis kann in Mac OS 8.5 und höher noch deutlicher gemacht werden, denn da kann auch der Name des Programms angezeigt werden, indem Sie die kleine Trennlinie nach links ziehen.

Beachten Sie den kleinen Haken neben PageMaker und das Symbol von PageMaker in der oberen rechten Ecke. Beides sind visuelle Hinweise, welches Programm gerade aktiv ist.

- Um ein anderes Programm zu schließen, wählen Sie es als erstes aus dem *Programm*-Menü aus. Vielleicht haben Sie den Eindruck, daß nichts passiert, aber lassen Sie sich nicht täuschen: Es ist etwas passiert! Glauben Sie mir. Betrachten Sie die Menüs in der Menüleiste. Ich wette, sie sehen anders aus als noch gerade eben. Und ganz rechts in der Menüleiste hat sich das Icon verändert. Obwohl Sie vielleicht keinen weiteren Hinweis Ihres Programms sehen – kein Fenster, kein Dokument, vielleicht sehen Sie im Hintergrund sogar Fenster von anderen Programmen – aber das Programm, das Sie aus dem *Programm*-Menü ausgewählt haben, ist offen und bereit. Ganz sicher.

Falls Sie das alles etwas verwirrt, sehen Sie sich Kap. «Wichtige Informationen» ab Seite 245 an. Ansonsten machen Sie jetzt mit dem nächsten Schritt weiter.

- So, jetzt sind Sie im geöffneten Programm. Aus dem *Ablage*-Menü (das manchmal auch *Datei*-Menü heißt) können Sie nun *Beenden* auswählen, das sollte der letzte Menüpunkt in der Liste sein. (Wenn es im *Ablage*-Menü kein *Beenden* gibt, haben Sie vielleicht versehentlich auf den Schreibtisch geklickt, und sind somit wieder im Finder. Ganz ruhig bleiben! Nein, werfen Sie Ihren Mac noch nicht aus dem Fenster – fangen Sie einfach noch mal mit dem ersten Schritt an.

- Wiederholen Sie diese Schritte für jedes Programm der Liste aus dem *Programm*-Menü. (Außer beim Finder – den können Sie nicht beenden, nur ausschalten.)

Ausschalten

So weit, so gut. Jetzt wählen Sie aus dem *Spezial*-Menü den Befehl **Ausschalten** aus. Hat es geklappt? Ist Ihr Mac jetzt aus? Fein, dann kann ich Ihnen ja verraten, daß Sie sich die ganze Prozedur mit dem Beenden aller Programme sparen können. Aber, ehe Sie mich jetzt verdammen, dieses Buch in die Ecke werfen (und nie mehr ein anderes von mir oder dem Midas-Verlag kaufen), lassen Sie mich erklären, warum ich das nicht gleich gesagt habe.

Tatsächlich ist es so, daß der Mac bei der Ausschalt-Prozedur alle offenen Programme und Dokumente für Sie schließt. Nur, das klappt nicht immer – vor allem bei sehr alten Programmen, die noch von Hand beendet werden wollen. Und dann wundern Sie sich, warum sich Ihr Mac nicht ausschalten läßt und drehen ihm vielleicht einfach den Saft ab. Und verschaffen sich dadurch womöglich ein ernsthaftes Problem. Manchmal ist es einfach auch nur verwirrend, wenn Sie Ihren Macintosh ausschalten und dann immer wieder gefragt werden, ob Sie das Dokument nun sichern wollen oder nicht. «Aber das haben ich doch schon zweimal gespeichert!» werden Sie vielleicht denken und genervt auf *Nein* klicken – und damit womöglich die Arbeit von Stunden zunichte machen, weil Sie Dokumente der anderen Programme gesichert haben.

Wenn Sie den Computer herunterfahren, werden Disketten und Zip-Disketten ausgeworfen, und irgendwelche weiteren Festplatten werden deaktiviert. Falls Sie einen älteren Mac (LC und davor) benutzen, erscheint ein Dialogfenster, das Ihnen mitteilt, daß Sie Ihren Mac jetzt gefahrlos ausschalten können. Schalten Sie ihn in diesem Fall mit dem Schalter aus, mit dem Sie ihn auch eingeschaltet haben. Bei den meisten Macs aber schaltet *Ausschalten* den Computer automatisch aus.

Ausschalten mit der Einschalttaste

Die **Einschalttaste** (die Taste, die Sie drücken, um den Computer einzuschalten) schaltet Ihren Mac auch wieder aus. Zum Glück für alle, die kleine Kinder oder Katzen haben, fragt der Mac nach, ob Sie Dokumente sichern möchten, ehe er alles ausschaltet. Klicken Sie auf *Abbrechen*, wenn Sie die Taste nur aus Versehen gedrückt haben.

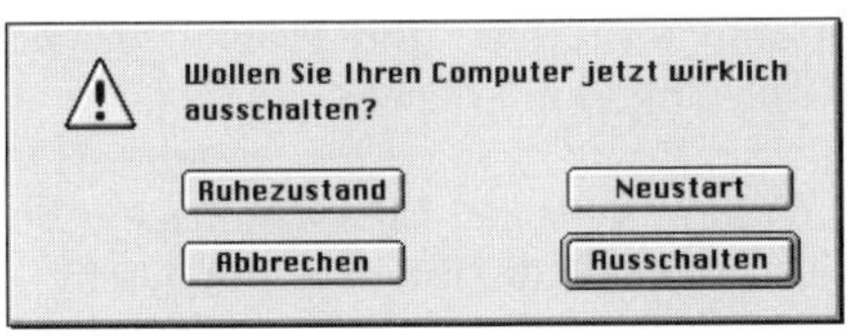

Wenn Sie die Einschalttaste drücken, um den Computer auszuschalten, wird diese Meldung angezeigt. Sie können mit der Maus klicken oder die Return- oder die Eingabetaste betätigen.

Wenn Sie den Computer, aus welchem Grund auch immer, nicht richtig ausgeschaltet haben, erhalten Sie beim nächsten Einschalten eine entsprechende Meldung. (Ein Mac vergißt nichts!) Ab Mac OS 8.5 startet auch gleich das Programm Erste Hilfe und überprüft die Struktur des Startvolumes auf Fehler. Sie können diese Warnung abstellen, indem Sie im Kontrollfeld *Allgemeine Einstellungen* die Option *Warnung nach nicht ordnungsgemäßen Ausschalten* deaktivieren. (Siehe Seite 224 für weitere Hinweise über das Kontrollfeld.)

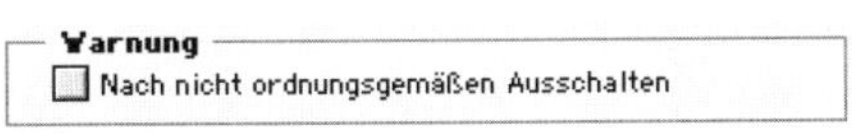

Das Kästchen vor «Warnung nach nicht ordnungsgemäßen Ausschalten» darf nicht abgehakt bzw. angekreuzt sein, wenn Sie die Warnung nicht sehen wollen.

19

Bits & Bytes

Leute, die schon eine Weile mit dem Mac arbeiten, machen häufig so komische Bemerkungen wie: «Ist bloß eine kleine Datei, nur 230K.» oder «Also, *mein* Mac hat eine 8-Gigabyte-Festplatte.» Wir, die wir mit dem Mac noch nicht so vertraut sind, kommen uns dann etwas verloren vor, weil sich alles so fremd anhört. Insgeheim wissen wir, daß wir all dieses abgehobene Zeug ja doch nie verstehen werden. Doch was soll's: Uns interessiert der ganze technische Ballast ohnehin nicht, wir wollen nur wissen, wie man das Ding, das uns da jeden Morgen zulächelt, zum Laufen kriegt!

Pure Magie!

Soweit es die Technik betrifft, wird diese Maschine für uns sowieso immer reine Magie bleiben – so wie ein Flugzeug. Oder wissen Sie, wieso 1.000 Tonnen Blech in der Luft bleiben?

Bits & Bytes

Doch wenn Sie erst mal die Unterschiede zwischen einem **Bit** und einem **Byte**, zwischen **Kilobytes**, **Megabytes** und **Gigabytes** kennen, werden Sie nicht nur Ihren Macintosh viel besser verstehen, sondern auch die Computerwerbung, Ihre Programme und Dokumente, Begriffe wie Speicher und Festplatte – und Ihre Freunde.

Binärsystem

0 1

Jede dieser elektronischen Informationen ist ein Bit.

Im Grunde genommen ist der Computer gar nicht so schlau; er kann nämlich nur bis eins zählen. Erinnern Sie sich noch, wie wir in der Schule das **Binärsystem** durchgenommen haben, und von dem wir heute so gut wie nichts mehr wissen, ausgenommen, daß man aus irgendeinem unerfindlichen Grund nur von null bis eins zählen konnte und Exponenten verwenden mußte? Nun, der Mac verwendet so ein binäres System: Er zählt Einsen und Nullen – Null bedeutet Aus, Eins bedeutet Ein. Er sendet auf diese Weise kleine elektronische Mitteilungen, die jeweils aus einer Reihe von Aus- und Ein-Informationen bestehen. Jede dieser kleinen Mitteilungen ist ein **Bit**.

Bytes

01000001

Dieses Byte stellt den Buchstaben A dar.

Nun kann der Computer mit einem dieser kleinen Bits noch nicht viel anfangen. Deshalb schnürt er ein ganzes Bündel dieser Bits zusammen, um der Mitteilung etwas mehr Gewicht zu verleihen: Acht Bits, beispielsweise **01000001**, machen ein **Byte**. Wie Sie in der Spalte sehen können, ist ein Byte an Information immer noch ziemlich wenig – man braucht also schon ziemlich viele Bytes, um ein ganzes Dokument zu erstellen.

Kilobytes

1024 Bytes entsprechen einem Kilobyte.

Man nimmt also eine größere Gruppe von Bytes und nennt sie **Kilobyte**. Jetzt denken Sie sicherlich, 1 Kilobyte wären 1.000 Bytes, nicht wahr? Falsch. Weil der Computer im 16er Zahlensystem denkt, kommt er mit seinem Binärsystem nicht genau bis an den Wert 1.000 heran, sondern erreicht als nächstliegenden Wert nur 1.024 (das ist gleich 2^{10}). Für den täglichen Gebrauch runden wir jedoch einfach ab und sagen, daß ein Kilobyte etwa 1000 Bytes enthält.

Was bedeutet ein Kilobyte nun im echten Leben? Der Speicherplatz beispielsweise auf der Festplatte oder die Größe von Dateien und Dokumenten wird in Kilobytes angegeben. Je größer und anspruchsvoller das Dokument oder Programm, desto mehr Kilobytes beansprucht es auf der Festplatte. Keine Sorge, wir kommen in etwa einer Minute auch zu **Megabytes** und **Gigabytes**. Zunächst aber wollen wir uns mal Kilobytes in Aktion ansehen.

Wollen Sie ein wenig Insiderwissen? Also, wieso rechnet der Computer eigentlich mit dem 16er System? Nun, einer der Gründe ist, daß Speicherplatz in der Computersteinzeit unvorstellbar knapp war, deshalb verfiel man auf folgenden Trick: Wenn man statt des Zehnersystems ein 16er System (Power User sprechen hier von Hexadezimalsystem) verwandte, dann konnte man auf einer Stelle sechs zusätzliche Werte unterbringen und auf zwei Stellen erhielt man so 256 unterschieldiche Zahlenwerte statt 100 wie beim Dezimalsystem. Erzählen Sie das mal Ihren Freunden!

Floppies und Disketten

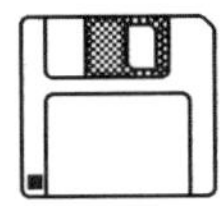

Sie haben wahrscheinlich schon diese netten kleinen *3,5-Zoll*-**Floppydisks** gesehen, die der Mac benutzt. Auf einer solchen **Diskette** können Sie einen Teil Ihrer Software oder Dokumente unterbringen, wo sie in Form von Bits, Bytes und Kilobytes gespeichert werden.

Der neueste Mac hat nicht einmal mehr ein Diskettenlaufwerk (das Laufwerk ist der Mechanismus, mit dem die Diskette gelesen wird). Falls Sie ebenfalls kein Diskettenlaufwerk benutzen, können Sie gleich zur nächsten Seite mit den Informationen über Festplatten weitergehen.

Im Laufe der Jahre hat man es geschafft, immer mehr Informationen auf einer Diskette unterzubringen. Hin und wieder trifft man noch auf ältere Double-Sided-Disketten, die etwa **800 KB** (Kilobytes) an Daten fassen. Vier Seiten eines zweizeiligen Textes nehmen ungefähr 6KB Speicherplatz ein; somit kriegen Sie etwa 500 Seiten an Text auf einer Double-Sided-Diskette unter (wobei genügend Platz für Instruktionen an den Computer übrig bleibt). Tabellenkalkulationsblätter, Grafiken und andere komplexe Informationen benötigen natürlich mehr Platz.

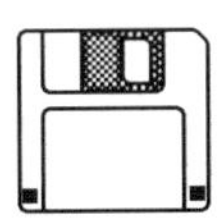

HD-Disketten haben rechts ein zusätzliches Loch.

Heute verwendet man üblicherweise **High-Densitiy Double-Sided-Disketten** (oder auch einfach **HD-Disketten**) mit einem Speicherplatz von etwa **1.400 KB** oder auch **1,4 MB** (Megabytes, die größer sind als Kilobytes – wir kommen gleich dazu). Diese Disketten haben normalerweise irgendwo die Aufschrift HD sowie zwei Löcher, von denen sich eines mit einem kleinen Plastikschieber schließen läßt. Das andere Loch teilt dem Macintosh mit, daß dies eine HD-Diskette ist. (Ältere Macs, beispielsweise mit einem Baujahr vor 1989, können solche HD-Disketten nicht lesen.)

Umgang mit Disketten

Warum werden Disketten eigentlich Floppies (floppy = flexibel, weich, biegsam) genannt, wenn sie gar nicht biegsam sind? Weil sie es in Wirklichkeit doch sind! Wenn Sie den Metallschutz zur Seite schieben, können Sie im Inneren die eigentliche Floppy sehen. Aber berühren Sie sie unter gar keinen Umständen! Auf ihr befinden sich vielleicht wichtige Daten, die durch fettige Finger oder scharfe Fingernägel leicht zerstört werden könnten. Halten Sie Disketten auch fern von Hitze: Sie verziehen sich wie eine Schallplatte, die man im Hochsommer im Auto vergißt. Und halten Sie sie um jeden Preis von Magnetquellen fern – Magnete können alle Daten auf der Diskette zerstören. Also: Halten Sie sie nicht an Ihren Kühlschrank, bewahren Sie sie nicht in der Nähe Ihres Telefons, Ihrer Stereoanlage oder eines anderen elektronischen Geräts auf, tragen Sie sie nicht zusammen mit Ihrer Automatikkamera in der Tasche, und stapeln Sie sie nicht auf Ihrem magnetischen Büroklammerhalter.

Außerdem sollten Sie sie nicht in diesen Kunststoffhüllen aufbewahren, in denen sie verkauft werden. Durch dieses Material kann sich statische Elektrizität aufbauen, durch die ebenfalls die Daten auf der Diskette zerstört werden können. Bewahren Sie Ihre Disketten in einem geeigneten Kasten oder einer speziellen Diskettenbox auf, wo sie vor Staub geschützt sind.

Neue Disketten initialisieren

Wenn Sie Disketten kaufen, sind sie noch nicht **initialisiert** (man sagt auch *formatiert*). Das bedeutet, daß man sie erst vorbereiten muß, damit sie für einen Mac lesbar werden. Beim Kauf bereits formatierter Disketten sollten Sie darauf achten, daß es sich um eine Macintosh-Formatierung handelt! Falls die Disketten für den PC formatiert sind, können Sie sie aber dennoch für den Mac benutzen – indem Sie sie einfach vorher neu formatieren.

Sollten Sie **unformatierte** Disketten gekauft haben, oder Disketten, die bereits für den PC formatiert sind, können Sie sie problemlos für Ihren Mac initialisieren. Wenn Sie eine nicht initialisierte, oder unformatierte Diskette das erstemal einlegen, fordert Sie der Mac auf, die Diskette zu benennen; falls Sie eine PC-Diskette einlegen, wählen Sie im Menü *Spezial* den Befehl *Volume löschen...* Möglicherweise werden Sie noch gewarnt, daß durch den Vorgang sämtliche Informationen gelöscht werden. Aber da die Diskette neu und damit noch leer ist, kann Ihnen das ja egal sein. Wenn Sie dann schließlich auf *OK* klicken, nimmt Ihr Mac die erforderliche Formatierung vor, um später alle eingegebenen Daten speichern zu können.

Disketten schützen

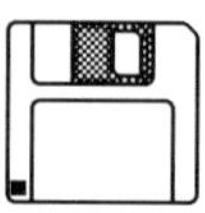

Diese Diskette ist nicht schreibgeschützt.

Es ist möglich, eine Diskette zu **schützen.** In diesem Fall kann man sie weder bearbeiten noch andere Dateien darauf abspeichern. Der Schreibschutz einer Diskette wird mit Hilfe des kleinen schwarzen Plastikschiebers in der Ecke aktiviert.

- Wenn der Schieber das Loch verdeckt, ist die Diskette ungeschützt.
- Wenn das Loch offen ist, ist die Diskette schreibgeschützt.

Die meisten Disketten haben zwei Löcher, von denen aber nur eines besagten Plastikschieber aufweist. Am zweiten Loch erkennt man lediglich, daß es sich um eine HD-Diskette handelt (siehe vorherige Seite); es hat nichts mit dem Schreibschutz zu tun.

Harte Scheiben und feste Platten

Eine Harddisk ist in Wirklichkeit eine große, harte Scheibe, die eher einer festen Platte als einem biegsamen Stück Folie gleicht. (Tatsächlich besteht sie sogar aus mehreren

Platten.) Im Prinzip funktioniert diese Festplatte genau wie eine Diskette, kann aber erheblich mehr Daten aufnehmen. Die Festplatte kann direkt in Ihrem Mac eingebaut oder eine separate Einheit mit einem robusten Kunststoffgehäuse sein. Unter Umständen haben Sie auch beides.

Volume ist Apple-Deutsch für alle Arten von Speichermedien.

Wie auch immer, bei einer Festplatte handelt es sich um eine Art Ablagebehälter oder Speicher, der Ihre sämtlichen Programme und Dokumente aufnimmt. Festplatten ermöglichen die Aufbewahrung aller Ihrer Dateien auf einem einzigen Datenträger, oder Volume, anstatt Sie auf einer Unmenge verschiedener Disketten zu verteilen. Dies macht das Arbeiten erheblich einfacher und schneller. In Ihrem Macintosh wird sich vermutlich eine ziemlich große Festplatte befinden, weil Speicherplatz nun einmal das Wichtigste ist – je größer Ihre Festplatte, desto mehr Informationen und Software können Sie darauf unterbringen.

Tatsächlich kann eine Festplatte so viele Daten aufnehmen, daß man es schon nicht mehr in Kilobytes, sondern in Megabytes (kurz MB) angibt. Wir hatten ja bereits herausgefunden, daß 1 Megabyte 1024 Kilobytes entspricht, oder? Genau.

Megabytes

Heute gebräuchliche HD-Disketten fassen also ca. 1,4 Megabyte. Festplatten gibt es dagegen in verschiedenen Größen – die kleinsten fassen etwa 500 bis 800 MB Daten. Und sie werden dauernd größer! Dabei bietet eine wirklich kleine Festplatte von, sagen wir mal, 500 MB soviel Speicherplatz wie 500 Disketten! Auf einer Festplatte können Sie alle möglichen Anwendungen laden und Dokumente jeder Art erzeugen.

Gigabytes

Etwa 1000 MB entsprechen 1 Gigabyte (GB).

Je anspruchsvoller Programme werden, desto mehr Speicherplatz brauchen sie. Eigentlich sind Gigabytes heute längst Alltag – Gigabyte-Festplatten, Gigabyte-Grafikdateien usw. 1 Gigabyte, wie Sie nun sicher erraten werden, entspricht etwa 1.000 Megabytes. Falls Sie sich erst kürzlich einen neuen Mac gekauft haben, dann wird er höchstwahrscheinlich schon eine Festplatte von 1, 2 oder sogar 8 Gigabytes haben.

Wechselmedien und Cartridges

Festplatten finden Sie auch bei sogenannten Cartridges, die Sie in ein Wechsellaufwerk (wobei «Wechsel» bedeutet, daß Sie die Festplatte jederzeit herausnehmen können) einlegen; wie beispielsweise eine Videokassette in Ihren Videorekorder. So können Sie sich eine regelrechte Cartridge-Sammlung anlegen. *Zip-Disks*, *Jaz-Disks* und *Syquest-Disks* sind nur einige Beispiele für solche Wechselmedien. Und sie sind wirklich praktisch. Um diese Medien benutzen zu können, brauchen Sie ein spezielles externes oder internes Laufwerk. Sofern Ihr Mac kein solches Laufwerk hat, können Sie es sich jederzeit separat kaufen und an Ihrem Mac anschließen.

Hochtechnische Angaben

Mitunter sehen Sie vielleicht Werbeanzeigen für Macs, die den Computer lediglich mit Zahlen beschreiben wie: 32/2 GB oder 128/8 GB. Die erste Zahl dieser technischen Daten besagt, wieviel Speicher der Computer hat (Erläuterungen zum Speicher finden Sie in Kap. «Wichtige Informationen» ab Seite 245). Die zweite Zahl gibt die Größe der Festplatte in Megabytes oder Gigabytes an. Wenn Sie also in einer Mac-Anzeige lesen «Mac 64/2 GB», dann bedeutet dies, daß er 64 Megabytes an RAM (Speicher) und eine 2-Gigabyte-Festplatte hat. Für beide Zahlen gilt: Je größer, desto besser.

Modellnummer und Geschwindigkeit (Megahertz)

Nun können Sie aber auch auf Macs mit dem Hinweis 2400/225 stoßen. (Manchmal werden die Dinge so schnell kompliziert!) Diese technischen Angaben haben mit Dingen wie Speicherplatz und Festplatte wiederum gar nichts zu tun. Hier ist die erste Zahl die Modellnummer des jeweiligen Macs, wie beispielsweise ein PowerBook 2400. Die zweite Zahl ist dagegen die Geschwindigkeit des Computers, die in Megahertz angegeben wird. Mein zweiter Computer war ein Mac IIcx und hatte eine Geschwindigkeit von 16 MHz (Megahertz). Mein jetziger Mac hat schon 300 MHz, und der iMac, den ich für meinen Sohn gekauft habe, hat 233 MHz. Je größer die Zahl, desto schneller arbeitet der Rechner.

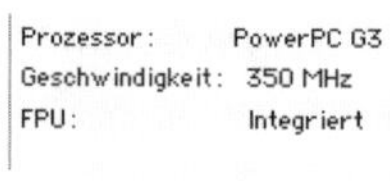

Um die Geschwindigkeit Ihres Rechners herauszufinden, gehen Sie ins Apple-Menü und wählen Sie *Apple System Profiler*. Suchen Sie auf der nun erscheinenden Seite nach Geschwindigkeit (siehe Abbildung rechts).

Backups oder Sicherungskopien

Ein Backup ist eine zusätzliche Kopie eines Programms oder Dokuments für den Fall, daß das Original verlorengeht oder beschädigt wird. Es ist zwar gängige Praxis, Software jeder Art auf Diskette zu kopieren, aber die Anwendungen sind mittlerweile so groß, daß man sie nur noch auf CD kaufen kann, was das Anfertigen von Sicherungskopien einigermaßen erschwert. Also müssen Sie die CDs mit solchen Programmungetümen an einem möglichst sicheren Ort aufbewahren. Sofern Sie Speicherplatz im Überfluß haben, etwa auf Zip- oder Jaz-Medien, können Sie diese Programme auch von Ihrer Festplatte auf solche Cartridges kopieren. Dabei laufen Sie allerdings Gefahr, nicht alle der Dateien zu erwischen, die bei einer ordentlichen Installation mit dem entsprechenden Installationsprogramm kopiert werden, wodurch das Programm eventuell nicht einwandfrei läuft. Am besten verräumen Sie Ihre Original-CD-ROMs an einen sicheren Platz, an den Sie sich hoffentlich später wieder erinnern!

- Machen Sie immer ein Backup!

Wovon Sie aber auf jeden Fall regelmäßig Sicherungskopien anfertigen sollten, sind all die Dokumente, die Sie im Schweiße Ihres Angesichts erstellt haben. Denn solange sie nicht als Backup gesichert wurden, existieren sie nirgendwo anders. Eine Festplatte kann jederzeit abstürzen und alle Passagiere an Bord mit sich reißen. Nun werden Sie bei allem, was Sie über den Mac lesen, eindringlich aufgefordert, regelmäßige Backups durchzuführen. Aber glauben Sie mir, Sie werden es doch nicht tun – bis Sie Ihre ganz persönliche Katastrophe biblischen Ausmaßes erleben.

Fertigen Sie also am Ende eines arbeitsreichen Tages, bei wichtigen Dingen noch öfter, Kopien von allem an, was Sie an diesem Tag neu erstellt oder verändert haben. Beschriften Sie diese Disketten, Zips, Jaz-Cartridges, oder was auch immer, anschließend! Arbeiten Sie nie länger ohne eine solche Datensicherung, als Sie brauchen würden, um alles wieder neu anzufertigen. Angenommen, Sie arbeiten an einer Abhandlung und die letzte Sicherung liegt drei Stunden zurück, wäre es Ihnen dann egal, die ganze Arbeit noch einmal zu machen? Könnten Sie es überhaupt? Also, machen Sie ein Backup!

- Backup-Software

Im Handel finden Sie zahlreiche Programme, mit denen Sie Sicherungskopien von Ihrer Festplatte auf den unterschiedlichsten Medien (Festplatte, Bandlaufwerk, CD usw.) vornehmen können. Erkundigen Sie sich in Fachgeschäften oder bei Ihren Power-User-Freunden, was die empfehlen würden. Bevor Sie umfangreiche Investitionen in ein professionelles Backup-System tätigen (das Sie vermutlich überhaupt nicht brauchen), speichern Sie Ihre Arbeit wenigstens erst einmal auf Disketten, Zip-Disks, oder was immer Sie gerade zur Verfügung haben. Aber ich weiß genau, Sie werden erst dann auf mich hören, wenn Ihnen etwas wirklich Wichtiges verlorengegangen ist. Leider!

Sichern Sie oft. Am besten täglich. (Nein, Sie haben Regel 1 und Regel 2 nicht übersehen – Regel 1 ist auf Seite 84 und Regel 2 auf Seite 79)

■ Regel Nr. 3

Unten sehen Sie, wie man ein Diskettenetikett anbringt. Nein, die Schrift steht nicht auf dem Kopf! Wenn Sie die Disketten erst richtig in eine Box einsortieren, werden Sie merken, daß man die Dinger auf den Schieber stellt, und dann ist die Schrift auf den Etiketten richtig herum.

■ Beschriften Sie Ihre Disketten!

Idealerweise sollten Sie jeder Datei, die Sie auf einer Diskette speichern, das Datum der letzten Bearbeitung anhängen. Und geben Sie den Dateien aussagekräftige Namen, damit Sie sich später noch erinnern! Dateinamen auf dem Mac können maximal 31 Zeichen haben und es ist alles erlaubt, außer dem Doppelpunkt.

Falls Ihre Etiketten einen farbigen Abschnitt haben, wird dieser oben um den Rand der Diskette aufgeklebt. Mit Hilfe dieser Farbcodierung können Sie Ihr Ablagesystem verwalten – oder es zumindest versuchen. (Mal ehrlich, geht Ihr Organisationstalent wirklich über rein intuitives Handeln hinaus?) Schreiben Sie die wichtigsten Informationen oben auf das Etikett, so daß Sie sie problemlos lesen können, wenn die Diskette eingeordnet ist.

Notieren Sie die Namen aller Dateien, die sich auf dieser Diskette befinden! Datieren Sie jede Datei. Wirklich – es erspart Ihnen viel Zeit und hin und wieder auch Kummer.

Hardware und Software

Vermutlich haben Sie die Begriffe **Hardware** und **Software** mittlerweile schon millionenmal gehört. Nur für den Fall, daß sich noch irgendwo in Ihrem Innern etwas hartnäckig weigert, einen Unterschied zwischen beidem zu machen, hier eine kurze Erklärung: Hardware ist das, was Sie treten können; Software ist das, was Sie nur anbrüllen können.

Hardware ist hart! Sie können sie fallen lassen, kaputtmachen oder wegwerfen. Wenn Sie sich dran stoßen können, ist es Hardware. Ihr Computer ist so ein Stück Hardware, genauso wie externe Festplatten, Scanner, Modems und Drucker. Um Hardware an jemanden zu verschicken, braucht man ein Fahrzeug.

Software ist unsichtbar! Es ist der Programmiercode, der auf ein Medium geschrieben wird. Wenn Sie Software kaufen, also Ihre Programme, Anwendungen, Hilfsprogramme und Spiele, kommen Sie auf irgendeinen Datenträger. Darauf befindet sich die Software. Sie können die Software versehentlich zerstören, obwohl der betreffende Datenträger augenscheinlich völlig heil ist. Um Software an jemanden zu verschicken, benutzen Sie Ihr Modem und Ihre Telefonleitung. Oder Datenträger – aber die müssen Sie wieder per Fahrzeug verschicken.

Sonstige Ware

Amerikaner sind einfallsreiche Leute und sie lieben Wortspiele. Deshalb gibt es alle möglichen Kombinationen mit -ware (und ganze Bücher auf Klingonisch – aber das ist eine andere Geschichte). **Vaporware** bezeichnet Software oder Hardware, die bereits seit geraumer Zeit angekündigt, aber noch nicht auf dem Markt erschienen ist – also heiße Luft. Vielleicht kommen Ihnen auch mal die Begriffe wie **Wetware**, **Liveware** oder **Jellyware** unter – damit sind wir gemeint, die Menschen.

Auf dem Weg zum Profi

Dieser Teil erläutert Möglichkeiten, die über die Grundlagen für die tägliche Arbeit hinausgehen. Es werden Techniken gezeigt, mit denen Sie den Mac an Ihre Bedürfnisse anpassen und sich die Arbeit erleichtern können. Sie sollten sich diesen Teil möglichst komplett erarbeiten, aber Sie können ihn sich in kleine Häppchen einteilen. Lesen Sie einen Abschnitt und spielen Sie damit herum, experimentieren und forschen Sie auf eigene Faust. Auf Sie warten einige Schätze!

20

Navigieren und Sichern

Immer wenn Sie ein Dokument speichern, legt Ihr Mac ein Symbol an, mit dem Sie auf die Datei zugreifen können. Dieses Dateisymbol muß irgendwo auf Ihrer Festplatte abgelegt werden. Haben Sie jemals ein Dokument gesichert und sich gefragt, wo es eigentlich jetzt liegt? Sind Ihnen schon mal Dateien verlorengegangen? Ist es Ihnen schon mal passiert, daß Sie ein Dokument geöffnet haben und mit Entsetzen feststellten, daß es nicht das enthielt, woran Sie seit einigen Stunden gearbeitet haben, obwohl Sie sich ganz sicher sind, daß Sie zwischendurch gesichert haben?

Ursache dieses Problems ist, daß Sie noch nicht ganz sicher im Navigieren durch das Labyrinth der verschiedenen Ordnerebenen Ihres Macs sind, um dahinzukommen, wohin Sie wollen, entweder um das richtige Dokument zu öffnen oder es an der Stelle zu sichern, wo Sie es garantiert wiederfinden. Navigieren ist eine der grundlegendsten Fertigkeiten bei der Arbeit am Computer. Vielleicht erscheint Ihnen auf den ersten Blick das Ganze wie ein Buch mit sieben Siegeln, aber mit der Zeit werden Sie mit einigen wenigen Mausklicks Ihr gesamtes System mühelos durchwandern. Wenn Sie erst einmal gelernt haben, richtig zu navigieren, werden Sie nie wieder Dokumente an irgendwelchen unbekannten Stellen ablegen, wenn Sie sie speichern. Sie werden immer genau die Grafikelemente finden, oder die Präsentation, die Sie zusätzlich zu der auf dem Monitor öffnen wollten, und Sie werden Ihre Freunde und Kollegen zum Staunen bringen, wenn Sie durch die Verzeichnisse flitzen und genau wissen, wohin Sie wollen.

Visuelle Anhaltspunkte

Es hilft, sich visuell klarzumachen, auf welche Weise Ihr Mac die Informationen ineinander verschachtelt. Dazu verfolgen wir einmal den Weg, der vom Schreibtisch bis zu dem Dokument **Meine Freunde** führt (Abbildung auf der folgenden Seite).

Schauen Sie sich in der Abbildung auf der folgenden Seite an, wie der Weg durch mehrere Ordner zum Dokument **Meine Freunde** führt. Stellen Sie sich den Schreibtisch als echten Schreibtisch vor. In Ihrem Schreibtisch befindet sich ein Hängeregister mit vielen Ordnern: Ihre Festplatte. Jeder der Ordner in Ihrem Registerschrank enthält wiederum mehrere Ordner. Stellen Sie sich diese Ebenen – Schreibtisch, Festplatte, alle einzelnen Ordner – als separate Ebenen vor, auf denen Sie Dokumente ablegen können. Sie werden manchmal bestimmte Dokumente in einem ganz bestimmten Ordner ablegen wollen, der in einer ganzen Hierarchie anderer Ordner verborgen ist, die jeweils immer spezifischer sind als die vorhergehende Ebene – genau wie bei Scarlets Geschichte über ihre Freunde.

*Dies ist die **Festplatte**. Wenn Sie etwas auf der Festplattenebene sichern, wird das Symbol in diesem Fenster erscheinen.*

*Der Ordner **Persönlich** ist geöffnet (darum ist sein Symbol grau).*

*Innerhalb des Ordners **Persönlich** ist der Ordner **Meine Kids** geöffnet.*

*Im Ordner **Meine Kids** ist der Ordner **Scarlett** geöffnet.*

*Die Datei **Meine Freunde** liegt im Ordner **Scarlett**.*

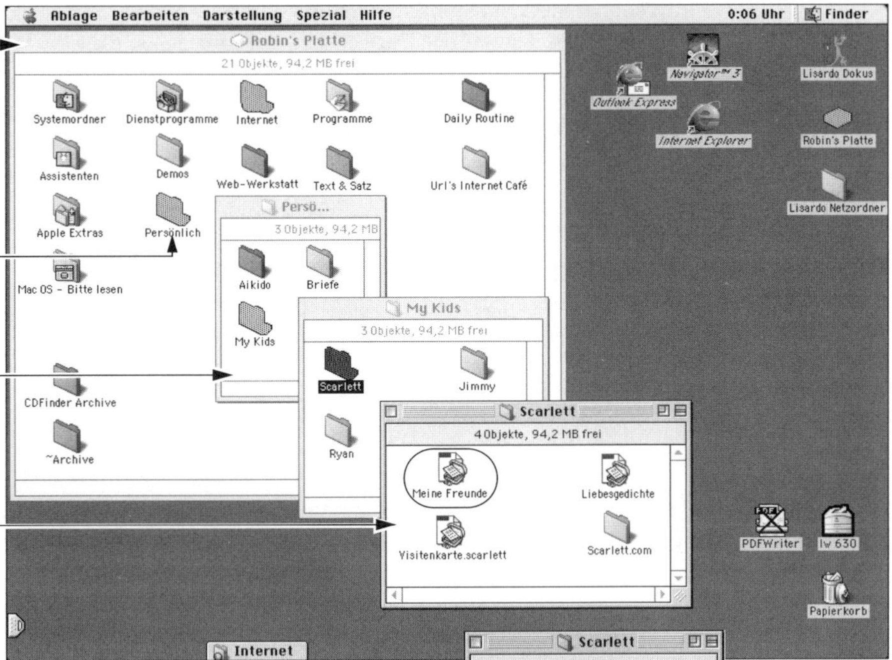

*Der farbige Hintergrund ist der **Schreibtisch**. Wenn Sie etwas auf dem Schreibtisch ablegen, wird das Symbol immer auf dieser farbigen Fläche erscheinen.*

Vielleicht möchten Sie Ihre Fenster lieber als Liste anzeigen lassen, so wie hier. Diese beiden «Scarlett»-Fenster beinhalten genau dasselbe – das eine als Symbole und das andere als Liste.

Verschiedene Sichtweisen

Sie haben nun schon eine ganze Weile an Ihrem Mac gearbeitet und haben mittlerweile sicher eine ganze Reihe Ordner angelegt, um Ihre Informationen zu strukturieren. (Jedenfalls sollten Sie dies getan haben. Wenn nicht, drücken Sie mal schnell ⌘ - N, um in einem aktivierten Fenster einen neuen Ordner zu erzeugen. Mehr über Ordner finden Sie in Kap. «Ordner» ab Seite 56.) Auf Ihrem Computer einen Ordner anzulegen, der Persönlich heißt, ist nicht viel anders als ein Hängeregister zu nehmen, Persönlich auf den Reiter zu schreiben, und es in Ihren Registerschrank (Festplatte) in Ihrem Büro (Schreibtisch) zu hängen. Wenn Sie in Ihrem echten Büro in das Hängeregister schauen, was sehen Sie? Sie sehen alle Dokumente, die Sie da im Laufe der Zeit hineingelegt haben. Wenn Sie auf einen Ordner in Ihrem Festplattenfenster doppelklicken, ist es das gleiche: Sie sehen alle Dokumente, die in dem Ordner abgelegt sind.

- Der Trick beim Navigieren durch die Dialogfenster besteht darin, zu verstehen, **daß das Dialogfeld nur eine von vielen Möglichkeiten ist, sich den Inhalt des Ordners anzuschauen.** Wenn Sie sich für das Dialogfeld entscheiden, sehen Sie in der Liste (man nennt sie auch Verzeichnis) sämtliche Dateien.

Nehmen Sie sich einen Moment, um sich diese *Sichern unter…*-Dialogfelder einmal genauer anzuschauen. Die Dateien sind auf ganz genau dieselbe Weise angeordnet wie in der Abbildung auf der vorigen Seite – es handelt sich um das Verzeichnis der Ordner, in welchem der Ordner *Meine Freunde* zu finden ist. Hier ist die Liste nur auf den Kopf gestellt. Doch beide führen letztlich zurück auf die oberste Ebene, das heißt den Schreibtisch.

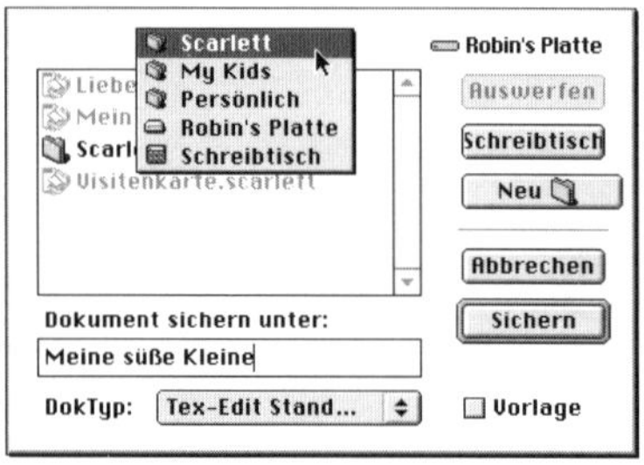

Ab System 8.6 sehen die Dialogfelder «Sichern unter…» und «Öffnen…» aus, wie rechts abgebildet, wenn das verwendete Programm neueren Datums ist. Es ist im wesentlichen das gleiche Dialogfeld, allerdings bietet es zusätzlich eine Reihe von praktischen Funktionen, auf die wir später noch mal zurückkommen werden.

Dieselben Inhalte können Sie auch auf eine andere Weise betrachten: Halten Sie auf der Schreibtischebene die Befehlstaste (⌘) gedrückt und klicken Sie in der Titelleiste auf den Namen eines geöffneten Ordners. Es erscheint dieselbe hierarchisch angeordnete Liste (der Pfad), aus der Sie ablesen können, wo sich der jeweilige Ordner befindet.

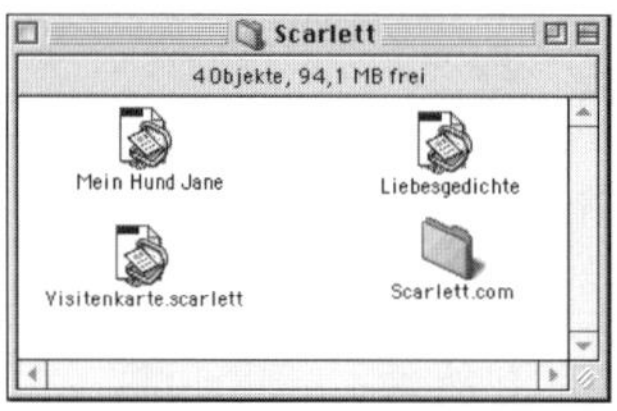

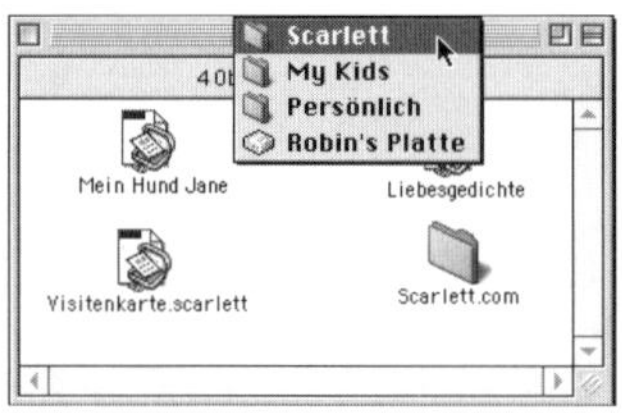

Wohin mit der Datei?

Wie legen Sie ein Dokument genau an der Stelle ab, an der Sie es benötigen? Schließlich wollen Sie die neue Datei jederzeit wiederfinden.

Nehmen wir an, Sie haben gerade in Ihrem Textverarbeitungsprogramm ein neues Dokument geöffnet. Wählen Sie aus dem *Ablage*-Menü den Befehl *Sichern unter…*

Wenn Sie Ihr Dokument nun benennen und einfach in das Feld *Speichern* klicken, würde das Symbol für die Datei in dem Verzeichnis oder auf der Diskette erscheinen, dessen Name in dem Feld über der Liste erscheint (siehe Abbildung auf der folgenden Seite).

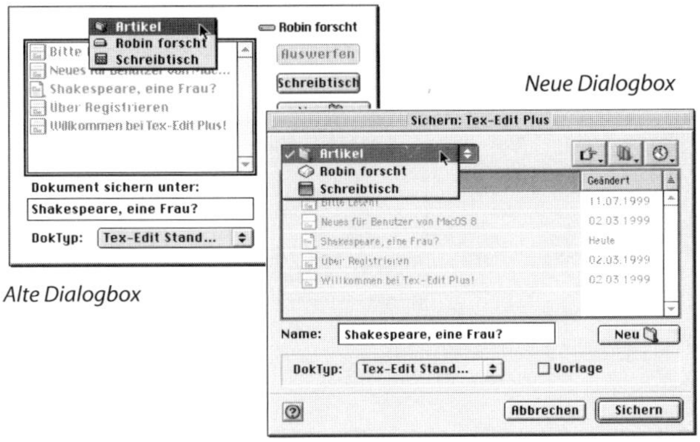

Neue Dialogbox

Alte Dialogbox

Das Dokument «Shakespeare, eine Frau?» wird im Ordner Artikel (siehe Ordnersymbol) gesichert, der sich auf dem Volume «Robin forscht» befindet, dessen Name in dem Aufklappmenü über Schreibtisch erscheint.

Sie können auf jeder der verschiedenen Ebenen eines Volumes Dateien speichern: auf dem Schreibtisch (auf einer Festplatte), auf dem Volume selbst (Festplatte oder Diskette) oder in irgendeinen Ordner. Ordner können sich auf jeder Ebene befinden, und sie können innerhalb von anderen Ordnern verschachtelt sein. Auf den folgenden Seiten werden die einzelnen Schritte erklärt, wie Sie Dateien an verschiedenen Stellen auf Ihrem Computer ablegen können.

■ Sichern auf den Schreibtisch

Wenn Sie eine Datei auf dem Schreibtisch Ihrer Festplatte ablegen wollen, klicken Sie im Dialogfeld *Sichern unter...* in das Feld *Schreibtisch* oder wählen Sie *Schreibtisch* aus dem Aufklappmenü, je nachdem, welche Art von Dialogfeld Sie vor sich haben (beide sind unten abgebildet). Ganz egal, was im Dialogfeld alles steht und wie verwirrt Sie sind angesichts all der Möglichkeiten, wählen Sie *Schreibtisch*, und Sie landen immer auf der Schreibtischebene Ihrer Festplatte.

Wenn Sie eine Datei auf der Schreibtischebene sichern, wird das Dateisymbol soweit rechts oben auf dem Bildschirm erscheinen, wie es geht.

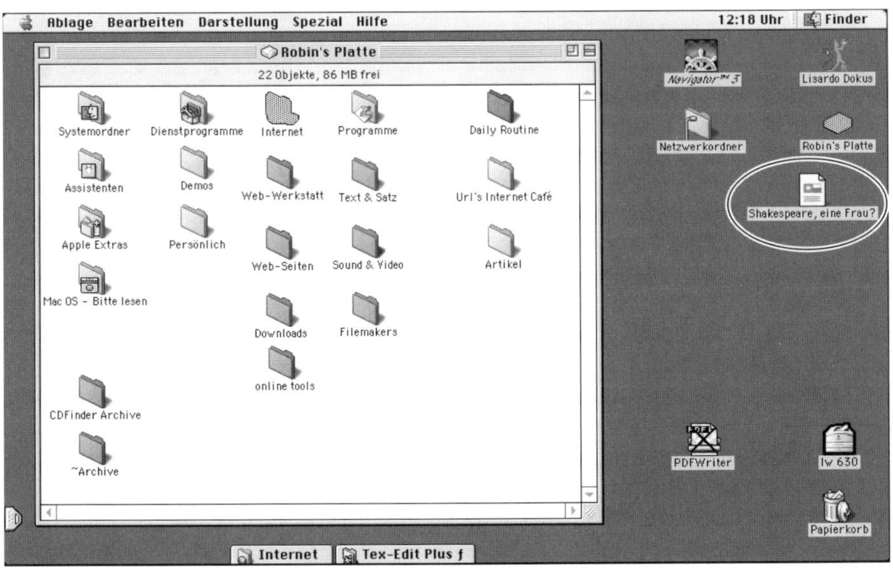

In dieser Art von «Sichern unter…»-Dialogfeld wählen Sie Schreibtisch aus dem «Direkt»-Menü, wie hier gezeigt (oder Sie drücken ⌘ - D).

Dies ist das «Direkt»-Menü.

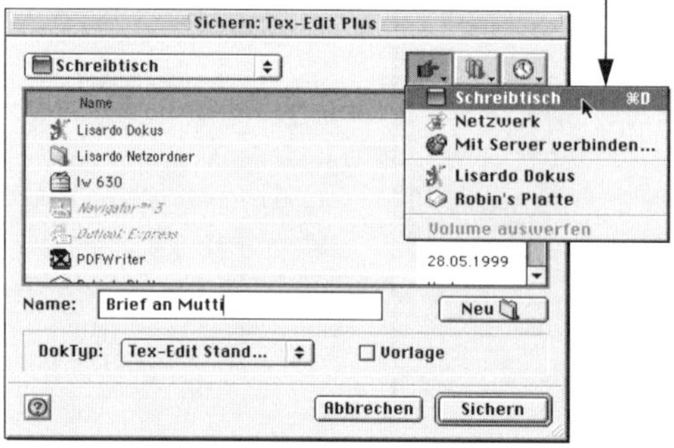

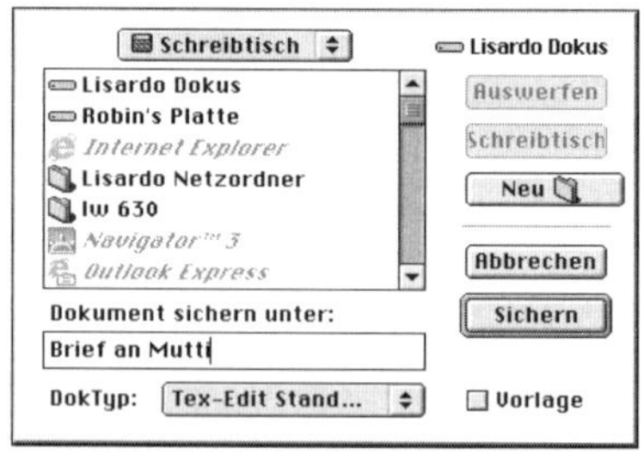

Klicken Sie auf das Feld «Schreibtisch» (oder drücken Sie auf der Tastatur ⌘ - D), um direkt zum Schreibtisch zu gelangen. Im Moment ist dieses Feld grau, weil ich es bereits angeklickt habe – im Titel steht bereits Schreibtisch.

Sichern auf die Festplatte

Wenn Sie eine Datei im Fenster Ihrer Festplatte ablegen wollen (also nicht in irgendeinem Ordner), müssen Sie Ihre Festplatte auswählen. Je nachdem welchen der beiden *Sichern unter…* Dialoge Sie haben, beachten Sie die folgenden Schritte:

Bevor Sie auf «Sichern» drücken, sollten Sie den Namen Ihrer Festplatte in dem Feld über der Liste sehen. Nur so können Sie sicher sein, daß Ihre Datei in das Fenster für Ihre Festplatte abgelegt wird.

Älteres Dialogfeld: Klicken Sie in das Feld *Schreibtisch*, damit Sie Ihre Festplatte sehen. Wenn Sie dann in der Liste sind, doppelklicken Sie den Namen Ihrer Festplatte.

Neueres Dialogfeld: Wählen Sie aus dem Aufklappmenü den Namen Ihrer Festplatte.

Wenn Sie eine Datei auf die Festplattenebene sichern, erscheint das Symbol der Datei im Fenster der Festplatte.

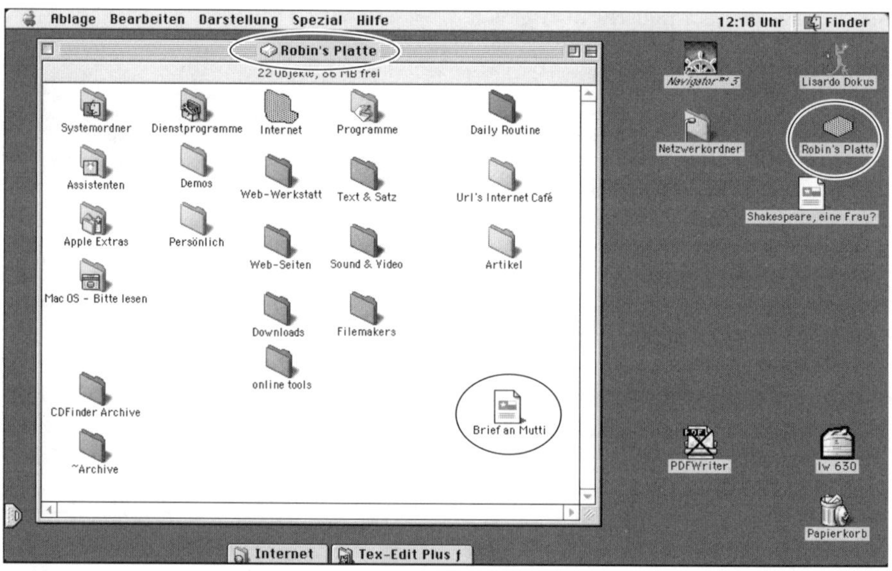

Wenn Sie eine Datei auf einer **Diskette**, **Zip-Disk** oder einem anderen transportablen Speichermedium ablegen wollen, stellen Sie sicher, daß die Diskette oder das Medium eingelegt und auf dem Schreibtisch sichtbar ist. Wenn Sie in das Dialogfeld *Sichern unter...* gehen, werden Sie sich wahrscheinlich erst einmal zu dem Medium hinübernavigieren müssen:

Älteres Dialogfeld: Klicken Sie auf *Schreibtisch*. Die Namen aller eingelegten Medien erscheinen in der Liste. Doppelklicken Sie auf den Namen.

Neueres Dialogfeld: Wählen Sie aus dem Aufklappmenü den Namen des Mediums.

Wenn Sie eine Datei auf einem Speichermedium sichern, erscheint das Symbol der Datei im Fenster dieses Mediums.

■ Sichern auf Wechselmedien

Tip: *Gehen Sie zum «Sichern unter...»-Dialogfeld bevor Sie das Speichermedium einlegen. Legen Sie dann erst das Medium ein. Nach ein paar Sekunden wird es in der Liste des Dialogfeldes erscheinen.*

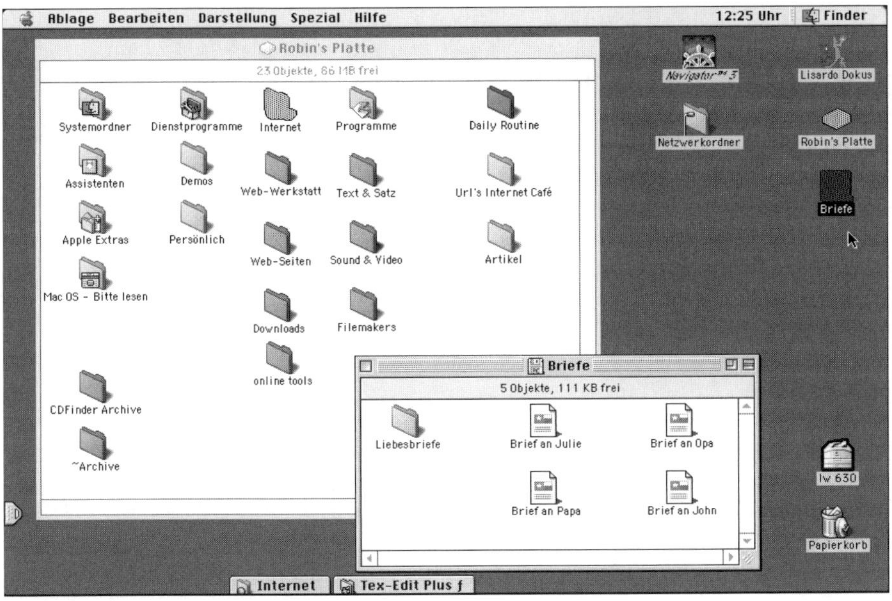

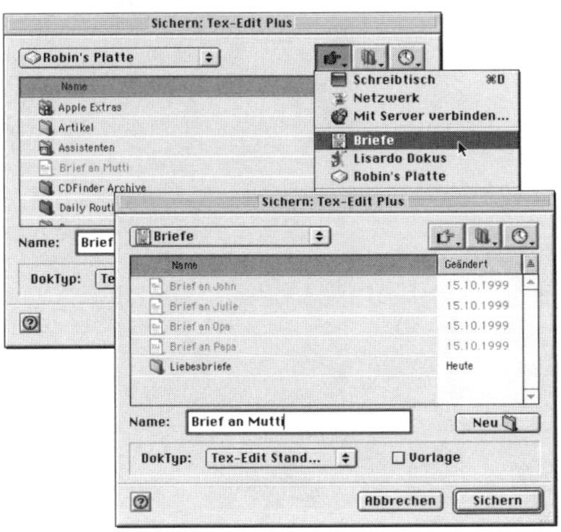

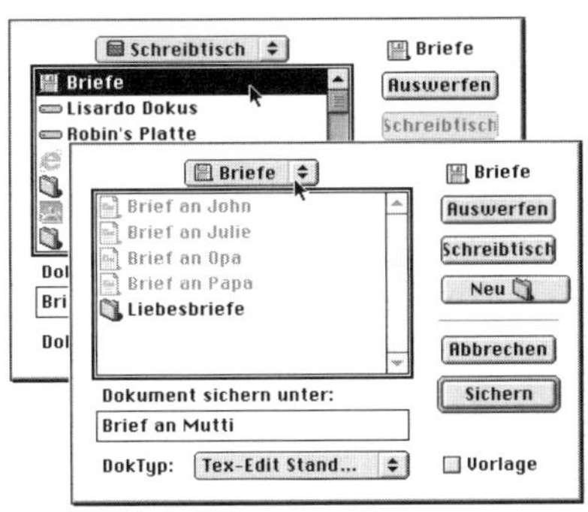

Bevor Sie auf «Sichern» drücken, sollten Sie den Namen Ihrer Disk oder Ihres Wechselmediums in dem Feld über der Liste sehen.

Sichern in einen Ordner

Wenn Sie eine Datei in einen **bestimmten Ordner** speichern möchten, müssen Sie innerhalb des Dialogfeldes *Sichern unter...* zuerst zu diesem Ordner navigieren.

- Wenn der Ordner sich auf Ihrer Festplatte befindet, sollten Sie sich erst einmal einen Überblick über Ihre Festplatte verschaffen. Klicken Sie auf *Schreibtisch* und doppelklicken Sie dann auf den Namen Ihrer Festplatte. In neueren Dialogfeldern wählen Sie Ihre Festplatte aus dem Ausklappmenü.

- Wenn der Ordner sich auf einem anderen Medium befindet, müssen Sie erst einmal das andere Medium sehen. Beachten Sie dazu die Schritte auf der vorangegangenen Seite.

Nun müssen Sie den richtigen Ordner lokalisieren. Sehen Sie den Namen des Ordners auf der Liste? Ja? Dann doppelklicken Sie einfach auf den Namen dieses Ordners. Der Name wird in der Titelleiste mit dem kleinen Symbol eines geöffneten Ordners erscheinen. Dieser geöffnete Ordner ist der visuelle Hinweis darauf, daß das Dokument in diesem Ordner abgelegt wird, wenn Sie jetzt speichern.

Befindet sich der Ordner in einem anderen Ordner, den Sie auf der Liste sehen? Doppelklicken Sie zuerst auf den anderen Ordner, dann wird der andere Ordner, den Sie brauchen, erscheinen.

Haben Sie vergessen, einen Ordner anzulegen, bevor Sie in das Menü *Sichern unter...* gegangen sind? Die meisten Programme haben im *Sichern unter...*-Dialog ein Feld *Neu* mit einem kleinen Ordner daneben. Beachten Sie, daß jeder neu erstellte Ordner genau in dem Ordner erscheinen wird, der über der Liste in Ihrem Dialogfeld steht.

Wenn Sie eine Datei in einem Ordner anlegen, erscheint das Symbol für Ihre Datei, wenn Sie das Fenster des Ordners öffnen.

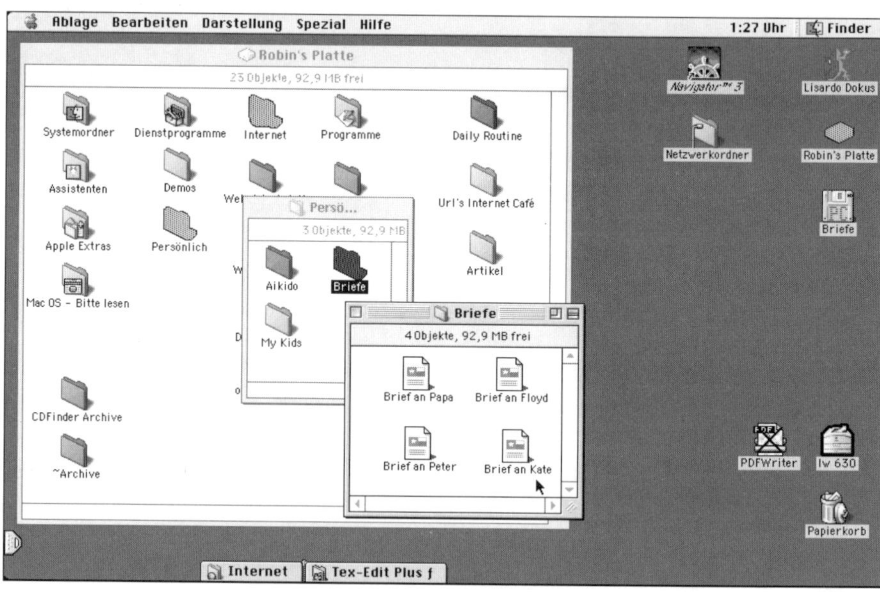

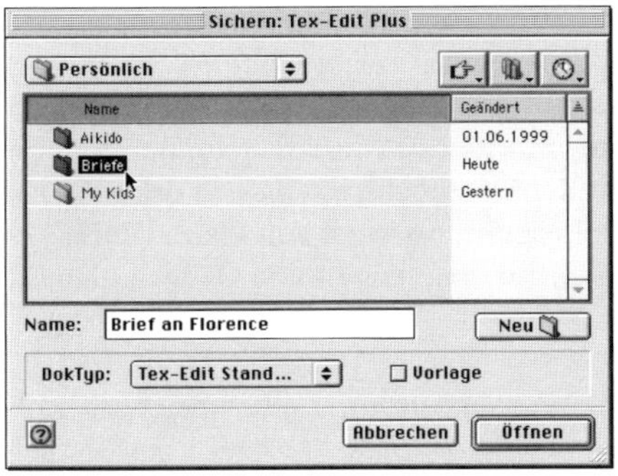

Wie Sie auf der vorigen Seite sehen, befindet sich der Ordner «Briefe» innerhalb des Ordners «Persönlich». In diesem Dialog ist der Ordner Persönlich geöffnet (sein Name steht in dem Feld über der Liste), und der Ordner Briefe liegt darin. Um Briefe zu öffnen und die Datei darin zu speichern, doppelklicken Sie auf Briefe.

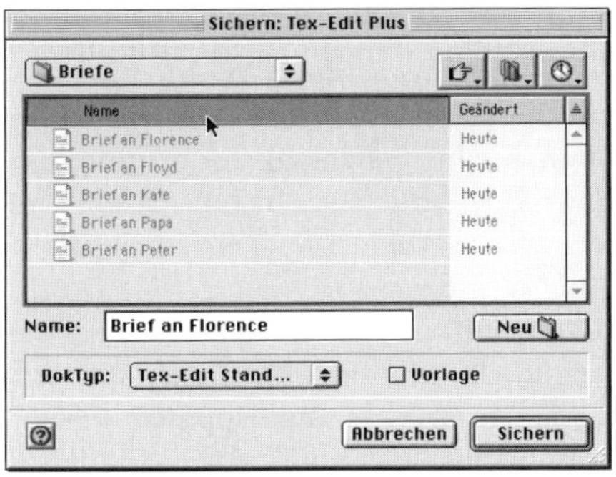

Nachdem Sie auf den Namen des Ordners geklickt haben, erscheint er in dem Feld über der Liste.

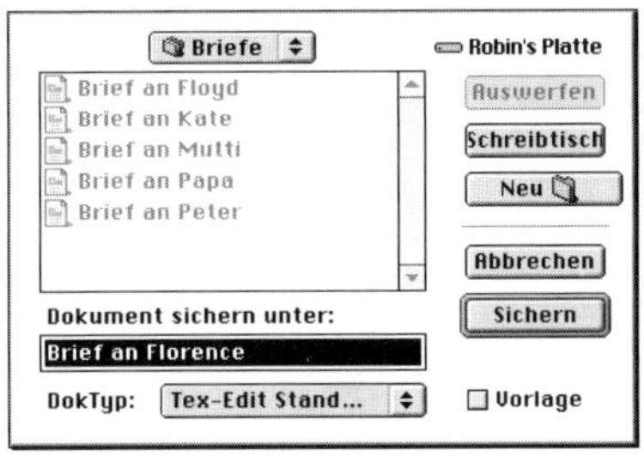

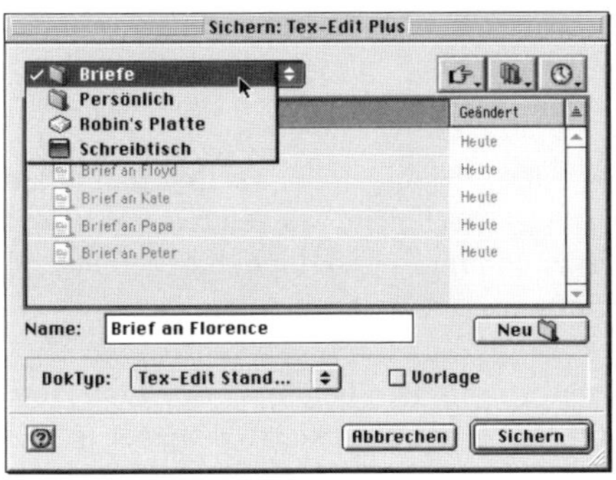

Wenn Sie auf dieses Menü klicken, sehen Sie die gesamte Hierarchie der Ordner auf der Festplatte. Sobald Sie verstanden haben, wie das funktioniert, werden Sie nie wieder Probleme haben, Dokumente an bestimmten Stellen abzulegen, und jedes Dokumen, das Sie bearbeiten wollen, ohne Probleme finden.

Wenn Sie auf das Feld *Neu* klicken, um einen **neuen Ordner** zu erstellen, wird der neue Ordner immer in den Ordner gelegt, der in dem Feld über der Liste steht. Wenn Sie beispielsweise im obenstehenden Dialogfeld in das *Neu*-Feld klicken, haben Sie einen neuen Ordner in dem Ordner «Briefe» angelegt. Versuchen Sie es doch einmal!

Wenn das Programm, das Sie verwenden, kein *Neu*-Feld im Dialogfeld *Sichern unter...* hat, müssen Sie den Ordner, in dem Sie Ihre Datei ablegen wollen, zuerst anlegen bevor Sie in das Dialogfeld gehen. (Vor allem bei älteren Programmen ist dies der Fall.) Dazu müssen Sie zunächst zurück in den Finder gehen, indem Sie aus dem *Programme*-Menü (ganz rechts auf der Menüleiste) *Finder* auswählen. Dann suchen Sie den passenden Ordner auf der Festplatte und legen dort einen neuen Ordner an. Dann gehen Sie zurück zu Ihrem Dokument und speichern es mit *Sichern unter...*

Navigieren mit Mac OS 8 bis 8.5

Sichern mit einem **älteren** *Sichern unter…*-Dialogfeld – Zusammenfassung:

Gut. Sie wollen also ein neues Dokument in einem bestimmten Ordner ablegen. Nehmen wir an, Sie arbeiten mit Ihrem Sohn Jimmy an einer Adressenliste für seine Rock-Band Lukas. Sie erstellen die Adressenliste mit der Datenbank in ClarisWorks. Sie haben das Programm durch Doppelklick auf das Programmsymbol von ClarisWorks gestartet. Nun wollen Sie das Dokument in dem Ordner namens Jimmy ablegen, den Sie bereits erstellt haben.

** Sie können im Kontrollfeld «Allgemeine Einstellungen» ein wenig beeinflussen, was in den Dialogfeldern «Sichern unter…» und «Öffnen» erscheint. Wenn Sie es nicht schon getan haben, sollten Sie den Abschnitt über Dokumente dazu studieren (Seite 226).*

** Auf einigen Macs ist die übliche (automatische) Vorgabe für «Sichern unter…», der Ordner Dokumente. Falls Sie das nervig finden, sollten Sie auf Seite 226 nachsehen.*

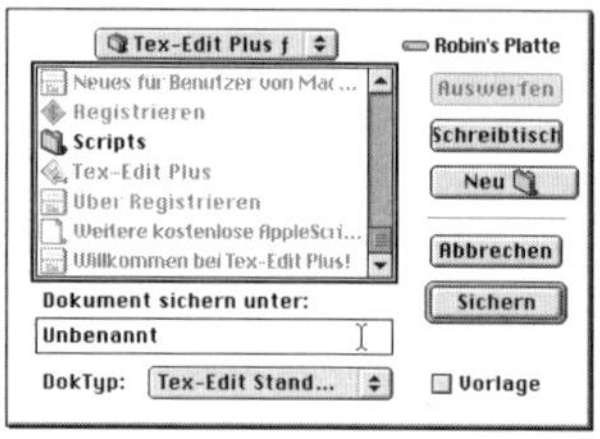

Wenn Sie die Adressenliste für Lukas speichern wollen, öffnet das Dialogfeld *Sichern unter…* gewöhnlich automatisch in dem Ordner, in dem sich ClarisWorks befindet, oder im Ordner «Dokumente».* Sie wollen jedoch die Datenbank auf keinen Fall in diesem Ordner ablegen, sondern in Jimmys Ordner. Wissen Sie noch, wo Jimmys Ordner ist? Genau. Er liegt in «Meine Kids», der sich im Ordner «Persönlich» befindet, der wiederum auf der Festplatte liegt. Also navigieren Sie zu dem Ordner.

Sie wissen, daß der Ordner «Persönlich» sich auf der Festplatte befindet, also klicken Sie auf das Feld über der Liste und wählen aus dem Aufklappmenü *Robin's Platte* (wahrscheinlich heißt Ihre Festplatte ja anders).

Jetzt sehen Sie in der Liste alle Ordner auf der Festplatte. Finden Sie den Ordner «Persönlich» (vielleicht müssen Sie ein wenig blättern, um an ihn heranzukommen) und doppelklicken Sie auf den Namen, um ihn zu öffnen.

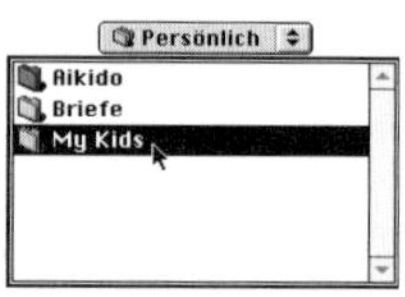

Jetzt befindet sich «Persönlich» in dem Feld über der Liste, und alle Dateien in diesem Ordner sind aufgelistet. Wenn Sie in den Ordner namens «Meine Kids» wollen, doppelklicken Sie auf «Meine Kids», und er öffnet sich.

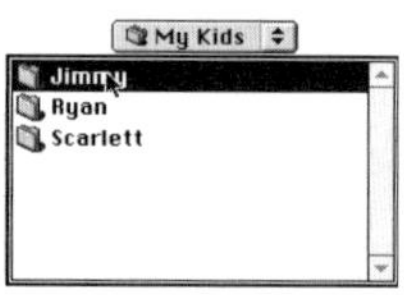

In der Liste von «Meine Kids» finden Sie jetzt den Ordner «Jimmy». Doppelklicken Sie auf «Jimmy», um den Ordner zu öffnen.

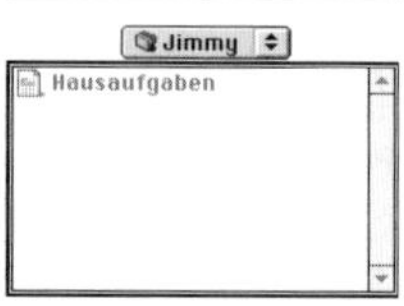

Nun trägt das Feld über der Liste den Namen «Jimmy», und Sie wissen, daß die Datei im Ordner «Jimmy» abgelegt wird, wenn Sie jetzt *Sichern* drücken.

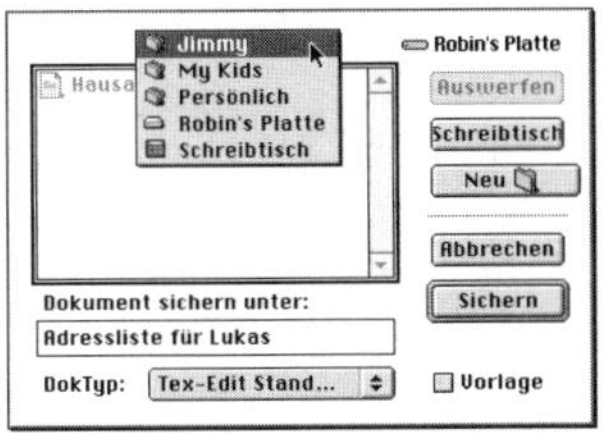

Das ist genauso, als würde man sich durch verschachtelte Ordner auf dem Schreibtisch wühlen. Es sieht nur ein bißchen anders aus.

Dieses Menü zeigt dieselbe Ordner-Hierarchie (Verschachtelung) wie auf dem Schreibtisch.

Navigieren mit Mac OS 8.6

Sichern mit einem **neueren** *Sichern unter…*-Dialogfeld – Zusammenfassung:

Gut. Sie wollen also ein neues Dokument in einem bestimmten Ordner ablegen. Nehmen wir an, Sie arbeiten mit Ihrem Sohn Jimmy an einer Adressenliste für seine Rock-Band Lukas. Sie erstellen die Adressenliste mit der Datenbank in ClarisWorks. Sie haben das Programm durch Doppelklick auf das Programmsymbol von ClarisWorks (oder AppleWorks) gestartet. Nun wollen Sie das Dokument in dem Ordner namens Jimmy ablegen, den Sie bereits erstellt haben.

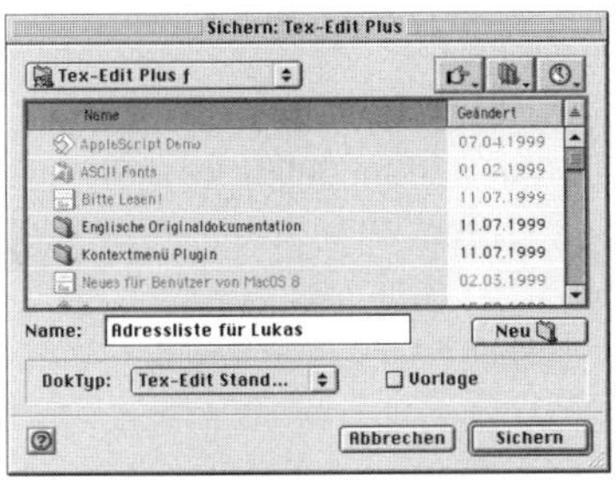

Wenn Sie die Adressenliste für Lukas speichern wollen, öffnet das Dialogfeld *Sichern unter…* gewöhnlich automatisch in dem Ordner, in dem sich ClarisWorks befindet, oder im Ordner Dokumente. *

Sie wollen jedoch die Datenbank auf keinen Fall in diesem Ordner ablegen, sondern in Jimmys Ordner. Wissen Sie noch, wo Jimmys Ordner ist? Genau. Er liegt in «Meine Kids», der sich im Ordner «Persönlich» befindet, der wiederum auf der Festplatte liegt. Also navigieren Sie zu dem Ordner.

** Sie können im Kontrollfeld «Allgemeine Einstellungen» ein wenig beeinflussen, was in den Dialogfeldern «Sichern unter…» und «Öffnen» erscheint. Wenn Sie es nicht schon getan haben, sollten Sie den Abschnitt über Dokumente dazu studieren (Seite 226).*

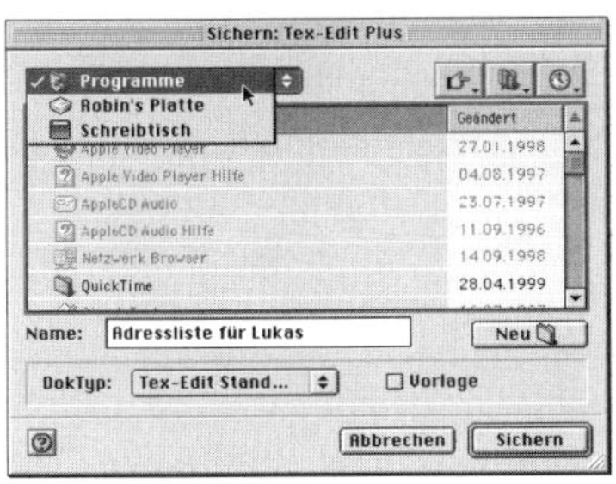

Sie wissen, daß der Ordner «Persönlich» sich auf der Festplatte befindet, also klicken Sie auf das Feld über der Liste und wählen aus dem Aufklappmenü *Robin's Platte* (wahrscheinlich heißt Ihre Festplatte ja anders).

Auf einigen Macs ist die übliche (automatische) Vorgabe für «Sichern unter…», der Ordner Dokumente. Falls Sie das nervig finden, sollten Sie auf Seite 226 nachsehen.

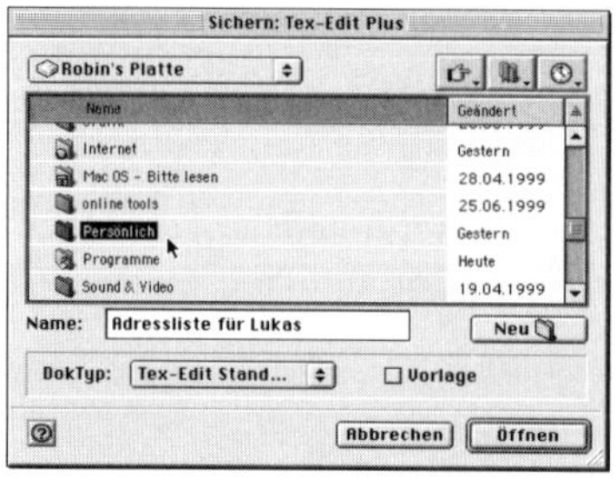

Jetzt sehen Sie in der Liste alle Ordner auf der Festplatte. Finden Sie den Ordner «Persönlich» (vielleicht müssen Sie ein wenig blättern, um an ihn heranzukommen) und doppelklicken Sie auf den Namen, um ihn zu öffnen.

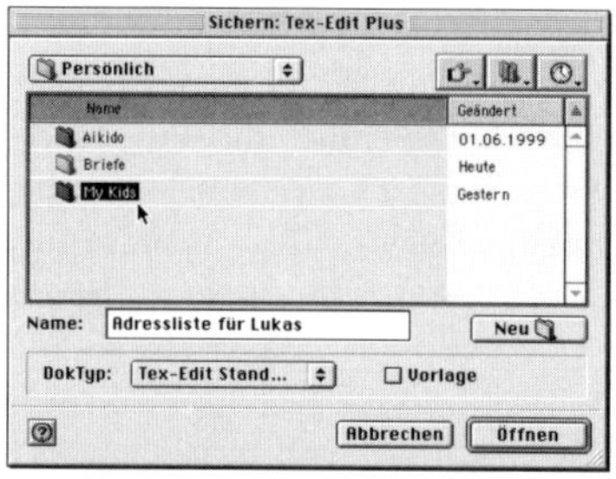

Jetzt befindet sich «Persönlich» in dem Feld über der Liste, und alle Dateien in diesem Ordner sind aufgelistet. Wenn Sie in den Ordner namens «Meine Kids» wollen, dan klicken Sie doppelt auf «Meine Kids», und er öffnet sich.

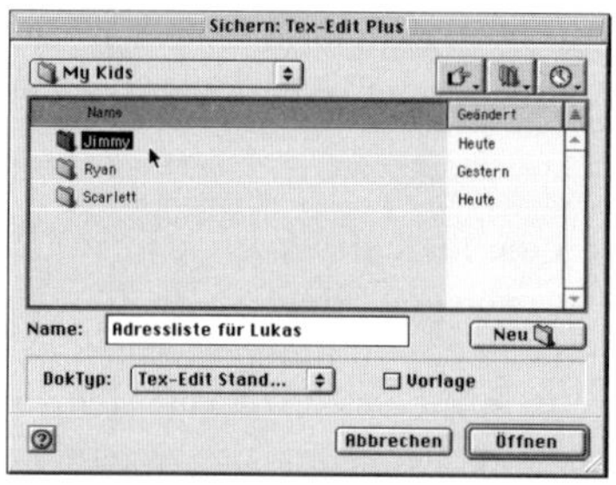

In der Liste von «Meine Kids» finden Sie jetzt den Ordner «Jimmy». Doppelklicken Sie auf «Jimmy», um den Ordner zu öffnen.

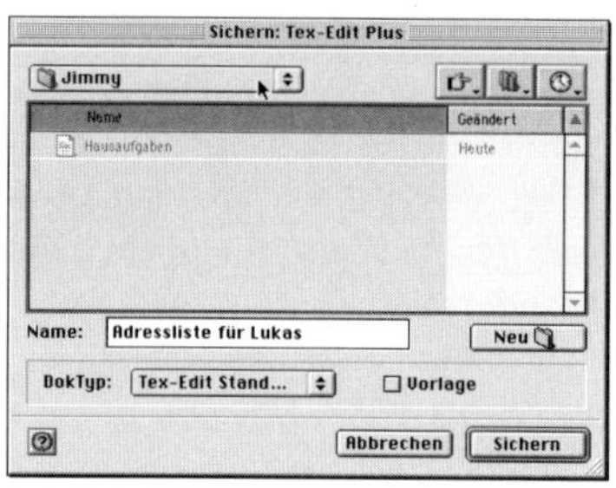

Nun trägt das Feld über der Liste den Namen «Jimmy», und Sie wissen, daß die Datei im Ordner «Jimmy» abgelegt wird, wenn Sie jetzt *Sichern* drücken.

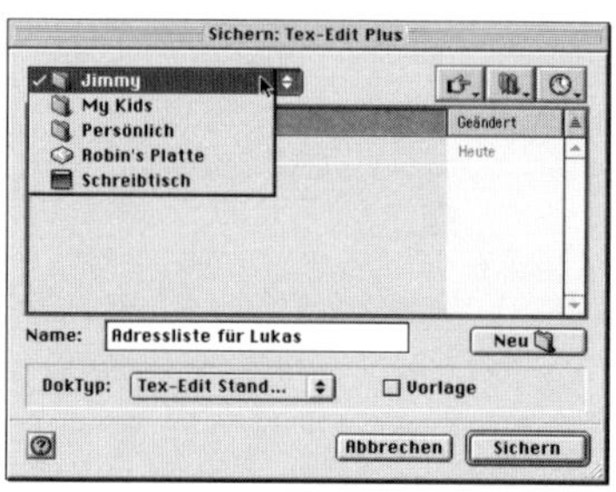

Das ist genauso, als würde man sich durch verschachtelte Ordner auf dem Schreibtisch wühlen. Es sieht nur ein bißchen anders aus.

Dieses Menü zeigt dieselbe Ordner-Hierarchie (Verschachtelung) wie auf dem Schreibtisch.

Navigieren mit Kurzbefehlen

Es gibt eine Reihe von Tastenbefehlen, mit denen es sich leichter durch die verschachtelten Ordnerebenen im Finder hindurch navigieren läßt.

- **In aktiven Fenstern auf dem Schreibtisch:** Wenn Sie Befehlstaste und Aufwärtspfeiltaste drücken, wird das Fenster des Ordners aufspringen, in dem der geöffnete Ordner gespeichert ist. Wenn Sie beispielsweise auf dem Schreibtisch den Ordner Scarlet geöffnet haben, können Sie die Tastenkombination ⌘ - ↑ (Aufwärtspfeiltaste) drücken, um den Ordner Meine Kids zu sehen. Sie können sich so mit Hilfe dieser Tastenkombination bis auf die Schreibtischebene durchnavigieren.

- Um direkt auf die Schreibtischebene zu gelangen, drücken Sie ⌘ - ⇧ - ↑

- **In Dialogfeldern:** Wenn Sie ⌘ - ↑ drücken, wird der Ordner erscheinen, in dem der aktuelle Ordner oder das Dokument gespeichert ist (also eine Stufe nach oben in der Hierarchie). Das Listenfeld wird den nächsthöheren Ordner und alle darin enthaltenen Dateien zeigen. Sie können immer weiter ⌘ - ↑ drücken, bis Sie auf der Schreibtischebene angelangt sind.

- Wenn ein Ordner in der Liste aktiviert ist, drücken Sie den Zeilenschalter oder die Eingabetaste, um ihn zu öffnen (was Sie gleichzeitig in der Ordnerhierarchie eine Ebene tiefer bringt).

- Drücken Sie ↑ oder ↓ , um Dateien in der Liste zu aktivieren.

- Drücken Sie einige Anfangsbuchstaben von Dateien um sie in der Liste zu aktivieren.

- Drücken Sie ⌘ - D, um auf den Schreibtisch zu gelangen, wo Sie angeschlossene Laufwerke oder eingelegte Disketten finden können.

- Drücken Sie ⌘ - ⇥ oder ⌘ - ⇤, um nacheinander die angeschlossenen Laufwerke und Volumes auszuwählen.

- Drücken Sie ⌘ - . (Punkt), um abzubrechen.

- Drücken Sie ⌘ - E, um eine eingelegte Diskette auszuwerfen.

- Drücken Sie den Zeilenschalter oder die Eingabetaste, um den Standardknopf (doppelt gerahmt) zu aktivieren.

- **Im Sichern unter…-Dialogfeld:** Wenn Sie *Sichern unter…* auswählen, öffnet sich das Dialogfenster, und das Eingabefeld, in das Sie den Namen der Datei eintragen, wird automatisch aktiviert. Wenn Sie sofort anfangen zu tippen, während das Wort in dem Eingabefeld (möglicherweise steht da *Ohne Titel*) noch aktiviert ist, oder wenn die blinkende Einfügemarke sichtbar ist, wird alles, was Sie eintippen, in dem Eingabefeld erscheinen.

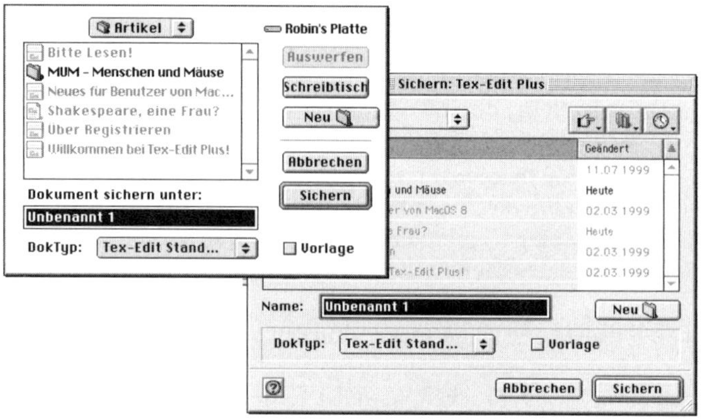

Das Eingabefeld (in das Sie den Namen der Datei angeben) ist aktiviert. Damit wird automatisch der alte Text durch Ihre Eingaben ersetzt. Das heißt, Sie brauchen den vorgegebenen Text nicht erst zu löschen. Fangen Sie einfach an zu tippen!

Aber wenn Sie den Mauszeiger über die Liste führen und auf das Verzeichnis klicken, wird die Liste aktiviert. (Achten Sie auf den doppelten Rahmen.) Wenn Sie tippen, während die Liste aktiviert ist, werden die Buchstaben, die Sie eingeben, die Dateien auswählen, die mit diesen Buchstaben (oder mit dem nächsten Buchstaben im Alphabet) beginnen.

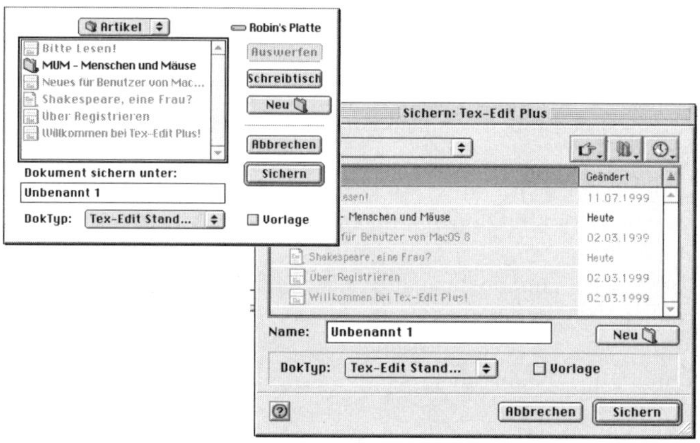

Das Verzeichnis oder die Liste ist aktiviert, wie man an der verdoppelten Rahmenlinie sehen kann. Achten Sie auf den Unterschied zwischen den Listenrahmen in dieser und in der obigen Abbildung.

Toller Tip: *In Öffnen- und Sichern-Dialogen können Sie mit der Tabulatortaste zwischen der Liste und dem Eingabefeld springen.*

Wenn beispielsweise das Eingabefeld aktiviert ist und die Einfügemarke zeigt, Sie aber gern einen Ordner in der Liste auswählen möchten, indem Sie den ersten Buchstaben eingeben, drücken Sie die Tabulatortaste. Wenn Sie den Ordner ausgewählt haben und Ihre neue Datei benennen wollen, drücken Sie noch einmal die Tabulatortaste. Probieren Sie es aus!

21

Zeichensätze

Mittlerweile sind Zeichensatztechnologie und Zeichensatzverwaltung so komplex geworden, daß es darüber mehrere Bücher gibt (u.a. das «Insiderbuch Type Design» von Sean Cavanaugh). In diesem Kapitel beschreibe ich nur die Grundlagen. Es kann aber durchaus sein, daß Sie diese Informationen nicht wirklich benötigen – zumindest nicht im Moment. Wenn mit Ihren Zeichensätzen alles funktioniert, wenn Sie keine Probleme mit dem Ausdruck haben und Sie dieses Kapitel deshalb langweilt, dann überspringen Sie es. Kommen Sie zurück, wenn es Schwierigkeiten gibt, oder wenn Sie **wirklich** etwas über Zeichensätze lernen wollen.

Zeichensätze

In der computerisierten Welt bezieht sich der Begriff **Schriften** auf **Schriftarten**, also **Zeichensätze**. Technisch und traditionell gesehen bedeutet Schrift etwas anderes, aber das lassen wir jetzt beiseite, sonst wird es zu verwirrend. Häufig wird auch noch der Begriff **Font** verwendet – auch er bedeutet letztlich Zeichensatz.

■ Technologien

Im Moment gibt es zwei grundlegende Schrifttechnologien auf dem Macintosh: PostScript und TrueType. Zunächst werde ich Ihnen etwas über die Unterschiede zwischen PostScript und Nicht-PostScript-Druckern erzählen, damit die Informationen über die Zeichensätze mehr Sinn ergeben. Bevor Sie weiterlesen, wollen wir deshalb klären, ob Sie einen PostScript-Drucker haben oder nicht.

PostScript-Drucker

PostScript ist eine Seitenbeschreibungssprache der Firma Adobe, die es Druckern erlaubt, Schriftzeichen und Graphiken regelrecht zu zeichnen. Um eine PostScript-Schrift darzustellen, erzeugt der Computer mit Hilfe von mathematischen Formeln eine Umrißlinie – eine sogenannte Outline – der einzelnen Schriftzeichen. In der Randspalte finden Sie ein Beispiel für eine derartige Umrißlinie bzw. Outline des Buchstabens «R» eines bestimmten Zeichensatzes.

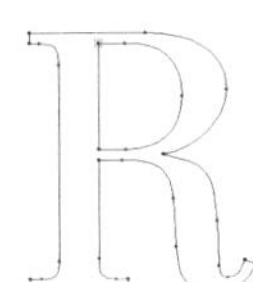

Das ist ein Beispiel einer PostScript-Outline.

Drucker drucken aber keine Umrißlinien oder mathematische Kurven. Sie drucken winzige Punkte in Auflösungen von beispielsweise 600 oder 1200 Punkte pro Zoll (auf englisch dots per inch oder kurz dpi). Je mehr Punkte pro Zoll der Drucker wiedergeben kann, desto sauberer werden die Kurven und Kanten eines Objekts, weil die Punkte kleiner sind und enger nebeneinanderliegen. Hochleistungs-PostScript-Drucker – sogenannte Belichter – drucken sogar bis zu 4.000 Punkte pro Zoll. Damit erreichen sie eine gestochen scharfe Darstellung der einzelnen Schriftzeichen (die Zeichen, die Sie gerade lesen, stammen auch von einem Belichter). Trotzdem können Sie die einzelnen Druckpunkte immer noch sehen, wenn Sie ein Vergrößerungsglas bemühen.

Wenn Sie nun PostScript-Zeichensätze zum Drucker schicken, so bekommt der Drukker keine einzelnen Druckpunkte geliefert, sondern den Umriß der einzelnen Schriftzeichen als mathematische Kurve, eben eine Outline. Und diese Kurve kann er natürlich nicht einfach drucken; er muß sie zuerst in einzelne Druckpunkte umrechnen. Diese Umrechnung übernimmt ein sogenannter PostScript Interpreter im Drucker (manchmal auch Raster Image Processor genannt oder kurz RIP). Dieser Interpreter übersetzt oder rastert die Umrißlinien in Punkte, und zwar abhängig von der Druckauflösung, die der jeweilige Drucker beherrscht. Erst anschließend kann der Drucker die Schriftzeichen auf das Papier oder den Film bringen. PostScript-Drucker sind vor allem deshalb teurer als andere Drucker, weil in ihnen ein eigener kleiner Computer steckt – wenn Ihr (Schwarzweiß-)Drucker um die 1500 DM kostet, dann ist es vermutlich ein PostScript-Drucker. Wenn er 300 DM oder 500 DM kostet, dann ist es definitiv keiner.

Zusammengefaßt ist ein PostScript-Drucker also ein Drucker, in dem ein Computer steckt, der die mathematischen Formeln der PostScript-Seitenbeschreibungssprache interpretieren und in Druckpunkte umsetzen kann.

Nicht-PostScript- bzw. QuickDraw-Drucker

Drucker, die kein PostScript verstehen, werden **Nicht-PostScript-Drucker** oder auch **QuickDraw-Drucker** genannt.

Was heißt das? Alle Bilder, die Sie auf dem Bildschirm des Macintosh sehen, werden mit Hilfe einer Programmiersprache namens QuickDraw dargestellt. Ein QuickDraw- oder Nicht-PostScript-Drucker hat keinen eigenen Computer in sich und kann deshalb nur das wiedergeben, was auf dem Bildschirm zu sehen ist – daher der Name QuickDraw-Drucker. Der Epson Stylus, der HP DeskWriter oder die Apple StyleWriter sind alles keine PostScript-Drucker. Ein Farbdrucker für weniger als ein paar Tausend ist vermutlich ebenfalls kein PostScript-Drucker.

Verstanden? Dann wissen Sie jetzt, welche Art Drucker Sie bei sich stehen haben, und wir können zu den etwas komplizierteren Sachverhalten übergehen.

Wie erwähnt, begegnen Ihnen am Mac zwei verschiedene Arten von Zeichensatztechnologien: **PostScript** und **TrueType**. Wir besprechen jede eigens. Ich werde Ihnen dabei Vorschläge machen, welche der beiden Sie bevorzugt verwenden sollten und wozu. (Vergessen Sie nicht, daß Sie das alles überspringen können, bis der Tag kommt, an dem Sie das verstehen wollen und müssen – oder auch nicht.)

PostScript-Zeichensätze

Humana Sans

Bildschirmschriften liegen normalerweise in Koffern. Sie werden für die Bildschirmdarstellung und die Schriftverwaltung benötigt.

Jeder **PostScript-Zeichensatz** besteht aus zwei Teilen. Es gibt zunächst einen **Bildschirmzeichensatz**, also einen Zeichensatz, der nur für die Darstellung auf Ihrem Bildschirm verwendet wird. Jedes Schriftzeichen wird dabei aus einzelnen Bildpunkten in der Auflösung des Monitors aufgebaut (das sind 72 Bildpunkte pro Zoll). Jeder Bildpunkt kennt dabei lediglich zwei Zustände: sichtbar oder unsichtbar. Aus den sichtbaren Bildpunkten entsteht schließlich das Schriftzeichen. Diese grafische Technik wird auch als Bitmap bezeichnet und der Zeichensatz dementsprechend als Bitmap-Zeichensatz. Über den Bildschirmzeichensatz verwaltet der Mac die PostScript-Schriften. In den Schriftmenüs wird zum Beispiel immer der Name der jeweiligen Bildschirmschrift angezeigt und nicht der Name der dazugehörigen Druckerschrift. Bildschirmschriften werden normalerweise in kleinen Koffern abgespeichert, sie können allerdings fast überall abgelegt werden.

Der zweite Teil einer PostScript-Schrift ist die **Umrißschrift**, in der Fachsprache der Setzer und Grafiker auch als **Outline-Schrift** oder **Konturschrift** bezeichnet. Dieser Zeichensatz ist für den Drucker bestimmt. Er enthält eine mathematische Beschreibung des Umrisses einer Schrift, die zunächst von der Auflösung des Druckers unabhängig ist. Erst wenn der Drucker mit seinem eingebauten PostScript-Interpreter den Umriß für den Druck aufbereitet, entstehen einzelne Druckpunkte daraus.

Die Outline einer PostScript-Schrift ist der Teil, den der PostScript-Drucker liest und mit dem er druckt.

Stellen Sie es sich so vor: Auf dem Bildschirm und in Ihren Schriftmenüs sehen Sie immer die Bitmap-Schrift. Wenn die Seite an den PostScript-Drucker geschickt wird, dann meldet der Drucker: «Oh, das ist eine Bitmap-Schrift, die für den Bildschirm gedacht ist, und deshalb nicht schön druckt. Ich suche besser mal nach der Outline dieser Schrift, die kommt erheblich schöner.» Er findet den Outline-Zeichensatz dieser Schrift, lädt ihn in seinen Speicher, rastert den Umriß in Druckpunkte und füllt dann diesen Umriß mit schwarzen Punkten vollständig aus, so daß eine normale Schrift entsteht. Der Outline-Zeichensatz wird deshalb oft **Druckerschrift** genannt – einfach weil es der Teil des Zeichensatzes ist, den der Drucker benötigt.

Wenn Sie einen PostScript-Drucker haben und PostScript-Schriften verwenden, dann ist es eigentlich ziemlich egal, wie Ihre Buchstaben auf dem Bildschirm aussehen.

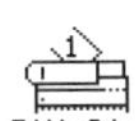

Druckerschrift-Icons (wie oben gezeigt) können unterschiedlich aussehen, je nachdem von welchem Hersteller sie stammen.

- Das Zeichen kann auf dem Bildschirm so aussehen: **Q**
- aber gedruckt wird es so: Q

Darum wird die Bitmap-Schrift auf dem Bildschirm verwendet, aber der Drucker berechnet die Zeichen aus der Konturschrift.

(Wenn Sie eine PostScript-Schrift auf einem QuickDraw-Drucker ausdrucken, kann der Drucker den Druckerzeichensatz natürlich nicht verwenden – er kann ja kein PostScript. Er muß deshalb den Bitmap-Zeichensatz verwenden, was bedeutet, daß der Ausdruck genauso krumm und treppig aussieht wie die Bildschirmdarstellung. Es sei denn, Sie haben den Adobe Type Manager installiert, der in der Lage ist, PostScript für einen QuickDraw-Drucker zu übersetzen. Aber dazu kommen wir später noch ausführlich.)

Folgende Bezeichnungen werden Ihnen im Zusammenhang mit PostScript-Schriften begegnen:

- Alle PostScript-Zeichensätze werden auch als Konturzeichensätze oder Outline-Zeichensätze bezeichnet.
- Alle PostScript-Zeichensätze sind skalierbar, das heißt, daß ihre Größe beliebig verändert werden kann ohne daß der Ausdruck an Qualität verliert.
- Fast alle PostScript-Zeichensätze tragen die Bezeichnung Type 1 Zeichensatz (manche sind allerdings auch Type 3).

Woraus besteht ein Zeichensatz?

Wenn Sie PostScript-Zeichensätze kaufen, bekommen Sie beide Teile: Sie erhalten einen Koffer, der die Bildschirmschriften enthält, und zusätzlich je eine Druckerschrift für jeden Schriftstil. Wenn Sie beispielsweise die Bildschirmschriften Bookman, BookmanLightItalic, BookmanDemi und BookmanDemiItalic in Ihrem Schriftkoffer haben, dann benötigen Sie auch vier Druckerzeichensätze, einen für jeden dieser Schriftstile. Wie Sie sie installieren, finden Sie im Abschnitt «Schriften installieren» ab Seite 143.

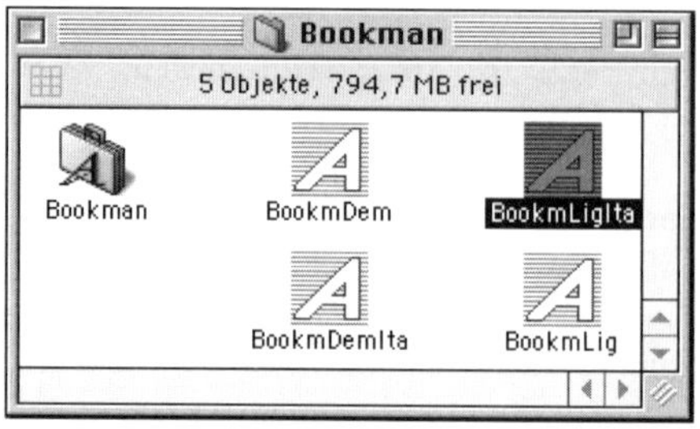

Dieser Ordner enthält die Bildschirmschriften (im Koffer) und die Druckerschriften.

Im Koffer sind die vier Bildschirmschriften, die unten abgebildet sind.

*Bildschirmschriften haben immer eine Zahl im Namen (die Punktgröße). Das ist ein **visueller Hinweis** darauf, daß das Icon eine Bildschirmschrift repräsentiert (auch Festgrößen-Schrift genannt).*

TrueType-Zeichensätze

TrueType-Zeichensätze wurden von Apple entwickelt und sind ebenfalls Konturschriften, allerdings wird für den Umriß ein anderes mathematisches System verwendet als bei PostScript. TrueType-Zeichensätze sind ebenfalls skalierbar und können auf jede Größe gebracht werden. TrueType ist aber nicht identisch mit PostScript!

Das ist das Icon eines TrueType-Zeichensatzes.

So sieht die TrueType-Schrift Helvetica auf dem Bildschirm aus.

Bei einer TrueType-Schrift befinden sich die Bildschirm- und die Druckerinformationen in einer einzigen Datei. Sie benötigen also nicht für jeden Zeichensatz zwei getrennte Icons wie bei PostScript-Zeichensätzen. Das bedeutet, daß Bildschirm und Drucker dieselben Informationen benutzen können, wobei der Bildschirm das Aussehen der gedruckten Zeichen auf dem Bildschirm simuliert. TrueType-Schriften sehen auf dem Monitor in jeder Größe gut aus. Sie werden immer mit der Auflösung des Druckers ausgedruckt, egal ob es sich dabei um einen PostScript- oder um einen QuickDraw-Drucker handelt. Wenn Sie also einen Apple StyleWriter mit einer Auflösung von 360 Punkten pro Zoll benutzen, wird Ihre Schrift auch mit 360 Punkten pro Zoll gedruckt. Die Schrift sieht auf dem Bildschirm und dem Papier gleichermaßen gut aus.

Es hört sich also fast so an, als wäre TrueType besser als PostScript, nicht wahr? Nun ja, in manchen Fällen ist es tatsächlich so, aber in manchen auch nicht. Lassen Sie mich zunächst den Adobe Type Manager erklären, dann kann ich Ihnen ein paar Vorschläge zur optimalen Kombination von Schrifttechnologien und Druckern machen.

Adobe Type Manager (ATM)

Der **Adobe Type Manager** ist ein kleines Hilfsprogramm (ein Utility in der Sprache der Power User), das auf Ihrem Computer automatisch mit dem Mac OS 8.0 (und höher) installiert wird. Es stellt PostScript-Schriften auf dem Bildschirm genauso schön dar wie TrueType-Schriften und ermöglicht sogar einen glatten, hochwertigen Ausdruck auf Nicht-PostScript-Druckern.

Der Adobe Type Manager wird normalerweise kurz **ATM** genannt. ATM benutzt die Druckerschrift (Outline) der PostScript-Zeichensätze. Er rastert den Umriß (das heißt, er verwandelt ihn in Punkte) und zeigt ihn auf dem Bildschirm an. Im Grunde genommen macht ATM das gleiche wie der PostScript-Drucker, aber anstatt das Ergebnis sofort auf Papier auszugeben, wie das der Drucker machen würde, gibt es der ATM auch auf dem Monitor wieder. So erscheinen Ihre PostScript-Zeichensätze auf dem Bildschirm genauso schön wie auf dem Papier.

ATM kann tatsächlich die Outline auch rastern und auf einem Nicht-PostScript-Drukker ausgeben. Das heißt, daß mit ATM Ihr HP DeskWriter glatte Schriftzeichen mit 400 Punkten pro Zoll ausgeben kann, die letztlich genauso gut aussehen, wie Schriftzeichen aus einem PostScript Apple LaserWriter!

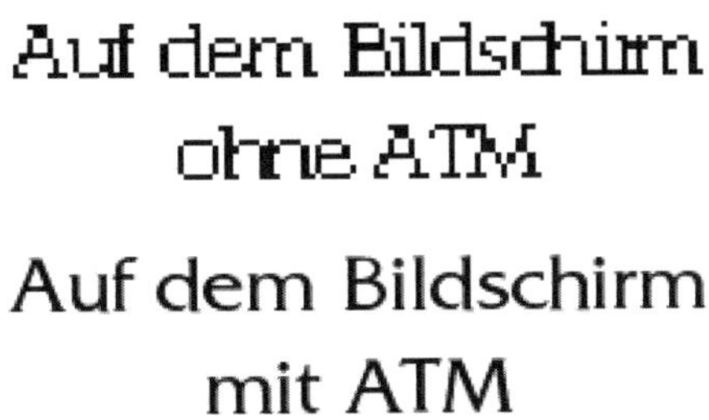

ATM macht einen unglaublichen Unterschied in der Bildschirmdarstellung von PostScript-Schriften. Diese Beispiele sind echte Bildschirmphotos, die Ihnen die Unterschiede zeigen, wie Zeichen mit und ohne ATM auf Ihrem Bildschirm aussehen.

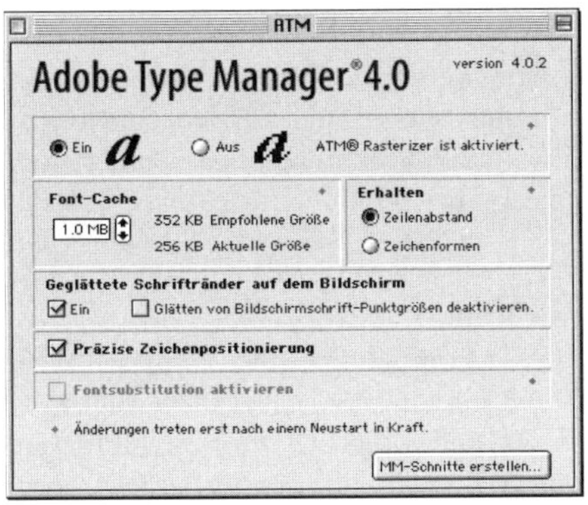

ATM ist ein Kontrollfeld. Es wird automatisch installiert, und Sie müssen nie darüber nachdenken – es sitzt einfach in Ihrem Kontrollfelder Ordner und tut, was von ihm erwartet wird.

***Tip:** Falls Sie je Schwierigkeiten beim Drucken von Dokumenten mit vielen Schriftarten oder beim Drucken von extrem großen Zeichen einer Schrift haben, dann öffnen Sie das Kontrollfeld und erhöhen Sie die Größe des Font-Cache auf ungefähr 1,0 MB. Wenn Sie das Problem haben, daß der untere Teil Ihrer Zeichen auf dem Bildschirm abgeschnitten wird, wie zum Beispiel in Photoshop, dann wechseln Sie bei der Option «Erhalten» von «Zeichenabstand» auf «Zeichenformen».*

Wenn Sie «~ATM» nicht bei Ihren Kontrollfeldern finden (es ist normalerweise der unterste Eintrag), benutzen Sie Sherlock, um herauszufinden, ob Sie ATM irgendwo auf Ihrem Mac haben. Wenn Sie es finden, legen Sie es in den Kontrollfelder Ordner und starten Sie

Ihren Mac neu. Wenn Sie aus irgendeinem Grund ATM nicht haben, dann können Sie es von Adobe bekommen. Es wird normalerweise mitinstalliert, wenn Sie irgendein Produkt von Adobe installieren; Sie können es aber bei Adobe auch gegen Zahlung der Portokosten bestellen.

TrueType oder PostScript?

Mit **TrueType** erhalten Sie schöne glatte Zeichen auf dem Bildschirm und schöne glatte Zeichen auf PostScript- und Nicht-PostScript-Druckern. **PostScript**-Zeichensätze *kombiniert mit ATM* ergeben das gleiche. Welche Art von Zeichensätzen sollen Sie also verwenden?

Es ist möglich, beide Technologien auf einem Gerät und sogar innerhalb eines Dokuments zu benutzen, wenn Sie folgende Regel beachten:

Benutzen Sie niemals TrueType- und PostScript-Zeichensätze mit dem gleichen Namen! Das heißt beispielsweise, daß Sie nicht TrueType Times und PostScript Times auf Ihrem Mac haben sollten. Ich komme später nochmals darauf zurück (Seite 146).

Hier einige Vorschläge für die beste Kombination von Zeichensatztechnologie und Drucker.

- QuickDraw-Drucker

Wenn Sie einen QuickDraw-Drucker haben (DeskWriter, DeskJet, StyleWriter, Stylus, usw.), dann werden Sie mit **TrueType** wundervolle Zeichen auf dem Bildschirm und auf dem Papier sehen. Wenn Sie bereits TrueType-Schriften haben, die mit Ihrem Computer geliefert wurden, dann können Sie auch dabei bleiben, wenn Sie weitere Zeichensätze kaufen.

Wenn Sie einen QuickDraw-Drucker haben, dann werden Sie mit der Kombination **ATM** und **PostScript-Zeichensatz** ebenfalls wundervolle Zeichen auf dem Bildschirm und auf dem Papier sehen. Wenn Sie bereits PostScript-Schriften haben, dann sollten Sie weiter in PostScript-Zeichensätze investieren. Es gibt momentan viel mehr Schriftarten in PostScript als in TrueType.

Vergessen Sie nicht, daß TrueType und ATM sich nur um Schriftzeichen kümmern, nicht um Grafiken! Viele Grafiken benutzen PostScript, und wenn Sie einen QuickDraw-Drukker haben, kann Ihnen weder TrueType noch ATM helfen, diese Grafiken auszudrucken. Es wird in jedem Fall die Bildschirmdarstellung verwendet – und das dürfte Ihren Qualitätsansprüchen kaum genügen. Sie können keine glatten Highend-Grafiken auf einem QuickDraw-Drucker ausgeben! Allerdings: Wenn Sie mit Highend-Grafiken arbeiten müssen, dann haben Sie bestimmt keinen QuickDraw-Drucker gekauft.

Wie auch immer, es existiert auch hier eine Reihe von Software-Lösungen. Eine ist StyleScript von InfoWave, eine andere ist BirmyRIP. Sie machen mit PostScript-Grafiken (bzw. EPS-Dateien) das Gleiche , was ATM mit PostScript-Zeichensätzen macht, für nur wenig Geld. Erkundigen Sie sich auf den Internetseiten von www.infowave.com oder bei www.birmy.com. Die Handhabung ist allerdings alles andere als einfach.

■ PostScript-Drucker

Wenn Sie einen PostScript-Drucker haben, dann sollten Sie TrueType ignorieren. Benutzen Sie **ATM** und **PostScript-Zeichensätze**. Einer der Gründe dafür ist, daß der PostScript-Interpreter die PostScript-Zeichensätze perfekt versteht – sie sprechen schließlich die gleiche Sprache. Wenn Sie TrueType verwenden, muß der PostScript Interpreter erst herausfinden, was er damit machen soll. Der Ausdruck dauert oft länger, und manchmal wird eine Datei mit TrueType-Schriften oder gar einer Mischung aus TrueType und PostScript gar nicht gedruckt. Außerdem gilt: Je größer die Punktgröße der Schrift und je höher die Auflösung des Druckers, desto mehr Ärger verursacht TrueType. Meine Empfehlung lautet deshalb:

■ Belichter (Imagesetter)

Wenn Sie Ihre Seiten auf einem **Belichter** (der eine sehr hohe Auflösung hat) ausgeben wollen, dann verwenden Sie generell **kein TrueType**. Belichter mögen wirklich keine TrueType-Schriften – sie verursachen viele Probleme beim Ausdruck. TrueType verlangsamt die Maschine unglaublich, und manchmal blockieren sie den Belichter einfach. Diese 100.000-DM-PostScript-Drucker sind zimperlicher als unsere 1500-DM-Laserdrucker. Sprechen Sie unbedingt mit Ihrem Belichtungsunternehmen, bevor Sie dort mit einem Dokument voller TrueType-Schriften auftauchen.

Schriften installieren

Zeichensätze, egal ob PostScript oder TrueType, müssen in Ihr System geladen werden, bevor Sie sie benutzen können. Ich werde Ihnen jetzt erklären, **wie Sie Zeichensätze installieren**, aber anschließend sollten Sie unbedingt die wichtige Bemerkung am Ende das Abschnittes lesen.

Wenn das Programm-Menü irgendeine geöffnete Anwendung außer dem Finder anzeigt, dann müssen Sie diese erst schließen.

- Bei den neuesten Versionen des Mac OS können Sie Zeichensätze installieren, während ein Programm (wie zum Beispiel Ihr Textverarbeitungsprogramm) geöffnet ist. Allerdings werden die Zeichensätze nicht im Menü erscheinen – zumindest bei den meisten Programmen –, bevor Sie das Programm nicht schließen und erneut öffnen. Es ist also empfehlenswert, alle Programme zu beenden, bevor Sie neue Schriften installieren. Sehen Sie dazu im *Programm*-Menü (ganz rechts außen in Ihrer Menüleiste) nach, und vergewissern Sie sich, daß kein anderes Programm außer dem Finder aufgelistet ist. Falls das doch der Fall sein sollte, dann wählen Sie das Programm in diesem Menü aus und drücken Sie dann ⌘ - Q.

Der geschlossene Systemordner.

- Stellen Sie sicher, daß Ihr Systemordner geschlossen ist.
- Stellen Sie sicher, daß Sie den geschlossenen Systemordner und die Zeichensätze, die Sie installieren wollen, gleichzeitig sehen.

Wenn Sie Ihre Zeichensätze auf den geschlossenen Systemordner legen, dann werden sie vom Mac hier in diesen Zeichensätze Ordner gelegt.

- Egal, ob Sie einen Schriftkoffer haben oder eine Reihe von Bitmap-Schriften (PostScript oder TrueType), markieren Sie sie und ziehen Sie sie auf den geschlossenen Systemordner. Sobald der Systemordner hervorgehoben wird, lassen Sie die Zeichensätze los. Es wird eine Meldung gezeigt, in der Sie gefragt werden, ob der Mac die Schriften da ablegen soll, wo sie hingehören. Natürlich möchten Sie das.
- Wenn Sie PostScript-Zeichensätze installieren, suchen Sie als nächstes nach den Druckerschriften und ziehen diese auch auf den Systemordner. Der Mac legt sie dann in den Zeichensätze-Ordner. Sie können eine Kombination von Bildschirm-, Drucker- und TrueTyp-Schriften gleichzeitig auf den Systemordner legen, und der Mac wird automatisch jede dorthin legen, wo sie hingehört.

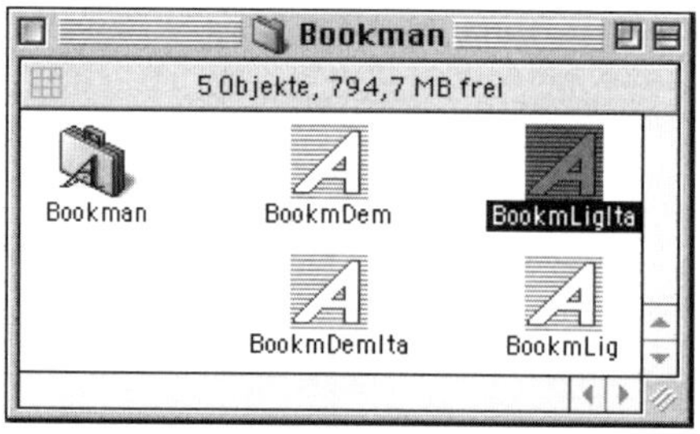

Wenn Sie PostScript-Zeichensätze installieren, müssen Sie alle diese Objekte auf den Systemordner legen, um diese Schriften zu installieren – eine Druckerschrift für jede Bitmap-Schrift im Koffer.

Wenn Sie TrueType -Zeichensätze installieren, werden Sie nur ein Icon pro Zeichensatz benötigen. Zum Beispiel sind Times New Roman, fett, fett-kursiv und kursiv vier verschiedene Schriften und damit vier Icons.

Ignorieren Sie die AFM-Dateien.

- Wenn Sie eine AFM-Datei (Adobe Font Metrics) haben, ignorieren Sie sie. Installieren Sie diese Datei nirgends auf dem Mac. Speichern Sie die Datei auf einer Diskette, für den sehr seltenen Fall, daß Sie sie brauchen. Die Datei enthält Informationen über die Metrik oder Zurichtung einer Schrift (das sind spezielle Feinheiten im Aussehen einer Schrift). Falls die Datei tatsächlich einmal benötigt wird, so wird Ihnen Ihr Programm das mitteilen.

Heben Sie immer eine aktuelle Version eines Zeichensatz-Downloaders auf.

- Sie finden vielleicht so etwas wie ein Font Downloader-Programm auf einer Diskette mit Schriften. Wenn Sie nicht schon einen Downloader in irgendeinem Ordner haben, dann kopieren Sie ihn auf Ihre Festplatte (aber nicht in den Systemordner!). Dann haben Sie ihn zur Verfügung, wenn der Tag kommt, an dem Sie wissen,wozu er gut ist.

Wichtige Bemerkung

Was ich jetzt beschrieben habe, ist der einfache Standardweg, wie man Zeichensätze installiert – also das, was Sie auch sonst in allen Magazinen und Büchern über den Mac lesen: «Ach, legen Sie einfach die Schriften auf den geschlossenen Systemordner.» Das ist aber nicht die ganze Wahrheit. Wenn Sie sich eine Schriftsammlung zulegen, so sollten Sie bewußt und planmäßig an die Sache herangehen, sonst verlieren Sie schnell den Überblick und versinken in einem unentwirrbaren Schriftenchaos. Wenn Ihre Schriftensammlung wächst und Sie mit großen Mengen an Schriften umgehen müssen, dann benötigen Sie unbedingt ein Schriftverwaltungsprogramm. Sie sollten auf keinen Fall alle Schriften im Systemordner aufbewahren! Wenn Sie mit fünf oder auch zehn Zeichensatzfamilien umgehen, geht das noch ohne Probleme. Aber wenn es mehr werden, benötigen Sie für die Verwaltung der Schriften, für das Hinzuladen von benötigten und regelmäßiges Entfernen von momentan nicht benötigten Schriften unbedingt die Unterstützung eines Schriftverwaltungsprogramms. Sie müssen sich entweder Adobe Type Manager Deluxe (das ist etwas anderes als der reguläre ATM), Suitcase, Font Reserve oder MasterJuggler kaufen und den Umgang damit erlernen.

Hinweis: Die folgende Information betrifft Sie, wenn Sie PostScript-Zeichensätze und ATM benutzen – egal, ob mit einem PostScript- oder einem QuickDraw-Drucker.

Druckereigene Zeichensätze

PostScript-Drucker verfügen über ein sogenanntes ROM (read-only memory: Nur-Lesespeicher). Damit ist ein Speicher gemeint, der nur gelesen werden kann, und in den Sie nichts hineinkopieren können. In diesem ROM-Speicher liegen wichtige Informationen, die der Drucker für den laufenden Betrieb benötigt, sowie die Druckerschrift-Informationen für die Standard-Laserdrucker-Schriften: Avant Garde, Bookman, Courier, Helvetica, Palatino, New Century Schoolbook, Times, Zapf Chancery, Symbol und Zapf Dingbats. Diese Schriften sind im Drucker zu Hause (der Power User sagt, die Schriften sind resident im Drucker). Wenn Sie einen PostScript-Drucker kaufen, bekommen Sie eine Diskette mit den dazugehörigen Bildschirmschriften, damit Sie diese auf Ihrem Mac installieren können. Wann immer Sie mit einer dieser Schriften drukken, sucht der Drucker zuerst in seinem eigenen ROM nach den Druckerschriften. Findet er dort die passende, so verwendet er sie auch für den Ausdruck.

Wenn Sie PostScript-Zeichensätze und ATM benutzen, werden Sie vielleicht bemerken, daß der ATM diese festen Standardschriften nicht auf dem Bildschirm anzeigen kann – sie sehen immer noch rauh und krakelig auf dem Bildschirm aus. Und obwohl die Schriften auf einem PostScript-Drucker glatt gedruckt werden, werden sie auf einem QuickDraw-Drucker genauso krakelig gedruckt wie sie auf dem Bildschirm erscheinen. Wie kommt das, wenn doch der ATM installiert ist? Nun, Sie erinnern sich daran, daß der ATM die Druckerschrift (die Konturschrift) benutzt, um die Schriftzeichen auf dem Bildschirm anzuzeigen. Aber ATM kann die Druckerschriften für diese Standardlaserschriften nicht finden, weil sich diese im ROM des PostScript-Druckers befinden und nicht in Ihrem Zeichensatz-Ordner! Wenn Sie diese Schriften schön auf dem Bildschirm sehen wollen, oder wenn Sie sie auf einem QuickDraw-.Drucker ausdrucken möchten, müssen Sie die Druckerschriften von Adobe kaufen. (Ich persönlich würde das Geld aber lieber für andere Schriften ausgeben.)

So sieht Palatino
auf dem
Monitor aus.

PostScript Palatino sieht auf dem Bildschirm auch dann schrecklich aus, wenn Sie ATM installiert haben, weil ATM die druckereigene Schrift nicht finden kann.

Auf einem Nicht-PostScript-Drucker wird Palatino oft genauso schlecht aussehen wie auf dem Bildschirm.

So wird Palatino
auf einem PostScript
Drucker gedruckt.

Um die Dinge noch etwas verwirrender zu machen: Palatino kann auf dem Bildschirm gut aussehen, wenn Sie eine Version von ATM namens SuperATM verwenden. Allerdings wird das, was beim Ausdruck auf dem Papier erscheint, nicht so aussehen wie auf dem Bildschirm.

Hinweis: Die folgenden Informationen betreffen Sie nur, wenn Sie einen **PostScript-Drucker** benutzen.

Zeichensätze mit dem gleichen Namen

Fast alle Betriebssysteme auf dem Mac installieren automatisch die **TrueType-Zeichensätze** Times, Courier, Helvetica und Symbol. Eigentlich können Sie ohne Probleme TrueType-Schriften auf einem PostScript-Drucker ausdrucken, nicht allerdings mit TrueType Times, Helvetica, Courier oder Symbol. Warum? Die meisten Programme rufen Schriften einfach mit deren Namen auf. Wenn ein Dokument an den PostScript-Drucker geschickt und dabei die Schrift Times angefordert wird, dann sucht der Drukker zuerst im eigenen ROM nach einer Konturschrift namens Times. Er findet da natürlich eine (schauen Sie auf der vorherigen Seite nach) – und ignoriert Ihre installierte TrueType Times.

Also kann es passieren, daß Sie TrueType Times auf Ihrem Bildschirm sehen, aber mit PostScript Times ausdrucken. Leider haben die beiden nicht den gleichen Schriftschnitt! Dadurch erhalten Sie beim Ausdruck unter Umständen abweichende Zeichenabstände, Zeilenumbrüche oder auch andere Seitenumbrüche. Wenn Sie einen PostScript-Drucker haben, dann haben Sie aber auch die PostScript-Versionen dieser vier Zeichensätze mit dazubekommen. Entfernen Sie die TrueType-Versionen aller Zeichensätze, die den gleichen Namen haben wie Zeichensätze, die fest in Ihrem PostScript-Drucker installiert sind, und installieren Sie die entsprechenden PostScript-Zeichensätze. Das Hilfsprogramm Downloader besitzt normalerweise einen Menüpunkt, der Ihnen genau sagen kann, welche Zeichensätze fest in Ihrem Drucker installiert sind.

Ist es TrueType oder PostScript?

Wie können Sie feststellen, ob Sie einen **TrueType-** oder **PostScript-Zeichensatz** benutzen? Nun, Sie können sich immer die Icons im Systemordner anschauen, wie auf der nächsten Seite erklärt. Wenn Sie drei «A» auf dem Icon sehen, ist es TrueType. Wenn es zusammengehörige Bitmap- und Druckerschriften gibt, dann handelt es sich um ein PostScript-Set. Aber nehmen wir einmal an, daß Sie momentan in einem Programm arbeiten und sofort an Ort und Stelle wissen wollen, ob Sie eine TrueType- oder PostScript-Schrift vor sich haben.

■ Schriftgröße

Außer in Microsoft Word können Sie über einen **visuellen Hinweis** im Schriftgrößenmenü feststellen, ob Sie TrueType-Schriften benutzen oder nicht.

Haben Sie schon mal bemerkt, daß manche Schriftgrößen im Menü in einer konturierten Schrift aufgelistet werden und manche nicht (siehe nächste Seite)? Das kann bei jedem Zeichensatz anders sein.

Wenn fast alle Größen (bis auf vielleicht die 6- und 8-Punkt-Größen) in der Umrißschrift dargestellt sind (wie nächste Seite gezeigt), dann ist die ausgewählte Schrift eine TrueType-Schrift.

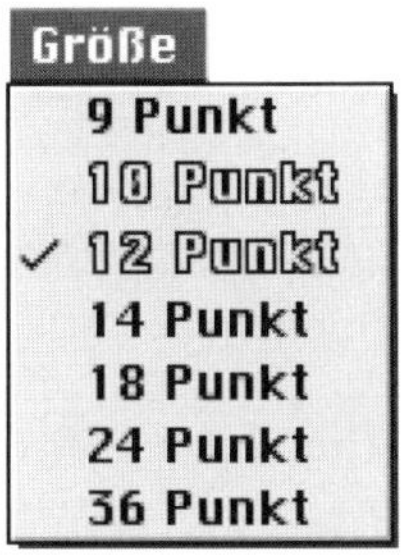

Installierter Zeichensatz mit fester Größe

Wenn nur ein oder zwei der installierten Schriftgrößen im Umriß dargestellt werden (oder wenn die Schriftgrößen 10, 12, 14, 18 und 24 installiert sind), dann ist der ausgewählte Zeichensatz vermutlich ein ***PostScript-Zeichensatz****.*

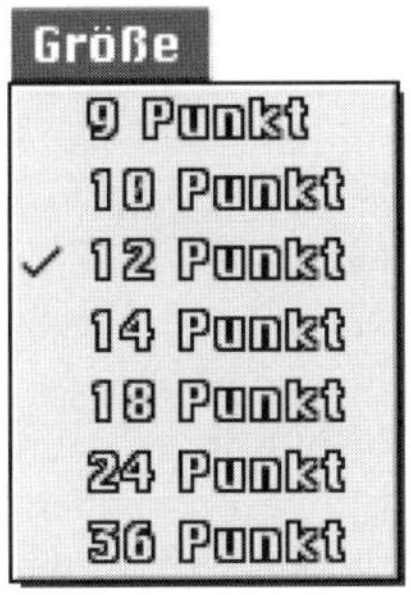

Wenn ***alle*** *Größen im Schriftgrößenmenü im Umriß dargestellt sind, dann ist der ausgewählte Zeichensatz* ***TrueType****.*

Im oben links abgebildeten Beispiel wird durch die konturierte Zahl (10 Punkt bzw. 12 Punkt) angezeigt, daß diese speziellen Schriftgrößen für diesen speziellen PostScript-Zeichensatz im System installiert sind. Erinnern Sie sich an die Zahlen, die am Ende der Namen der Bildschirmschriften auf Seite 140 waren? Schriftzeichen sehen auf dem Bildschirm generell in der Schriftgröße am besten aus, die im Menü als Umriß dargestellt sind. Diese werden dann auch am schönsten auf einem QuickDraw-Drucker gedruckt. Sie können allerdings jede andere Schriftgröße einstellen, und in vielen Programmen können Sie sogar *Andere…* auswählen und eine Punktgröße bis zu 127 oder sogar 650 Punkt eingeben; aber wenn Sie nicht TrueType oder ATM benutzen, werden die Schriften auf dem Bildschirm sehr schräg aussehen, weil der Computer diese Größen hintricksen muß. Je größer die Schrift, desto schlimmer wird sie aussehen. Und wenn die Schrift auf dem Bildschirm furchtbar aussieht, wird sie natürlich auf einem Quickdraw-Drucker auch so gedruckt, weil diese Drucker ohne ATM nur das wiedergeben können, was auf dem Bildschirm zu sehen ist.

■ Überprüfen Sie die Symbole

Sie können auch im Zeichensätze-Ordner im Systemordner nachsehen, ob bestimmte Schriften TrueType sind oder nicht. Dabei können Sie auch überprüfen, welche Größen der Bildschirmschriften installiert sind. Doppelklicken Sie einfach auf den Zeichensätze-Ordner (den Sie im Systemordner finden). Sie können alle Zeichensatz-Koffer öffnen, und die Schriften überprüfen.

- Wenn auf dem Icon drei «A» zu sehen sind, ist es TrueType.
- Wenn auf dem Icon nur ein «A» zu sehen ist, ist es ein Bitmap-Zeichensatz.

Die Symbole von TrueType-Schriften haben drei «A»; Bildschirmschriften haben nur ein «A».

Die Icons mit einem einzelnen «A» haben eine Zahl im Namen, wie beispielsweise Zapf Dingbats 12. Das bedeutet, daß dies die 12-Punkt-Größe einer Bildschirmschrift ist. Um die ganze Sache schön verwirrend zu gestalten, kann die Bitmap-Schrift nun zu einer PostScript-, aber auch zu einer TrueType-Schrift gehören. Woher Sie das wissen können? Sie können es nicht. Wenn Sie zu den Bitmap-Schriften passende PostScript-Druckerschriften (Konturschriften) finden, dann sind die Bitmap-Schriften für den PostScript-Zeichensatz.

Warum sehen Sie beide Icons?

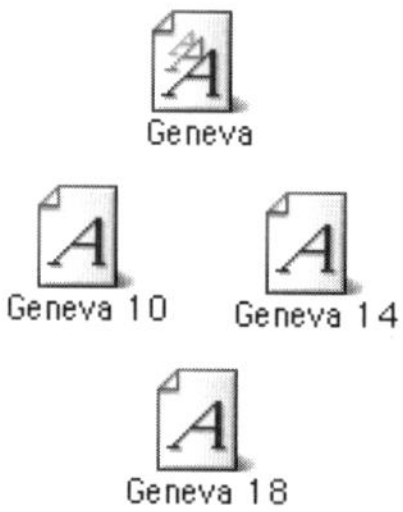

Ich nehme an, Sie wundern sich jetzt, warum Sie neben einer TrueType Geneva auch **Bildschirmschriften** (Bitmap-Schriften) für Geneva 10, Geneva 12 und vielleicht Geneva 18 auf Ihrem System haben. Ja, ich weiß, ich habe Ihnen früher gesagt, daß TrueType die Bildschirm- und Druckerschrift in einem Zeichensatz vereint. Tatsächlich werden die Bitmap-Schriften der Geneva auch nicht unbedingt benötigt. Diese Bildschirmzeichensätze für TrueType Geneva (und alle anderen Bildschirmzeichensätze, die zu einer TrueType-Schrift passen) sind deshalb vorhanden, weil der Mac die Schrift schneller auf den Bildschirm bringen kann, wenn er die fertigen Bildschirmzeichensätze in der entsprechenden Größe verwenden kann, anstatt die TrueType-Technologie zu nutzen, um die entsprechende Größe auszurechnen. Da die meisten Leute 10- und 12-Punkt-Schriftgrößen benutzen, sind diese Bildschirmschriften in der Regel vorhanden, um den Prozeß zu beschleunigen. Mittlerweile sind die Rechner aber erheblich schneller geworden und so können Sie diese Bildschirmschriften von Ihrem System entfernen und werden nie einen Geschwindigkeitsverlust bemerken. Manche TrueType-Schriften werden aber auf dem Bildschirm mit den Festgrößenschriften besser aussehen.

Schriften anzeigen lassen

Wo immer Sie ein TrueType- oder Bildschirmschrift-Icon sehen, können Sie es doppelklicken, um zu sehen, wie die Schrift aussieht. Wenn es sich um eine TrueType-Schrift handelt, sehen Sie die Schriftart in drei Größen. Wenn es eine Bildschirmschrift ist, sehen Sie die Bildschirmschrift in der angegebenen Größe.

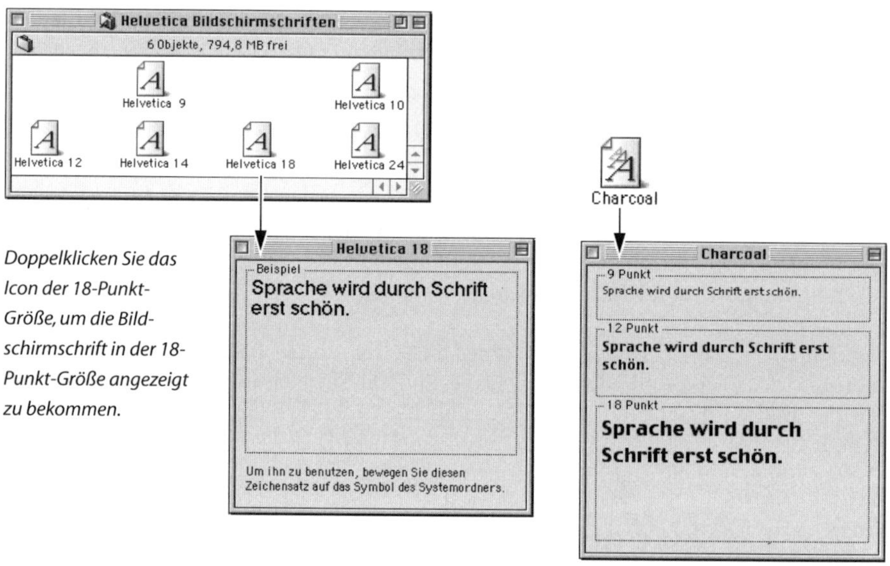

Doppelklicken Sie das Icon der 18-Punkt-Größe, um die Bildschirmschrift in der 18-Punkt-Größe angezeigt zu bekommen.

Doppelklicken Sie das TrueType Icon, um die Schriftart in drei Größen angezeigt zu bekommen.

Zeichensätze ersetzen

Wenn Sie auf einem PostScript-Drucker ausdrucken und die nach Städten benannten Zeichensätze New York, Geneva oder Monaco verwenden, so benutzen viele Programme für den Ausdruck **Ersatzschriften**. Das passiert auch, wenn Sie die entsprechenden TrueType-Zeichensätze verwenden.

Wählen Sie *Seite einrichten...* aus dem Menü *Ablage*, während Sie in Ihrem bevorzugten Programm sind. Die meisten Programme zeigen Ihnen folgendes Dialogfenster an:

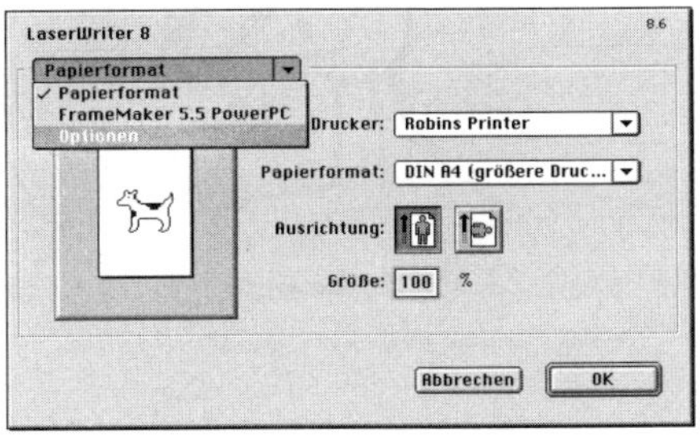

Wählen Sie es aus dem Menü «Optionen» aus (oder klicken Sie auf den Knopf «Optionen»), um dieses Dialogfenster zu erhalten.

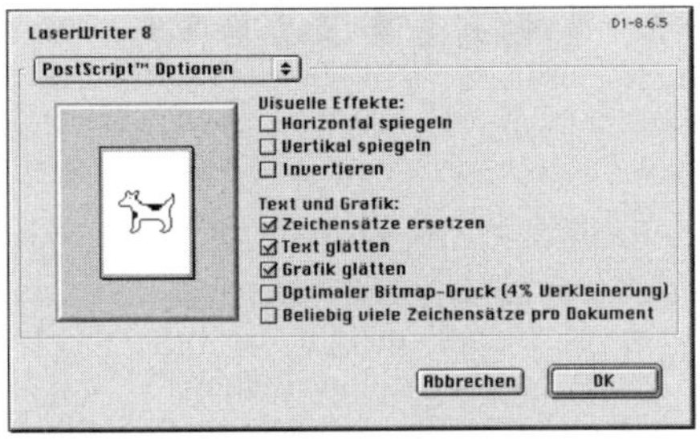

Wenn dieses Feld angekreuzt ist, ersetzt ein PostScript-Drucker bestimmte Zeichensätze.

Sehen Sie das erste Ankreuzfeld *Zeichensätze ersetzen*? in der Rubrik *Text und Grafik*? Dieses Feld ist als Standardeinstellung angekreuzt. Bis Sie es ausschalten, veranlaßt dieses Feld, daß der Drucker bestimmte Zeichensätze ersetzt. Er ersetzt New York durch Times, Geneva durch Helvetica und Monaco durch Courier. Da die nach Städten benannten Schriften für eine niedrigere Auflösung gemacht wurden (sie sind optimal an die Darstellung auf einem Bildschirm angepaßt), brauchen die Wörter in diesen Zeichensätzen mehr Platz. Der PostScript-Ersatz versucht, die Textzeilen gleich lang wie in den Städte-Schriften zu belassen. Um dies zu erreichen, muß mehr Zwischenraum eingefügt werden, um die Zeile aufzufüllen. Haben Sie je feststellen müssen, daß ausgedruckte Seiten mit zuviel Platz zwischen den Wörtern auftauchen? Oder Zahlen, die so aussehen, als ob sie ausgerichtet sein sollten, es aber nicht sind? Oder eine Unterstreichung, die unterbrochen ist? Das ist das Ergebnis, wenn man versucht, einen Zeichensatz mit Städtenamen auf einem PostScript-Drucker zu drucken.

Versuchen Sie es selbst. Schreiben Sie eine Seite, auf der Sie Geneva, New York und Monaco in verschiedenen Absätzen verwenden. Drucken Sie die Seite einmal auf einem PostScript-Drucker wenn *Zeichensätze ersetzen* angekreuzt ist und dann noch einmal, ohne daß das Feld angekreuzt ist. Legen Sie die beiden Seiten nebeneinander und sehen Sie sie sich an.

TrueType Chicago wird dagegen richtig ausgedruckt, weil es keine entsprechende Ersatz- oder gleich benannte Druckerschrift im Drucker gibt.

22

Schreibtisch-programme

Schreibtischprogramme sind kleine praktische Werkzeuge. Sie finden sie im *Apple*-Menü; das ist das Menü mit dem Apfel ganz links in Ihrer Menüleiste. Schreibtischprogramme dienen einzig dazu, Ihnen das Leben leichter zu machen. Es gibt einen netten kleinen Taschenrechner, einen CD-Spieler oder DVD-Spieler, einen Notizblock und andere Dinge, die vielleicht auch auf Ihrem richtigen Schreibtisch stehen. Der Aufruf eines Schreibtischprogramms erfolgt genauso wie der Aufruf jedes anderen Menüpunktes – fahren Sie die Liste hinunter bis der Name des Schreibtischprogramms hervorgehoben wird und lassen Sie dann die Maustaste los. Schreibtischprogramme erscheinen in eigenen Fenstern. Sie können also mit der Titelleiste auf dem Bildschirm verschoben und durch einen Klick in das Schließfeld geschlossen werden. Sie können jedes Schreibtischprogramm starten, während Sie sich in irgendeinem anderen Programm befinden. Schreibtischprogramme sind ein beliebtes Feld von Shareware-Autoren, daher gibt es Hunderte, wenn nicht gar Tausende dieser nützlichen Helferlein als Freeware oder Shareware – so viele, daß Sie vor lauter Schreibtischzubehör gar nicht mehr zum Arbeiten kommen werden.

Bis zu Version 6 des Mac OS (das ist die Kreidezeit des Betriebssystems) diente das *Apple*-Menü ausschließlich dazu, Schreibtischprogramme aufzunehmen. Damals konnten nur Schreibtischprogramme parallel zu normalen Programmen laufen. Heute dagegen, wo wir daran gewöhnt sind, zehn und mehr Programme gleichzeitig offen zu haben, sind Schreibtischprogramme im Grunde ganz normale Programme.

Früher war es also offensichtlich, was ein Schreibtischprogramm ist und was nicht. Jetzt hingegen kann das *Apple*-Menü so ziemlich alles enthalten, was Sie da haben wollen, daher ist nicht alles, was Sie in diesem Menü sehen, ein Schreibtischprogramm im klassischen Sinne. Aber stören Sie sich nicht daran, wenn es Ihnen nicht klar ist, welches eines ist und welches nicht – es spielt eigentlich keine Rolle. Die folgenden Informationen erläutern Ihnen die Schreibtischprogramme, die standardmäßig auf jedem Mac sind – Sie könnten auch noch andere haben.

Rechner

Rechner

Der Rechner ist ein sehr nützliches Schreibtischprogramm. Er funktioniert genauso wie Ihr Taschenrechner (vor ungefähr zehn Jahren), beherrscht aber nur die vier Grundrechenarten. Denken Sie daran: Der Taschenrechner ist ein Fenster. Sie können ihn also über den Bildschirm ziehen wie jedes andere Fenster auch und ihn über das Schließfenster beenden. Benutzen Sie ihn innerhalb irgendeines Programms.

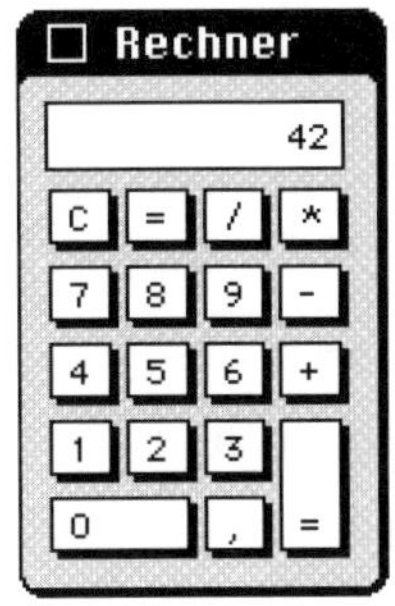

Sie können den Taschenrechner mit der Maus, der Tastatur oder der numerischen Tastatur bedienen. Als Zeichen für die Division verwenden Sie den Schrägstrich (/), für die Multplikation dient Sternchen (*).

Das Ergebnis können Sie wie gewohnt über die Zwischenablage kopieren und in Ihr Dokument einfügen. Etwas irritierend ist jedoch, daß Sie die Zahl im Ergebnisfenster nicht markieren können – das müssen Sie auch gar nicht, denn die Befehle der Zwischenablage beziehen sich immer auf das Display des Taschenrechners.

Natürlich können Sie auch Zahlen aus einem Dokument an den Taschenrechner übergeben, aber dieser kleine Kerl kann noch etwas mehr. Sie können nämlich auch ungelöste Gleichungen übergeben! Das geht so:

- Nehmen wir an, Sie schreiben in Ihrem Textverarbeitungsprogramm eine Rechnung und müssen fürs Finanzamt die Mehrwertsteuer getrennt ausweisen. Mit Ihrem Kunden haben Sie einen Festpreis von sagen wir DM 350,– vereinbart. Nun schreiben Sie in Ihrem Programm die zu berechnende Formel, in unserem Beispiel 350 / 1,16, markieren sie mit der Maus und kopieren sie in die Zischenablage. Wenn Sie diese Formel nun in den Taschenrechner mit dem *Einsetzen*-Befehl kopieren, berechnet er Ihnen gleich das Ergebnis (301,72413793). Das ist doch toll!

- Da sich der Taschenrechner jedoch leider seit den Tagen von Mac OS 6 nicht weiterentwickelt hat, war's das dann auch schon wieder. Denn selbst ein Ausdruck wie 350 – (350 / 1,16) überfordert ihn bereits schon wieder, weil er keine Klammern kennt. Schade eigentlich.

Der Rechner hat also ziemlich eingeschränkte Möglichkeiten, Sie können damit nicht einmal Prozentrechnen. Allerdings hatte die Untätigkeit von Apple auch ihr Gutes: Es gibt unzählige Alternativen von Taschenrechnern auf dem Shareware-Markt. Die kosten wenig bis gar nichts und können alle deutlich mehr als der eingebaute Taschenrechner.

Algebra Graph

Der **Algebra Graph** dagegen ist ein ernstzunehmendes Werkzeug, und das, obwohl er hauptsächlich geschrieben wurde, um die Rechenleistung der PowerPC-CPU zu demonstrieren. Er kann unter anderem Gleichungen grafisch darstellen und 3-D-Bilder einer Gleichung anfertigen und sie rotieren lassen. Wenn Sie bei Ihrer Arbeit einen grafischen Rechner benötigten, dann wissen Sie höchstwahrscheinlich besser als ich, wie Sie den Algebra Graph zu benutzen haben. Aber auch wenn Sie kein Mathematik-Diplom in der Tasche haben, sollten Sie mal einfach nur zum Spaß mit dem Algebra Graph spielen – und es wird Ihr Verhältnis zur Algebra sicherlich verbessern! Und da der Algebra Graph sein eigenes interaktives Lernprogramm mitbringt – Sie finden es im Menü *Beispiele* –, genügt schon ein Minimum an Erinnerung an Ihre Algebra-Stunden. Ein kleines Schmankerl wollen wir Ihnen jedoch nicht vorenthalten: Der Algebra Graph kann nämlich nicht nur Gleichungen mit bis zu drei Unbekannten grafisch darstellen, er kann auch rechnen – und beherrscht im Gegensatz zum Taschenrechner nicht nur die Punkt-vor-Strich-Regel, sondern kann auch mit verschachtelten Klammern, Wurzeln und Potenzen umgehen. Wenn Sie also schnell mal zwischendurch eine Rechnung haben, die den Taschenrechner überfordert, probieren Sie es mit dem Algebra Graph! Der liefert Ihnen das Ergebnis noch während der Eingabe:

$$350-\frac{350}{1{,}16} = 48{,}2759$$

Diese Rechnung ist so einfach, daß sie der Algebra Graph noch während der Eingabe berechnet. Und selbst Potenzen, Quadratwurzeln, Logarithmen oder Sinus- und Cosinus-Funktionen entlocken ihm nicht mal ein müdes Lächeln.

Auswahl

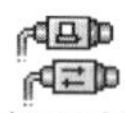

In der **Auswahl** wählen Sie den Drucker aus, den Sie benutzen möchten. Wenn Sie zu Hause oder im Büro immer mit dem gleichen Drucker arbeiten, müssen Sie diesen nur ein einziges Mal vor dem ersten Drucken im *Auswahl*-Programm auswählen. Falls Ihnen jedoch mehrere Drucker zur Verfügung stehen, können Sie für jeden Drucker ein Druckersymbol auf dem Schreibtisch anlegen. Wie das geht und was Sie im einzelnen beachten müssen, habe ich in Kap. «Drucken» ab Seite 89 beschrieben, das sich ausschließlich mit dem Thema Drucken beschäftigt.

AppleCD Audio-Spieler

Seit einigen Jahren gehört das CD-ROM-Laufwerk zum festen Bestandteil jedes Macintosh. Damit können Sie jedoch nicht nur CD-ROMs lesen, sondern genausogut Audio-CDs, also Musik-CDs abspielen. Und zwar sogar parallel zu Ihrer Arbeit! So können Sie Gregorianischen Gesängen lauschen, während Sie Ihre Steuererklärung fürs Finanzamt erstellen. (Aber erzählen Sie das denen bloß nicht – zuletzt streichen die Ihnen noch den Computer.) So sieht der **AppleCD Audio**-Spieler aus:

Klicken Sie hier, um die CD endlos wiederzugeben.

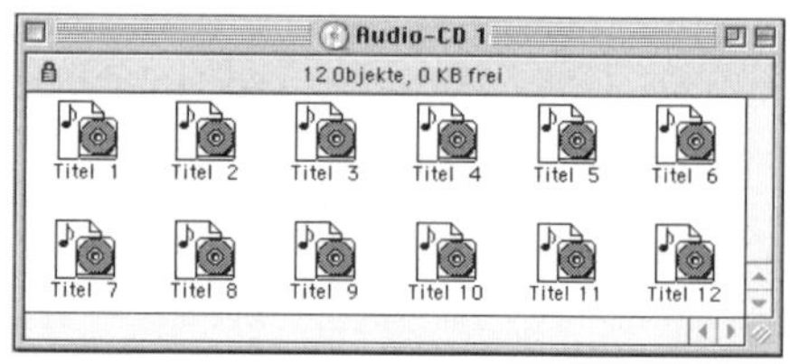

So sieht eine Musik-CD für den Mac aus.

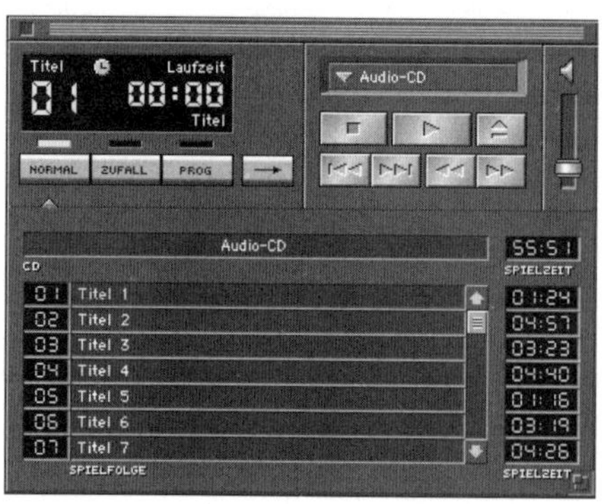

Ein Klick auf das kleine grüne Dreieck läßt die Liste mit allen Tracks ausklappen.

Er funktioniert genauso wie der, den Sie im Wohnzimmer stehen haben, hat aber noch ein paar Tricks auf Lager, die ersteren blaß aussehen lassen: Abgesehen davon, daß er auch seine Farbe ändern kann (wählen Sie Ihre Lieblingsfarbe für Display und Gehäuse im Menü *Optionen*), zeigt er Ihnen nach einem Klick auf das kleine grüne Dreieck unter der *Normal*-Taste eine Liste aller Titel.

Statt der wenig aussagekräftigen Bezeichnungen wie «Titel 1», «Titel 2», usw. können Sie den Titel des Tracks von der CD-Hülle eintragen und oben noch den Namen der CD. Zunächst ist der große Vorteil dieser Zusatzarbeit nicht zu erkennen, und wenn Sie eine Audio-CD nur ein einziges Mal anhören, gibt es auch keinen. Das ändert sich jedoch, wenn Sie Ihre Lieblings-CD das nächste Mal einlegen: *AppleCD Audio* erkennt die CD wieder und zeigt statt der Standardbezeichnungen alle Titel an – nie mehr unbekannte Stücke anhören!

Sie können die Felder für Name und Titel der CD überschreiben. Der Mac erkennt die CD beim nächsten Einlegen wieder und stellt ihren Text dar.

Sie können nach einem Klick auf die «Prog»-Taste Ihre eigene Reihenfolge programmieren. Wenn Sie Ihre Lieblings-CD das nächste Mal einlegen, präsentiert Ihnen der Mac auch wieder Ihre persönliche Reihenfolge.

Wie jeder bessere CD-Spieler bietet *AppleCD Audio* natürlich auch eine Zufalls- und eine Programmfunktion an, die es in sich hat: Wenn Sie auf die *Prog*-Taste klicken, erscheint rechts neben der Trackliste eine zweite leere Liste. In die können Sie die Tracks einfach in der gewünschten Reihenfolge aus der linken Liste per Drag & Drop rüberziehen. (Einmal anklicken und mit gedrückter Maustaste nach rechts ziehen.) Natürlich können Sie jeden Track beliebig oft hintereinander abspielen lassen und sich Ihre ganz persönliche Track-Reihenfolge zusammenstellen. Aber das beste habe ich mir bis zum Schluß aufgehoben: Wenn Sie die CD das nächste Mal wieder einlegen, erscheint zusammen mit den Tracknamen auch Ihre programmierte Reihenfolge wieder. Wow! Wirklich schade, daß man ab und zu eine CD-ROM zum Arbeiten einlegen muß.

Als ob das nicht genug wäre, gibt es noch ein paar Tricks mit dem AppleCD Audio-Programm. Da wir in diesem Kapitel aber noch einige andere Schreibtischprogramme besprechen wollen, müssen Sie die selbst herausfinden. Hier nur soviel: Klicken Sie doch mal auf die kleine Uhr im Display, oder auf den Titel der CD über den Laufwerktasten. Apropos Tasten: Die meisten Laufwerksfunktionen und der Schieber für die Lautstärke lassen sich mit der Tastatur steuern … (Kleiner Tip: Probieren Sie die Pfeiltasten, die Leertaste und drücken Sie auch mal ⌘ - E. Aber erst am Ende der CD.)

■ Einstellungen zum CD-Hören

All diese tollen Funktionen nützen Ihnen aber nichts, wenn sich die CD zwar dreht aber kein Ton aus dem Mac kommt! **Um Musik-CDs anzuhören**, müssen Sie unter Umständen Ihre Einstellungen im Kontrollfeld *Monitore & Ton* ändern. Probieren Sie es zuerst einmal mit der CD:

Legen Sie die CD in das Laufwerk, doppelklicken Sie auf das CD-Icon und doppelklicken Sie dann auf irgendein Musikstück, das Sie sehen. Das oben abgebildete Fenster sollte sich öffnen und Sie sollten Musik hören. Wenn das nicht funktioniert sollten Sie folgendes versuchen:

- Öffnen Sie das Kontrollfeld *Monitore & Ton*:

  Gehen Sie in das *Apple*-Menü, fahren Sie bis zum Punkt Kontrollfelder, fahren Sie nach rechts und wählen Sie *Monitore & Ton*.

- Klicken Sie auf den *Ton*-Knopf oben im Kontrollfeld.

- Wählen Sie CD aus dem Menü *Toneingabe*.

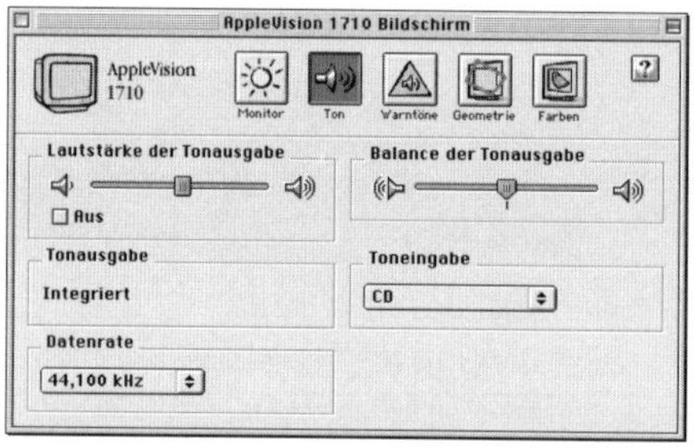

Wenn Sie keinen internen CD-Spieler haben, müssen Sie vielleicht andere Einstellungen wählen. Sehen Sie im «Hilfe»-Menü nach, wenn Sie den AppleCD Audio Spieler geöffnet haben.

- Falls Sie ein *Monitor*-Ankreuzfeld sehen, kreuzen Sie es an.

- Klicken Sie in das Schließfeld (ganz oben links), um das Kontrollfeld zu schließen. Jetzt können Sie Ihre Musik abspielen.

- Wenn es immer noch nicht geht, kontrollieren Sie Ihre Erweiterungen mit dem Kontrollfeld *Erweiterungen Ein/Aus* (Einzelheiten ab Seite 238). Stellen Sie sicher, daß Sie die Erweiterung **CD-Datenformate** aktiviert haben. Falls das Kästchen vor *CD-Datenformate* leer war, dann kreuzen Sie das Feld an, um sie zu aktivieren. Starten Sie Ihren Mac anschließend neu und versuchen Sie es dann noch einmal mit der CD.

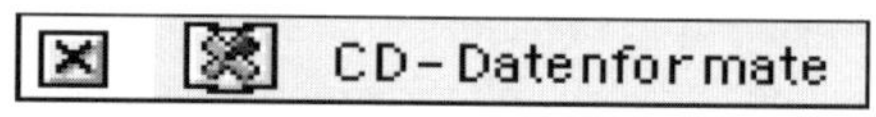

- Sollte es jetzt immer noch nicht funktionieren, müssen Sie noch mal alle Einstellungen überprüfen. Öffnen Sie dazu den *AppleCD Audio*-Spieler und wählen Sie *AppleCD Audio Hilfe* aus dem *Hilfe*-Menü. Es gibt mehrere Einstellungsmöglichkeiten, und die Hilfe kann Ihnen genaue Hinweise für die Einstellungen geben.

Apple DVD-Player

Seit neuestem stattet Apple einige Macintosh-Modelle mit DVD-Laufwerk aus. DVD steht für Digital Versatile Disk und ist das neue, viel bessere, größere, vielseitigere CD-Format (Töne, Video, Daten), das die alte CD schon seit mindestens zwei Weihnachtsverkäufen beerben sollte. Wie es scheint, haben sich die verschiedenen Hersteller aber nun doch auf einen gemeinsamen Standard für die DVD geeinigt, und deshalb wird sie schon bald eine echt tolle Sache sein. Davon haben Sie allerdings nichts, wenn Ihr Mac wie meiner noch kein eingebautes DVD-Laufwerk hat. Statt dessen sehen Sie dann beim Start des *Apple DVD-Player* lediglich die obige Meldung.

Tastatur

Das Schreibtischprogramm **Tastatur** zeigt Ihnen die Verteilung der Zeichen auf der Tastatur für jeden Zeichensatz in Ihrem System. Auf einer Macintosh-Tastatur haben Sie vier verschiedene Sätze von Tasten. Zwei davon kennen Sie schon, doch die anderen beiden kennen nur wenige Leute. Und so entdecken Sie, was wirklich in Ihrer Tastatur steckt:

- Nachdem Sie *Tastatur* geöffnet haben, haben Sie ein neues Menü namens *Schrift*.
- Öffnen Sie das *Schrift*-Menü – es zeigt eine Liste aller Schriftarten, die auf Ihrem System installiert sind.
- Wählen Sie den gewünschten Zeichensatz aus; die Zeichen dieses Zeichensatzes erscheinen dann auf der Tastatur (das sind die Zeichen, die jeder kennt).
- Um die großgeschriebenen Zeichen zu sehen, drücken Sie die Umschalttaste (die kennt auch jeder).
- Um die Zeichen mit der Wahltaste zu sehen, drücken Sie – na? – die Wahltaste! (Da ist ja das Bullet • !)
- Halten Sie die Wahl- und die Umschalttaste gleichzeitig gedrückt, um die zweite Wahltasten-Zeichenebe zu sehen. (Zeichen gibt‘s!)

Verschiedene Schriftarten haben unterschiedliche Zeichen auf der Wahltasten- und der Umschalt-Wahltasten-Ebene – manche mehr, manche weniger. Die meisten der Wahltasten-Zeichen sind aber in allen Zeichensätzen gleich. So finden Sie die Zeichen für Copyright (©, ⌥ - G), Trademark (®, ⌥ - R) und ab Mac OS 8.6 das Euro-Symbol unter der Tastenkombination ⌥ - ⇧ - D. Allerdings nur, wenn es in Ihrem Zeichensatz enthalten ist – in manchen Schriften erscheint statt dessen ein anderes Zeichen, in manchen anderen auch gar nichts. (Aber bis 2002 ist ja noch ein bißchen hin …)

*Auf der **Schweizer Tastatur** haben diese Zeichen einen anderen Platz:*
©: ⌥ – C
®: ⌥ – R
@: ⌥ – G

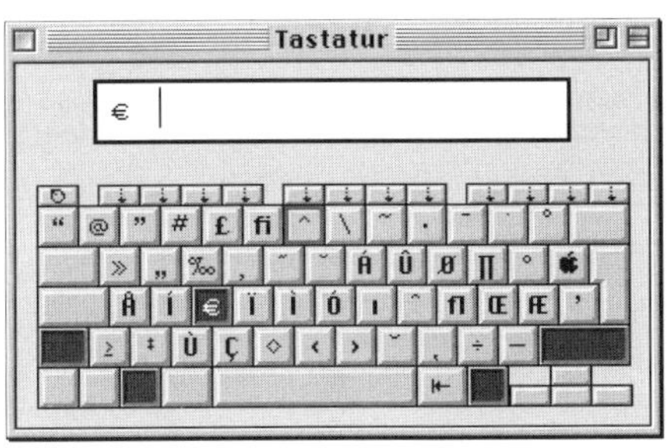

Das ist das Schreibtischprogramm Tastatur – mit dem Euro-Symbol.

Tastatur benutzen

Wenn Sie also bei Ihrer nächsten E-Mail wieder mal das @-Symbol brauchen, suchen Sie nicht lang: Rufen Sie das Tastatur-Programm auf – genau dafür ist es da! Da sämtliche Zeichen der ersten beiden Tastaturebenen (normal und Umschaltebene) ohnehin auf den Tasten aufgedruckt sind, kann es sich eigentlich nur auf der Wahltasten- oder Wahl-Umschalttastenebene befinden. Halten Sie also zuerst nur die Wahltaste (⌥) und anschließend gleichzeitig die Wahl- und die Umschalttaste (⌥ – ⇧) gedrückt, und suchen Sie das @.

Wenn Sie herausgefunden haben, daß das @ unter der 1 ist (genau genommen unter dem Ausrufezeichen), dann können Sie zurück in Ihr Dokument gehen und die Tastenkombination ⌥ - ⇧ - 1 drücken, und schon erscheint das @-Zeichen. (Schweizer Leser finden unter dieser Kombination übrigens das ∞-Zeichen. Das @-Zeichen ist hier fingerfreundlich unter ⌥ - G untergebracht – dafür fehlt das ß.)

Sie können auch ein oder mehrere Zeichen im Tastatur-Programm eintippen und sie dann über die Zwischenablage in Ihr Dokument kopieren (gewünschte Zeichen markieren und *Kopieren* aus dem *Bearbeiten*-Menü wählen). Das oder die Zeichen werden dort eingefügt, wo die Einfügemarke blinkt.

Wenn Sie oft Sonderzeichen brauchen, empfehle ich PopChar Lite. Dieses kleine Utility macht die Eingabe von Sonderzeichen viel bequemer. Sie finden es auf vielen Shareware-CDs oder im Internet unter www.shareware.com.

Das funktioniert allerdings nur reibungslos, wenn Sie in Tastatur den gleichen Zeichensatz gewählt haben, den Sie an der entsprechenden Stelle in Ihrem Dokument verwenden. Sonst wird das Zeichen, wenn Sie es einfügen, das Format (Zeichensatz, Größe, Stil) des Zeichens links neben der Einfügemarke übernommen. (Vergessen Sie nicht, Ihr Textverarbeitungsprogramm meint, Sie tippen selbst.) Denken Sie nur an unser Beispiel mit dem Euro-Symbol: Wenn Sie in Tastatur ein Euro-Symbol im Zeichensatz Chicago eingeben, in Ihrem Dokument aber an dieser Stelle die Zapf Dingbats verwenden, wird das Resultat kaum das gewünschte sein. Falls Ihnen das passiert, dann gehen Sie am besten folgendermaßen vor:

- Suchen Sie in Tastatur das Zeichen, das Sie verwenden wollen.
- Merken Sie sich den Zeichensatz (Menü *Schrift*) und welche Tasten Sie drücken müssen, um das Zeichen zu erhalten.
- Gehen Sie zurück in Ihr Dokument, klicken Sie mit der Einfügemarke dorthin, wo Sie das Zeichen haben wollen, wählen Sie den gewünschten Zeichensatz aus und drücken dann die entsprechenden Tasten, um das Zeichen zu schreiben.
- Können Sie den Apfel () finden?

Lesen Sie außerdem ab Seite 83 für mehr Informationen über Sonderzeichen. Dort erfahren Sie, wie man Akzente über Buchstaben bekommt; da diese in Europa aber gar nicht so selten vorkommen, verraten wir es Ihnen an dieser Stelle ebenfalls.

Wenn Sie beispielsweise etwas mit Ésprit schreiben wollen, erhalten Sie das É ganz einfach: Drücken Sie die ´-Taste bzw. ⌥ – ´ auf schweizer Tastaturen; die Einfügemarke macht keinen Rucks. Anschließend geben Sie auf beiden Tastaturen wie gewohnt das E ein.

- Welche Zeichensätze sind aktiv?

Das Tastatur-Programm ist auch praktisch, um zu sehen, welche Zeichensätze auf einem Mac gerade installiert sind! Wählen Sie einfach *Tastatur* aus dem *Apple*-Menü aus und klicken Sie dann auf das *Schrift*-Menü – es erscheint eine Liste mit allen installierten Zeichensätzen.

Notizblock

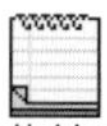
Notizblock

Der **Notizblock** ist ein nettes kleines Programm, um schnell zwischendurch Notizen zu schreiben. Er ist ein guter Platz, um vorbereitete Nachrichten zu speichern, Notizen zu bestimmten Formatierungen eines Dokuments, Erinnerungshilfen, Tastenkürzel, Tips und Tricks, usw. (Ganz toll ist auch ein Liebesbriefchen an Ihren Liebling, wenn er oder sie nach Ihnen an den Mac geht.) Alle Nachrichten im Notizblock werden automatisch gespeichert.

Wenn Sie den Notizblock öffnen, blinkt die Einfügemarke – wie sonst auch – auf Ihrem Mac. Sie können die Rückschrittaste, Ausschneiden, Kopieren, Einfügen, etc. verwenden. Blättern Sie um, indem Sie in die kleine abgeknickte Ecke links unten klicken; klikken Sie in die ganz untere Ecke, um die Seiten rückwärts zu blättern. Wenn Ihnen das zu mühselig ist, können Sie aber auch mit der Tastatur umblättern: ⌘ - Pfeiltaste rechts blättert vor und ⌘ - Pfeiltaste links zurück.

Der Notizblock hat einen Rollbalken auf der rechten Seite. Das ist ein gutes Zeichen, denn es bedeutet, daß Sie mehr Text eingeben können, als auf den sichtbaren Teil der Seite paßt. Sie können allerdings auch Platz gewinnen, indem Sie den Notizblock mit dem Größenänderungsfeld rechts unten bildschirmfüllend aufziehen.

Standardmäßig hat der Notizblock nur acht Seiten. Wenn Ihnen das zuwenig ist, können Sie jedoch beliebig viele zusätzliche Seiten mit dem Befehl *Neue Seite* aus dem *Ablage*-Menü erstellen.

Sie können außerdem markierten Text auf den Schreibtisch oder in ein Fenster ziehen. Auf dem Schreibtisch wird dadurch ein Text-Clip erzeugt, den Sie per Doppelklick auf dem Schreibtisch öffnen können. Sie können jeden Text-Clip jedoch auch in anderen Programmen öffnen; häufig können Sie ihn sogar einfach vom Schreibtisch in eine offene Dokumentenseite ziehen.

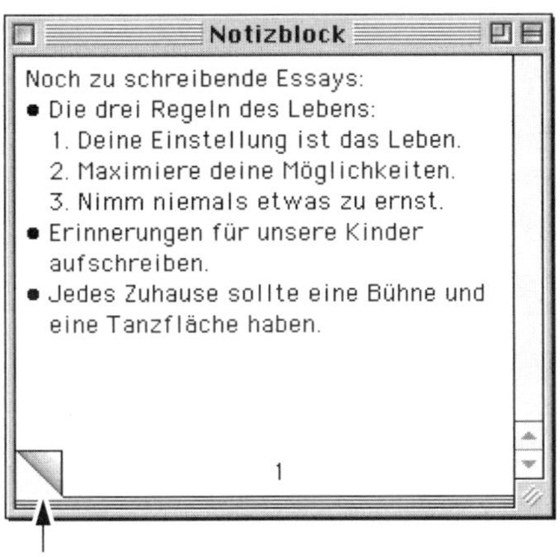

Klicken Sie hier zum Umblättern.

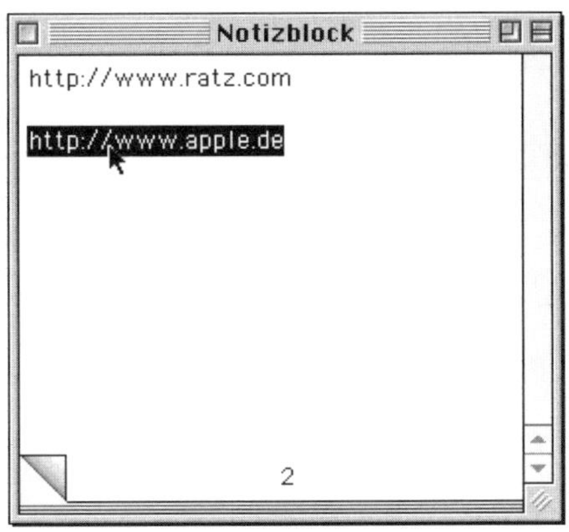

Wenn Sie Text im Notizblock markieren, können Sie ihn dann per Drag & Drop (Anklicken, festhalten und ziehen) an eine beliebige Stelle ziehen. Sobald Sie die Maustaste loslassen, erscheint der Text an dieser Stelle.

Wenn Sie den Text auf den Schreibtisch ziehen, wird ein Text-Clip erstellt (siehe Abbildung links). Doppelklicken Sie auf den Clip, um ihn zu öffnen oder öffnen Sie ihn in einem anderen Programm.

Sie können Text vom Notizblock in fast jedes andere Programm ziehen.

Benennen Sie Text-Clips gleich um, damit Sie wissen was drinsteht!

Sie können eine Liste von Internetseiten in Ihrem Notizblock hinterlassen und diese dann auf die Seite eines Browsers ziehen – ziehen Sie sie direkt auf die Seite selbst und lassen Sie sie los (Ziehen Sie sie nicht in das Adreßfenster, wo Sie normalerweise die Adressen eintragen!).

Puzzle

Das **Puzzle** verhält sich wie ein echtes Puzzlespiel, nur daß Sie es individuell anpassen können.

- Wählen Sie *Puzzle* aus dem *Apple*-Menü. Es erscheint ein neues Menü namens *Optionen* zusammen mit dem vollständigen Puzzle.
- Wählen Sie aus dem *Optionen*-Menü den Punkt *Neues Puzzle*... Sie können nun wählen, ob Sie große, kleine oder mittlere Teile haben möchten. Klicken Sie auf *OK*.
- Lösen Sie das Puzzle.
- Spielen Sie ein bißchen mit dem *Optionen*-Menü herum – sie erklären sich alle von selbst. Ganz witzig ist die Funktion *Puzzle lösen*. Zuerst werden Sie zwar gefragt, ob Sie jetzt wirklich aufgeben wollen, aber danach wird das Puzzle mit einer netten Animation gelöst.

Wollen Sie eine Herausforderung? Versuchen Sie es mit dem Fun Tip, um einen Ihrer Schreibtischhintergründe zu einem Puzzle zu machen!

- Fun Tip!

Öffnen Sie das Album oder das Kontrollfeld mit den Schreibtischhintergründen und anschließend das Puzzle. Ziehen Sie irgendein Bild aus dem Album oder von den Schreibtischhintergründen auf das Puzzle und lassen Sie es los – aus dem Bild wird das neue Puzzle!

- Noch ein Tip!

Schauen Sie sich jedes Bild an, indem Sie es auf das geöffnete Puzzle ziehen! Wählen Sie «Puzzle lösen» oder «Bild zeigen» aus dem «Optionen»-Menü falls das Bild als Puzzleteile angezeigt wird.

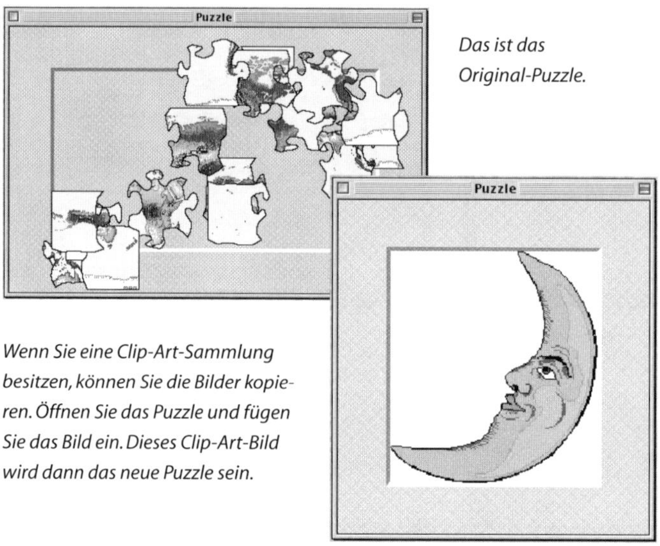

Das ist das Original-Puzzle.

Das ist ein eigenes Puzzle. Kopieren Sie ein anderes Bild in die Zwischenablage und fügen Sie es hier ein.

Wenn Sie eine Clip-Art-Sammlung besitzen, können Sie die Bilder kopieren. Öffnen Sie das Puzzle und fügen Sie das Bild ein. Dieses Clip-Art-Bild wird dann das neue Puzzle sein.

Album

Das **Album** ist ein Platz, wo Sie dauerhaft Text, Grafiken, Filme und Musik von fast allen Programmen speichern können; anschließend können Sie in einem beliebigen anderen Programm eine Kopie von einem dieser Objekte aus dem Album kopieren und einfügen. Wenn Sie einmal etwas in das Album hineingetan haben, wird es automatisch auf Ihrer Festplatte gespeichert. Das Album enthält immer das ganze Objekt bzw. den ganzen Text, selbst wenn Sie nicht alles im Fenster sehen können.

Etwas in das Album einfügen

1 Markieren Sie das Objekt, das Sie ins Album legen wollen, in Ihrem Dokument und wählen Sie *Kopieren* aus dem *Bearbeiten*-Menü (dadurch wird eine Kopie in der Zwischenablage erstellt).

2 Öffnen Sie das Album aus dem *Apple*-Menü.

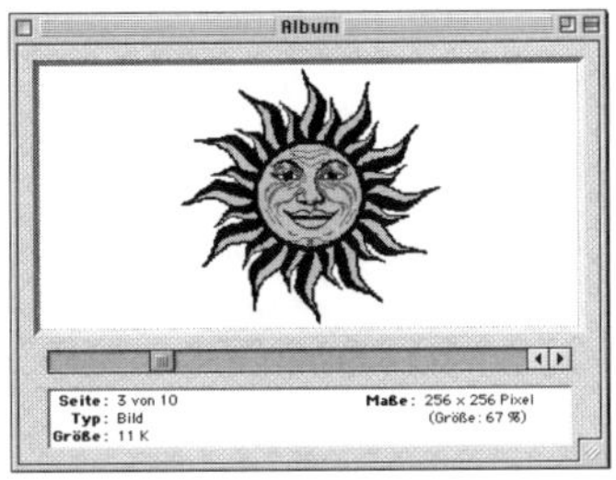

3 Setzen Sie das Objekt in das Album ein: wählen Sie *Einsetzen* aus dem *Bearbeiten*-Menü. Im Album wird daraufhin eine neue Seite für das Objekt angelegt. Die restlichen Albumstücke werden je einen Platz weiter geschoben. Nichts wird ersetzt.

4 Schließen Sie das Album, um zu Ihrem Dokument zurückzukehren oder klicken Sie einfach auf irgendein sichtbares Teil Ihres Dokuments.

Etwas aus dem Album kopieren

1 Öffnen Sie das Album.

2 Scrollen Sie bis das Objekt, das Sie suchen, sichtbar wird.

3 Kopieren Sie es: Wählen Sie *Kopieren* aus dem *Bearbeiten*-Menü.

4 Schließen Sie das Album.

5 Kehren Sie in Ihr Dokument zurück und setzen Sie die Kopie ein. Abhängig vom Objekt und Programm wird nun der Text oder die Grafik dort eingefügt, wo die Einfügemarke blinkt. In manchen Programmen wird das Objekt in der Mitte der Seite eingesetzt.

Etwas aus dem Album löschen

1 Scrollen Sie, bis das Objekt, das Sie suchen, sichtbar wird.

2 Wählen Sie aus dem *Bearbeiten*-Menü den Befehl *Löschen* (Löschen **entfernt** das Objekt, ohne es in die Zwischenablage zu kopieren). Sie können zum Löschen auch den Kurzbefehl ⌘ - B verwenden.

Grenzen und Fehlersuche

Sie können nicht jedes Objekt in jedes beliebige Dokument einfügen. Beispielsweise können Sie keinen Film in die Zelle einer Tabellenkalkulation einsetzen. Wenn beim Einfügen aus dem Album nichts passiert, kann das zwei Ursachen haben: entweder das Zielprogramm kann das Objekt nicht einfügen oder Sie haben es aus Versehen woanders eingefügt. Es wäre zum Beispiel möglich, daß Sie gerade Seite 15 betrachten, die Einfügemarke Ihres Textverarbeitungsprogramms aber auf Seite 7 blinkt. Erinnern Sie sich, daß Objekte auf der Seite eingesetzt werden, auf der die Einfügemarke blinkt! In einer Tabellenkalkulation wird es in die markierte Zelle oder die markierten Zellen eingefügt. In einer Datenbank wird es in das markierte Feld eingesetzt.

■ Drag & Drop

Wie beim Notizblock können Sie etwas aus dem Album direkt auf Ihren Schreibtisch oder in ein Fenster ziehen, wodurch es zu einer Clip-Datei wird. Sie können diese Clip-Datei in anderen Programmen öffnen. Sie können auch Dateien aus dem Album direkt in manche Programme ziehen, ohne *Kopieren* und *Einfügen* anwählen zu müssen. Sie können Bilder vom Album auch direkt in die Schreibtischhintergrundbilder oder auf das Puzzle ziehen.

Album und Zwischenablage

Die nachfolgenden Informationen müssen Sie nicht unbedingt wissen, weil der Mac selbst dafür sorgt, daß Objekte automatisch in die Zwischenablage gelangen. Wenn Sie allerdings Macintosh-Kurse unterrichten oder sich einfach für die Funktionsweise Ihres Macs interessieren, habe ich hier eine einfache und kurze Erklärung für Sie:

Wenn Sie Objekte in oder aus dem Album kopieren, dann gehen diese Objekte auf ihrem Weg rein oder raus automatisch den Weg über die Zwischenablage (gewissermaßen das Zwischenlager des Macs). Und hier kommt der Befehl *Löschen* ins Spiel: Wenn Sie ein Objekt in der Zwischenablage haben und nicht möchten, daß es von einem Objekt aus dem Album überschrieben wird, dann benutzen Sie *Löschen* statt *Ausschneiden*. Oder wenn Sie ein sehr großes Objekt aus dem Album entfernen wollen, dann löschen Sie es, anstatt es auszuschneiden. Dann belegt die große Datei nicht Ihren Speicher, während Sie arbeiten.

Ab Seite 80 finden Sie mehr Informationen über die Zwischenablage.

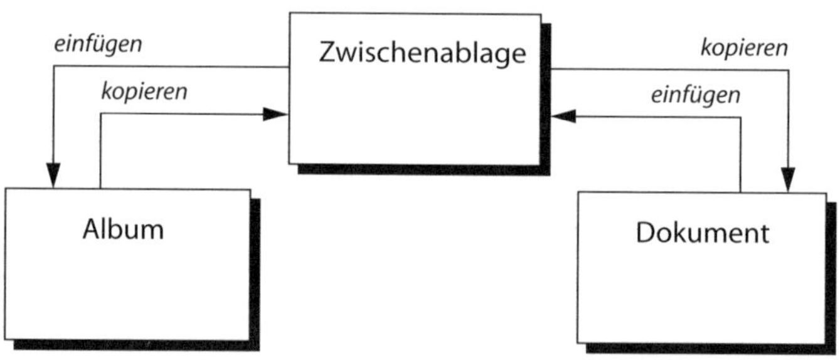

Um Objekte in das Album zu bekommen, müssen Sie sie zunächst aus einem Dokument kopieren oder ausschneiden und dann in das Album einsetzen.

Um Objekte in ein Dokument zu bekommen, müssen Sie sie aus dem Album kopieren oder ausschneiden und dann im Dokument einsetzen.

Notizzettel

Notizzettel sind elektronische Post-it® Zettel. Manche Leute mögen sie, manche können damit nichts anfangen. Benutzen Sie die Notizzettel ein paarmal, um herauszufinden was Sie dazu meinen.

Wählen Sie *Notizzettel* aus dem *Apple*-Menü aus. Wenn Sie das das erstemal machen, werden Sie folgende Nachricht sehen:

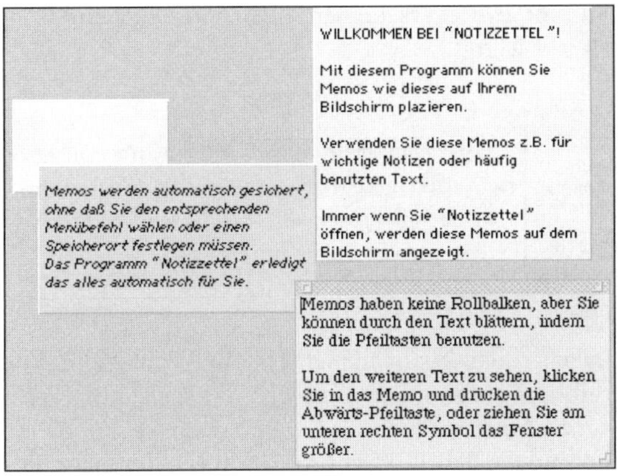

Hoppla – da haben die einen Schritt ausgelassen: Sie müssen erst an das Ende des Satzes klicken, bevor Sie die Abwärtspfeiltaste drücken.

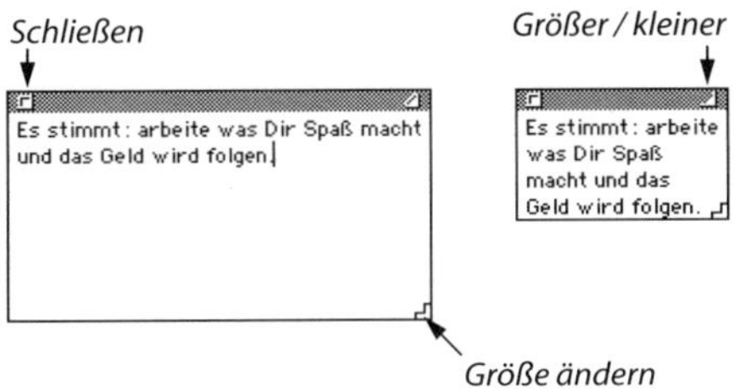

Doppelklicken Sie auf die Titelleiste, um das Fenster einzuklappen (wenn das nicht geht, schauen Sie bitte im Kontrollfeld Erscheinungsbild nach, Seite 224).

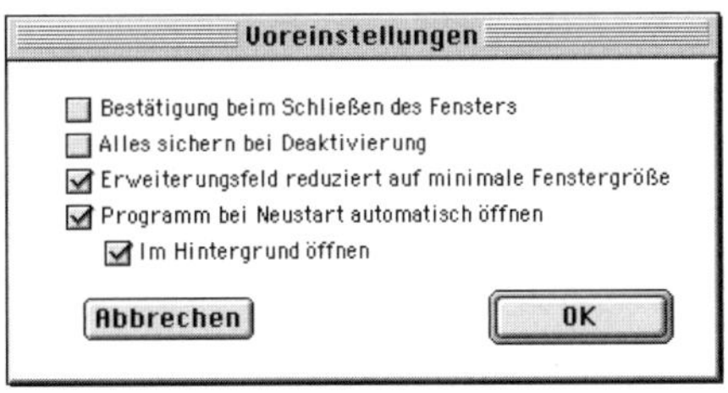

Wenn Sie «Programm bei Neustart automatisch öffnen» auswählen, werden die Notizzettel beim Einschalten des Mac automatisch gestartet. Wählen Sie «Im Hintergrund öffnen», wenn Sie lieber Ihre Schreibtischfenster als die Notizzettel nach dem Start im Vordergrund haben möchten.

Diese kleinen Notizzettel verhalten sich wie Fenster: Sie können sie mit Hilfe der Titelleiste über den Bildschirm ziehen, die Größe verändern, sie kleiner und größer zoomen, durch einen Doppelklick in die Titelleiste einklappen und in das Schließfeld klicken, oder ⌘ - W drücken, um sie zu schließen. Sie können die Farbe, die Schriftart und die Schriftgröße jeder Notiz über die Menüs *Farbe* und *Memo* ändern. Diese Menüs erscheinen, sobald eine Notiz aktives Fenster wird. Sie können über das *Ablage*-Menü *Text importieren…* (Text aus einem Ihrer Dokumente in die Notiz übernehmen) und *Text exportieren…* (das speichert den Text als ein SimpleText-Dokument), und Sie können mit dem Befehl *Drucken* alle Notizen auf einmal ausdrucken.

Wählen Sie *Voreinstellungen…* aus dem *Bearbeiten*-Menü, um die Voreinstellungen der Notizzettel nach Ihren Vorstellungen anzupassen.

Wenn Sie allen Notizen **ein bestimmtes Format zuweisen** möchten, erstellen Sie einen Notizzettel, der so aussieht, wie Sie es möchten (Schriftart, Größe und Farbe), und schieben Sie ihn dahin, wo die neuen Notizzettel erscheinen sollen. Anschließend wählen Sie *Standardmemo* aus dem *Bearbeiten*-Menü.

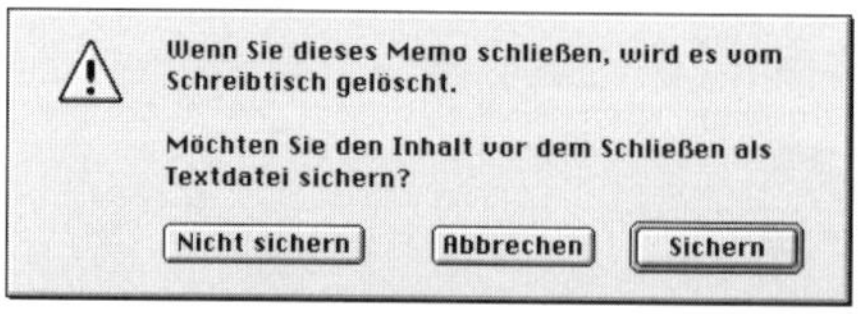

Sie erhalten diese Meldung jedesmal, wenn Sie einen Notizzettel schließen, es sei denn, Sie deaktivieren «Bestätigung beim Schließen des Fensters» in den Voreinstellungen.

Installation von Schreibtischprogrammen

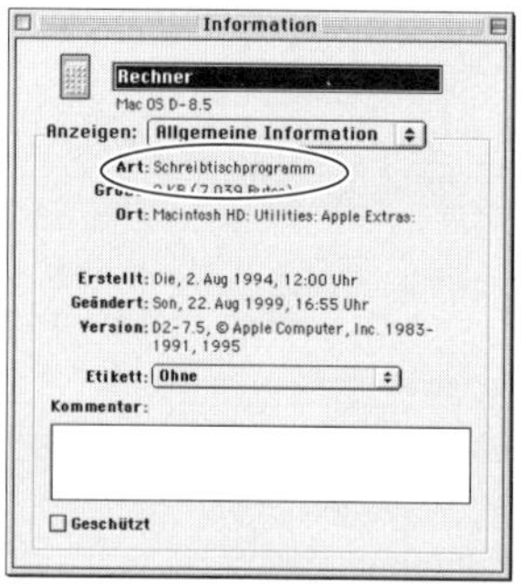

Das Informationsfenster sagt Ihnen, ob die Datei tatsächlich ein Schreibtischprogramm ist.

Merken Sie sich: Nicht alle Objekte im Apple-Menü sind Schreibtischprogramme. Das war die schlechte Nachricht. Die Gute ist: Sie müssen nur selten wissen, ob ein Programm ein Schreibtischprogramm ist oder nicht. Die einzige Ausnahme ist, wenn Sie ein Programm **installieren** möchten und wissen wollen, wo es hin soll.

Wenn Sie wissen wollen, ob eine Datei ein Schreibtischprogramm ist, klicken Sie einmal auf das Icon der Datei, wählen Sie anschließend *Information* aus dem *Ablage*-Menü und sehen Sie bei *Art* nach. Wenn die Datei wirklich ein Schreibtischprogramm ist, das heißt sie sich dem Mac gegenüber als waschechtes Schreibtischprogramm ausweist, und nicht nur irgend etwas, das Sie in das Apple-Menü legen möchten, dann können Sie das Programm installieren, indem Sie einfach nur das Icon auf den geschlossenen Systemordner ziehen. Sie werden dann diese freundliche Mitteilung sehen:

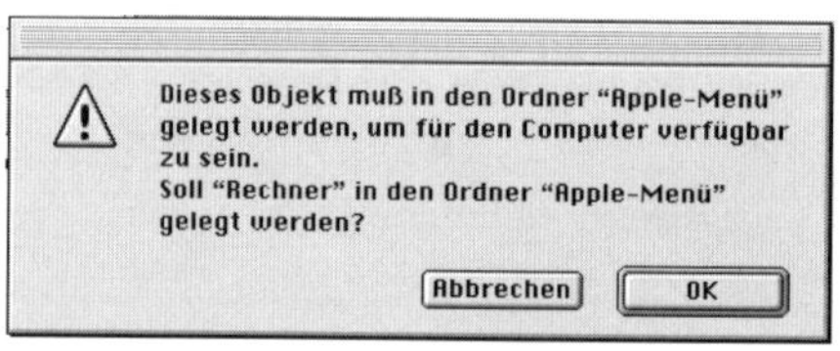

Alternativ können Sie natürlich das Schreibtischprogramm auch direkt in den *Apple*-Menü-Ordner ziehen, den Sie im Systemordner finden. Sobald Sie es dort abgelegt haben, erscheint es im *Apple*-Menü und Sie können es benutzen.

Wenn Sie ein bestimmtes Schreibtischprogramm so oft benutzen, daß Sie es sofort nach dem Starten im Zugriff haben wollen, ziehen Sie es einfach auf den Schreibtisch. Es wird dort genausogut funktionieren wie im *Apple*-Menü. Vielleicht möchten Sie auch ein Alias (Kap. «Aliase» ab Seite 173) davon auf dem Schreibtisch haben und die Originaldatei im *Apple*-Menü belassen, oder umgekehrt.

Schreibtischprogramme schließen

Um ein **Schreibtischprogramm zu beenden**, klicken Sie in das kleine Schließfenster im oberen linken Eck seines Fensters, oder drücken Sie ⌘ - W oder ⌘ - Q. Oder Sie gehen in das *Ablage*-Menü und wählen den Befehl *Beenden*.

23

Das Apple-Menü

Das *Apple*-Menü ist unter dem kleinen bunten Apfel links oben in der Ecke der Menüleiste. Das besondere am *Apple*-Menü ist, daß Sie aus jedem Programm jederzeit auf alle Einträge des Menüs zugreifen können.

Zusätzlich können Sie das *Apple*-Menü verändern, indem Sie Dateien hinzufügen, die Sie regelmäßig benötigen. Dokumente, Ordner, Programme, Schreibtischprogramme, was auch immer, – stecken Sie sie ins *Apple*-Menü. Dieses Kapitel zeigt Ihnen in allen Einzelheiten, wie Sie Ihr *Apple*-Menü für sich persönlich anpassen können.

Apple-Menü

Das *Apple*-Menü ist extra für Sie gemacht – Sie sollen es an Ihre Bedürfnisse anpassen. Es ist einzig und allein dafür geschaffen, Ihnen ein schnelleres und effizienteres Arbeiten am Mac zu ermöglichen.

Ehe Sie nun gleich loslegen noch ein Wort der Warnung: Einmal abgesehen von Schreibtischprogrammen (über die haben Sie im vorangegangenen Kapitel gelesen, richtig?), sollten Sie nur Aliase von Objekten ins *Apple*-Menü legen – installieren Sie nie die Originaldateien!

Aliase

Ein **Alias** ist ein Platzhalter für ein reales Objekt. Wenn Sie ein Alias auswählen, dann holt das Alias das richtige Objekt. Sie können auch mehrere Aliase für ein und dasselbe Objekt erstellen. Schließlich sind alle Aliase nur dazu da, für Sie das echte Objekt zu finden. Es sind kleine Helfer. Sie wissen schon, so wie manche Leute Ihre Kinder losschikken: «Lisa, hol mir doch mal den Hammer. Ach, Max, geh doch noch mal schnell zum Supermarkt.» Obwohl ich Ihnen in diesem Kapitel erklären werde, wie man Aliase anlegt, sollten Sie unbedingt auch das Kapitel über Aliase (Kap. «Aliase» ab Seite 173) lesen. Aliase sind wirklich toll. Und sie sind wichtig für effizientes Arbeiten

Die eigentliche Vorgehensweise beschreibe ich Ihnen später noch genauer, deshalb zunächst nur soviel:

- Jedes **Objekt** im *Apple*-Menü-Ordner erscheint als **Menü-Eintrag** im *Apple*-Menü.
- Wenn Sie ein Alias eines **Programms** in das *Apple*-Menü legen, dann wird das Programm gestartet, sobald Sie den Menü-Eintrag anwählen.

- Wenn Sie ein Alias eines **Dokuments** in das *Apple*-Menü stecken, wird beim Auswählen des Menü-Eintrags automatisch das Programm gestartet, mit dem das Dokument erstellt wurde. Anschließend wird das Dokument geöffnet.

- Wenn Sie im *Apple*-Menü ein Alias eines **Ordners** anlegen, erscheint rechts neben dem Namen des Ordners ein Pfeil. Wenn Sie diesen Eintrag auswählen, geht ein Untermenü auf, das den Inhalt des Ordners anzeigt, in dem Sie wie im *Apple*-Menü auch jedes Objekt direkt aufrufen können.

Und was geschieht, wenn in diesem Ordner wiederum ein Ordner liegt? Richtig, auch dieser Ordner wird als Untermenü angezeigt. Allerdings geht das nicht bis Ultimo so: mehr als fünf ineinander verschachtelte Untermenüs geht nicht. Danach werden auch Ordner nur noch als normaler Eintrag angezeigt. Das gleiche gilt übrigens auch für leere Ordner: Kein Inhalt – kein Pfeil!

- Konfusion & Verwirrung

Falls Sie sich nun fragen, was all diese Objekte im *Apple*-Menü bedeuten: Ich habe jeden Eintrag des *Apple*-Menüs in diesem Buch erkärt! Manche haben ein ganzes Kapitel bekommen, andere mußten sich mit einem Abschnitt begnügen. Damit Sie sich leichter zurechtfinden, habe ich Ihnen nachfolgend eine Liste aller Objekte des *Apple*-Menüs zusammengestellt und aufgeführt, an welcher Stelle dieses Buches sie beschrieben wurden:

So sah das «Apple»-Menü aus, nachdem ich ein neues Mac OS 8.6 installiert hatte. Ziemlich voll, nicht wahr? Schwer, darin etwas zu finden. Auf den nächsten Seiten beschreibe ich, wie Sie Ihr «Apple»-Menü besser organisieren (insbesondere ab Seite 168). Mit einem wohlgeordneten «Apple»-Menü arbeitet es sich viel leichter.

Über diesen Computer: Siehe ab Seite 246
Album: Siehe ab Seite 159
Algebra Graph: Siehe ab Seite 151
Apple System Profiler: Siehe ab Seite 171
AppleCD Audio: Siehe ab Seite 152
Auswahl: Siehe ab Seite 92
Benutzte Dokumente: Siehe ab Seite 166
Benutzte Programme: Siehe ab Seite 166
Benutzte Server: Siehe ab Seite 166
Favoriten: Siehe ab Seite 164
Internet Access: Siehe ab Seite 300
Kontrollfelder: Siehe ab Seite 219
Netzwerk Browser: Siehe ab Seite 206
Notizblock: Siehe ab Seite 156
Notizzettel: Siehe ab Seite 160
Nützliche Skripte: Siehe ab Seite 166
Puzzle: Siehe ab Seite 158
Rechner: Siehe ab Seite 150
Remote Access Status: Siehe ab Seite 294
Sherlock: Siehe ab Seite 180
SimpleSound: Siehe ab Seite 241
Tastatur: Siehe ab Seite 155

Favoriten

Die **Favoriten** sind eine ziemlich neue Errungenschaft auf dem Mac. Falls Sie bisher noch keine Favoriten angelegt haben, passiert nichts, wenn Sie den Eintrag *Favoriten* im *Apple*-Menü auswählen (probieren Sie's ruhig aus). Im Grunde ist *Favoriten* nur ein einsamer, leerer Ordner, der nur darauf wartet, daß Sie etwas hineinlegen. Das klingt richtig traurig, nicht wahr, und nun möchten Sie sicher gleich einige Favoriten anlegen? Dann habe ich jetzt ja Ihre ungeteilte Aufmerksamkeit und kann Ihnen noch ein wenig den Mund wässrig machen.

Zu Favoriten können nicht nur Dokumente, sondern auch ganze Ordner werden. Das wäre an sich nichts Neues, denn das kann das *Apple*-Menü selbst auch schon. Alle Objekte, die Sie zu Favoriten machen, stehen jedoch auch in den neuen *Öffnen*- und *Sichern*-Dialogen im direkten Zugriff! (Kap. «Navigieren und Sichern» ab Seite 124) Ein Klick auf den *Favoriten*-Knopf zeigt ein Menü mit allen Objekten und Ordnern an, zu denen Sie auch direkt wechseln können. Sie haben in diesem Menü sogar die Möglichkeit, weitere Objekte zu den Favoriten hinzuzufügen oder zu entfernen.

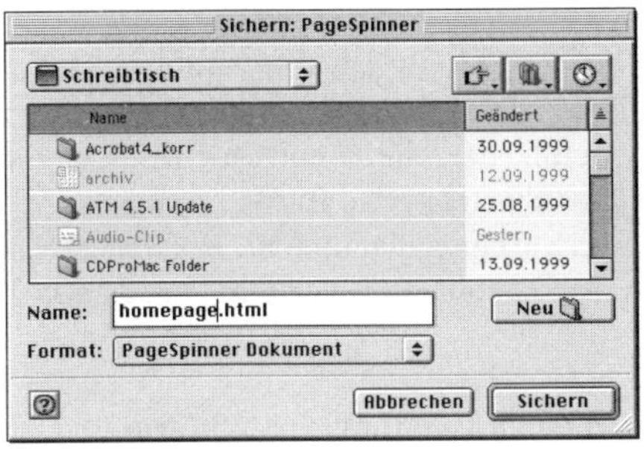

Das «Favoriten»-Menü in den neuen «Öffnen»- und «Sichern»-Dialogen. Der Knopf rechts daneben zeigt übrigens die zehn letzten aufgerufenen Ordner an.

Die Favoriten sind eine willkommene Ergänzung des *Apple*-Menüs. Einerseits können Sie auf den gesamten Inhalt des Ordners über das *Apple*-Menü zugreifen, andererseits stehen alle Objekte in jedem *Öffnen*- oder *Sichern*-Dialog zur Verfügung. Das ist besonders praktisch, wenn Sie in einem Büro oder einer Schule an ein Netzwerk angeschlossen sind: Legen Sie sich Favoriten von Objekten oder Ordnern aus dem Netzwerk an. Dann können Sie mit einem einzigen Klick die Verbindung zu dem gewünschten Netzwerk-Objekt herstellen und brauchen sich nicht vorher von Hand mit dem jeweiligen Server verbinden und anschließend durch die Ordnerhierarchie wühlen. Der einzige Nachteil an der Angelegenheit ist, daß erst wenige Programme die neuen *Öffnen*- und *Sichern*-Dialoge verwenden. Aber wenn es dann in der nächsten oder übernächsten Version endlich soweit sein wird, werden wir den Favoriten-Ordner nie mehr missen wollen!

Es gibt zwei Methoden, um ein Objekt als Favorit anzulegen:

- Markieren Sie das gewünschte Objekt mit einem Einfach-Klick. Wählen Sie nun *Zu Favoriten hinzufügen* aus dem *Ablage*-Menü aus. Das war's!
- Klicken Sie mit gedrückter Control-Taste auf das Objekt. Es öffnet sich ein Kontextmenü, in dem Sie nur noch den Eintrag *Zu Favoriten hinzufügen* auswählen. Einfach und elegant, nicht wahr?!

Webadressen als Favoriten

Sie können sogar **Webadressen** als Favoriten anlegen. Wenn Sie anschließend eine Webadresse aus dem Favoriten-Menü auswählen, baut Ihr Mac selbständig eine Verbindung zum Internet auf und ruft die Adresse auf. Das funktioniert ebenso mit einer E-Mail-Adresse: Der Mac startet dann Ihr E-Mail-Programm, in dem schon eine neue

Nachricht an die ausgewählte E-Mai-Adresse adressiert ist. Wenn Sie mehr über diese Internet-Dienste wissen wollen, wie man mit ihnen arbeitet und sie als Favoriten nutzt, lesen Sie bitte Abschnitt «Lesezeichen oder Favoriten» ab Seite 274.

Nützliche Skripte

Nützliche Skripte heißen im amerikanischen System Automated Tasks, also etwa «automatisch erledigte Aufgaben», was nun doch etwas lang wäre. Wie nützlich die Nützlichen Skripte sind, hängt von Ihnen ab. Sie bieten einfache Wege an, um Dinge zu erledigen, für die Sie sonst Einstellungen in diversen Kontrollfeldern und Dialogfenstern vornehmen müßten. Es gibt übrigens noch mehr Nützliche Skripte im Ordner Weitere Nützliche Skripte, den Sie im AppleScript-Ordner im Ordner Apple Extras auf der obersten Ebene Ihrer Festplatte finden. Wenn Sie eines dieser zusätzlichen Skripte verwenden wollen, müssen Sie es nur in den Ordner Nützliche Skripte verschieben.

Benutzte Programme, Dokumente, Server

Hinter den Menüpunkten *Benutzte…* erscheinen Listen mit den Programmen, Dokumenten oder Servern, die Sie zuletzt benutzt haben. Daß sie im *Apple*-Menü aufgelistet werden, macht ein erneutes Öffnen erheblich einfacher. Sie können im Kontrollfeld *Apple*-Menü *Optionen* einstellen, ob und wie viele Objekte in den Listen erscheinen sollen (Seite 170). Wenn Sie nicht in einem Netzwerk arbeiten, können Sie *Benutzte Server* ganz ausschalten, weil es Ihr *Apple*-Menü nur unnötig vollstopft. Weitere Details finden Sie ab Seite 170.

Installieren von Apple-Menü-Objekten

Es gibt mehrere Methoden, Aliase ins *Apple*-Menü zu legen. Als erstes beschreibe ich Ihnen den schnellen, einfachen und vollautomatischen Weg, der in den meisten Fällen völlig ausreicht. Anschließend zeige ich Ihnen auch die manuelle Methode, die Sie vor allem kennen müssen, um Aliase zu entfernen.

■ Automatisch

Als erstes also die Methode mit Auto-Pilot:

- Markieren Sie die Datei durch einmaliges Anklicken.
- Gehen Sie in das *Apple*-Menü, fahren Sie bis zum *Nützliche Skripte*-Ordner nach unten, und wählen Sie dann die Option *Alias ins Apple-Menü* aus.

Fertig! Sehen Sie im *Apple*-Menü nach – Ihr neues Alias ist schon da. Sie können den nächsten Abschnitt überspringen.

■ Manuell

Mit der manuellen Methode müssen Sie als erstes ein Alias Ihres Objekts erstellen – außer, es handelt sich um ein Schreibtischprogramm. Wenn Sie nicht wissen, ob es sich um ein Schreibtischprogramm handelt oder nicht, klicken Sie auf das Dateisymbol und drücken Sie ⌘ - I. Im Informationsfenster wird die Art des Objekts angegeben. In der Listendarstellung im Finder gibt es außerdem normalerweise die Spalte Art. Danach geht es so weiter:

- Klicken Sie auf den Ordner, das Programm, das Dokument etc., den Sie im *Apple*-Menü haben möchten. Falls Sie die Darstellung als Tasten gewählt haben, klicken Sie auf den Namen und nicht auf die Taste, um das Objekt zu markieren.
- Wählen Sie *Alias erzeugen* aus dem *Ablage*-Menü, oder drücken Sie ⌘ - M. Der Mac legt ein Alias des Objekts an.

Woher wissen Sie, daß es sich bei einem Objekt um ein Alias handelt? Der wichtigste visuelle Hinweis ist, daß Namen von Aliasdateien immer kursiv geschrieben werden.

Symboldarstellung

Listendarstellung

*So sieht es aus, wenn Sie ein Alias anlegen. Der Name ist hervorgehoben und von einem Rahmen umgeben. Das ist ein **visueller Hinweis**, daß Sie den Namen jetzt ändern können.*

Alias ins Apple-Menü legen

- Öffnen Sie nun den Systemordner, um das Alias in das *Apple*-Menü zu legen.
- Im Systemordner gibt es einen Ordner namens *Apple*-Menü. Wenn Sie ihn nicht sehen können, brauchen Sie nur schnell ap eintippen, dann springt das Fenster von selbst zu dem bereits markierten *Apple*-Menü-Ordner.

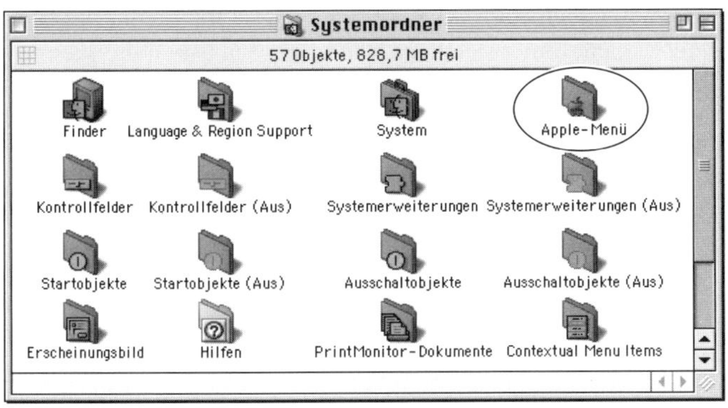

Hier ist der Apple-Menü-Ordner im Systemordner.

- Um das Alias in den *Apple*-Menü-Ordner bewegen zu können, müssen Sie beides, das Alias Ihrer Datei **und** den *Apple*-Menü-Ordner gleichzeitig sehen können. Eventuell müssen Sie die Fenster und vielleicht auch das Alias verschieben, damit es klappt.
- Ziehen Sie das Alias auf den *Apple*-Menü-Ordner und lassen Sie es los.
- Das Objekt erscheint sofort im Menü; Sie müssen den Computer also nicht neu starten, damit die Änderung aktiv wird.

Sie können sich auch das Prinzip der aufspringenden Ordner zunutze machen, um all diese Ordner automatisch öffnen und wieder schließen zu lassen (Seite 38).

Alphabetisch sortieren

Das *Apple*-Menü zeigt die Objekte in alphabetischer Reihenfolge, wie Sie sicher schon festgestellt haben. Wenn der Mac etwas alphabetisch anordnet, werden Leerzeichen und bestimmte Zeichen ganz nach vorne sortiert. Wenn Sie also ein Leerzeichen, einen Bindestrich oder ein Bullet (•;⌥ - Ü; Bullets werden auch Blickfangpunkte genannt) als erstes Zeichen in einem Namen verwenden, steht die Datei ganz oben im *Apple*-Menü.

Je mehr Leerzeichen oder Bindestriche Sie eingeben, desto weiter oben steht das Objekt in der Liste. (Beginnen Sie einen Dateinamen aber nicht mit einem Punkt – das mag der Mac nicht!)

- Vorschläge für Ihr Apple-Menü

Ich habe ein Alias vom «Apple»-Menü-Ordner direkt auf dem Schreibtisch. So kann ich, wenn ich etwas zum Menü hinzufügen möchte, das Objekt einfach auf den Aliasordner ziehen.

Hier einige Vorschläge, wie Sie Ihr *Apple*-Menü individuell anpassen können:

- Der Mac fertigt automatisch ein Alias des Ordners Kontrollfelder im *Apple*-Menü an. Wenn Sie aber Kontrollfelder haben, die Sie regelmäßig benutzen, können Sie es sich noch leichter machen, indem Sie selbst ein Alias dieses Kontrollfelds direkt in das *Apple*-Menü legen. Sollten Sie beispielsweise immer zwischen verschiedenen Farbtiefen hin- und herschalten, dann legen Sie ein Alias des Kontrollfelds *Monitore & Ton* in das *Apple*-Menü.

- Statt sich zu einem oft benutzten Programm immer durch alle möglichen Ordner hindurchzugraben: Legen Sie doch Aliase Ihrer Lieblingsprogramme ins *Apple*-Menü.

- Wenn Sie einen Ordner mit wichtigen Sachen haben, der innerhalb anderer Ordner gespeichert ist, dann legen Sie doch ein Alias dieses wichtigen Ordners in das *Apple*-Menü. Wenn Sie ihn auswählen, öffnet sich der Ordner und Sie haben direkten Zugang zu allen enthaltenen Dateien.

- Falls Sie Dokumente oder Vorlagendateien (Formularblöcke) haben, die Sie immer wieder brauchen, beispielsweise Vorlagen für ein Fax oder einen Briefkopf, dann legen Sie deren Aliase ins *Apple*-Menü.

- Auch von Disketten, Wechselplatten oder CDs, die Sie regelmäßig benutzen, ja sogar von Ihrer Festplatte, können Sie ein Alias in das *Apple*-Menü legen. Sie bekommen dann ein Untermenü mit allen Objekten auf dem Volume, ohne daß Sie irgendein Fenster öffnen müssen. Jeder Ordner auf dem Volume hat wiederum sein eigenes Untermenü. Es ist wirklich erstaunlich. Wenn Sie auf dem Volume etwas verändern, wenn Sie beispielsweise Dateien hinzufügen, oder Dokumentnamen verändern, spiegelt sich das sofort im *Apple*-Menü wieder.

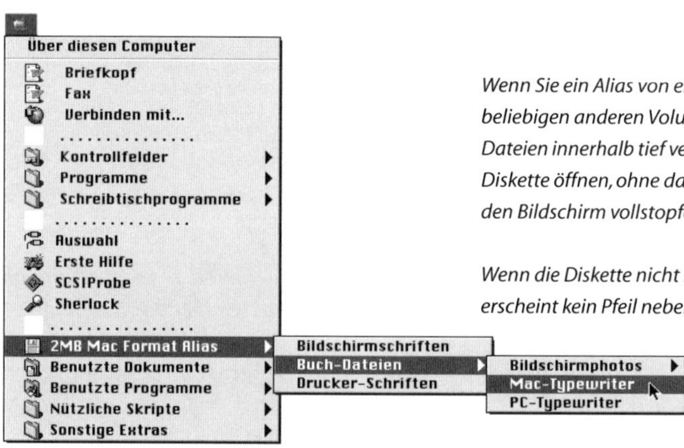

Wenn Sie ein Alias von einer Diskette (oder einem beliebigen anderen Volume) anlegen, können Sie Dateien innerhalb tief verschachtelter Ordner auf der Diskette öffnen, ohne daß Ihnen ein Haufen Fenster den Bildschirm vollstopfen. Einfach praktisch!

Wenn die Diskette nicht im Laufwerk ist, dann erscheint kein Pfeil neben dem Namen.

Wenn Sie den Diskettennamen im Menü auswählen, werden Sie gebeten die Diskette einzulegen.

Wenn Sie wirklich ein richtig persönliches, vorbildlich sortiertes *Apple*-Menü haben möchten, dann sollten Sie folgendes tun: Teilen Sie Ihre Dateien in Gruppen ein und unterteilen Sie diese Gruppen durch Abstandhalter. Ich kann den vollgestopften Anblick des Standard-*Apple*-Menüs (wie auf Seite 164 gezeigt) nicht ertragen. Es ist ein heilloses Durcheinander und wahnsinnig verwirrend. So sieht ein sauber geordnetes *Apple*-Menü aus:

■ Nägel mit Köpfen machen

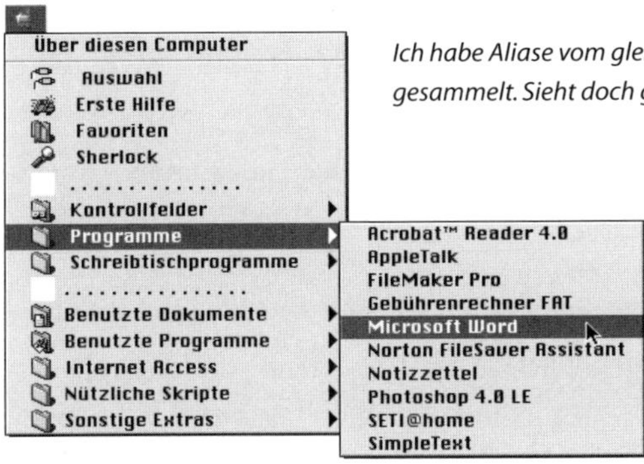

Ich habe Aliase vom gleichen Typ in einem Ordner gesammelt. Sieht doch gleich viel ordentlicher aus!

Warum soll man Aliase seiner Programme eigentlich ins «Apple»-Menü legen, wenn man sie auch auf den Schreibtisch tun könnte, wo man sie öffnen könnte, ohne durch ein Menü gehen zu müssen? Ganz einfach: Zu den Aliasen im «Apple»-Menü gelangen Sie auch dann, wenn Sie den Schreibtisch gerade nicht sehen.

Diese letzten Ordner (ausgenommen «Sonstige Extras») werden standardmäßig von Apple eingefügt. Ich habe lediglich «Remote Access Status» in den Ordner «Internet Access» gelegt.

Wie Sie Ihr Apple-Menü ordnen

Ich habe für alle meine Programme, meine Schreibtischprogramme und all den zusätzlichen Kram, von dem ich nicht weiß wohin damit, jeweils einen Ordner innerhalb des *Apple*-Menüs angelegt. Sehen Sie wie kurz und schön das Menü aussieht! Und es ist ganz angenehm zu bedienen. Wie Sie sehen können, habe ich auch die Dateien geordnet, die nicht in einem Ordner sind. In der Abbildung zeige ich Ihnen, wie ich die Dinge im *Apple*-Menü-Ordner geordnet habe, damit das *Apple*-Menü aussieht wie gewünscht.

Vor jedem dieser Dateinamen habe ich zwei Leerzeichen eingefügt, so daß sie hier als Gruppe erscheinen.

Hier habe ich nur ein Leerzeichen eingegeben.

Den Namen dieser Dateien habe ich nicht verändert.

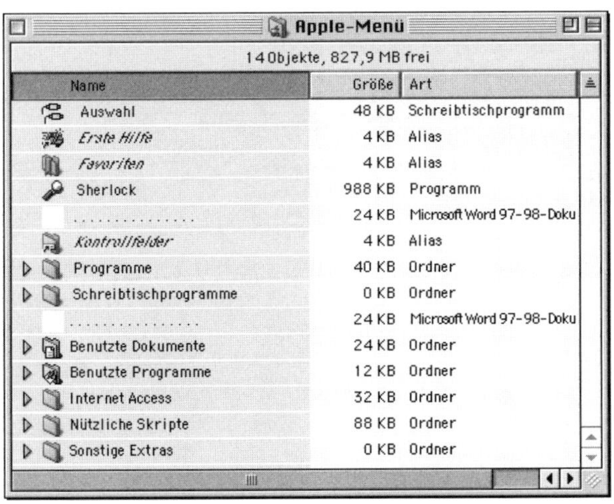

So sehen die Objekte im «Apple»-Menü Ordner als «Apple»-Menü aus.

Die Trennstriche erzeugen Sie, indem Sie zwei Aliase einer leeren Seite anlegen. Dann benennen Sie die Aliase um, indem Sie Leerzeichen und Punkte eingeben. Bei einem der beiden setzen Sie zumindest ein Leerzeichen vor den Namen, dadurch wird jedes Alias alphabetisch am Anfang der jeweiligen Gruppe von Dateien eingeordnet. Ein Punkt kommt nämlich immer vor einem alphanumerischen Zeichen.

Ich habe das Icon der Datei entfernt, wodurch es im «Apple-Menü» nicht mehr erscheint.

Sie können natürlich auch diverse Bullets (Blickfangpunkte – Sie erinnern sich?) oder Bindestriche verwenden und dann einen Namen für die folgende Gruppe eingeben. Sie können die Trennlinie beispielsweise statt • • • • • • • auch • • Schreibtischprogramme • • nennen.

Das leere Dokument hat bei mir kein Icon, weil ich das Datei-Icon in ein weißes Rechteck geändert habe, womit es scheinbar unsichtbar wird. Wie man so etwas macht, habe ich Ihnen schon auf Seite 50 verraten.

Apple-Menü Optionen

Sie haben sicherlich bemerkt, daß es einige Ordner im *Apple*-Menü gibt, die Apple eigens für Sie dort hineingelegt hat. Im Kontrollfeld *Apple*-Menü **Optionen** können Sie einstellen, ob diese Ordner angezeigt werden oder nicht, wie viele Dateien diese Ordner jeweils enthalten und ob Sie die kleinen seitlich herausklappbaren Menüs (hierarchische Menüs) möchten oder nicht. Beschäftigen Sie sich ein wenig mit den diversen Optionen, bis Sie herausfinden, welche Einstellung für Sie am besten ist.

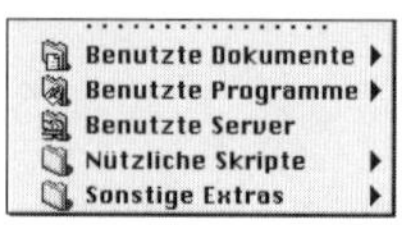

Diese Ordner (außer «Sonstige Extras» – den habe ich selbst ins Menü gelegt) werden automatisch im Apple-Menü plaziert.

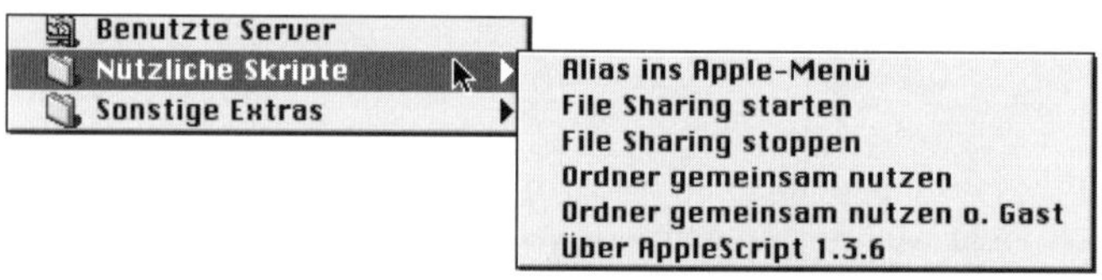

«Nützliche Skripte» ist klasse. (Ich benutze oft das Skript «Alias ins Apple-Menü».) Diese Einträge erklären sich eigentlich ganz von selbst. Sobald Sie beginnen, Dateien gemeinsam mit andern zu nutzen, werden Sie für die Skripte «File Sharing starten» und «stoppen» äußerst dankbar sein.

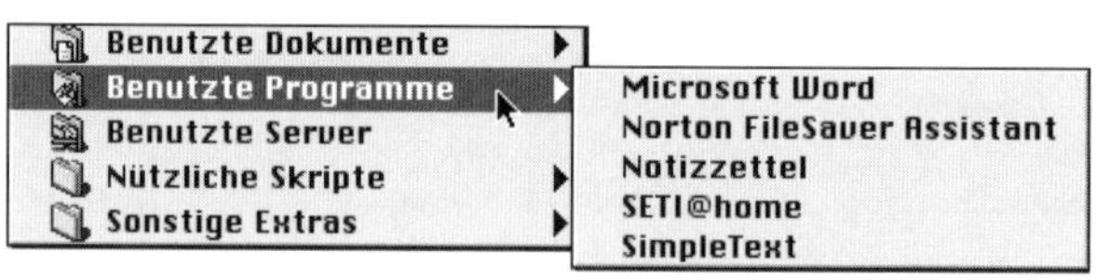

Ich benutze den Menüpunkt «Benutzte Programme» nicht oft, da ich ohnehin Aliase von allen meinen Programmen im «Apple»-Menü habe. Wenn Sie ihn auch nicht besonders hilfreich finden, dann öffnen Sie das Kontrollfeld «Apple-Menü Optionen» (wird auf der nächsten Seite gezeigt) und setzen Sie die Zahl in «Programme» auf 0 (Null). Dadurch verschwindet der Ordner aus dem «Apple»-Menü.

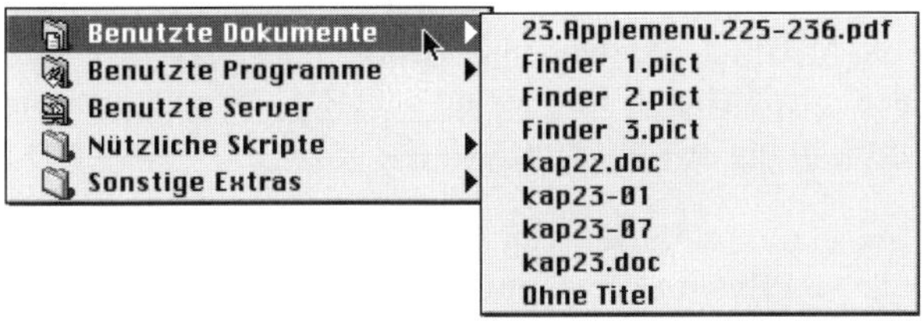

Ich liebe den Menüpunkt «Benutzte Dokumente». Der Mac merkt sich die Dokumente, die Sie zuletzt geöffnet haben und listet sie hier auf. Statt sich durch Ordner zu graben, können Sie es einfach aus diesem Menü auswählen. Im Kontrollfeld «Apple-Menü Optionen» bestimmen Sie, wieviel benützte Dokumente sich der Mac merken soll.

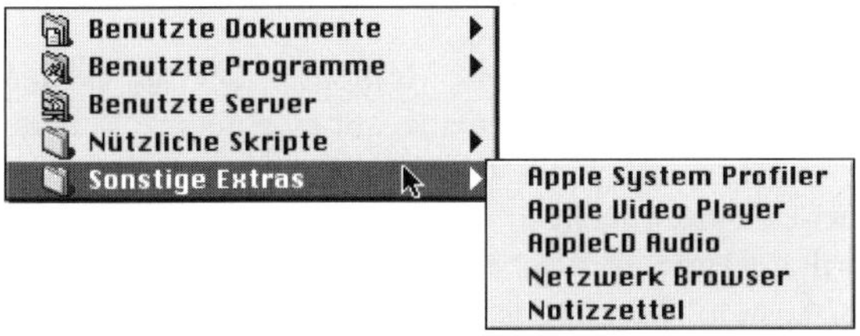

Der Ordner «Sonstige Extras» ist nicht in Ihrem Menü. Ich habe ihn zu meinem hinzugefügt. Ich lege in ihm die Dinge ab, die ich nicht so oft benötige und von denen ich nicht möchte, daß sie mein Menü füllen. Außerdem kommen da die Sachen hinein, von denen ich noch nicht weiß, für was sie gut sind, die ich aber auch noch nicht gleich wegwerfen möchte.

Das sehen Sie, wenn Sie den «Apple System Profiler» aus dem «Apple»-Menü aufrufen. Behalten Sie ihn in Ihrem Menü, denn falls Sie je die technische Hotline von Apple anrufen müssen, werden Sie nach diesen Angaben hier gefragt.

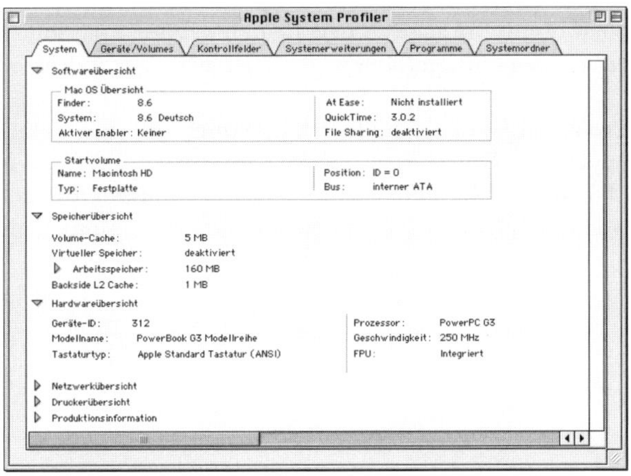

Benutzen Sie das Kontrollfeld **Apple-Menü Optionen** um diese *Benutzte...*-Ordner einzustellen und um die hierarchischen Menüs (die Untermenüs, auf die der kleine Pfeil in den Menüs zeigt) ein- oder auszuschalten. Dieses Kontrollfeld finden Sie im *Apple*-Menü im Untermenü von – na, was wohl? Richtig: *Kontrollfelder*.

■ Kontrollfeld Apple-Menü Optionen

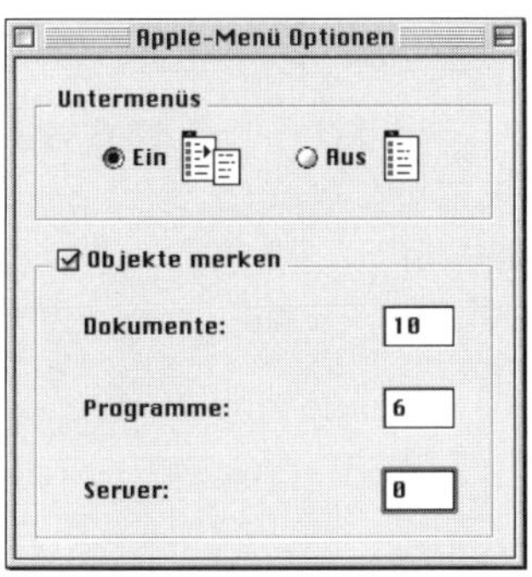

Wenn Sie die hierarchischen Menüs abstellen wollen, klichen Sie auf den «Aus«-Knopf.

Falls Sie das Ankreuzfeld «Objekte merken» nicht angekreuzt haben, werden die drei Ordner für die benutzten Dokumente, Programme und Server überhaupt nicht in Ihrem «Apple»-Menü erscheinen.

Sie können die Anzahl der Objekte, die sich der Mac merken soll, ändern. Wenn Sie in der Rubrik *Objekte merken* für die Anzahl der Dokumente, Ordner oder Server 0 (Null) eingeben, dann verschwindet der entsprechende Ordner aus dem *Apple*-Menü. Falls Sie ihn je zurückhaben möchten, müssen Sie hier nur eine andere Zahl als Null eingeben.

Wenn Sie File Sharing (das gemeinsame Nutzen von Dateien) eingeschaltet haben, dann können Sie von hier aus die von Ihnen zuletzt genutzten Server anwählen. Wenn Sie File Sharing nicht benutzen, dann brauchen Sie diesen Ordner sicher nicht. Setzen Sie die Zahl bei *Server* auf null, um den Ordner aus dem Menü zu entfernen.

Achtung!

Einen wichtigen Schönheitsfehler hat die hier beschriebene Methode leider. Sie werden ihn jedoch nur bemerken, wenn Sie Ihr System das nächstemal auf eine neuere Version aktualisieren. Bei diesem Vorgang werden nämlich alle Dateien anhand Ihres Dateinamens identifiziert, und da es im neuen System kein « Auswahl»-Programm mit zwei führenden Leerzeichen gibt, wird dieses auch nicht ersetzt, sondern das neue kommt einfach hinzu. Dann haben Sie zwei Auswahl-Menüpunkte – was Sie aber zunächst nicht bemerken werden, weil Sie gewohnheitsmäßig das obere, alte Auswahl-Programm aufrufen. Falls Sie Ihr Mac OS nur alle paar Jahre aktualisieren, ist das vermutlich kein Problem, wenn Sie aber zu den Leuten gehören, die immer die neuste Mac OS-Version verwenden müssen (oder wollen), ist diese Methode doch ziemlich lästig.

Probieren Sie in diesem Fall doch **Amico** aus, die Systemerweiterung von Dennis Chronopoulus. Diese Systemerweiterung läßt Sie Ihr *Apple*-Menü ebenfalls sortieren, aber ohne daß Sie Ihre Dateien umbenennen müssen. Einfach nur, indem Sie sie in der gewünschten Reihenfolge anordnen! Sie finden Amico unter *www.kagi.com.*

24

Aliase

Aliase sind eines der großartigsten Features des Mac. Ein Alias-Objekt sieht genau wie das Original-Objekt aus, von dem es abstammt. Es funktioniert genau wie das Original und kann alles, was dieses kann, braucht aber nur 2 - 3K Speicherplatz auf der Festplatte. Früher hätten wir vielleicht gesagt, ein Alias sei ein Abbild des Originals, aber im Zeitalter von Cyberspace und Virtual Reality ist vielleicht die beste Beschreibung eines Alias, daß es ein virtueller Doppelgänger des Objekts ist, das es repräsentiert. Da Aliase so klein sind, können Sie so viele anlegen, wie Sie wollen und sie überall hinlegen, wo es Ihnen praktisch erscheint.

***Features** sind besondere Funktionen oder Merkmale.*

Wie Sie wissen, funktionieren viele Programme nur in dem Ordner, in den sie installiert wurden, weil sie auf Ressourcen in eben diesem Ordner zurückgreifen. Wenn Sie das Programm also in einen anderen Ordner oder auf Ihren Schreibtisch legen, riskieren Sie, daß es nicht richtig funktioniert. Und hier kommt das Alias-Konzept ins Spiel: Sie machen einfach ein Alias, das das Programm repräsentiert, und das Sie problemlos überall hinlegen können. Sie können Dutzende von Aliasen des gleichen Programms anlegen und diese an allen möglichen Speicherorten ablegen. Wenn Sie ein Alias doppelklicken, findet es sein Original und öffnet die entsprechende Datei.

Sie können auch ein Alias eines Ordners, einer Festplatte oder des Mülleimers anlegen. Wenn Sie Objekte auf das Alias eines Ordners, einer Festplatte oder des Mülleimers legen, wird das Objekt einfach im realen Ordner, der realen Festplatte oder eben dem realen Mülleimer abgelegt.

Nehmen wir einmal an, Sie haben ein Programm, das Sie regelmäßig benutzen – Ihr Textverarbeitungsprogramm zum Beispiel. Dann können Sie ein Alias von AppleWorks (früher ClarisWorks), Nisus Writer, Word, WordPerfect, oder was immer Sie auch benutzen, erzeugen und es überall hinlegen. Vielleicht soll es direkt auf dem Schreibtisch liegen, damit Sie jederzeit Zugriff darauf haben. Oder im *Apple*-Menü. Oder Sie legen ein Alias Ihrer Textverarbeitung im Startobjekte-Ordner ab, damit sie automatisch nach jedem Einschalten des Computers gestartet wird. Da Sie so viele Aliase anlegen können wie Sie möchten, können Sie auch Aliase des gleichen Objekts an verschiedenen Orten ablegen. Sie sollten unbedingt lernen, wie Sie dieses wichtige Feature (Power User-Jargon für Funktion, Merkmal; siehe oben) bedienen und sich zunutze machen können.

Aliase

Bevor ich Ihnen erkläre, *wie* Sie Aliase anlegen, möchte ich Ihnen einige Ideen vorstellen, wofür Sie Aliase einsetzen können; danach werden Sie sofort mehrere Aliase anlegen wollen. (Wie, das verrate ich Ihnen dann auf Seite 176).

- Legen Sie zum Beispiel ein Alias eines häufig gebrauchten Kontrollfelds auf Ihren Schreibtisch oder ins *Apple*-Menü.

- Benutzen Sie Aliase, um Dokumente an zwei oder drei Plätzen gleichzeitig ablegen zu können. Beispielsweise können Sie Kostenrechnungen sowohl in Ordnern ablegen, die nach Monaten sortiert sind, wie auch in Ordnern, die nach Projekten sortiert sind. Wenn Sie Änderungen am Original vornehmen, öffnen anschließend alle Aliase das geänderte Dokument.

- Wenn Sie ein Dokument regelmäßig benutzen, legen Sie ein Alias davon ins *Apple*-Menü. Öffnen Sie dazu Ihren Systemordner und ziehen Sie das Alias einfach auf den *Apple*-Menü-Ordner.

Sie können es auch durch ein Skript aus den *Nützlichen Skripten* erledigen lassen: Markieren Sie die Datei, von der Sie ein Alias anlegen möchten, fahren Sie dann im *Apple*-Menü bis zu den *Nützlichen Skripten* und wählen Sie aus dem Untermenü den Eintrag *Alias ins Apple-Menü*. Der Mac legt daraufhin ein Alias an, entfernt die Endung *Alias* vom Dateinamen und legt das Alias zuletzt in den *Apple*-Menü Ordner. (Siehe auchKap. «Das Apple-Menü» ab Seite 163).

- Wenn Sie feststellen, daß Sie den *Apple*-Menü-Ordner öfters benötigen, können Sie auch ein Alias des Ordners anlegen und es auf den Schreibtisch legen. Jede Datei die Sie dann auf das Alias des *Apple*-Menü-Ordners ziehen, wird im Ordner selbst abgelegt und erscheint damit im *Apple*-Menü.

- Haben Sie ein Programm, ein Dokument oder einen Ordner, der bei jedem Einschalten des Macs geöffnet werden soll? Legen Sie ein Alias des Objekts in den Startobjekte-Ordner, der sich im Systemordner befindet.

Eudora Light

Netscape Communicator

Von Eudora und Netscape liegen immer Aliase auf meinem Schreibtisch, damit ich sie einfach und schnell öffnen kann.

- Legen Sie Aliase von Ihren Programmen schön organisiert direkt auf Ihrem Schreibtisch ab oder auf der obersten Ebene Ihrer Festplatte. Dann müssen Sie sich nie mehr durch mehrere Ordner graben, um ein Programm zu starten. Wenn ein Programm Drag & Drop (auch bekannt als Ziehen-und-loslassen-Methode) unterstützt, kann das auch sein Alias.

Sie können jedes Dokument auf das Icon eines Programms ziehen, um es zu öffnen. Viele Programme können so auch Dokumente öffnen, die in anderen Programmen erstellt wurden. Wenn Sie also Dokumente von einem Programm finden, das Sie nicht besitzen, oder von denen Sie überhaupt nicht wissen, mit welchem Programm sie erstellt wurden, so können Sie die Dokumente über alle Aliase auf Ihrem Schreibtisch ziehen und prüfen, welches Programm es öffnen kann. Jedes Icon, das seine Farbe beim Drüberziehen des Dokuments wechselt, kann die Datei öffnen.

- Einige der fortgeschritteneren Einsatzmöglichkeiten von Aliasen erschließen sich erst in einem Netzwerk. Sie können zum Beispiel ein Alias Ihres File Servers anlegen, und so schnell eine Verbindung zu ihm aufbauen. Sie können auch ein Alias Ihrer Festplatte anlegen, es auf eine Diskette kopieren (das Alias hat ja nur ungefähr 2K) und es zu einem anderen Computer im Netzwerk bringen. Dann können Sie schnell eine Verbindung zu Ihrem eigenen Rechner aufbauen, indem Sie auf das Alias Ihrer

Festplatte klicken (vorausgesetzt natürlich, daß Sie zuvor die Benutzerrechte eingerichtet haben; siehe Kap. «Dateien gemeinsam nutzen» ab Seite 196). Dieses Konzept wird von manchen Leuten scherzhaft «Büro-auf-einer-Diskette» genannt.

Dieses «Apple»-Menü enthält Aliase von PageMaker-Dokumenten, die ich für Faxe und als Vorlagen verwende; die Originale stecken tief in irgendwelchen Ordnern. Ich habe auch ein Alias von PageMaker ganz oben im Menü, da ich ihn jeden Tag brauche.

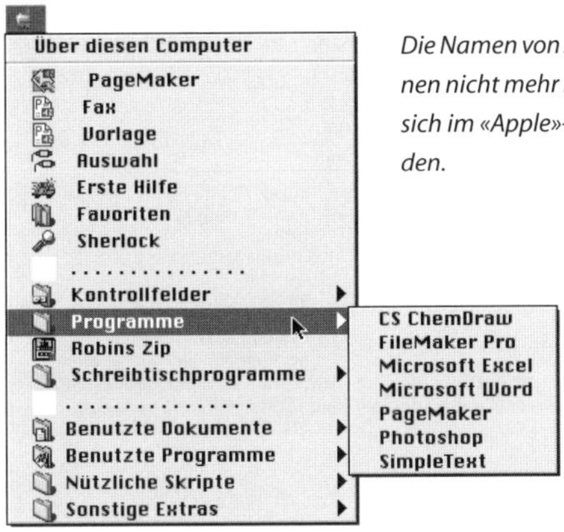

Die Namen von Aliasen erscheinen nicht mehr kursiv, wenn sie sich im «Apple»-Menü befinden.

Im «Apple»-Menü-Ordner habe ich einen anderen Ordner mit dem Namen Programme angelegt. Dort liegen Aliase von allen Programmen, die ich regelmäßig benutze. So kann ich sie öffnen, ohne in den Finder wechseln zu

Falls Sie sich wundern, warum dieses «Apple»-Menü so aufgeräumt aussieht: Lesen Sie Kap. «Aliase» ab Seite 173.

Dateien finden mit Aliasen

Benutzen Sie Aliase, um Dateien zu finden, die Sie auf Disketten oder Wechselplatten aufbewahren.

- Machen Sie ein Alias von einer Originaldatei auf der Diskette; die Originaldatei muß sich bereits auf der Diskette oder der Wechselplatte befinden. Stellen Sie sicher, daß diese Diskette oder Wechselplatte einen eindeutigen Namen trägt, und kleben Sie unbedingt ein Etikett mit diesem Namen auf die Diskette, damit Sie sie wiederfinden.
- Ziehen Sie das Alias von der Diskette auf Ihre Festplatte. Jetzt können Sie die Diskette auswerfen und sicher lagern.
- Wenn Sie auf das Alias auf Ihrer Festplatte doppelklicken, erscheint ein Dialogfenster, in dem Sie nach der Diskette mit der Originaldatei gefragt werden. (Jetzt verstehen Sie auch, warum es wichtig ist, der Diskette einen Namen zu geben.)

Da Aliase so klein sind, können Sie einen Ordner mit vielen Dateien anlegen, die Sie nur gelegentlich benötigen, von denen Sie aber wissen wollen, wo sie sind. Dieser Ordner mit Aliasen ist Ihr Sekretär, der immer weiß wo die Dateien abgelegt sind. (Lesen Sie hierzu auch im Abschnitt Originale wiederfinden auf Seite 178 nach.)

Sie können ein Alias einer ganzen Diskette, Cartridge oder CD ins *Apple*-Menü legen, und erhalten dann hierarchische Untermenüs (das sind die kleinen Untermenüs mit den Pfeilen) mit allen Dateien auf der Diskette. Dann müssen Sie sich nicht durch all die Fenster wühlen, um zu tiefer liegenden Objekten zu kommen.

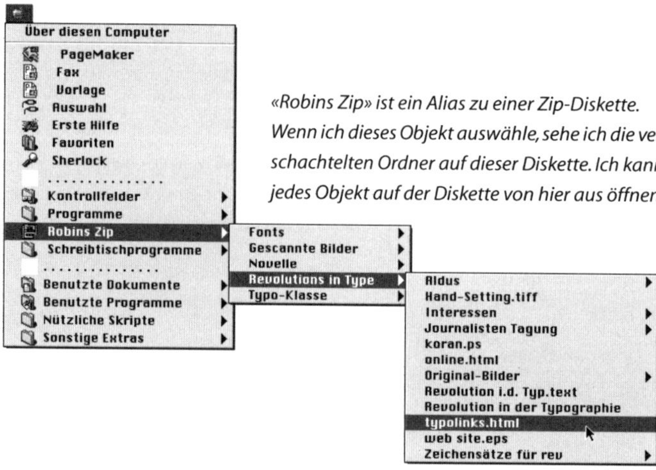

«Robins Zip» ist ein Alias zu einer Zip-Diskette. Wenn ich dieses Objekt auswähle, sehe ich die verschachtelten Ordner auf dieser Diskette. Ich kann jedes Objekt auf der Diskette von hier aus öffnen.

Wenn diese Zip nicht im Laufwerk ist, sagt mir der Mac den Namen der Zip-Diskette, die er benötigt.

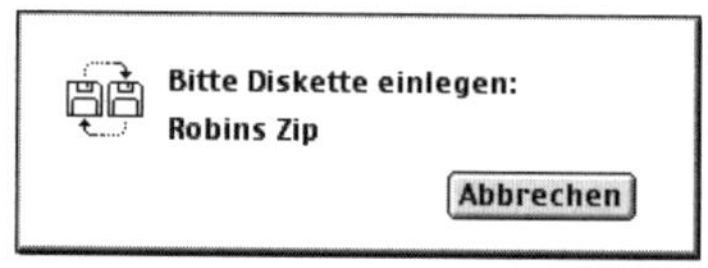

Aliase anlegen

Aliase unterscheiden sich vom Original durch einen kursiv geschriebenen Namen und ab Mac OS 8.5 zusätzlich um einen kleinen Pfeil auf dem Icon.

Aliase zu erzeugen ist kinderleicht.

Markieren Sie das Objekt, für das Sie ein Alias anlegen möchten (einmal anklicken).

Wählen Sie eine der folgenden vier Methoden, um ein Alias anzulegen:

- Wählen Sie aus dem Menü *Ablage* den Befehl *Alias erzeugen.*
- **Oder** drücken Sie die ⌘ - M.
- **Oder** halten Sie die Ctrl-Taste gedrückt und klicken Sie auf das Objekt, für das ein Alias erstellt werden soll. Es öffnet sich ein Kontext-Menü, das unter anderem den Eintrag *Alias erzeugen* enthält.
- **Oder** halten Sie gleichzeitig die Befehlstaste (⌘) und die Wahltaste (⌥) gedrückt und bewegen Sie die Datei. Sobald Sie das Icon loslassen, wird automatisch ein Alias erstellt. Wenn Sie die Datei in einen anderen Ordner gezogen haben, entfällt sogar die Endung *Alias* nach dem Dateinamen. Wenn Sie sie allerdings nur an eine andere Stelle im gleichen Ordner ziehen, bleibt die Endung.

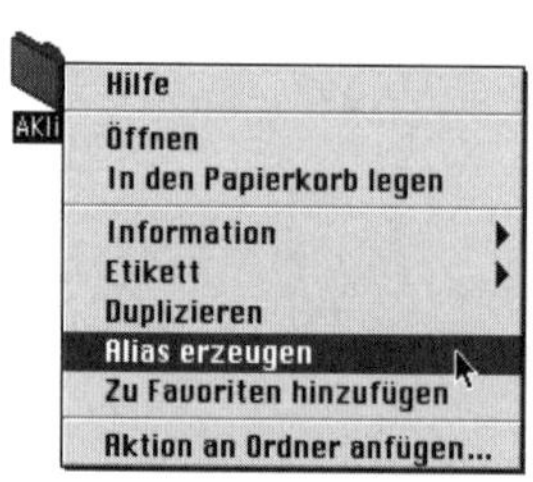

So sieht es aus, wenn Sie ein Alias mit der Control-Klick-Methode anlegen. Nachdem Sie auf «Alias erzeugen» geklickt haben, wird das Alias gleich neben der Originaldatei erstellt.

Egal, welche der vier Methoden Sie anwenden, am Ende haben Sie immer ein neues Icon, das genauso aussieht und heißt wie das Original – nur mit der Endung *Alias*. (Es sei denn, Sie haben das Alias mit gedrückten ⌘ - ⌥ gezogen und das Alias nicht im gleichen Ordner abgelegt.) Aliasnamen sind immer kursiv, so können Sie sie erkennen.

Ich entferne immer die Endung, dann wird der Name kürzer.

Ich entferne die Endung *Alias* nach Möglichkeit, weil es den Dateinamen unnötig verlängert. Bevor Sie den Namen ändern, müssen Sie das Alias jedoch aus dem Ordner bewegen, in dem sich das Original befindet, da in einem Ordner keine zwei Dateien mit dem gleichen Namen sein dürfen.

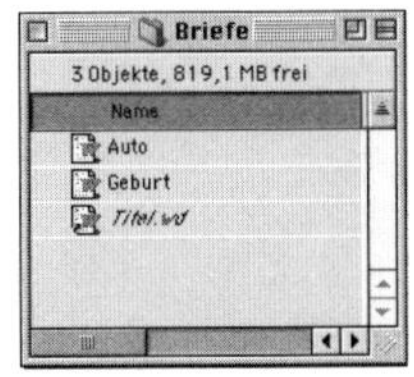

Selbst wenn Sie in Fenstern die Darstellung als «Liste» wählen, sieht ein Alias wie ein Alias aus.

Falls Sie aus irgendeinem Grund sowohl eine Datei als auch ihr Alias mit dem gleichen Namen im gleichen Ordner haben wollen, gibt es folgenden Trick:
Löschen Sie von der Endung des Alias wirklich nur «Alias», sprich, lassen Sie das Leerzeichen am Ende des Dateinamens stehen. Und schon haben Sie zwei Dateien, die für uns Menschen gleich aussehen, für den Computer aber verschieden sind.

Ziehen Sie das Icon dorthin, wo Sie es haben wollen. Benennen Sie es um, wenn Sie möchten. Die neue Datei muß nicht *Alias* im Namen tragen. Aber das Beste ist: Es macht nichts, wenn Sie anschließend das Original verschieben – das Alias findet es überall.

Um ein Alias in das *Apple*-Menü zu legen, ziehen Sie das Icon des Alias in den *Apple*-Menü-Ordner (im Systemordner) und lassen es dort los. (Alle Objekte im *Apple*-Menü erscheinen immer in normaler Schrift.)

Details über Aliase

Ein Alias zu erstellen ist einfach, aber ein paar Details sollten Sie wissen.

- Ein Alias ist genau genommen nur das Duplikat eines Icons, nicht einer Datei. Es ist daher nur ein **Platzhalter** des echten Objekts. Wenn Sie also ein Alias von Word doppelklicken, starten Sie das echte Word-Programm, selbst wenn das Original Word in einem ganz anderen Ordner gespeichert ist.
- Wenn Sie ein Alias **löschen**, löschen Sie damit **nicht das Original** – das verbleibt auf Ihrer Festplatte. So können Sie Ihre Dateiorganisation anpassen, wenn sich Ihre Bedürfnisse ändern. Sie brauchen das Alias der letzten Kalkulation nicht mehr in Ihrem Projekte-Ordner? Kein Problem: Werfen Sie es weg. Das Original der Kalkulation bleibt sicher da, wo Sie es gespeichert haben.
- Wenn Sie ein Objekt in das **Alias eines Ordners** legen, wird das Objekt tatsächlich in den Originalordner gelegt.
- Wenn Sie ein Objekt in das Alias des **Papierkorbs** legen, wird das Objekt in den originalen Papierkorb abgelegt. Und nur der originale Papierkorb schwillt an – das Icon des Alias zeigt immer den leeren Papierkorb.
- Sie können ein Alias **verschieben** und es auch **umbenennen**. Der Mac ist trotzdem immer in der Lage, das Original zu finden und es zu öffnen.

- Auch wenn Sie die **Originaldatei** verschieben oder umbennen – die Verbindung zum Alias können Sie dadurch nicht zerstören.

- Wenn Sie die Originaldatei **löschen**, löscht der Mac **nicht automatisch** die Aliase, die Sie für diese Datei angelegt haben. Wenn Sie ein Alias doppelklicken, von dem Sie das Original gelöscht haben, wird Ihnen nur eine Meldung angezeigt, die Ihnen mitteilt, daß das Original nicht gefunden werden konnte.

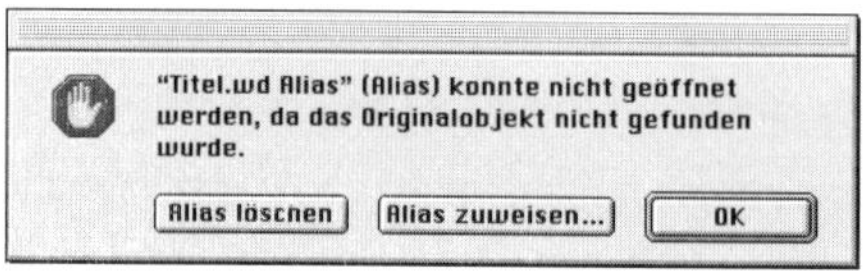

Wenn Sie auf ein Alias klicken, dessen Original nicht mehr gefunden wird, erscheint diese Meldung. Sie können das Alias löschen oder erneut einer Datei zuweisen lassen.

Originale wiederfinden

Um die **Originaldatei** eines Alias **wiederzufinden**, gehen Sie wie folgt vor:

- Klicken Sie auf das Alias.

  Benutzen Sie nun eine dieser einfachen Techniken, um die Originaldatei zu finden:

- Wählen Sie aus dem *Ablage*-Menü den Befehl *Original zeigen*.

- **Oder** drücken Sie die ⌘ - R.

- **Oder** halten Sie die Control-Taste gedrückt und klicken Sie auf das Alias. Es erscheint ein Kontext-Menü, aus dem Sie *Original zeigen* wählen.

Bei allen drei Methoden öffnet der Mac den Ordner mit der Originaldatei und markiert sie gleich.

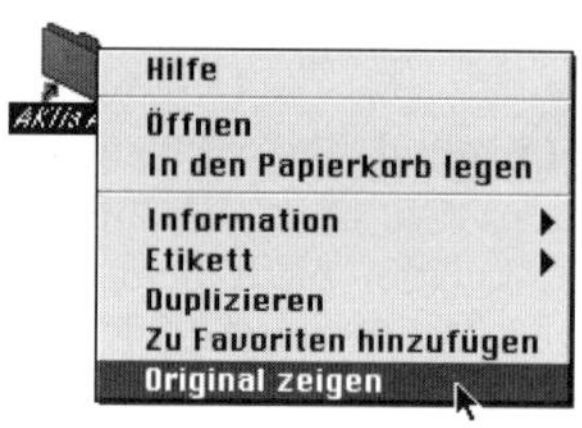

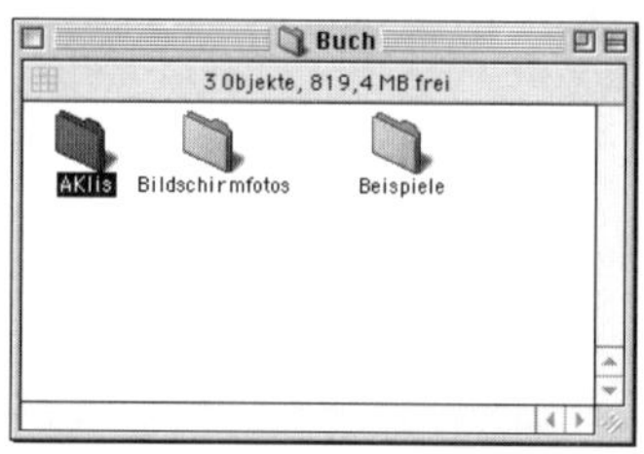

Der geöffnete Ordner mit markiertem Alias.

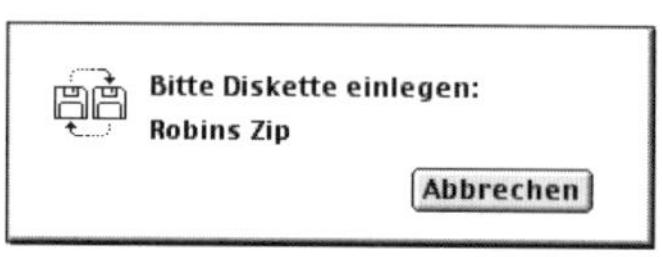

Wenn Sie *Original zeigen* auswählen oder wenn Sie auf ein Alias doppelklicken, dessen Original sich auf einer Diskette oder Wechselplatte befindet (siehe Seite 175), erscheint eine Meldung, die Ihnen mitteilt, welche Diskette Sie einlegen müssen.

Original neu zuweisen

Gelegentlich vergißt der Mac die Verbindung zwischen einem Original und seinen Aliasen. In diesem Fall können Sie einem Alias das Original neu zuweisen, Sie können diese Funktion aber auch nutzen, um dem Alias ein anderes Original zuzuweisen.

- Klicken Sie einmal auf das Alias, um es auszuwählen.
- Drücken Sie ⌘ - I, um das Informationsfenster zu erhalten.
- Klicken Sie auf den Knopf *Original neu zuweisen…*
- Es erscheint eine Dialogbox: Finden Sie die Originaldatei, die Sie diesem Alias neu zuweisen wollen und klicken Sie auf *Auswählen*. Schließen Sie das Informationsfenster wieder.

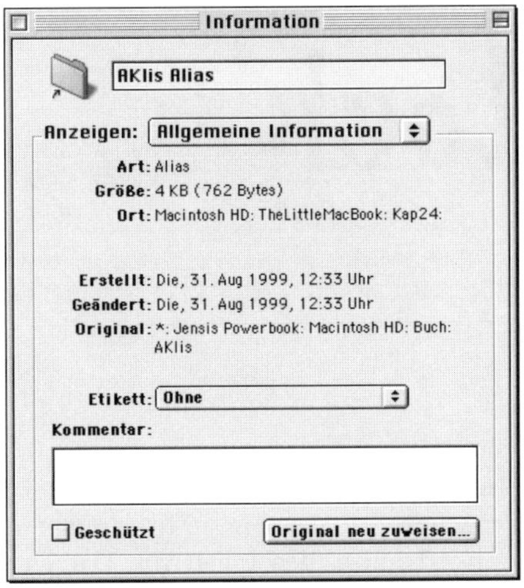

25

Sherlock

Informationen zu Sherlock 2 finden Sie in Kapitel 36 «Mac OS 9».

Sherlock ist das wundervolle, zeitsparende und Frust-reduzierende Such- und Finde-Programm, mit dem Sie auf Ihrer eingebauten Festplatte oder übers Netzwerk Dateien suchen können, den Inhalt von Dateien durchforsten können und – Tusch! – sogar Webseiten im Internet durchsuchen können. Entsprechend seinen Funktionen gliedert sich Sherlock in drei Bereiche: *Dateien finden*, *Nach Inhalt suchen*, *Im Internet suchen*. Passend dazu ist dieses Kapitel ebenfalls in drei Teile gegliedert, als da wären:

- **Dateien finden.** Das ist die Standardfunktion, mit der Sherlock für Sie auf lokalen oder Netzwerkvolumes nach Dateien jeglicher Art sucht.

- **Nach Inhalt suchen.** In diesem Modus kann Sherlock den Textinhalt Ihrer Dateien durchsuchen.

- **Im Internet suchen.** Mit dieser tollen Funktion kann Sherlock für Sie im Internet nach Informationen suchen und einfachen Zugriff auf die Seiten bieten, die Ihren Suchkriterien entsprechen.

Dateien finden

Ist es Ihnen auch schon passiert, daß Sie ein Dokument gespeichert und danach nicht wiedergefunden haben? Oder Sie haben versucht, die Briefe wiederzufinden, die Sie letzten Dienstag geschrieben hatten? Müssen Sie immer wieder auf eine Datei zugreifen, die fünf bis zehn Ordner tief begraben ist und sind einfach zu faul dazu? Überlassen Sie das Sherlock – genau genommen seinem Modul *Dateien finden*. Sie können auch nach mehreren Kriterien gleichzeit suchen, also zum Beispiel alle Briefe von letztem Dienstag finden, deren Titel mit «Memo an» beginnt.

Suchkriterien

Hier nur einige Vorschläge für Suchkriterien. Sie können suchen nach:

- einigen Zeichen des Dateinamens oder der Zeichenfolge, mit der der Name beginnt oder endet;

- Text, der im Kommentarfeld einer Datei steht (das Kommentarfeld sehen Sie im Info-Dialog)∞

- dem Erstellungsdatum einer Datei oder ihrem letzten Änderungsdatum. Oder auch nach einem Zeitraum von Tagen, Wochen oder Monaten, in dem sie erstellt oder geändert wurde;

- der Farbe des Etiketts einer Datei;
- dem Dateityp (Programm, Ordner, Alias etc.);
- der Versionsnummer;
- ob sie geschützt ist oder nicht;
- ob die Dateigröße kleiner oder größer ist als ein bestimmter Wert;
- ob ein Ordner leer ist oder gemeinsam genutzt wird;

Dateien finden

Dateien finden auf dem Mac funktioniert immer nach einem einfachen, grundlegenden Schema. Es gibt allerdings eine Reihe von zusätzlichen Parametern, auf die Sie bei Bedarf zurückgreifen können, um Ihre Suche zu verfeinern.

So starten Sie *Dateien finden*:

- Wenn Sie im Finder sind, wählen Sie einfach *Finden…* aus dem *Ablage*-Menü oder drücken Sie die Tastenkombination ⌘ - F.
- Wenn Sie nicht im Finder sind, wählen Sie *Sherlock* im *Apple*-Menü.

Klicken Sie auf den Reiter *Dateien finden*, falls dieser Bereich nicht schon vorne ist. Geben Sie den Dateinamen oder einen Teil davon ein und klicken Sie auf *Suchen* oder drücken Sie die Return-Taste (den Zeilenschalter). Daraufhin erscheint folgendes Dialogfenster:

Mit diesem Menü können Sie die Suchorte einschränken.

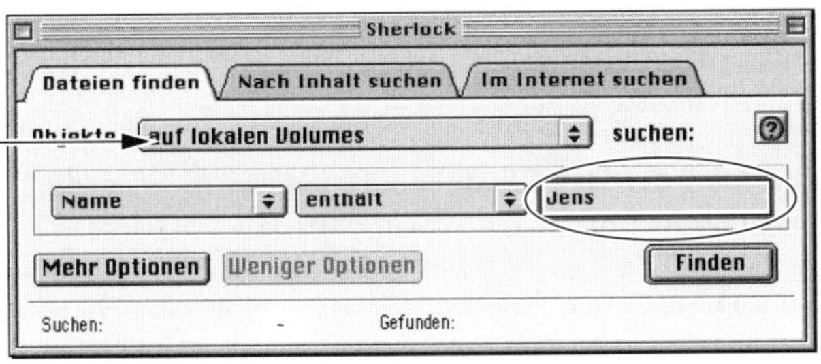

Sie müssen nicht den ganzen Namen eingeben! Groß- und Kleinschreibung ist egal, Leerzeichen sind dagegen wichtig!

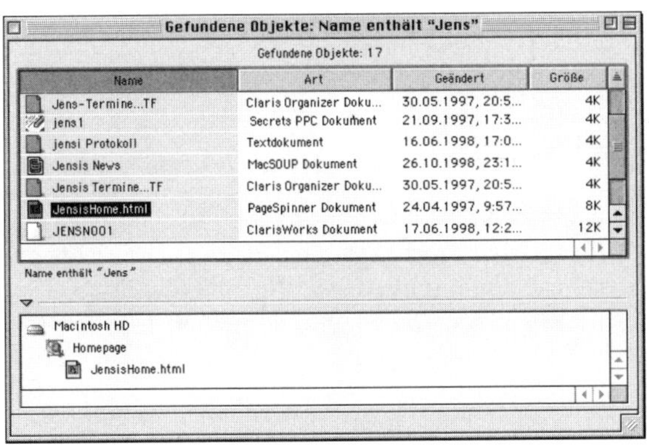

So sieht das Fenster mit einem Suchergebnis aus.

Wenn Sie Ihre gesuchten Dateien gefunden haben, können Sie viel mit ihnen anstellen. **Markieren** Sie eine Datei aus dem **oberen Teil** des Fensters und probieren Sie einmal folgendes aus:

Was tun mit gefundenen Dateien?

Um festzustellen, wo eine Datei abgelegt ist: Klicken Sie sie einmal an. Das Volume und die Ordner in denen die Datei liegt, werden im unteren Teil des Fensters gezeigt.

Die Datei öffnen: Doppelklicken Sie auf die Datei direkt im Fenster oder drücken Sie ⌘ - O oder wählen Sie *Objekt öffnen* aus dem *Ablage*-Menü.

Den Ordner öffnen, der die Datei enthält: Drücken Sie ⌘ - E oder wählen Sie *Übergeordneten Ordner öffnen* aus dem *Ablage*-Menü.

Die Datei in den Papierkorb werfen: Drücken Sie ⌘ - Löschtaste oder ziehen Sie die Datei aus der oberen Fensterhälfte auf den Papierkorb. Auf den ersten Blick scheint sich nichts zu ändern, denn der Dateiname bleibt immer noch im Suchergebnisfenster sichtbar, aber im unteren Teil des Fensters ist als Speicherort der Datei jetzt korrekt der Papierkorb angegeben.

Die Datei verschieben: Ziehen Sie sie aus dem oberen Teil des Fensters direkt dorthin, wo Sie sie haben wollen.

Die Datei kopieren: Halten Sie die Wahltaste (⌥) gedrückt und ziehen Sie die Datei aus der oberen Hälfte des Fensters dorthin, wo Sie die Kopie haben wollen.

Die Datei ausdrucken: Drücken Sie ⌘ - P oder wählen Sie *Objekt drucken* aus dem *Ablage*-Menü. Wenn der Druckbefehl im *Ablage*-Menü grau ist, handelt es sich um eine Datei, die nicht gedruckt werden kann.

Informationen über die Datei: Drücken Sie ⌘ - I oder wählen Sie *Information* aus dem *Ablage*-Menü.

Ein Alias der Datei erstellen: Halten Sie ⌘ - ⌥ gedrückt und ziehen Sie die Datei in einen Ordner oder auf den Schreibtisch.

Den Dateinamen kopieren: Markieren Sie eine Datei und drücken Sie ⌘ - C.

Den Pfad zur Datei kopieren: Markieren Sie die gewünschte Datei, drücken Sie einmal die Tabulatortaste, um den unteren Teil des Fensters zu markieren und betätigen Sie dann ⌘ - C. Setzen Sie den Pfad irgendwo ein.

Suche eingrenzen

Hier folgen weitere Optionen für die Dateisuche:

Klicken Sie auf das Einblendmenü neben *Objekte*, um festzulegen, wo der Mac nach den Dateien suchen soll. Ignorieren Sie dieses Menü nicht! Wenn *Dateien finden* nichts gefunden hat, Sie aber genau wissen, daß es da sein muß, dann kontrollieren Sie die Einstellung in diesem Menü – vielleicht haben Sie *Dateien finden* nur am falschen Ort suchen lassen.

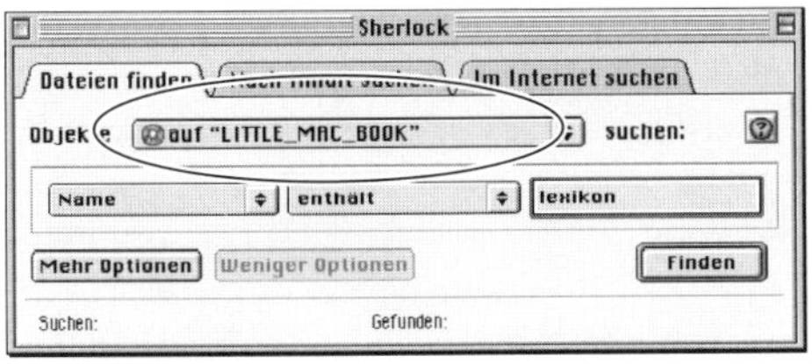

Sie können auch ⌘ - 1 oder 2 etc. drücken, um andere aktivierte Volumes auszuwählen.

Beginnen Sie mit dem linken Menü, um die Suche einzuengen. Wenn Sie aus dem linken Menü eine Einstellung auswählen, ändern sich auch das mittlere und das rechte Menü. Probieren Sie es aus!

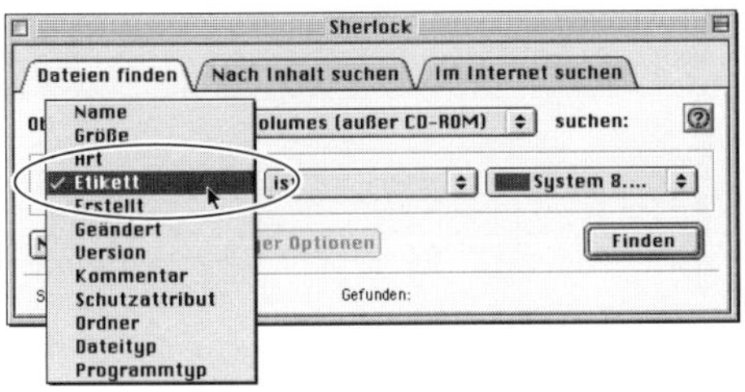

Wenn Sie hier andere Menüpunkte auswählen, verändern sich auch die anderen Parameter.

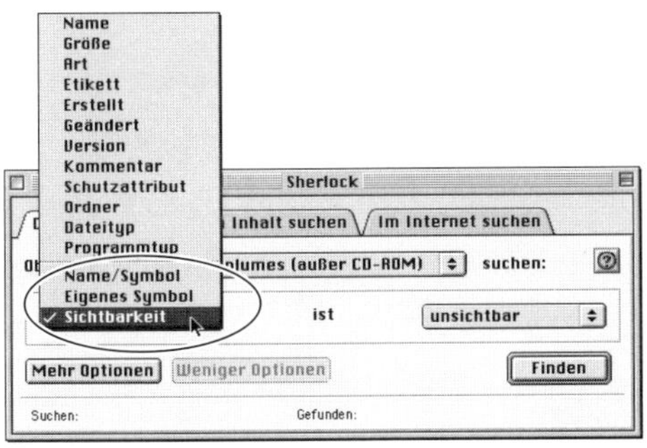

Wenn Sie mit gedrückter Wahltaste auf das erste Menü klicken, erscheinen noch mehr Suchkriterien. Zum Beispiel «Sichtbarkeit», damit können Sie nach unsichtbaren Dateien suchen.

Hier noch ein großartiger Trick, mit dem Sie selbst erfahrene Mac-Nutzer noch überraschen können: Wenn Sie nur in einem bestimmten Ordner oder auf einer bestimmten Festplatte suchen wollen, ziehen Sie einfach das Icon des Ordners oder der Festplatte auf das *Objekte*-Menü. Darauf erscheint als Auswahl *In ausgewählten Objekten* oder der Name der Festplatte.

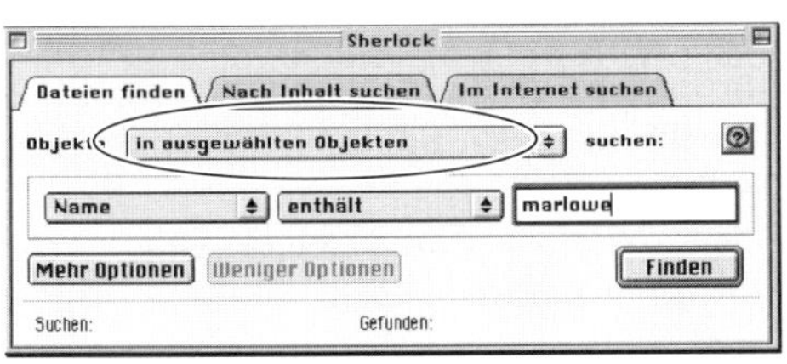

Ziehen Sie das Icon hierher und lassen Sie es dann los, um es zu durchsuchen.

Mehr Optionen

Klicken Sie auf *Mehr Optionen*, um zusätzliche Suchkriterien zu aktivieren. Damit können Sie Ihre Suche immer weiter einschränken. Klicken Sie doch einmal so lange auf *Mehr Optionen*, bis die Taste nicht mehr aktivierbar ist. (Das ist der visuelle Hinweis für Sie, daß es keine weiteren Optionen gibt.)

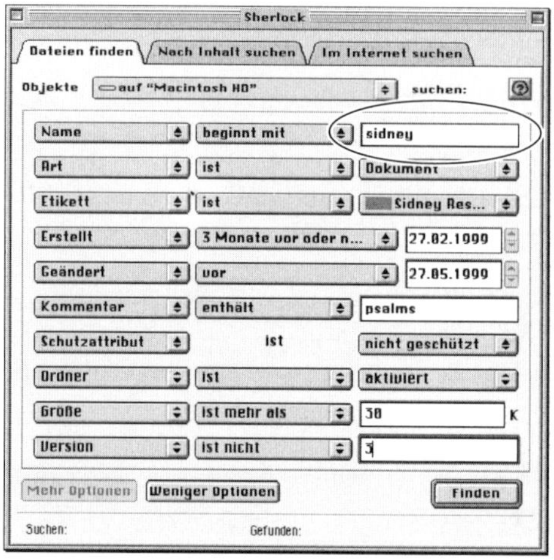

Wenn Sie eine Datei in dieses hellumrandete Feld ziehen, dann werden die Angaben in allen Feldern passend zu der Datei geändert. Anschließend können Sie einige Werte so abändern, daß Sie nach ähnlichen Dateien suchen können.

Wenn «Mehr Optionen» grau dargestellt ist, stehen Ihnen keine weiteren Optionen zur Verfügung. Klicken Sie auf «Weniger Optionen», um eine Option aus dem Dialogfenster zu entfernen. Halten Sie die Wahltaste gedrückt und klicken Sie in «Weniger Optionen» um alle Optionen bis auf eine verschwinden zu lassen, oder drücken Sie ⌘-⌥-L

Das Fenster von Dateien finden

Dateien finden ist ein Fenster, das sich wie jedes andere Fenster auf Ihrem Schreibtisch verhält.

Es hat einen **Rollbalken** auf der rechten Seite, und wenn Sie auf die kleinen Pfeile drükken, können Sie die restlichen Treffer sehen.

Unten rechts ist das Zoom-Feld, um die **Fenstergröße** zu **verändern**.

Es gibt ein **Schließfeld** in der oberen linken Ecke, um das Fenster zu schließen.

Es gibt ein **Minimierungsfeld** in der oberen rechten Ecke. Damit können Sie das Fenster bis auf die Titelzeile einklappen. Außerdem gibt es ein **Erweiterungsfeld** direkt daneben. Damit können Sie das Fenster vergrößern oder verkleinern.

Sie können auf die Spalten in der **Kopfzeile** klicken, um die Treffermenge nach verschiedenen Kritierien zu sortieren. Hier können Sie auch die **Spaltengröße** ändern.

Und zu guter Letzt gibt es hier auch noch ein **Sortierkriteriumsdreieck**, um die Sortierung der gewählten Spalte zu invertieren.

Die Ergebnisfenster unterscheiden sich also in dieser Hinsicht nicht von normalen Fenstern in Listendarstellung.

Klicken Sie auf den Kopf einer Spalte, um die Treffermenge nach diesem Parameter zu sortieren.

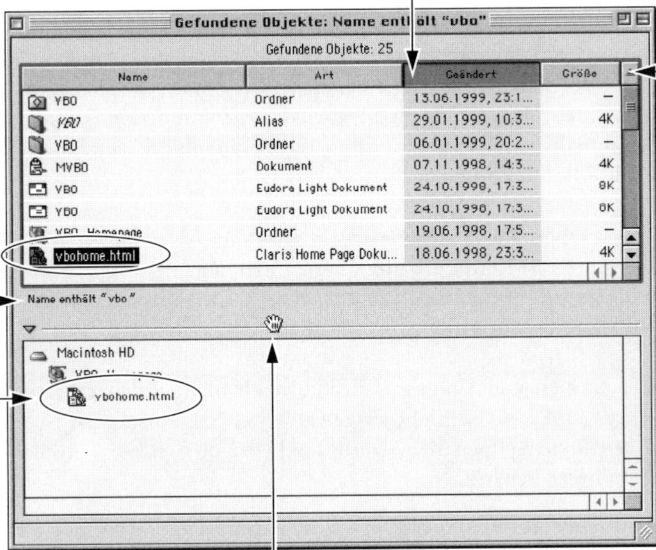

Sortierung umkehren

Doppelklicken Sie hier, um die Datei zu öffnen.

Ihre Suchkriterien

Doppelklicken Sie hier, um den Ordner zu öffnen, in dem sich die Datei befindet.

Über dieser Linie verwandelt sich der Pfeil in eine Hand, mit der Sie diese Trennlinie (bei gehaltener Maustaste) nach oben oder unten ziehen können, um den unteren Teil des Fensters zu vergrößern bzw. zu verkleinern.

Mehr Ergebnisfenster

Sie können nacheinander nach verschiedenen Objekten suchen, und jedes Suchergebnis wird in einem eigenen Fenster dargestellt. Drücken Sie einfach ⌘ - F, um das Haupt-Dialogfenster in den Vordergrund zu bringen, wenn es von dem oder den Ergebnisfenster/n verdeckt wird.

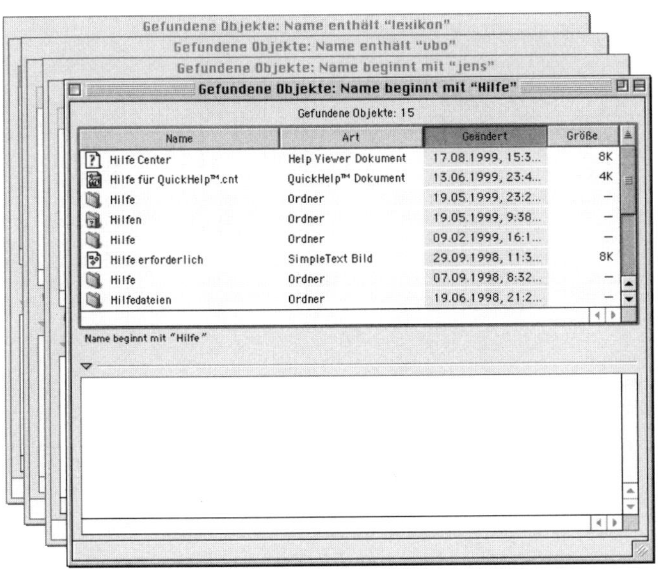

In der Titelzeile der Ergebnisfenster steht, wonach Sie gesucht haben. Achten Sie auch hier auf einen visuellen Hinweis: Aus Platzgründen wird immer nur das erste Kriterium angegeben; wenn es jedoch mehr als ein Kriterium gab, stehen am Ende die üblichen drei Punkte.

Nach Inhalt suchen

Seit Mac OS 8.5 können Sie auch den Inhalt von Dateien durchsuchen, ein wirklich erstaunliches Feature. Wenn Sie also von einer (Text-)Datei nur noch wissen, daß darin der Begriff Power User vorkommt, kann der Mac die betreffende Datei für Sie finden. Vorausgesetzt allerdings, Sie haben Ihre Hausaufgaben gemacht! Der Trick an der Sache ist nämlich, daß Sie zunächst jede einzelne Datei vom Mac indizieren lassen müssen. Wenn Sie neue Dokumente erstellen, werden diese nicht automatisch in der Suche mit berücksichtigt. Sie müssen diese wieder zuerst indizieren, indem Sie den Index regelmäßig aktualisieren. Netterweise ist die Bedienung dieser Funktion um einiges einfacher als ihre Beschreibung.

- Inhalte suchen

Unten sehen Sie das Dialogfenster von *Nach Inhalt suchen*, das Sie nach einem Klick auf den mittleren Reiter erhalten; Sie können auch ⌘ - G drücken, wenn Sherlock bereits geöffnet ist. Wenn Sie *Nach Inhalt suchen* auswählen, startet Sherlock beim nächsten Aufruf in diesem Modus.

- Volumes indizieren

Alle Namen von Volumes, die Sie noch nicht indiziert haben, erscheinen in grauer Schrift und können nicht ausgewählt werden. Zusätzlich ist ihr *Indizierungsstatus* mit *nicht indiziert* angegeben. Darunter befindet sich der Knopf *Volume indizieren…*, die eben dieses bewirkt.

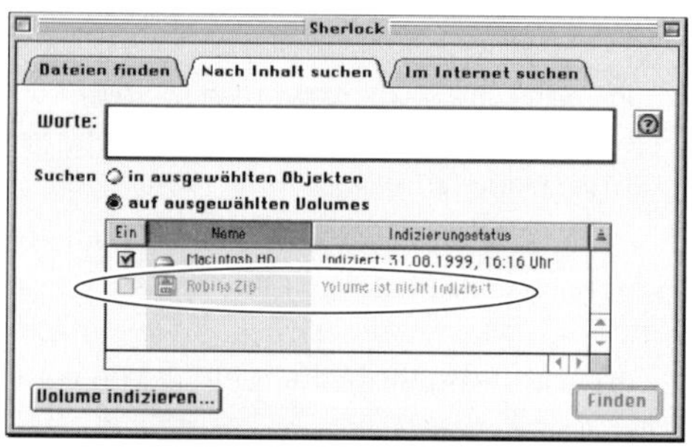

Wenn Sie den Knopf «Volume indizieren» anklicken, wird dieses Dialogfeld angezeigt.

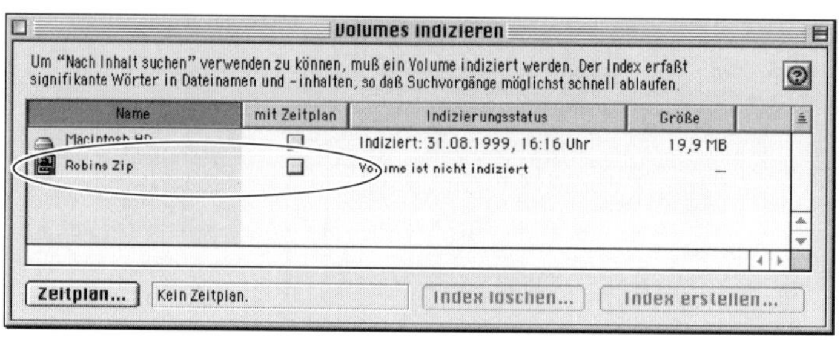

Das Indizieren eines Volumes kann einige Zeit dauern – abhängig von der Größe Ihrer Festplatte und der Anzahl der Dateien eine Stunde oder auch länger. Aber das Warten lohnt sich. Außerdem können Sie die Indizierung auch zu einem Zeitpunkt durchführen lassen, wenn Sie gerade nicht mit dem Mac arbeiten. Näheres dazu erfahren Sie etwas weiter unten.

Um ein oder mehrere Volumes zu indizieren:

1 Markieren Sie jedes Volume. Halten Sie die Umschalttaste gedrückt, um mehr als eines auszuwählen. Klicken Sie direkt auf den Namen des Volumes, nicht in die Ankreuzfelder! (Die Ankreuzfelder sagen dem Mac, daß er den Index nach dem eingestellten Zeitplan neu erstellen bzw. aktualisieren soll. Ich zeige Ihnen gleich, wie das geht.)

__Achtung:__ Das Mac OS 8.5 indiziert keine PDF- oder HTML-Dateien. OS 8.6 dagegen kann es.

2 Nachdem Sie das oder die Volume(s) markiert haben, klicken Sie auf den Knopf *Index anlegen...* Daraufhin erscheint die Meldung, daß dies eine Weile dauern kann. Klikken Sie auf *Anlegen* und machen Sie sich einen Kaffee, Tee oder sonstwas Heißes. Sie können auf dem Mac zwar arbeiten, während der Index angelegt wird, aber nur sehr langsam und träge. Auf Seite 190 verrate ich Ihnen, welche Voreinstellungen Sie treffen müssen, um während einer Indizierung etwas effektiver arbeiten zu können.

■ Ordner oder Volume indizieren

Sie können einen Ordner oder ein Volume auch individuell indizieren. Benutzen Sie dazu das Kontextmenü im Finder: Halten Sie die Control-Taste gedrückt, klicken Sie auf den Ordner oder das Volume-Symbol und wählen Sie aus dem Kontextmenü den Eintrag *Index...* aus.

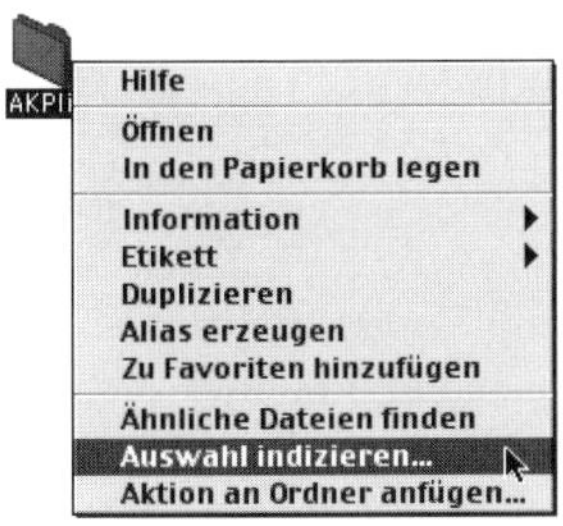

Das ist ein praktisches Hilfsmittel, speziell dann, wenn Ihre Festplatte schon indiziert ist, Sie aber gerade einen neuen Ordner mit Dokumenten erstellt haben.

■ Zeitplan benutzen

Es empfiehlt sich natürlich, den Index zu einer Zeit erstellen bzw. aktualisieren zu lassen, wenn Sie den Computer nicht benutzen.

So erstellen Sie einen Zeitplan zur Indizierung:

1 Öffnen Sie Sherlock und klicken Sie bei Bedarf auf den Reiter *Nach Inhalt suchen*.

2 Klicken Sie auf den Knopf *Volume indizieren...*

3 Klicken Sie auf den Knopf *Zeitplan...* Nun erscheint ein Dialogfenster, in dem Sie Tag und Uhrzeit der automatischen Aktualisierung ankreuzen können.

Kombinieren Sie den Zeitplan für die Indizierung mit dem Kontrollfeld «Energie sparen» oder dem Kontrollfeld Computer Ein/Aus (siehe Seite 220): Lassen Sie den Mac nachts zu einer bestimmten Zeit einschalten und mit dem Zeitplan kurz darauf die Erstellung bzw. Aktualisierung des Index starten. Wenn Sie morgens an den Computer kommen, ist Ihre ganze Festplatte bereits indiziert. Achten Sie jedoch darauf, dem Mac genügend Zeit für die automatische Indizierung zu lassen – sonst schaltet er sich nicht selbständig aus.

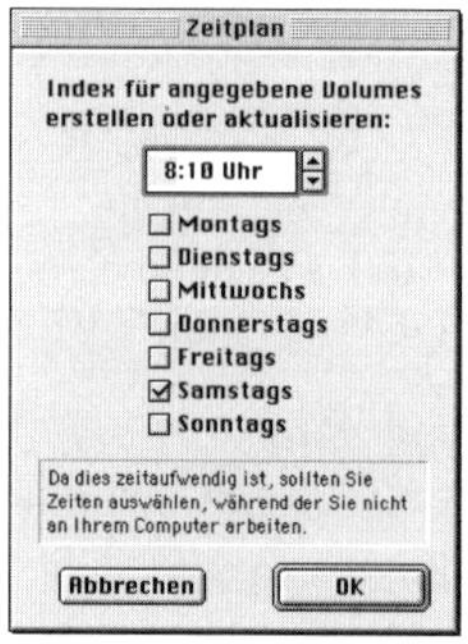

Benutzen Sie dieses Dialogfenster, um den Zeitplan für das Indizieren einzurichten.

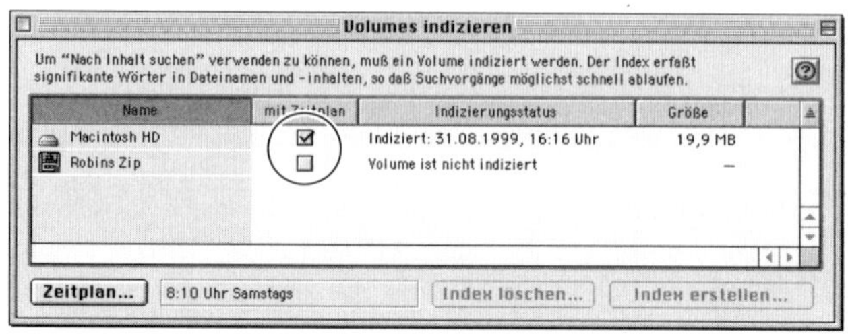

Wenn Sie einmal einen Zeitplan aufgestellt haben, kreuzen Sie die Felder hier an, um die Indizierung nur auf bestimmten Volumes laufen zu lassen.

Index aktualisieren und löschen

Die Indexe, die der Mac anlegt, können riesig werden – je mehr Dateien Sie haben, desto größer. Auf meiner Festplatte zum Beispiel hat die Index-Datei, die Sherlock angelegt hat, 39 Megabyte! Daher sollten Sie sicherstellen, daß Ihr Index auch immer aktuell ist – sonst verschwenden Sie nur wertvollen Speicherplatz!

Den Index eines Volumes aktualisieren Sie im Fenster *Volumes indizieren*, das Sie nach einem Klick auf den gleichnamigen Knopf oder mit dem Menü *Volumes indizieren...* im *Finden*-Menü erhalten. Hier können Sie die Index-Datei einzelner Volumes auch löschen. Markieren Sie das oder die Volumes in der Liste, das Sie aktualisieren bzw. löschen wollen und klicken Sie dann auf den entsprechenden Knopf. (Wenn Sie kein Volume markieren, bleiben beide Knöpfe grau.)

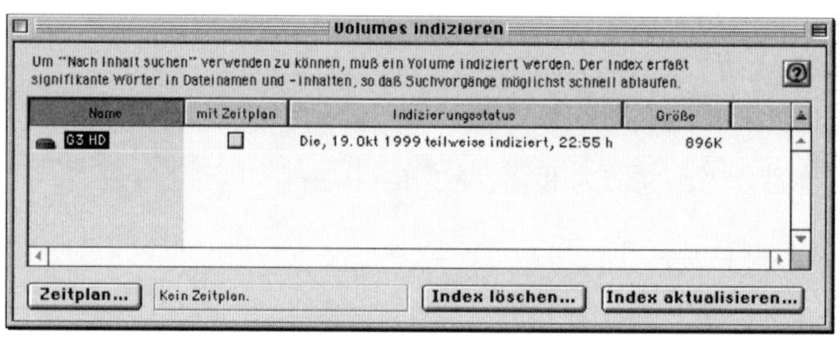

Markieren Sie in diesem Fenster das oder die Volume/s, deren Index Sie aktualisieren oder löschen möchten.

Nach Inhalt suchen

Nachdem Sie alle Volumes indiziert haben, die Sie für Ihre Suche benötigen, können Sie *Nach Inhalt suchen* endlich benutzen. Dazu geben Sie im Dialogfenster die Wörter ein, nach denen Sie suchen wollen und klicken Sie dann auf *Finden*.

Wenn Sie Ihre Suche auf bestimmte Volumes einengen möchten, dann klicken Sie auf *Suchen auf ausgewählten Volumes* und kreuzen Sie dann die an, auf denen Sie suchen möchten. Überaus praktisch ist auch die Funktion, die Suche auf ausgewählte Ordner einengen zu können: Dazu markieren Sie zunächst den oder die Ordner und klicken dann auf den Knopf *Suchen in ausgewählten Objekten*. Diese Auswahl muß zuvor indiziert worden sein.

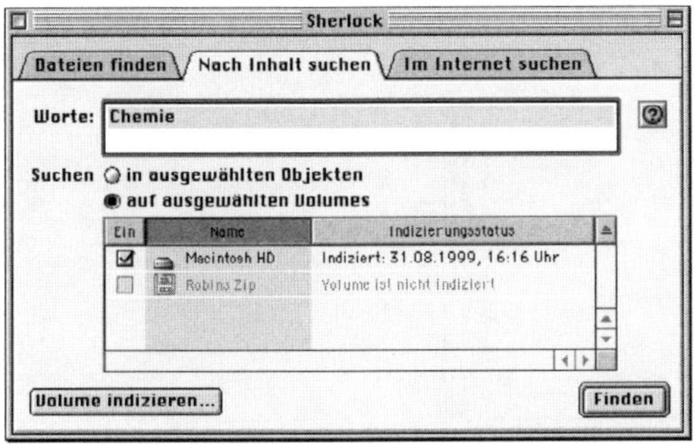

Geben Sie die Wörter ein, die Sie im Inhalt der Dokumente finden wollen.

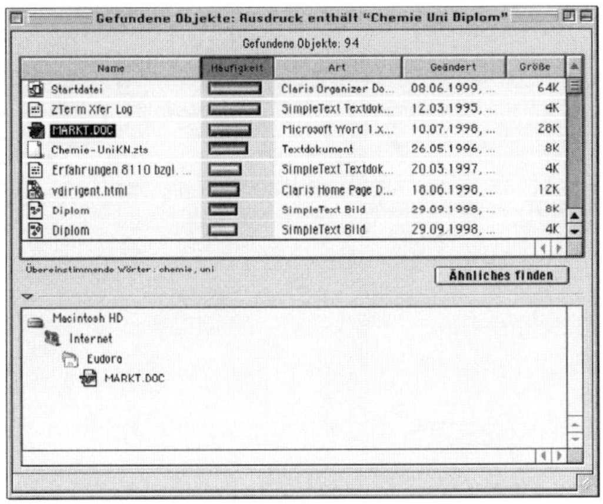

Klicken Sie auf einen Dateinamen, um zu sehen, welche zutreffenden Wörter Sherlock im Inhalt dieser Datei gefunden hat.

Alle Tips von Seite 184 treffen auch auf dieses Fenster zu.

Das ist jetzt wirklich unglaublich. Wenn Sie Dateien einmal *nach Inhalt* gefunden haben, kann Sherlock noch einen Schritt weitergehen und Dateien finden, die einen ähnlichen Inhalt haben. Sherlock analysiert dazu den Text des ausgewählten Dokuments und sucht dann nach Dateien, in denen die gleichen Wörter auftauchen. Probieren Sie das mal aus!

■ Ähnliche Dateien finden

So finden Sie ähnliche Dateien zu den bereits gefundenen:

1 Klicken Sie auf eine Datei im Suchergebnisfenster, um sie zu markieren.

2 Klicken Sie auf den Knopf *Ähnliches finden*.

3 Es erscheint ein neues Ergebnisfenster. Klicken Sie einmal auf eine der angezeigten Dateien. In der Mitte zwischen beiden Teilen des Fensters steht, welche Wörter Sherlock in dieser Datei gefunden hat, die auch in der ursprünglich markierten Datei enthalten sind.

Es existieren Kontextmenüs für die Option *Ähnliches suchen:* Klicken Sie mit gedrückter Control-Taste im Ergebnisfenster auf eine Datei, so erscheint ein Menü mit den beiden

Punkten *Ähnliches suchen* und *Dateiübersicht in Zwischenablage*. Ersterer erscheint praktischerweise aber auch, wenn Sie das Kontextmenü einer Datei oder eines Volumes im Finder aufrufen. Und falls Sie eine Datei anklicken, die noch nicht indiziert ist, können Sie das mit diesem Menü auch gleich erledigen.

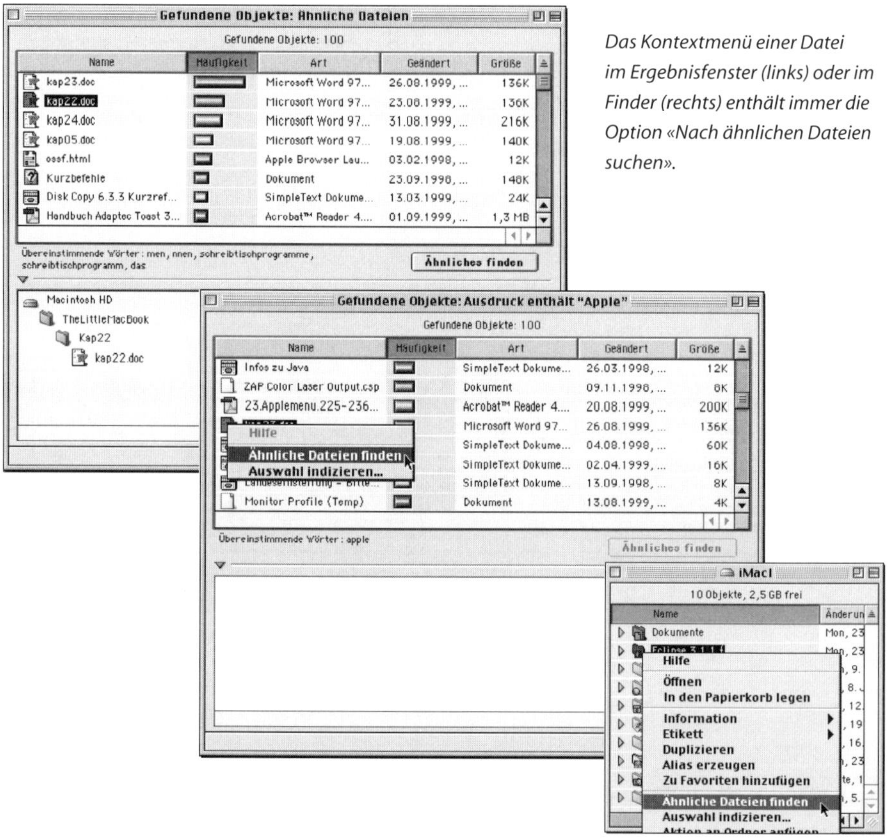

Das Kontextmenü einer Datei im Ergebnisfenster (links) oder im Finder (rechts) enthält immer die Option «Nach ähnlichen Dateien suchen».

PageMaker schreibt in jedes Dokument, welche Zeichensätze darin verwendet werden. In Verbindung mit *Nach Inhalt suchen* kann ich alle (PageMaker-)Dokumente auf meiner Festplatte finden, die bestimmte Zeichensätze verwenden. Beispielsweise habe ich ein Dokument markiert, von dem ich wußte, daß es einen bestimmten Zeichensatz enthält. Dann habe ich *Ähnliches finden* ausgewählt und Sherlock hat sogar Microsoft Word-Dokumente gefunden, die den gleichen Zeichensatz enthielten.

■ Index-Voreinstellungen

Es gibt eine ganze Reihe von Möglichkeiten, die Indizierung an Ihre Bedürfnisse anzupassen. Wählen Sie dazu in Sherlock aus dem *Bearbeiten*-Menü den Eintrag *Voreinstellungen...* Diese Optionen erklären sich bis auf *Systemverhalten während der Indizierung* von selbst.

Mac OS 8.5

Sie können sogar weiterarbeiten, während der Mac am Index Ihrer Festplatte arbeitet.

*Wenn Sie während der Indizierung **nicht** weiterarbeiten möchten, schieben Sie den Regler ganz nach rechts, damit der Mac mit optimaler Geschwindigkeit indizieren kann.*

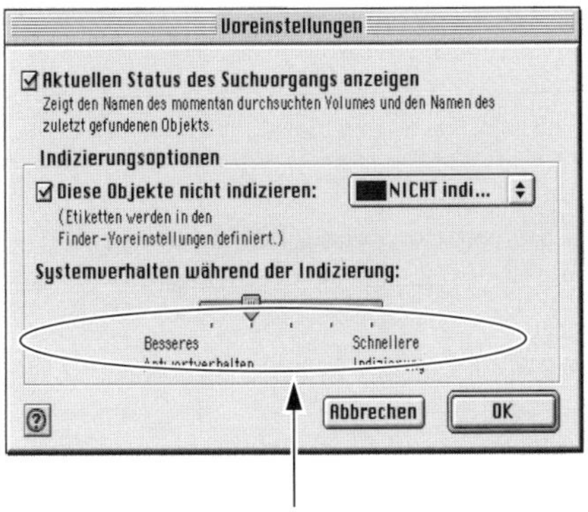

Mac OS 8.6

Wenn Sie während der Indizierung arbeiten wollen, bewegen Sie den Regler nach links. Allerdings wird die Indizierung auf diese Weise länger dauern.

Diese Voreinstellung bezieht sich auf die Internet-Suche von Sherlock. Falls Ihr Mac Ihnen mitteilt, daß er nicht soviel Sites auf einmal suchen kann, dann müssen Sie in diesem Fenster die Anzahl der Sites begrenzen. Sherlock wird zwar noch immer alle durchsuchen, aber nicht mehr alle auf einmal.

Im Internet suchen

Sherlock kann für Sie das Internet auf eine effiziente und einzigartige Weise durchsuchen. Nachdem Sie einige Worte als Suchbegriff eingegeben haben, strukturiert Sherlock Ihre Anfrage für eine ganze Reihe von Suchmaschinen und schickt diese Anfragen an mehrere Suchmaschinen gleichzeitig ab. Innerhalb von ein oder zwei Minuten liefert Sherlock Ihnen eine Liste mit den Ergebnissen der ausgewählten Suchmaschinen. Von der Liste mit den Ergebnissen können Sie direkt auf eine Seite gehen, eine Zusammenfassung der Angebote dieser Seite lesen oder eine Web-Adressen-Datei anlegen (was so etwas wie ein Alias ist: Ein Doppelklick auf ein solches Icon bringt Sie zur Webseite).

Falls Sie noch gar nichts über das Internet, das World Wide Web oder über Suchseiten wissen, sollten Sie vielleicht zunächst Teil C dieses Buches lesen.

■ Suchen

Als erstes müssen Sie Ihre Internet-Verbindung aufbauen, weil Sherlock sich ins Internet einloggen muß, um die Informationen zu bekommen. Sehen Sie in Kap. «Mac und Internet» ab Seite 278 nach, wenn Sie noch keine Verbindung haben. Sobald Sie einen Internet-Zugang auf Ihrem Mac eingerichtet haben, müssen Sie nur noch den unten beschriebenen Schritten folgen, um die gesuchten Informationen zu finden.

So benutzen Sie Sherlock:

1 Öffnen Sie Sherlock.

2 Klicken Sie auf den Reiter *Im Internet suchen*.

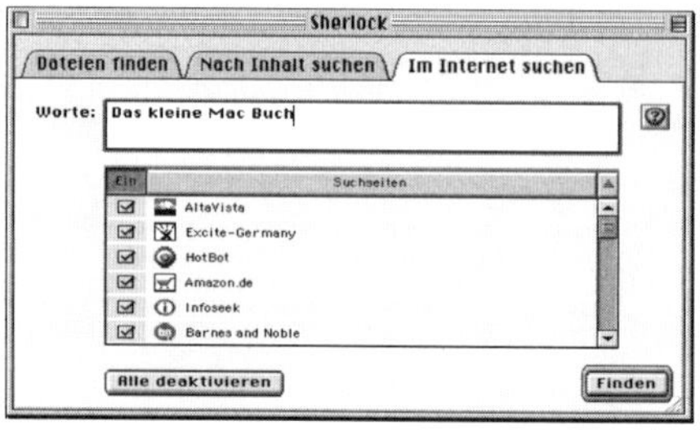

Im Mac OS 8.6 können Sie die Größe des «Im Internet suchen»-Dialogfensters verändern. In OS 8.5 geht das noch nicht – ein weiterer Grund zum Updaten auf 8.6.

3 Geben Sie die Suchbegriffe ein, nach denen Sie im Internet suchen möchten. Sie können auch Fragen stellen,wie etwa «Wo wurde George Washington geboren?»

4 Kreuzen Sie die Namen der Suchmaschinen an, in denen Sherlock stöbern soll.

5 Klicken Sie auf *Finden* (oder drücken Sie die Eingabetaste). Es erscheint ein Ergebnisfenster.

■ Ergebnisse einer Internet-Suche

Unten sehen Sie die Ergebnisse einer kurzen Suche im Internet nach «Das kleine Mac Buch». Die Spalte *Häufigkeit* gibt einen Hinweis darauf, wie nahe das Ergebnis an einem Volltreffer ist, zumindest nach Meinung Ihres Macs. Folgendes können Sie mit den Ergebnissen machen:

Klicken Sie einmal *auf ein Suchergebnis, um im unteren Teil Details über die Seite zu sehen.* ***Doppelklicken*** *Sie auf das Ergebnis, um Ihren Browser zu starten und direkt dorthin zu gelangen.*

Klicken Sie in dieses Icon, um direkt auf die Seite der Suchmaschine zu gelangen.

Ziehen Sie ein markiertes Ergebnis heraus und lassen Sie es auf dem Schreibtisch los, um eine Web-Adressen-Datei (siehe unten) zu erstellen.

Das ist ein Werbebanner. Es ist wirklich ziemlich nervend, auf dem eigenen Computer Werbung zu sehen. Klicken Sie irgendwo auf den Banner, um zur Werbeseite zu gelangen.

Klicken Sie auf den Link, um zu dieser Seite zu gelangen.

Web-Adressen-Dateien

Vermutlich wollen Sie einige der gefundenen Adressen für später abspeichern. Ziehen Sie dazu einfach den Namen der Adresse aus dem oberen Teil des Fensters auf den Schreibtisch. Der Mac macht daraus eine Datei – wie unten gezeigt – die «Web-Adresse» genannt wird. Sie können diese Adressen in einem separaten Ordner ablegen, sie auf dem Schreibtisch lassen oder als Favoriten (siehe Seite 165) abspeichern. Eine Web-Adresse hat standardmäßig den Suchort als Namen; Sie können ihren Namen aber jederzeit ändern. Die Web-Adressen-Datei findet in jedem Fall die richtige Seite.

Das ist die originale Web-Adressen-Datei.

Das ist dieselbe Datei, nur umbenannt.

Boolesche Operatoren

Hinter dem Begriff Boolescher Operator verbirgt sich die Möglichkeit, verschiedene Suchkriterien mit UND (AND), NICHT (NOT) und ODER (OR) zu verknüpfen. (Sie können die Operatoren deutsch oder englisch eingeben.) Im Beispiel unten habe ich auf diese Weise Webseiten gefunden, die die Worte «Williams» und gleichzeitig «Das kleine Mac Buch» beinhalten. Sherlock hat gut gearbeitet und die Ergebnisse auf meine Suchbegriffe beschränkt: Es wurde keine Seite angezeigt, die nur den Familiennamen Williams enthält, sondern nur die Seiten, die beide Begriffe beinhalten.

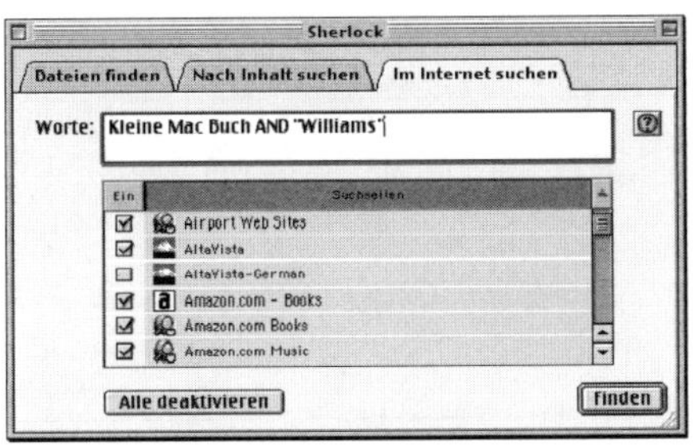

Die meisten Suchmaschinen im Netz benutzen Boolesche Operatoren. Hilfe zu diesem Thema bekommen Sie bei fast jeder Suchmaschine im Web. Einfach auf den «Hilfe»-Knopf klicken oder die Fortgeschrittene Suche auswählen.

Internet Suchdienste

Sherlock verdankt seine Fähigkeit speziellen Plug-ins für die Suchmaschinen. Im Systemordner befindet sich ein Ordner namens Internet Suchdienste. Dieser Ordner enthält alle Plug-ins für sämtliche Suchmaschinen, die Sherlock durchsucht. Wenn das Plug-in für Ihre liebste Suchseite nicht enthalten ist, kann Sherlock auf ihr nicht suchen. Unten sehen Sie, daß OS 8.6 von Haus aus viel mehr Plug-ins anbietet als OS 8.5. Um (noch) mehr Plug-ins zu bekommen, gehen Sie auf die Web-Site von Apple: *www.apple.com/sherlock/plugins.html.* Klicken Sie auf das Plug-in, das Sie haben möchten und es wird als eine *.src*-Datei auf Ihren Schreibtisch heruntergeladen. Ziehen Sie diese *.src*-Datei auf Ihren Systemordner und lassen Sie sie los. Der Mac legt sie im Internet Suchdienste-Ordner für Sie ab, und dann können Sie die neue Suchmaschine mit Sherlock durchsuchen.

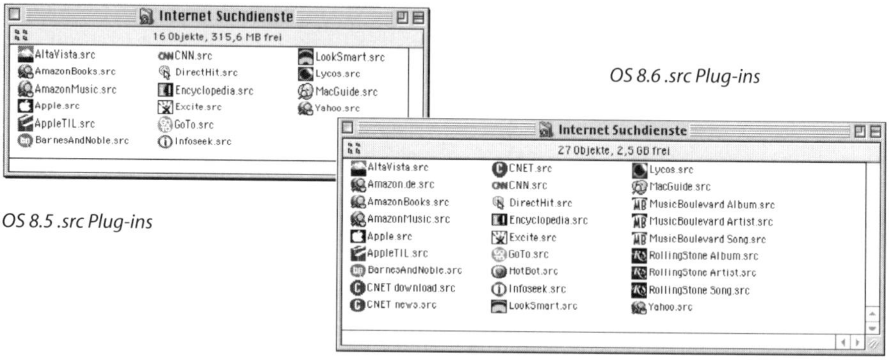

OS 8.6 .src Plug-ins

OS 8.5 .src Plug-ins

■ Suchdienste erneuern

Sie fragen sich vielleicht, ob Sherlock auch die neuesten Informationen finden kann, wenn er diese kleinen .src-Dateien in Ihrem Systemordner benutzt. Diese Frage ist berechtigt, denn ab und zu veralten diese Dateien. Beachten Sie dabei bitte, daß die wenigsten Suchseiten im Web jeden Tag aktualisiert werden. Manche nur einmal in der Woche oder noch seltener. Sie können Sherlock sagen, daß er nachschauen soll, ob eine der von Ihnen ausgewählten Maschinen ein Update bereitgestellt hat. Wenn das der Fall sein sollte, aktualisiert Sherlock seine Liste.

So erhalten Sie Updates aller duchsuchbaren Datenbanken:

1 Öffnen Sie Sherlock.

2 Wählen Sie *Suchseiten aktualisieren…* aus dem *Finden*-Menü. Es erscheint das rechts gezeigte Dialogfenster.

3 Klicken Sie auf *Aktualisieren*. Sherlock loggt sich ins Internet ein (falls Sie noch nicht verbunden sind) und akualisiert alle Dateien.

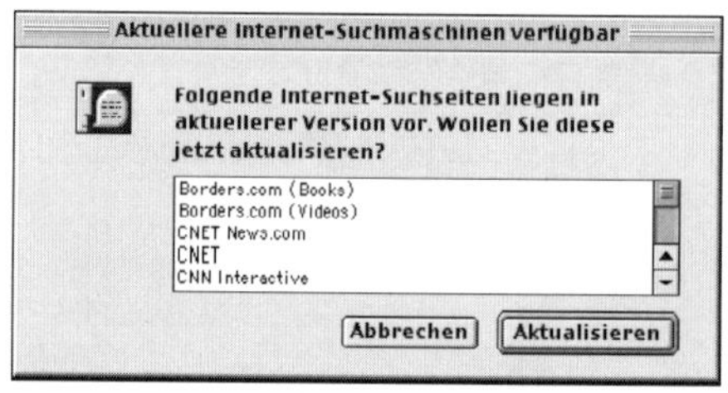

■ Sichern

In allen drei Bereichen von Sherlock können Sie die **Suchkriterien abspeichern**. Das ist vor allem dann praktisch, wenn es Ihnen gelungen ist, eine komplizierte Suche so perfekt zu formulieren, daß sie genau zur gewünschten Datei oder Information führt. Wenn Sie die Suchkriterien abspeichern, legt Sherlock ein Icon an; wenn Sie später die gleiche Information noch mal finden möchten, müssen Sie nur das Icon doppelklicken. Sherlock öffnet sich dann, führt die Suche durch und zeigt das Ergebnis an.

So sieht das Icon für abgespeicherte Suchkriterien aus.

Um Suchkriterien zu sichern:

1 Öffnen Sie Sherlock und tragen Sie die gewünschten Suchkriterien ein.

2 Wählen Sie aus dem *Ablage*-Menü den Punkt *Suchkriterien sichern…* aus. Es erscheint das *Sichern unter*-Dialogfenster.

3 Benennen und sichern Sie Ihre Suchkriterien und wählen Sie aus, wo sie auf Ihrer Festplatte abgespeichert werden sollen.

Um gespeicherte Kriterien zu benutzen:

- Doppelklicken Sie auf das Icon, das die abgespeicherten Suchkriterien repräsentiert. Sherlock startet dann die Suche und zeigt das Ergebnis an.

- **Oder:** Öffnen Sie Sherlock und wählen Sie *Suchkriterien öffnen*… aus dem *Ablage*-Menü. Wählen Sie nun die gewünschte Datei, und Sherlock wird nach den gespeicherten Suchkriterien fahnden.

26

Dateien gemeinsam nutzen

Dieses Kapitel ist für Sie nur von Interesse, wenn Sie mehr als einen Mac im Hause (oder in Ihrem Büro) haben. Falls dem so ist, ist es ein Kinderspiel, Dateien mit mehreren Macs **gemeinsam zu nutzen**. Es ist geradezu beängstigend einfach. Sie brauchen nichts weiter zu tun, als die Datei in einem Gemeinschaftsordner abzulegen, und schon erscheint sie auf dem Schreibtisch der anderen Macs. Sie können Ihren Computer auch so einstellen, daß jeder mit jedem vernetzt ist und alle Teilnehmer des Netzes sämtliche Daten auf allen anderen Macs einsehen können. Das geht sogar, wenn einige der Macs nicht OS 8 verwenden sondern ein älteres Mac-Betriebssystem.

Als erstes müssen Sie ein **Netzwerk** bilden, das heißt, Ihre Macs müssen mit einem Kabel untereinander verbunden sein oder sich gemeinsam einen Drucker teilen. Ein paar Macs zu vernetzen ist wirklich kein Problem. Es gibt dicke Bücher voller Fachinformationen über Netzwerke, und das Thema kann ziemlich kompliziert werden – so kompliziert, daß Leute als Netzwerkspezialisten ihren Lebensunterhalt bestreiten. In großen Büros gibt es meistens so einen «Netzwerk-Administrator». Hier werden wir uns jedoch auf die einfachste Form eines Netzwerks konzentrieren: nämlich dafür zu sorgen, daß ein paar Macs sich untereinander verständigen können. Ich selbst mache das in meinem Büro mit meinem Kollegen. Cooler und effizienter kann man nicht zusammenarbeiten.

Die File Sharing Software

Erste Voraussetzung für die Vernetzung ist, daß die Software **File Sharing** – die Bestandteil des Betriebssystems ist – auf ihrem Computer installiert und aktiviert ist. Höchstwahrscheinlich ist das bereits der Fall. Öffnen Sie das Kontrollfeld *Erweiterungen Ein/Aus*. (Die Kontrollfelder finden Sie, wenn Sie das *Apple*-Menü aufklappen.) Dort schauen Sie bei den Kontrollfeldern *AppleTalk*, *File Sharing* und *Benutzer & Gruppen*, sowie bei den Systemerweiterungen *AppleShare*, *File Sharing Erweiterung* und *File Sharing Library* nach. Achten Sie darauf, daß alle in dem kleinen Feld auf der linken Seite angekreuzt sind. Wenn sie zwar in der Liste auftauchen, aber nicht angekreuzt sind, kreuzen Sie sie an und machen einen Neustart.

Falls einige dieser Namen nicht in Ihrem Kontrollfeld *Erweiterungen Ein/Aus* auftauchen, sind sie offenbar nicht installiert worden. Sie können dann das Betriebssystem von der System-CD-ROM, die Sie mit Ihrem Computer bekommen haben, neu installieren. (Am besten holen Sie sich einen ihrer Bekannten dazu, die so etwas schon öfter gemacht haben.) Wenn das Installationsprogramm gestartet ist, klicken Sie auf *Hinzufügen/Entfernen* und wählen die fehlenden Softwarekomponenten aus.

AppleTalk, LocalTalk und Ethernet

In Ihrem Mac ist die Netzwerk-Software **AppleTalk** eingebaut, die es Ihnen ermöglicht, Ihren Mac in allen möglichen Netzwerken zu vernetzen. Das kostet Sie keinen Pfennig extra.

Das Netzwerk-Protokoll, das speziell für den Mac entwickelt wurde, heißt **LocalTalk**. Um LocalTalk zu nutzen, stecken Sie einfach ein geeignetes Kabel in Ihren Drucker- oder Modemanschluß und verbinden zwei Macs direkt miteinander – oder, was noch häufiger gemacht wird: Sie verbinden zwei Computer mit demselben Drucker. Dann können Sie, ganz gleich, ob der Drucker eingeschaltet ist oder nicht, jederzeit zwischen den beiden Computern Dateien hin- und hersenden.

__Telefonbuchse__ meint hier die Buchse am Telefon selbst, nicht die TAE-Buchse der Deutschen Telekom.

Der AAUI-Anschluß hat dieses Symbol: <••>, das gleiche wie ein Ethernetanschluß.
Weitere Informationen über Anschlußmöglichkeiten finden Sie in Kap. «Anschlüsse und Zubehör» ab Seite 317.

Eine weitaus schnellere Verbindung als LocalTalk ist **Ethernet**. Die meisten neuen Macs wie die G3 oder iMacs und die neueren PowerBooks verfügen von Haus aus über eingebaute Ethernetanschlüsse. Schauen Sie doch mal hinten an Ihren Computer. Wenn Sie da etwas sehen, das aussieht wie eine zu groß geratene Telefonbuchse, dann haben Sie Ethernet an Bord. Falls eines der Geräte, die Sie an Ihren Mac anschließen wollen, einen Ethernetanschluß hat, und ein anderes einen AAUI-Anschluß (siehe Anmerkung), können Sie sich einen Adapter besorgen. (Diesen Adapter nennt man Transceiver.) Dann können Sie auch in den AAUI-Anschluß ein Ethernet-Kabel stekken. Ebenso können Sie zwei Geräte, die zwar einen AAUI-Anschluß, aber kein Ethernet haben, mit Hilfe von Transceivern vernetzen.

Eine häufig benutzte Ethernet-Verbindungsart nennt sich 10Base-T oder 100Base-T, wobei die Zahlen etwas über die Geschwindigkeit des Netzes aussagen. Natürlich ist 100Base-T viel schneller als 10Base-T. Die iMacs, die neuen, durchsichtigen G3 Macs und die neuen PowerBooks haben 10/100Base-T-Ethernetanschlüsse, was nichts anderes heißt, als daß sie für 100Base-T-Ethernet gebaut sind, aber auch an Macs angeschlossen werden können, die nur 10Base-T haben.

Sobald es Ihnen gelungen ist, zwei Macs miteinander zu verbinden, verfügen Sie über ein sogenanntes **LAN** oder, auf Computerlatein: **Local Area Network** – ein lokales Netz.

Netzwerkmöglichkeiten

Da es so viele Möglichkeiten gibt, ist die Vernetzung sogar beim Mac mittlerweile etwas komplizierter geworden. Wählen Sie aus den folgenden Möglichkeiten diejenige aus, die Ihnen für Ihre Verhältnisse als die angemessenste erscheint, und blättern Sie dann im Buch an die entsprechende Stelle.

■ Drucker

Eine oft gewählte Möglichkeit, zwei Computer miteinander zu verbinden, ist, beide an denselben Drucker anzuschließen. Die häufigste Nutzung eines Netzwerks ist nun einmal das gemeinsame Drucken. Doch nicht alle Drucker können vernetzt werden.

Sie müssen Ihr Netzwerk nicht über einen Drucker laufen lassen. Sie können selbstsverständlich zwei Macs auch miteinander vernetzen.

PostScript-Drucker: Wenn Ihr Printer mindestens um die 1.000 DM gekostet hat, nur schwarzweiß druckt und ziemlich groß ist, dann handelt es sich aller Wahrscheinlichkeit nach um einen PostScript-Drucker. Wenn er über 4.000 DM gekostet hat und farbig druckt, dann ist es wahrscheinlich ebenfalls ein PostScript, oder zumindest ein PostScript kompatibler Drucker. Mit diesem Drucker haben Sie hervorragende Netzwerkmöglichkeiten und können mit Leichtigkeit mehrere Computer anschließen, weil sie LocalTalk benutzen.

Wenn Sie bereits in einen Drucker investiert haben, der nicht vernetzbar ist, müssen Sie nicht verzweifeln. Es gibt Lösungen zum nachträglichen Vernetzen nicht-netzwerkfähiger Drucker. Sehen Sie doch mal auf der Web-Site www.infowave.com oder auf der Web-Site von Farallon, www.farallon.com nach.

Nicht-PostScript-Drucker: Wenn Sie einen relativ preiswerten Farb-Tintenstrahldrucker oder einen noch preiswerteren Schwarzweißdrucker haben, dann kann der höchstwahrscheinlich kein PostScript und auch kein LocalTalk.

Viele Nicht-PostScript-Drucker sind dafür gedacht, daß sie nur an einen einzigen Computer angeschlossen werden. Das heißt, Sie können ihn nicht vernetzen. Dann können Sie den Drucker auch nicht verwenden, um Dateien gemeinsam zu nutzen. Sie können jedoch in diesem Fall immer noch die beiden Computer durch LocalTalk-Kabel miteinander verbinden (siehe die folgenden Seiten).

Einige Nicht-PostScript-Drucker, beispielsweise einige Drucker von Epson, haben jedoch Ethernetanschlüsse. Sie sind eine gute Lösung und ausgezeichnet vernetzbar.

Wenn Sie noch keinen Drucker haben oder planen, demnächst einen anzuschaffen, sollten Sie darauf achten, sich einen mit Netzwerkmöglichkeit zu besorgen, der es also erlaubt, daß Sie mit zwei Computern gleichzeitig auf den Drucker zugreifen. Dadurch können Sie auch automatisch Dateien austauschen. Der Drucker muß entweder ein **LocalTalk-Drucker** sein, oder er muß eine eigene Netzwerklösung mitbringen, mit spezieller Software, Adaptern und Kabeln.

■ Netzwerkanschlüsse

Der AAUI-Anschluß hat keine telefonartige Buchse, sondern einen schmalen horizontalen Schlitz mit dem gleichen Symbol wie der Ethernetanschluß: <••>

Schauen Sie auf die Rückseite Ihres Computers und sehen Sie nach, ob Sie einen Ethernetanschluß haben (sieht aus wie größere Telefonbuchsen – Sie wissen schon: gemeint sind amerikanische Telefonbuchsen!). Alle G3 Macs, iMacs und viele PowerBooks haben Ethernetanschlüsse. Auf den folgenden Seiten finden Sie weitere Infos über Ethernet.

Auch wenn Sie kein Ethernet haben, können Sie zwei Macs entweder direkt durch LocalTalk-Kabel miteinander verbinden, oder Sie schließen entsprechende Transceiver an die vorhandenen AAUI-Anschlüsse. (In Kap. «Anschlüsse und Zubehör» ab Seite 317 beschreibe ich Anschlüsse und Peripheriegeräte; dort finden Sie auch Abbildungen dieser Anschlußart.)

1. Schritt: Computer verbinden

Bevor Sie anfangen können, Dateien zwischen zwei Computern hin- und herzuschieben, müssen die Computer erst einmal durch Kabel miteinander verbunden werden. Lesen Sie die vorige Seite und wählen Sie aus den folgenden Möglichkeiten die Lösung, die für Sie am besten paßt. Achten Sie darauf, daß die Beschreibungen der Geräte mit denen auf der vorigen Seite übereinstimmen.

***Achtung:** iMacs, iBooks, blauweiße G3s und die ganz neuen G4 Macs haben keine eingebaute serielle Schnittstelle mehr. Statt dessen haben diese Computer 10/100 Base-T Ethernetanschlüsse.*

A Verbinden Sie zwei Computer mit einem PostScript-Drucker (entweder durch Ethernet-Kabel, wenn sowohl Drucker als auch Computer Ethernetanschlüsse haben, oder an dem normalen seriellen Anschluß mit LocalTalk-Kabeln).

B Verbinden Sie zwei Computer mit einem netzwerkfähigen Nicht-PostScript-Drukker mit Ethernet-Kabeln oder mit Kabeln, die vom Hersteller speziell dafür vorgesehen sind.

C Verbinden Sie zwei Computer direkt miteinander, mit LocalTalk-Kabeln an den seriellen Anschlüssen. (Das sind die kleinen runden Buchsen mit acht winzigen Löchern, mit dem Drucker- oder dem Telefonhörer-Symbol, auf der Rückseite Ihres Macs.) Diese Möglichkeit empfiehlt sich, wenn Sie einen nicht netzwerkfähigen Drucker haben.

Die Firma Farallon (www.farallon.com) hat sich auf Netzwerklösungen spezialisiert und hat für beinahe jede Verbindungsmöglichkeit etwas zu bieten.

D Verbinden Sie zwei Computer direkt miteinander durch ein Ethernet-Kabel (zum Beispiel iMac zu iMac oder iMac zu G3). Dies ist die einfachste Verbindungsart. Die Computer können gleichzeitig mit einem oder mehreren Druckern am seriellen oder am USB-Anschluß verbunden sein.

E Verbinden Sie zwei Computer direkt miteinander durch Ethernet-Kabel – am Ethernetanschluß bei einem Computer und am Transceiver (Adapter) beim anderen (zum Beispiel G3, iMac oder Mac 8100). Die Computer können gleichzeitig mit einem oder mehreren Druckern an ihren seriellen Anschlüssen verbunden sein.

Je nachdem, für welche Lösung Sie sich entscheiden, werden Sie sich höchstwahrscheinlich die entsprechenden Kabel erst anschaffen müssen. Die gebräuchlichste Form von Ethernet-Kabeln nennt sich Twisted Pair. Twisted-Pair-Kabel gibt es in verschiedenen Kategorien. Kategorie 5 ist stärker abgeschirmt als Kategorie 3 und wird meist in sehr stark beanspruchten, professionellen Netzwerken eingesetzt. Wenn Sie einen Transceiver kaufen, werden Sie wahrscheinlich einen 10Base-T-Transceiver nehmen, obwohl die 100Base-T-Variante immer gebräuchlicher wird. Sie müssen nur darauf achten, daß es ein Modell ist, das mit Ihrem Computer betrieben werden kann.

Wenn Sie mehrere Computer mit den seriellen Anschlüssen verbinden, können Sie LocalTalk-kompatible Kabel verwenden, die Sie in Ihrem Computerladen oder im Computerversand kaufen können. PhoneNET-Adapter von Farallon zum Beispiel sind eine sehr preiswerte Möglichkeit der Verbindung, weil Sie gewöhnliche Telefonkabel und Telefonstecker zur Vernetzung verwenden können. Sie können sich extra lange Telefon-Verlängerungen besorgen und Ihre Computer in verschiedenen Räumen miteinander und an demselben Drucker vernetzen. Folgen Sie einfach der Anleitung in dem Farallon PhoneNET-Kit.

***Wichtig:** Schalten Sie immer den Computer aus, bevor Sie irgendwelche Kabel herausziehen oder einstecken! Einzige Ausnahme: USB-Kabel, die man an den neueren Macs wie iMacs oder G3 findet.*

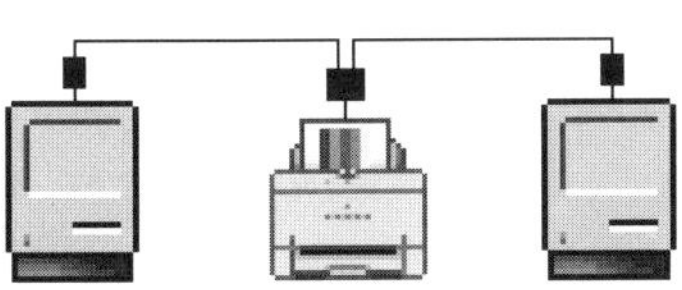

Zu A: Zwei Computer werden über einen Drucker vernetzt. Wenn alle drei Geräte Ethernetanschlüsse haben*, nehmen Sie Ethernet-Kabel, um Computer und Drucker auf diese Weise miteinander zu vernetzen. (Dann brauchen Sie die kleinen Boxen in der Zeichnung nicht zu beachten.) Wenn alle drei Geräte serielle Anschlüsse haben, nehmen Sie PhoneNET-Adapter. (Dann brauchen Sie die kleinen Boxen, wie in der Zeichnung vorgesehen. Sie sind in dem PhoneNet-Kit enthalten.)

**Falls eines der Geräte keinen Ethernetanschluß hat, besorgen Sie sich einen Transceiver (Adapter) dafür.*

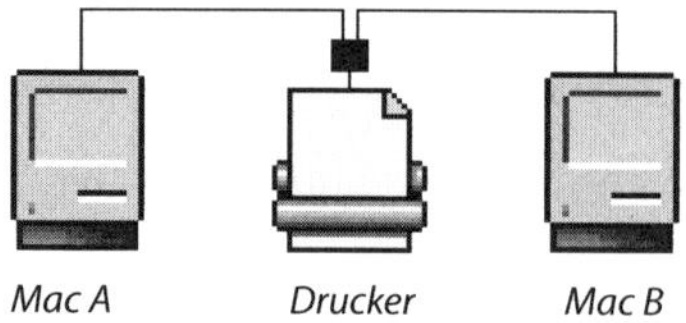

Zu B: Verwenden Sie Ethernet-Kabel, wenn alle drei Geräte Ethernetanschlüsse haben, oder machen Sie es so, wie es in der Betriebsanleitung Ihres Druckers beschrieben ist. Es ist möglich, daß Sie in diesem Fall Kabel und Anschlüsse wie in A verwenden. Wahrscheinlich brauchen Sie einen speziellen Adapter, um zwei Kabel mit dem Drucker zu verbinden.

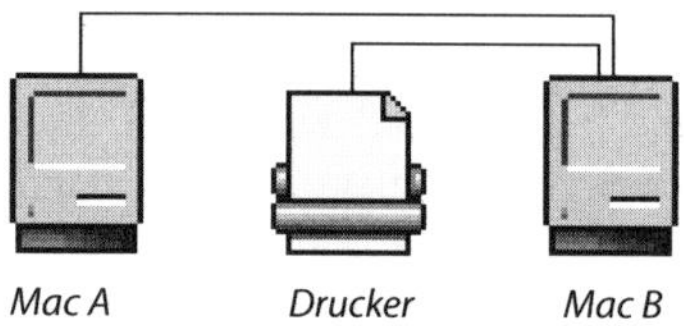

*** Alternativ können Sie sich auch eine Umschaltbox für den seriellen Anschluß besorgen, dann sparen Sie sich das Umstöpseln.*

Zu C: Verwenden Sie LocalTalk-Kabel, die Sie direkt in die seriellen Anschlüsse stecken. Macs haben aber nun einmal nur zwei serielle Anschlüsse, einen für den Drucker und einen für das Modem. Falls Sie sowohl Drucker als auch Modem angeschlossen haben, müssen Sie einen Stecker herausziehen, wenn Sie mit einem anderen Computer Daten austauschen wollen. Wenn Sie dann wieder drucken wollen, müssen Sie dieses Kabel wieder herausziehen und das Druckerkabel reinstecken.**

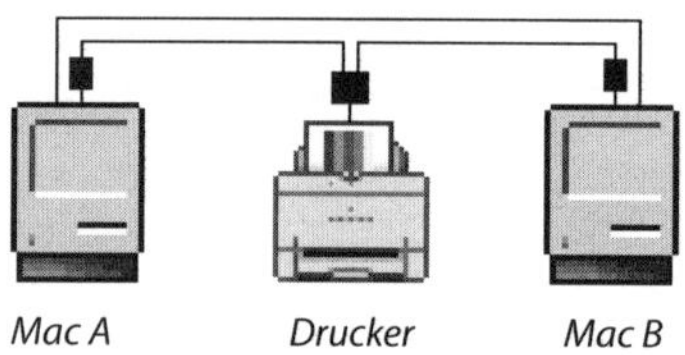

Zu D: Dies ist die schnellste Methode des Datenaustauschs. Besorgen Sie sich Ethernet-Kabel und verbinden Sie die Anschlüsse miteinander. In diesem Fall teilen sich zwei Macs einen Drucker durch den seriellen oder den USB-Anschluß, und die Macs sind direkt über Ethernet-Kabel miteinander verbunden.

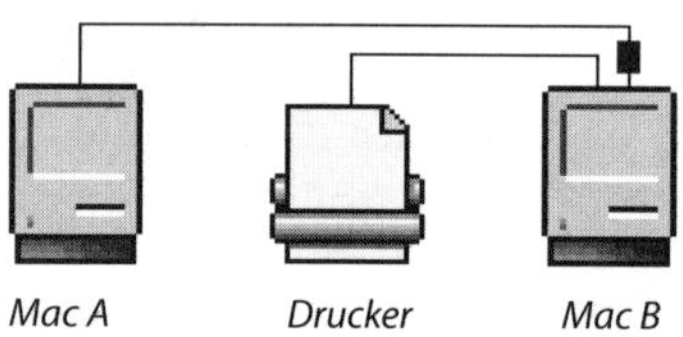

Zu E: Nehmen Sie Ethernet-Kabel und kaufen Sie einen Transceiver für den Mac, der keinen regulären Ethernetanschluß hat. Der Transceiver läßt sich mit dem AAUI-Anschluß verbinden. (Das ist der mit dem Symbol <Symbol>.)

2. Schritt: AppleTalk einschalten

Bevor Sie Ihr Netzwerk starten können, achten Sie darauf, daß **AppleTalk eingeschaltet** ist, sonst geht gar nichts. Aktivieren Sie auf beiden Computern AppleTalk.

- Gehen Sie in das *Apple*-Menü, ziehen Sie die Maus auf *Kontrollfelder* und wählen Sie den Menübefehl *AppleTalk*.
- Wenn Sie keinen Knopf mit *Benutzerdefiniert* sehen, gehen Sie im *Bearbeiten*-Menü auf *Benutzermodus* und wählen Sie *Erweiterte Funktionen*. Klicken Sie auf *OK*.
- Klicken Sie auf *Optionen…*
- Falls nicht bereits geschehen, klicken Sie auf *Aktivieren*. (Falls diese Option ausgeschaltet ist, heißt das wahrscheinlich, daß Sie einen Nicht-Postscript-Drucker haben. In diesem Fall müssen Sie leider zum Drucken und zum Dateien austauschen jeweils umschalten.)

- Schließen Sie das *AppleTalk*-Kontrollfeld erst einmal noch nicht.

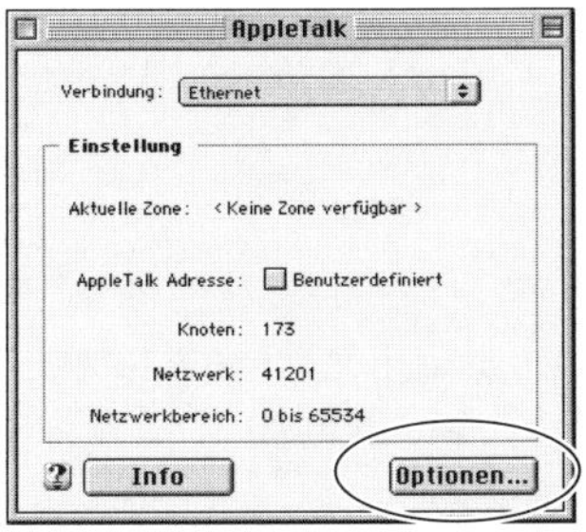

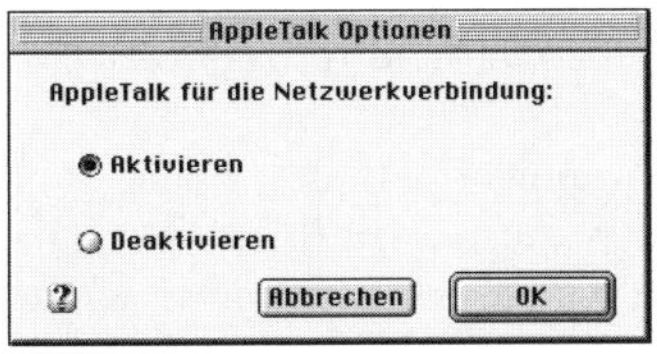

Achten Sie darauf, daß der Knopf «Aktivieren» hervorgehoben ist.

Apple empfiehlt, daß Sie AppleTalk mit diesem Kontrollfeld ein- und ausschalten und nicht über «Auswahl» im «Apple»-Menü oder in der Kontrolleiste.

3 Schritt: Verbindungsart

Schauen Sie im Kontrollfeld *AppleTalk* nach, ob Sie die richtige Einstellung gewählt haben, je nachdem, ob Sie Ethernet-Kabel verwenden (am Ethernetanschluß) oder serielle Kabel (am Drucker- oder Modemanschluß, den kleinen runden Buchsen). Tun Sie dies bei beiden Computern.

- Wenn nicht bereits geschehen, öffnen Sie das Kontrollfeld *AppleTalk*.
- Wählen Sie *Ethernet*, *Druckeranschluß* oder *Modemanschluß*, je nachdem, wo Sie die Kabel angeschlossen haben.
- Um das Kontrollfeld zu schließen, klikken Sie in das kleine Schließfeld. Sie werden dann gefragt, ob Sie die Einstellungen sichern wollen. Klicken Sie auf *Sichern*.

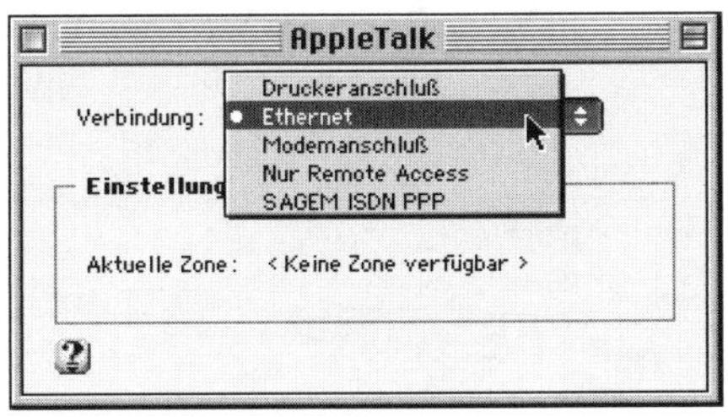

Achtung: *Sie müssen immer wieder zu diesem Dialogfeld zurückkehren, wenn Sie eine andere Verbindungsart wählen wollen. Wenn ich zum Beispiel Dateien zwischen meinem G3 Mac mit meinem iMac austausche, wähle ich «Ethernet», aber wenn ich direkt auf meinem Laserdrucker ausdrucken will (der LocalTalk verwendet), muß ich das Kontrollfeld «AppleTalk» öffnen und auf «Drucker» umschalten.*

4. Schritt: Namen vergeben

Jetzt müssen Sie Ihrem Macintosh und dessen Besitzer einen **Namen geben**. Normalerweise wird der größte Computer der File Server sein: der Computer, an den alle anderen angeschlossen werden. In großen Büros oder wissenschaftlichen Einrichtungen gibt es einen oder mehrere Computer, die nichts anderes tun als File Server zu spielen. Bei Ihnen zu Hause wird einer der Macs der File Server sein, obwohl es für Sie nach wie vor ein normaler Mac ist, an dem Sie weiterhin arbeiten können.

■ Kontrollfeld File Sharing

Benennen Sie den Macintosh (ich nenne den Server-Mac mal **Mac A**), indem Sie das Kontrollfeld *File Sharing* öffnen.

A Unter dem *Apple*-Menü gehen Sie auf *Kontrollfelder* und wählen *File Sharing*. Weiter unten sehen Sie, wie das Kontrollfeld aussieht.

B Tippen Sie Ihren Namen in die Box: *Benutzername*.

Falls Sie einmal Ihr Kennwort vergessen, folgen Sie den Anleitungen im sechsten Schritt und richten Sie einen Gastzugang ein. Ein Gast braucht kein Paßwort.

C Denken Sie sich ein Kennwort aus, bis zu acht Buchstaben lang, mit dem Sie bestimmen können, ob andere Zugang zu Ihren Daten haben sollen. Nachdem Sie Ihr Kennwort eingetippt haben, sehen Sie nur noch schwarze Punkte (•••••). Merken Sie sich Ihr Kennwort!

D Tippen Sie einen Gerätenamen für Ihren Mac ein (immer noch **Mac A**). Dies ist der Name, den die Person, die an dem anderen Computer sitzt (**Mac B**), wissen muß, um sich mit Ihnen zu verbinden. Der Name wird in ihrer Auswahl erscheinen, wenn Sie eine Verbindung herstellen wollen. Wenn Sie mehrere Macs miteinander vernetzen wollen, achten Sie darauf, Namen zu verwenden, die Sie sich leicht merken können und die sich deutlich voneinander unterscheiden. Ich habe diesen Mac mal Robins Festplatte genannt. Sehr kreativ, finden Sie nicht?

■ File Sharing aktivieren

E Klicken Sie auf das Feld *Start*, um File Sharing zu aktivieren. (Wenn auf dem Feld *Stop* steht, ist File Sharing bereits aktiviert. Klicken Sie es dann nicht an!)

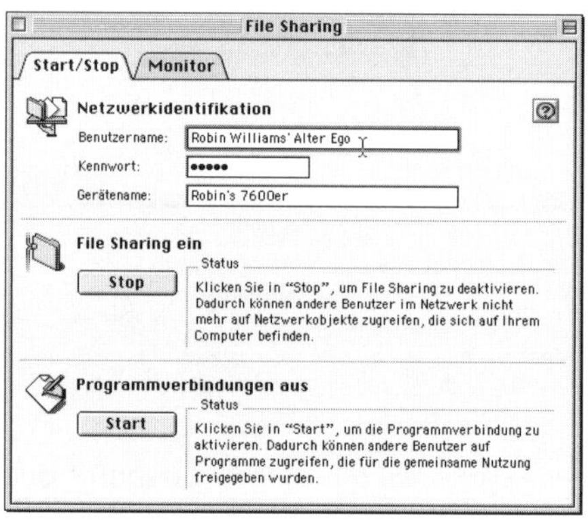

Nachdem Sie in das Feld «Start» geklickt haben, steht in dem Feld «Stop». Beachten Sie, daß nun über dem Feld steht: «File Sharing ein». Außerdem kommen jetzt Kabel aus dem Ordner links daneben – ein visueller Hinweis darauf, daß nun Daten in den Ordner und aus dem Ordner fließen können.

Programmverbindungen gestattet es anderen Benutzern in Ihrem Netzwerk auf bestimmte Programme zuzugreifen, die netzwerkfähig sind. Das funktioniert nicht bei allen Programmen, und die meisten, bei denen es funktioniert, müssen erst dafür konfiguriert werden. Das geht häufig nur, wenn Sie zusätzliche Lizenzen erwerben, um das Programm mit mehr als einem Computer zu nutzen.

F Klicken Sie in das Schließfeld, um das Kontrollfeld wieder wegzulegen.

5. Schritt: Netzwerkordner

Legen Sie einen **neuen Ordner auf Mac A** an – oder wählen Sie einen bereits vorhandenen Ordner aus –, den sie zur gemeinsamen Nutzung freigeben wollen (Anleitung siehe unten). Die Benutzer von Mac B werden diesen Ordner dann auf ihrem Computer sehen können. Sie haben Zugang zu allen Dateien in diesem Ordner und können Objekte in diesen Ordner auf Mac A legen. Diese Objekte sind dann auch auf Ihrem Mac A sichtbar.

A Klicken Sie auf einen Ordner, um ihn auszuwählen. Sie können auch mehrere Ordner gleichzeitig auswählen.

B Fahren Sie im *Ablage*-Menü auf *Information* und wählen Sie im Untermenü *Gemeinsam nutzen…* aus (siehe unten), um in das Dialogfeld für File Sharing zu gelangen.

Oder: Halten Sie die Ctrl-Taste gedrückt und klicken auf den Ordner. Ein Kontextmenü klappt auf, aus dem Sie über *Information* und *Gemeinsam nutzen…* in das File Sharing-Dialogfenster gelangen.

Wenn Sie nicht mit OS 8.5 oder später arbeiten, *können Sie nicht über «Information» zum File Sharing-Dialogfenster gelangen, sondern nur direkt über «Ablage» und «Gemeinsam nutzen…».*

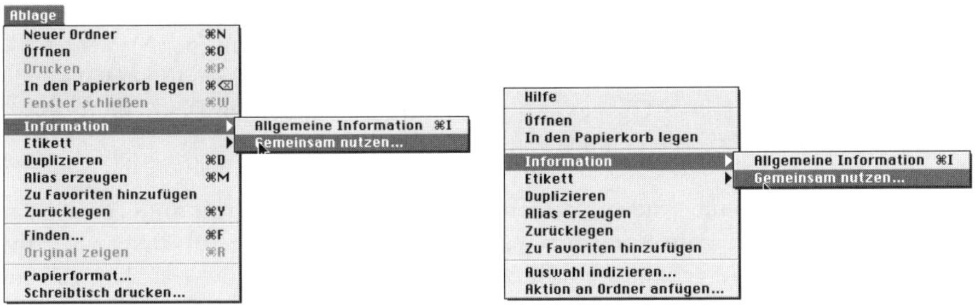

Gehen Sie über das «Ablage»-Menü oder über ein Kontextmenü (rechts) zum Dialogfeld «File Sharing».

C Klicken Sie in das Feld *Gemeinsame Nutzung ermöglichen*. Sie können die Zugriffsrechte definieren: Die Person am anderen Computer kann nur lesen (Brillensymbol, kann keine Dokumente verändern), nur Schreiben (Bleistiftsymbol, kann Dokumente in einen von Ihnen angelegten Ordner legen, diesen jedoch nicht öffnen; Apple nennt das treffend Briefkasten-Ordner), oder kann Lesen und Schreiben (Brillen- und Bleistiftsymbol).

Klicken Sie in das Schließfeld oder drücken Sie ⌘ - W.

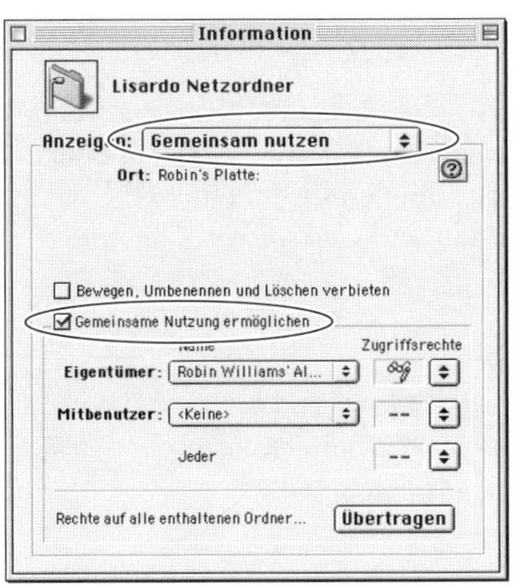

Wählen Sie im Menü «Anzeigen» die Option «Gemeinsam nutzen...» aus. Wenn «Gemeinsam nutzen...» nicht angewählt werden kann, können sie das ausgewählte Objekt auch nicht freigeben. Vielleicht ist es ein Alias?

Wenn Sie wollen, daß andere Benutzer diese Dateien lesen und/oder vielleicht auch ändern dürfen, können Sie dies hier gestatten. Klicken Sie dazu einfach das Feld Ihrer Wahl an.

D Jetzt können Sie stilisierte Kabel an dem freigegebenen Ordner sehen, wie in der Abbildung unten. Die Kabel sind ein guter visueller Hinweis darauf, daß dieser Ordner anderen zugänglich gemacht wurde. Alles, was Sie von nun an in diesen Ordner legen, wird den anderen Benutzern im Netzwerk zugänglich sein.

Dieser Ordner ist noch nicht freigegeben.

Dieser Ordner kann jederzeit gemeinsam genutzt werden.

Gemeinschaftsordner automatisch anlegen

Statt manuell durch die einzelnen Schritte zu gehen, können Sie Ihren Mac auch **automatisch einen Gemeinschaftsordner anlegen** lassen.

Gehen Sie im *Apple*-Menü auf *Nützliche Skripte* und wählen Sie *Ordner gemeinsam nutzen*. Falls Sie nicht wenigstens einen Ordner ausgewählt hatten, wird der Mac einen für Sie anlegen. (Sie können natürlich auch mehrere Ordner gleichzeitig zur gemeinsamen Nutzung freigeben.) Dieser Ordner ist automatisch für andere zum Lesen und Schreiben freigegeben. Sie können den oder die Ordner umbenennen.

Festplatte freigeben

Wenn Sie wollen, können Sie auch Ihren **gesamten Macintosh mit anderen teilen**. Statt einzelne Ordner zum Freigeben auszuwählen, aktivieren Sie in diesem Fall Ihr Festplattensymbol und geben es frei. Dazu müssen Sie als erstes sicherstellen, daß auf Ihrer Festplatte nicht bereits Ordner zur gemeinsamen Nutzung freigegeben wurden (siehe unten). Anschließend führen Sie die obigen Schritte A bis D einfach mit der gesamten Festplatte durch. Einziger Unterschied ist, daß Sie am Symbol der Festplatte anschließend keine Kabel als visuellen Hinweis für eine gemeinsame Nutztung sehen.

Um gemeinsam nutzbare Ordner zu finden, starten Sie Sherlock.

1 Wählen Sie *Sherlock* aus dem *Apple*-Menü.

2 Klicken Sie auf das erste Feld *Name*. Aus dem Untermenü wählen Sie *Ordner*.

3 Auf dem mittleren Feld steht nun *ist*. Lassen Sie das stehen.

4 Im rechten Feld steht nun wahrscheinlich *leer*. Klicken Sie dieses Feld an und wählen Sie *Netzwerkordner*.

5 Klicken Sie in das *Finden*-Feld. Alle Ordner, die zur gemeinsamen Nutzung freigegeben wurden, erscheinen in der Liste, gleich ob sie gerade genutzt werden oder nicht. Sie können nun direkt in dieser Liste die betreffenden Ordner auswählen, aus dem *Ablage*-Menü, *Information* und *Sharing*… wählen und *Gemeinsame Nutzung ermöglichen* deaktivieren.

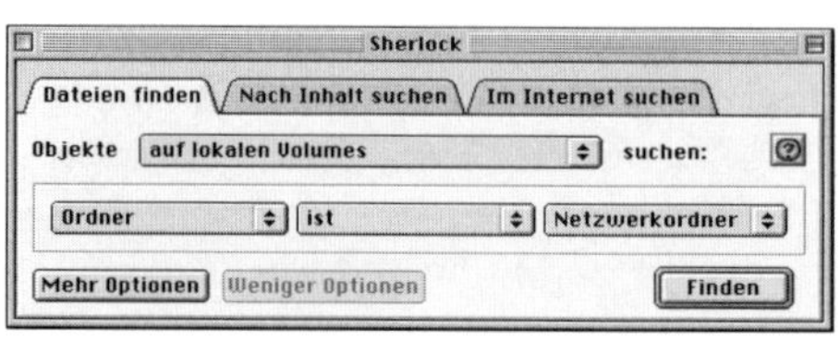

Wahrscheinlich werden Sie sich wundern, wie viele Ordner Sie finden, die Sie zur gemeinsamen Nutzung freigegeben haben.

6. Schritt: Gastzugang einrichten

Diesen Schritt müssen Sie nicht unbedingt nachvollziehen, Sie können ihn ebensogut einfach überspringen. Wenn Sie ihn überspringen, können Sie Ihre Daten nur mit anderen Benutzern gemeinsam nutzen, denen Sie einen Benutzernamen und ein Kennwort eingerichtet und mitgeteilt haben.

Mit der Einrichtung eines Gastzuganges können Sie anderen Benutzern einen Zugang ermöglichen, für den sie kein Kennwort brauchen. Alle angeschlossenen Benutzer können sich als **Gast** anmelden und werden nur Zugang zu den Ordnern haben, die Sie für sie freigegeben haben.

Um einen Gastzugang zu ermöglichen:

A Öffnen Sie im *Apple*-Menü das Kontrollfeld *Benutzer und Gruppen*.

Benutzer & Gruppen

B Doppelklicken Sie auf den Namen *Gast*. Dann bekommen Sie das Dialogfeld Gast.

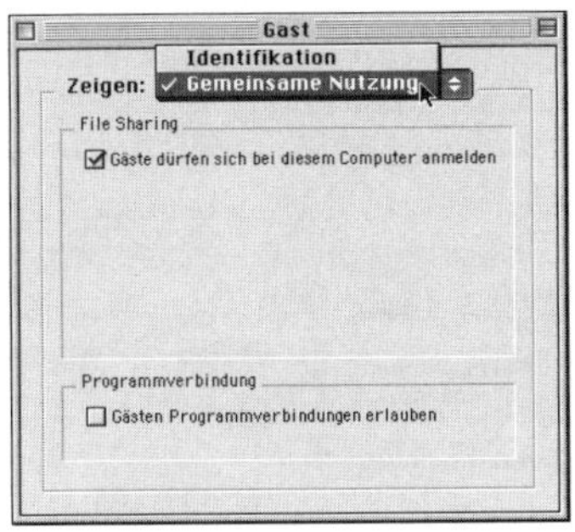

C Beim Einblendmenü *Zeigen* steht wahrscheinlich *Identifikation*. Klicken Sie es an und wählen Sie den zweiten Menüpunkt, *Gemeinsame Nutzung*.

D Klicken Sie auf das Feld *Gäste dürfen sich bei diesem Computer anmelden*.

E Klicken Sie das Schließfeld, und schließen Sie auch das Kontrollfeld *Benutzer und Gruppen*.

Fahren Sie mit dem nächsten Schritt fort. Sie können immer wieder hierher zurückkommen und weitere Benutzer eintragen, ganzen Gruppen bestimmte Zugangsrechte gewähren und mehr. Da Sie jetzt bereits einiges von Netzwerken verstehen, werden Sie auch wissen, was Sie mit den anderen Optionen hier anfangen können.

7. Schritt: Macs verbinden

Jetzt muß nur noch der andere Mac, **Mac B**, mit Ihrem eigenen, Mac A, eine Verbindung herstellen. Ist das einmal erledigt, brauchen Sie es nicht zu wiederholen, bis der File Server Mac (also Mac A) das File Sharing ausschaltet. Nachdem Sie Ihren Mac erstmal richtig eingerichtet haben, sollten Sie sich ein Alias Ihres Server-Symbols auf dem Schreibtisch einrichten, so daß Sie es nur anzuklicken brauchen, um eine Verbindung mit dem Server herzustellen (siehe Seite 211).

Um eine Verbindung mit dem anderen Computer herzustellen, können Sie entweder den *Netzwerk Browser* oder *Auswahl* verwenden, beide finden sich im *Apple*-Menü.

Netzwerk Browser

So stellen Sie mit Hilfe des **Netzwerk Browsers** eine Verbindung her:

***Achtung:** Der File Server Mac (Mac A) muß eingeschaltet und File Sharing muß aktiviert sein!*

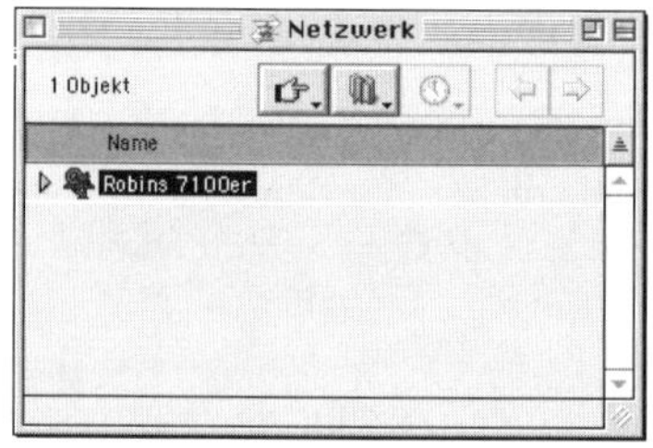

A Wählen Sie auf **Mac B** aus dem *Apple*-Menü den Netzwerk Browser.

B Sie sollten nun den Namen des File Server Macs sehen (Mac A, hier: Robins Festplatte). Klicken Sie auf das kleine Dreieck.

C Ein Dialogfeld erscheint (siehe unten). Wenn Sie wie im sechsten Schritt beschrieben einen Gastzugang eingerichtet haben, können Sie die Option *Gast* anwählen, ansonsten müssen Sie sich als registrierter Benutzer einwählen und ein Paßwort eingeben.

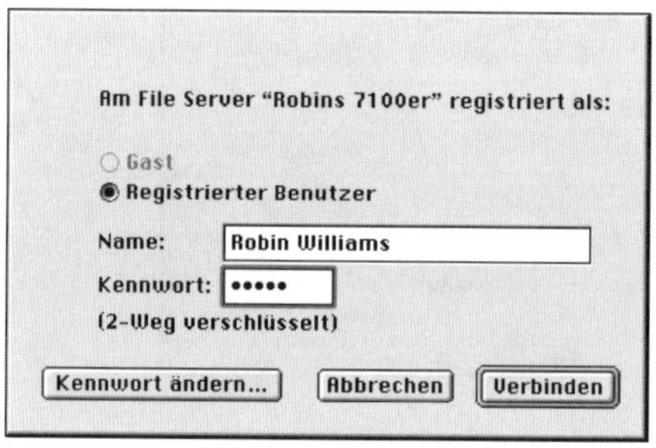

*Ein Gast braucht kein Kennwort, aber sein Zugriff ist auf die einzelnen Objekte beschränkt, die auf **Mac A** zur gemeinsamen Nutzung freigegeben wurden.*

Wenn Mac B sich als Gast anmeldet, erscheint im Netzwerk Browser der Ordner, den Sie zur gemeinsamen Nutzung freigegeben haben (siehe die Abbildung unten links). Wenn Mac B sich als registrierter Benutzer anmeldet, zeigt der Netzwerk Browser die gesamte Festplatte an (siehe Abbildung unten rechts).

D Klicken Sie zweimal auf das gemeinsam nutzbare Objekt, auf das Sie zugreifen wollen. Ein Symbol wird auf dem Schreibtisch von Mac B erscheinen, und die dazugehörigen Fenster werden sich automatisch öffnen. Das kann etwas verwirrend sein, achten Sie deshalb genau auf die Ordnernamen! Fahren Sie fort mit dem 8. Schritt.

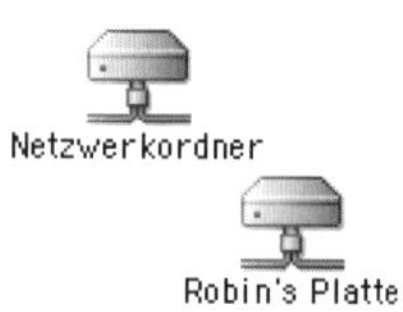

Die Symbole für einen Gemeinschaftsordner und für ein Gemeinschaftsvolume sehen gleich aus.

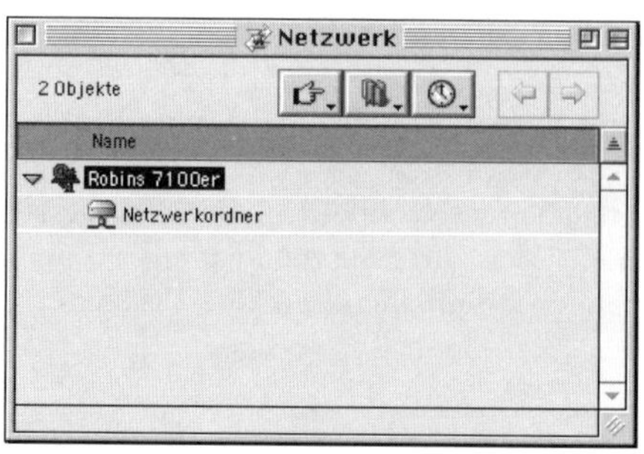

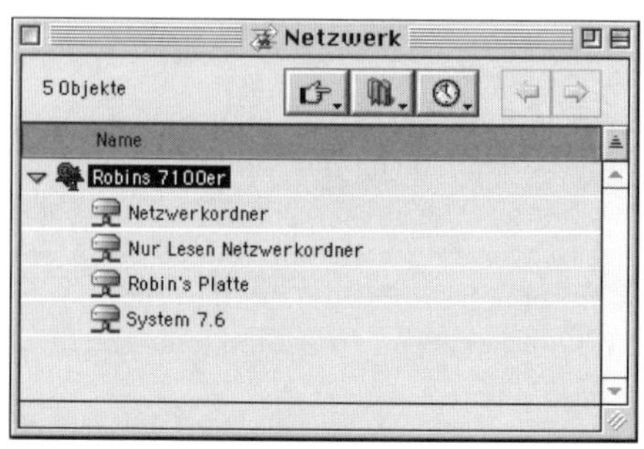

■ Auswahl

So stellen Sie mit Hilfe von **Auswahl** eine Verbindung her:

Achtung: *Der File Server Mac (Mac A) muß eingeschaltet und File Sharing muß aktiviert sein.*

1 Öffnen Sie auf **Mac B** im *Apple*-Menü die Auswahl (siehe rechts).

2 Klicken Sie auf das Apple Share-Symbol. (Wenn Sie in einem großen Netzwerk mit mehreren Zonen sind, sehen Sie hier die verschiedenen Zonen.)

3 Sie sollten den Namen des File Server Macs auf der rechten Seite sehen (Mac A, hier: Robins Festplatte). Klicken Sie auf dieses Symbol.

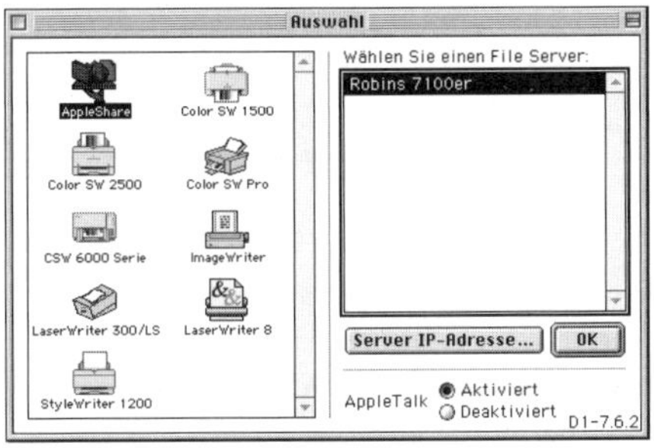

Große Netzwerke werden üblicherweise der Übersicht halber in verschiedene Bereiche eingeteilt. Diese Bereiche nennt man Zonen.

Dies ist das Apple Share Symbol, das sich in Ihrem Ordner «Systemerweiterungen» befinden muß.

4 Wenn Sie den ersten Schritt bereits durchgeführt haben, sollte der AppleTalk-Knopf bereits aktiviert sein. Ohne AppleTalk können Sie keine Daten austauschen.

5 Klicken Sie auf *OK*. Dann erscheint eines der folgenden Dialogfelder.

Wenn Sie den 6. Schritt vollzogen und einen Ordner für den Gastzugriff angelegt haben, erscheint das Feld «Gast», und der Benutzer braucht kein Kennwort anzugeben.

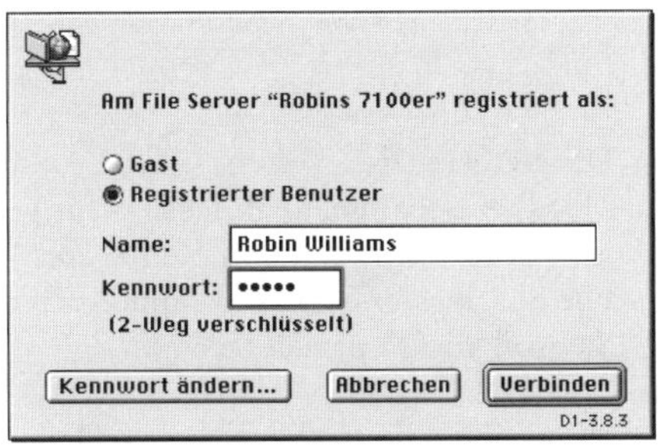

Wenn Sie den 6. Schritt nicht vollzogen und keinen Gastzugriff ermöglicht haben, erscheint das Feld «Gast» nicht. Der «Registrierte Benutzer» muß den richtigen Benutzernamen und das richtige Kennwort wissen, einschließlich Groß- und Kleinschreibung und den entsprechenden Leerzeichen.

Sie können an dieser Stelle das Kennwort ändern, müssen dazu aber Ihr ursprüngliches Kennwort wissen.

6 Klicken Sie auf *Verbinden*. Darauf wird eines der folgenden Dialogfelder erscheinen. Klicken Sie auf die Namen, um die Ordner oder die Festplatte auszuwählen, die Sie gemeinsam nutzen wollen.

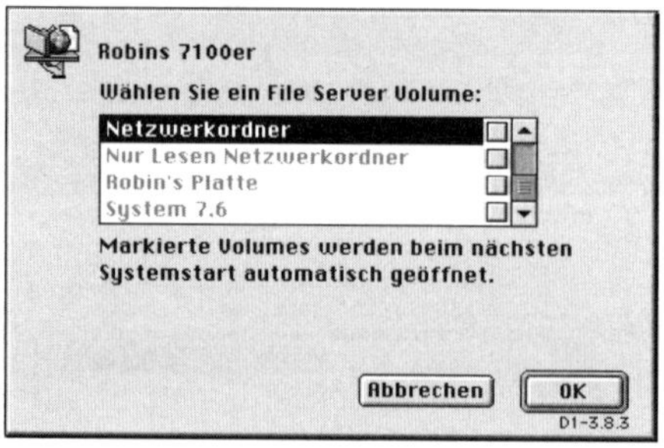

*Wenn Sie sich als **Gast** angemeldet haben, können Sie nur die Ordner sehen, die im 3. Schritt für die gemeinsame Nutzung freigegeben wurden.*

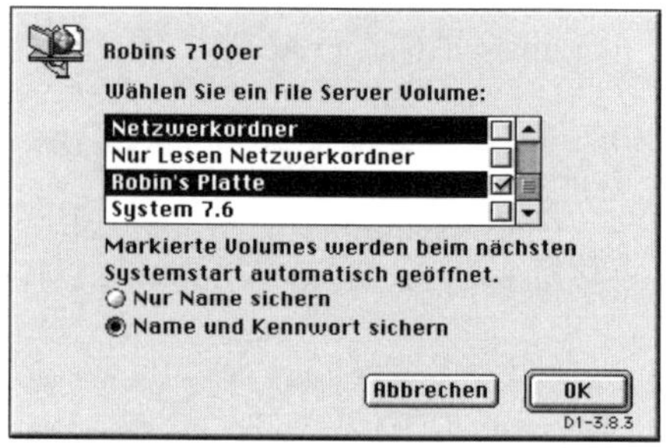

*Wenn Sie sich als **registrierter Benutzer** angemeldet haben, haben Sie Zugriff auf die gesamte Festplatte. In diesem Beispiel sind sämtliche verschiedenen Partitionen auf meiner Festplatte verfügbar.*

Wenn Sie «Name und Kennwort sichern» ankreuzen, müssen Sie diese beim nächsten Mal, wenn Sie sich anmelden, nicht extra eingeben.

***Achtung!** Achten Sie darauf, den Namen des Volumes, auf das Sie zugreifen wollen, zu aktivieren; das Ankreuzfeld bewirkt nämlich etwas ganz anderes. Das **aktivierte** Volume wird zur gemeinsamen Benutzung freigegeben, das **angekreuzte** Volume wird automatisch das nächstemal, wenn Sie Mac B einschalten, geöffnet. Das heißt, daß beim Start von Mac B der Server (Mac A) eingeschaltet sein muß!*

7 Die angekreuzten Volumes (siehe Anmerkung oben) werden jedesmal, wenn Sie Mac B einschalten, geöffnet und zur gemeinsamen Nutzung freigegeben. Das kann jedoch nur dann funktionieren, wenn Mac A vorher eingeschaltet wurde und wenn File Sharing auf beiden Computern aktiviert ist! Und das ist vielleicht nicht das, was Sie wollen, also passen Sie auf.

8 Wenn Sie in diesem File Sharing-Dialogfeld auf *OK* klicken, wird wieder die Auswahl erscheinen. Klicken Sie in der Auswahl jetzt nicht auf *OK*, sonst meint sie, Sie wollten sich wiederum beim File Server anmelden! Klicken Sie statt dessen in das Schließfeld in der oberen linken Ecke des Dialogfeldes.

9 Auf dem Schreibtisch von Mac B sollten Sie jetzt eins der folgenden Symbole für jeden Ordner und jedes Volume sehen, auf das Sie gemeinsam zugreifen können.

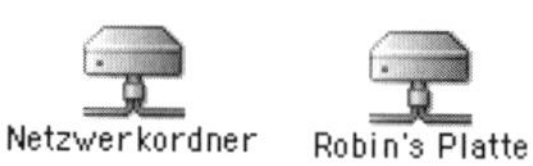

Die Symbole für gemeinschaftlich genutzte Ordner und Volumes sehen gleich aus.

8. Schritt: Dateien tauschen

Auf **Mac B** können Sie auf dieses Symbol doppelklicken, um zu Ihrem File Server zu gelangen. Dieses Symbol steht für den Ordner auf Mac A, der für die gemeinsame Nutzung freigegeben wurde. Ein Fenster klappt auf, das genauso aussieht wie jedes andere Fenster, das sich öffnet, wenn Sie einen Ordner auf Ihrer eigenen Festplatte doppelklicken. Alles, was Sie in diesen Ordner legen, wird nach Mac A **kopiert**.

Netzwerkordner

Auf **Mac A** verändert sich das Symbol des Gemeinschaftsordners, sobald Mac B sich erfolgreich angemeldet hat (es bekommt Köpfe, wie links zu sehen). Jetzt fängt das Ganze an, richtig Spaß zu machen. Jede Datei, die Sie am Mac A in diesen Ordner legen, wird dorthin bewegt, und die Person an Mac B kann diese Datei aus Ihrem Gemeinschaftsordner herausnehmen, wobei sie automatisch auf deren Schreibtisch kopiert wird.

Falls Mac B Zugang zur gesamten Festplatte von Mac A hat, erscheint das Festplattensymbol von Mac A auf dem Schreibtisch von Mac B. Sie können alle Dateien aus jedem beliebigen Ordner von Mac A auf die Festplatte von Mac B ziehen, und Sie können alle Dateien von Mac B in das Festplattenfenster von Mac A ziehen, und die Dateien werden dorthin kopiert. Es ist toll, wie das funktioniert!

- Stottert es beim Dateiaustausch?

Während die beiden Computer damit beschäftigt sind, Dateien hin- und herzuschieben, werden Sie feststellen, daß Computer etwas zu stottern beginnen: Sie können für ein, zwei Sekunden nicht mehr tippen, Menübefehle brauchen plötzlich etwas länger, und alles fängt an, ungewohnt zu ruckeln. Das liegt einfach daran, daß Ihr Computer versucht, mehrere Dinge gleichzeitig zu machen – die Arbeit, die Sie gerade machen, und das Versenden von Dateien. Sobald er damit fertig ist, steht er Ihnen wieder mit seiner vollen Aufmerksamkeit, pardon, Rechenzeit zur Verfügung!

- Achtung, Netzwerkfalle!

Wo genau befinden sich eigentlich die gemeinsam nutzbaren Dateien?

Nehmen wir an, ich arbeite gerade an **Mac A** und lege eine Datei in den Gemeinschaftsordner, damit Sie an Mac B die Datei bearbeiten können. Wenn ich die Datei in den Ordner auf **Mac A** (den File Server) lege, bewege ich die Originaldatei in diesen Ordner, weil ich am File Server (**Mac A**) bin.

Sie, an **Mac B**, möchten diese Datei bearbeiten. Sie doppelklicken auf den Gemeinschaftsordner auf **Mac B** und sehen die Datei. **Doppelklicken Sie nicht auf diese Datei in diesem Ordner!** Was Sie in diesem Gemeinschaftsordner sehen, ist die Originaldatei, die sich noch immer auf meiner Festplatte, auf Mac A, befindet. Wenn Sie diese Datei öffnen, **arbeiten Sie auf meinem Computer!**

Statt dessen: Kopieren Sie die Datei auf Ihre Festplatte auf **Mac B** und öffnen Sie sie dann! Um die Datei zu kopieren, ziehen Sie sie einfach von dem Gemeinschaftsordner auf Ihren Schreibtisch.

Wie ist es umgekehrt, wenn Sie Dateien von Mac B zu Mac A schicken wollen? Wenn Sie an **Mac B** sitzen, schieben Sie einfach die Dateien auf den Gemeinschaftsordner. Dann können Sie sehen, wie Ihr Computer die Dateien von Ihrer Festplatte (Mac B) auf meine Festplatte (Mac A) kopiert. Das heißt, wenn ich meinen Gemeinschaftsordner auf Mac A öffne, sind sämtliche Dateien darin bereits auf meinen Computer kopiert worden. Vielen Dank!

Verbindung unterbrochen!

Wenn einer der beiden Computer abgeschaltet wird, wird File Sharing automatisch unterbrochen. Sie können sich auch selbst vom Netzwerk auf unterschiedliche Art und Weise abmelden.

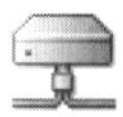

Netzwerkordner

Dies ist das Symbol für den File Server auf Mac B.

- Ziehen Sie das Symbol des File Servers auf Mac B in den Papierkorb. Wenn Sie das Papierkorbfenster öffnen, werden Sie vergeblich nach dem Symbol suchen. Sie können sich daher auf diese Weise nicht wieder anmelden.
- **Oder:** Aktivieren Sie das Symbol für den File Server auf Mac B und wählen Sie *Zurücklegen* aus dem *Ablage*-Menü oder drücken Sie ⌘ - Y.
- **Oder:** Öffnen Sie am File Server Mac A das Kontrollfeld File Sharing und klicken Sie auf das *Stop*-Feld. Oder wählen Sie *File Sharing stoppen* aus dem Ordner *Nützliche Skripte* im *Apple*-Menü.

File Sharing

Benutzen Sie dieses Kontrollfeld auch, wenn sie die Zugriffsrechte von Benutzern ändern oder Benutzer aus dem Netzwerk «rauswerfen» wollen.

- Sie können auch selektiv ganz bestimmte Teilnehmer im Netzwerk rausschmeißen, und zwar mit Hilfe des Kontrollfelds File Sharing. Öffnen Sie das Kontrollfeld und klicken Sie auf *Monitor*.

  Klicken Sie einmal auf den Namen des Benutzers, den Sie rauswerfen wollen und klicken Sie dann auf *Trennen…* Von hier aus können Sie auch die Zugriffsrechte aller gemeinsam genutzten Objekte verändern.

Es wird eine Meldung erscheinen, daß File Sharing innerhalb einer bestimmten Zeit ausgeschaltet werden wird. Sie können hier die Anzahl der Minuten festlegen, nach der File Sharing ausgeschaltet werden soll. Sobald Sie auf *OK* klicken, erhalten alle angeschlossenen Rechner die Meldung, daß der File Server Mac A beispielsweise in fünf Minuten abgeschaltet wird. Dann haben die Benutzer noch Zeit, Dateien zu schließen und an den Server zu schicken. Sie können als Zeitintervall auch eine Null eintragen, worauf das Netzwerk sofort abgeschaltet wird. In diesem Fall erhalten alle Benutzer, die gerade an diesem Netzwerk angemeldet sind, lediglich die Meldung, daß «der File Server Mac A unerwartet abgeschaltet» wurde.

File Sharing ausschalten

Um File Sharing auszuschalten, müssen Sie folgendes tun:

- Öffnen sie aus dem *Apple*-Menü den Ordner *Nützliche Skripte* und wählen sie *File Sharing stoppen.*
- Klicken Sie in der Kontrolleiste in das Modul für File Sharing und wählen Sie *File Sharing deaktivieren.*
- Wählen Sie im *Apple*-Menü die Kontrollfelder. Gehen Sie zu *File Sharing* und klicken Sie auf das Feld *Stop*.

Sie können natürlich jede dieser Methoden auch anwenden, um File Sharing wieder einzuschalten.

Wieder verbinden

Um Mac B wieder mit dem File Server Mac A zu verbinden, können Sie natürlich genau wie am Anfang wieder den Netzwerk Browser oder das Auswahl-Fenster verwenden und sich wie gehabt wieder anmelden. Oder Sie verwenden folgenden tollen Trick:

Doppelklicken Sie das Alias, um automatisch File Sharing zu starten, ohne über den Netzwerk Browser oder über die Auswahl gehen zu müssen.

Aktivieren Sie im Netzwerk Browser das Symbol für einen der Ordner oder Volumes, bei denen Sie sich anmelden wollen. Ziehen Sie das Symbol aus dem Netzwerk Browser und legen Sie es irgendwo auf den Schreibtisch. Dort wird dann automatisch ein Alias davon angelegt (ohne die Endung *Alias*).

Wenn Sie die Auswahl verwenden, können Sie, wenn Sie bereits angemeldet sind, ein Alias des File Server-Symbols auf Mac B anlegen, das dann für den Gemeinschaftsordner steht. Um ein Alias herzustellen, klicken Sie einmal auf das Symbol und drücken Sie dann ⌘ - M.

Legen Sie dieses Alias ab, wo es Ihnen gefällt. Immer wenn Sie eine Verbindung zu Mac A herstellen wollen, machen Sie einfach einen Doppelklick darauf. Dieser Trick funktioniert auch, wenn Sie ein Alias irgendeiner Datei aus dem Gemeinschaftsordner anlegen.

27

Der Systemordner

Systemordner

Der gesunde Systemordner

Systemordner

Diesem Systemordner fehlt das kleine Bildchen! Das ist ein ***visueller Hinweis*** *darauf, daß entweder das System oder der Finder fehlt.*

Der **Systemordner** ist ein mächtiges Objekt. Er hält den Mac am Laufen, und eine große Anzahl von Objekten arbeitet nur, weil sie im Systemordner sind. Viele Sachen werden nicht arbeiten, wenn sie nicht im Systemordner abgelegt sind.

Dieser Ordner ist so wichtig, weil er die Systemdatei und den Finder enthält, wie schon auf Seite 3 besprochen. Wenn eines von beiden nicht im Systemordner ist, verliert das Icon des Systemordners das kleine Bildchen, wie am Rand gezeigt. Und damit verliert er automatisch auch seine wichtigste Funktion – der Mac wird nicht mehr starten.

Wichtig: Der Systemordner ist ein entscheidender Bestandteil für das Funktionieren Ihres Macintosh. Sie sollten niemals irgend etwas in diesen Ordner legen, von dem Sie nicht absolut sicher sind, daß es tatsächlich dorthin gehört. Falls Sie Schüler oder Student sind und in einem Computerraum an einem Mac arbeiten: **Lassen Sie die Finger vom Systemordner!**

Was ist im Systemordner?

Wenn Sie einen Blick in den **Systemordner** werfen, werden Sie viele wichtige Ordner finden. Jeder dieser Ordner erledigt einen wichtigen Teil der Arbeit des Computers.

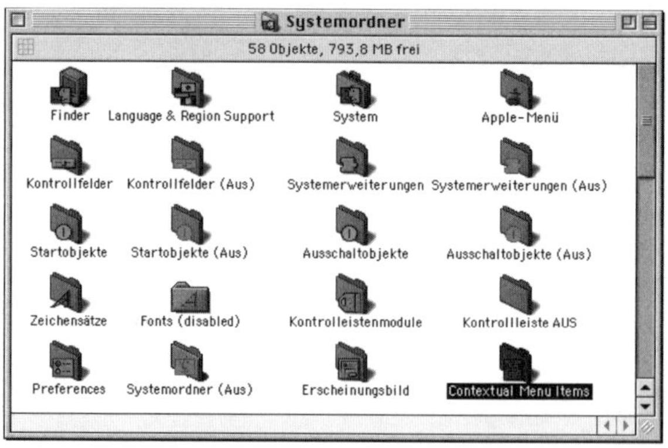

Dinge, die ich nicht brauche oder nicht verstehe, verstecke ich gerne, indem ich das Fenster verkleinere. Ich kehre sie gewissermaßen unter den Teppich. Wenn ich das Fenster dann betrachte, habe ich immer das gute Gefühl, daß ich weiß, was ich tue …

Beachten Sie die Informationszeile, in der steht, daß sich 58 Objekte in diesem Ordner befinden. Zusätzlich ist der vertikale Rollbalken grau. Beide ***visuellen Hinweise*** *zeigen, daß mehr im Ordner ist, als wir momentan sehen können.*

Sie können lang mit Ihrem Mac arbeiten, ohne viel über die Ordner und Dateien im Systemordner zu wissen. Vermutlich werden Sie aber irgendwann einmal mehr über einen Ordner oder eine Datei im Systemordners wissen wollen oder müssen. Wenn Sie sich aber im Moment etwas überfordert fühlen, so überspringen Sie diesen Abschnitt und lesen ihn ein anderes Mal.

- Sie können dieses Kapitel später lesen!

Auf den folgenden Seiten werden einige der Icons und Ordner beschrieben, die in Ihrem Systemordner liegen:

System

Das **System** ist die Datei, die Ihren Mac tatsächlich betreibt – im Gegensatz zum Systemordner, in dem das System abgelegt ist. Wenn Sie doppelt darauf klicken, öffnet sich ein Fenster, so wie bei jedem anderen Ordner oder Koffer auch. Darin sehen Sie Icons für Töne und für verschiedene Tastaturbelegungen. Doppelklicken Sie auf irgendeinen der Töne, um ihn sich anzuhören.

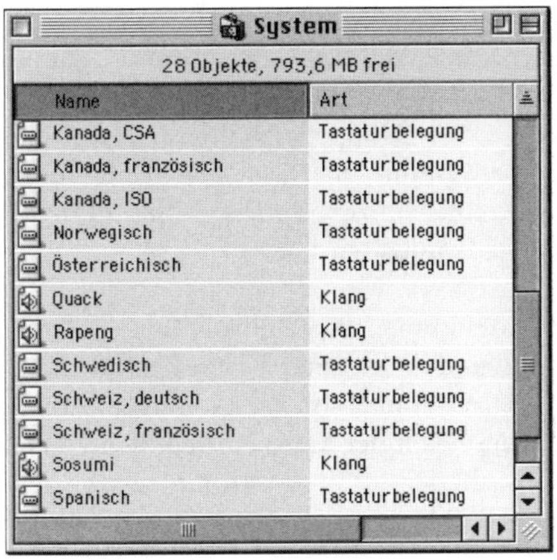

Tastaturbelegungen, die Sie nie benutzen – wie beispielsweise Schwedisch oder Französisch-Kanada – können Sie ohne Gefahr entfernen.

Wenn Sie über das Kontrollfeld «Monitore & Ton» (Seite 232) einen neuen Ton aufnehmen, legt der Mac den neuen Ton in diese System-Datei.

Diese einfachen Icons verleiten Sie vielleicht zu der Annahme, das sei alles, wofür das System zuständig ist. Weit gefehlt! Diese Töne und Tastaturbelegungen belegen gerade 60 Kilobytes an Speicherplatz; wenn Sie aber im Informationsfenster über das System nachschauen, werden Sie feststellen, daß die Datei ungefähr 10 bis 11 Megabytes groß ist. Der unsichtbare Rest ist für den Zauber im Innern zuständig, der die Kiste am Laufen hält. Das System muß unbedingt im Systemordner bleiben – sonst können Sie den Computer nicht mehr starten!

Finder

Der **Finder** ist das Programm, das den Schreibtisch betreibt und das alle Dateien und Ordner verwaltet. Diese Datei ist genauso wichtig wie das System und muß auch im Systemordner bleiben! Wenn Sie versuchen das Icon des Finders zu öffnen, werden Sie darauf hingewiesen, daß Sie das nichts angeht. (Nun ja, nicht genau in diesem Wortlaut, aber so ist es gemeint.)

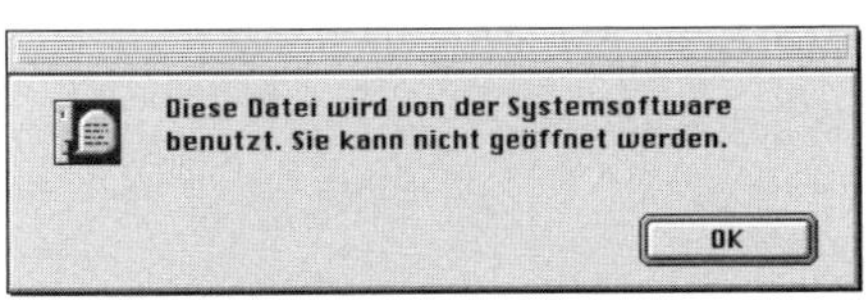

Das ist die Nachricht, die Sie erhalten, wenn Sie das Icon des Finders doppelklicken, um zu sehen, was er enthält.

System Resources

System Resources

Möglicherweise finden Sie noch eine Datei namens **Enabler** oder **System Resources** in Ihrem Systemordner. Welche von beiden Sie finden, hängt davon ab, welches Betriebssystem auf Ihrem Mac läuft. Beide helfen dem System bei der Arbeit – Sie selbst können mit den Dateien nichts anfangen, aber versuchen Sie niemals, eine davon wegzuwerfen.

Clipboard und Albumdatei

Clipboard

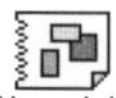

Albumdatei

Das **Clipboard** (auch als Zwischenablage bezeichnet) und die **Albumdatei** dienen zum Zwischenspeichern von Texten, Grafiken oder Tönen. Die Zwischenablage speichert alle Objekte, die Sie irgendwo kopieren oder ausschneiden nur vorübergehend. Sobald Sie erneut ein Objekt kopieren oder ausschneiden wird das alte ersetzt. Die Albumdatei speichert Texte, Grafiken oder Töne dagegen permanent – wie der Name schon sagt. Obwohl Sie diese Dateien hier im Systemordner finden und durch Doppelklick auf das Icon auch öffnen können, benutzen Sie sie bitte nicht von hier aus. Lesen Sie ab Seite 159, wie man das Album benutzt, und ab Seite 80, wie man mit der Zwischenablage umgeht.

Notizblockdatei

Notizblockdatei

Die **Notizblockdatei** erscheint, wenn Sie zum ersten Mal das Schreibtischprogramm Notizblock aus dem *Apple*-Menü benutzen. In dieser Datei werden die Einträge im Notizblock abgespeichert. Sie können den Notizblock per Doppelklick öffnen und Nachrichten eingeben, aber typischerweise gelangen Sie zu ihm über das *Apple*-Menü, ohne in den Systemordner zu gehen. Das Kap. «Schreibtischprogramme» ab Seite 150 beschreibt in allen Einzelheiten, wie der Notizblock benutzt wird.

Kontrollfelder

Kontrollfelder

Der **Kontrollfelder-Ordner** enthält kleine Programme, die Kontrollfelder genannt werden. Mit deren Hilfe können Sie Ihren Mac und viele seiner Eigenschaften Ihren Bedürfnissen anpassen. Mit den Kontrollfeldern können Sie zum Beispiel Ihren Schreibtischhintergrund verändern, die Geschwindigkeit der Maus einstellen, die Wiederholungsrate der Tasten kontrollieren, die Anzahl der auf Ihrem Monitor dargestellten Farben verändern und vieles mehr. Kontrollfelder sind wichtig und Sie werden sicher öfter in diesen Ordner sehen müssen. Sie sollten deshalb Kap. «Kontrollfelder» ab Seite 219 irgendwann lesen.

Kontrollfelder (Aus)

Über *Erweiterungen Ein/Aus* (auch in Kap. «Kontrollfelder» ab Seite 219 näher erläutert) können Sie bestimmen, welche der Kontrollfelder Sie benutzen wollen. Wenn Sie eines nicht benötigen und es deshalb deaktivieren, so wird es automatisch in den Ordner namens **Kontrollfelder (Aus)** verschoben, wo es so lange bleibt, bis Sie es wieder auswählen.

Apple-Menü Ordner

Apple-Menü

Der **Apple-Menü-Ordner** enthält die Icons von jedem Menüpunkt Ihres *Apple*-Menüs (das ist das Menü ganz links außen in der Menüleiste). Das *Apple*-Menü ist ein wichtiges Schlüsselobjekt für die Organisation Ihrer Arbeit. Es erleichtert Ihnen das Leben ganz enorm. Sie können darin Dokumente, Programme, Ordner, Schreibtischprogramme, Web-Adressen – kurz alles, was Sie möchten – ablegen, indem Sie deren Icons oder Aliase einfach in den Ordner ziehen. Lesen Sie in Kap. «Das Apple-Menü» ab Seite 163 nach, wie Sie das *Apple*-Menü an Ihre Bedürfnisse anpassen können, und in Kap. «Schreibtischprogramme» ab Seite 150, was Schreibtischprogramme sind.

Der Ordner Startobjekte

Startobjekte

Der **Startobjekte-Ordner** kann sehr praktisch sein. Dokumente, Programme oder jeder Ordner, den Sie in den Ordner Startobjekte legen, wird automatisch bei jedem Einschalten des Macs geöffnet. (Benutzen Sie dazu bevorzugt Aliase – lesen Sie im Kap. «Aliase» ab Seite 173 nach.) Diese Funktion ist vor allem dann praktisch, wenn Sie lange Zeit am gleichen Projekt arbeiten – bei jedem Einschalten des Computers wird automatisch Ihr Projekt geöffnet, oder wenigstens der Ordner mit den Projektdateien. Sie können auch ein Alias Ihrer Festplatte in diesen Ordner legen; jedesmal, wenn Sie Ihren Mac einschalten, öffnet sich dann das Fenster Ihrer Festplatte.

Auch Tondateien können Sie in den Startobjekte-Ordner legen. Der Ton wird dann jedesmal abgespielt, wenn der Startprozeß beim Schreibtisch angelangt ist. Wenn Ihr Mac mit einem Mikrofon geliefert wurde, ist es wirklich einfach, eigene Töne aufzunehmen (siehe Seite 233). Sie können zum Beispiel Liebesbotschaften an Ihren Schatz oder Ermahnungen an Ihre Kinder hinterlassen …

Startobjekte (Aus)

In Kap. «Kontrollfelder» ab Seite 219 erfahren Sie, wie man *Kontrollfelder Ein/Aus* benutzt, um einzelne Kontrollfelder und die Objekte im Startobjekte-Ordner ein- und auszuschalten. Wenn Sie ein Startobjekt ausschalten, wird das Objekt in den Ordner namens **Startobjekte (Aus)** verschoben. Das Objekt wartet dort, bis Sie es wieder einschalten. Werfen Sie diesen Ordner also nicht weg!

Der Ordner Ausschaltobjekte

Ausschaltobjekte

Der **Ordner Ausschaltobjekte** verhält sich analog wie der gerade erwähnte Ordner Startobjekte: Er öffnet alle in ihm enthaltenen Objekte beim Ausschalten. Es wird allerdings nicht viele Funktionen geben, die Sie beim Ausschalten starten möchten. Vielleicht eigene Ausschalt-Töne. Mein Rechner sagt zum Beispiel: «Ooh, mach's gut Schätzchen!» beim Ausschalten. Sie können jeden Ton verwenden, den Sie mit dem Kontrollfeld *Monitore & Ton* aufgenommen haben. Ziehen Sie einfach sein Icon in den Ordner Ausschaltobjekte, und er wird beim Ausschalten abgespielt.

Ausschaltobjekte (Aus)

Kap. «Kontrollfelder» ab Seite 219 zeigt, wie Sie mit Hilfe von *Kontrollfelder Ein/Aus* Ausschaltobjekte aktivieren bzw. deaktivieren. Wenn Sie ein Ausschaltobjekt deaktivieren, so wird es in den Ordner **Ausschaltobjekte (Aus)** verschoben. Das Objekt wartet dort, bis Sie es wieder einschalten. Werfen Sie diesen Ordner deshalb nicht weg.

Der Ordner Systemerweiterungen

Systemerweiterungen

Der **Ordner Systemerweiterungen** enthält systemverwandte Dateien, die nötig sind für den Betrieb Ihres Macs oder Ihrer Peripheriegeräte. Diese Systemerweiterungen müssen immer im Ordner Systemerweiterungen liegen, sonst funktionieren sie nicht. Der Ordner enthält auch Dienstprogramme, die es ermöglichen, daß Sie Dateien in einem Netzwerk mit anderen teilen können (File Sharing genannt). Sehen Sie auf Seite 218 nach, um Näheres zu Systemerweiterungen und deren Installation zu erfahren.

Systemerweiterungen (Aus)

In Kap. «Kontrollfelder» ab Seite 219 erfahren Sie wieder, wie Sie mit dem Kontrollfeld *Erweiterungen Ein/Aus* Systemerweiterungen ein- und ausschalten. Wenn Sie eine Erweiterung ausschalten, wird sie in den Ordner **Systemerweiterungen (Aus)** verschoben. Sie wartet dort, bis Sie sie wieder einschalten, also werfen Sie diesen Ordner nicht weg.

Der Ordner Preferences

Preferences

Der **Ordner Preferences** enthält Dateien, in denen die Grundeinstellungen Ihrer Programme abgespeichert sind. Die Dateien in diesem Ordner können Sie nicht öffnen, darum kümmern sich die Programme selbst. Sie müssen hier nichts selbst tun – Ihre Programme und der Mac kümmern sich darum.

Der Ordner Erscheinungsbild

Erscheinungsbild

Im **Ordner Erscheinungsbild** legt der Mac die Dateien ab, mit denen Sie das Aussehen des Schreibtisches an Ihre Bedürfnisse anpassen. Hier liegen die Töne, die von manchen Aktionen ausgelöst werden (zum Beispiel der Ton, den ein sich einrollendes Fenster von sich gibt, die Töne beim Verschieben und Loslassen, der Ton beim Anklicken eines Knopfes etc.), außerdem die Schreibtischhintergründe und die von Ihnen abgespeicherten Themen. Wenn Sie Ihren Mac gut kennen, können Sie weitere Objekte hinzufügen, beispielsweise Hintergrundbilder.

Wenn Sie Ihre eigenen Photos als Hintergrundbilder benutzen möchten, dann öffnen Sie den Ordner Schreibtischbilder, den Sie hier sehen, und legen Sie die Photos in den Ordner Fotos. Dann benutzen Sie das Kontrollfeld «Erscheinungsbild», wie es in Kap. «Kontrollfelder» ab Seite 219 beschrieben wird.

Der Ordner Contextual Menu Items

Rechts sehen Sie ein Kontextmenü-plug-in für PageMill.

Contextual Menu Items

PageMill CMM Plug-in

Der **Ordner Contextual Menu Items** enthält kleine Dateien, einige davon heißen Plug-ins, die den Kontextmenüs nützliche und witzige Optionen zur Verfügung stellen, wie das auf Seite 17 beschrieben wird. Eine gewisse Anzahl wird mit dem System geliefert. Manche Programme installieren Plug-ins in diesen Ordner, die spezielle Menüpunkte für dieses Programm zur Verfügung stellen. Sie können weitere Kontextmenü-plug-ins im Internet finden, herunterladen, sie in diesen Ordner legen, und nach einem Neustart wird Ihnen Ihr Kontextmenü noch mehr zu bieten haben.

Der Ordner Hilfen

Hilfen

Der **Ordner Hilfen** enthält Hilfe-Dateien mit Antworten zu allen erdenklichen Fragen die Sie über Ihren Mac vielleicht haben. Lesen Sie in Kap. «Hilfe, Tips & Tricks» ab Seite 304 Einzelheiten darüber, wie Sie die Hilfe benutzen können. Werfen Sie diesen Ordner nicht weg.

Der Ordner Favoriten

Favoriten

Im **Ordner Favoriten** werden alle Dateien, Webadressen, Programme, Ordner etc. abgespeichert, die Sie zu Ihren Favoriten erkoren haben. Jedes Objekt im Ordner Favoriten ist ein Alias (also ein Wegweiser zur echten Datei). Wenn Sie Objekte von der Favoritenliste entfernen möchten, können Sie immer diesen Ordner öffnen und alles löschen, was Sie nicht mehr brauchen. Da jedes Objekt darin nur ein Alias ist, löschen Sie nie das Original! Lesen Sie in Abschnitt «Favoriten» ab Seite 164 mehr über diesen Ordner und seinen Zweck.

Der Ordner Internet Suchdienste

Internet Suchdienste

Der **Ordner Internet Suchdienste** arbeitet mit Sherlock zusammen, dem bewährten Suchprogramm für Dateien und Internetseiten. Wenn Sie Sherlock (Kap. «Sherlock» ab Seite 180) schon einmal benutzt haben, haben Sie sicher bemerkt, daß Sherlock Webadressen über eine Vielzahl von Suchmaschinen sucht und findet. Die entsprechenden Steuerdateien, die eine automatische Abfrage bei einer Suchmaschine erst ermöglichen, sind in diesem Ordner gespeichert. Im Kapitel über Sherlock finden Sie

Einzelheiten darüber, wie Sie diese Dateien aktualisieren und somit effizienter suchen können.

Wenn Sie durchs Internet surfen, entdecken Sie vielleicht Knöpfe oder Links zu Suchmaschinen, die sich auf Sherlock beziehen. Dies sind normalerweise Dateien, die Sie herunterladen und in diesen Internet Suchdienste-Ordner hineinlegen können. Damit können Sie die Fähigkeiten von Sherlock verbessern oder aktualisieren. Sherlock kann auch selbständig im Internet nach Aktualisierungen suchen.

Der Ordner PrintMonitor-Dokumente

Der **Ordner PrintMonitor-Dokumente** enthält Dateien, die darauf warten, gedruckt zu werden. Sie legen niemals selbst ein Dokument hier hinein! Manchmal versucht der Mac eine Datei an den Drucker zu schicken, und aus irgendeinem Grund gelingt das in dem Moment nicht, oder Sie sagen dem Mac, daß er später drucken soll. In diesen Fällen speichert der Mac zwischenzeitlich eine Kopie der Datei im PrintMonitor-Dokumente Ordner, bis er den Druckauftrag zu Ende führen kann. Sie können den Ordner komplett ignorieren, dürfen ihn aber nicht wegwerfen.

Der Ordner Zeichensätze

Der **Ordner Zeichensätze** enthält alle Zeichensätze, und zwar sowohl die True Type-Schriften wie auch beide Teile der PostScript-Zeichensätze. Wenn es Sie interessiert, dann können Sie im nächsten Kapitel mehr über Zeichensätze auf dem Macintosh lesen, als Sie je wissen wollten.

Der Ordner KlickStarter-Objekte

In den **Ordner KlickStarter-Objekte** legen Sie die Aliase von Dateien und Programmen, die Sie im KlickStarter haben möchten. Sie können hier auch schon bestehende KlickStarter-Objekte neu anordnen oder die, die Sie nicht mehr benötigen, löschen. Für Einzelheiten über den Umgang mit dem KlickStarter lesen Sie bitte den Abschnitt «KlickStarter» ab Seite 228.

Der Ordner Kontrolleistenmodule

Im **Ordner Kontrolleistenmodule** liegen die sogenanten Kontrolleistenmodule, also die kleinen Steuerelemente, die Sie in Ihrer Kontrolleiste benutzen möchten. Die Kontrolleiste ist die kleine ausfahrbare Leiste, die vermutlich in der linken unteren Ecke Ihres Bildschirms zu sehen ist. Mehr finden Sie im Abschnitt «Kontrolleiste» ab Seite 240.

All die anderen Ordner

Wie Sie sicherlich bemerkt haben, ist noch viel mehr Zeug in diesem Systemordner. Das meiste ist für irgend etwas wichtig. Es ist sehr schwer zu sagen, was Sie wegwerfen können und was bleiben muß. Wenn Sie nicht absolut sicher sind, ob Sie etwas wegwerfen können, dann lassen Sie es.

Einfacher Zugang zu oft benutzten Ordnern

Wenn Sie bemerken, daß Sie den *Apple*-Menü-Ordner, den Startobjekte-Ordner, den Favoriten-Ordner oder irgendein anderes Element des Systemordners regelmäßig benutzen, dann können Sie Aliase (das sind kleine Platzhalter) von diesen Dateien anlegen. Diese Aliase können Sie dann an Stellen ablegen, wo Sie leichter erreichbar sind als im

Systemordner. Sie könnten zum Beispiel ein Alias des Favoriten Ordners auf den Schreibtisch legen, damit Sie die Objekte, die Sie als Favoriten definiert haben, leichter organisieren können. Alle Dateien, die Sie in ein Alias eines Ordners legen, werden automatisch im echten Ordner abgelegt. Lesen Sie in Kap. «Aliase» ab Seite 173 Einzelheiten dazu.

Dateien in den Systemordner legen

*Ziehen Sie die Dateien auf den **geschlossenen** Systemordner und lassen Sie sie dann los. Legen Sie die Dateien **nie** in das geöffnete Fenster des Systemordners!*

Wenn Sie etwas in Ihren Systemordner **legen** oder **installieren** möchten – zum Beispiel einen Zeichensatz, ein Schreibtischprogramm, ein neues Kontrollfeld, ein Kontextmenü-Plug-in oder eine Erweiterung, dann brauchen Sie meist nicht lange überlegen, in welchen Ordner die Datei gelegt werden muß. Meistens klappt folgendes:

- Markieren Sie die Datei oder Dateien, die Sie installieren möchten. (Um mehr als eine Datei zu markieren, klicken Sie einmal auf das erste Icon, halten Sie dann die Umschalttaste gedrückt und klicken Sie auf die anderen Icons.)
- Ziehen Sie das Icon auf Ihren geschlossenen Systemordner.
- Der Mac wird Sie fragen, ob es O.K. ist, wenn er die markierten Objekte in den passenden Ordner legt. Es ist O.K. Lassen Sie Ihren Mac selbst herausfinden, in welchen Ordner die Sachen gehören. Wenn Sie verschiedene Arten von Dateien gleichzeitig auf den Systemordner ziehen, wird jede an den für sie richtigen Ort gelegt. Der Mac teilt Ihnen sogar mit, wo die Dateien abgelegt werden.

***Achtung:** Leider funktioniert diese Methode nicht immer! Wenn Sie etwas in die folgenden Ordner legen wollen, so müssen Sie den Systemordner öffnen und das Objekt selbst in den passenden Ordner legen: in Apple-Menü-Ordner, Startobjekte-Ordner, Preferences-Ordner, KlickStarter-Objekte-Ordner, Favoriten-Ordner und Ausschaltobjekte-Ordner.*

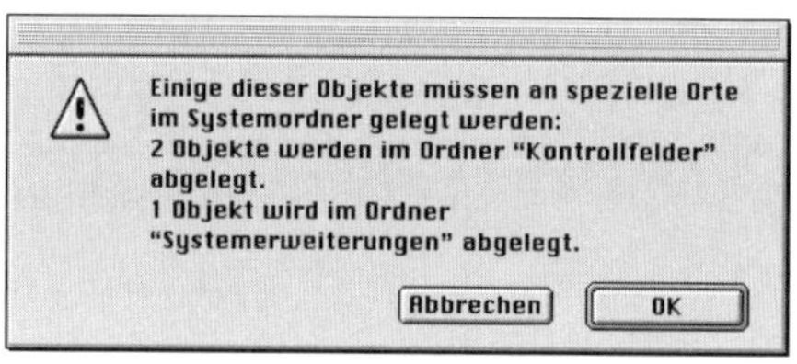

Diese Nachricht wird Ihnen angezeigt, wenn Sie etwas auf den Systemordner legen und der Mac weiß, wo er die Sachen hinlegen soll.

***Wichtig:** Wenn Sie etwas installieren möchten, dann ziehen Sie das Objekt auf das Icon des geschlossenen Systemordners (auch wenn es grau dargestellt wird) und nicht auf das offene Fenster des Systemordners. Wenn Sie Dateien auf das offene Fenster ziehen, werden diese einfach in den Systemordner gelegt und nicht in die speziellen Ordner, in die sie gehören.*

28

Kontrollfelder

Das Konzept der **Kontrollfelder** ist eine sehr wichtige Eigenschaft des Macintosh. Damit können Sie das look and feel Ihres Computers verändern und sehr flexibel Ihren Bedürfnissen anpassen. Jedes Kontrollfeld verwaltet einen bestimmten Aspekt des Macs. Zum Beispiel: Was Sie in Ihrem Fenster sehen und wie die Objekte dargestellt werden, welchen Ton Sie hören und wie laut er ist, ob Sie Ordner und Dateien mit anderen Personen auf anderen Rechnern teilen möchten oder nicht usw. Diese und viele andere Eigenschaften regeln Sie mit Kontrollfeldern. Eine gewisse Anzahl wird von Apple zur Verfügung gestellt, und viele werden Sie von anderen Herstellern bekommen.

Alle Kontrollfelder werden im Ordner Kontrollfelder gespeichert, den Sie im Systemordner finden. Viele Kontrollfelder werden erst funktionieren, wenn sie sich in diesem Ordner befinden! Sie können den Ordner Kontrollfelder öffnen und jede Datei darin doppelklicken, um das jeweilige Kontrollfeld zu öffnen. Die meisten Eigenschaften sind selbsterklärend, und die verschiedenen Macs haben durchaus verschiedene Kontrollfelder. In diesem Kapitel werde ich die am weitest verbreiteten mit Ihnen durchgehen, so daß Sie schnell eine Vorstellung davon bekommen, wozu sie gut sind.

Wenn Sie zu einem Kontrollfeld einmal mehr Hilfe benötigen, denn gehen Sie ins *Hilfe*-Menü (in Ihrer Schreibtisch-Menüleiste, direkt neben *Spezial*) und wählen Sie *Erklärungen ein* an. Fahren Sie anschließend mit dem Mauszeiger über Teile des Kontrollfelds: Eine Sprechblase mit Informationen wird auftauchen, die Ihnen vielleicht weiterhilft. Oder Sie klicken auf das *Hilfe*-Symbol (das Fragezeichen), das in den meisten Kontrollfeldern zu sehen ist. Dadurch wird die Mac OS-Hilfe aufgerufen, die Ihnen mehr Informationen bietet als die Sprechblasen.

Die **Kontrollfelder** sind über das *Apple*-Menü zugänglich (ein Alias des Ordners Kontrollfelder wurde automatisch für Sie im *Apple*-Menü-Ordner abgelegt).

Neben dem *Kontrollfelder*-Menüpunkt finden Sie einen kleinen, nach außen zeigenden Pfeil, der auf ein untergeordnetes hierarchisches Menü hinweist. Sie können es zur Seite ausklappen und erreichen dadurch das benötigte Kontrollfeld, ohne den ganzen Ordner öffnen zu müssen.

Wenn Sie einmal kein bestimmtes Kontrollfeld öffnen wollen, sondern den gesamten Ordner mit allen Kontrollfeldern, dann wählen Sie kein spezielles Kontrollfeld aus, sondern lassen die Maustaste im *Apple*-Menü bereits los, wenn der Eintrag *Kontrollfelder* hervorgehoben wird. Automatisch öffnet sich der Ordner.

Rufen Sie entweder die Sprechblasen oder die Apple-Hilfe auf.

Wann immer Sie eines dieser Symbole sehen, klicken Sie darauf, um Hilfe zu bekommen. Manchmal ist sie nützlich, manchmal auch nicht.

Kontrollfelder

Die richtigen Kontrollfelddateien sind in diesem Ordner gespeichert. Sie finden ihn im Systemordner.

Wenn Sie bemerken, daß Sie bestimmte Kontrollfelder regelmäßig benutzen, können Sie ein Alias des Kontrollfelds in das Apple-Menü legen (siehe Kap. «Das Apple-Menü» ab Seite 163) oder direkt auf den Schreibtisch ziehen.

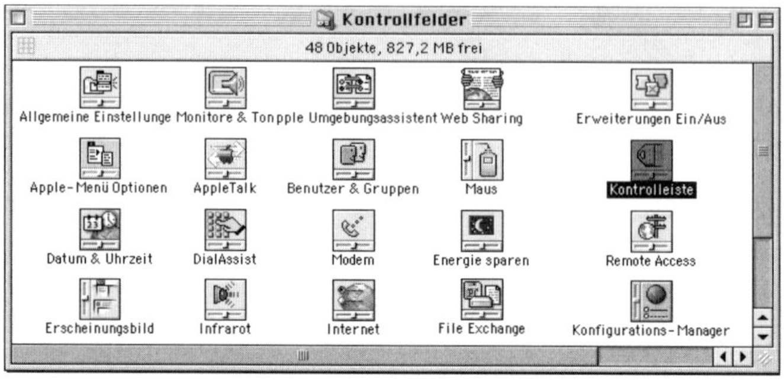

Dies sind einige der Kontrollfelder, die Sie in Ihrem Ordner finden. Manche fehlen vielleicht bei Ihnen, und vermutlich haben Sie noch viel mehr, die hier nicht abgebildet sind.

Computer Ein/Aus

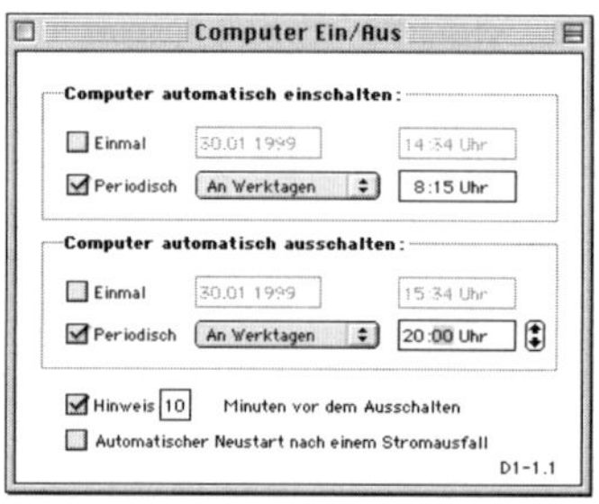

Das ist eines meiner liebsten Kontrollfelder. Rufen Sie **Computer Ein/Aus** auf und stellen Sie hier ein, wann sich Ihr Mac automatisch ein- oder ausschalten soll. Ich liebe es – bis ich die Kinder aus dem Haus habe, meinen Spaziergang mit dem Hund gemacht und endlich mein Büro erreicht habe, ist mein Computer schon gestartet und läuft. Die Einstellmöglichkeiten sind sehr einfach und selbsterklärend.

Falls Sie kein *Computer Ein/Aus* haben, dann haben Sie bestimmt das Kontrollfeld *Energie sparen*; siehe Seite 242.

Apple-Menü Optionen

Das Kontrollfeld **Apple-Menü Optionen** legt fest, ob Ihr *Apple*-Menü hierarchische Menüs hat oder nicht. Hierarchische Menüs sind die kleinen Untermenüs, die zur Seite hin ausfahren und die durch einen kleinen Pfeil angedeutet werden. In diesem Kontrollfeld können Sie sie ausschalten, wenn Untermenüs Sie irritieren.

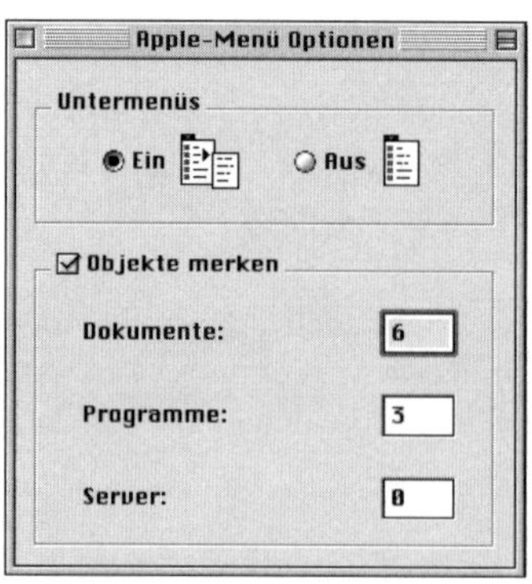

Wenn das Ankreuzfeld *Objekte merken* markiert ist, dann werden Sie drei zusätzliche Ordner in Ihrem *Apple*-Menü finden, in denen sich Aliasse der zuletzt benutzten Dokumente, Programme und Server befinden. Mit der einzugebenden Zahl bestimmen sie, wie viele Objekte sich der Mac merken soll. Wenn Sie eine 0 eingeben, verschwindet der jeweilige Ordner aus dem Menü.

Wenn Sie unter *Dokumente* eine Zahl eingetragen haben, sieht sich der Mac immer alle geöffneten Dateien an und überprüft, von welchen Programmen sie benutzt werden. Wenn Sie das Gefühl haben, daß Ihre Programme sehr lange zum Starten brauchen, so öffnen Sie dieses Kontrollfeld und geben eine Null in das Eingabefeld von *Dokumente* ein.

Erscheinungsbild

Mit dem Kontrollfeld **Erscheinungsbild** können Sie das Aussehen Ihres Schreibtisches und der Fenster erheblich verändern. Sie können zum Beispiel Farben und Muster einstellen, andere Zeichensätze auswählen, Töne einstellen und andere Rollbalken wählen. Besonders schön ist, daß Sie Ihre Einstellungen zu Sätzen zusammenfassen und diese als sogenannte Themen abspeichern können. Von Vorteil sind diese Themen vor allem, wenn mehr als eine Person den Computer benutzt: Jeder kann seine eigenen Einstellungen machen und mit einem Klick auswählen. Vielleicht mag Ihr Sohn ja beispielsweise die fliegenden Untertassen aus Roswell als Hintergrund, außerdem viele Töne, eine häßliche Schrift und orangeleuchtende Hervorhebungen. Er kann diese Einstellungen als sein Thema abspeichern. Sie bevorzugen vielleicht ein Thema mit großen Dateisymbolen, einem einfarbigen Hintergrund in einer beruhigenden Farbe und mögen keine Töne. Jeder braucht zu Beginn der Arbeit nur das *Erscheinungsbild*-Kontrollfeld öffnen, das eigene Thema auswählen, und sofort wird alles passend eingestellt.

■ Themen

Um ein Thema zu erstellen, öffnen Sie zunächst das Kontrollfeld *Erscheinungsbild*. Anschließend gehen Sie so vor:

1 Klicken Sie auf den jeweiligen Reiter (*Visuell*, *Zeichensätze*, *Schreibtisch* usw., alle werden auf den folgenden Seiten erklärt) und machen Sie dort Ihre Einstellungen.

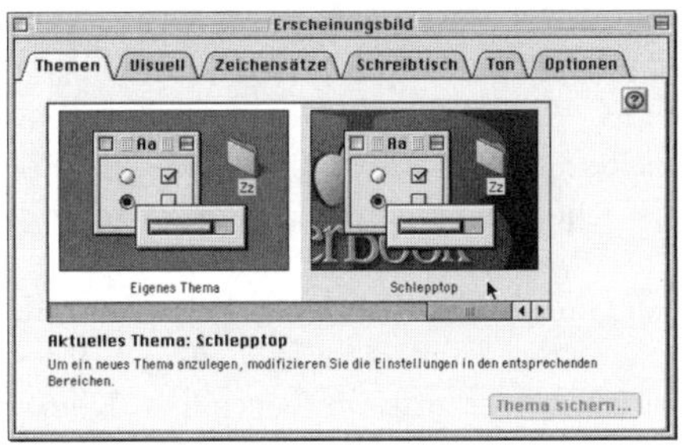

2 Wenn Sie damit fertig sind, klicken Sie wieder auf den Reiter *Themen*. Sie sehen dort ein hervorgehobenes Thema mit der Bezeichnung *Eigenes Thema*.

3 Klicken Sie auf den Knopf *Thema sichern*... und geben Sie ihm einen Namen. Jetzt ist Ihr persönliches Set in dieser Auswahlliste von Themen gespeichert. Sie können es auswählen, wann immer Sie möchten.

Wenn Sie irgendwann den Namen Ihres Themas ändern möchten, markieren Sie sein Bild in der Auswahlliste der Themen, wie oben gezeigt. Wählen Sie dann *Themenname* aus dem *Bearbeiten*-Menü, geben Sie den neuen Namen ein und klicken Sie auf *OK*.

■ Visuell

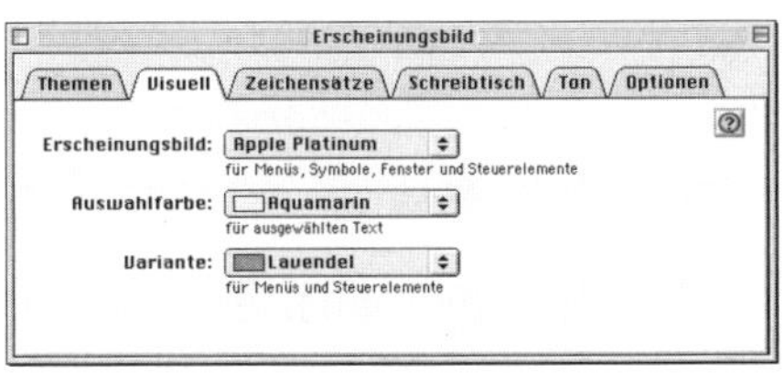

Im Reiter *Visuell* ist das meiste selbsterklärend. Das *Apple Platinum*-Erscheinungsbild läßt vielleicht einige Ihrer Menüs und Dialogfelder in manchen Programmen seltsam erscheinen (weiße Quadrate oder Flecken), aber das ist nicht weiter schlimm. *Auswahlfarbe* ist die Farbe der Hervorhebung, wenn Sie mit der Maus über einen Text ziehen. *Variante* ist die Hervorhebungsfarbe in Menüs. Wählen Sie eine Variante und öffnen Sie ein Menü, dann sehen Sie die Veränderung sofort.

In den folgenden Abbildungen sehen Sie den Unterschied zwischen dem *Platinum*-Erscheinungsbild (links) und dem normalen Erscheinungsbild (rechts).

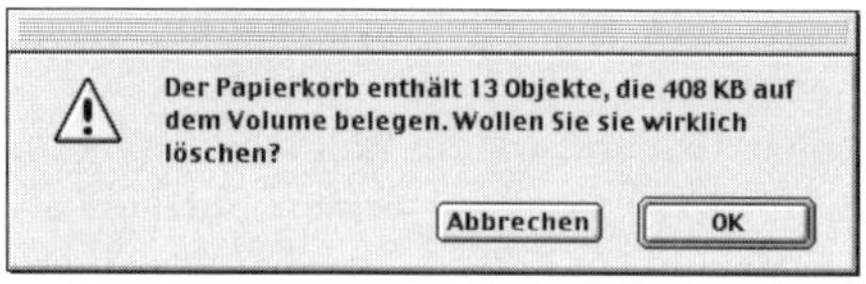

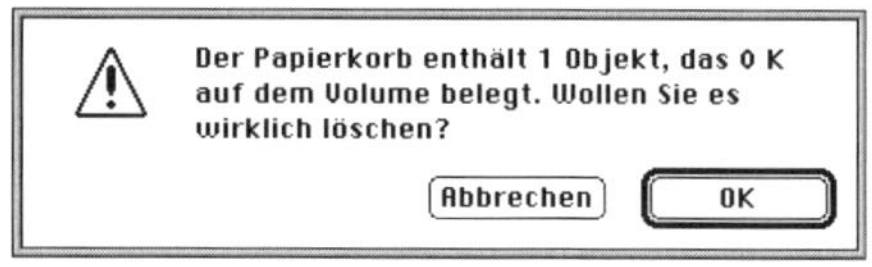

■ Zeichensätze

Warum nur

Warum nur

Ungeglättete Schrift oben, geglättete Schrift unten.

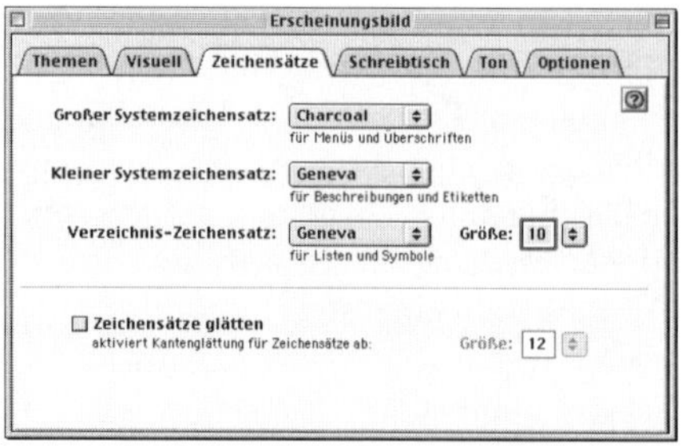

Auch im Reiter *Zeichensätze* ist eigentlich alles selbsterklärend. Man versteht bei jeder Einstellungsmöglichkeit sofort, wo der Zeichensatz später erscheinen wird.

Die Wahlmöglichkeit *Zeichensätze glätten* macht die Kanten der meisten Schriftarten auf dem Bildschirm glatter und schöner, wie im Beispiel am Rand zu sehen. Das Glätten der Zeichensätze verwischt die Buchstabenränder mit der Hintergrundfarbe, sie erscheinen so glatter, sind allerdings auch etwas unschärfer. Bei ausgeschalteter Glättung kann man treppenstufenartige Ausfransungen sehen.

■ Schreibtisch

Im Reiter *Schreibtisch* können Sie sich einen neuen Hintergrund für Ihren Schreibtisch aussuchen. Sie können einen der vorhandenen auswählen oder selbst einen erstellen.

Um einen der vorhandenen Schreibtischhintergründe auszuwählen, klicken Sie auf den Namen des Musters in der Liste. Im Vorschaufenster links im Kontrollfeld können Sie prüfen, wie es aussieht. Mit einem Klick auf die Taste *Übernehmen* wird die neue Einstellung aktiv und der Schreibtisch umgestellt.

In der Vorschau wird das gewählte Muster gezeigt. Wenn Sie ein eigenes Muster verwenden wollen, kopieren Sie einfach eine Grafik in diese Vorschau.

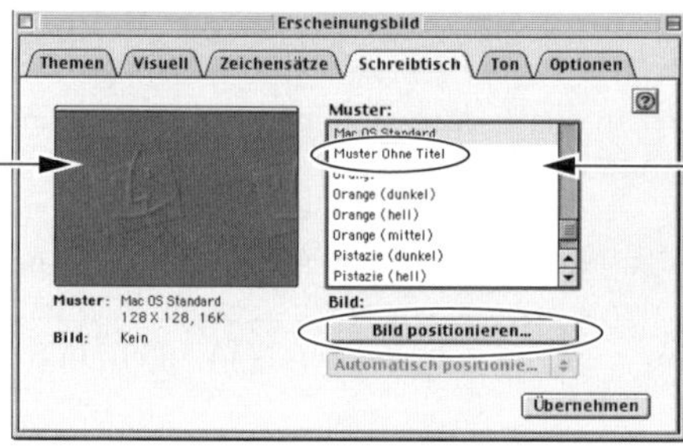

Wählen Sie in dieser Liste das gewünschte Muster aus.

Um ein eigenes Muster zu benennen, markieren Sie «Muster ohne Titel» und wählen im Menü «Bearbeiten» die Option «Mustername«.

Klicken Sie auf «Übernehmen», wenn Sie fertig sind.

Sie können auch **eigene Muster gestalten**. Markieren und kopieren Sie zunächst einen Teil irgendeiner Grafik in die Zwischenablage (zum Beispiel aus einem Grafik- oder Malprogramm). Klicken Sie anschließend auf die Vorschau links im Kontrollfeld und setzen Sie dort die Grafik aus der Zwischenablage ein (⌘ - V). Sie wird automatisch gekachelt, das heißt, sie wird waagrecht und senkrecht immer wiederholt. Ihr neues Muster erhält zunächst die Bezeichnung *Muster ohne Titel*. Ändern Sie den Namen indem Sie ihn in der Liste markieren, im *Bearbeiten*-Menü die Option *Mustername…* auswählen, dort einen Namen eingeben und auf *OK* klicken.

Um **ein eigenes Bild oder Photo** auf Ihrem Schreibtisch zu plazieren, klicken Sie auf den Knopf *Bild positionieren…* (eingekreist). Im folgenden *Öffnen*-Dialogfenster werden Sie automatisch in den Ordner Schreibtischbilder geführt. Wenn Sie die Bilder betrachten wollen, so wählen Sie eines aus und klicken Sie auf *Vorschau ein*. Wollen Sie ein Bild auswählen, so klicken Sie einfach doppelt auf den Namen. Die Dialogbox wird geschlossen.

Anschießend können Sie auf den Knopf *Automatisch positionieren* klicken und genauer festlegen, wie das neue Bild auf dem Schreibtisch plaziert werden soll.

Experimentieren Sie mit dem «Automatisch Positionieren»-Menü. Ein Bild steht übrigens immer vor dem ausgewählten Muster.

Apple stellt eine Reihe von Bildern zur Verfügung, Sie können aber jederzeit eigene verwenden. Als Dateiformat sind GIF, JPEG, PICT oder Photoshop möglich. Außerdem ist es am besten, wenn es niedrigauflösend ist (72 dpi ist gut), damit es nicht unnötig viel Speicher benötigt. Wenn Sie nicht wissen, was all dieses Grafikkauderwelsch bedeutet, fragen Sie einen Freund, der sich mit Grafiken auskennt. Oder sehen Sie in Ihrer Software nach – wenn Sie ein Photo oder Bild in irgendeinem Ihrer Programme öffnen können, dann können Sie es vermutlich auch in verschiedenen Dateiformaten speichern.

***Tip:** Ziehen Sie einen ganzen Ordner von Bildern auf das Vorschaufeld. Dann wird bei jedem Neustart Ihres Macs ein anderes Bild aus diesem Ordner auf Ihrem Schreibtisch erscheinen!*

Sobald die Bilder im richtigen Format sind, können Sie sie in den Ordner Schreibtischbilder legen (er liegt im Ordner Erscheinungsbild – und der wiederum im Systemordner). Öffnen Sie sie, wie oben beschrieben. **Oder ziehen Sie einfach ein Bild auf die Vorschau im Kontrollfeld.** (Nicht im *Datei Öffnen*-Dialog!)

■ Ton

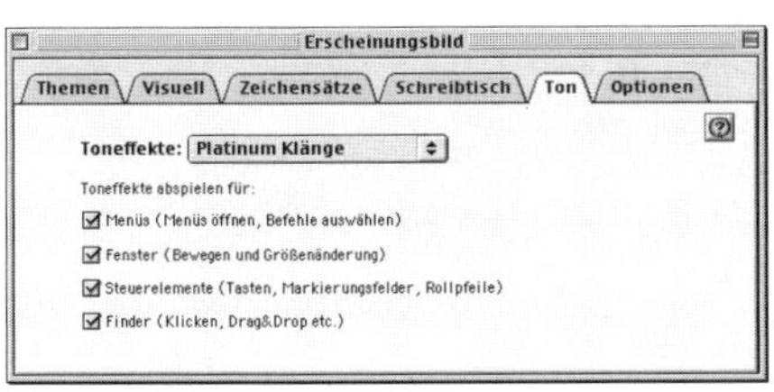

Im Reiter *Ton* können Sie verschiedene **Toneffekte** auswählen. Wenn Sie hören möchten, wie Ihre Menüs sich öffnen, wie Sie Fenster verschieben oder wie Ihre Maus klickt und losläßt, dann kreuzen Sie die entsprechenden Felder an. Wenn Sie lieber einen leisen Mac haben, wählen Sie unter *Toneffekte* die Option *Keine* aus. Die Lautstärke der Warntöne oder von Videofilmen ist durch diese Einstellung nicht betroffen.

■ Optionen

Im Reiter *Optionen* können Sie das Verhalten der Fenster verändern.

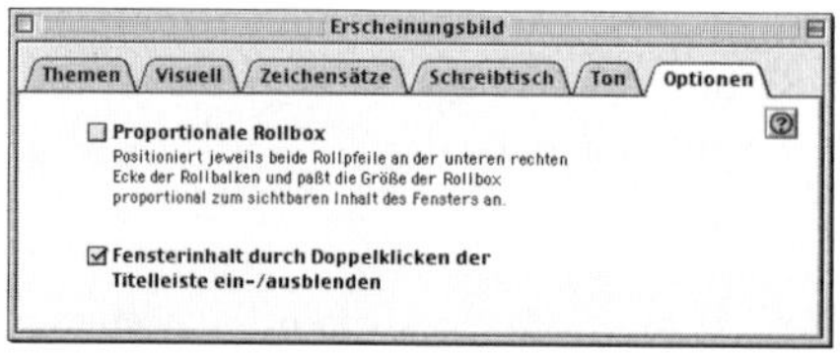

Markieren Sie die Option *Proportionale Rollbalken*, um, wie in Kap. «Fenster – nichts als Fenster» ab Seite 26 gezeigt, beide Rollpfeile am gleichen Ende des Rollbalkens anzuzeigen. Dabei wird dann auch die Größe der Rollbox proportional zum sichtbaren Inhalt des Fensters angezeigt. Wenn Sie Ihren Mac schon länger nutzen, braucht es allerdings eine gewisse Zeit, bis Sie sich an die proportionalen Rollbalken gewöhnt haben. Als Neueinsteiger werden Sie keine Probleme damit haben.

Wie ab Seite 28 gezeigt, können Sie in jedem Fenster in das Ausblendfeld oben rechts klicken, damit nur noch die Titelleiste des Fensters sichtbar ist. Wenn Sie hier die Option *Fensterinhalt durch Doppelklicken der Titelleiste ein-/ausblenden* ankreuzen, dann brauchen Sie dieses Ausblendfeld nicht mehr: Sie können irgendwo in der Titelleiste doppelklicken, um ein Fenster auszublenden. Diese Option mag ich besonders, weil ich nicht immer nach dem kleinen Feld zum Ausblenden suchen möchte. Außerdem können Sie so auch Fenster oder Paletten ohne Ausblendfeld ausblenden. Zum Beispiel können Sie so in vielen Programmen die schwebenden Werkzeugpaletten ausblenden.

Allgemeine Einstellungen

Das Kontrollfeld **Allgemeine Einstellungen** bietet einige interessante Möglichkeiten, ich werde deshalb jede Einstellung einzeln besprechen. Dieses Kontrollfeld ist außerdem ein gutes Beispiel, um den Unterschied zwischen Auswahlfeldern (das sind die kleinen runden) und Ankreuzfeldern (das sind die quadratischen) zu verstehen. Ihr unterschiedliches Aussehen ist nicht willkürlich – es ist ein visueller Hinweis.

- **Auswahlfelder** (die runden Felder), die im Englischen *radio buttons* heißen, erlauben Ihnen pro Gruppe nur eine Auswahlmöglichkeit. Wenn Sie ein Feld markieren, dann wird automatisch ein anderes Feld ausgeschaltet.

- **Ankreuzfelder** (die quadratischen Felder) erlauben Ihnen mehrere Wahlmöglichkeiten. Sie können eines, mehrere oder auch keines auswählen. Wenn Sie in ein leeres Ankreuzfeld klicken, erscheint ein Kreuz oder ein Häkchen; wenn Sie erneut auf das Feld klicken, so wird das Feld wieder leer.

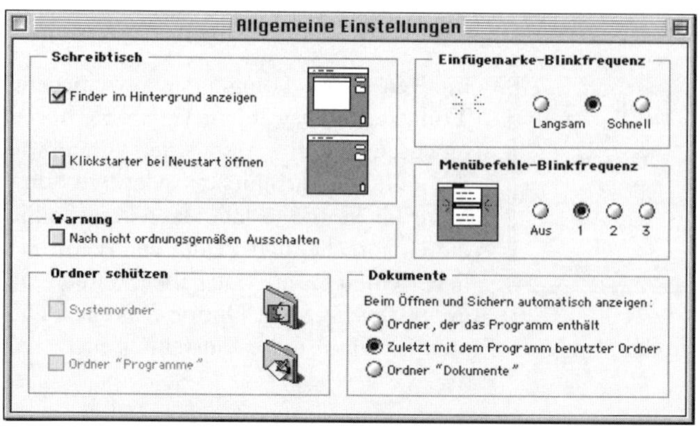

■ Schreibtisch

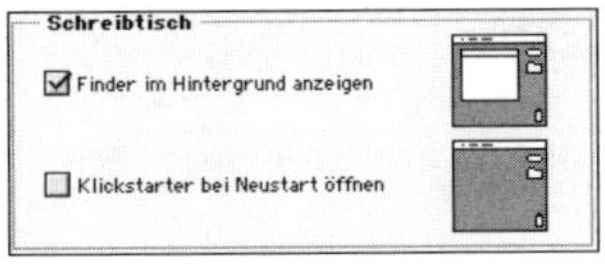

Wenn Sie **Finder im Hintergrund anzeigen** auswählen, dann sehen Sie immer den Schreibtisch mit seinen Icons, auch wenn Sie gerade in einem Programm arbeiten. Für Anfänger ist das etwas verwirrend, denn wenn Sie aus Versehen auf den Schreibtisch klicken, dann landen Sie auf dem Schreibtisch, ohne zu merken, was passiert. Etwas fortgeschrittenere Benutzer schalten diese Option normalerweise ein, weil es ihnen erlaubt, zwischen Programm und Schreibtisch einfach per Mausklick hin- und herzuspringen.

Wenn Sie diese Option **deaktivieren**, dann können Sie aus einem Programm nur zurück zum Schreibtisch, indem Sie im *Programm*-Menü (das Icon am äußeren rechten Rand Ihrer Menüleiste) den *Finder* auswählen. Sie können das *Programm*-Menü allerdings auch abreißen und dann ebenfalls per einfachem Mausklick zwischen geöffneten Programmen wechseln (siehe dazu ab Seite 248).

■ KlickStarter bei Neustart öffnen

Wenn Sie die Option **KlickStarter bei Neustart öffnen** auswählen, dann wird bei einem Neustart automatisch der KlickStarter geöffnet. Das ist ein interessantes, kleines Werkzeug, in dem Sie Ihre wichtigsten Programme und Dokumente unterbringen können. Wenn Sie eines davon benutzen möchten, klicken Sie einfach einmal auf das passende Symbol im KlickStarter.

Einzelheiten zum KlickStarter finden Sie auf Seite 228.

■ Warnung

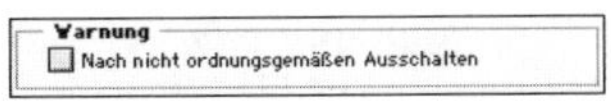

Manchmal stürzt der Computer ab, friert ein oder verweigert auf andere Art und Weise seinen Dienst. Normalerweise müssen Sie den Computer neu starten (siehe Seite 308) oder ausschalten, wenn das passiert. Vergessen Sie nicht: Der Mac mag es nicht besonders, wenn er unerwartet ausgeschaltet wird. Er will erst noch einmal in sich gehen und wichtige Dinge aufräumen, bevor er sich ausschaltet. Wenn Sie also wegen irgendwelcher Probleme einen Neustart erzwingen müssen, dann wird der Mac beim nächsten Einschalten darauf hinweisen, daß er unsachgemäß ausgeschaltet wurde. Wenn Sie das Ankreuzfeld *Warnung nach nicht ordnungsgemäßem Ausschalten* nicht markieren, dann erscheint diese Nachricht nicht mehr.

■ Einfügemarke-Blinkfrequenz

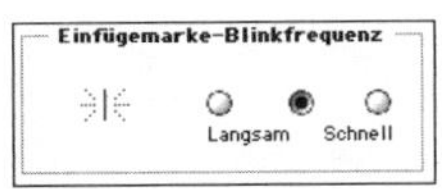

Die **Einfügemarke** ist der kleine blinkende Strich, der immer erscheint, wenn Sie Text eingeben. Hier können Sie einstellen, wie schnell sie blinkt. Wenn Sie *Langsam* auswählen, ist sie so unauffällig, daß man sie leicht übersieht. In der Einstellung *Schnell* nervt sie allerdings schon.

■ Menübefehle-Blinkfrequenz

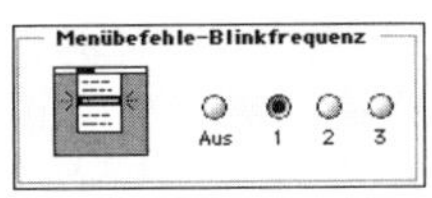

Wenn Sie einen Menüpunkt auswählen, dann **blinkt** das **Menü** mehrmals. Sie können auswählen, wie oft geblinkt wird oder das Blinken ganz ausschalten. Ich stelle mir mindestens einmal Blinken ein, als visuellen Hinweis, daß ich den Menüpunkt auch wirklich ausgewählt habe.

■ Ordner schützen

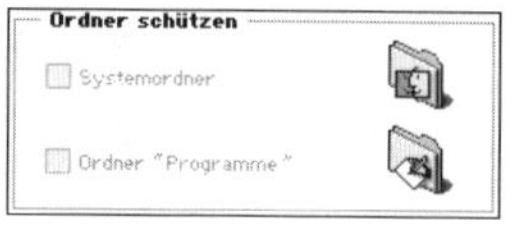

Wenn Sie eines der Felder **Systemordner** oder **Ordner «Programme»** ankreuzen, dann können Sie aus diesen Ordnern nichts mehr löschen, nichts mehr herausziehen und die Dateien darin nicht neu anordnen. Sie können aber noch immer Dokumente in den Ordnern ablegen. Bei manchen Macs ist *Ordner schützen* als Voreinstellung eingeschaltet.

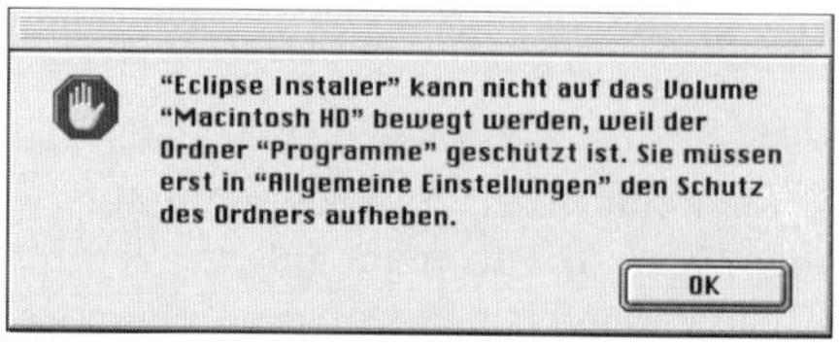

Wenn Sie versuchen, etwas im Systemordner oder im Programme-Ordner zu verändern, wenn diese geschützt sind, dann erhalten Sie eine Warnung, die Ihnen sagt, wie Sie dieses Problem beheben können.

■ Dokumente

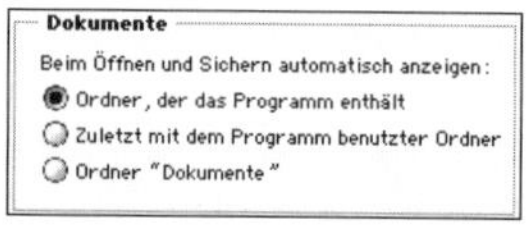

In den **Dokumente Einstellungen** können Sie festlegen, welchen Ordner die Dialogboxen *Öffnen* und *Sichern unter* automatisch öffnen sollen. Nehmen wir beispielsweise an, daß Sie per Doppelklick eine Textdatei öffnen wollen, die in einem Ordner namens Briefe liegt, und die Sie gestern in AppleWorks erstellt haben. Wenn Sie also das Dokument doppelklicken, wird sich AppleWorks öffnen, und der Brief wird Ihnen angezeigt. Sie nehmen einige Änderungen vor und wollen den Brief jetzt mit Hilfe von *Speichern unter…* erneut abspeichern, aber unter einem anderen Namen.

Wenn die Option *Ordner, der das Programm enthält* im Kontrollfeld *Allgemeine Einstellungen* ausgewählt ist, dann bringt Sie das Dialogfeld von *Speichern unter* direkt in den Ordner, in dem schon das Originaldokument lag (das hängt im allgemeinen vom Programm ab). Das ist perfekt und genau das, was wir wollen.

Der Ausdruck Programme ist hier irreführend: Man könnte annehmen, daß der Ordner gemeint ist, in dem das Programm liegt, mit dem die Datei geöffnet wird. Gemeint ist aber derjenige Ordner, den das jeweilige Programm per Voreinstellung auswählt. Fast immer ist das der Ordner, in dem das Original der geöffneten Datei liegt; manchmal kann es aber auch ein anderer sein.

Wenn Sie *Zuletzt mit dem Programm benutzter Ordner* auswählen, werden Sie beim Speichern und Öffnen den Ordner bekommen, den Sie beim letzten Mal in diesem speziellen Programm benutzt haben. Je nachdem, wie Sie arbeiten, mögen Sie diese Option lieber; die meisten Leute finden es aber störend, denn der letzte Ordner hat oft nichts mit dem zu tun, was jetzt gerade bearbeitet wird.

Der Mac legt diesen Ordner Dokumente für Sie an. Auf einem Performa ist diese Option sogar voreingestellt!

Wenn Sie *Ordner «Dokumente»* auswählen, wird beim Speichern oder Öffnen automatisch ein Ordner namens *Dokumente* ausgewählt. Keine Sorge – falls Sie noch nie einen Ordner namens *Dokumente* angelegt haben – der Mac wird ihn in diesem Fall automatisch auf dem Schreibtisch anlegen. Das ist für eine Weile ganz in Ordnung, aber sobald Sie herausgefunden haben, wie Sie Ihre Dateien mit Hilfe von Ordnern organisieren können, werden Sie diesen Ordner nicht mehr benutzen wollen. Das ist so, als hätten Sie in Ihrem Büro nur einen einzigen Aktenordner.

Datum & Uhrzeit

Benutzen Sie das Kontrollfeld **Datum & Uhrzeit**, um (wer hätte es gedacht!) die Uhrzeit und das Datum zu verändern. Damit die Änderungen aktiv werden, klicken Sie irgendwohin, schließen das Kontrollfeld oder drücken den Zeilenschalter.

Klicken Sie auf die Uhrzeit in der Menüleiste und Sie bekommen das Datum zu sehen.

- Wenn Sie auf irgendeine der Zahlen klicken, dann sehen Sie kleine Pfeile. Klicken Sie auf den Aufwärts- oder Abwärtspfeil, um die ausgewählte Zahl zu verkleinern oder zu vergrößern. Oder geben Sie einfach neue Ziffern ein, um die ausgewählten zu ersetzen. Klicken Sie jetzt irgendwohin, um die Uhr zu starten.

- Jedes Feld mit drei Punkten (...) befördert Sie zu einem anderen Dialogfeld, in dem Sie wirklich viele weitere Einstellungen machen können

In dieses Kontrollfeld können Sie die Anzeigeformate für Datum und Uhrzeit ändern. Klicken Sie auf das Feld *Datumsformate...* oder *Uhrzeitformate...* für eine Liste mit Einstellungsmöglichkeiten. Sobald Sie etwas verändern, sehen Sie im unteren Teil der Dialogfelder ein Beispiel im neuen Format. Wenn Sie weitere Sprachen in Ihrem System installiert haben, können Sie Datum und Uhrzeit im jeweiligen Standardformat des entsprechenden Landes darstellen lassen. Wählen Sie dazu die Sprache aus dem Menü *Region* (wahrscheinlich steht da im Moment *Deutsch*). Sobald Sie Änderungen in den Feldern vornehmen, ändert sich das *Region*-Menü in *Eigenes*.

Wenn Sie Programme verwenden, die automatisch das Datum oder die Uhrzeit einfügen, werden die Ziffern dort in dem Format eingefügt, welches Sie hier festgelegt haben.

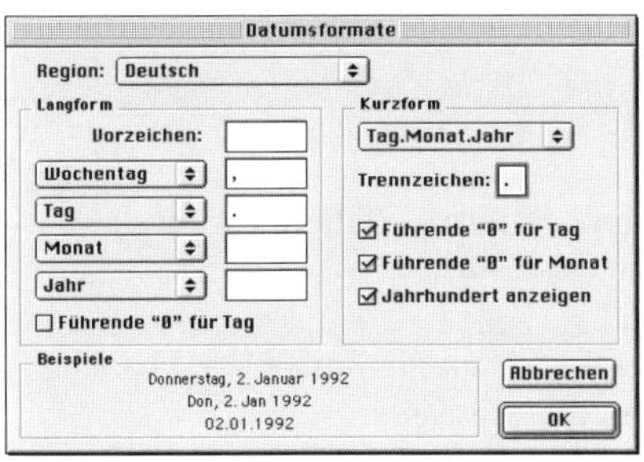

Die Einstellungen, die Sie unter «Langform» vornehmen, finden Sie im «Änderungsdatum» in Ihren Fenstern wieder.

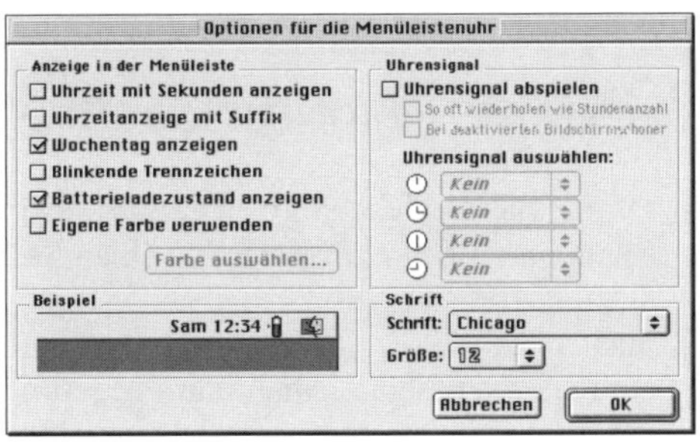

Ändern Sie Farbe, Schriftart und Größe der Uhrzeitanzeige in Ihrer Menüleiste.

Schauen Sie sich in den Dialogboxen ein wenig um – sie sind wirklich selbsterklärend. Sie können für die Uhr in Ihrer Menüleiste die Schriftart ändern, die Zeitzone wechseln (das ist besonders praktisch, falls Sie Ihren Computer mit auf Reisen nehmen) und auf

Sommerzeit umstellen. Dazu klicken Sie auf *Uhr automatisch auf Sommerzeit umstellen*, und Ihr Mac wird die Zeit an den entsprechenden Tagen ändern.

KlickStarter

Das Kontrollfeld **KlickStarter** öffnet ein besonderes Fenster mit Tasten. Sie können auf diese Tasten klicken (nur einmal!), um Programme oder Dokumente zu öffnen. Das kann ein schönes Hilfsmittel für Anfänger sein – alles was Sie sehen, sind Tasten, die genau das tun, was Sie wollen, nämlich Programme starten. So sieht mein KlickStarter aus, nachdem ich ihn mir zurechtgeschneidert habe:

Hier wählen Sie Kategorien aus. Sie können jederzeit Kategorien hinzufügen oder löschen.

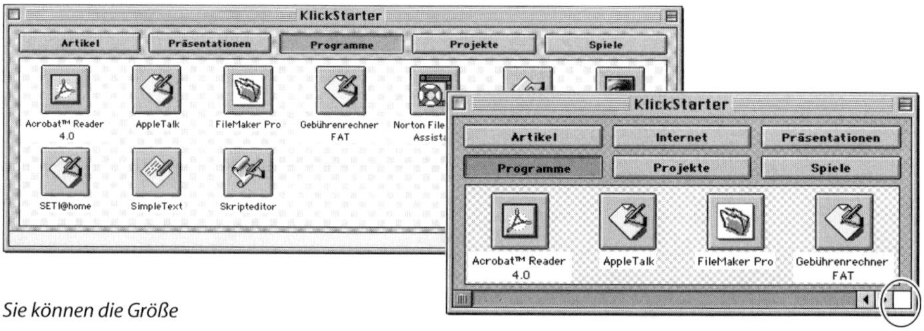

Sie können die Größe des KlickStarters so weit verändern, daß sein Fenster hochkant erscheint.

Um die Größe zu verändern, klicken Sie auf dieses Feld und ziehen mit der Maus.

Passen Sie sich Ihren KlickStarter an. Alle Objekte im KlickStarter sind Aliase (Kap. «Aliase» ab Seite 173). Wenn Sie Objekte hinzufügen, legt der Mac automatisch ein Alias an. Wenn Sie etwas herausnehmen, dann wird immer das Alias weggeworfen, nicht das Original.

- Objekte hinzufügen

Um dem KlickStarter **Objekte hinzuzufügen**, gehen Sie so vor:

- Öffnen Sie den KlickStarter, falls er nicht schon geöffnet ist (fahren Sie im *Apple*-Menü bis zu *Kontrollfelder* und wählen Sie dann *KlickStarter*).
- Suchen Sie auf dem Schreibtisch die Datei, die Sie hinzufügen möchten. Das kann ein Dokument, ein Ordner, ein Programm, ein Ton usw. sein.
- Ziehen Sie die Datei auf die Taste der Kategorie, unter der Sie die Datei gerne hätten. Wenn die entsprechende Kategorie schon offen sein sollte (die Taste erscheint dann gedrückt), ziehen Sie die Datei einfach auf das Fenster des KlickStarters.

- Objekte entfernen

Um aus dem KlickStarter **Objekte** zu **entfernen**, gehen Sie so vor:

- Halten sie die Wahltaste gedrückt und ziehen Sie das Symbol aus dem KlickStarter auf den Mülleimer, oder in einen Ordner, in dem Sie es aufbewahren möchten.

Nochmals: Alles im KlickStarter ist ein Alias – es geht mit Sicherheit nichts verloren, wenn Sie ein Objekt aus dem KlickStarter wegwerfen. Ihre Originaldateien bleiben, wo sie sind.

Um eine Datei **von einer Kategorie in eine andere** zu bewegen, gehen Sie so vor:

- Kategorie wechseln

- Halten Sie die Wahltaste gedrückt und ziehen Sie das Symbol auf eine Taste einer anderen Kategorie. Lassen Sie dann los.

Haben Sie einen **Ordner im KlickStarter**? Sie können jederzeit einen ganzen Ordner in eine Kategorie werfen!

- Ordner im KlickStarter

- Legen Sie irgendwo einen Ordner an, ziehen Sie ihn auf den KlickStarter und lassen ihn dort los. Der Mac fertigt ein Alias für Sie an.
- Ziehen Sie anschließend eine Datei von Ihrer Festplatte auf den neuen Ordner im KlickStarter. Alles, was Sie auf den Ordner im KlickStarter ziehen, wird automatisch in den richtigen Ordner auf Ihrer Festplatte gelegt.

Sie können die **Tastengröße** des KlickStarters jederzeit **verändern**:

- Tastengröße verändern

- Halten Sie die Befehlstaste gedrückt, und klicken Sie mit der Maus in das Fenster des KlickStarters. Es erscheint ein kleines Pop-up-Menü. Halten Sie weiter die Maustaste gedrückt und suchen Sie eine Größe aus.

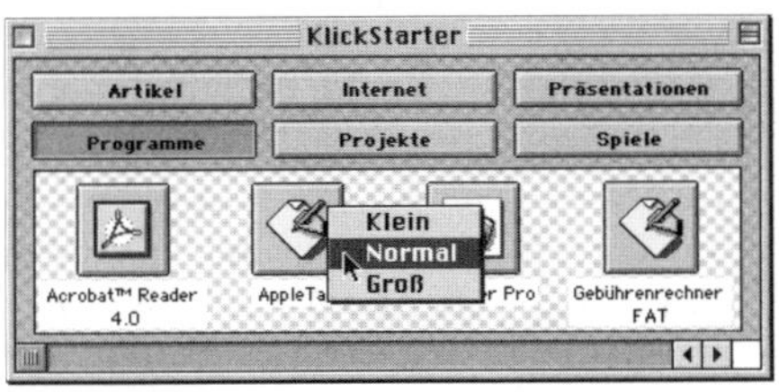

Klicken Sie bei gedrückter Befehlstaste in das Fenster, um dieses kleine Menü zu bekommen, mit dem Sie die Größe der Symbole ändern können.

Um einen der **Kategorie-Ordner** zu **öffnen**, gehen sie so vor:

- Kategorie-Ordner öffnen

- Halten Sie die Wahltaste gedrückt und klicken Sie auf eine Kategorietaste. Der Originalordner wird geöffnet.

Sie können jederzeit neue **Kategorien anlegen und** alte **löschen**. Gehen Sie so vor:

- Kategorien anlegen und löschen

- Öffnen Sie den Ordner KlickStarter-Objekte im Systemordner.
- Um eine neue Kategorie anzulegen, erstellen Sie in diesem Ordner einen neuen Ordner mit dem Namen der gewünschten Kategorie. Geben Sie am Anfang des Namens ein Bullet ein (⌥ - Ü). Der Ordner wird als Kategorie im KlickStarter erscheinen.
- Um eine Kategorie zu entfernen, entfernen Sie die Kugel aus dem Namen des Ordners oder nehmen den ganzen Ordner aus dem Ordner KlickStarter-Objekte heraus.

KlickStarter-Objekte

Wenn Sie den Ordner KlickStarter-Objekte oft brauchen, legen Sie ein Alias auf den Schreibtisch. Oder ziehen Sie den KlickStarter-Objekte-Ordner auf den KlickStarter.

Jeder Ordner, dessen Name mit einem Bullet (•) beginnt, wird im KlickStarter als Kategorie angezeigt. Die Kategorie «Programme» ist schon für Sie angelegt – obwohl kein sichtbarer Ordner für Programme vorhanden ist! Jede Datei, die Sie direkt in den KlickStarter-Objekte-Ordner ziehen, wird automatisch in der Kategorie «Programme» abgelegt.

Sie können ein Alias des KlickStarters auf den Schreibtisch legen, damit Sie nicht durch das Apple-Menü gehen müssen, um ihn zu öffnen. Oder Sie öffnen das Kontrollfeld «Allgemeine Einstellungen» und kreuzen das Feld «KlickStarter bei Neustart öffnen» an. Dann wird bei jedem Start des Mac der KlickStarter gleich geöffnet.

Speicher

Speicher

Dieses Kontrollfeld setzt voraus, daß Sie wissen, was ***Speicher*** *ist. Lesen Sie Kap. «Wichtige Informationen» ab Seite 245, damit Sie den Unterschied zwischen Festplattenspeicher, Speicher und virtuellem Speicher verstehen.*

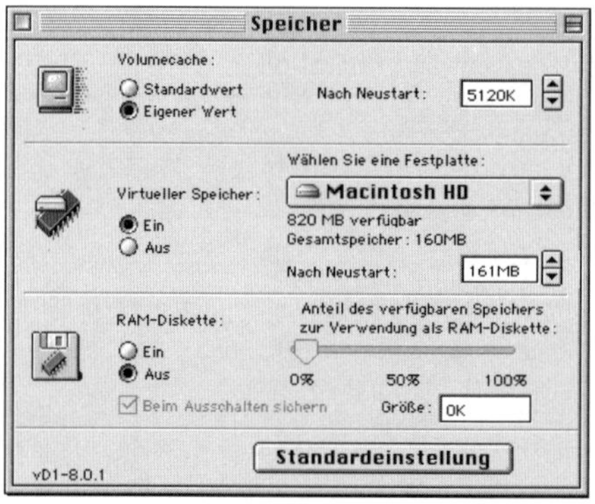

Benutzen Sie das Kontrollfeld **Speicher**, um einen *Festplatten-Cache* (spricht sich «käsch») für Ihren Mac einzurichten, um *Virtuellen Speicher* ein- und auszuschalten oder um eine *RAM-Diskette* anzulegen.

Der **Festplatten-Cache** ist Teil des normalen Arbeitsspeichers Ihres Mac. Er wird benutzt, um die am häufigsten von der Festplatte gelesenen Informationen zwischenzuspeichern. Das bringt einen Geschwindigkeitsvorteil, da Daten viel schneller aus dem Festplatten-Cache geladen werden können als von der Festplatte. Der Mac hat eine Standardeinstellung für den Festplatten-Cache, die letztlich davon abhängt, wieviel Arbeitsspeicher verfügbar ist. Sie können sich aber über die Standardeinstellung hinwegsetzen und die Cache-Größe selbst einstellen. Man könnte eigentlich annehmen, daß ein größerer Cache immer besser sei als ein kleiner, aber das stimmt so nicht. Insbesondere wenn Sie über wenig Arbeitsspeicher verfügen, macht sich ein hoher Festplatten-Cache möglicherweise negativ bemerkbar. Der von ihm belegte Arbeitsspeicher fehlt nämlich den Programmen. Klicken Sie in diesem Fall auf *Eigener Wert* und geben Sie einen kleineren Wert ein.

■ Virtueller Speicher

Virtueller Speicher meint, daß der Mac einen Teil des Festplattenspeichers als Arbeitsspeicher verwendet. Da Sie vermutlich Mac OS 8 oder höher verwenden, haben Sie bestimmt einen PowerMac (dazu gehört auch der G3). Diese neuen Geräte verwalten den Arbeitsspeicher anders als die alten. Während früher die Empfehlung lautete, den virtuellen Speicher möglichst auszuschalten, funktionieren mittlerweile an den PowerMac angepaßte Programme tatsächlich besser, wenn der virtuelle Speicher eingeschaltet ist – und zwar selbst dann, wenn Sie nur ein einziges Megabyte zuweisen. (Alles, was nicht PowerMac ist, funktioniert im allgemeinen besser, wenn der virtuelle Speicher ausgeschaltet ist). Schalten Sie ihn also ein, falls er das nicht schon ist.

Sie können festlegen, wieviel von Ihrem Festplattenspeicher Ihr Mac für den virtuellen Speicher benutzen darf. Geben Sie ihm niemals mehr, als Sie richtigen Speicher installiert haben. Das heißt, wenn Sie 32 MB richtiges RAM installiert haben, dann sollten Sie nicht mehr als 32 MB virtuellen Speicher einstellen. Tatsächlich reichen Ihrem Mac und allen Programmen, die virtuellen Speicher brauchen, 1 MB.

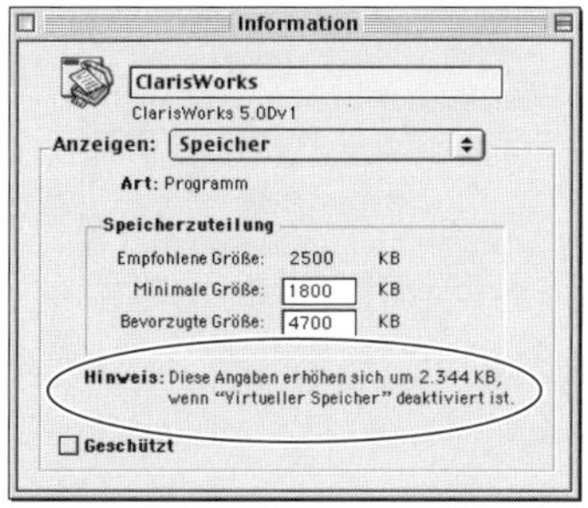

Die meisten Programme auf einem PowerMac möchten virtuellen Speicher haben.

RAM-Diskette

Nach dem Neustart sehen Sie die RAM-Diskette auf Ihrem Schreibtisch. Sie wird auch in Ihren «Speichern»-Dialogen erscheinen.

Eine **RAM-Diskette** ist eine imaginäre Festplatte im Arbeitsspeicher. Anders gesagt: Virtueller Speicher ist Festplattenspeicher, der als Arbeitsspeicher verwendet wird – und eine RAM-Diskette ist Arbeitsspeicher, der als Festplattenspeicher verwendet wird.

Wenn Sie eine RAM-Diskette erzeugen, sagen Sie Ihrem Computer, daß er einen Teil des echten Arbeitsspeichers nehmen und zur Seite legen soll. Der Mac wird ein Disketten-Icon auf Ihrem Schreibtisch anlegen, und dann können Sie Objekte auf diese Diskette kopieren oder auf ihr speichern. Warum man das macht? Wegen der Geschwindigkeit. RAM-Disketten sind unglaublich schnell. Wenn Sie Ihr bevorzugtes Programm auf eine RAM-Diskette kopieren, werden Sie einen deutlichen Unterschied feststellen.

Um eine RAM-Diskette anzulegen, klicken Sie auf den Knopf *Ein*. Ziehen Sie den Schieber auf den Wert, den Sie für die RAM-Diskette opfern möchten, und machen Sie einen Neustart. Das RAM-Disketten-Icon wird auf Ihrem Schreibtisch erscheinen.

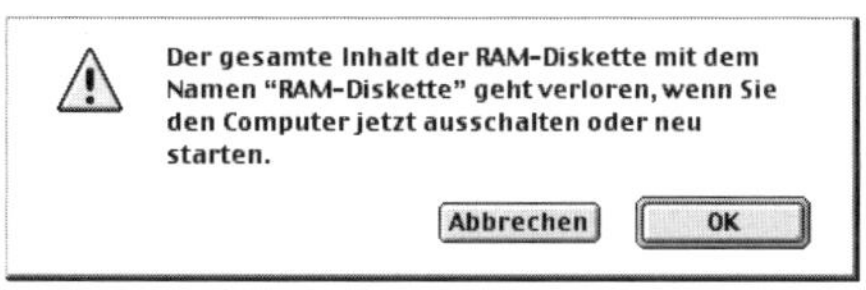

Die RAM-Diskette ist nur temporär! Alles was im RAM oder auf der RAM-Diskette gespeichert wird, verschwindet, sobald Sie den Rechner ausschalten oder der Rechner aus irgendeinem Grund abstürzt. (Bei einem normalen Neustart bleibt allerdings alles erhalten.)

Speichern Sie also niemals die einzige Kopie eines wichtigen Dokuments auf eine RAM-Diskette!

Maus

Mit dem Kontrollfeld **Maus** legen Sie die Geschwindigkeit Ihrer Maus fest. Die Begriffe *Schnell* und *Langsam* im Kontrollfeld sind etwas irreführend. Je *langsamer* die Mausbewegung, desto weiter müssen Sie die Maus über Ihren Tisch ziehen, um den Mauszeiger über den Bildschirm zu bewegen. Versuchen Sie es: Wählen Sie verschiedene Geschwindigkeiten – besonders die schnellste und langsamste – und sehen Sie, wie weit Sie die Maus bewegen müssen, um den Mauszeiger eine gewisse Strecke zu bewegen.

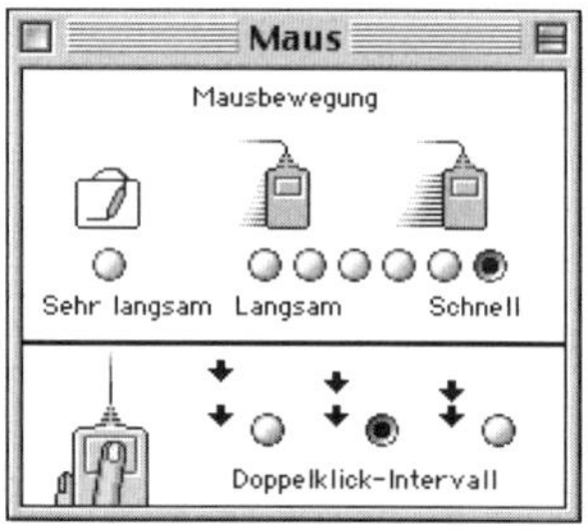

Langsamere Geschwindigkeiten eignen sich gut für Zeichnungen oder für die Bildbearbeitung in einem Programm wie Photoshop. Wenn Sie die Mausbewegung auf *Schnell* stellen, können Sie den Mauszeiger mit einer kleinen, schnellen Bewegung über den ganzen Bildschirm schieben. Das ist vor allem bei größeren Bildschirmen sehr praktisch, da man so schnell von einem Eck ins andere kommt, ohne den Schreibtisch anbauen zu müssen.

Wenn Sie ein Grafiktablett verwenden, müssen Sie dieses Kontrollfeld auch dazu verwenden, um auf Grafiktablett-Geschwindigkeit zu schalten.

Das *Doppelklick-Intervall* legt die Zeitspanne fest, innerhalb der die Maus zwei aufeinanderfolgende Klicks als einen Doppelklick interpretiert. Wenn Sie gewöhnlich eher langsam klicken, vergrößern Sie das Zeitintervall. Wenn Sie das kleinste Intervall auswählen (der Knopf ganz rechts), kann es passieren, daß die Maus gelegentlich schon einen einzelnen Klick als Doppelklick interpretiert.

Monitore & Ton

Das Kontrollfeld **Monitore & Ton** bietet Einstellungen für den Monitor, für die Ein- und Ausgabe von Tönen und für die Warntöne. Ihr Kontrollfeld sieht vielleicht nicht ganz so aus, wie das hier gezeigte – die Einstellmöglichkeiten hängen vom verwendeten Monitor ab.

- Farbtiefe des Monitors

Mit **Farbtiefe** können Sie festlegen, wieviel verschiedene Farben oder Graustufen Ihr Monitor zeigt. Die angebotenen Zahlen hängen von Ihrem speziellen Monitor ab, außerdem vom installierten Videospeicher und der Grafikkarte. Je mehr Videospeicher Ihre Grafikkarte hat, desto mehr Farben können Sie einstellen.

- Auflösung des Monitors

Wenn Sie über einen MultiSync-Monitor verfügen, können Sie die **Auflösung** Ihres Bildschirms verändern. Der Monitor verhält sich dabei allerdings nicht wie ein Drucker, der bei höherer Auflösung die Objekte feiner druckt, deren Größe aber nicht ändert. Auf einem Monitor werden bei einer höheren Auflösung alle Objekte kleiner dargestellt – wird die Auflösung zu hoch, bekommen Sie vermutlich Probleme, die Menüs und Dialoge zu lesen. Der Vorteil ist allerdings, daß Sie dann viel mehr Objekte gleichzeitig sehen können. Ihr Schreibtisch erscheint zwar weiter weg, aber deutlich größer.

Die Zahl unter «Auflösung» meint Bildpunkte. 640 x 480 bedeutet, daß Ihr Monitor 640 Punkte horizontal und 480 Punkte vertikal darstellt. Je mehr Bildpunkte angezeigt werden sollen, desto mehr Speicher wird benötigt. Bei einer höheren Auflösung müssen Sie sich deshalb eventuell mit weniger Farben zufrieden geben.

Die Hz-Zahl ist die Bildwiederholungsrate pro Sekunde; weniger als 65 Hz lassen den Bildschirm flimmern.

Wenn Sie **mehr als einen Monitor** an Ihrem Computer betreiben, dann hat Ihr Monitorkontrollfeld einen zusätzlichen Knopf, der *Anordnen* heißt. Hier können Sie festlegen, welcher der beiden Bildschirme als Ihr Hauptmonitor fungiert, und wie sie nebeneinanderstehen sollen. Folgen Sie dabei einfach den Anweisungen im Kontrollfeld. Auf jeden Fall sollten Sie die Monitore so anordnen, wie sie auch auf Ihrem Schreibtisch stehen (der linke Monitor auf dem Schreibtisch sollte also auch der linke im Kontrollfeld sein). Nur dann wird die Maus in der richtigen Richtung zwischen den Monitoren wechseln. Um den Startbildschirm zu wechseln, aktivieren Sie zunächst das Ankreuzfeld *Startbildschirm identifizieren.* Dadurch sehen Sie ein lächelndes Feld mitten im Monitor-Icon, das Sie auf den anderen Monitor ziehen können. Auch die Anzeige der Menüs können Sie auf den anderen Monitor legen, indem Sie einfach die kleine Menüleiste von einem Monitor auf den anderen ziehen.

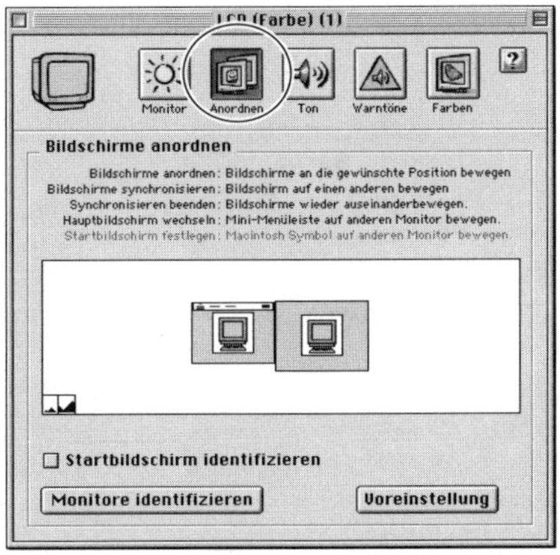

Mehr als ein Monitor

Wenn Sie die Menüleiste auf dem anderen Monitor haben möchten, ziehen Sie die Leiste Bild auf das Bild des anderen Monitors.

Wenn Sie mit einem PowerBook mit externem Monitor arbeiten, können Sie beide Bildschirme *synchronisieren.* Damit ist gemeint, daß auf beiden Bildschirmen exakt das Gleiche zu sehen ist. Wozu das gut sein soll? Zum Beispiel für Präsentationen auf einem Beamer – in diesem Fall soll das Publikum auf dem Beamer das Gleiche sehen, wie Sie auf dem Monitor. Ziehen Sie dazu einfach die beiden Monitor-Icons exakt übereinander. Und um das Ganze rückgängig zu machen, ziehen Sie die Icons einfach wieder auseinander.

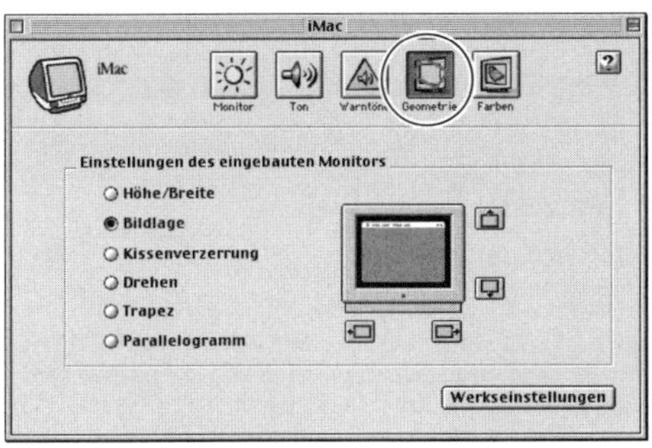

Extras

Unter Umständen finden Sie in Ihrem Kontrollfeld noch weitere Einstellungsmöglichkeiten, zum Beispiel eine Schaltfläche *Geometrie.* Damit können Sie die Bildschirmgeometrie des Monitors verändern, die Bildlage verschieben, die Darstellung entzerren oder Kissen entfernen. Probieren Sie es aus!

Ton

Mit der Schaltfläche **Ton** gelangen Sie in einen Dialog, in dem Sie alle wesentlichen Einstellungen für die Tonein- und -ausgabe regeln können. Wie sich die Einstellungen letztlich auswirken, hängt erheblich davon ab, welchen Mac und welchen Monitor Sie benutzen und welche Lautsprecher oder Kopfhörer angeschlossen sind.

Grundsätzlich legt die Option *Lautstärke der Tonausgabe* die Lautstärke für die eingebauten Lautsprecher oder für externe Lautsprecher fest, die an der Rückseite Ihres Mac eingesteckt werden. *Balance der Tonausgabe* regelt die Balance der Stereokanäle in Kopfhörern und Lautsprechern an Ihrem Monitor (wenn Ihr Monitor Lautsprecher hat).

Zwischen den Lautstärkereglern im Kontrollfeld und den Reglern an Ihren externen Lautsprechern, Ihrem Monitor oder Ihren Kopfhörern besteht jedoch ein Zusammenhang. Deshalb ist es nicht leicht vorherzusagen, wie sich die Lautstärkeregelung im Ergebnis verhält. Probieren Sie einige Einstellungen aus. Wenn Sie den Regler ganz nach links schieben oder das *Aus*-Feld ankreuzen, wird der Ton ausgeschaltet. Anstatt zum Beispiel einen Warnton zu hören, sehen Sie die Menüleiste einmal still blinken.

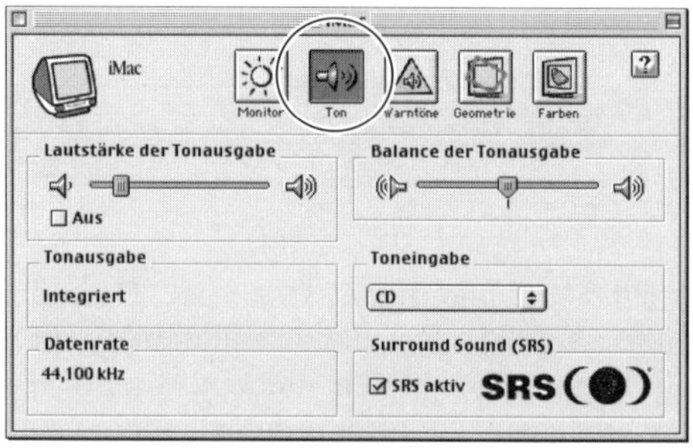

Um Audio-CDs abspielen zu können, ändern Sie die Option «Toneingabe» auf «CD». Für eine Toneingabe mit Mikrofon, müssen Sie die Option wieder umstellen. Siehe auch Seite 152.

■ Warntöne

Klicken Sie auf die Schaltfläche **Warntöne**, um einzustellen, welche Art von Warntönen Sie hören wollen. Sie können jeden Ton anhören, indem Sie auf ihn klicken. Der Ton, der vor dem Schließen des Kontrollfelds zuletzt ausgewählt war, wird künftig der neue Warnton.

Wenn Ihr Mac mit einem Mikrofon versehen ist, dann können Sie neue Warntöne selbst aufnehmen, indem Sie auf «Neu…» klicken.

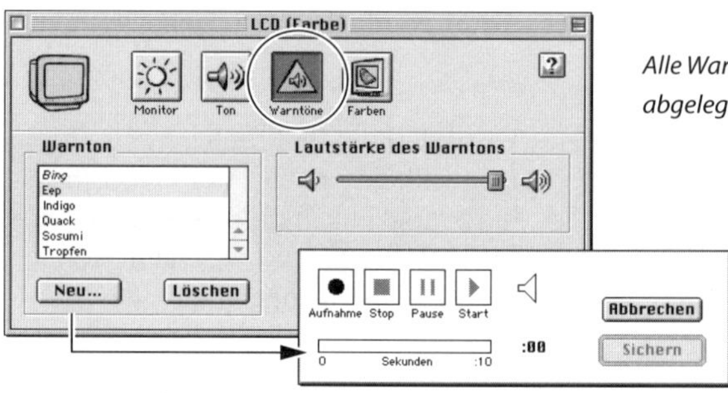

Alle Warnton-Dateien werden im System abgelegt (der Mac erledigt das automatisch).

Klicken Sie auf «Aufnahme» und legen Sie sofort los. Der Mac zeichnet solange auf, bis Sie auf «Stop» klicken.

Wenn mit Ihrem Mac kein Mikrofon ausgeliefert wurde, fehlt vermutlich die Schaltfläche Feld *Neu…* Pech, mit Mikrofon würde einiger Spaß auf Sie warten. Schließen Sie das Mikro an der kleinen Buchse hinten am Mac an – es gibt nur eine passende Buchse, Sie können also nichts falsch machen. Wenn Sie einen passenden Adapter haben, können Sie auch direkt von CDs oder Kassetten aufnehmen. Klicken Sie auf *Neu…* und machen Sie eine Aufnahme, als ob Sie mit einem normalen Kassettenrekorder hantieren. Sobald Sie den Ton abspeichern, taucht er automatisch in der Liste auf, und Sie können ihn als Warnton auswählen. Wenn Sie kein Mikrofon haben, der *Neu…*-Knopf aber dennoch da ist, können Sie es trotzdem versuchen. Ihre eingebauten Lautsprecher reichen vielleicht aus.

■ Farben

In der Rubrik **Farben** des Kontrollfeldes *Monitore & Ton* können Sie ein *ColorSync Profil* auswählen, das Ihnen bei der Farbeinstellung des Monitors – der sognenannten Kalibrierung – behilflich ist. Sie können diese Optionen auch nutzen, wenn Sie wissen möchten, wie eine Grafik auf einem Windows-Rechner oder einem Fernseher aussieht. Wählen Sie dazu einfach ein anderes Profil aus oder erstellen Sie ein eigenes. (Vergessen Sie am Ende nicht, die Einstellung wieder rückgängig zu machen, sonst werden Sie sich beim nächsten Start ziemlich wundern ...). Klicken Sie auf die Option *Kalibrieren...*, und befolgen Sie dann die Anweisungen, sie sind einfach und selbsterklärend. Im letzten Dialogfeld können Sie einen Namen für Ihr neu erstelltes Profil eingeben und es durch einen Klick auf *Erstellen* abspeichern.

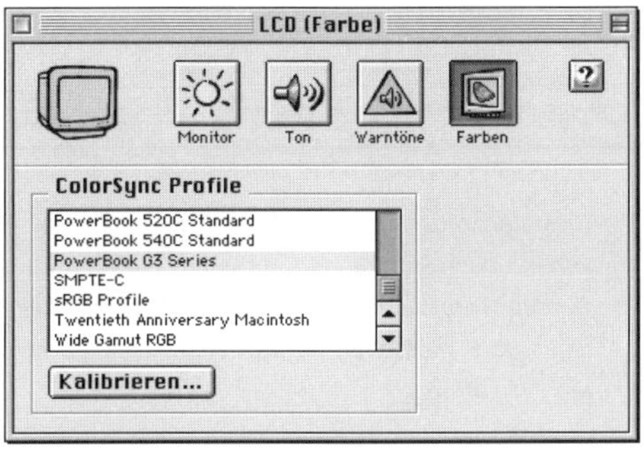

Damit die Kalibrierung funktioniert, muß das Kontrollfeld «ColorSync» aktiviert sein, außerdem die Systemerweiterungen «ColorSync Erweiterung» und «Kalibrierungs-Assistent». Sie können das im Kontrollfeld «Erweiterungen ein/aus» überprüfen.

File Exchange

Das Kontrollfeld **File Exchange** besteht aus mehreren Teilen. Es kombiniert die älteren Kontrollfelder namens *PC Exchange* und *MacLinkPlus*.

■ PC Exchange

Der Teil **PC Exchange** legt fest, mit welchem Programm Ihr Mac ein PC-Dokument öffnet (PC meint hier einen Computer mit Windows als Betriebssystem). Unter Windows müssen Dateinamen einer festen Konvention folgen: Sie enden immer mit einem Punkt und einer drei- bis vierbuchstabigen Endung nach dem Punkt. Anhand dieser Endung (auch Suffix genannt) identifiziert Windows, von welchem Programm die Datei erstellt wurde. Ein Word-Dokument endet zum Beispiel immer auf «.doc», ein Photoshop-Dokument immer auf «.psd» usw. Ist diese Endung nicht da, so kann Windows die Datei nicht per Doppelklick öffnen. Am Mac ist diese Information nicht im Dateinamen untergebracht, sondern – für Sie unsichtbar – in der Datei selbst. Da sich die Dateiformate von Mac und Windows unterscheiden, kann der Mac bei PC-Dokumenten nicht wissen, zu welchem Programm die Datei gehört – es sei denn, er interpretiert wie Windows die Endungen. Und genau das können Sie in diesem Kontrollfeld regeln.

Eine ganze Reihe von Dateiendungen sind bereits mit den richtigen Programmen verknüpft. Im unten gezeigten Beispiel sehen Sie in der linken Spalte die Endung, in der Mitte das zugewiesene Mac-Programm und rechts den Dateityp. Welche Dateitypen zur Auswahl stehen, hängt vom gewählten Programm ab. Word beispielsweise speichert nicht nur die normalen Textdokumente, sondern auch Formatvorlagen, Voreinstellungen, Serienbriefe und andere. Diese verschiedenen Funktionen kann der Mac anhand des Dateityps unterscheiden – und so verhindern, daß eine Steuerdatei für Serienbriefe als normales Word-Dokument geöffnet wird. Im folgenden Beispiel ist eine Zeile markiert, die veranlaßt, daß der Mac jedes PC-Dokument mit der Endung «.bat» (das sind kleine Textdateien) in SimpleText öffnet. Klicken Sie auf *Anlegen…*, um eine neue Verknüpfung anzulegen, und auf *Ändern…*, um eine bestehende Verknüpfung zu ändern.

Hier wird die Endung «.doc» mit dem Programm Word verknüpft. Klicken Sie auf «Auswählen…» ,um das Programm auf Ihrer Festplatte zu suchen. Klicken Sie anschließend auf «Ändern», damit die Einstellungen wirksam werden.

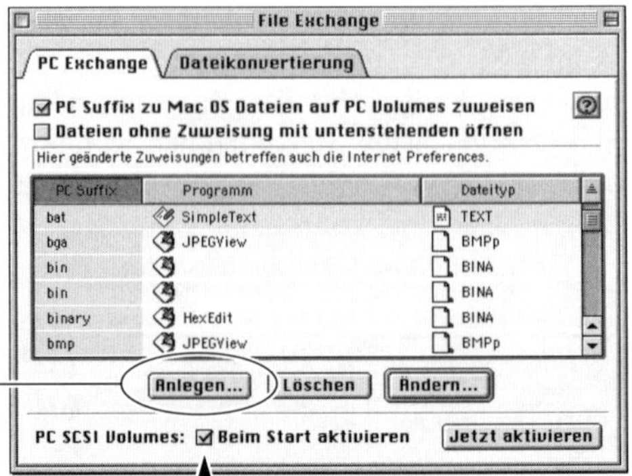

Wählen Sie den passenden Dateityp aus der Popup-Liste. Wie Sie sehen, bietet Word viele Typen zur Auswahl; W8BN ist das normale Textdokument in der neuesten Wordversion.

Dieses Ankreuzfeld sorgt dafür, daß SCSI-Volumes von PCs beim Start des Mac automatisch geöffnet werden. Wenn Sie ein Volume erst nach dem Start einlegen, dann müssen Sie auf «Jetzt aktivieren» klicken, um es zu öffnen.

Wenn Sie eine neue Verknüpfung anlegen oder eine bestehende ändern, so öffnet sich das Dialogfeld *Zuweisung ändern*, in dem Sie alle nötigen Einstellungen machen können. Mit einem Klick auf *Auswählen…* wählen Sie das Programm, mit dem Sie die Datei öffnen wollen. Die Taste *Mehr Optionen* erweitert die Dialogbox um viele Einstellungsmöglichkeiten, die Sie nur verändern sollten, wenn Sie sich mit den sogenannten MimeTypen auskennen (oder zumindest wissen, was das ist). Hier können Sie regeln, wie sich Ihr Browser verhalten soll, wenn er im Internet auf eine Datei mit dieser Endung stößt.

- Dateikonvertierung

Der zweite Teil des Kontrollfeldes, **Dateikonvertierung,** regelt, ob und falls ja, wie die PC-Dateien konvertiert werden sollen.

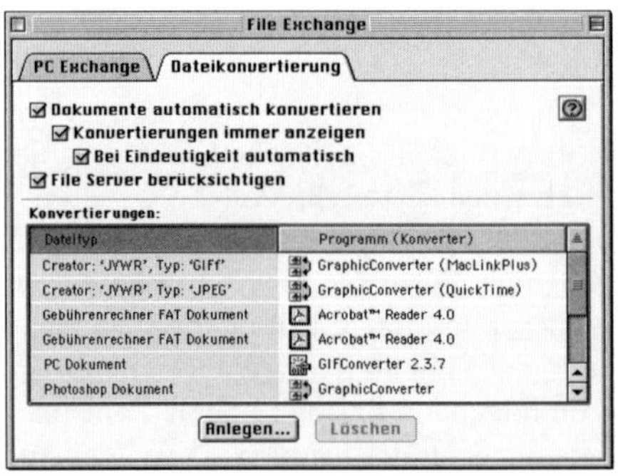

Wenn Sie regelmäßig PC-Dateien erhalten, die Sie auf Ihrem Mac lesen müssen, klicken Sie auf «Anlegen…» und definieren Sie weitere Einstellungen für zusätzliche Dateiformate.

Zahlenformate

Zahlenformat

Benutzen Sie das Kontrollfeld **Zahlenformate**, um die Darstellung von Zahlen und Währungen festzulegen. Das kann für mehrsprachige Arbeiten sehr wichtig sein, zum Beispiel werden in Zahlen die Tausenderstellen bei uns mit einem Punkt, im angloamerikanischen Sprachraum aber mit einem Komma abgetrennt. Das hier ausgewählte Format wird die Darstellung der Zahlen in Tabellenkalkulationen, Datenbanken und allen automatisch eingetragenen Währungs- oder Zahlenformaten beeinflussen.

Text

Text

Das Kontrollfeld **Text** brauchen Sie nur, wenn auf Ihrem Mac mehr als eine Sprache installiert wurde und Sie diese abwechselnd benutzen wollen. In diesem Fall werden die Sprachen im Kontrollfeld aufgelistet, und Sie können diejenige auswählen, mit der Sie aktuell arbeiten wollen.

Tastatur-einstellungen

Tastatureinstellungen

Das Kontrollfeld **Tastatureinstellungen** erlaubt Ihnen die Kontrolle über das Verhalten der Tastatur. Die untere Hälfte des Kontrollfelds (*Tastaturverhalten*) ist für Sie vermutlich am wichtigsten.

- Jede Taste auf einer Macintosh-Tastatur wird wiederholt, wenn Sie die Taste längere Zeit gedrückt halten, so lange, bis Sie wieder loslassen. Mit *Wiederholrate* kann man einstellen, wie oft der Buchstabe pro Sekunde wiederholt werden soll.

- Die Option *Ansprechverzögerung* kann von *Kurz* bis *Lang* eingestellt werden. Damit ist die Zeit gemeint, die vergehen muß, bis die Taste nach einem Anschlag anfängt die Buchstaben zu wiederholen. Wenn Sie ein langsamer Tipper sind und Ihre Finger immer etwas lange auf den Tasten bleiben, können Sie die Ansprechverzögerung verlängern. Damit vermeiden Sie versehentliche Buchstabenverdopplungen. Wenn Sie *Aus* wählen, werden die Buchstaben nie wiederholt, egal wie lange Sie die Taste gedrückt halten.

- Wenn Sie mit mehreren Tastaturbelegungen arbeiten müssen, zum Beispiel für verschiedene Sprachen oder für eine DVORAK-Tastatur, dann können Sie die benötigten Tastaturbelegungen in diesem Kontrollfeld auswählen. Sobald Sie mehr als eine Sprache auswählen (indem Sie die Auswahlfelder ankreuzen), erhalten Sie nach dem Schließen des Kontrollfeldes ein neues Menü in Form einer kleinen Fahne der rechten oberen Ecke der Menüleiste genau neben dem *Programm*-Menü. Die Fahne repräsentiert das Land, dessen Sprache Sie als momentane Tastaturbelegung ausgewählt haben. In diesem Menü können Sie dann die Tastaturbelegung auswählen, die Sie momentan benötigen.

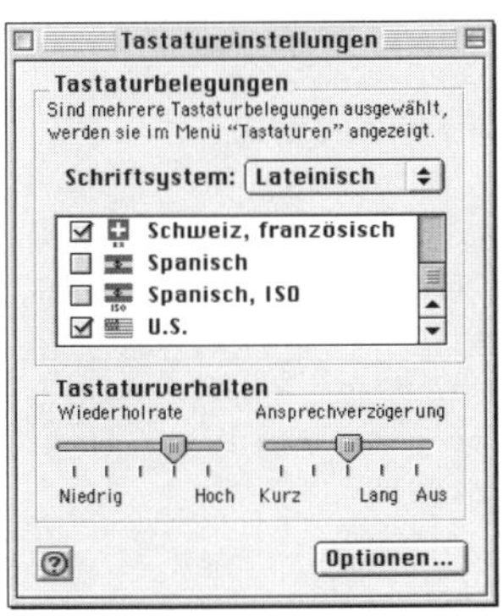

Wenn Sie mehrere Tastaturbelegungen auswählen, bekommen Sie ein neues Menü in der Menüleiste:

Der Menüpunkt «Menü anpassen…» öffnet wiederum das Kontrollfeld «Tastatureinstellungen».

Erweiterungen Ein/Aus

Das Kontrollfeld **Erweiterungen Ein/Aus** ist ein sehr wichtiges Werkzeug – allerdings sollten Sie nicht damit spielen, bevor Sie nicht die folgenden Abschnitte gelesen haben.

Erweiterungen sind kleine Programme, die hinter den Kulissen allerlei kleine Aufgaben für Sie erledigen und im Ordner Systemerweiterungen im Systemordner liegen. Es gibt eine Unmenge von Erweiterungen; teilweise werden sie mit dem Mac OS ausgeliefert, teilweise werden sie aber von Programmen und Treibern automatisch installiert. Eben weil ihre Zahl so groß ist, und weil sie außerdem direkt in das System eingreifen, verursachen sie gelegentlich Probleme. Manchmal kommen sie miteinander in Konflikt und lassen Programme oder gar den ganzen Mac abstürzen. Das *Erweiterungen Ein/Aus*-Kontrollfeld hilft Ihnen, eventuelle Konflikte in den Griff zu bekommen. Sie können damit einzelne Erweiterungen und Kontrollfelder an- oder abschalten und so herausfinden, welche Erweiterungen Probleme machen.

- Erweiterungen und Kontrollfelder konfigurieren

Um den Umgang mit den Erweiterungen zu vereinfachen, können Sie die Erweiterungen und Kontrollfelder in eigenen **Konfigurationen** zusammenfassen. Sobald Sie das Kontrollfeld geöffnet haben, erhalten Sie im Menü *Ablage* zusätzliche Menüpunkte, mit denen Sie Konfigurationen anlegen, umbenennen oder löschen können. Sie brauchen dann nur noch eine Konfiguration auswählen, und Ihr Mac benutzt beim nächsten Start diese Konfiguration und lädt nur die Erweiterungen und Kontrollfelder, die dort abgelegt wurden.

Sie können für unterschiedliche Aufgaben verschiedene Konfigurationen anlegen. Wenn Sie wissen, daß sich zwei Erweiterungen nicht vertragen, so legen Sie für jede eine Konfiguration an, in der die andere nicht enthalten ist. Dann wählen Sie beim Start jeweils die Konfiguration, die Sie benötigen. Halten Sie dazu beim Starten die Leertaste gedrückt. Noch bevor der Rechner endgültig startet, öffnet sich das *Erweiterungen Ein/Aus*-Kontrollfeld, in dem Sie die gewünschte Konfiguration auswählen können. Nach dem Schließen des Kontrollfeldes läuft der Startvorgang weiter. Bei mir ist beispielsweise der Rechner immer wieder abgestürzt, während ich im Internet war. Ich habe daraufhin eine Konfiguration angelegt, in der nur die Erweiterungen und Kontrollfelder waren, die für die Benutzung des Internet nötig sind. Ich muß zwar meinen Computer neu starten wenn ich ins Internet will, aber das ist besser, als beim Surfen ständig abzustürzen.

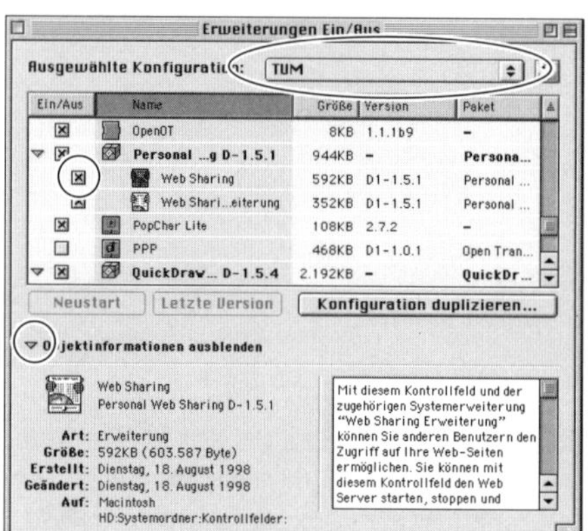

Hier können Sie die Konfiguration auswählen, mit der Ihr Mac das nächste Mal starten soll.

Sie aktivieren bzw. deaktivieren eine Erweiterung, indem Sie das Auswahlfeld anklicken.

Das ist «Erweiterungen Ein/Aus». Wenn Sie zu den einzelnen Objekten mehr Informationen brauchen, so wählen Sie aus, indem Sie einmal darauf klicken. Klicken Sie anschließend auf den kleinen Pfeil neben «Objektinformationen einblenden». Es erscheint der untere Teil des Kontrollfeldes.

Wenn Sie Probleme mit Ihrem Mac haben, können Sie auf einfache Art überprüfen, ob es an den Systemerweiterungen liegt:

- Halten Sie beim Start Ihres Mac die Leertaste gedrückt, bis sich das Kontrollfeld öffnet. Wählen Sie anschließend im *Ablage*-Menü die Option *Neue Konfiguration*. Geben Sie einen Namen ein und klicken Sie auf *OK*. Sie haben damit Ihre aktuelle Konfiguration unter einem neuen Namen gespeichert und können diese jederzeit wieder herstellen.

- Wählen Sie nun die Konfiguration *Mac OS 8.x Standard* im Popup-Menü *Ausgewählte Konfiguration*. Damit werden alle Erweiterungen und Kontrollfelder, die nicht zum Betriebssystem gehören, deaktiviert. (Das heißt, sie werden in den Ordner *Systemerweiterungen Aus* im Systemordner verschoben.) Schließen Sie danach das Kontrollfeld oder klicken Sie auf *Weiter*. Wenn das Problem danach nicht mehr auftritt, wurde es tatsächlich von einer Systemerweiterung (oder einem Kontrollfeld) verursacht.

Was tun, wenn sich Ihr Mac gar nicht mehr starten läßt? Erzwingen Sie einen Neustart mit dem Kurzbefehl «Control-Befehl-Einschalt» (siehe Seite 308) und halten Sie beim Start die Umschalttaste gedrückt. Der Mac startet so ohne Erweiterungen. Suchen Sie anschließend im Ordner Kontrollfelder im Systemordner das Kontrollfeld «Erweiterungten Ein/Aus» und öffnen Sie es. Machen Sie anschließend weiter wie beschrieben.

Danach fängt die eigentliche Fehlersuche aber erst an: Sie müssen herausfinden, welche Systemerweiterung Schwierigkeiten macht. Wenn Sie wenig Erfahrung am Mac haben, lassen Sie sich am besten von jemandem helfen. Die Fehlersuche ist mühsam, und man kann einiges falsch machen. Sie erinnern sich: Jede Systemerweiterung ist für eine bestimmte Funktion Ihres Mac zuständig – fehlt die Erweiterung, fehlt Ihnen auch die Funktion! Das Prinzip ist einfach und schnell erklärt: Sie müssen eine Erweiterung nach der anderen wieder aktivieren, Ihren Mac neu starten und überprüfen, ob der Fehler wieder auftritt. Sobald das passiert, haben Sie den Übeltäter gefunden. Sie können sich vorstellen, wie mühsam das sein kann. Es gibt eine Abkürzung, die allerdings sorgfältige Planung erfordert: Aktivieren Sie die Hälfte der ausgeschalteten Erweiterungen, starten Sie neu und überprüfen Sie, ob der Fehler auftritt. Danach wissen Sie, in welcher Hälfte die fehlerhafte Erweiterung steckt. Anschließend deaktivieren Sie wieder alle Erweiterungen und aktivieren von der richtigen Hälfte wieder die Hälfte, testen erneut und so weiter. Wenn Sie die problematische Erweiterung gefunden haben, wählen Sie Ihre alte, gesicherte Konfiguration (siehe oben!) und deaktivieren die Erweiterung. Wählen Sie jetzt im Menü *Ablage* die Option *Konfiguration duplizieren*, geben im folgenden Dialogfeld einen neuen Namen ein und klicken auf *OK*. Ihre neue – fehlerlose – Konfiguration ist damit gespeichert.

Verschiedene Ansichten

Das Kontrollfeld wirkt ziemlich einschüchternd. Solange alles gut läuft, können Sie es getrost ignorieren; ich würde allerdings empfehlen, daß Sie zur Übung ein bißchen damit herumspielen. Sie sollten sich an das Kontrollfeld gewöhnen, weil Sie garantiert eines Tages damit umgehen müssen. Testen Sie zum Beispiel die verschiedenen Darstellungsmöglichkeiten der Objekte aus, indem Sie bei geöffnetem Kontrollfeld im Menü *Inhalt* die verschiedenen Optionen wählen.

Wichtig! Sie sollten nur dann einzelne Erweiterungen aktivieren oder deaktivieren, wenn Sie genau wissen, was diese Erweiterungen tun und was passiert, wenn sie nicht mehr geladen werden. Auf jeden Fall sollten Sie zuerst Ihre aktuelle Konfiguration sichern, indem Sie im «Ablage»-Menü die Option «Konfiguration duplizieren» wählen. So können Sie immer zu den aktuellen Einstellungen zurückkehren.

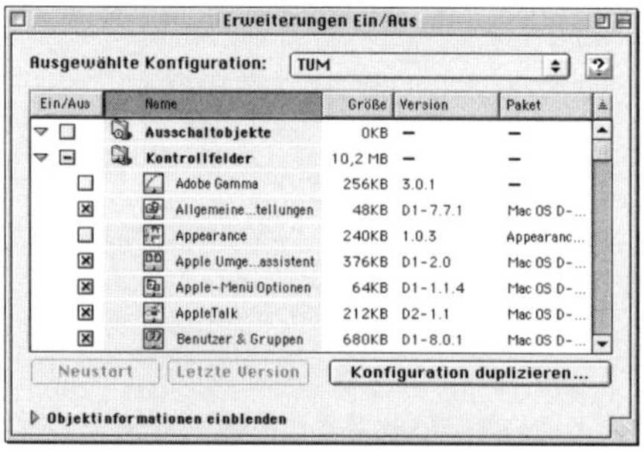

*Wenn Sie **Nach Ordnern** anordnen, werden die Objekte nach Kontrollfeldern und Erweiterungen getrennt sortiert, genauso, wie sie auch im Systemordner vorkommen. Das ist nützlich, wenn Sie nach einem Objekt suchen, von dem Sie wissen, wo es liegt.*

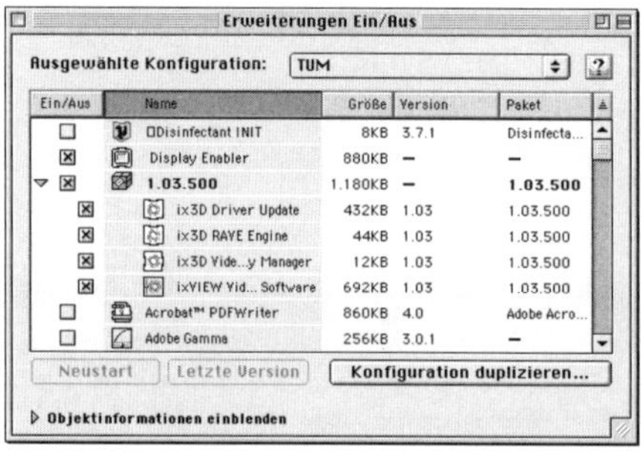

***Nach Paketen** ordnet die Objekte in verwandte Gruppen. Das erleichtert es Ihnen, verwandte Objekte zu identifizieren. Wenn Sie zum Beispiel keine Verwendung für QuickDraw 3D haben, wählen Sie «Nach Paketen» und Sie können alle auf einmal ausschalten – mit einem Klick auf das Paket.*

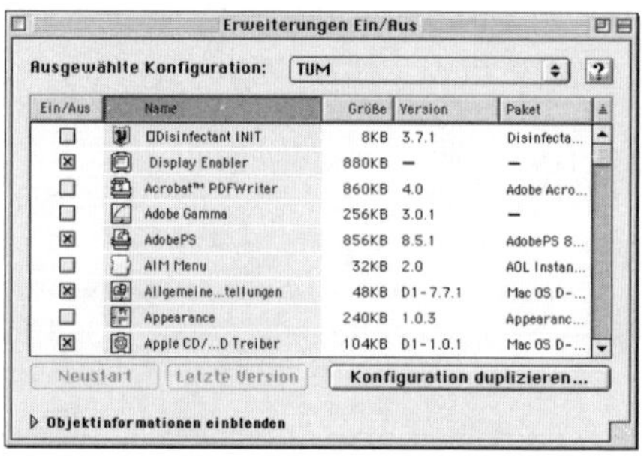

***Nach Objekten** listet einfach alle Objekte alphabetisch in einer langen Reihe auf. Das ist praktisch, wenn Sie ein Objekt nach Namen suchen wollen.*

Kontrolleiste

Kontrolleiste

Die einzelnen Module werden in diesem Ordner aufbewahrt:

Kontrolleistenmodule

Ein Kontrolleistenmodul:

Monitorauflösung

Die **Kontrolleiste** ist eine ausfahrbare Leiste mit Symbolen. Sie klebt meist am linken oder rechten Bildschirmrand. Die Symbole repräsentieren andere Kontrollfelder oder Kurzbefehle und erlauben einen schnellen Zugriff auf die wichtigsten Funktionen, ohne daß die Kontrollfelder explizit geöffnet werden. Probieren Sie es aus: Suchen Sie in Ihrer Kontrolleiste den kleinen Lautsprecher und klicken Sie darauf. Ein kleiner Regler taucht auf, mit dem Sie die Lautstärke regeln können. Dafür ist eigentlich das Kontrollfeld *Monitore & Ton* zuständig. Tatsächlich greifen Sie auch auf dieses Kontrollfeld zu, allerdings ohne es zu öffnen. Die Kontrolleiste ist erweiterbar, jedes Icon darin ist ein eigenes Modul. Sobald Sie ein neues Modul in den Ordner Kontrolleistenmodule im Systemordner legen, wird es in der Kontrolleiste sichtbar. Manche Module werden vom Betriebssystem installiert, andere von Programmen, und weitere können Sie im Internet oder in Shareware-Sammlungen erhalten.

Sie können die Kontrolleiste überall auf Ihren Bildschirm hinbewegen. Dazu halten Sie die Wahltaste gedrückt, klicken in das Ende der Kontrolleiste (egal ob diese geöffnet oder geschlossen ist) und ziehen die Leiste nach oben, unten oder auf die andere Seite des Bildschirms. Wo immer Sie sie loslassen, wird sie bleiben.

Klicken Sie hier, um die Leiste zu öffnen oder zu schließen.
Klicken Sie mit gedrückter Wahltaste, um die Leiste zu verschieben.

Kontrollfelder für das Netzwerk

File Sharing

Benutzer & Gruppen

Der Mac hat eine ganze Reihe von **Netzwerkfunktionen,** aufgeteilt auf zwei Kontrollfelder, die Sie konfigurieren müssen, wenn Sie sich in einem Netzwerk bewegen wollen. Welche Einstellungen Sie hier vornehmen müssen, wird ab Seite 196 erklärt.

- Mit **File Sharing** können Sie Ihren Benutzernamen und ein Kennwort festlegen. Außerdem können Sie hier die gemeinsame Nutzung von Dateien im Netzwerk erlauben oder abschalten. Ein Netzwerk kann sehr klein sein, es reichen beispielsweise zwei Computer, die sich einen Drucker teilen.

- Mit **Benutzer & Gruppen** können Sie den Zugriff auf Ihren Computer oder auf gemeinsam genutzte Dateien und Ordner für bestimmte Personen erlauben.

Startvolume

Startvolume

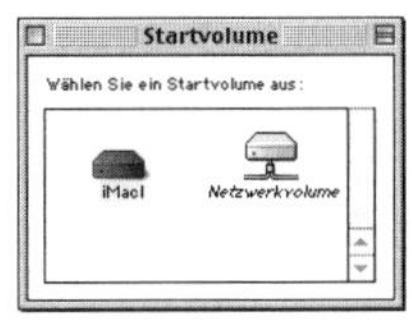

Wenn Sie an Ihrem Mac mehr als ein Volume (Festplatte oder Wechselplatte) angeschlossen haben, können Sie im Kontrollfeld **Startvolume** festlegen, von welchem Volume Ihr Computer starten soll. Jede angeschlossene oder aktivierte Festplatte wird als Symbol im Kontrollfeld auftauchen, egal ob sie einen Systemordner enthält oder nicht. Klicken Sie auf ein Symbol, um eine Festplatte als Startvolume auszuwählen, aber passen Sie auf, daß das Volume auch einen Systemordner enthält!

Anschließend müssen Sie den Computer natürlich neu starten. Sie können übrigens leicht feststellen, von welchem Volume Ihr Mac gestartet ist: Das Icon des Startvolumes steht immer im rechten oberen Eck des Schreibtischs an erster Stelle.

Kontrollfelder für das Internet

Es gibt mehrere Kontrollfelder, die speziell für den Verbindungsaufbau zum Internet und das World Wide Web zuständig sind. Details dazu finden Sie in Teil C, «Das Internet».

Simple Sound

SimpleSound

Simple Sound ist ein kleines Kontrollfeld, um Warntöne aufzunehmen. Sie können das Gleiche auch im Kontrollfeld *Monitore & Ton* machen, aber in Simple Sound haben Sie ein extra Menü, in dem Sie die Aufnahmequalität bestimmen können.

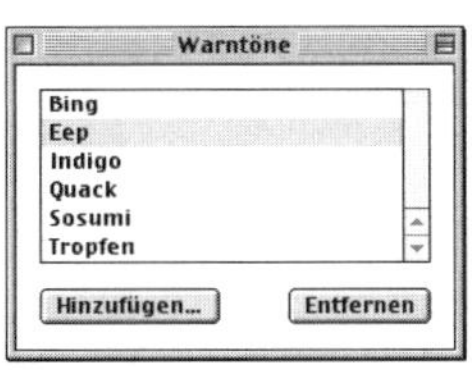

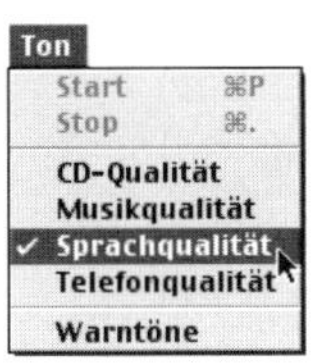

Wenn Sie erst einmal das Kontrollfeld Simple Sound geöffnet haben, erscheint dieses neue Menü in der Menüleiste.

Energie sparen

Das ist ein sehr nützliches Kontrollfeld. Es läßt Ihren Computer **einschlafen**, wenn Sie ihn für eine gewisse Zeit nicht benutzen (drücken Sie irgendeine Taste auf der Tastatur, um ihn wieder aufzuwecken), oder schaltet ihn sogar aus – ganz wie Sie wünschen. Die Einstellungsmöglichkeiten sind alle selbsterklärend. Sie können auswählen, daß nur der Bildschirm in den Ruhezustand geht (er wird einfach schwarz), oder daß auch die Festplatte herunterfährt. Egal, was in den Ruhezustand geht, – wenn Sie den Mac wieder aufwecken, brauchen Sie ein paar Sekunden Geduld, bis alles wieder läuft.

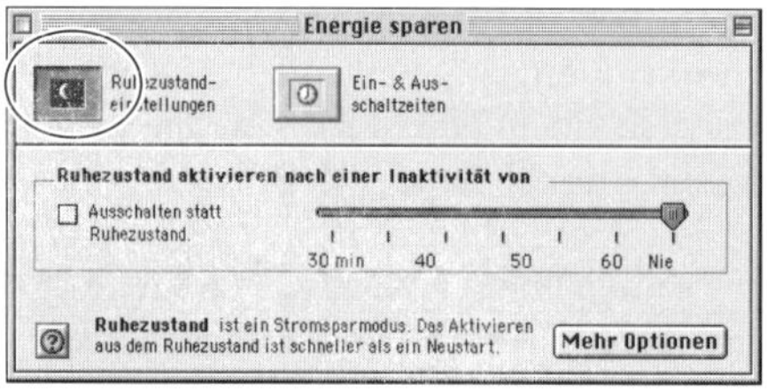

Klicken Sie auf «Mehr Optionen», um mehr Einstellungen zu erhalten (Abb. ganz rechts).

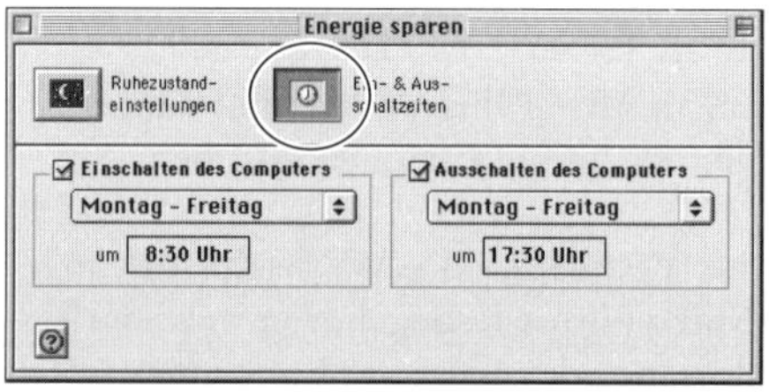

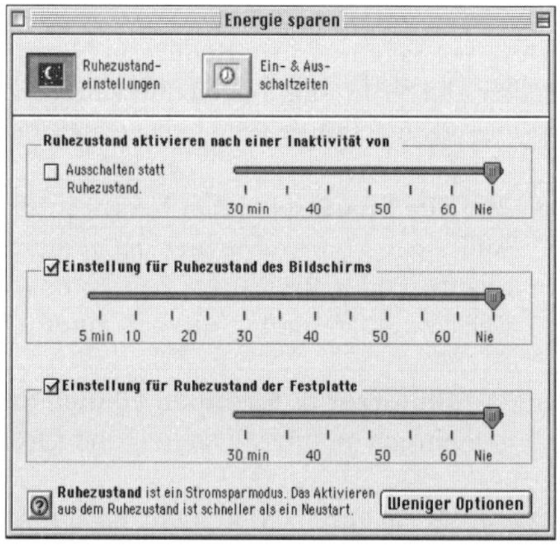

ColorSync

Das Kontrollfeld **ColorSync** ist sehr hilfreich für Grafikprofis, die sicherstellen wollen, daß die Farben auf dem Monitor so genau wie möglich die Farben des Ausdrucks treffen, aber auch für Screendesigner, die wissen wollen, wie ihre Web-Grafiken auf anderen Monitoren oder auf Windows-Rechnern aussehen. Sie können es aber auch einfach benutzen, um die Farben auf Ihrem eigenen Monitor so angenehm wie möglich einzustellen, ganz egal, ob Sie später etwas drucken oder im Internet veröffentlichen wollen oder nicht. Dieses Kontrollfeld arbeitet mit der *Kalibrieren*-Option aus dem Bereich *Farben* des Kontrollfelds *Monitore & Ton* zusammen. – Alle neuen Profile, die Sie anlegen, erscheinen im *Systemprofil*-Menü im Kontrollfeld *ColorSync*.

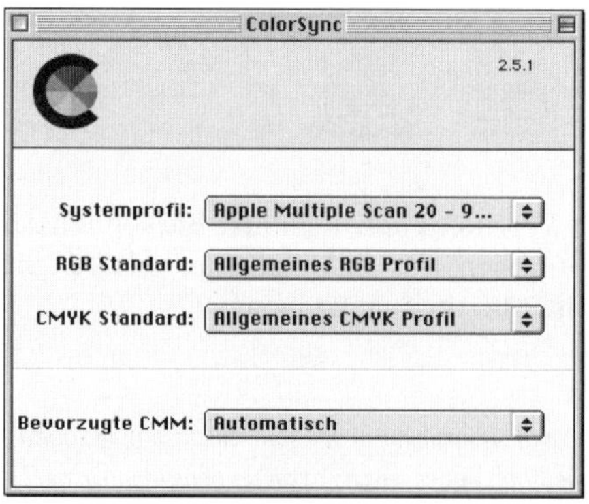

Wenn Sie mit Monitorfarben und Druckfarben umgehen können, können Sie die Einstellungen Ihren individuellen Bedürfnissen anpassen. Wenn für Sie keine der Möglichkeiten einen Sinn zu ergeben scheint, ärgern Sie sich nicht – die Voreinstellungen reichen aus.

Apple Umgebungsassistent

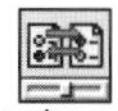

Wenn Sie ein Neuling auf dem Mac sind, werden Sie den **Apple Umgebungsassistent** noch eine Weile nicht benötigen. Wenn Sie aber Ihren Mac mit jemandem teilen, oder wenn Sie ein PowerBook von zu Hause zur Arbeit und mit zurück nehmen, kann der Apple Umgebungsassistent unglaublich nützlich sein. Er erlaubt Ihnen alle möglichen verschiedenen Einstellungen und Konfigurationen von anderen Kontrollfeldern und Druckern in sogenannten Sätzen oder Umgebungen zusammenzufassen. Anschließend können Sie mit einem Knopfdruck den ganzen Rechner umkonfigurieren! Ein Beispiel: Ihre Tochter will vielleicht gerne den KlickStarter, den Farbtintenstrahler und AOL nutzen und gleichzeitig laute Musik hören. Sie hingegen mögen den KlickStarter nicht, brauchen keinen Farbdrucker sondern einen Laserdrucker, haben einen direkten Internetzugang über einen Internet Service Provider und mögen keinen Ton, wegen Ihrer schwachen Nerven. Legen Sie nun zwei Umgebungen mit allen Einstellungen an, eine für sich selbst sowie eine für Ihre Tochter. In jeder Umgebung sind andere Standarddrucker ausgewählt und die Einstellungen in einer ganzen Reihe von Kontrollfeldern anders. Vielleicht tragen Sie ja auch Ihr PowerBook mit zur Arbeit, benutzen dort eine Ethernetverbindung zu einem Intranet mit eigenem Benutzernamen und Passwort. Dann kommen Sie nach Hause und verwenden eine Modemverbindung ins Internet und brauchen dafür einen anderen Benutzernamen und ein anderes Passwort: Legen Sie in diesem Fall zwei unterschiedliche Umgebungen für sich selbst an.

Wenn Sie die Umgebungen anlegen, müssen Sie sicherstellen, daß keine in den Umgebungen verwendeten Kontrollfelder die Standardeinstellungen benutzt. Sie müssen in jedem einbezogenen Kontrollfeld eigene Änderungen vornehmen (selbst wenn es die gleichen Einstellungen sind wie in den Standardeinstellungen) und die neuen Einstellungen unter eigenem Namen sichern; erst dann können Sie diese neuen Einstellungen einer Umgebung hinzufügen.

- Öffnen Sie das Kontrollfeld und wählen Sie im *Ablage*-Menü die Option *Neue Umgebung…* Geben Sie einen Namen ein und klicken Sie auf *Sichern*.

Klicken Sie in die kleinen Felder, um die Einstellungen auszuwählen, auf die der Apple Umgebungsassistent für Sie aufpassen soll.

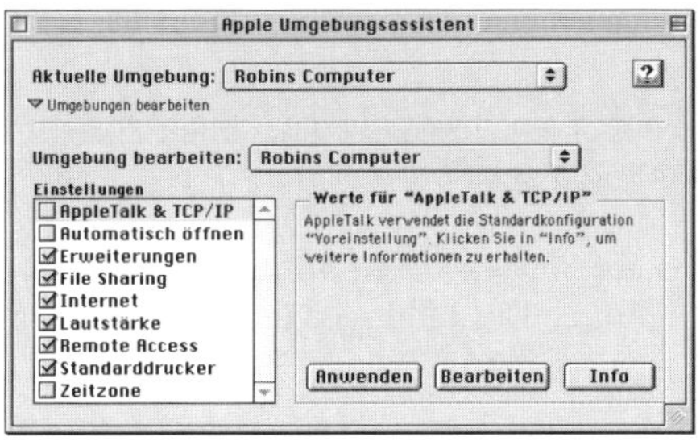

Hier wird die aktuelle Einstellung angezeigt.

Klicken Sie auf «Anwenden», um die aktuellen Werte in den ausgewählten Einstellungen zu übernehmen, und klicken Sie auf «Bearbeiten», um die Werte zu verändern.

- Wenn Sie **AppleTalk & TCP/IP**-Einstellungen übernehmen wollen, müssen Sie zuerst in die beiden Kontrollfelder gehen und dort für alle neuen Umgebungen Konfigurationen mit eigenen Namen erstellen. Gehen Sie dazu zunächst in das Kontrollfeld *AppleTalk*, wählen dort im Menü *Ablage* die Option *Konfiguration…* In der folgenden Dialogbox wählen Sie zunächst *Duplizieren*, geben dann einen Namen ein und klicken auf *OK*. Klicken Sie anschließend auf *Auswählen*, damit sich der Dialog wieder schließt. Machen Sie jetzt die gewünschten Einstellungen (lesen Sie dazu Kap. «Dateien gemeinsam nutzen» ab Seite 196) und schließen Sie das Kontrollfeld. Im Kontrollfeld TCP/IP müssen Sie analog vorgehen (näheres Seite 296).

- **Automatisch Öffnen**: Klicken Sie auf *Bearbeiten* und wählen Sie im folgenden Dialog die Dateien aus, die automatisch geöffnet werden sollen.

- **Erweiterungen**: Gehen Sie zuerst ins Kontrollfeld *Erweiterungen Ein/Aus* und legen Sie dort eine neue Konfiguration an (wie, finden Sie ab Seite 238). Kehren Sie dann zurück in den Umgebungsassistent und klicken Sie auf *Bearbeiten*. Sie werden gefragt, welche der Konfigurationen übernommen werden soll.

- **File Sharing**: Klicken Sie auf *Bearbeiten* und im folgenden Dialog auf *Öffnen*. Damit öffnet sich das Kontrollfeld *File Sharing*. Machen Sie die gewünschten Einstellungen (Kap. «Dateien gemeinsam nutzen» ab Seite 196) und klicken Sie auf *Anwenden*.

- **Internet**: Auch hier müssen Sie zunächst in das Kontrollfeld Internet wechseln, dort eine neue Konfiguration anlegen (im *Ablage*-Menü), die passenden Einstellungen vornehmen (siehe dazu Kap. «Mac und Internet» ab Seite 278), das Kontrollfeld schließen und anschließend im Umgebungsassistent auf *Bearbeiten* klicken. Sie erhalten eine Liste mit den Konfigurationen des Internet-Kontrollfeldes.

- **Lautstärke**: Stellen Sie zunächst die Lautstärke so ein, wie sie in der neuen Umgebung sein soll. Klicken Sie dann im Umgebungsassistent auf *Anwenden*.

- **Remote Access**: Klicken Sie auf *Bearbeiten*. Sie werden gefragt, ob Sie die Kontrollfelder *Remote Access* und *Modem* öffnen wollen. Klicken Sie auf *Öffnen* und legen Sie in beiden Kontrollfeldern neue Konfigurationen an (lesen Sie dazu Seite 295). Klicken Sie auf *Anwenden*.

- **Standarddrucker**: Wählen Sie zuerst den richtigen Drucker aus und klicken Sie dann im Umgebungsassistent auf *Anwenden*.

- **Zeitzone**: Klicken Sie auf *Bearbeiten* und öffnen Sie das Kontrollfeld *Datum & Uhrzeit*. Machen Sie die richtigen Einstellungen und klicken Sie im Umgebungsassistent auf *Anwenden*.

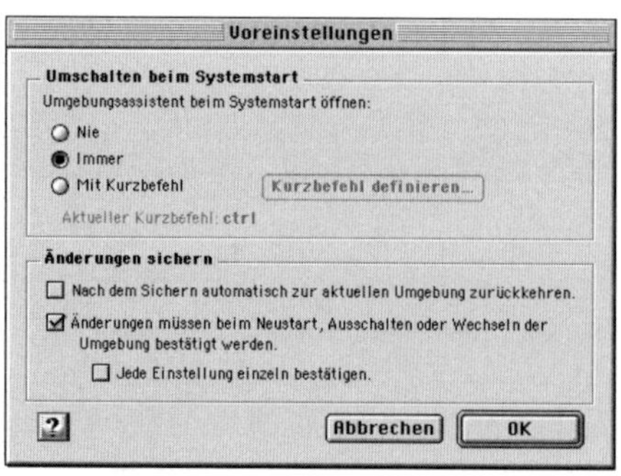

Je nachdem, welche Einstellungen Sie auswählen, müssen Sie bei einem Umgebungswechsel neu starten oder nicht. Benutzen Sie die Option *Voreinstellungen...* (im *Bearbeiten*-Menü), damit Sie der Apple Umgebungsassistent fragen kann, welche Umgebung Sie beim Starten bevorzugen (siehe Abbildung).

29

Wichtige Informationen

Früher war alles so einfach. Und man brauchte sich um nichts kümmern, was nicht so einfach war. Diese Zeiten sind vorbei. Jetzt heißt es: «Sie müssen sich schon ein bißchen damit beschäftigen!» Sogar beim Mac muß man heutzutage einige elementare Dinge selbst in die Hand nehmen. Leider.

In diesem Kapitel geht es um einige Aspekte des Betriebssystems, die alle miteinander zu tun haben: Festplatten-Speicherplatz, Arbeitsspeicher und Virtueller Speicher. Ich weiß, ich weiß: Am liebsten würden Sie von all diesen Dingen überhaupt nichts wissen wollen. Aber glauben Sie mir, wenn Sie sich in diesen speziellen Themen nicht wenigstens ein bißchen auskennen, werden Sie sich immer wieder Frust und Ärger einhandeln. Nehmen Sie sich also ein paar Minuten Zeit, um Ihren Mac besser in den Griff zu kriegen. Es ist gar nicht so schwer.

Festplattenspeicher und Arbeitsspeicher

Im Laufe der Jahre habe ich mit einigen Tausend neuen und nicht mehr ganz so neuen Mac-Anwendern gearbeitet, und nicht gerade wenige haben mir die Ohren vollgejammert mit Sprüchen wie: «Mein Mac spinnt. Er sagt, ich habe nicht genug Arbeitsspeicher, dabei habe ich noch 136 Megabyte auf meiner Festplatte frei! Was soll das?» Nun bin ich selber nicht gerade ein Computergenie, also erkläre ich es ihnen lieber anhand eines einfachen Bilds, das meine ganz persönliche Antwort ist auf den herzzerreißenden Hilfeschrei: «Was zum Teufel ist eigentlich der Unterschied zwischen Festplatte und Speicher?».

Das ist die Festplatte

Das ist der Arbeitsspeicher

Stellen Sie sich die Festplatte Ihres Computers als eine Art Aktenschrank oder Hängeregisterschrank in Ihrem Büro vor. Jedes Megabyte ist eine Schublade. Wenn Sie also eine 200 MB Festplatte haben, hat Ihr Aktenschrank 200 riesige Schubladen. Wenn Sie nun etwas aus Ihren Akten raussuchen, was machen Sie dann? Klettern Sie in den Aktenschrank? Nein. Sie ziehen die richtige Schublade auf, nehmen den Ordner raus und legen ihn auf den Schreibtisch, oder? Der Computer macht genau dasselbe. Der Computer kann kein bißchen besser in seinen Aktenschrank reinklettern als Sie in Ihren. Er macht es genau wie Sie. Er holt Sachen aus seiner Festplatte raus und legt sie auf den Tisch. Nur daß sein Tisch einen anderen Namen hat. Er heißt nämlich **Arbeitsspeicher** oder **RAM** (**R**andom **A**ccess **M**emory) auf Computerlatein. Wenn Sie den Computer einschalten, geht er zu seiner Festplatte – genau wie Sie das machen, wenn Sie anfangen zu arbeiten –, holt sich sein System raus und legt es in seinen Arbeitsspeicher. Er legt es sozusagen auf den Schreibtisch.

Wenn Sie dann ein Programm öffnen, beispielsweise Ihre Textverarbeitung, holt sich der Computer eine Kopie dieses Programmes und legt die Kopie in seinen Arbeitsspeicher (in etwa so, als würde man eine Schreibmaschine aus dem Schrank holen und auf den Tisch stellen).

Klar, daß man auf einem riesig großen Schreibtisch mehr Sachen gleichzeitig ablegen kann. Je größer der Schreibtisch, desto größer können die Projekte sein, an denen Sie arbeiten. Wenn Sie Ihren Computer einschalten, verwaltet das System die Maschine, alle Zeichensätze und Systemerweiterungen, die Sie benutzen, und noch ein paar andere Sachen. All dies wird automatisch in den Arbeitsspeicher (RAM) geladen, in unserem Bild auf den Schreibtisch gelegt. All diese Sachen brauchen natürlich ihren Platz. Wenn Sie ein Programm öffnen, geht dieses Programm in den Arbeitsspeicher. Solange Sie an einer Datei arbeiten, geistert alles, was Sie noch nicht auf Diskette oder Festplatte gespeichert haben, irgendwo im Arbeitsspeicher herum. Wenn Sie an einer riesigen Grafikdatei arbeiten, zum Beispiel einem gescannten Foto oder einem großen Plakat, muß eine riesige Menge von Informationen im Arbeitsspeicher gehalten werden, damit der Computer das Bild bearbeiten kann.

- Warum gibt es Abstürze?

Wenn der Arbeitsspeicher voll ist, stürzt er ab, Ihr Mac (das ist zumindest einer der Gründe, aus denen das passiert). Manchmal gibt es eine Warnung, aber oft verabschiedet sich einfach das System – wird unerwartet beendet – oder gibt Ihnen irgendeinen Fehler an. Es ist, als hätten Sie eine Sache zuviel auf Ihren Schreibtisch geladen und der Tisch ist unter der Last zusammengebrochen. Der häufigste Fehler, «Fehler -1», hat gewöhnlich etwas mit zuwenig Arbeitsspeicher zu tun.

Wieviel Arbeitsspeicher haben Sie?

Es läßt sich sehr leicht feststellen, wieviel Arbeitsspeicher Sie in Ihrem Mac haben. Gehen Sie im Finder in das *Apple*-Menü (das mit dem Apfel) und wählen Sie *Über diesen Computer*. Sie erhalten das Dialogfeld unten (obwohl Ihres sicher etwas anders aussieht).

- Bei *Eingebauter Speicher* können Sie ablesen, wieviel Arbeitsspeicher (RAM) in Ihrem Mac installiert ist.

- Unter *Virtueller Speicher* sehen Sie, wieviel von Ihrer Festplatte vorgibt, Arbeitsspeicher zu sein (und den Namen der Festplatte, die das macht). Wir kommen noch einmal auf Seite 252 darauf zu sprechen.

- Unter *Größter freier Block* sehen sie, wieviel Arbeitsspeicher noch auf Ihrem Computer zum Arbeiten zur Verfügung steht (das heißt, wieviel zusammenhängender Platz auf dem Schreibtisch noch übrig ist).

Hier steht, wieviel Arbeitsspeicher in Ihrem Computer installiert ist.

32 Megabyte ist so ziemlich die unterste Grenze an Arbeitsspeicher, mit der Sie Ihren Mac betreiben können, besonders wenn Sie vorhaben, mit der aktuellen Browser-Software im Internet zu surfen. Bei einigen Systemvarianten können Sie auch mit weniger zurechtkommen, doch Sie werden häufig die Meldung *Nicht genügend Arbeitsspeicher* zu sehen bekommen. Die einzig effektive Weise, die

Leistung Ihres Mac zu erhöhen, besteht darin, den Arbeitsspeicher zu erhöhen. Auf vielen Macs ist das kein Problem. Sie bestellen einfach beim Händler Ihrer Wahl RAM-Module, öffnen das Gehäuse und stecken sie hinein. Natürlich sollten Sie die Anleitung durchlesen, bevor Sie ans Werk gehen. Fragen Sie einen Bekannten, der sich mit Macs gut auskennt.

Vorschläge

Wenn Sie wenig Arbeitsspeicher in Ihrem Computer haben, habe ich hier ein paar Vorschläge, mit denen Sie Fehler und Abstürze dennoch vermeiden können.

- Beenden statt Schließen

Beenden Sie das Programm, mit dem Sie gearbeitet haben, wenn Sie damit fertig sind (⌘ - Q). Schließen Sie nicht einfach das Dokument, indem sie in das Schließfeld klicken oder *Schließen* aus dem Menü *Datei* wählen. Wenn Sie das Dokument schließen, glauben Sie vielleicht, daß das Programm beendet ist, weil Sie es nicht mehr sehen. Aber Sie müssen das Programm erst richtig beenden (*Beenden* aus dem Menü *Datei* wählen), damit der Computer es aus dem Arbeitsspeicher wieder entfernen kann.

Das ganze funktioniert folgendermaßen: Wenn Sie ein Textverarbeitungsprogramm starten, ist es, als würden Sie eine Schreibmaschine aus dem Schrank holen und sie auf den Schreibtisch stellen. Wenn Sie das Dokument, das Sie getippt haben, dann schließen, haben Sie im Grunde nur das Papier in Ihrem Aktenschrank (Festplatte) verstaut, aber die Schreibmaschine steht noch immer auf Ihrem Schreibtisch (Arbeitsspeicher). Wenn Sie anschließend ein Tabellenkalkulationsprogramm starten, schleppen Sie quasi eine große Rechenmaschine vom Schrank auf den Schreibtisch. Wenn Sie das Arbeitsblatt nach getaner Arbeit dann schließen, haben Sie zwar die Papierdokumente im Aktenschrank verstaut, aber Sie haben die Rechenmaschine selbst noch auf dem Schreibtisch stehen lassen. Irgendwann wird der Schreibtisch so voll mit Gerätschaften stehen, daß er zusammenbricht. Wenn Sie beispielsweise die Schreibmaschine und die Rechenmaschine auf dem Schreibtisch stehen haben und dann noch die Staffelei herausholen, um ein Bild zu malen (also eine Bildbearbeitungssoftware), wird der Schreibtisch zusammenbrechen, und Sie werden eine Warnung erhalten, daß das Programm unerwartet beendet wurde, oder das gesamte System wird einkrachen. Also: Es kommt darauf an, das Programm selbst zu beenden (was die Maschine in den Schrank zurückstellt) und nicht einfach das Dokument zu schließen (was nur das Blatt Papier im Aktenschrank verstaut).

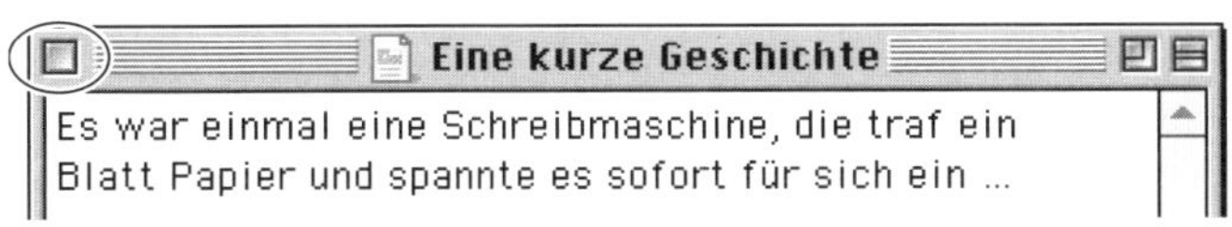

Wenn Sie in das Schließfeld klicken (eingekreist) oder «Schließen» aus dem Ablage-Menü wählen, haben Sie das Programm ***noch nicht beendet,*** *sondern nur das Dokument entfernt.*

Wählen Sie «Beenden» aus dem Ablage-Menü, oder drücken Sie ⌘ - Q, um ein Programm zu beenden.

■ Welche Programme sind noch offen?

Nehmen wir an, Sie haben das Programm, mit dem Sie gearbeitet haben, noch nicht beendet, sondern Sie haben immer nur die Dokumente gespeichert. Und nun bekommen Sie Meldungen oder Hinweise, daß Ihr Arbeitsspeicher knapp wird. Jetzt müssen Sie wissen, wo Sie nachschauen können, welche Programme noch geöffnet sind, damit Sie eines nach dem anderen beenden können. Ganz rechts in der Menüleiste befindet sich das *Programm*-Menü. Klicken Sie auf das Symbol (neben dem ab Mac OS 8.5 auch ein Name stehen kann), um eine Liste aller Programme zu sehen, die gegenwärtig auf Ihrem Macintosh geöffnet sind. Wenn Sie außer *Finder* noch irgendeinen Namen in dieser Liste sehen, heißt das, daß dieses Programm noch geöffnet ist.

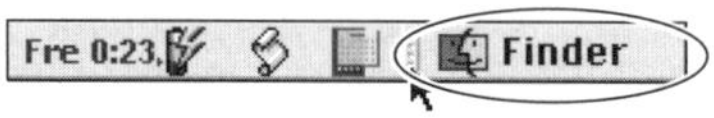

Dies ist das «Programm»-Menü. Das Symbol für dieses Menü wechselt, je nachdem, welches Programm gerade aktiv ist (also welches Programmfenster Sie gerade vor sich haben).

Neben dem Namen des Programms, das gerade aktiv, das heißt vor Ihren Augen ist, sehen Sie ein Häkchen. Selbst wenn Sie das Programm nirgendwo sehen, können Sie dem ruhig trauen. Sehen Sie sich die Menüleiste an!

Klicken Sie auf diese kleine Leiste und ziehen Sie die Maus nach links oder nach rechts, um den Namen des Programms zu zeigen oder zu verbergen.

Sie können es sich richtig leichtmachen, wenn Sie sehen wollen, welche Programme gegenwärtig geöffnet sind. Reißen Sie einfach die Programmpalette ab. Das geht folgendermaßen: Klicken Sie in das *Programm*-Menü und halten Sie die Maustaste fest. Dann ziehen Sie mit der Maus das Menü auf, halten Sie dabei die Maustaste immer weiter fest, bis Sie ans Ende des Menüs kommen. Wenn Sie dann weiterziehen, wird das Menü einfach abgerissen und verwandelt sich in eine Palette, die Ihrer Maus weiter folgt. (Paletten sind besondere Fenster, die immer über den normalen Fenstern schweben.) Wenn Sie die Maus anschließend loslassen, wird die Palette an der Stelle sichtbar bleiben, wo Sie sie hingezogen haben. Diese kleine Palette nennt man Programmpalette oder Programmumschalter. Und so sieht sie aus:

Wenn Sie die Programmpalette irgendwo auf dem Bildschirm ablegen, wissen Sie immer, welche Programme gerade geöffnet sind und wieviel Platz diese im Arbeitsspeicher Ihres Macs in Anspruch nehmen. Klicken Sie auf einen Programmnamen. Der gedrückte Schalter (das dunklere Feld) zeigt an, welches Programm gerade aktiv ist.

Jedes Objekt, das in diesem Menü aufgelistet wird (außer dem Finder), ist irgendeine Art von Programm, Kontrollfeld, Spiel oder sonstige Anwendung, die gerade geöffnet ist und Arbeitsspeicher braucht.

Wie bei jedem Fenster können Sie das Fenster des Programmumschalters (die Palette) frei umherziehen, wenn Sie es in der Titelleiste mit der Maus festhalten. Klicken Sie in das kleine Schließfeld, um den Programmumschalter zu beenden, und in das Feld *Fensterinhalt Ein/Aus* in der rechten oberen Ecke, um die Palette einzuklappen (auf die Titelzeile zu reduzieren), oder in das Erweiterungsfeld links daneben, um es auf die Symbolansicht (siehe an der Seite) zu verkleinern.

Wählen Sie eine der geöffneten Anwendungen aus (außer dem Finder), **und achten Sie auf die Veränderung in der Menüzeile.** Selbst wenn Sie sonst keine Veränderung erkennen können, in der Menüleiste werden Sie deutlich sehen, daß sich etwas tut. Wahrscheinlich sehen Sie genau wie vorher immer noch die Schreibtischoberfläche und den Papierkorb, aber Sie sind nun in dem Programm, dessen Namen Sie aus dem Menü selektiert haben. Wirklich! Sie sehen jetzt nicht mehr die Menüeinträge *Darstellung Spezial Hilfe* oder? Schauen Sie ins *Apple*-Menü und Sie werden sehen, daß dort nun steht: *Über (Name des Programms).* Um nun dieses Programm zu beenden, wählen Sie entweder *Beenden* aus dem Menü *Datei*, oder Sie drücken ⌘ - Q. Selbst wenn Sie nichts weiter von dem Programm sehen, vertrauen Sie mir: Drücken Sie ⌘ - Q und achten Sie auf die Veränderung in der Menüleiste.

■ Versehentlich das Programm gewechselt?

Ist es Ihnen schon einmal passiert, daß Sie in einem Programm arbeiten und es plötzlich weg war? Oder die Menüleiste sich verändert hat? Oder daß Sie ein Dokument schließen und sich plötzlich auf der Schreibtischoberfläche wiederfinden, obwohl Sie das überhaupt nicht wollten? Das passiert vielen Leute ständig aus Versehen! Es liegt daran, daß der Macintosh Sie immer mehrere Sachen gleichzeitig machen läßt, Sie also mehrere Programme gleichzeitig geöffnet haben können. Sie müssen nur wissen, daß Sie mit einem einzigen Mausklick auf ein Fenster zwischen den verschiedenen Programmen hin- und herspringen können. Vielleicht arbeiten Sie gerade noch eifrig an einem Brief und klicken dabei aus Versehen auf das Hintergrundmuster Ihres Schreibtisches (und merken es nicht einmal). Der Mac denkt natürlich, weil Sie dahin geklickt haben, wollen Sie auch dahin gehen. Also erscheinen plötzlich alle Fenster vor Ihren Augen, die Sie auf dem Schreibtisch geöffnet haben. Um das besser unter Kontrolle zu bekommen, habe ich ein paar Regeln für Sie.

■ Verwenden Sie den Programmumschalter!

Sie sollten sich das *Programm*-Menü – wie oben beschrieben – abreißen und es die ganze Zeit irgendwo auf Ihrem Bildschirm sichtbar ablegen. So wissen Sie immer, wo Sie gerade sind und können in jedes der geöffneten Programme mit einem simplen Mausklick auf den Namen in der Palette springen. Und hier folgen noch ein paar Tips für den Programmumschalter:

- Halten Sie die Wahltaste gedrückt und klicken Sie auf ein Feld. Sie werden in das andere Programm überspringen, und gleichzeitig werden die Fenster des gerade geöffneten Programms verschwinden.

- Drücken Sie ⌘ - Tab, um in das nächste Programm oder ⇧ - ⌘- Tab, um in das vorherige Programm in der Liste zu wechseln.

Klicken Sie in das Vergrößerungsfeld, um zwischen den normalen Feldern und den kleinen Symbolen zu wechseln.

Klicken Sie hier mit gedrückter Umschalt- und Wahltaste, um zwischen der horizontalen und der vertikalen Darstellung zu wechseln, egal ob die Felder groß (oben) oder klein (unten) sind.

Verändern Sie die Breite der Palette, indem Sie mit gedrückter Maustaste den rechten Rand eines der Felder ziehen.

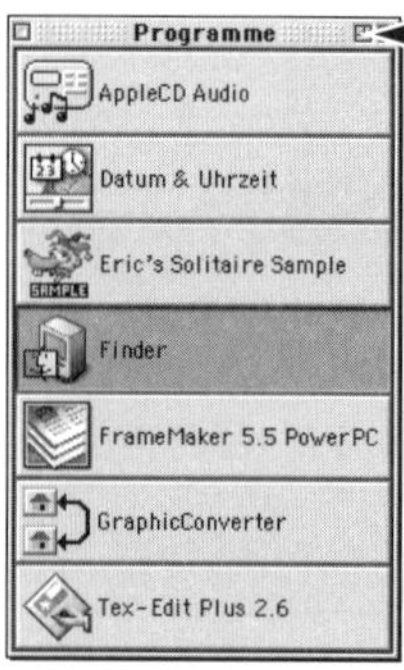

Klicken Sie hier mit gedrückter Wahltaste, um die Felder zu vergrößern.

Klicken Sie einmal in das Vergrößerungsfeld, um nur die großen Symbole ohne Beschriftung zu zeigen (immer noch horizontal).

Speichern ist der wirksamste Schutz

Speichern Sie regelmäßig! Während Sie an einem Dokument arbeiten, wird alles, was Sie nicht speichern, im Arbeitsspeicher abgelegt. (Und wie Sie wissen, wird alles was sich dort befindet, verschwinden, falls der Computer abstürzt.) Wenn Sie das Dokument speichern, wird der gegenwärtige Stand auf die Festplatte geschrieben und nur die Teile, die der Computer braucht, verbleiben im Arbeitsspeicher. Wenn Sie mehrere Stunden ohne zu speichern an einem Dokument arbeiten, füllt sich der Arbeitsspeicher immer mehr, und irgendwann stürzt das System ab. Wenn Sie auch nur eine halbe Stunde an einer großen Grafikdatei arbeiten ohne sie zu sichern, riskieren Sie eine Überlastung des Arbeitsspeichers und damit den Absturz. Das sollten Sie sich tunlichst ersparen. Vermeiden Sie die Katastrophe und speichern Sie so oft wie möglich. Machen Sie es sich zur Angewohnheit, alle paar Minuten ⌘ - S zu drücken. Ich nenne das übrigens die **SOS-Technik: Save Often, Sweetie** oder wenn Sie es lieber auf Deutsch wollen: **Sachen Oft Sichern.**

Speicherzuteilung prüfen!

Wenn Sie merken, daß ein **bestimmtes Programm regelmäßig abstürzt,** sollten Sie die Speicherzuteilung für dieses Programm verändern (Details siehe unten). Alternativ können Sie auch die Speicherzuteilung der anderen Programme überprüfen, die Sie gleichzeitig geöffnet haben. Der Programmspeicher ist die Menge des Arbeitsspeichers, die der Computer nur für dieses Programm reserviert. Wenn Sie dem Programm zuwenig oder gerade das Minimum zuteilen, wird die Programminformation in diese Speicherzuteilung hineingefüllt und muß auch damit zurechtkommen, wenn noch weitere Informationen dazukommen – wenn beispielsweise ein komplizierter Vorgang wie eine Rechtschreibkontrolle oder das Rotieren einer Grafik in Gang gesetzt wird. Sie sollten dem Programm jedoch auch nicht zuviel Speicher zuteilen, weil Sie dann nicht mehr genügend Speicher für die anderen Programme zur Verfügung haben, die gleichzeitig geöffnet sind. Experimentieren Sie mit den Werten und finden Sie heraus, wieviel Speicher das jeweilige Programm braucht, um nicht abzustürzen oder unerwartet beendet zu werden.

1 Achten Sie darauf, daß das Programm nicht geöffnet ist. (Wenn das Programmsymbol grau ist, ist das Programm geöffnet. Falls doch, so wählen Sie das Programm im *Programm*-Menü aus und beenden es.)

2 Klicken Sie einmal auf das Programmsymbol, um es zu aktivieren. Das funktioniert nur bei dem eigentlichen Programmsymbol, nicht bei einem Alias oder bei einem Dokument, das mit diesem Programm erstellt wurde. Sie müssen das Programm selbst finden. Wenn Sie das Alias finden, klicken Sie einmal darauf, um es zu aktivieren, drücken Sie dann ⌘ - R, um das eigentliche Programmsymbol zu bekommen. Wenn nötig, verwenden Sie das Suchprogramm **Sherlock,** um die Datei zu finden (Kap. «Sherlock» ab Seite 180).

3 Drücken Sie ⌘ - I, um das Fenster *Information* zu sehen.

4 Das Aufklappmenü neben *Anzeigen:* zeigt jetzt wahrscheinlich *Allgemeine Information*. Wählen Sie *Speicher*.

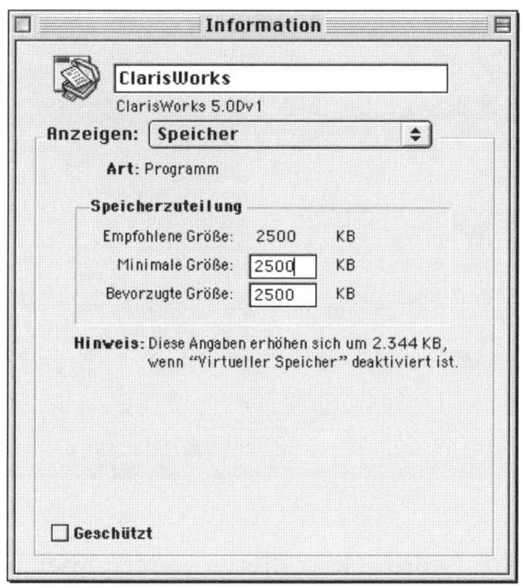

Vergrößern Sie diese Werte, indem Sie sie aktivieren und die neuen Zahlen eintragen. Wenn Sie im Dialogfeld «Information» keine Speicherzuteilung sehen, dann handelt es sich bei der aktivierten Datei nicht um ein Programm. Ganz bestimmt nicht!

5 In der Mitte des Dialogfeldes *Information* finden Sie Infos über die Speicherzuteilung. Die **Empfohlene Größe** ist das, was der Hersteller des Programms als optimale Zuteilung empfiehlt, um effizient mit dem Programm zu arbeiten. Das ist nur selten genug.

Die **Minimale Größe** ist die geringstmögliche Speicherzuteilung, um das Programm zu öffnen und laufen zu lassen.

Der Wert bei **Bevorzugte Größe** gibt die Speichermenge an, die das Programm gern hätte, um optimal zu laufen. Programme wollen jedoch immer mehr, als der Hersteller ihnen zubilligt. Zählen Sie 20 bis 40 Prozent zu der *Bevorzugten Größe* dazu, oder vielleicht sogar noch mehr, wenn Sie mit großen Dokumenten oder mit vielen Fenstern in einem Programm arbeiten, vor allem, wenn Sie genügend Arbeitsspeicher haben. Aber Vorsicht: Was auch immer Sie zuteilen, das Programm wird es gierig verschlingen, und nichts anderes kann diesen Arbeitsspeicher nutzen. Also sollten Sie ihm nicht so viel zuteilen, daß die anderen Programme Mangelerscheinungen zeigen – zum Beispiel häufig abstürzen.

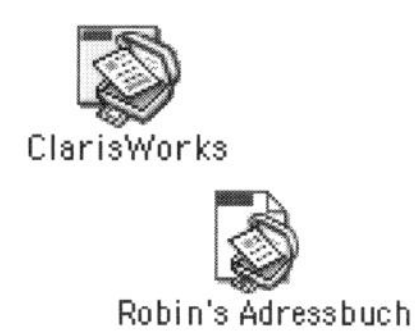

Diese beiden Symbole sehen sehr ähnlich aus, aber nur eine der Dateien ist ein Programm. Woran können Sie das sehen? Dokumente haben fast immer in der oberen rechten Ecke ein kleines Eselsohr. Außerdem wird das Fenster «Information» Ihnen sagen, ob es ein Dokument oder ein Programm ist.

6 Setzen Sie die **Minimale Größe** so hoch, daß sie der *Bevorzugten Größe* entspricht, damit das Programm nicht versucht, sich in das allernotwendigste Minimum zu quetschen, um genau dann abzustürzen, wenn Sie an einem besonders wichtigen Dokument arbeiten.

7 Schließen Sie das Fenster *Information* und machen Sie mit Ihrer Arbeit weiter.

Virtueller Speicher

Der **Virtuelle Speicher** tut nur so, als sei er Arbeitsspeicher. Ihr Mac gibt vor, daß ein Teil Ihrer Festplatte Arbeitsspeicher ist. Sie legen selbst fest, wieviel von Ihrer Festplatte Sie aufzugeben bereit sind. Alles, was Sie dem virtuellen Speicher zuteilen, können Sie nicht mehr als Festplattenspeicher nutzen. Der Power Macintosh geht mit seinem Arbeitsspeicher etwas anders um als ältere Macs. Auf allen PowerMacs (einschließlich G3, iMac und vielen PowerBooks, insbesondere wenn sie jünger sind als drei Jahre) sollten Sie den virtuellen Speicher einschalten. Auf älteren Macs empfiehlt es sich, die virtuelle Speicherverwaltung nur zeitweise zu aktivieren, wenn Sie mehr Speicher für ein bestimmtes Projekt brauchen. Einen PowerMac können Sie durch das Einschalten des virtuellen Speichers glücklich machen, selbst wenn es nur 1 Megabyte ist, und er wird es Ihnen durch störungsfreien, flotten und fröhlichen Dienst danken.

Den virtuellen Speicher können Sie durch das **Kontrollfeld Speicher** verwalten, das in Kap. «Kontrollfelder» ab Seite 219 erklärt wird.

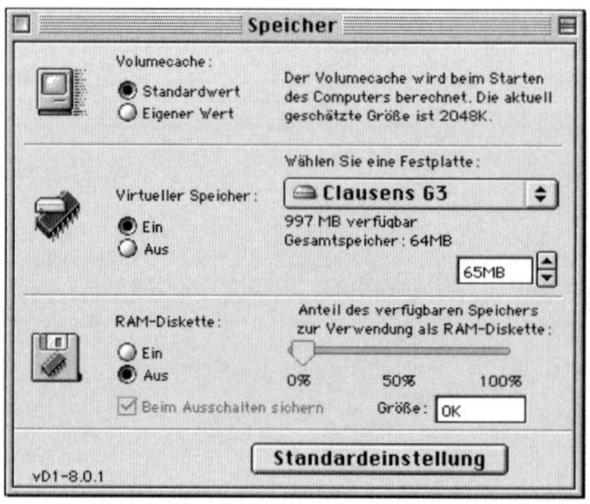

Wenn Ihr Mac virtuellen Speicher zuläßt, können Sie ihn im Kontrollfeld «Speicher» aktivieren.

Die Quintessenz

Die **Quintessenz dieses ganzen Speicherkrams** ist folgendes:

- Ihre **Festplatte** ist wie ein Aktenschrank, in dem Sie Ihre Arbeit und Ihre Werkzeuge (Programme) ablegen.

- Ihr **Arbeitsspeicher** ist wie Ihr Schreibtisch, auf dem Sie Ihre eigentliche Arbeit verrichten. Sie legen Ihre Programme und Ihre Projekte auf den Tisch.

Visuelle Hinweise

Der Mac mit seiner berühmten grafischen Benutzeroberfläche bietet eine Vielzahl visueller Hinweise, an denen wir erkennen können, was sich gerade im Computer abspielt. Die meisten dieser Hinweise sind jedoch nirgends dokumentiert, und wir müssen sie selbst so nach und nach bei der Arbeit mit dem Mac entdecken. Einige dieser Hinweise sind klar und deutlich, wie die Bombe, die wir ja schon zur Genüge gesehen haben. Sie wissen zwar vielleicht nicht genau, warum der Mac mal wieder eine Bombe wirft, aber Sie wissen auch so, daß irgend etwas ziemlich schiefgelaufen sein muß. Der Papierkorb ist ein anderer deutlicher visueller Hinweis, ebenso wie die Symbole für die Festplatte und die Diskette.

Doch viele der visuellen Hinweise sind viel subtiler. Und besonders für Anfänger gibt es eine solche Fülle von visuellen Informationen, daß es erst mal eine ganze Zeit braucht, sie alle zu verarbeiten. Ich möchte daher einige der visuellen Hinweise erklären, die Ihnen Ihr Mac ständig gibt, wodurch Ihre Arbeit am Computer um einiges effizienter werden dürfte.

Die drei Pünktchen im Menü

Immer wenn Sie in einem Menü einen Befehl sehen, hinter dem drei Punkte stehen, bedeutet das, daß diesem Befehl eine Dialogbox folgt. Das Schöne an Dialogboxen ist, daß sie immer irgendwo einen *Abbrechen*-Knopf haben und Sie somit gefahrlos verschiedene Möglichkeiten eines neuen Programms durchspielen können. Wählen Sie einfach irgendeinen Befehl mit drei Punkten, schauen Sie sich das nachfolgende Dialogfeld an, und klicken Sie auf *Abbrechen* wenn Sie fertig sind. So können Sie nichts falsch machen. Jeder Menübefehl dagegen, der keine Punkte hat, wird sofort den dazugehörigen Befehl ausführen, was gelegentlich durchaus unerwünschte Folgen haben kann, wenn Sie nicht genau wissen, was Sie da eigentlich tun.

Die drei Punkte deuten an, daß der Befehl Ihnen ein Dialogfeld öffnet.

Hin und wieder werden Sie Programme finden, bei denen die Programmierer sich nicht so ganz an die Regeln gehalten haben, und es kann ganz schön frustrierend sein, wenn man einen Befehl wählt und nicht so genau weiß, was dann eigentlich passiert. Wenn Sie solche unberechenbaren Menübefehle entdecken, die keine Pünktchen haben, obwohl sie welche haben müßten, schreiben Sie dem Hersteller der Software und bitten Sie ihn, doch in Zukunft etwas sorgfältiger zu sein.

Standardtasten

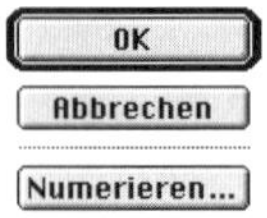

In den meisten Dialogboxen gibt es eine Taste mit einem doppelten dicken Rand. Das ist die sogennante Standardvorgabe, das heißt, daß dies die automatische Wahl ist. Wenn Sie die Zeilenschalt- oder Eingabetaste drücken, passiert dasselbe, als wenn Sie auf das Feld mit der Standardvorgabe klicken würden.

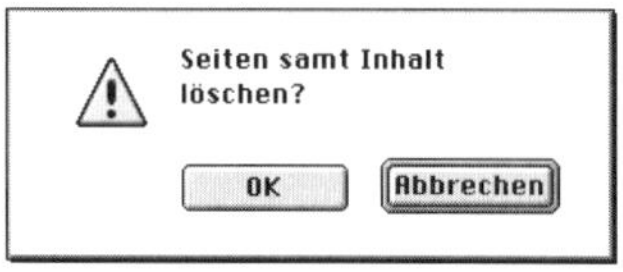

Normalerweise (aber nicht immer) ist die Standardvorgabe die sicherste Wahl, wie in diesen Beispielen.

Am Mac können Sie in fast jeder Situation ⌘- Punkt zum Abbrechen der aktuellen Aktion drücken. (Dafür gibt es allerdings keinen visuellen Hinweis.)

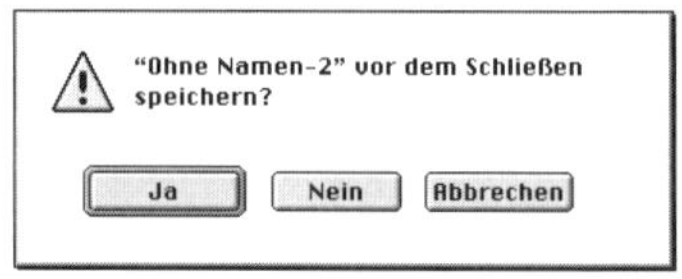

Aktivierter Text

Tippen Sie einfach los, um den hervorgehobenen Text irgendwo auf Ihrem Mac zu ersetzen.

Wenn Text **hervorgehoben** ist (vor schwarzem oder farbigem Hintergrund), ist das ein visueller Hinweis darauf, daß Sie jetzt Text eingeben können und daß jeder Buchstabe, den Sie tippen, den gesamten hervorgehobenen Text ersetzen wird. Sie brauchen dazu gar nicht erst die Löschtaste (Rückschritt-Taste) drücken: Geben Sie einfach den Text ein. Das gilt für jedes Dialogfeld in jedem Programm, das mit Texteingaben arbeitet, in jedem Feld *Speichern* und so weiter.

Speichern unter...

Ist Ihnen schon aufgefallen, daß der Name einer Datei in einer **Speichern unter...**-Dialogbox manchmal hervorgehoben ist und manchmal nicht? Oder haben Sie auch schon einmal losgetippt, um den Namen für Ihr Dokument einzugeben, und nichts ist passiert? Dann ist Ihnen bisher ein wichtiger visueller Hinweis entgangen.

Wenn der Text hervorgehoben (aktiviert) ist, ist das Feld bereit, von Ihnen überschrieben zu werden. **Ist der Text nicht hervorgehoben, dann ist das Listenfeld oder das Verzeichnis über dem Eingabefeld aktiviert.** Der visuelle Hinweis darauf ist der Rahmen um das Listenfeld. (Schauen Sie sich die Abbildungen unten genau an!)

Wenn das Listenfeld aktiviert ist, können Sie einen oder zwei Buchstaben eingeben, um bestimmte Dokumente zu aktivieren, die in der Liste aufgeführt sind. In dem Listenfeld von *Sichern unter...*-Dialogfeldern sind immer nur die Namen von Ordnern sowie anderen Disketten und Volumes schwarz. (Das heißt, daß Sie sie aktivieren und öffnen können.) Alle anderen Dateien sind grau dargestellt, und werden nur angezeigt, damit Sie sehen, was noch alles in diesem Ordner gespeichert ist.

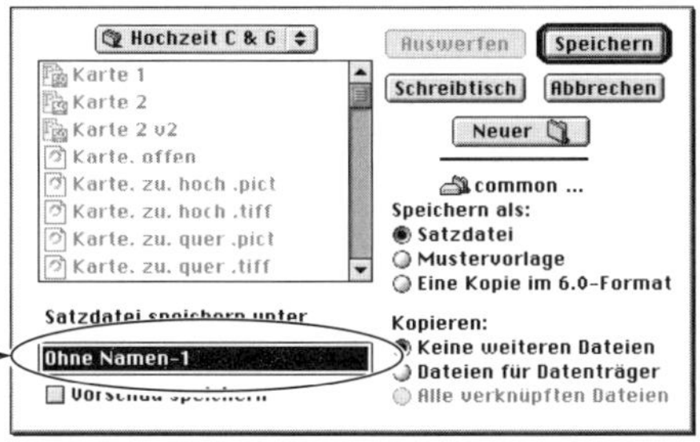

Das Eingabefeld ist aktiviert bzw. hervorgehoben und bereit, von Ihnen mit einem neuen Dateinamen überschrieben zu werden.

Drücken Sie die Tabulatortaste, um die Auswahl zwischen dem Eingabefeld und dem Listenfeld hin- und herspringen zu lassen.

Die Liste oder das Verzeichnis hat einen doppelten Rahmen, der anzeigt, daß sie (es) aktiviert ist. Um einen Ordner zu aktivieren, brauchen Sie nur seinen Anfangsbuchstaben einzugeben, und schon springt die Anzeige an die entsprechende Stelle.

Auswahl- und Ankreuzfelder

Schon die Form dieser Felder ist ein visueller Hinweis auf ihre Funktion. **Auswahlfelder** heißen im Amerikanischen treffend Radio buttons, weil von den kleinen runden Knöpfen immer nur einer zugleich aktiviert werden kann, analog zur Frequenzbandwahl bei älteren Radios. (Für die jüngeren Leser: Das war vor der Einführung digitaler Bedienelemente, da hatten Radios noch einen Knopf pro Frequenzband.)

Ankreuzfelder dagegen (auch Checkboxen genannt) signalisieren, daß Sie hier mehrere Wahlmöglichkeiten haben. Sie können gar kein Feld ankreuzen, nur eins, mehrere oder auch gleich alle. Sie brauchen gar nicht genau auf ein Quadrat oder einen Kreis zu klicken, es genügt, wenn Sie irgendwo auf das danebenstehende Wort klicken, um die entsprechende Option zu aktivieren.

Sie können beliebig viele Ankreuzfelder aktivieren.

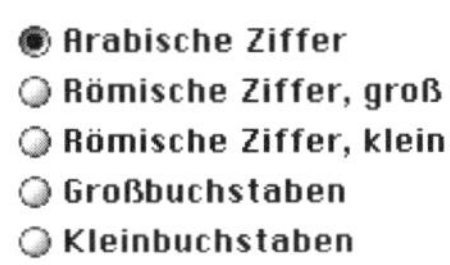

Sie können immer nur ein Auswahlfeld aus einer Gruppe aktivieren.

Mini-Menüs

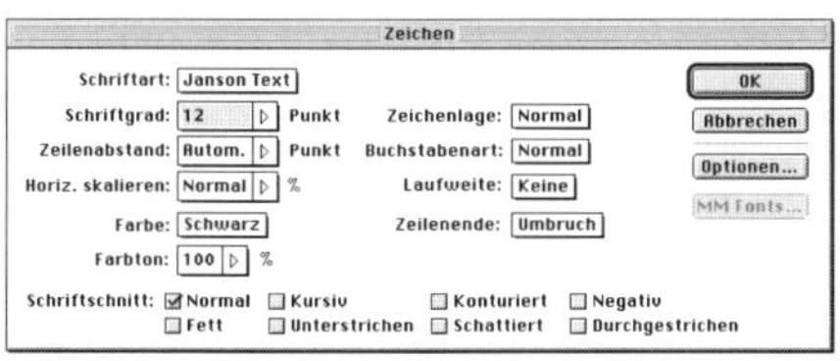

Klicken Sie auf eines der Tastenfelder, die mit einem leichten Schatten hinterlegt sind, um das dazugehörige Mini-Menü zu sehen. In diesem Dialogfeld gibt es zehn Mini-Menüs.

Wann immer Sie hinter einem kleinen Tastenfeld einen Schatten sehen, bedeutet das, daß ein solches Mini-Menü (auch **Ausklappmenü** genannt, weil es direkt vor Ihren Augen ausklappt; im Amerikanischen nennt man die Dinger deshalb auch **PopUp-Menu**) erscheint, wenn Sie auf den Begriff im Tastenfeld klicken. Hier handelt es sich um einen sehr subtilen visuellen Hinweis, und Sie müssen schon genau hinsehen, um ihn zu entdecken.

Manchmal sind die Mini-Menüs auch durch kleine Pfeile gekennzeichnet (ein klarer visueller Hinweis). In diesem Fall müssen Sie direkt auf den Pfeil klicken, um das Mini-Menü zu bekommen.

Mini-Menüs über Listen

In die gleiche Kategorie fallen die Titelfelder über dem Listenfeld aller Dialogfelder (wie etwa *Speichern unter…*, *Öffnen…*, *Exportieren…* und so weiter). Hier sehen Sie ebenfalls den Schatten, der darauf hinweist, daß sich ein Menü dahinter verbirgt. Der visuelle Hinweis wird noch verstärkt durch den kleinen Doppelpfeil rechts vom Namen.

Das Titelfeld über der Liste zeigt Ihnen, wo die Objekte sich befinden, die in der Liste stehen.

In diesem Titelfeld steht auch immer ein kleines Symbol: entweder das Symbol für den Finder, ein Symbol für ein Volume (Diskette oder Festplatte) oder das Symbol für einen geöffneten Ordner. Daran können Sie erkennen, wo sich die Objekte im Listenfeld befinden. Wenn zum Beispiel das Symbol ein geöffneter Ordner ist, stecken sämtliche Objekte in der Liste in diesem Ordner. Wenn Sie dann auf das Titelfeld mit dem Ordnernamen klicken, sehen Sie in dem Aufklappmenü die gesamte Ordnerhierarchie und können erkennen, wo genau der Ordner sich befindet – etwa in einem anderen Ordner, der wieder in einem anderen Ordner steckt, der auf der Festplatte liegt. Sie können natürlich jeden dieser Ordner aus dem Ausklappmenü auswählen, um direkt in den Ordner zu gehen und dessen Inhalt im Listenfeld zu sehen.

Klicken Sie mit gedrückter Befehlstaste auf die Titelleiste, um die Hierarchie eines Ordnerfensters im Finder zu sehen.

Ebenso wie beim Titelfeld im Dialogfeld können Sie übrigens auch bei jedem beliebigen geöffneten Ordner auf der Finderebene die Hierarchie sehen, in der sich der Ordner befindet. Für diese Besonderheit gibt es allerdings keinerlei visuellen Hinweis. Halten Sie die Befehlstaste gedrückt und klicken Sie auf den Namen in der Titelleiste eines beliebigen Ordnerfensters im Finder. Ziehen Sie die Maus auf irgendeinen der Ordnernamen in dem Aufklappmenü, und der entsprechende Ordner wird sofort im Vordergrund aufspringen, wenn Sie die Maustaste loslassen.

Die Welt der Symbole

Dokumentsymbole sehen den dazugehörigen Programmsymbolen sehr ähnlich.

Symbole oder Icons sind natürlich die visuellen Hinweise schlechthin. Wahrscheinlich ist Ihnen bereits aufgefallen, daß die verschiedenen Findersymbole grundsätzlich in mehrere Gruppen aufgeteilt werden können: Festplatte, Disketten, Ordner, Dokumente, Programme und System-Symbole. Dokumentsymbole sehen meistens aus wie Papierblätter, komplett mit einem Eselsohr in der oberen rechten Ecke. Ihr Aussehen paßt immer zu dem Programm, mit dem sie erstellt wurden, was ebenfalls ein sehr kluger und wichtiger Hinweis ist. Mehr zu diesem Thema erfahren Sie in Kap. «Icons, Symbole und Dateien» ab Seite 44.

Doch selbst wenn ein Dokumentsymbol neutral ist, kann das ein Hinweis sein! Damit signalisiert der Finder nämlich, daß das Programm, mit dem das Symbol erstellt wurde, auf der Festplatte nicht gefunden werden kann (auf Seite 46 steht eine ausführliche Erklärung dieses Phänomens).

Ein leeres Dokumentsymbol ist ebenfalls ein Hinweis.

Wenn Sie möchten, können Sie alle Ihre Symbole eigenhändig anpassen und verändern, aber Vorsicht: womöglich zerstören Sie dadurch den Wiedererkennungseffekt. Betrachten Sie zum Beispiel das Symbol in der Randspalte. Ist es ein Ordner, ein Dokument, ein Programm, eine Systemerweiterung oder eine Grafikdatei? (Auf Seite 50 steht, wie Sie Ihre Symbole verändern können, falls Sie dies wirklich wollen.)

Dateinamen ändern

Der Rahmen um den Symbolnamen weist darauf hin, daß Sie ihn nun verändern können. Wenn Sie einen Fehler machen, drücken Sie sofort ⌘-Z.

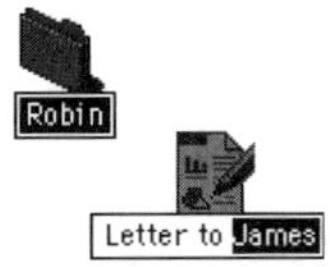

Der Mac gibt Ihnen auch eine visuelle Rückmeldung, wenn Sie gerade dabei sind, den Namen einer Datei im Finder zu verändern. Wenn Sie einmal auf den Namen eines Symbols klicken (nicht auf das Symbol selbst), oder ein Symbol auswählen und die Zeilenschalttaste (die Return-Taste: ↵ oder ⌅) drücken, erscheint ein schwarzer oder farbiger Rahmen um den Namen des Symbols. Damit sagt Ihnen Ihr Mac, daß Sie, wenn Sie jetzt lostippen, den aktuellen Namen überschreiben werden. Wenn Sie ein wenig warten, bevor Sie lostippen, verwandelt sich der Mauszeiger in eine Einfügemarke, wenn Sie über den Namen fahren.

Graue Symbole

Ein graues Symbol ist ein visueller Hinweis darauf, daß eine Diskette, ein Ordner oder ein Programm bereits geöffnet ist. Wenn Sie das dazugehörige Fenster nirgends sehen können, doppelklicken Sie auf das graue Symbol, um das Fenster oder das Programm in den Vordergrund zu bringen. (Sehen Sie kein Anzeichen dafür, daß das Programm aktiv ist? Wenn Sie sich bei einem Programm nicht sicher sind, sehen Sie im *Programm*-Menü nach, ob das betreffende Programm bereits geöffnet ist. (Alles weitere erfahren Sie in Kap. «Icons, Symbole und Dateien» ab Seite 44.)

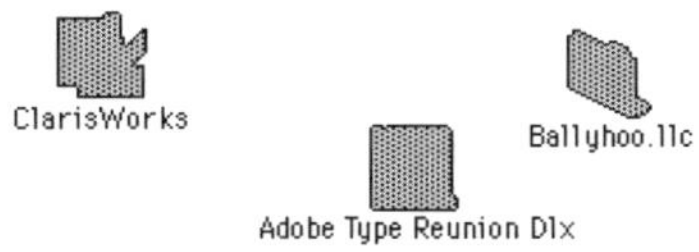

Ein graues Symbol weist darauf hin, daß das entsprechende Objekt bereits geöffnet ist.

Ansichtssache

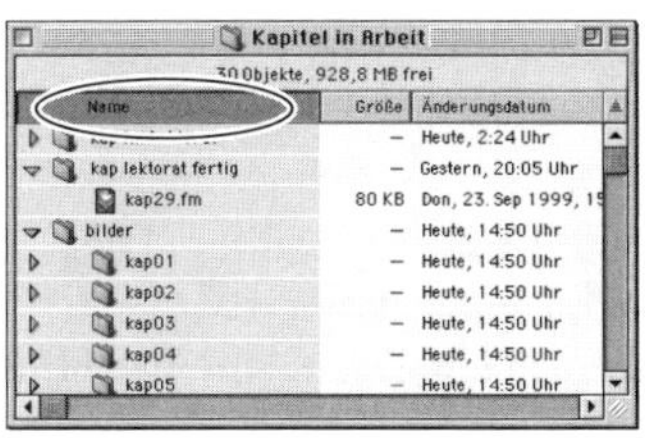

Wenn Sie sich die Objekte in einem geöffneten Fenster in Listendarstellung ansehen, können diese nach verschiedenen Kriterien geordnet sein: nach Name, nach Größe, nach Art etc. Die jeweils gewählte Sortierung erscheint dabei grau unterlegt. Um eine andere Sortierung zu wählen, brauchen Sie nur auf die entsprechende Kategorie in der Informationsleiste zu klicken. Details finden Sie in Kap. «Schreibtischfenster» ab Seite 30.

Mengenlehre

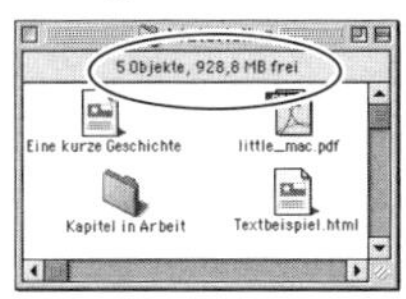

Die Informationsleiste eines Fensters in Listendarstellung zeigt Ihnen direkt unter der Titelleiste an, wie viele Objekte sich insgesamt in dem Fenster befinden. Bei meinen Schulungen sehe ich immer wieder Leute, die einen Schreck bekommen, weil sie meinen, daß ein Dokument verlorengegangen sei, nur weil die Titelleiste fünf Objekte anzeigt, sie aber nur vier im Fenster sehen können. Wenn die Anzahl in der Infoleiste größer ist als die Anzahl der Objekte die Sie im Fenster sehen, heißt das nichts weiter, als daß da noch mehr in dem Ordner drin ist. **Merke:** Die Infoleiste lügt nie! Dafür gibt es die praktischen Rollbalken – ein weiterer wichtiger visueller Hinweis.

Rollbalken

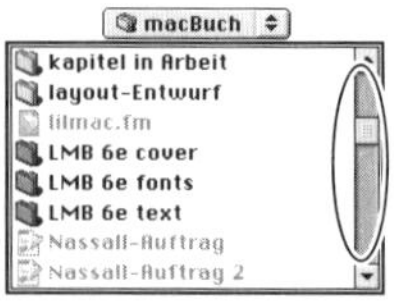

Rollbalken, gleich ob sie in einem Dialogfeld oder in einem Fenster zu finden sind, sind entweder grau oder weiß. Wenn ein Rollbalken weiß ist und kein Schieber (genannt Rollbox) zu sehen ist, ist das ein sicherer Hinweis, daß Sie alle Objekte in der Liste sehen können bzw. alle Symbole in dem Fenster sichtbar sind – nichts ist Ihrem Blick verborgen. Wenn ein Rollbalken grau ist, zeigt das, daß es noch weitere Objekte gibt, die gegenwärtig nicht sichtbar sind, und daß Sie auf die Rollpfeile klicken können, um sie sichtbar zu machen.

Oft ist der Unterschied zwischen weißen und grauen Rollbalken nur minimal. Wenn ein Rollbalken grau ist, befindet sich eine Rollbox auf dem Balken. Wenn Sie also keine Rollbox sehen, gibt es eben nichts, wohin Sie rollen könnten.

Rollbox

Die Rollbox zeigt Ihnen, wo Sie sich in der Liste oder dem Fenster gerade befinden – nicht nur im Finder oder in Dialogfeldern, sondern auch in Programmen. Wenn Sie in Ihrem Textverarbeitungsprogramm fleißig tippen und Ihr Text plötzlich verschwindet, schauen Sie auf die Rollbox: Ist sie ganz unten auf dem Rollbalken? Ziehen Sie die Box nach oben, um Ihren Text wiederzufinden. Haben Sie vielleicht in PageMaker irgend etwas auf Ihre Montagefläche gelegt, dann umgeblättert und können nun Ihre Ablage nicht mehr auf der Montagefläche finden? Gehen Sie zurück und schauen Sie mit der horizontalen Rollbox auf der anderen Seite nach.

- Position und Proportion

Zweimal das gleiche Fenster – links ohne und oben mit proportionaler Rollbox. Links zeigt die Rollbox nur an, daß das Fenster den obersten Teil der Liste zeigt, oben erfahren wir zusätzlich, daß bei der aktuellen Fensterhöhe etwa die Hälfte aller Objekte zu sehen ist.

Achten Sie auch auf die Position der Rollbox auf dem Rollbalken – sie zeigt an, wo Sie sich in Relation zu den äußeren Rändern des gesamten Fensters befinden. Wenn Sie zusätzlich die Option *Proportionale Rollbox* im Kontrollfeld *Erscheinungsbild* aktivieren (Seite 29 in Kap. «Fenster – nichts als Fenster» ab Seite 26), gibt die Rollbox selbst einen visuellen Hinweis auf Ihre Position innerhalb des Fensters. (Proportionale Rollboxen werden nicht von jedem Programm unterstützt.)

Häkchen oder kein Häkchen

Sie haben sicher bereits festgestellt, daß vor Menüeinträgen häufig ein kleines Häkchen angezeigt wird. Damit kennzeichnet der Mac Einträge, die gerade aktiviert oder«angeschaltet» sind. Das Fehlen solcher Häkchen wiederum kann ebenfalls ein visueller Hinweis sein: Wenn Sie zum Beispiel in einem Menü für Zeichensätze oder -größen nachschauen und feststellen, daß es überhaupt keine Häkchen gibt, dann bedeutet das, daß sich innerhalb des Textes, den Sie ausgewählt haben, mehrere Zeichensätze oder -größen befinden. Manchmal kann Ihnen der Mac eben nicht mehr als eine Sache auf einmal sagen – oder er sagt überhaupt nichts. Aber dieses überhaupt nichts kann ebenfalls ein wertvoller Hinweis sein.

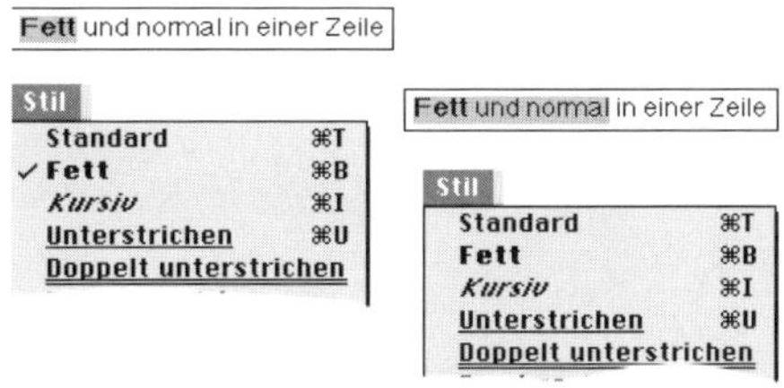

Um herauszufinden, was das nun für ein Zeichensatz oder was für eine Größe es ist, aktivieren Sie einfach einen kleineren Textabschnitt oder klicken Sie einfach auf die Einfügemarke im Text. Vielleicht können Sie die Größe oder den Zeichensatz an dieser Stelle nicht sehen, aber der Mac kann es, weil er leere Stellen und Zeilen, in denen nichts steht, ebenfalls als Zeichen betrachtet. Wenn auch nur eine dieser leeren Stellen oder Zeilen in einer anderen Zeichensatzart oder -größe formatiert ist als der Rest des Textes, werden Sie vergeblich nach einem Häkchen im Menü suchen. Um alles gleich zu formatieren, müssen Sie das Ganze aktivieren und neu formatieren.

Startvolume

Hin und wieder haben Sie mehr als ein Volume in Ihrem Computer. Vielleicht steckt eine CD-ROM oder Diskette im entsprechenden Schacht, oder Sie haben zusätzlich eine externe Festplatte, ein Zip- oder ein Jaz-Laufwerk angeschlossen, oder aber Sie haben eine sehr große Festplatte in verschiedene Festplattenbereiche oder Partitionen aufgeteilt. In all diesen Fällen erscheint mehr als ein Volumesymbol. Sie können immer leicht feststellen, von welchem dieser Datenträger (da klingt Volume doch viel schöner!) Festplatte oder Partitionen Sie Ihren Mac gestartet haben – sprich, welches Ihr Startvolume ist. Das Symbol für das Startvolume befindet sich nämlich immer in der oberen rechten Ecke des Finders. (Bitte üben Sie Nachsicht mit mir! Ich weiß auch nicht, ob Sie diese spezielle Information nicht schon sehr bald zu schätzen wissen, weil Sie sie plötzlich brauchen. Vielleicht werden Sie aber auch alt und grau, ohne jemals wieder Gebrauch davon machen zu müssen.)

Die Raute im Programm-Menü

Wenn Sie neben einem Objekt im *Programm*-Menü (dem Menü ganz rechts oben) einmal eine kleine Raute sehen, dann ist das ein Hinweis darauf, daß das Programm Ihnen etwas mitteilen will – zumeist nichts Gutes. Wählen Sie das Programm aus dem Menü, und meistens wird es Ihnen sofort mitteilen, was los ist und was Sie tun können, um das Problem zu beseitigen.

Beachten Sie die Hinweise!

Sobald Sie einmal auf diese visuellen Hinweise aufmerksam geworden sind, werden Sie im Lauf der Zeit immer mehr davon entdecken. Einfügemarken sagen Ihnen, was passiert, wenn Sie jetzt klicken; jedes Programm hat seine Art, Ihnen mitzuteilen, ob ein Objekt aktiviert ist; Felder geben Ihnen manchmal Hinweise darauf, was passiert, wenn Sie auf sie klicken und vieles mehr. Nutzen Sie diese kleinen Hilfestellungen!

Das Internet

Ganz gleich, ob Sie schon einmal im Internet waren oder nicht: Daß dieses weltweite Netz gerade unsere Welt revolutioniert, ist Ihnen sicher nicht entgangen. Und diese Revolution ist noch lange nicht zu Ende, im Gegenteil: Das Internet wird künftig noch an Bedeutung gewinnen.

Dieser Teil erklärt Ihnen, was das Internet und das World Wide Web sind, es erläutert die Unterschiede zwischen Internet und AOL, wie man sich im Web orientiert und wie Sie mit dem Mac online kommen.

31

Was ist das Internet?

Dieses Kapitel erklärt, was es mit Internet und dem World Wide Web (einem Teil des Internets) auf sich hat. Es erklärt den Unterschied zwischen Onlinediensten wie AOL oder T-Online und dem World Wide Web und was beide Arten miteinander zu tun haben. Und dann erfahren Sie endlich, was sich hinter den häufigsten Begriffen des Internet-Jargon – wie Modem, Browser, Newsgroup, etc. – eigentlich verbirgt.

Als eine Ihrer ersten Aktionen im Internet schlage ich Ihnen einen Besuch der Internetseiten vor, die Ihnen im Umgang mit Ihrem Macintosh helfen können. Jede Hard- und Softwarefirma hat ihre Web-Site, und häufig findet man dort nützliche Tips und Tricks zum Umgang mit ihren Produkten. Natürlich hat Apple eine riesige Web-Site mit vielen Dingen, die für Anfänger nützlich sind. Im Kap. «Zu Hause im World Wide Web» ab Seite 269 erkläre ich Ihnen, wie man Adressen im Web entziffert. Außerdem verrate ich Ihnen einige wichtige Adressen.

Das Internet

Das Internet ist ein weltweites System von Computern, die miteinander verbunden sind, meistens durch Telefonleitungen. Diese Art von Verbindung nennt man Netzwerk. Es wurde in den frühen sechziger Jahren von der Regierung der Vereinigten Staaten als eine Art Kommunikationssystem gestartet, das vor Zugriff von außen geschützt sein sollte. Mittlerweile kann nicht einmal mehr die Regierung der Vereinigten Staaten dieses Netzwerk kontrollieren, was ihr ziemlich leid tun dürfte. Jedenfalls sind nun mit Hilfe des Internet weltweit viele Millionen Menschen in der Lage, Botschaften überallhin zu versenden. Diese Botschaften flitzen von einem Computer zum nächsten, bis sie an ihrem Bestimmungsort angekommen sind. Falls einer der Computer unterwegs von «feindlichen Mächten» in die Luft gesprengt worden sein sollte, geht die Botschaft einfach einen anderen Weg.

■ Modems

Die meisten Computer, insbesondere solche für den Privatgebrauch, schicken ihre Botschaften via Telefonleitung mit Hilfe eines Modems ins Internet. Ein Modem ist ein Gerät, das entweder als kleine Box an Ihren Mac angeschlossen (externes Modem) oder in Ihren Mac eingebaut ist (internes Modem). Sie verbinden das Modem mit Hilfe eines speziellen Kabels (es sei denn, es ist ein internes Modem) mit Ihrem Mac auf der einen und mit der Telefonleitung auf der anderen Seite, so, als würden Sie ein normales Telefon in die Buchse stecken.

Ihr Computer arbeitet digital, das heißt, er kann nur mit berechenbaren, endlichen Informationsbröckchen arbeiten, gewissermaßen Infos in Eiswürfelform. Telefonleitungen jedoch sind in der Regel analog, das heißt, sie arbeiten nur mit Informationen, die fließend und formlos sind (das Info-Wasser). Das Modem muß nun die digitalen Informationen (Eiswürfel) Ihres Computers aufnehmen und in analoge Informationen (Wasser) umwandeln, damit sie über das Telefonnetz übertragen werden können. Das Modem am anderen Ende nimmt dann die analogen Infos (Wasser) auf und wandelt sie zurück in digitale Infos (Eiswürfel), damit der andere Computer sie verstehen kann.

Modem ist die Kurzform für Modulator/Demodulator und deshalb sagen einige, darunter auch Apple, «der Modem». Allgemein hat sich im Deutschen jedoch «das Modem» durchgesetzt.

Daneben gibt es noch andere Möglichkeiten, sich mit dem Internet zu verbinden, zum Beispiel per ISDN oder Standleitung, über Glasfaserkabel und sogar über Satellit. All diese Methoden sind zwar schneller als Modems, aber in der Regel auch deutlich teurer. Aber das kann sich schnell ändern.

Modems sind in verschiedenen Geschwindigkeiten erhältlich, die anzeigen, wieviel Information in einer bestimmten Zeit gesendet werden kann. Je schneller die Geschwindigkeit, desto mehr Eiswürfel können in Wasser umgewandelt und durch die Telefonleitung geschickt werden. Hier ist eine Tabelle der am häufigsten gebrauchten Modemgeschwindigkeiten. (Auch die kann sich schnell ändern.)

Bei der Geschwindigkeit eines Modems spricht man auch von Baudrate oder bps (Bits Pro Sekunde).

Geschwindigkeit	Leistung
2.400	l-a-a-a-a-n-g-s-a-m
9.600	n i c h t v i e l b e s s e r
14.400	frustrierend langsam fürs Internet
28.800	schon schneller; das Internet ist gar nicht so schlecht bei dieser Geschwindigkeit
33.600	gut für zu Hause oder im Büro
56.000 oder 56K	man könnte sich daran gewöhnen

Um ins Internet zu kommen, brauchen Sie mindestens ein Modem mit 28.800 Baud.

In Fachzeitschriften wird die Geschwindigkeit eines Modems häufig abgekürzt. Statt 28.800 benutzt man zum Beispiel 28.8.

■ E-Mail

Schon seit über 30 Jahren wird das Internet zum Versenden von E-Mails benutzt. E-Mails sind Briefe, die man in einen Computer eintippt und dann über Kabel an einen anderen Computer sendet. Das E in E-Mail steht für elektronisch: elektronische Post. Eines der ersten Dinge, für die Sie das Internet benutzen werden, ist das Senden und Empfangen von E-Mail. Unter all den vielen Dingen, die man mit Computern anstellen kann, scheint die Kommunikation mit anderen Menschen die weitaus beliebteste Nutzungsmöglichkeit zu sein. Der Computer trägt also seinen Ruf als isolationsförderndes Gerät durchaus zu Unrecht. Im Gegenteil: Durch den Computer und seine Kommunikationsmöglichkeiten sind mittlerweile weltweit Millionen neuer Bekanntschaften und Beziehungen entstanden.

■ Newsgroups

Newsgroups sind Gruppen, in denen Neuigkeiten ausgetauscht und diskutiert werden, und sie gehören mit Sicherheit zu den ursprünglichsten Angeboten im Internet. Jede Newsgroup ist eine Ansammlung von Leuten mit einem gemeinsamen Interesse, sei es Golf, die Frage, ob die Shakespeare zugeschriebenen Schriften auch wirklich von ihm stammen, das Paarungsverhalten von Lamas, Zoroastrismus und etwa 25.000 andere

Themen. Die Mitglieder hängen an ihrem virtuellen Schwarzen Brett (Bulletin Board) eine Nachricht auf (posting), und alle anderen Besucher der virtuellen Club-Lounge können die Nachricht lesen. Immer wenn man Lust hat, kann man bei der Newsgroup reinschauen, die Nachrichten lesen und eigene Antworten, Beiträge, Fragen oder Meinungen ans Schwarze Brett pinnen. Dies ist eine wunderbare Möglichkeit, mit anderen über seine Lieblingsthemen ins Gespräch zu kommen. Diese Gruppen sind häufig regelrechte verschworene, durch ihre gemeinsamen Interessen eng miteinander verbundene Gemeinschaften.

■ Mailing-Listen

Eine weitere beliebte Möglichkeit, das Internet zu nutzen, sind Mailing-Listen. Eine solche Liste funktioniert ähnlich wie eine Newsgroup. Hier wie da sind es eine Reihe von Menschen, die ein gemeinsames Diskussionsthema haben. Bei Mailing-Listen werden jedoch keine Nachrichten ans Schwarze Brett gehängt, sondern man schickt sich E-Mails. Jede Menge E-Mails. Wenn irgend jemand von der Liste irgend jemand anderem eine Mail schickt, geht eine Kopie davon an sämtliche Teilnehmer der Liste, und das können schon mal ein paar Hundert sein, umgekehrt sind es bei spezielleren Themen vielleicht aber auch nur fünf oder zehn. Insgesamt gibt es ungefähr 30.000 verschiedene Mailing-Listen.

■ Warum erfahren Sie erst jetzt vom Internet?

Warum redet man erst seit ein paar Jahren überall vom Internet, wenn es doch bereits seit 30 Jahren existiert? Das liegt in erster Linie daran, daß die Benutzeroberfläche des Internet – sozusagen sein Gesicht – lange Zeit nur etwas für Eingeweihte und Computerspezialisten war. Das Aussehen des Internet hatte überhaupt nichts Attraktives, es war eher häßlich und abschreckend. Nur ein paar langweilige Computerfreaks interessierten sich für das Internet. (Nichts gegen Computerfreaks, ich bin ja in gewisser Weise selbst einer.) Wer ins Internet wollte, mußte erst mal ein halbes Lexikon von Spezialbegriffen auswendig lernen, mußte wie in DOS mit Kurzbefehlen, umgekehrten Schrägstrichen und allen möglichen Symbolen arbeiten, die man nie auf der Tastatur findet. Das Ganze konnte man dann auf kleinen schwarzen Bildschirmen in grüner- oder bernsteinfarbener Schrift sehen, immer riesige Kolumnen von kryptischen Befehlen. Bis irgendwann ein kleines Wunder geschah:

Der Macintosh wurde erfunden.

Das World Wide Web

Es steht zwar nicht in der offiziellen Geschichte des Internet (die wohl auch erst geschrieben werden müßte), aber ich persönlich bin der Ansicht, daß das World Wide Web niemals so einen Siegeszug um die Welt angetreten hätte, wenn es den Mac nicht gegeben hätte. Der Mac hat den Computer revolutioniert. Zum erstenmal hatten wir einen Monitor, auf dem man verschiedene Zeichensätze sehen konnte, schön schwarz auf weiß, und viel leichter zu lesen und angenehmer anzuschauen als die alten DOS-Monitore. Schnell hatten wir uns an Töne, Animationen, wunderschön dargestellten Text gewöhnt, und natürlich war Microsoft sehr schnell bei der Hand, sich die Technologie auszuborgen. Schon bald konnten auch die anderen Computer (wenngleich noch ziemlich unbeholfen) so tun, als wären sie Macs.

Die neuen Erwartungen, die man an Computer hatte – sie müssen grafisch und farbenfroh sein – bereiteten den Weg für die Erfindung einer neuen Softwaregeneration vor, die es gestattete, komplett gestaltete Seiten über das Internet zu übertragen und auf den Computerbildschirmen sichtbar zu machen. Diese Seiten konnten farbig sein, konnten Grafiken, Animationen, Töne, gestalteten Text und vieles mehr enthalten. Endlich sah das Internet so aus, als könnte es auch normale Menschen interessieren. Die Seiten nannte man Web-Sites oder Homepages, und das Netz, in dem sie übertragen werden, das World Wide Web. Mittlerweile ist das World Wide Web eine Ansammlung von Millionen einzelner Seiten, auf denen Texte, Grafiken, Töne und mehr enthalten sind. Und täglich kommen Seiten hinzu!

■ Webseiten, Web-Sites und Homepages

Wie gesagt heißen diese Seiten im WWW Webseiten. Eine ganze Sammlung zusammengehöriger Webseiten zu einem Thema – etwa Ihre Regenwurmzucht (falls Sie eine haben) – nennt man Web-Site (sprich webseit) oder im Deutschen auch etwas geschwollen Web-Präsenz oder Web-Auftritt. Ihr Web-Auftritt kann so umfangreich sein wie ein ganzes Buch und ähnlich wie die Kapitel eines Buches aus mehreren Teilen bestehen. Wenn Sie möchten, kann Ihr Web-Auftritt eine Inhaltsangabe als Einstiegsorientierung haben. Die Seite, die zuerst erscheint, wenn jemand Ihre Adresse aufruft (zum Beispiel *www.midas.ch* oder *www.lisardo.com*) nennt man üblicherweise Ihre Homepage, oder mit dem deutschen Begriff Startseite. Viele Web-Sites sind so angelegt, daß Besucher von allen Seiten immer wieder auf die Homepage zurückkommen, deshalb ist sie häufig der Dreh- und Angelpunkt aller Seiten.

Was auf den ersten Blick wie ein Fehler aussieht, hat System. Damit Sie die ***Web-Site*** *leichter von den* ***Webseiten*** *unterscheiden können, schreiben wir ersteres mit Bindestrich. Gelegentlich wird auch der Begriff* ***Homepage*** *im Sinne von Web-Site gebraucht, aber zumeist meint man damit die eigentliche Startseite einer Web-Site.*

Home bedeutet im Amerikanischen übrigens nicht nur Heimat oder Zuhause, sondern auch Ausgangs- und Zielpunkt.

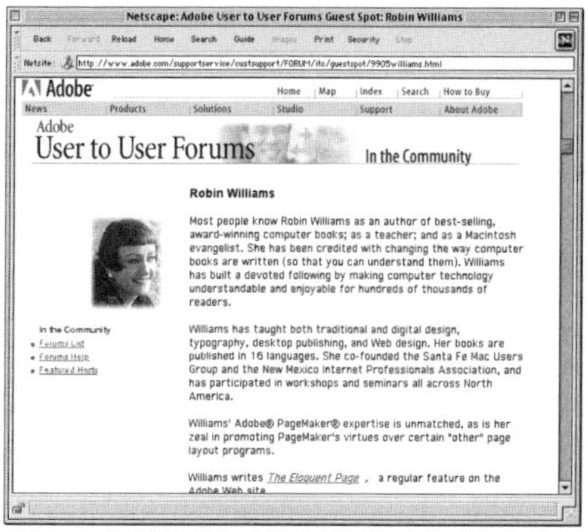

Hier sehen Sie die Homepage von Peachpit Press. Von hier können Sie jede Seite von Peachpit Press erreichen, zum Beispiel auch die zu Robin's Buch «Windows for Mac Users».

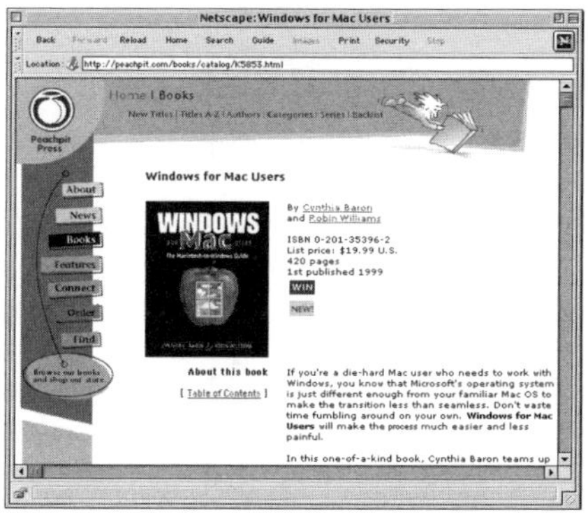

Browser

Um Webseiten anschauen zu können, brauchen Sie eine bestimmte Software, die sie auf den Bildschirm zaubert. Es ist wie immer beim Mac – wenn Sie mit großen Zahlenkolonnen jonglieren wollen, brauchen Sie eine Tabellenkalkulation, wenn Sie einen Brief schreiben wollen, eine Textverarbeitung, und wenn Sie Webseiten anschauen wollen, einen Browser. Ein Browser ist nicht mehr und nicht weniger als die Software, die Webseiten darstellt.

So sehen die Symbole für zwei gebräuchliche Browser aus:

Internet Explorer

Netscape Communicator

Da Sie dieses Buch in Händen halten, nehme ich an, daß Sie mindestens Mac OS 8 verwenden. Mit diesem Betriebssystem haben Sie auch einen Browser erhalten – entweder Netscape Navigator, Netscape Communicator oder Microsoft Explorer oder beides. Tatsächlich brauchen Sie nur eine solche Software, und die Browser von Netscape sind meine persönlichen Favoriten.

Wenn Sie den Netscape Browser nicht bereits haben, nehmen Sie irgendeinen anderen Browser und gehen damit zur Netscape Homepage (http://home.netscape.com). Laden Sie den aktuellen Browser herunter.

Es gibt auch andere Browsersoftware. Wenn Sie beispielsweise AOL verwenden (was das ist, erkläre ich gleich), können Sie Webseiten auch mit Hilfe eines speziellen Browsers betrachten, der in die Software für den AOL-Zugang eingebaut ist. Es gibt viele Browser, und jeder hat seine eigene Fangemeinde. Sie können auf Ihrer Festplatte so viele Browser haben, wie Sie wollen, und nach Belieben zwischen Ihnen wechseln. Sie werden merken, daß jeder Browser die Webseiten ein wenig anders darstellt, und daß sie alle spezielle Möglichkeiten bieten. Wie ich jedoch bereits angedeutet habe, ist der Netscape Browser der am weitesten auf der Welt verbreitete, und er ist auch der beste. Meine Empfehlung ist: Beginnen Sie mit Netscape und experimentieren Sie dann mit anderen Browsern, sobald Sie sich in Netscape zurechtfinden.

Netscape Communicator

Dreimal dieselbe Webseite im World Wide Web, wie sie von den drei verschiedenen Browsern dargestellt wird. Sie können geringfügige Unterschiede im Aussehen der Seiten und in der Bedienung erkennen (Knöpfe, Menüleisten etc.). Manchmal sind die Unterschiede jedoch auch alles andere als geringfügig.

Microsoft Internet Explorer

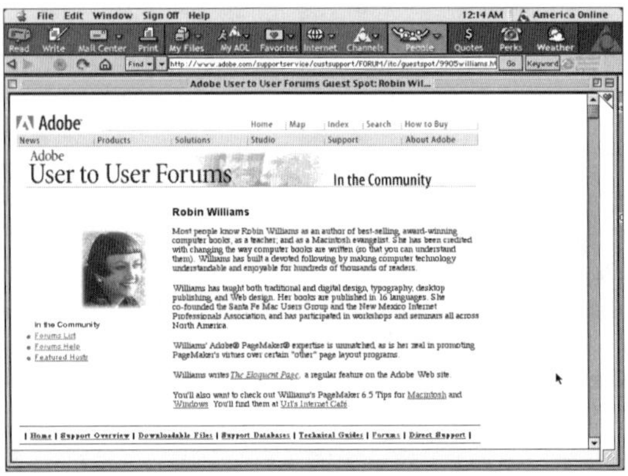

AOL

Internet Service Provider

Wie schafft man es nun, in dieses fabelhafte Internet und World Wide Web hineinzukommen? Man braucht natürlich einen Computer, man braucht ein Modem, man braucht einen Browser – und man braucht einen Internet Service Provider, einen Dienstleister, der die richtige Verbindung zur Verfügung stellt. Es gibt auf der ganzen Welt viele Tausende von Computern, die 24 Stunden täglich ans Internet angeschlossen sind. Diese Computer stehen den Nutzern, die nur einige Stunden oder Minuten täglich online sein wollen, zur Einwahl zur Verfügung. Von zu Hause oder aus Ihrem Büro müssen Sie also die Dienste eines Internet Service Providers (ISP) in Anspruch nehmen, um eine Verbindung ins Internet zu bekommen. Sie bezahlen eine Gebühr, dafür liefert der Provider die notwendige Software, eine Anleitung, wie Sie bei der Verbindungsherstellung vorgehen müssen, sowie eine örtliche Telefonnummer. Ihr Modem wählt die Nummer und verbindet Ihren Computer mit dem Computer des Providers und damit ins Internet. Nun können Sie überallhin in der Welt surfen und das zum Ortstarif. Es ist erstaunlich.

Es gibt regionale Service Provider, es gibt aber auch einige überregionale Provider, die Ihnen eine Verbindung bereitstellen können. Am besten Sie fragen einen Bekannten oder setzen sich mit dem Mac e.V., dem deutschen Mac-Benutzer-Club (*www.mac-ev.de*) in Verbindung, um die Namen der bevorzugten Provider in Ihrer Region herauszufinden.

AOL ist nicht das Internet

Eine andere Möglichkeit, ins Internet zu kommen, ist über AOL. Doch AOL ist nicht mit dem Internet gleichzusetzen! Das Ganze funktioniert folgendermaßen: AOL ist ein Online-Dienst, den Sie für eine monatliche Gebühr abonnieren können. Sie wählen eine örtliche Nummer und loggen sich in den Dienst ein. Nun sind Sie jedoch noch nicht im Internet, sondern erst einmal in dem Online-Angebot von AOL. Hier gibt es Clubs, Organisationen, Konferenzen, Chat-Rooms, ein Postamt, in dem Sie E-Mail senden und empfangen können. Es gibt Online-Magazine, News, Angebote für Kinder, für Teenager, für Eltern, Recherchehilfen und vieles mehr. Es gibt Assistenten, die Ihnen den Zugang erleichtern, und es gibt sogar eine Art Polizei, die solche Benutzer, die gegen die Regeln des Dienstes verstoßen, hinauswerfen. Es gibt Live-Interviews und Seminare, man kann Freunde treffen und an Partys teilnehmen. Alles ist hübsch organisiert und leicht zu finden. Immer wenn Sie sich bei AOL einwählen, sind Sie so lange in deren Welt, bis Sie auf den Knopf *Internet* drücken oder in einem speziellen Dialogfeld eine Internetadresse eingeben. Wenn Sie ins Web wollen, müssen Sie sozusagen den Hintereingang von AOL benutzen, erst in das allgemeine Internet-Angebot von AOL gehen und von dort aus ins World Wide Web. Daraufhin öffnet sich der spezielle AOL-Browser und Sie können durch die Welt surfen. Dort gibt es dann keine AOL Assistenten, Polizisten und übersichtlichen Angebote mehr. Sie sind ganz auf sich selbst gestellt. Sie haben AOL verlassen, obwohl das AOL-Menü noch immer auf Ihrem Bildschirm ist.

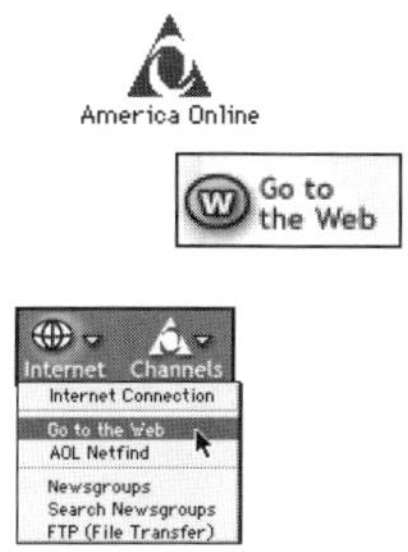

Diese Symbole ändern mit jeder neuen Version der AOL-Software ihr Aussehen. Vielleicht sehen sie bei Ihnen ganz anders aus, aber sie werden Sie immer noch ins Internet bringen.

■ AOL und Netscape

AOL ist in der Tat eine ausgezeichnete Möglichkeit, um Zugang zum Internet und zum World Wide Web zu bekommen. Der AOL-Dienst funktioniert dabei als Ihr Internet Service Provider. Sie zahlen eine monatliche Grundgebühr (derzeit etwa 10 DM), die in der Regel den Gebühren für einen lokalen Provider entspricht, der Ihnen einen direkten Zugang zum Internet bereitstellt.

Falls Sie den Browser von AOL nicht mögen, können Sie auch mit Netscape surfen, während Sie mit AOL verbunden sind. Dazu müssen Sie mindestens AOL Version 3.0 haben. Und das geht folgendermaßen:

1. Wenn Sie nicht bereits ein Alias von Netscape auf dem Schreibtisch liegen haben, legen Sie eines an (siehe Kap. «Aliase» ab Seite 173) und schieben Sie es an eine gut sichtbare Stelle.

2. Wählen Sie sich wie üblich bei AOL ein.

3. Nachdem Sie eine Verbindung hergestellt haben, doppelklicken Sie auf das Netscape-Alias in Ihrem Finder.

Bitte schön! Sie sind im Internet, verwenden Netscape, um durch das World Wide Web zu browsen, und das ganze mit Hilfe Ihres AOL-Accounts. Nachdem Sie Netscape beendet haben, müssen Sie jedoch darauf achten, sich bei AOL ebenfalls wieder abzumelden, sonst läuft im Hintergrund Ihre Verbindung weiter.

- Lohnt sich AOL als Service Provider?

AOL ist ein guter Service. Es gibt alle möglichen Einwände und Beschwerden, aber wie sollte es anders sein. 18 Millionen eifrige Benutzer glücklich zu machen, ist gar nicht so leicht, und es ist klar, daß es hin und wieder Probleme gibt. Im allgemeinen zählt AOL jedoch zu den einfachsten, angenehmsten und am wenigsten komplizierten Zugängen zur Online-Welt. Wenn Sie noch nie zuvor online waren, kann ich Ihnen AOL sehr empfehlen. Sie können das Internet und das World Wide Web mit Leichtigkeit von AOL aus durchforsten. Sie haben fünf eigene E-Mail-Adressen, von denen jede ein eigenes Kennwort hat, also kann Ihre gesamte Familie AOL benutzen. Darüber hinaus gibt es in AOL leicht zu bedienende Eltern-Kontrollfunktionen, mit denen Sie Ihre Kinder vor bestimmten Webseiten abschirmen können.

Wenn AOL nicht bereits auf Ihrem Macintosh installiert ist, können Sie es von einer der zahllosen CD-ROMs installieren, die Sie wahrscheinlich schon in irgendwelchen Fernsehzeitschriften, Illustrierten oder sonstwo hinterhergeworfen bekommen haben. Nachdem AOL installiert ist, doppelklicken Sie auf das AOL-Symbol, Sie werden durch den Anmeldevorgang geführt, und schon sind Sie verbunden. Sie brauchen keine Verbindung mit einem Internet Service Provider herzustellen, um AOL zu benutzen, nicht einmal, wenn Sie einen anderen Browser benutzen wollen als den im AOL-Paket.

Wenn Sie jedoch AOL und seine Dienste nicht unbedingt brauchen, können Sie auch eine direkte Internetverbindung über einen lokalen Internet Service Provider herstellen. Diese Verbindung wird Sie in Verbindung mit einem Browser ins Internet einschließlich World Wide Web bringen, Sie können Newsgroups und Mailinglisten abonnieren und E-Mails verschicken und empfangen. Das Internet ist die große, weite, wilde Welt, während AOL das kleine, beschützte Dorf ist. Natürlich können Sie auch beide Zugangsmöglichkeiten nutzen, doch müssen Sie dann auch doppelte Gebühren bezahlen, für den Service Provider und für AOL.

Und wo bleibt T-Online? Bis vor kurzem hätten wir hier auch den Zugang und das Serviceangebot von T-Online (das ehemalige BTX) beschreiben müssen. Inzwischen versteht sich jedoch T-Online selbst immer mehr als Internet Service Provider denn als spezieller Online-Dienst. Und alle Anbieter, die noch Seiten im T-Online-eigenen BTX- oder KIT-Standard bereitstellen, wurden aufgefordert, diese bis Ende 1999/Anfang 2000 auf HTML umzustellen.

Wenn Sie T-Online als Provider benutzen wollen, sollten Sie unbedingt den Internet Assistent verwenden, da er Ihnen die Konfiguration aller Kontrollfelder weitgehend abnimmt. (Der Internet Assistent ist in Kap. «Mac und Internet» ab Seite 278 beschrieben.)

32

Zu Hause im World Wide Web

Das World Wide Web kann süchtig machen. Und der Umgang damit ist wirklich kinderleicht. Aber auch die Technik, die dahintersteckt, ist von verblüffender Einfachheit und Effektivität. Sie brauchen nur einige wenige Dinge zu wissen, um sich zurechtzufinden. Und obwohl dieses Kapitel nur eine kurze Einführung enthält, dürfte das mehr sein, als die meisten wissen, die bereits im Web herumsurfen.

Was genau sind eigentlich Webseiten?

Im letzten Kapitel erzählte ich Ihnen, daß das World Wide Web aus mehreren Millionen einzelner Webseiten besteht. Diese Seiten entsprechen praktisch genau denen, die Sie in Ihrer Textverarbeitung erzeugen. Tatsächlich sind viele dieser Seiten mit einer Textverarbeitung entstanden, und der dahinterstehende Code kann immer noch in jedem beliebigen Textprogramm betrachtet werden. Das Besondere an Webseiten sind aber die vielgerühmten Hypertext Links – auf Deutsch Hypertext-Verknüpfungen – gewissermaßen aktiver Text, der auf Mausklick eine andere Webseite erscheinen läßt. Das Ganze funktioniert so: Stellen Sie sich vor, Sie öffnen das Inhaltsverzeichnis eines Buches und tippen mit dem Finger auf «Kapitel 3» und schon sind Sie im dritten Kapitel. Hier finden Sie eine Referenz auf ein Buch über griechische Mythologie. Sie tippen wieder auf die Referenz, und schon erscheint das besagte Buch an der entsprechenden Stelle. Das ist, was bei Webseiten mit Hypertext passiert. Einfach fantastisch!

Hypertext ist ein Begriff aus den sechziger Jahren. Der Erfinder dieses Begriffes war ein gewisser Theodor Nelson. Er sagte: «Hypertext ist nonlineares Schreiben – Text, der sich in alle möglichen Richtungen verzweigt und dem Leser verschiedene Möglichkeiten gibt, und der am besten auf einem interaktiven Bildschirm gelesen werden kann. Vereinfacht könnte man sagen, es handelt sich um Reihen von Text-Bruchstücken, die durch Verbindungsglieder (Links) verbunden sind und dem Leser verschiedene Lesepfade durch die Information hindurch anbieten.»

Links

Jede Webseite hat ihre eigenen Links. Wenn Sie mit der Maus auf einen der Links klikken, erscheint eine neue Seite. Es kann ein Link im Text sein oder in einer Grafik. Wenn es ein Text-Link ist, erkennen Sie ihn daran, daß der Text eine andere Farbe hat und unterstrichen ist. Bei einer Grafik ist er manchmal durch einen besonderen Rahmen gekennzeichnet. Selbst wenn es keinen visuellen Hinweis in Form einer Unterstreichung oder eines Rahmens gibt, wissen Sie immer, daß es sich um einen Link handelt, wenn Ihr Mauszeiger sich in eine Hand mit ausgestrecktem Zeigefinger verwandelt.

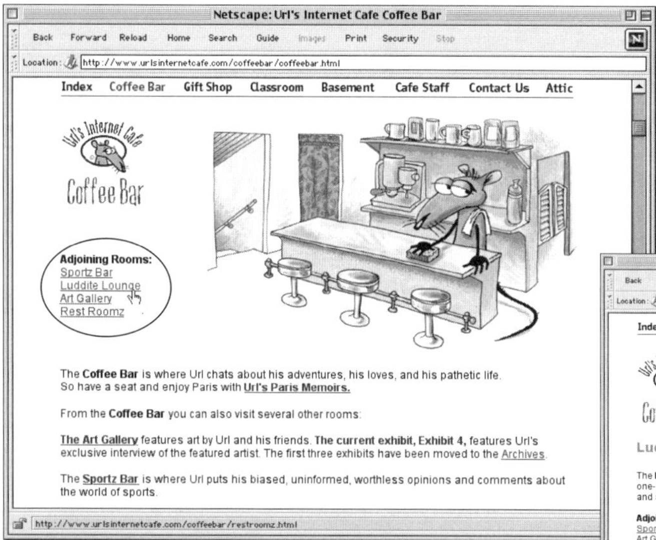

Links sehen Sie eine typische Webseite. Achten Sie auf die winzige Zeigerhand, die auf unterstrichenen Text zeigt – bereit zum Anklicken. Oben auf der Seite sehen Sie eine Reihe von Tastenfeldern, die auch so aussehen, als warteten sie nur darauf, von Ihnen angeklickt zu werden.

Wenn Sie auf den Link oben klicken, springt der Browser auf eine andere Seite, die Sie rechts sehen. Sie sehen, daß auf der neuen Seite weitere Links erscheinen. Sie könnten den Rest Ihres Lebens damit verbringen, von einem Link zum nächsten zu klicken, und Sie hätten nicht einmal einen Bruchteil des gesamten World Wide Web gesehen.

So sieht die Zeigerhand aus, die Sie in Ihrem Browser sehen können, wenn die Maus über einem Link ist. (Oben Netscape Navigator und Internet Explorer, unten America Online .)

Web-Adressen oder URLs

Schon nach kürzester Zeit werden Sie mit Web-Adressen sehr vertraut sein. Genauso wie jedes Haus im Land eine Adresse hat, damit Sie es finden können, hat auch jede Webseite im World Wide Web eine eigene Adresse. Diese Adresse nennt man auch «URL», die Abkürzung steht für «Uniform Resource Locator». Fragen Sie mich bitte nicht, was das bedeutet. Spielt ja auch keine Rolle. Eine typische Web-Adresse sieht jedenfalls in etwa so aus:

http://www.ratz.com/robin/hats.html

Wenn Sie wissen, wofür die einzelnen Teile dieser Adresse stehen, wird Ihnen die Navigation im World Wide Web leichter fallen. Und das bedeuten sie:

http:// Diese Buchstaben stehen für «Hypertext Transfer Protocol», was auch immer das heißen soll. Das Wichtige jedenfalls ist, daß *http* in einer Adresse immer zu einer Webseite führt. Manchmal sehen Sie auch Adressen, die mit anderen Buchstaben beginnen, beispielsweise *ftp://*. Die führen auf alles mögliche, nur nicht auf Webseiten.

www Das steht natürlich für World Wide Web, aber es ist nicht der eigentliche Hinweis, daß Sie (und Ihr Browser) nun auf eine Webseite kommen. WWW ist nur eine von mehreren Gruppen, viele Adressen haben an dieser Stelle andere Buchstaben. (Lediglich das *http* weist darauf hin, daß es sich um eine Webseite handelt.)

ratz.com Dies ist der Name der sogenannten Domain, oder auf Deutsch, Domäne. (Das ist zwar falsch übersetzt, hat sich aber nichtsdestotrotz eingebürgert.) Normalerweise ist es der Name eines Geschäfts oder einer Firma. Das *com* steht für commercial. Sie können sich Ihren eigenen Domänen-Namen kaufen. Ich habe mir ratz.com gekauft. Fragen Sie Ihren Service Provider. Der hilft Ihnen, wenn Sie Ihren eigenen Domain-Namen haben wollen.

Den Punkt spricht man entweder als dot (wie im Englischen), oder als Punkt. ratz.com wird also ausgesprochen: Ratz-Punkt-Com oder Ratz-Dot-Com.

/robin Der Schrägstrich sagt dem Browser, daß er eine Ebene tiefer in das Verzeichnis einsteigen soll, um in dem nächsten Ordner nachzuschauen. In dieser Adresse sagt also der Schrägstrich, daß der Browser zu dem Domain-Namen ratz.com gehen und in einem Ordner namens robin nachschauen soll.

/hats.html Hier ist nun wieder der Schrägstrich, der dem Browser sagt, daß er in dem Ordner nachsehen und die Seite finden soll, die unter dem Namen hats.html dort gespeichert ist. Das *html* ist ein Hinweis darauf, daß es sich um eine Webseite handelt, denn (fast) alle Webseiten haben die Endung *.htm* oder *.html*.

Domain-Namen

Der Name der Domain (oder Domäne) gibt Ihnen einen Hinweis darauf, welche Art von Organisation oder Geschäft hinter dem Namen steht.

Kürzel	Bedeutung
.com	commercial (kommerziell)
.edu	educational (Bildung und Wissenschaft)
.gov	government (amerik. Regierung)
.mil	military (amerik. Militär)
.org	organization (Organisation, zumeist gemeinnützige Vereinigungen)
.net	network (Geschäfte, die mit dem Netz arbeiten, Internet Service Provider)

Da das Internet in den USA erfunden wurde, machte man sich dort zunächst keine Gedanken über internationale Länderkürzel. Erst als das Internet wirklich international wurde, vergab man Länderkennzeichen. Sie stehen am Ende des Namens, zum Beispiel:
***.au** für Österreich (www.magnet.au)*
***.ch** für Schweiz (www.midas.ch)*
***.de** für Deutschland (www.apple.de).*

Es wird in nächster Zukunft weitere Domain-Kürzel geben:

Kürzel	Bedeutung
.nom	persönliche Namen
.firm	Geschäfte
.arts	Kunst
.rec	recreation, d.h. Freizeitaktivitäten
.store	store, d.h. Läden, Versandhäuser
.info	Informationsdienstleister
.web	alles, was mit dem Web zu tun hat

Die Bedienung des Browsers

Suchmaschinen sind spezielle Webseiten, die eine Art Verzeichnis oder Katalog von Webseiten im Internet anbieten.

Wie Sie bereits wissen, ist der Browser die Software, die Webseiten auf Ihrem Computer darstellt. Sie geben die Adresse einer Webseite in Ihrem Browser ein, Sie benutzen Suchmaschinen mit Hilfe Ihres Browsers, Sie schauen Filme an und hören Musik mit Ihrem Browser, Sie können aus Ihrem Browser heraus drucken und vieles mehr. Es ist also wichtig, zu wissen, wie man ihn richtig bedient. Dazu gibt es ausgezeichnete Hilfe-Dateien. Gehen Sie in das Menü *Hilfe* und schauen Sie nach, was es dort über Ihren Browser zu finden gibt. An dieser Stelle kann ich Ihnen nur ein paar nützliche Tips geben, mit denen Sie sofort loslegen können.

- Eine Web-Adresse eingeben

Um eine Web-Adresse einzugeben, tippen Sie sie in das Feld *Adresse* (vielleicht heißt das Feld bei Ihnen anders) oben im Programmfenster unter der Symbolleiste. Nachdem Sie die Adresse eingegeben haben, drücken Sie den Zeilenschalter oder die Eingabetaste, um dem Browser zu sagen, daß er nach der Seite suchen soll.

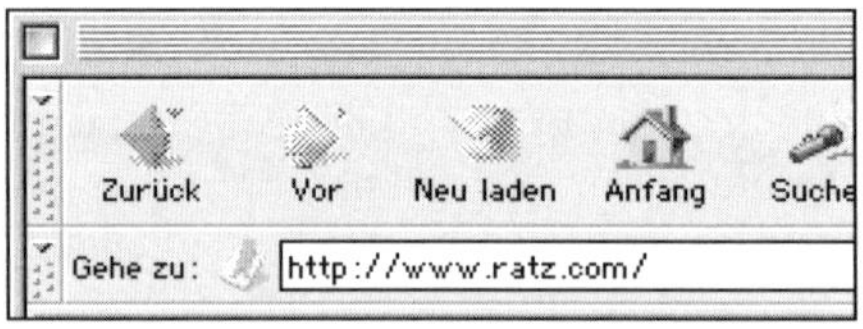

Tippen Sie die Web-Adresse hier ein. Achten Sie darauf, daß die Adresse genau richtig buchstabiert wird, daß Groß- und Kleinbuchstaben genau an der richtigen Stelle sind und daß es keine Leerzeichen in der Adresse gibt. Drücken Sie den Zeilenschalter oder die Enter-Taste nach dem Eingeben.

- Zwischen Seiten wechseln

In der Symbolleiste sehen Sie verschiedene Tastenfelder. Diejenigen, die Sie wahrscheinlich am häufigsten nutzen werden, sind die Tasten für *Vor* und *Zurück*. Mit Hilfe der *Zurück*-Taste können Sie rückwärts durch die Seiten wandern, die Sie bereits besucht haben. Wenn Sie zurückgegangen sind, kann die *Vor*-Taste Sie wieder nach vorne bringen. Sie können auch das Menü *Starten* verwenden, um zu den bereits besuchten Seiten zu gelangen. Vergessen Sie jedoch dabei nicht, daß das Gedächtnis Ihres Browsers immer nur in eine Richtung funktioniert. Sie werden bei Ihren Wanderungen durch das Web merken, daß Sie häufig nicht wieder zu einer besuchten Seite zurückgelangen können. Wenn Sie Ihre Spur zurückverfolgen und dann in eine andere Richtung weitergehen, merkt sich der Browser nur die neue Richtung. Es ist, als würde Ihr Browser die Krümel aufsammeln, die Sie unterwegs verloren haben. Das ist nicht weiter schlimm, Sie dürfen nur nicht vergessen, daß es Ihnen möglicherweise mit Hilfe der *Zurück*-Taste oder des Menüs *Starten* nicht mehr möglich ist, eine Seite wiederzufinden, die Sie vor einigen Minuten vor sich hatten und ganz toll fanden. Wenn Sie eine Seite wirklich gut finden, hinterlassen Sie einfach ein *Lesezeichen* beziehungsweise fügen Sie sie zu Ihren *Favoriten* hinzu (siehe weiter unten). Dann wird diese Webseite Ihnen immer auf Mausklick zur Verfügung stehen.

Klicken Sie irgendwo auf der Seite, halten Sie die Maustaste fest, und nach einem Moment erscheint ein Menü.

Kurzbefehl: Sie können auch vorwärts und rückwärts gehen, indem Sie einfach auf eine freie Stelle auf der Seite klicken. Klicken Sie, halten Sie die Maustaste gedrückt, und ein kleines Menü wird aufspringen, in dem die Befehle *Vor* und *Zurück* zu finden sind. Versuchen Sie es doch mal.

Im Prinzip und sofern der Arbeitsspeicher reicht, können Sie endlos viele Browser-Fenster gleichzeitig geöffnet haben. Das ist sehr praktisch, wenn Sie bei einer Seite angelangt sind, die Sie ganz toll finden oder wenn eine Seite sehr viele Links hat, denen Sie gern nachgehen würden. Wenn Sie das tun, möchten Sie natürlich nicht, daß die Seite verschwindet. Statt also auf den Link, der zu der anderen Seite führt zu klicken, klicken Sie darauf und halten die Maustaste gedrückt. Nach einer Weile springt an der Stelle des Mauszeigers ein Menü auf, das den Eintrag *Neues Fenster mit dieser Verknüpfung öffnen* enthält. Wählen Sie diesen Befehl, darauf öffnet sich ein neues Fenster mit der entsprechenden Webseite, während das alte Fenster nach wie vor geöffnet bleibt.

- Ein neues Browser-Fenster

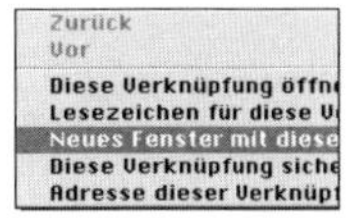

Klicken Sie auf irgendeinen Link und halten Sie die Maustaste gedrückt.

Und nun ein Kurzbefehl, der Ihnen wirklich Arbeit abnimmt: Wenn Sie Netscape oder Internet Explorer (auf dem Mac) verwenden, müssen Sie nicht immer die ganze gräßliche Interent-Adresse mit dem http:// und dem ganzen Buchstabensalat eintippen. Wenn Sie nicht gerade einen Uralt-Browser verwenden, brauchen Sie das ohnehin nicht mehr. Vergessen Sie einfach das http:-Kauderwelsch. Der Rest der Adresse hat das Format *www.irgendwas.com*. Alles, was Sie eintippen müssen, ist eigentlich nur das «irgendwas». Um zum Beispiel zu *www.apple.de* zu kommen, brauchen Sie lediglich «apple» einzugeben und den Zeilenschalter zu drücken.

- Adressen eingeben mit Kurzbefehl

Versuchen Sie außerdem doch einmal folgendes: Tippen Sie in Netscape oder im Internet Explorer (ab Version 4.5) ⌘ - L ein, dann erscheint ein Dialogfeld, in dem Sie eine Adresse zum Öffnen eingeben können. Schreiben Sie apple. Drücken Sie den Zeilenschalter. Wenn die Adressen jedoch andere Domänen-Namenerweiterungen als .de oder .com haben (.org, .net etc), müssen Sie diese zusätzlich eingeben. Und wenn in der Adresse noch andere Schrägstriche oder andere seltsame Zeichen sind, müssen Sie alles, was nach dem Domänennamen steht, auch noch eintragen.

Sie können Ihre Symbolleiste an Ihre persönlichen Vorlieben anpassen – ja, Sie können sie sogar verschwinden lassen! Eines der ersten Dinge, die Sie tun können, ist, die fetten Tastenfelder loszuwerden, damit Sie mehr Platz für Ihre Webseiten haben. Finden Sie die Voreinstellungen Ihres Browsers (normalerweise im Menü *Bearbeiten* unter *Voreinstellungen* oder *Optionen*). Suchen Sie nach dem Abschnitt, der sich mit der Werkzeugleiste befaßt. Probieren Sie aus, was Ihnen am besten paßt.

- Symbolleisten sind Sache der Einstellung!

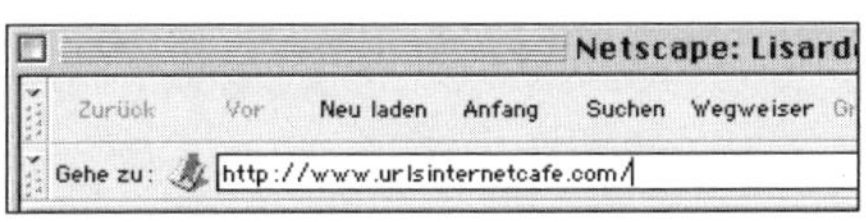

Sehen Sie, wieviel kleiner diese Werkzeugleiste (oben) ist als die auf der vorigen Seite? Finden Sie die Voreinstellungen Ihres Browsers und experimentieren Sie mit den verschiedenen Möglichkeiten.

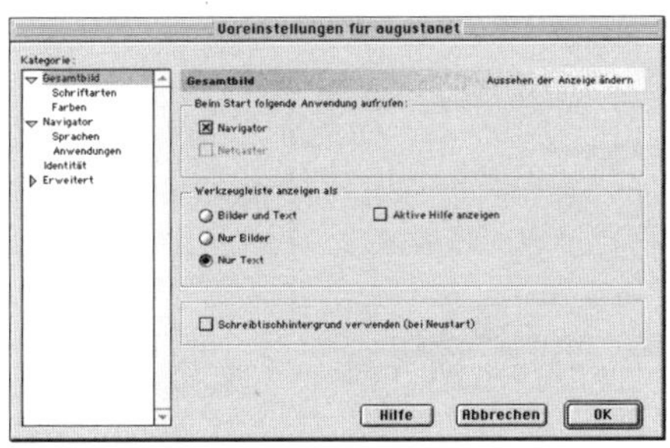

Dies ist das Dialogfeld «Voreinstellungen» im Netscape Navigator.

Im Menü «Voreinstellungen» können Sie «Quick-Info anzeigen» aktivieren, dann bekommen Sie diese kleinen Hinweise, wenn Sie mit dem Mauszeiger über eines der Tastenfelder fahren.

- Passen Sie Ihre Schriftarten an

Eine weitere wichtige Voreinstellung, die Sie ändern können, ist die Darstellung der Schriftart und -größe. Die übliche Voreinstellung ist Times 12 Punkt. Auf einem Macintosh-Bildschirm läßt sich die Times jedoch nicht immer sehr gut lesen, besonders die etwas kleineren Größen. New York hingegen ist eine Schriftart, die eigens für die Darstellung auf dem Mac-Bildschirm entworfen wurde. Ändern Sie doch mal die Einstellung auf New York 10 oder 12 Punkt, und sehen Sie was für einen gewaltigen Unterschied es macht. Und versuchen Sie auch Geneva statt Helvetica!

Links sehen Sie einen Text mit New York 12 Punkt, rechts Times 12 Punkt. Welcher von beiden läßt sich besser lesen, besonders am Bildschirm?

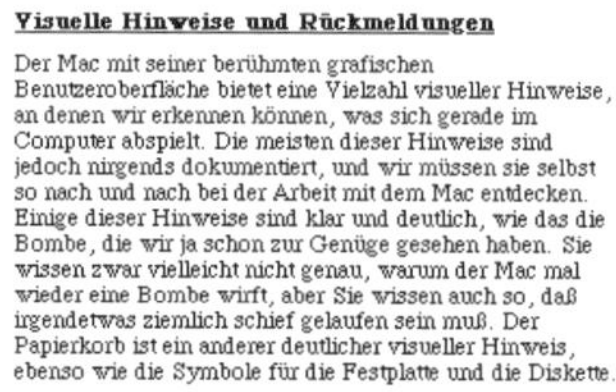

Ändern Sie die Schriftart im Menü *Voreinstellungen* oder *Optionen* in Ihrem Browser. Sie haben verschiedene Möglichkeiten wie *Schrift mit variabler Breite*, *Proportionale Schrift*, *Text*, *Schriftart* oder andere Varianten.

Lesezeichen oder Favoriten

Wenn Sie im Web umherstreifen, werden Sie sicher häufig auf Seiten treffen, die Ihnen richtig gut gefallen und zu denen Sie gern zurückkehren möchten.

Dies ist eine Lesezeichenliste. Immer wenn ich zu einer Seite auf dieser Liste möchte, wähle ich sie einfach aus dem Menü «Lesezeichen» aus. Die Lesezeichen sind fein säuberlich organisiert. Wie Sie so ein Verzeichnis anlegen können, lesen Sie weiter unten.

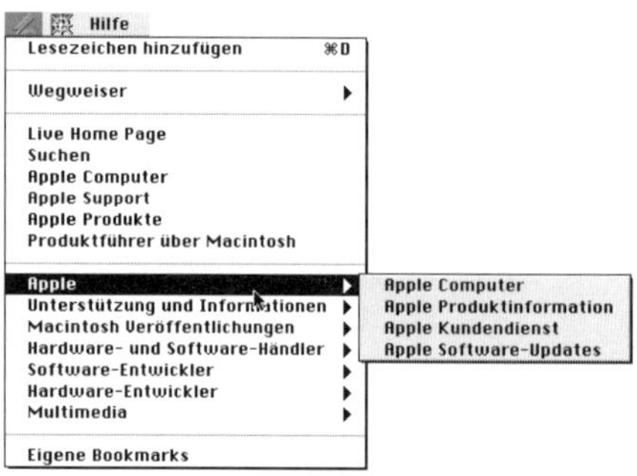

Für diese Seiten können Sie ein *Lesezeichen* anlegen (Netscape Navigator), oder Sie fügen die Seite zu den *Favoriten* hinzu (Microsoft Internet Explorer). Sobald Sie für eine Seite ein Lesezeichen angelegt haben, wird die Seite in Ihrer Lesezeichenliste auftauchen. Anschließend können Sie die Seite einfach aus dem Menü auswählen.

- Lesezeichen oder Favoriten anlegen

Um ein Lesezeichen oder einen Favoriten anzulegen, rufen Sie einfach die Seite auf, für die Sie ein Lesezeichen erstellen möchten. Wenn die Seite dargestellt wird, drücken Sie ⌘ - D. Der Titel der Seite befindet sich jetzt an unterster Stelle in Ihrem *Lesezeichen*- oder *Favoriten*-Menü.

- Lesezeichen oder Favoriten organisieren

Um Ihre Lesezeichen bzw. Favoriten zu organisieren, müssen Sie im Internet Explorer einige Schritte im Menü *Favoriten*, Befehl: *Favoriten verwalten* durchlaufen. Der Ablauf erklärt sich von selbst. In Netscape gibt es noch viel mehr Dinge, die Sie mit Ihren Lesezeichen anstellen können. Sie können alles darüber im *Hilfe*-Menü nachlesen, aber hier ist ein kleiner Tip, wie Sie ganz einfach Ordnung in Ihrem Lesezeichen-Verzeichnis halten können.

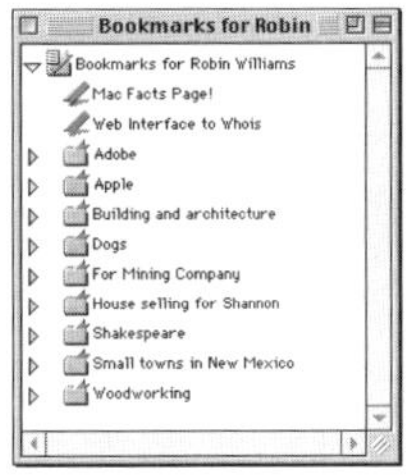

Drücken Sie ⌘ - B, um in das *Lesezeichen*-Fenster aufzurufen (siehe am Rand). Sobald das Fenster aktiv ist, ändert sich Ihr Menü und die darin enthaltenen Befehle. Studieren Sie die Menüs und suchen Sie nach Befehlen wie *Neuer Ordner...*, *Als Ordner-Lesezeichenmenü einblenden* oder ähnliches mehr. Probieren Sie selbst.

Im *Lesezeichen*-Fenster können Sie außerdem einzelne oder mehrere Lesezeichen aus Ordnern herausziehen und in andere verschieben. Sie können Lesezeichen auch löschen, an eine andere Stelle in der Liste ziehen und vieles mehr.

Sie können sogar Ihre Lesezeichenliste als Webseite sichern und sie dann in Ihrem Browser öffnen (wählen Sie dazu aus dem *Ablage*-Menü *Speichern unter...*). Jeder Ordner erscheint als Überschrift, und jedes Lesezeichen wird ein Link!

Inzwischen beherrschen sowohl Netscape als auch Internet Explorer eine neue Funktion, die beim Explorer Symbolleistenfavoriten heißt. Das bedeutet, daß Sie Ihre liebsten Links in einer eigenen, ständig sichtbaren Leiste eintragen können.

Suchwerkzeuge

URLs beliebter Suchmaschinen:
www.Yahoo.de
www.Altavista.de
www.Fireball.de
www.Excite.de
www.Hotbot.com
www.Search.com
www.Goto.com

Sobald Sie wissen, wie Sie Ihren Browser starten können und anfangen zu surfen, haben Sie ein Problem: Es gibt buchstäblich Millionen von Webseiten. Wie finden Sie genau, was Sie brauchen? Sie brauchen ein Suchwerkzeug, auch Suchmaschine genannt. Keine Angst, Sie müssen nicht eigens eine Software kaufen oder installieren. Ihre Werkzeuge finden Sie direkt im Web selbst – in Form spezieller Webseiten. Diese unterscheiden sich von «normalen» Webseiten nur dadurch, daß sie ein oder mehrere Felder enthalten, in die Sie die Begriffe, die Sie finden wollen, eingeben, und das Suchwerkzeug findet sie für Sie.

Es gäbe wirklich sehr viel zu sagen über Suchmaschinen, aber das ist nicht der Inhalt dieses Buches. Ich kann Ihnen hier nur einige wichtige Punkte aufzählen, den Rest müssen Sie selbst herausfinden.

- Erster wichtiger Punkt

Wenn Sie in einer Suchmaschine einen Suchbegriff eingeben, dann läuft diese Suchmaschine nicht auf der ganzen Welt herum, um nachzuschauen, welche Seiten etwas mit Ihrem Suchbegriff zu tun haben könnten. Die Suchmaschine schaut nur in ihrer eigenen Datenbank nach, die sie aufgrund spezieller Kriterien aufgebaut hat. Es gibt viele Suchmaschinen, und jede hat ihre eigenen Kriterien und ihre eigenen Methoden, um Daten zu ihrer Datenbank hinzuzufügen. Wenn Sie beispielsweise in drei verschiedenen Suchmaschinen den Begriff Münsterländer eingeben, werden Sie drei unterschiedliche Listen von Webseiten erhalten, die sich alle irgendwie mit dieser Hunderasse befassen.

Zweiter wichtiger Punkt

Jede Suchmaschine hat verschiedene Regeln, nach denen sie vorgeht, wenn sie Ihre Informationen sucht. Lesen Sie die Tips oder Hilfe-Seiten. Dort werden Sie wichtige Details erfahren, wie Sie einen Suchbegriff eingeben, damit die Suche Erfolg hat. Die Suchmaschinen werden immer besser, und die Regeln ändern sich ständig ein wenig. Wenn Sie also auf Ihrer Lieblingssuchmaschine nach einem neuen Begriff suchen, sollten Sie sich noch einmal die Hilfe-Abteilung dieser Suchmaschine zu Gemüte führen.

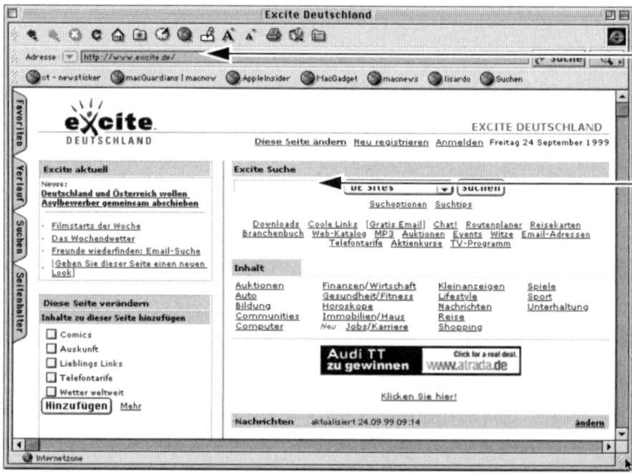

In diesem Feld steht die Adresse (URL) der aktuellen Seite (hier http://www.excite.de/).

Tippen Sie hier Ihren Suchbegriff ein. Setzen Sie einen Begriff, den Sie als ganzen Begriff suchen, in Gänsefüßchen (beispielsweise «Mac-ev». Anschließend klicken Sie auf «Suchen» oder drücken Sie den Zeilenschalter. Was dabei herauskommt, sehen Sie auf der nächsten Seite.

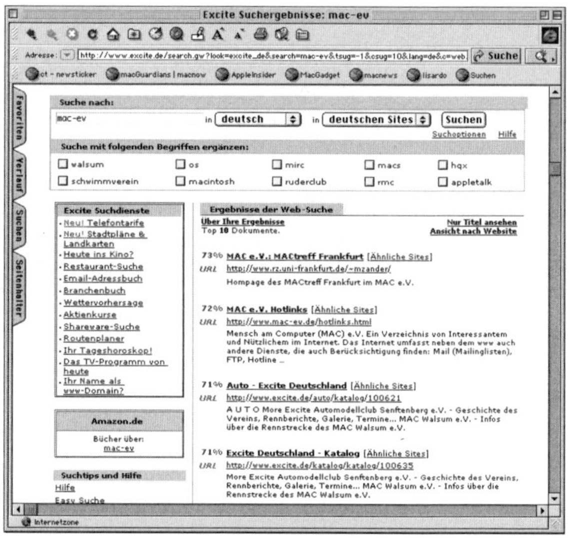

Dies sind die Ergebnisse einer einfachen Suche, wie sie auf der vorigen Seite gezeigt wurde. Wenn Sie die Suche noch weiter spezialisieren wollen, lesen Sie in den Hilfe-Seiten oder in den Tips in diesem Buch nach.

Andere Werkzeuge

Einige Suchmaschinen funktionieren am besten, wenn man die Suchbegriffe in Anführungszeichen eingibt. Bei anderen dagegen kommt man eher zum Ziel, wenn man sich immer tiefer in ihre Auswahl von Webseiten hineinbohrt. Wahrscheinlich werden Sie sehr häufig die Suchseiten von Yahoo ansteuern. Statt einen bestimmten Suchbegriff einzugeben und Yahoo suchen zu lassen, versuchen Sie doch einmal, sich durch die verschiedenen Kategorien des systematischen Verzeichnisses hindurchzuklicken. Klicken

Sie in eine Kategorie und dann immer weiter in die Unterkategorien hinein, um Ihre Wahl einzuengen.

Woher wissen Sie, welche Suchmethode sich für eine Suchmaschine eignet? Lesen Sie die Hilfe-Seiten und die Tips zu jeder Suchmaschine, die Sie meistens über die Startseite finden können. Bohren Sie sich in die Kategorie Computer bei Yahoo hinein, gehen Sie in die Tiefe, bis Sie Artikel über die Suche im Web finden. Das Internet selbst ist die beste Informationsquelle darüber, wie man Dinge im Internet anstellen kann. Sie müssen die Sachen nur finden.

■ Die richtige Suchmethode

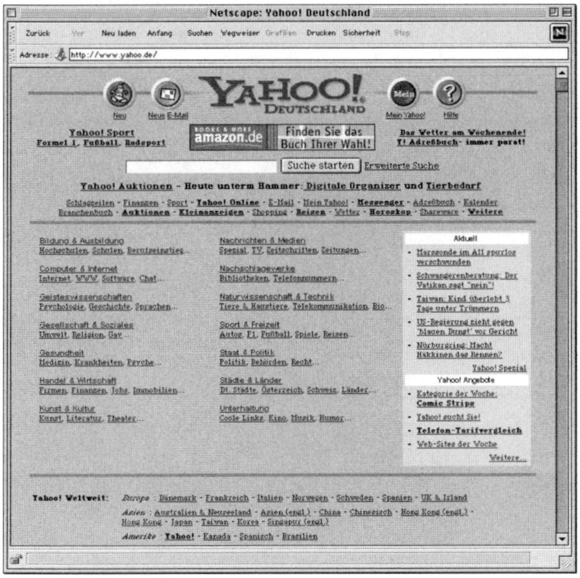

Klicken Sie auf «Computer und Internet», dann auf die Seite, die erscheint, wenn Sie «World Wide Web» anklicken, dann auf «Web durchsuchen».

Hier können Sie in einer ganzen Reihe von Artikeln und weiterführenden Links nachschlagen, was es alles über die Suche im Web zu finden gibt.

33

Mac und Internet

Der Mac hat eine Reihe von Features, die extra entwickelt wurden, Sie schnell und problemlos ins Internet zu bringen. Mit diesen speziellen Funktionen können Sie den Verbindungsaufbau weitgehend an Ihre aktuelle Konfiguration anpassen; was Sie im einzelnen für die Verbindung zum Internet benötigen, hängt allerdings von vielen Faktoren ab. Dieses Kapitel soll als Referenz zum Nachschlagen dienen, als Ergänzung des Handbuches und der Mac OS-Hilfe – für den Fall, daß Sie darüber hinaus noch Hilfe benötigen. Wenn Sie bereits mit dem Internet verbunden sind und alles ganz wunderbar funktioniert, brauchen Sie dieses Kapitel erst gar nicht aufzuschlagen. Schalten Sie in diesem Fal lieber Ihren Computer ein und surfen Sie nach Herzenslust durchs World Wide Web.

Der erste Schritt

Wenn Sie noch nicht mit dem Internet verbunden sind, sollten Sie zunächst die beiden vorangegangenen Kapitel lesen. Anschließend lesen Sie am besten dieses Kapitel bis zum Abschnitt **Das Kontrollfeld Internet**, ab dem es um die verschiedenen Kontrollfelder und andere spezifische Einstellmöglichkeiten geht. So können Sie sich einen Überblick über den gesamten Prozeß verschaffen.

Seit Mac OS 8.5 gibt es beim Mac einen *Internet Assistenten*, der Sie durch die einzelnen Schritte der Verbindung zum Internet führt. Als allererstes müssen Sie sich entscheiden, ob Sie eine Verbindung über AOL herstellen möchten oder ob Sie eine individuelle Verbindung über einen Internet Service Provider (ISP) bevorzugen. Und falls Sie zu den Glücklichen gehören, deren Büro eine feste Netzwerkverbindung ins Internet hat, dürfen Sie sich außerdem entscheiden, ob Sie diese verwenden wollen. (Sie wollen!)

Nach dem Abschnitt über das eigentliche Herstellen der Verbindung geht es im Rest dieses Kapitels darum, wie die einzelnen Kontrollfelder und speziellen Dialogfelder Ihres Macs eingestellt werden. Sobald Sie die Verbindung hergestellt haben und alles gut funktioniert, sollten Sie lieber die Finger von den Einstellungen lassen, es sei denn, Sie müssen wirklich etwas verändern. Möglicherweise möchten Sie dieses Kapitel aber einfach durchlesen, obwohl Sie es im Moment nicht unbedingt brauchen – damit Sie die Materie besser durchschauen.

Sie brauchen ein Modem

Natürlich müssen Sie, bevor Sie überhaupt eine Verbindung herstellen können, erst einmal ein Modem oder irgendeine andere Möglichkeit haben, um eine Verbindung zum Internet aufzubauen. Falls es auf der Rückseite oder an der Seite Ihres Macs neben den anderen Anschlüssen so etwas wie eine Telefonbuchse gibt, haben Sie ein internes Modem. Verwechseln Sie den Modemanschluß jedoch nicht mit dem Ethernetanschluß! Der Modemanschluß hat genau die Größe eines normalen Telefonkabels. Der Ethernetanschluß sieht sehr ähnlich aus, ist aber etwas größer – ein Telefonkabel würde nicht richtig einrasten. Falls Sie also einen internen Modemanschluß haben, brauchen Sie nur ein Ende des Telefonkabels in den Mac und das andere Ende in die Telefonbuchse in der Wand zu stecken.

Mit Telefonbuchse ist hier nicht die Telekom-übliche TAE-Buchse gemeint, sondern eine Buchse für die in den USA allgemein üblichen flachen Western-Stecker, die zum Beispiel zwischen Telefon und Hörer verwendet wird. Aber keine Sorge! Apple legt normalerweise den passenden Adapter für Ihr Land bei.

Falls Sie kein internes Modem haben, müssen Sie ein Modem kaufen und es einstöpseln, bevor Sie eine Internetverbindung herstellen können. (Ein Modem wird mit dem seriellen Anschluß verbunden, das ist die kleine runde Buchse, die genauso aussieht wie Ihr Druckeranschluß.) Befolgen Sie die Anweisungen im Handbuch Ihres Modems. Normalerweise verbinden Sie den Mac mit dem Modem durch ein serielles Kabel und das Modem mit dem Telefonanschluß durch ein Telefonkabel. Oder Sie schalten Ihr Telefon zwischen Modem und Computer oder verwenden noch eine andere Anschlußart.

Der leichte Weg ins Internet: Internet Assistent

Der **Internet Assistent** erleichtert Ihnen die Verbindung zu einem Internet Service Provider enorm. Zwei wichtige Dinge sollten Sie wissen, bevor Sie sich auf den Internet Assistenten stürzen:

Das ist das Icon des Internet Assistenten.

Falls Sie sich für AOL als Weg ins Internet entscheiden, brauchen Sie den Internet Assistenten überhaupt nicht. (Lesen Sie dazu den Abschnitt in diesem Kapitel über AOL und das Internet.)

Wenn Sie sich nicht bei AOL anmelden wollen, oder wenn Sie zwar AOL haben, aber speziell für die Internetverbindung zusätzlich einen lokalen Internet Service Provider bevorzugen, müssen Sie erst den Kontakt zu einem Service Provider herstellen. Kontakt herstellen heißt in diesem Fall folgendes:

- **Möglichkeit A:** Sie rufen einen lokalen oder überregionalen Service Provider (ISP) an und sagen ihm, daß Sie seine Dienste in Anspruch nehmen wollen, melden sich bei ihm an und bezahlen die geforderten Gebühren. Man schickt Ihnen dann vielleicht eine CD-ROM mit der notwendigen Software und einer Anleitung, wie diese zu installieren ist. Darüber hinaus wird man Ihnen all die seltsamen Informationen geben, nach denen Sie der Internet Assistent fragen wird.

- **Möglichkeit B:** Falls Sie keinen lokalen Provider nutzen wollen, bietet Ihnen der Internet Assistent einige überregionale Lösungen an. Wenn Sie Ihre Kreditkarte zur Hand haben, können Sie sich bei einigen Anbietern schon während des Konfigurationsvorgangs anmelden. All die seltsamen Informationen werden dann automatisch für Sie eingetragen, und Sie können direkt online gehen.

- **Möglichkeit C:** Sie befinden sich in einem Büro, das über ein lokales Netzwerk (LAN) verfügt – das heißt, daß die Computer in Ihrem Büro oder im gesamten Gebäude miteinander vernetzt sind. In diesem Fall sollten Sie statt des Internet

Service Providers Ihren hausinternen Netzwerktechniker nach den Angaben für den Internet Assistent fragen.

- Internet Assistent verwenden

Bei der Standardinstallation des Mac OS wird ein Alias des Internet Assistenten auf dem Schreibtisch angelegt, das Sie einfach mit einem Doppelklick öffnen.

Falls das nicht der Fall ist und Sie das Symbol für den Internet Assistenten auch sonst nirgends sehen (es befindet sich normalerweise in einem Ordner namens Assistenten), benutzen Sie einfach die Suchfunktion Sherlock (Kap. «Sherlock» ab Seite 180), um es zu finden. Doppelklicken Sie darauf.

*;-) ist das wohl berühmteste **Emoticon**, auf das Sie im Internet immer wieder treffen werden. Es symbolisiert ein Augenzwinkern (drehen Sie Ihren Kopf nach links oder das Buch nach rechts!) und heißt, daß das zuvor Gesagte nicht so ernst zu nehmen ist.*

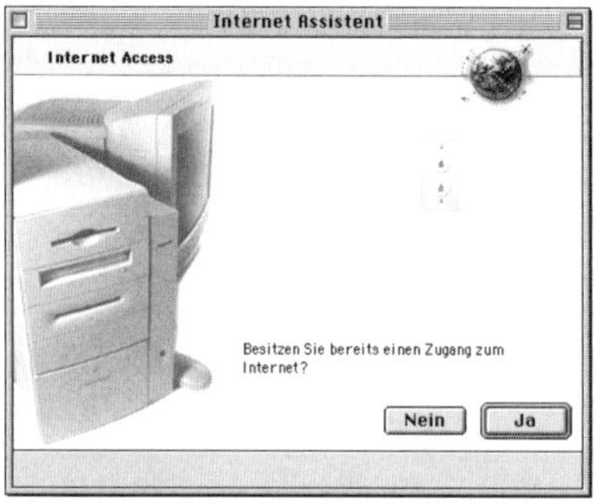

Im ersten Fenster des Internet Assistenten werden Sie gefragt, ob Sie wirklich Ihren Computer für das Internet konfigurieren wollen. Wenn Sie hier *Nein* anklicken, brauchen Sie auch nicht weiterzulesen ;-).

Im nächsten Bild werden Sie gefragt, ob Sie bereits einen Zugang zum Internet besitzen. Dies ist eine wirklich wichtige Frage, denn abhängig von Ihrer Antwort unterscheiden sich die weiteren Schritte.

- Wählen Sie **Nein**, wenn Sie noch keine eigene Verbindung zum Internet haben, oder wenn Sie eine zusätzliche, neue Verbindung herstellen wollen. So könnten Sie beispielsweise bereits Mitglied bei AOL sein, aber dennoch eine direkte Verbindung ins Internet wünschen. Oder zwei Leute benutzen denselben Computer, und jeder möchte für seine Internet-Verbindung getrennt abrechnen. Fahren Sie in diesem Fall mit dem folgenden Abschnitt **Eine neue Internet-Verbindung einrichten** fort.

- Antworten Sie mit **Ja**, wenn Sie bereits über eine eigene Verbindung auf einem anderen Computer im Büro oder zu Hause verfügen, und wenn Sie diese Verbindung nun auf diesem Computer einrichten wollen. Oder wenn Sie Kontakt mit einem lokalen oder überregionalen Internet Service Provider aufgenommen haben und bereits über alle Informationen zum Eingeben verfügen. Oder wenn Sie sich in einem lokalen Netzwerk (LAN) befinden, wie es in großen Büros üblich ist, und diesen Computer mit diesem Netzwerk verbinden wollen. Springen Sie nun zum Abschnitt **Eine bestehende Internet-Verbindung einrichten** auf Seite 283.

Eine neue Internet-Verbindung einrichten

Was Sie nun auf **Seite 1** des Internet Assistenten lesen, bedeutet nichts weiter als daß Sie im weiteren Verlauf zu einer Seite geführt werden, auf der Sie einen Internet Service Provider (ab jetzt werden wir ihn mit *ISP* abkürzen) aus einer Liste wählen können. Genau genommen können Sie pro Land (Deutschland, Österreich, Schweiz) sogar zwischen zwei oder drei Anbietern wählen. Das ist zwar recht praktisch, wenn Sie sich noch nicht so gut auskennen, es gibt aber noch weitaus mehr Anbieter – Anbieter, die teilweise für Sie günstiger sind. Und die Konditionen ändern sich praktisch wöchentlich.

Wenn Sie mit diesem Vorgang weitermachen, werden Sie irgendwann eine Telefonnummer zur Einwahl angeboten bekommen. Falls Sie es sich zwischenzeitlich doch noch anders überlegen, können Sie – selbst wenn Sie schon online sind – den Prozeß immer noch abbrechen, um doch lieber noch zu warten, um einen Freund um Rat zu bitten, oder die einschlägigen Magazine zu wälzen, oder um noch zusätzliche Angebote herauszusuchen.

Viele der angebotenen Provider haben mehr oder weniger kompetente Hotlines, die Ihnen mit Rat und Tat zur Seite stehen.

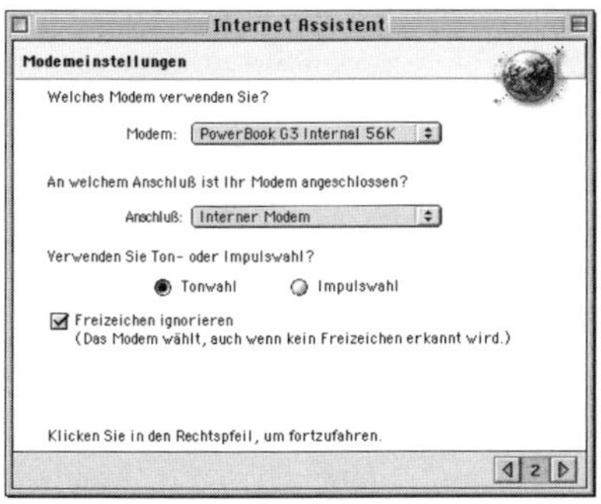

Seite 2. Klicken Sie auf das Menü neben *Modem:*, um in die Liste der unterstützten Modems zu gelangen. Falls Sie nicht genau Ihr Modell in der Liste finden, versuchen Sie es mit einem anderen Modell derselben Marke oder nehmen Sie ein Hayes-Modem.

Falls Sie ein internes Modem haben, wählen Sie diese Option im Menü neben *Anschluß:*. Wenn nicht, wählen Sie den entsprechenden Modemanschluß aus.

Die meisten modernen Telefone verwenden Tonwahl. Wenn Sie ein Telefon mit Tasten haben, arbeitet es meistens mit Tonwahl. Das können Sie ganz einfach testen: Wenn Sie beim Wählen Töne hören, arbeitet es mit Tonwahl. Falls es statt dessen beim Wählen rattert, arbeitet Ihr Telefon mit Impulswahl. Falls Sie noch eines der alten Telefone mit Wählscheibe haben, dann funktioniert es garantiert noch mit Impulswahl. (Impulswahl ist nicht so toll für Datenübertragung im Internet.)

Meistens empfiehlt es sich, die Option «Freizeichen ignorieren» anzukreuzen. Das Modem wählt dann auf jeden Fall durch, auch wenn Ihr Telefon zwischendurch ein Freizeichen tutet. Falls Sie eine (ISDN-)Telefonanlage verwenden, sollten Sie diese Option auf jeden Fall einschalten, weil viele Telefonanlagen ein eigenes Freizeichen erzeugen, das vom Modem nicht als solches erkannt wird.

Falls Sie auf der Leitung, mit der Sie online gehen wollen, Makeln und Anklopfen aktiviert haben, schalten Sie diesen Dienst aus. Denn wenn jemand anruft, während Sie online sind, wird die Verbindung automatisch unterbrochen, wenn es anklopft.

Die Seiten 3 und 4 des Internet Assistenten erklären sich von selbst.

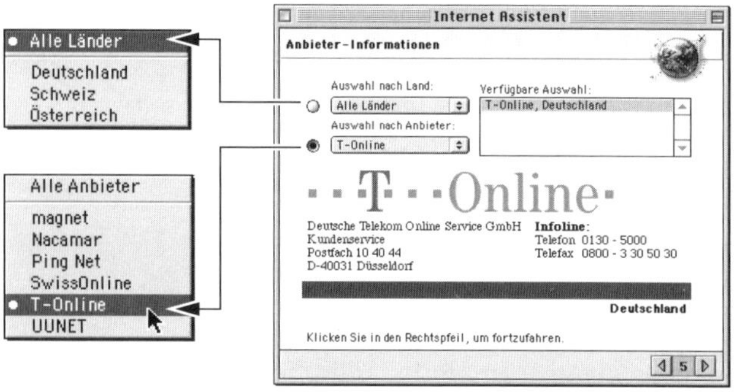

Seite 5. Hier haben Sie die Qual der Wahl. In der Listenauswahl können Sie einige überregionale Provider auswählen, je nachdem, ob Sie sich in Österreich, in Deutschland oder in der Schweiz befinden. Wählen Sie einen aus und klicken Sie anschließend in den Rechtspfeil, um weitere Details dieses Anbieters zu sehen. Es empfiehlt sich jedoch in jedem Fall, noch einmal näher nachzufragen und die angegebene Service-Hotline anzurufen. Denn mittlerweile können sich die Angebote schon wieder verändert haben, so daß die Angaben auf Ihrem Bildschirm veraltet sind.

Seite 6. Auf dieser Seite steht das Kleingedruckte des Anbieters, den Sie auf der vorigen Bildschirmseite des Internet Assistenten ausgewählt haben.

Seite 7. Jetzt sind Sie nur noch einen Schritt von der eigentlichen Einwahl ins Internet entfernt. Falls Sie eine Null oder eine Neun wählen müssen, um eine Amtsleitung zu bekommen, müssen Sie die vor der eigentlichen Nummer noch eintragen. Falls sich die Telefonanlage außerdem gerne ein bißchen Zeit läßt, ehe sie eine Amtsleitung freigibt, tragen Sie nach der Null oder Neun noch ein oder zwei Kommas vor der eigentlichen Nummer ein. Dadurch wird das Modem angewiesen, nach der ersten Ziffer eine Pause zu machen.

Ebenso ist es nun Zeit, Anklopfen und Makeln zu deaktivieren. (Schauen Sie im Handbuch Ihres Telefons nach oder erkundigen Sie sich bei Ihrer Telefongesellschaft, was Sie tun müssen, um diese Dienste zu deaktivieren.)

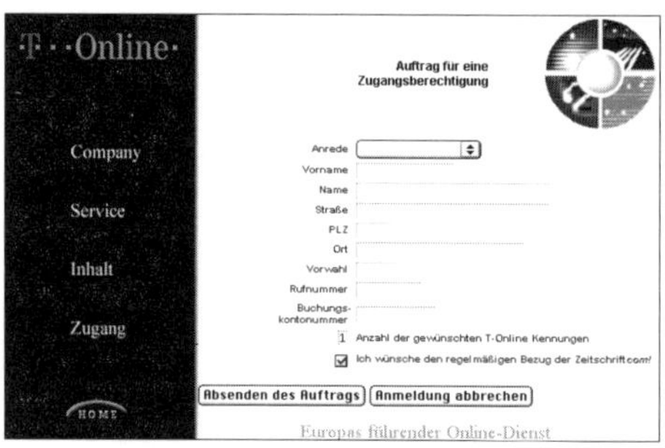

Wenn Sie nun den Rechtspfeil klicken, wählt sich der Computer mit Hilfe Ihres Modems ein – in der Regel auf einer gebührenfreien Nummer –, und die Anmeldeseite Ihres gewählten Providers erscheint auf Ihrem Bildschirm.

Im Internet. Je nachdem, auf welcher Anmeldeseite Sie jetzt gelandet sind, können Sie gleich anfangen, Ihre Wunsch-E-Mail-Adresse einzugeben, oder Sie navigieren sich durch ein mehr oder weniger unterhaltsames Frage-und-Antwort-Spiel hindurch, an dessen Ende Sie angemeldeter Benutzer eines Internet-Provider-Services sind. Achten Sie auf das Kleingedruckte!

Herzlichen Glückwunsch! Sie haben sich nun erfolgreich im Internet eingeloggt und gehören jetzt zur stündlich wachsenden Internet-Gemeinde. Lesen Sie als nächstes den Abschnitt über das Ein- und Ausloggen auf Seite 288 dieses Kapitels. Anschließend sollten Sie sich die Informationen über das Kontrollfeld *Internet* zu Gemüte führen.

Eine bestehende Internet-Verbindung einrichten

Wenn Sie im Internet Assistent auf die Frage *Besitzen Sie bereits einen Zugang zum Internet?* laut und deutlich mit *Ja* geantwortet haben, dann sind Sie hier richtig. Als erstes werden Sie nun aufgefordert, Ihre Internet-Konfiguration zu benennen; tun Sie das!

Wählen Sie die Bezeichnung der Konfiguration so, daß Sie sie in einer Liste leicht wiedererkennen; verwenden Sie beispielsweise den Namen der Person, der das Internetkonto gehört, oder den Namen des Providers.

Jetzt sollten Sie sämtliche Angaben bereithalten, die Sie gleich in die diversen Eingabefelder eintragen müssen. Dazu gehören zum Besipiel die Telefonnummer Ihres Providers, Ihr Benutzername (Ihr Log-In) und Ihr Kennwort, außerdem die Daten Ihres E-Mail-Accounts (E-Mail-Log-In, Kennwort, E-Mail-Adresse).

Wichtig! Der Benutzername und das Kennwort, mit denen Sie die Verbindung zu Ihrem Provider aufbauen, sind nicht automatisch identisch mit denen, die Sie für Ihre E-Mail brauchen! Häufig weisen Provider ihren Benutzern bestimmte Namen und Kennwörter zu, und die Benutzer wissen nicht einmal, wie die lauten! Fragen Sie ausdrücklich nach diesen Informationen! Es dient zu Ihrem Schutz!

Falls Sie Teil eines Firmennetzwerks sind, klicken Sie den *Netzwerk*-Knopf. Einige der Dialogfelder, die Sie sehen, werden etwas anders aussehen als die im Buch, weil Sie andere Daten eingeben müssen. Holen Sie sich in diesem Fall die Angaben zu *IP-Adresse*, *Teilnetzmaske* und *Router-Adresse* usw. von Ihrem Netzwerk-Administrator (auch SysOp genannt). Der oder die weiß was damit gemeint ist und kann Ihnen helfen.

Seite 3. Klicken Sie auf das Menü neben *Modem:*, um in die Liste der unterstützten Modems zu gelangen. Falls Sie nicht genau Ihr Modell in der Liste finden, versuchen Sie es mit einem anderen Modell derselben Marke, oder nehmen Sie ein Hayes-Modem.

Falls Sie ein internes Modem haben, wählen Sie diese Option im Menü neben *Anschluß:*. Wenn nicht, wählen Sie den entsprechenden Modemanschluß aus.

Die meisten modernen Telefone verwenden Tonwahl. Wenn Sie ein Telefon mit Tasten haben, arbeitet es meistens mit Tonwahl. Das können Sie ganz einfach testen: Wenn Sie beim Wählen Töne hören, arbeitet es mit Tonwahl. Falls es statt dessen beim Wählen rattert, arbeitet Ihr Telefon mit Impulswahl. Falls Sie noch eines der alten Telefone mit Wählscheibe haben, dann funktioniert es garantiert noch mit Impulswahl. (Impulswahl ist nicht so toll für Datenübertragung im Internet.)

Meistens empfiehlt es sich, die Option *Wählton ignorieren* anzukreuzen. Das Modem wählt dann auf jeden Fall durch, auch wenn Ihr Telefon zwischendurch ein Freizeichen tutet. Falls Sie eine (ISDN-)Telefonanlage verwenden, sollten Sie diese Option auf jeden Fall einschalten, weil viele Telefonanlagen ein eigenes Freizeichen erzeugen, das vom Modem nicht als solches erkannt wird.

Falls Sie auf der Leitung, mit der Sie online gehen wollen, Makeln und Anklopfen aktiviert haben, schalten Sie diesen Dienst aus. Denn wenn jemand anruft, während Sie online sind, wird die Verbindung automatisch unterbrochen, wenn es anklopft.

Seite 4. Ihr Service-Provider gibt Ihnen die Telefonnummer, die Sie hier eintragen müssen. Diese Nummer wählt Ihr Computer, um eine Verbindung mit dem ISP herzustellen. (Es ist nicht die Nummer, die Sie wählen, um mit jemandem dort zu sprechen!)

Der Login-Name oder die User ID und das Kennwort sind – wie schon erwähnt – nicht dieselben wie Ihr Benutzername und Ihr Kennwort für Ihre E-Mail! Besorgen Sie sich auf jeden Fall den Namen und das Kennwort, die Ihr Provider eigens für die Einwahl vergeben hat.

Seite 5. Im Normalfall brauchen Sie hier nur *Nein* wählen und einen Schritt weiterzugehen. Nur, wenn Ihnen Ihr Provider ausdrücklich mitgeteilt hat, daß Sie ein Verbindungsskript zur Einwahl brauchen, und Ihnen dazu eine Datei auf Diskette oder ähnliches gegeben hat, müssen Sie hier *Ja* wählen. Damit der Macintosh dieses Verbindungsskript verwenden kann, müssen Sie die Datei auf den geschlossenen Systemordner ziehen. (Der Mac wird das Skript für Sie in den Ordner *Modemskripte* ablegen.) Fragen Sie Ihren Provider, zu was das Skript gut ist.

Seite 6. Nur wenn Sie permanent mit einem (Firmen-)Netzwerk verbunden sind, haben Sie eine feste IP-Adresse. Sie haben zwar auch eine IP-Adresse, wenn Sie sich von zu Hause per Modem einloggen, doch die Nummer dieser Adresse wird zufällig vergeben, wenn Sie sich einwählen. (Man nennt so etwas dynamische IP-Adresse – nur falls Sie jemand mal frägt …) Falls Sie in einem Netzwerk sind, fragen Sie Ihren Netzwerk Administrator nach Ihrer IP-Adresse.

Seite 7. Diese Information erhalten Sie ebenfalls von Ihrem Service Provider. Meistens erhalten Sie mindestens zwei verschiedene DNS-Adressen. Geben Sie die erste ein, drükken Sie die Return-Taste, und geben Sie dann die zweite ein. Es empfiehlt sich, diese Zahlen irgendwo zu notieren, weil Sie sie garantiert irgendwann noch einmal in irgendein Eingabefeld eintippen müssen.

Der Domain- oder Host-Name ist häufig derselbe wie der Name Ihres E-Mail-Kontos.

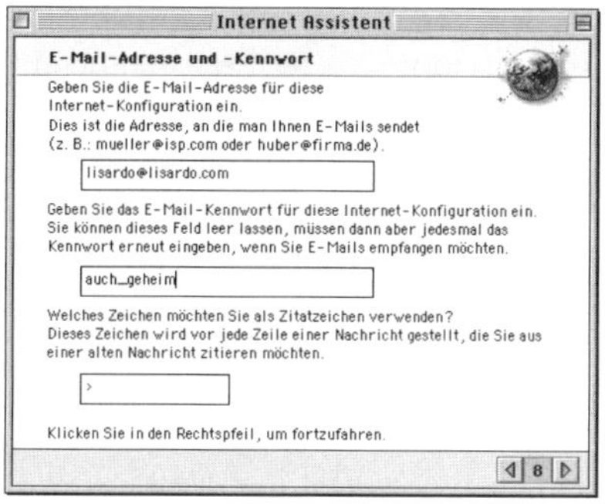

Seite 8. Achten Sie auf den Unterschied zwischen diesem Dialogfeld und dem folgenden. In diesem werden Sie nach Ihrer E-Mail-Adresse gefragt und in dem nächsten nach Ihrem E-Mail-Konto. Oft sind beide identisch, manchmal aber auch nicht. Das E-Mail-Konto ist immer diejenige E-Mail-Adresse, mit der Sie bei Ihrem Provider angemeldet sind. Mein E-Mail-Konto beispielsweise lautet *robin@nets.com* bei meinem lokalen Service Provider. Da ich jedoch außerdem eine eigene Domain habe, gebe ich überall *robin@ratz.com* als E-Mail-Adresse an. Diese Adresse wird jedoch auf das eigentliche Konto bei meinem Provider umgeleitet. Wenn Sie sich erst gerade bei einem Provider registriert und von ihm eine E-Mail-Adresse erhalten haben, geben Sie in dem oberen Feld im nächsten Fenster genau dasselbe wie in diesem Fenster ein. Fragen Sie ihn, ob Ihre E-Mail-Adresse und Ihr E-Mail-Konto gleich lauten.

Während der Eingabe erscheint Ihr persönliches Kennwort in Klartext; das bedeutet, daß es jeder, der Ihnen zufällig über die Schulter schaut, mitlesen kann. Allerdings muß diese Person sehr schnell sein, denn sobald Sie das Feld verlassen, werden alle Zeichen durch Bullets (•) ersetzt.

Das Zitatzeichen ist das Zeichen, das Sie in E-Mails sehen, wenn Ihnen jemand geantwortet hat und Teile Ihrer E-Mail als Zitate (oder auch die ganze E-Mail) in der Antwort wiedergegeben sind. Üblicherweise sieht es wie ein Größer-als-Zeichen aus (>), Sie können aber auch ein anderes Zeichen wählen.

Die meisten E-Mail-Programme stellen darüber hinaus Zeilen, die mit diesem Zitatzeichen beginnen, auf Wunsch in einer anderen Farbe dar, was die Lesbarkeit deutlich erhöht. Dazu müssen Sie allerdings ein wenig in den Voreinstellungen bzw. Optionen Ihres E-Mail-Programms herumstöbern.

Seite 9. Die korrekten Informationen für dieses Dialogfeld erhalten Sie ebenfalls von Ihrem Provider. Achten Sie auf den *SMTP Host*. Der Begriff wird Ihnen wieder begegnen, und sie sollten sich den Namen Ihres SMTP Host merken. Wenn Sie sich an den erinnern können, können Sie sich ohne weiteres zur illustren Oberschicht der Power User zählen und auf die Bewunderung Ihrer Mitmenschen rechnen.

Seite 10. Hier werden Sie nach dem Server für Newsgroups gefragt (vergleiche Kap. «Was ist das Internet?» ab Seite 262). Weil es so viele Newsgroups gibt, können nur wenige Provider den Zugang zu allen ermöglichen. Viele ISPs arbeiten daher mit anderen Servern (Hosts) zusammen, um ihren Benutzern Zugang zu deren Newsgroups zu geben. Wenn Ihr ISP die Newsgroups nicht hat, die Sie brauchen, können Sie ihm das sagen, und er abonniert sie für Sie. Das Ganze sollte Sie keinen Pfennig kosten.

Ihr ISP wird Ihnen sagen, was Sie hier eintragen sollen. Falls Sie zunächst keine Newsgroups in Anspruch nehmen wollen, können Sie dieses Feld leer lassen. Wenn Sie es sich dann später doch noch anders überlegen, können Sie hier jederzeit einen Host-Namen nachtragen.

Seite 11. Hier werden Sie gefragt, ob Sie einen *Proxy-Server* verwenden wollen. Was ist das nun wieder? Zur Beantwortung dieser Frage müssen wir ein wenig ausholen. Wenn Sie im Internet eine Webseite aufrufen – nehmen wir als Beispiel *http://www.ratz.com/hats.html*, dann passiert genaugenommen folgendes: Ihr Browser schickt an den Server Ihres Providers die Aufforderung, diese Seite zu schicken. Dieser wiederum muß zuerst den Domain Name Server befragen, welche IP-Adresse *www.ratz.com* hat. Sobald das beant-

wortet ist, fordert der Server die Seite hats.html bei dem Server mit der entsprechenden IP-Adresse an. Das geht aber nicht einfach so in der Art von: «Hey, du ratz-Server, schick mir mal die Datei hats.html» – da könnte ja jeder kommen. Zuerst muß sich der anfragende Server höflich vorstellen, und dann erzählt ihm der ratz-Server seinerseits seine Lebensgeschichte, und nach ein wenig hin und her kommen die beiden Server endlich zur Sache. Nach menschlichen Maßstäben geht das Ganze dennoch rasend schnell, doch weil Computer scheinbar gleichzeitig mit mehreren anderen Computern sprechen können und sich ständig viele Leute im Netz herumtreiben, kann es alles in allem eine ganze Weile dauern, bis Sie die gewünschte Seite sehen. Umgekehrt gibt es aber viele Webseiten, die mehrmals täglich von vielen Leuten angefordert werden, und hier kommt unser Proxy-Server wieder ins Spiel. Statt nun die Seite jedesmal von neuem bei dem entsprechenden Server anzufordern, kopiert der Proxy-Server häufig gewünschte Seiten auf seine Festplatte und hält sie zum Abruf bereit. Wenn Sie dann die (hoffentlich) vielbesuchte hats.html-Seite bei ratz.com aufrufen, muß der Server nicht erst durchs ganze Internet, sondern er präsentiert Ihnen einfach die bereits zwischengelagerte Kopie. Ein Proxy-Server ist also eine prima Sache, deshalb sollten Sie seine Adresse hier eingeben, falls Ihr Provider mit einem Proxy-Server arbeitet.

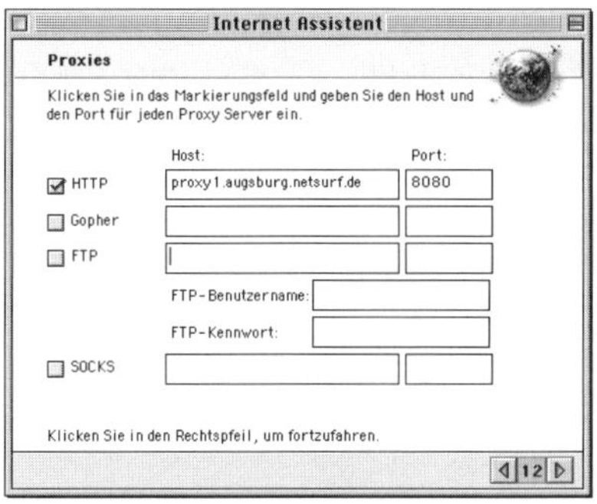

Sie müssen für jeden gewünschten Dienst (http, ftp, usw.) die Adresse des Proxy-Servers eintragen. Sollten Sie nicht wissen, welche Angaben wohin gehören, machen Sie einfach ein Bildschirmfoto der leeren Seite und zeigen Sie sie Ihrem Provider. Dort wird man Ihnen gerne behilflich sein.

Für den Fall, daß Sie Teil des Netzwerks einer großen Firma, Behörde oder Universität sind, sollten Sie hier nur nach Rücksprache mit Ihrem Netzwerk-Administrator *Nein* ankreuzen. Falls Ihnen Ihr Provider jedoch keinen Proxy-Server genannt hat, können Sie hier *Nein* auswählen.

Seite 13. Wenn Sie zum nächsten Fenster kommen, drücken Sie auf den Knopf *Details einblenden* (es ändert sich daraufhin in *Details ausblenden*). Es ist immer gut, sich diese Information genau zu merken. Am leichtesten geht das, wenn Sie jetzt von diesem Fenster ein Bildschirmfoto machen und es ausdrucken. Falls Sie vergessen haben, wie das geht, hier noch mal eine Kurzanleitung:

1 Drücken Sie die Feststelltaste.

2 Halten Sie die Befehls- und Umschalttaste gedrückt und drücken Sie die Taste mit der 4 auf dem alphanumerischen Block. Ihr Mauszeiger verwandelt sich daraufhin in einen großen runden Punkt, der aussieht wie eine Zielscheibe:

3 Klicken Sie mit diesem großen runden Punkt in das Fenster des Internet Assistenten. Sie hören ein leises Klicken wie bei einer Kamera, und der Cursor ändert sich wieder zum Mauspfeil.

Klicken Sie anschließend auf den *Weiter*-Knopf – damit wird die Verbindungskonfiguration fertiggestellt. (Sie können das Bildschirmfoto später ausdrucken, nachdem Sie hiermit fertig sind.) Der Internet Assistent hat während der einzelnen Schritte alle erforderlichen Kontrollfelder mit den nötigen Infos automatisch ausgefüllt, und alles ist richtig eingestellt. Weiter unten lesen Sie, wie Sie sich richtig Ein- und Ausloggen.

Sollten Sie schon früher einmal ein Bildschirmfoto gemacht haben, wird Bild 1 nicht das richtige sein. In diesem Fall öffnen Sie einfach das Bild mit der höchsten Nummer.

Um das Bildschirmfoto mit all den wichtigen Informationen auszudrucken, gehen Sie wie folgt vor: Doppelklicken Sie auf Ihr Festplattensymbol und suchen Sie im Fenster Ihrer Festplatte eine Datei mit Namen Bild 1. Doppelklicken Sie auf diese Datei, worauf sich das Programm SimpleText öffnet. Wählen Sie den Befehl *Drucken…* aus dem *Ablage*-Menü. Klicken Sie auf *OK*. Und denken Sie daran, Ihre Kennwörter per Hand auf dem Blatt zu notieren, bevor Sie sie vergessen!

Log-on!

Es gibt eine ganze Reihe von Möglichkeiten, wie Sie sich im Internet einloggen können. Mit der Zeit finden Sie sicher ihre persönliche Lieblingsvariante. Im allgemeinen empfiehlt es sich, zuerst eine Verbindung herzustellen und dann den Browser oder das E-Mail-Programm zu öffnen, statt erst die Software zu starten und sie eine Verbindung anfordern zu lassen. Hier sind einige Variationen einer Log-on-Prozedur:

AOL

- **Möglichkeit A:** Wenn Sie AOL benutzen, doppelklicken Sie einfach auf das AOL-Symbol. Falls Sie einen anderen Browser verwenden wollen, nachdem Sie eine Verbindung zu AOL hergestellt haben, erledigen Sie das mit einem Doppelklick auf das Alias Ihres Lieblingsbrowsers. (Das Alias haben Sie vorher erstellt und zu diesem Zweck auf dem Schreibtisch abgelegt.) Vergessen Sie den Rest.

WWW-Browser

- **Möglichkeit B:** Wenn Sie noch das Symbol *WWW-Browser* auf Ihrem Schreibtisch liegen haben, doppelklicken Sie darauf. Es wird ebenfalls eine Verbindung aufgebaut, und der Browser, den Sie im Kontrollfeld *Internet* (dazu kommen wir gleich) angegeben haben, öffnet sich. Sie können den Browser auch mit Hilfe des Programms *Internet Config* voreinstellen (falls Sie das Kontrollfeld *Internet* nicht in Ihrem System haben). Wie das geht erfahren Sie weiter unten.

- **Möglichkeit C:** Im *Apple*-Menü gibt es den Menüpunkt *Remote Access Status*. Wenn Sie diesen auswählen, erscheint das Dialogfeld *Remote Access*. Klicken Sie auf den *Verbinden*-Knopf, und doppelklicken Sie auf Ihr Browser-Symbol, nachdem die Verbindung zustande gekommen ist.

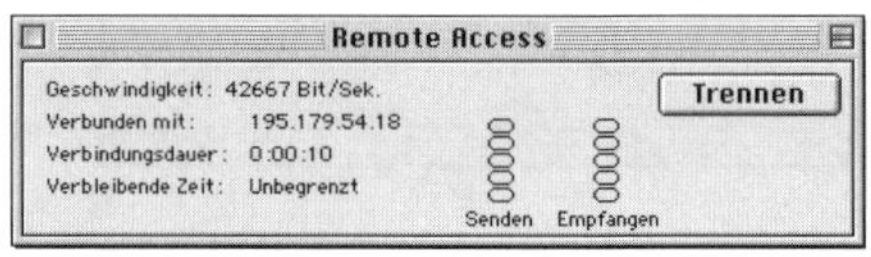

Während die Verbindung steht, können Sie in diesem Feld ablesen, was sich gerade in Ihrer Verbindung an Aktivität abspielt. Sie können die Verbindung auch aus diesem Feld heraus wieder beenden.

- **Möglichkeit D:** Wenn die *Kontrolleiste* auf Ihrem Bildschirm sichtbar ist, können Sie das Kontrolleistenmodul *Remote Control* verwenden. Falls Sie mehrere Konfigurationen haben, können Sie hier die gewünschte auswählen. Klicken Sie anschließend noch einmal auf das Symbol – und dann auf *Verbinden*.

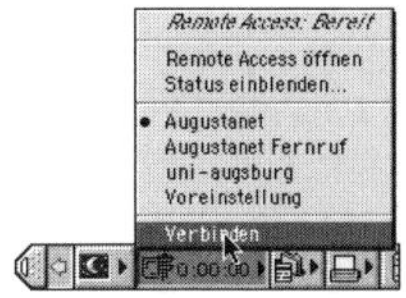

- **Möglichkeit E:** Manche Softwarepakete (zum Beispiel FreePPP oder Spiga von Sagem) installieren auch ein kleines Menü-Icon rechts in der Menüleiste, das ebenfalls die Einträge *Verbinden* und *Beenden* enthält. In diesem Fall können Sie die Verbindung auch über dieses Menü herstellen.

Log-off!

Achtung! Wenn Sie Ihren Browser beenden, beendet dies **nicht automatisch** auch **Ihre Verbindung!** Sie müssen die Verbindung mit Hilfe des Statusfeldes *Remote Access Status* oder des Kontrolleistenmoduls für *Remote Access* von Hand beenden (siehe oben). Als zusätzliche Sicherheitsmaßnahme sollten Sie außerdem im Kontrollfeld *Remote Access* (siehe weiter unten) einstellen, daß die Verbindung nach einer gewissen Zeit der Inaktivität automatisch beendet werden soll.

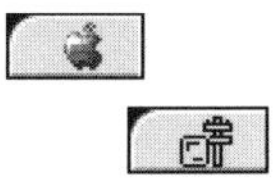

Wenn eine Verbindung hergestellt ist, blinkt das Symbol für «Remote Access» abwechselnd über dem «Apple»-Symbol in der Menüleiste auf!

Das Kontrollfeld Internet

Dies ist die größte Erfindung. Dieses eine Kontrollfeld kann Ihnen die vielfältigsten Einstellungen unglaublich erleichtern. Hier können Sie nicht nur die Voreinstellungen für Ihre E-Mail, für Ihren Browser, usw. vornehmen, sondern Sie können auch verschiedene Konfigurationen für verschiedene Situationen oder verschiedene Benutzer einrichten, die an Ihrem Computer arbeiten. (Wählen Sie dazu *Neue Konfiguration…* aus dem *Ablage*-Menü.) Anschließend können Sie zwischen den verschiedenen Konfigurationen mit einem Mausklick wechseln. Sie werden sich schnell mit diesem Kontrollfeld anfreunden. Wenn Sie es zum erstenmal öffnen, ist der untere Teil noch geschlossen (siehe unten). Klicken Sie auf das kleine Dreieck neben *Konfigurationen bearbeiten*.

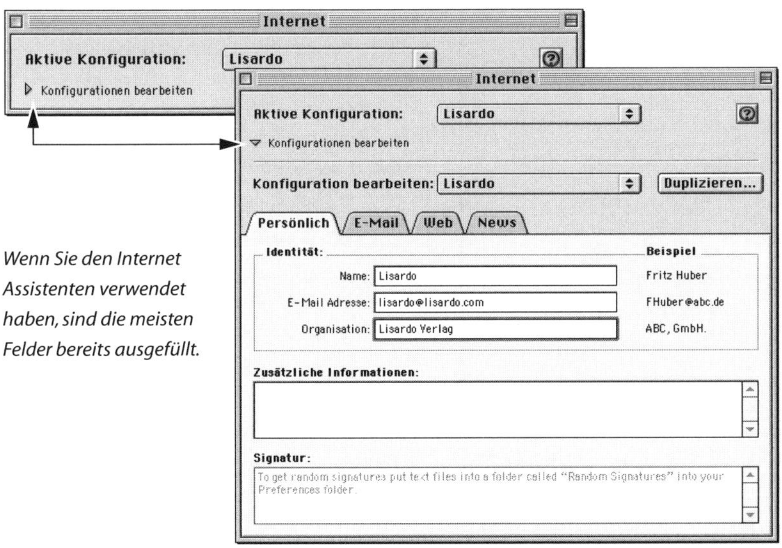

Wenn Sie den Internet Assistenten verwendet haben, sind die meisten Felder bereits ausgefüllt.

Persönliche Einstellungen

Alles, was Sie in das Feld *Signatur* eingeben, wird automatisch am Ende jeder E-Mail erscheinen, die Sie versenden. Auch ans Ende jeder Nachricht, die Sie in einer Newsgroup ans Schwarze Brett hängen, wird dieser Text angehängt. Vielleicht haben Sie schon solche Signaturen in den E-Mails anderer Leute gesehen: Teilweise sind sie sehr aufwendig gestaltet, mit phantastischen Grafiken, die aus Buchstaben zusammengesetzt sind. Manche machen in ihrer Signatur auch Werbung für ihre Webseiten oder ihr neuestes Buch, geben ihre Postadresse und Telefonnummern an – oder sie geben einen Spruch über ihre persönliche Lebensphilosophie zum Besten. Suchen Sie sich etwas aus!

E-Mail Konfiguration

Die **E-Mail-Einstellungen** erklären sich mehr oder weniger von selbst. Wenn Sie den Internet Assistenten verwendet haben, werden die meisten Felder ohnehin schon ausgefüllt sein. Im Bereich *E-Mail-Benachrichtigung* können Sie angeben, wie Sie auf das Eintreffen neuer E-Mails hingewiesen werden wollen: Mit einer Meldung, einem blinkenden Symbol in der Menüzeile (wieder alternierend mit dem *Apple*-Menü) oder mit einem Ton. Sollten Sie mit der Auswahl an Tönen übrigens nicht zufrieden sein, so brauchen Sie nur weitere Systemklangdateien auf Ihren Systemordner ziehen und das Kontrollfeld *Internet* erneut öffnen.

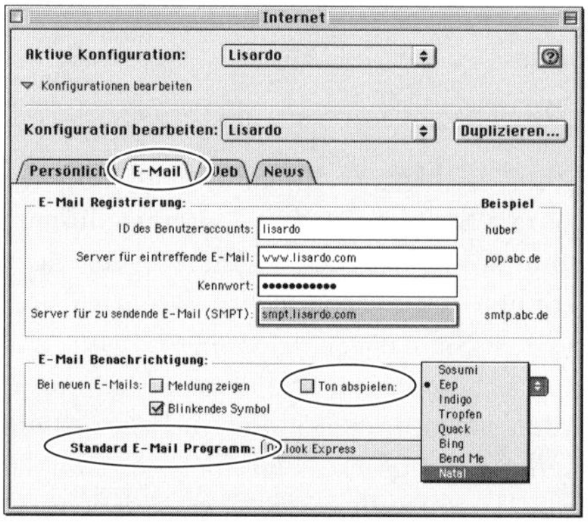

Standard E-Mail Programm *ist eine wichtige Voreinstellung, die Sie vornehmen sollten. Das Programm, das Sie hier eintragen, wird gestartet, sobald Sie auf das E-Mail-Symbol klicken oder wenn Sie auf einen E-Mail-Link in Netscape Navigator (nicht Communicator) klicken.*

News Konfiguration

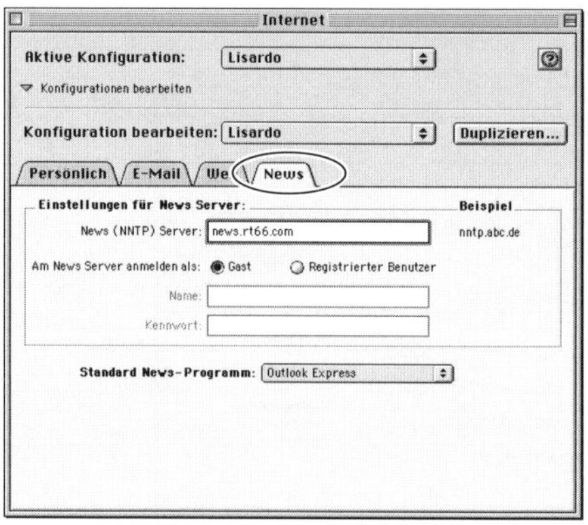

Wenn Sie den Internet Assistenten verwendet haben, sollte unter ***News*** *bereits alles richtig konfiguriert sein.* ***Outlook Express****, das sich höchstwahrscheinlich auf Ihrem Mac befindet, ist ein tolles E-Mail-Programm, mit dem Sie sich auch Postings von Newsgroups ansehen und selbst posten können.*

Web Konfiguration

In den Web-Voreinstellungen können Sie jeweils eine Startseite (besser bekannt als Homepage) und eine Suchseite für Ihren Browser festlegen, wenn Sie auf die *Start-* bzw. *Home-* oder *Such*-Symbole in Ihrem Browser klicken. Die meisten Browser verwenden jedoch ihre eigenen Voreinstellungen (die Sie direkt im Browser vornehmen können), statt sie aus dem Kontrollfeld *Internet* zu übernehmen. Dasselbe gilt für die Einstellungen bei *Verweise (Links) und Farben.*

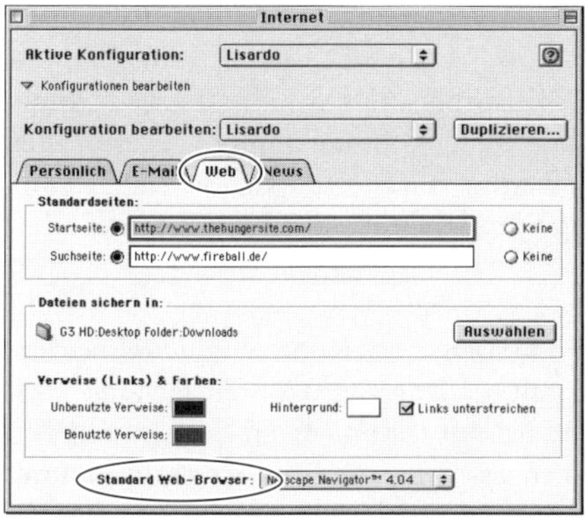

Sie können Ihren eigenen Ordner anlegen, in den dann alle Dateien, die Sie aus dem Internet herunterladen, abgelegt werden. Benutzen Sie dazu die Option *Dateien sichern in...* Auch hier kann es passieren, daß Ihr Browser seine Voreinstellungen gegen die des Kontrollfelds durchsetzt. Ob das so ist, müssen Sie ausprobieren.

Die wichtigste Voreinstellung, die Sie treffen müssen, ist: *Standard Web-Browser.* Diese Voreinstellung funktioniert einwandfrei. Auf Ihrem Mac haben Sie wahrscheinlich beide, *Netscape Navigator* (oder *Netscape Communicator*) und *Microsoft Internet Explorer*. Die Angaben, die Sie hier eintragen, bestimmen, welches Programm jeweils geöffnet wird, wenn Sie auf die Symbole *WWW-Browser* oder *E-Mail* klicken.

■ Navigator oder Communicator?

Der Unterschied zwischen Netscape Navigator und Netscape Communicator ist, daß der Communicator eine Reihe von integrierten Programmen beinhaltet, von denen der durchschnittliche Benutzer die meisten gar nicht braucht. Communicator schließt Navigator als Browser ein, Collabra für Discussion Groups, Messenger als E-Mail-Programm, Page Composer, um Webseiten zu kreieren, Conference für Online-Meetings sowie das AOL Instant Messenger System. Der gesamte Communicator-Ordner belegt etwa 30 MB Festplattenplatz, und das Programm braucht etwa 10 MB Arbeitsspeicher, um zu laufen. Navigator hingegen ist einfach nur ein Browser. Man kann nicht einmal E-Mail-Formulare mit ihm versenden. Wenn man auf einen E-Mail-Link auf einer Webseite klickt, passiert überhaupt nichts. Daher läßt Navigator Sie Ihr eigenes E-Mail-Programm verwenden. Benutzen Sie Internet Config oder das Kontrollfeld *Internet*, um Ihr Standard E-Mail-Programm festzulegen. Wenn Sie dann auf einen E-Mail-Link klicken, startet Navigator Ihr E-Mail-Programm. Der Navigator belegt ungefähr 15 MB Festplattenspeicher und nimmt nur etwa 5 MB Arbeitsspeicher in Anspruch.

■ Erweiterte Einstellungen

Das Kontrollfeld *Internet* enthält noch einige erweiterte Funktionen, die Apple fürsorglich vor Ihren Augen verborgen hat. Um Sie dennoch sehen zu können, müssen Sie den Benutzermodus ändern: Im *Bearbeiten*-Menü finden Sie den Eintrag *Benutzermodus...*, der die nachfolgende Dialogbox aufruft.

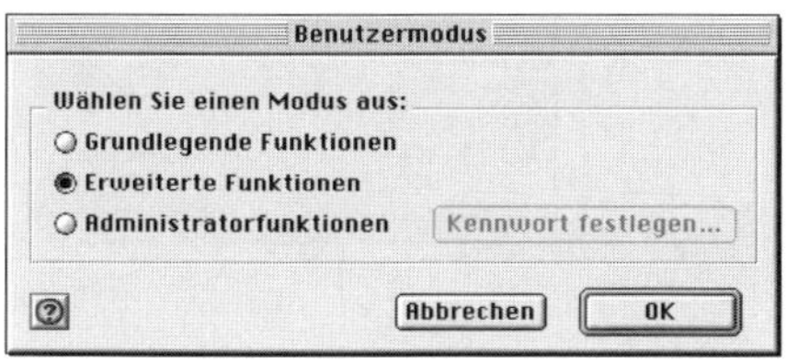

Wenn Sie hier *Erweiterte Einstellungen* wählen, erscheint im Kontrollfeld *Internet* der Reiter *Erweitert*, wo Sie einige spezielle Voreinstellungen vornehmen können. Die meisten erfordern allerdings auch einiges an Spezialwissen, das über den Rahmen dieses Buches weit hinausgehen würde. Wenn Sie also weder wissen, wieso der *Erweitert*-Reiter bei Ihnen angezeigt wird, noch was sich hinter diesen ganzen Einstellungen eigentlich verbirgt, lassen Sie am besten ganz die Finger davon! Rufen Sie schnellstmöglich die Dialogbox *Benutzermodus…* auf, und gehen Sie in den *grundlegenden Modus* – dieser enthält alle Möglichkeiten, die Sie als normaler Anwender je brauchen werden.

Internet Config

Starten Sie Sherlock, um zu sehen, ob Sie Internet Config haben.

Sie wollen Internet Config unter Mac OS 8.5 einsetzen? Im Prinzip möglich, aber das Kontrollfeld «Internet» legt seine Daten im gleichen Format ab wie Internet Config; beide kommen sich also in die Quere.

Internet Config ist ein sehr nützliches kleines Hilfsprogramm. Sinn und Zweck dieses Programms ist es, zu vermeiden, daß Sie dieselben Informationen immer wieder in allen möglichen verschiedenen Internet-Programmen eintragen müssen, die Sie vielleicht irgendwann verwenden wollen. Nicht jedes Programm arbeitet jedoch mit Internet Config zusammen.

Wie schon erwähnt, sollten Sie ab Mac OS 8.5 oder neuer das Kontrollfeld *Internet* verwenden, das die meisten Einstellungen beherrscht, die Internet Config seit Jahren regelt. Wenn Sie jedoch ein älteres System als OS 8.5 auf Ihrem Mac haben (oder haben müssen, weil Ihr Mac noch keinen PowerPC-Prozessor hat), sollten Sie ein wenig mit Internet Config herumspielen, das praktisch den gleichen Funktionsumfang wie das Kontrollfeld *Internet* bietet. Die wichtigsten Funktionen, die Sie brauchen wenn Sie das Kontrollfeld *Internet* nicht haben, sind die Einstellungen, die Ihrem Mac sagen, welchen Browser er öffnen soll, wenn Sie auf *WWW-Browser* doppelklicken, und welches E-Mail-Programm er starten soll, wenn Sie auf *E-Mail* doppelklicken.

So gehen Sie vor, um die Voreinstellungen Ihres Systems abzustimmen:

- Finden Sie das Programm Internet Config. Doppelklicken Sie auf das Programmsymbol, um das Dialogfeld zu öffnen.

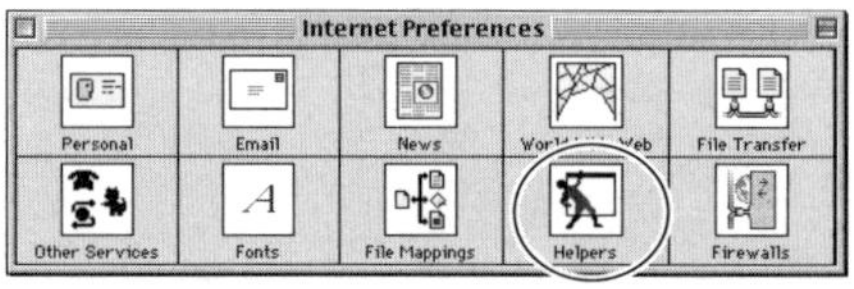

Haben Sie das Programm Internet Config gleich mehrmals gefunden? Sehen Sie weiter unten unter «Zu viele Internet Configs?» nach.

- Klicken Sie in das Feld *Helpers*. Suchen Sie in dem Dialogfeld, das sich daraufhin öffnet, den Eintrag *mailto* und klicken Sie auf den Eintrag.

- Wenn dort nicht bereits ein E-Mail-Programm eingetragen ist, oder wenn es nicht das ist, welches Sie gern als Standard E-Mail-Programm hätten, klicken Sie auf das Feld *Change*. Klicken Sie in dem kleinen Dialogfeld, das sich nun öffnet, auf *Choose Helper…*

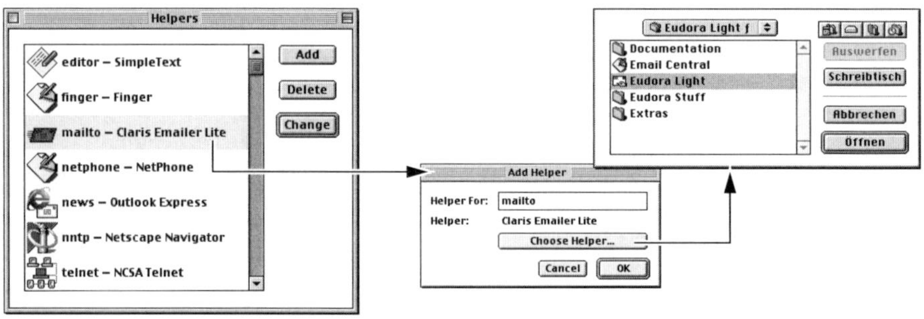

- Finden Sie das E-Mail-Programm Ihrer Wahl und aktivieren Sie es. Klicken Sie auf *Open* (was es nicht wirklich öffnet, sondern nur aktiviert).

- Wählen Sie aus der *Helpers*-Liste den Eintrag *http*. Wenn der hier eingetragene Browser nicht der gewünschte ist, klicken Sie wieder auf *Change*. Finden Sie den Browser Ihrer Wahl, aktivieren Sie den Namen und klicken Sie auf *Open*. Jetzt können Sie das Dialogfeld *Helpers* wieder schließen. Klicken Sie auf das Schließfeld.

- Klicken Sie auf irgendeines der anderen Felder im Dialogfeld *Internet Preferences*, um die Voreinstellungen für diesen Bereich zu sehen. Wenn Sie beispielsweise eine Signatur verwenden wollen, können Sie dies über das Feld *Personal* erreichen.

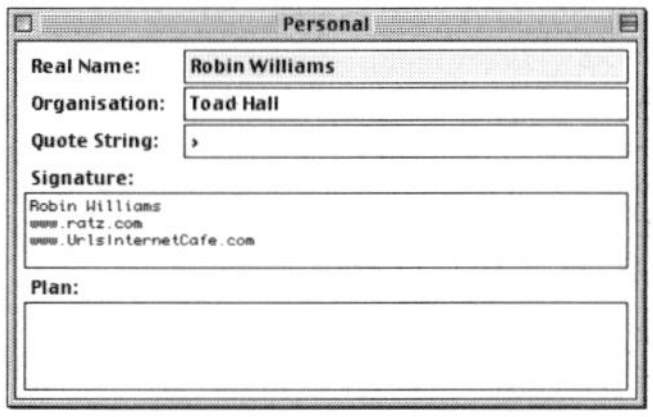

- Netscape können Sie so konfigurieren, daß die Voreinstellungen, die Sie mit Internet Config vorgenommen haben, übernommen werden. Öffnen Sie dazu den Befehl *Voreinstellungen…* im *Bearbeiten*-Menü und wählen Sie *Identität*. Klicken Sie in das Auswahlfeld *Internet Konfiguration verwenden*.

- Zu viele Internet Configs?

Wenn Sie auf Ihrem Mac nach dem Programm Internet Config suchen, kann es Ihnen passieren, daß Sie ein halbes Dutzend Kopien des Programms finden. Machen Sie sich nichts daraus. Wie von Zauberhand werden die Eintragungen, die Sie in irgendeinem dieser Programme vornehmen, automatisch in jedem anderen erscheinen. Sie müssen sich also keine Gedanken darüber machen, welches dieser Programme Sie starten, obwohl es keine schlechte Idee ist, immer die neueste Version zu nehmen. Starten Sie Sherlock (siehe Kapitel 26), klicken Sie einmal auf die gefundene Datei und drücken Sie Befehl–I; es erscheint das Info-Feld wo Sie sehen können, um welche Version es sich handelt.

Das Kontrollfeld Modem

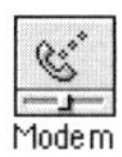

Natürlich brauchen Sie ein Modem, um sich von zu Hause aus ins Internet einzuwählen. (Es sei denn, Sie haben irgendeine andere Internetverbindung zu Hause, wie Kabel, ISDN, ADSL oder Satellitenanschluß. In diesem Fall können Sie diesen Abschnitt überspringen.) Wir sind bereits in Kap. «Was ist das Internet?» ab Seite 262 auf Modems eingegangen, und ich hoffe, Sie haben eines mit einer Geschwindigkeit von mindestens 28.800 oder 33.600. Viele Macs (u.a. iMac, iBook und die meisten G3-Powerbooks) haben mittlerweile eingebaute Modems (Apple nennt so was interner Modem). In diesem Fall brauchen Sie nichts weiter zu tun, als ein Telefonkabel hinten in Ihren Mac hineinzustecken und das andere Ende in die Telefonbuchse in der Wand.

Wenn Sie den Internet Assistenten verwendet haben, hat er für Sie bereits die Einstellungen vorgenommen.

Ab System 8 gibt es beim Mac das Kontrollfeld *Modem*. Nachdem Sie Ihr Modem installiert haben, öffnen Sie das Kontrollfeld. Es erklärt sich mehr oder weniger von selbst: im Menü *Verbindung*, wählen Sie den Anschluß aus. Höchstwahrscheinlich ist es der Modemanschluß, weil die einzige andere Möglichkeit der Druckeranschluß ist, und Sie dort bereits einen Drucker angeschlossen haben. Aus der Liste *Modem* wählen Sie den Namen Ihres Modems. Wählen Sie dann noch die gewünschten Einstellungen für Lautsprecher und Wählart und schließen Sie das Kontrollfeld.

Schalten Sie das Gepfeife des Modems ein oder aus, ganz wie Sie wollen. Vielleicht sollten Sie es einschalten, damit Sie hören, ob es auch wirklich funktioniert. (Nach einer Weile werden Sie hören, ob mit dem Verbindungsaufbau alles stimmt und mit welcher Geschwindigkeit sich Ihr Modem eingeloggt hat!)

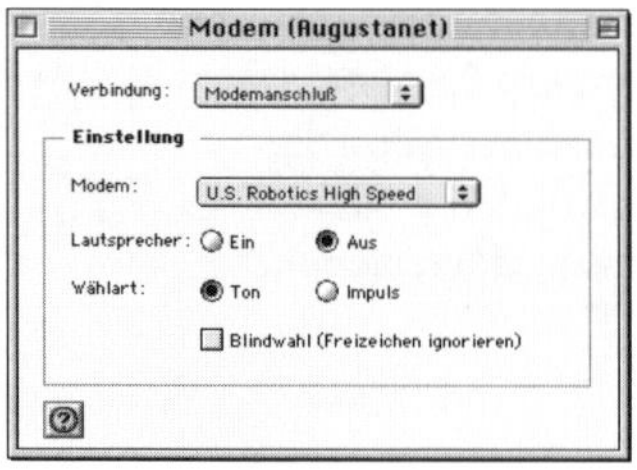

Wenn Sie ein Tastentelefon haben, arbeitet es ziemlich sicher mit Tonwahl. Falls Sie noch zu den Traditionalisten mit Wählscheibentelefon gehören, ist es wohl Impulswahl (was für's Einloggen nicht so toll ist).

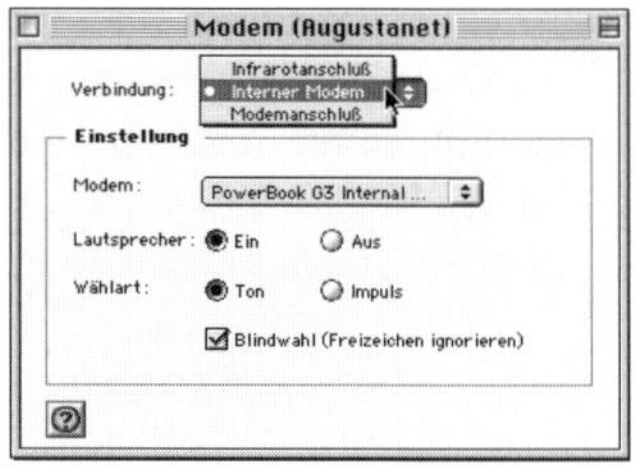

Ihr Mac weiß, ob ein «Interner Modem» eingebaut ist!

Das Kontrollfeld Remote Access

Falls AOL Ihr einziger Zugang zum Internet ist, brauchen Sie dieses Kontrollfeld überhaupt nicht zu öffnen, weil dann AOL Ihre Telekommunikationssoftware ist.

Sie benötigen zwei Dinge, um ins Internet zu kommen: ein Modem und irgendeine Art von Telekommunikationssoftware. Es gibt spezielle Software-Pakete, die Sie zur allgemeinen Telekommunikation erwerben können, aber der Mac besitzt von Haus aus Remote Access, mit dem Sie sich recht gut ins Internet einwählen können. Das Kontrollfeld *Remote Access* hieß früher *PPP* (kurz für Point-to-Point Protocol). Wenn Ihnen das Ganze also bekannt vorkommt, dann täuscht Sie Ihr Eindruck nicht.

Falls Sie bereits den Internet Assistenten durchlaufen haben, dann ist das Kontrollfeld *Remote Access* schon fix und fertig mit Ihren Einstellungen konfiguriert. Sie brauchen es dann nur zu öffnen, um individuelle Anpassungen vorzunehmen, oder wenn Sie als ein fortgeschrittener Benutzer eigene Konfigurationen erstellen wollen. Das gilt auch, wenn Sie sich eine Sammlung verschiedener Voreinstellungen anlegen möchten, zwischen denen Sie mit einem Mausklick wechseln können. Wenn Sie beispielsweise mit einem PowerBook reisen und sich von dem Hotel, in dem Sie abgestiegen sind, einloggen wollen, brauchen Sie nicht Ihre Einstellungen für zu Hause verändern, sondern können eine neue Reise-Konfiguration anlegen.

Sie können dieses Kontrollfeld auch benutzen, um sich manuell im Internet einzuwählen, was ich immer dann tue, wenn mal etwas nicht richtig funktioniert. Gewöhnlich werden Sie jedoch eine der schon vorgestellten, komfortableren Methoden verwenden.

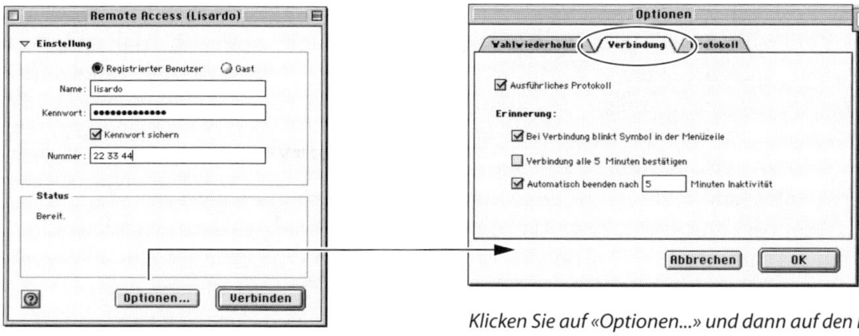

Manche Provider bieten auch mehrere Telefonnummern zur Einwahl an, was praktisch ist, falls eine mal besetzt sein sollte. Wenn dem so ist, können Sie hier eine der Ersatznummern eintragen, um sich mit dieser einzuwählen. (Ich empfehle Ihnen jedoch, sich alle Nummern irgendwo aufzuschreiben.)

Klicken Sie auf «Optionen...» und dann auf den Reiter «Verbindung» um dieses Dialogfeld zu bekommen. Die Standardeinstellung ist das aktivierte Blinksymbol in der Menüzeile bei laufender Verbindung. Das macht Sinn und erinnert Sie laufend daran, daß der Gebührenzähler rattert. Im untersten Feld können Sie einstellen, wie lange «Remote Access» wartet, bis es nach einer Zeit der Inaktivität die Verbindung abbricht. Wenn Sie «Verbindung bestätigen» wählen, erscheint regelmäßig ein Dialogfeld, das Sie fragt, ob Sie verbunden bleiben wollen.

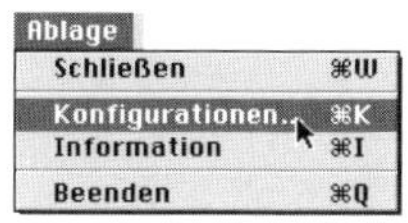

Zusätzliche *Remote Access*-Konfigurationen erhalten Sie über den Befehl *Konfigurationen…* im *Ablage*-Menü. Klicken Sie auf *Duplizieren…* um eine neue Konfiguration anzulegen und benennen Sie sie; der Name erscheint sofort im geöffneten Dialogfeld. Wenn Sie auf *Schließen* klicken, verschwindet dieses Dialogfeld und die vorhergehende Konfiguration bleibt noch immer aktiv. Wenn Sie die neue Konfiguration aktivieren möchten, um Änderungen darin vorzunehmen, klicken Sie auf *Auswählen*.

Verwenden Sie das Menü von *Remote Access* auch, um damit alle anderen Kontrollfelder aufzurufen, in denen Sie Änderungen vornehmen möchten. Das Kontrollfeld *DialAssist* können Sie nur öffnen, wenn Sie den Benutzermodus auf *Erweiterte Funktionen* umschalten (Zugang über *Bearbeiten*-Menü). *DialAssist* gestattet es Ihnen, verschiedene Vorwahlnummern für verschiedene Regionen einzugeben (oder die lange Nummer Ihrer Telefonkarte, wenn Sie sich vom Hotelzimmer aus einloggen wollen).

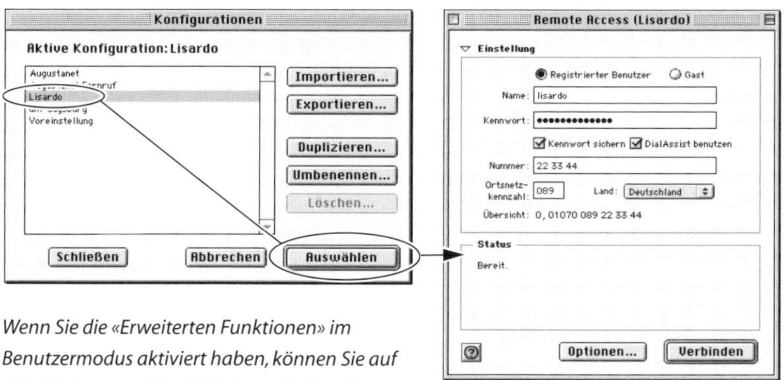

Wenn Sie die «Erweiterten Funktionen» im Benutzermodus aktiviert haben, können Sie auf «DialAssist» zugreifen. Aktivieren Sie das Auswahlfeld «DialAssist», wenn Sie in Ihren Verbindungen die Nummern verwenden wollen, die Sie hier angegeben haben.

Jedes der Menüs in «DialAssist» kann verändert werden, wenn Sie auf die entsprechenden Felder klicken. Probieren Sie's aus, es erklärt sich von selbst.

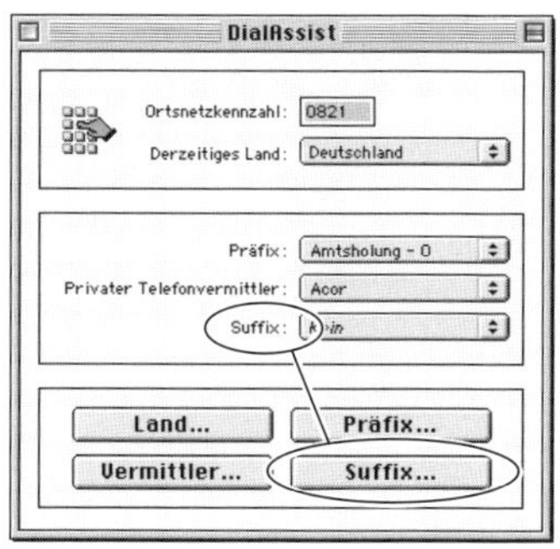

Das Kontrollfeld TCP/IP

TCP/IP hört sich zuerst ein wenig kompliziert und ehrfurchteinflößend an. Doch was dieses Kontrollfeld bewirkt, ist ziemlich interessant. Wenn wir eine E-Mail an jemanden senden, stellen wir uns vor, wie ein kleiner Brief durch die Telefonleitungen flitzt und irgendwo in einem anderen Computer landet. Was in Wirklichkeit passiert, ist, daß Ihr Brief in lauter kleine Stücke zerhackt wird, die man Packets nennt – kleine Datenpäckchen sozusagen. All diese Päckchen gehen auf verschiedenen Routen durch die Telefonleitungen und werden am anderen Ende wieder zusammengesetzt. *TCP* ist die Ebene des Programms, das die E-Mail-Datei in die verschiedenen einzelnen Pakete aufteilt und durchnumeriert. Das *Internet Protocol (IP)* schickt die Pakete auf den Weg und sendet jedes in eine andere Richtung los. Die Pakete machen bei allen möglichen Computern unterwegs kurze Zwischenstopps und fragen nach dem Weg, um sicherzustellen, daß sie sich noch in der richtigen Richtung bewegen. Bei dem Computer am anderen Ende setzt TCP dann die Pakete wieder in der richtigen Reihenfolge zusammen. Sobald sie richtig zusammengesetzt sind, legt es schließlich eine ganze Datei in Ihren Briefkasten. Erstaunlicherweise passiert dasselbe mit den Webseiten, die zu Ihnen kommen. Wenn Sie sich vorstellen, wie geschäftig und tüchtig diese kleinen TCP- und IP-Helferlein bei der Arbeit sind, ist dieses Kontrollfeld vielleicht nicht mehr ganz so einschüchternd.

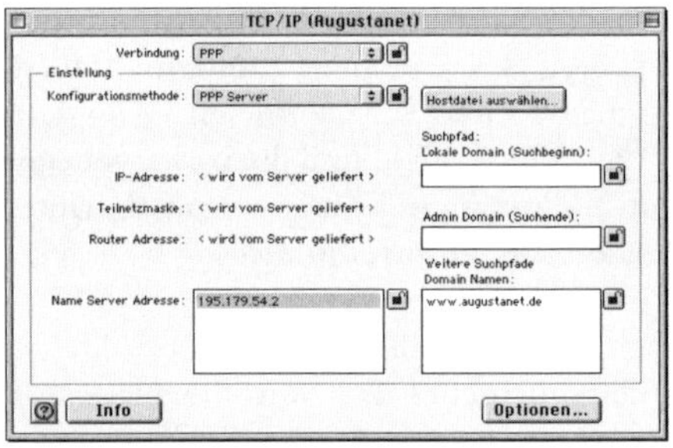

Niemand erwartet von Ihnen, daß Sie wissen, was hier eingetragen werden muß. Ihr Internet Service Provider sagt Ihnen all diese Dinge. Wenn Sie den Internet Assistenten bereits benutzt haben, wurde dieses Dialogfeld für Sie automatisch mit den Informationen ausgefüllt, die Sie dort angegeben haben.

Open Transport

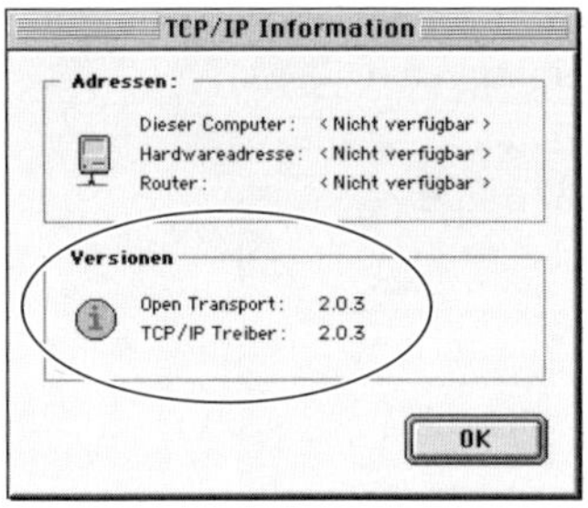

Bei der Beschäftigung mit komplizierten Geschichten wie Web-Sharing und Internet stolpern Sie gewiß gelegentlich über den Begriff *Open Transport 2.0* oder so ähnlich. Solche Bemerkungen machen immer einen sehr gewichtigen Eindruck, weil es heißt, daß überhaupt nichts mehr funktioniert, wenn Sie dieses Feature nicht haben. Aber wenn Sie sich dann mal auf die Suche nach der gleichnamigen Datei machen, werden Sie alle möglichen Sachen wie *Open Transport Library* und *Über Open Transport* aufstöbern, bloß keine Datei, die nichts weiter als *Open Transport* heißt. Das liegt daran, daß es eine solche Datei schlicht und einfach nicht gibt. Open Transport ist die Technologie, die dafür sorgt, daß TCP/IP im Mac funktioniert. Wenn Sie das Kontrollfeld *TCP/IP* öffnen, und *Information* aus dem *Ablage*-Menü wählen, dann bekommen Sie in dem Info-Fenster eine Versionsnummer zu sehen. Dies ist die Version von Open Transport, auf die sich die Dokumentation bezieht.

Web Sharing

Wahrscheinlich haben Sie ja schon einiges über Apples vielgepriesenes Web Sharing gehört. Der Trick beim Web-Sharing besteht darin, daß Sie einen Ordner auf Ihrem Schreibtisch anlegen können, der Webseiten und anderes enthält, und daß dann alle anderen die Dateien auf Ihrem Schreibtisch mit Hilfe eines Browsers auf ihrem eigenen Computer ansehen können. Wenn die Dateien Webseiten sind, kann die andere Person die Seiten genauso betrachten wie normale Webseiten im Internet. Wenn die Dateien Textdateien sind, kann die andere Person den Text lesen. Web Sharing kann Hand in Hand mit Apples File Sharing (vgl. Seite 196) arbeiten, mit dem zusätzlichen Vorteil, daß nicht nur Leute in Ihrem Netzwerk Ihre Dateien sehen können, sondern daß auch Benutzer von anderen Computersystemen Zugriff auf Ihre Daten haben.

Dabei dürfen wir jedoch nicht übersehen, daß diese Technik im Grunde nur für Leute gedacht ist, die entweder durch ein LAN (ein lokales Netzwerk, wie in einer Behörde, einer großen Firma oder Universität) verbunden sind, oder für Leute, die über eine Standleitung ins Internet verfügen, die 24 Stunden eingeschaltet bleibt.

Wenn Sie ein Modem benutzen, um sich über einen Internet Service Provider einzuwählen, brauchen Sie sich gar nicht weiter mit Web-Sharing zu befassen. Damit irgend jemand über Web-Sharing auf Ihre Webseite zugreifen kann, müssen Sie bereits mit dem Internet (oder über LAN) verbunden sein, wenn die andere Person versucht, Ihre Seiten zu finden. Und Sie müssen der Person Ihre aktuelle IP-Adresse (Internet Protocol, siehe unten) mitteilen. Mit einem Modem ist Ihre IP-Adresse jedoch bei jeder Einwahl eine andere. Die einzige Möglichkeit, wie in diesem Fall auf Ihren Web Sharing-Ordner zugreifen könnte, wäre folgende: Sie wählen sich bei Ihrem Service Provider ein, öffnen das Kontrollfeld *Web Sharing*, schalten Web-Sharing ein und schauen nach, welche Adresse Sie im Moment haben. Dann rufen Sie die Person an, die auf Ihren Ordner zugreifen will, geben ihr die Adresse durch, damit diese Ihren Ordner aufrufen kann. Nun können sie nur hoffen, daß zwischendurch Ihre Verbindung nicht zusammenbricht, denn dann können Sie den ganzen Prozeß von vorne starten, denn wenn Sie sich noch mal neu einwählen müssen, erhalten Sie auch wieder eine neue IP-Adresse!

Eine Web-Adresse (URL) ist die Adresse einer bestimmten Webseite. Eine IP-Adresse ist die Adresse eines bestimmten Computers.

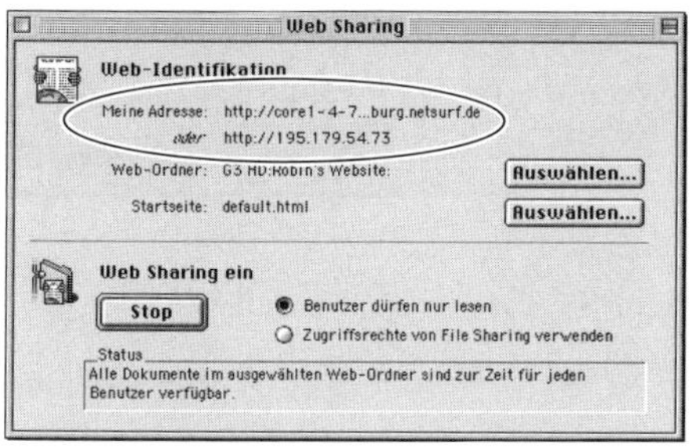

Oben sehen Sie die IP-Adresse, die Sie jemandem geben müssen, der Zugriff auf Ihren Web-Ordner haben möchte.

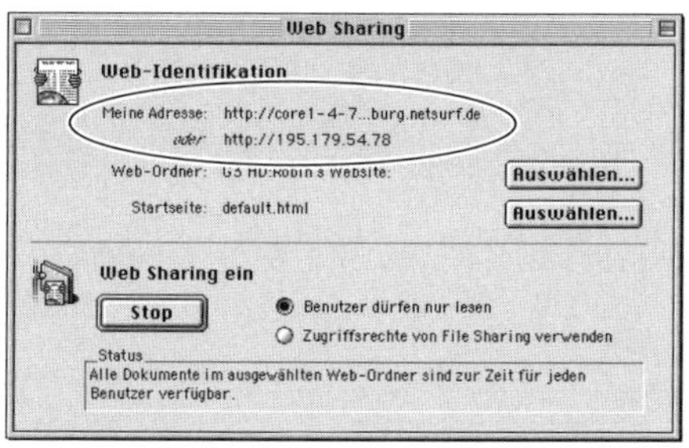

Hier sehen Sie, daß sich die IP-Adresse geändert hat, weil die Verbindung unterbrochen war und ich mich neu einwählen mußte.

Intranet und Internet
intra = innen
inter = zwischen

Im Benutzerhandbuch Ihres Apple Macintosh können Sie nachlesen, daß dort Web-Sharing als die «bequemste Art, Ihre Informationen mit anderen Teilnehmern des Intranet auszutauschen» vorgestellt wird. Da steht auch, daß Sie Ihre Seiten allen anderen Teilnehmern Ihrer Organisation zur Verfügung stellen können und Ihre Adresse an die Teilnehmer Ihres Intranets weitergeben können. Intranet ist allerdings nicht das gleiche wie Internet – im Gegenteil, der Unterschied ist größer, als es diese beiden Buchstaben vermuten lassen. Ein Intranet ist ein nach außen geschlossenes Netzwerk, in dem gewöhnlich nur die Computer innerhalb eines bestimmten Büros oder einer Firma miteinander vernetzt sind. Ein solches Netzwerk ist grundsätzlich für Außenstehende nicht zugänglich, obwohl es möglich ist, daß sich ein solches Intranet über mehrere Länder oder sogar Kontinente erstreckt. (Dann nennt man es ein WAN, ein «wide area network», also weitgespanntes Netzwerk – aber das nur nebenbei.) Web-Sharing ist deshalb so gut für Intranets geeignet, weil Ihr Netzwerk in diesem Fall ununterbrochen eingeschaltet ist und sich die IP-Adresse Ihres Computers niemals verändert.

- Die ersten Schritte zum Web Sharing

Obwohl Sie nun die Einschränkungen des Web-Sharing kennen, möchten Sie es vielleicht dennoch einmal ausprobieren, um einem Bekannten oder einem Kunden etwas via Internet vorzuführen. Es gibt beim Web-Sharing vielerlei Möglichkeiten, und es empfiehlt sich immer, genau die Anleitungen zu studieren. Lesen Sie sich das Handbuch durch. Schauen Sie sich die Kapitel in der Apple-Hilfe an.

Hier in Kürze, was Sie tun müssen:

- Legen Sie einen Ordner an, in dem Sie Ihre Dateien ablegen.
- Legen Sie Dateien, die Sie mit anderen teilen möchten, und die Webseiten, die Sie zur Verfügung stellen wollen, oder beides, in diesen Ordner.
- Wenn Ihre Netzwerkverbindung nicht bereits aktiv ist, starten Sie sie jetzt.
- Öffnen Sie das Kontrollfeld *Web-Sharing.*

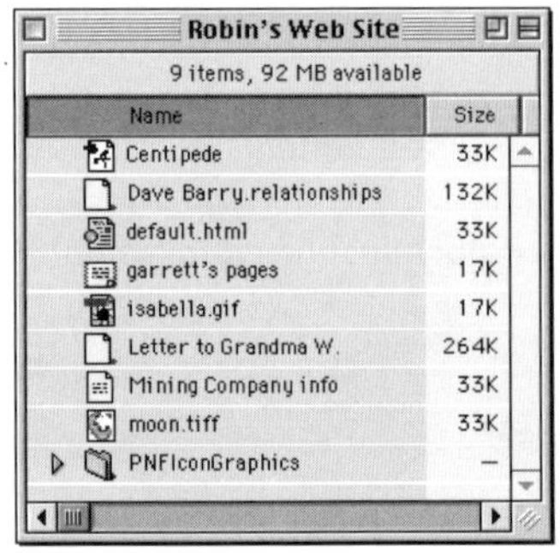

- Klicken Sie auf den ersten *Auswählen…*-Knopf, um *Web-Sharing* mitzuteilen, welchen Ordner Sie zur Verfügung stellen wollen.

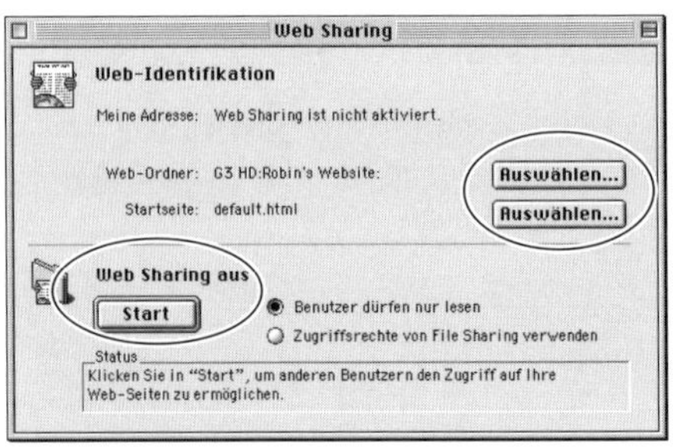

Das ist das Kontrollfeld «Web-Sharing».

- Klicken Sie nun den zweiten *Auswählen…*-Knopf an; damit teilen Sie Web-Sharing den Namen der Webseite mit, die standardmäßig erscheinen soll, wenn jemand Ihre IP-Adresse aufruft. Wenn Sie auf *Keine* drücken, sieht der Besucher eine Liste der Dateien in dem Ordner.

- Klicken Sie auf *Start*, um Web-Sharing einzuschalten.

- Achten Sie auf die Web-Adresse in der ersten Zeile des Kontrollfeldes: *Meine Adresse*. Schreiben Sie sich diese Nummer auf. Es ist Ihre IP-Adresse, die Adresse Ihres Computers, auf dem die Dateien gespeichert sind, die Sie für Web-Sharing freigegeben haben. Dies ist die Adresse, die Sie allen geben müssen, die mit Hilfe ihres Browsers auf Ihre Webseite(n) zugreifen möchten. Wenn Sie zwei Adressen sehen, können Sie eine von beiden nehmen.

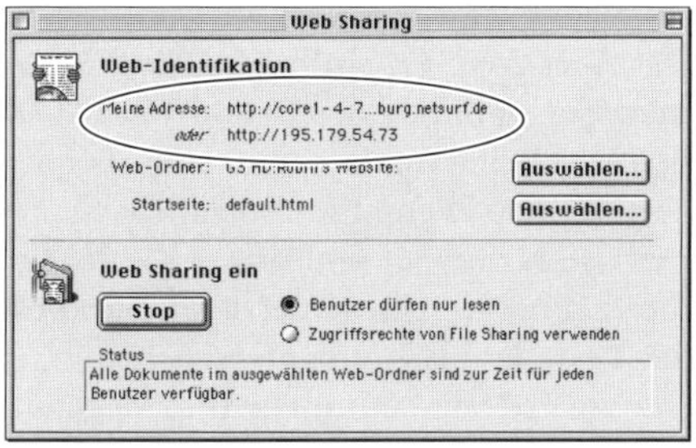

- Wenn Sie eine Webseite als Startseite definieren, sieht der Besucher diese Webseite in seinem Browser, wenn er zu Ihrem Ordner gelangt. Wenn Sie *Keine* auswählen, sieht er etwas, was ungefähr so aussieht:

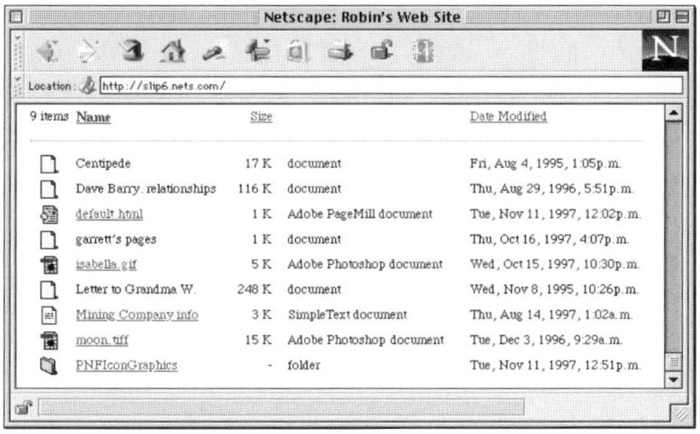

Wenn Sie eine Webseite als Startseite benutzen wollen, müssen Sie erst eine richtige Webseite erstellen.

- Die Dateien, die in diesem Browser-Fenster als Links erscheinen, also hier unterstrichen sind, kann man im Browser öffnen und betrachten. Es erscheint entweder eine Grafik oder Text. Die Dateien, die nicht als Links erscheinen, können nicht durch den Browser geöffnet werden. (Sie können aber sehr wohl per Drag & Drop auf die eigene Festplatte kopiert werden!)

Wichtiger Hinweis: *Wenn Sie mit Web-Sharing experimentieren und nur eine Einwahlverbindung ins Internet haben, müssen Sie darauf achten, daß Sie das Alias von Web Sharing im Ordner Startobjekte im Systemordner entfernen, wenn Sie fertig sind. Falls Sie dies nicht tun, versucht Web Sharing jedesmal loszulegen, wenn Sie Ihren Mac einschalten, wodurch es Fehlermeldungen hagelt. Falls es also Probleme gibt, machen Sie einen Neustart und halten Sie während dessen die Leertaste gedrückt, bis das Kontroll-*

feld «Erweiterungen Ein/Aus» erscheint, und deaktivieren Sie «Web Sharing» in den Startobjekten. Klicken Sie anschließend auf «Weiter», um den Startvorgang fortzusetzen.

- Was sind das für Symbole auf meinem Schreibtisch?

Ab Mac OS 8.5 werden standardmäßig vier verschiedene Symbole auf Ihrem Schreibtisch installiert. Die ersten drei finden sich auch im *Apple*-Menü, unter *Internet Access*. Und jetzt erfahren Sie, was diese Symbole zu bedeuten haben:

Das Alias **Mac OS Info-Center** führt zu den gleichen Seiten, die Sie auch erhalten, wenn Sie im Finder den Befehl *Mac OS Hilfe* im *Hilfe*-Menü aufrufen. Dahinter verbirgt sich eine Reihe von Webseiten, die bei der Systeminstallation auf Ihrer Festplatte installiert werden. Wenn Sie also auf das Symbol doppelklicken, startet der Browser (normalerweise Netscape) und öffnet die Webseiten. Es wird jedoch keine Verbindung zum Internet hergestelllt, es sei denn, Sie klicken auf einen Link, der nach draußen führt. Jeder Text, der blau und unterstrichen ist, ist ein Link. Klicken Sie auf einen Link, um auf eine andere Seite mit mehr Info zu gelangen. Beachten Sie jedoch, daß es einige Links gibt, die direkt ins Internet führen. Klicken Sie nicht auf diese Links, wenn Sie nicht über einen Service Provider mit dem Internet verbunden sind. Wenn Sie bei AOL sind, müssen Sie sich zuerst bei AOL einwählen und dann zum Finder zurückgehen.

Wenn Sie auf **WWW-Browser** klicken, versucht Ihr Mac, eine Verbindung zum Internet aufzubauen und einen Browser zu öffnen. Klicken Sie nicht auf dieses Symbol, bevor Sie nicht Ihre Internet-Verbindung konfiguriert haben! Wenn Sie Ihre Internet-Verbindung üblicherweise über ein Menü oder durch Doppelklick auf ein anderes Symbol herstellen, können Sie WWW-Browser getrost in den Müll schmeißen. (Es ist ohnehin bloß ein AppleScript.) Wenn Sie es verwenden wollen, können Sie den Standardbrowser entweder durch das Kontrollfeld *Internet* oder – wenn Sie das nicht haben – über *Internet Config* voreinstellen.

Das Symbol **E-Mail** ist ebenfalls ein AppleScript, das Ihr E-Mail Programm für Sie öffnet. Die Standardeinstellung öffnet Microsoft Outlook Express oder Claris E-Mailer (auf älteren Macs). Das können Sie leicht ändern, falls Sie ein anderes E-Mail Programm (zum Beispiel Eudora) vorziehen. Wechseln Sie die Standardeinstellung mit dem Kontrollfeld *Internet* oder – falls Sie das nicht haben – über Internet Config. Outlook Express ist außerdem ein hervorragendes Programm, falls Sie herausfinden wollen, was es mit Newsgroups auf sich hat.

Werfen Sie das Symbol E-Mail in den Papierkorb, wenn Sie glauben, daß Sie es nicht brauchen. Sie können Ihr E-Mail-Programm auch genausogut ohne das Symbol öffnen.

Falls Sie dieses Symbol für **QuickTime Pro** auf Ihrem Schreibtisch haben, schmeißen Sie es einfach weg. Wenn Sie darauf doppelklicken (was Sie vielleicht schon getan haben), macht es nichts anderes, als Sie mit dem Internet – auf Ihre Kosten – zu verbinden, Ihren Browser zu öffnen und Sie zu einer Werbeseite zu führen, auf der Sie die professionelle Version von QuickTime kaufen können. Dies ist eine der unhöflichsten Aktionen, die ich jemals von Apple gesehen habe, auf einer Ebene mit der Werbung in Sherlock. Wenn Sie nicht genau wissen, was QuickTime eigentlich ist, dann brauchen Sie ganz gewiß kein QuickTime Pro. Schmeißen Sie das Symbol einfach in den Papierkorb.

Alles um das Internet kann furchtbar verwirrend sein, besonders beim erstmaligen Einrichten. Es gibt so viele Variablen. Vergessen Sie nicht, daß es so etwas wie die Apple-Hilfe gibt. Manchmal kann sie sehr hilfreich sein. Klicken Sie im Menü *Hilfe* im Finder auf *Mac OS Hilfe* oder drücken Sie ⌘ - ?.

■ Benutzen Sie die Hilfe-Dateien!

Lesen Sie auch das Handbuch, das Sie mit Ihrem Computer oder mit Ihrem neuen Betriebssystem bekommen haben (falls überhaupt eins dabei war). In diesen Büchern steht eine Menge nützlicher Informationen.

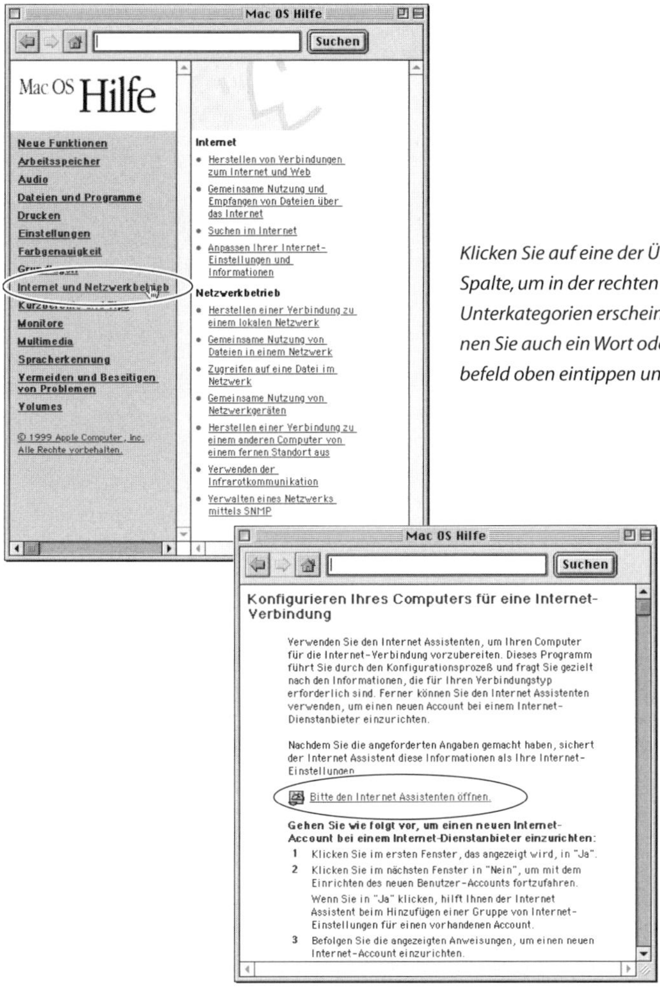

Klicken Sie auf eine der Überschriften in der linken Spalte, um in der rechten Spalte die entsprechenden Unterkategorien erscheinen zu lassen. Alternativ können Sie auch ein Wort oder einen Begriff in das Eingabefeld oben eintippen und klicken Sie auf «Suchen».

Klicken Sie weiter auf Links, um zu finden, wonach Sie suchen. Wenn Sie ein solches Symbol mit Link sehen, führt Sie der Mac Schritt für Schritt durch den dort genannten Vorgang. Eine klasse Funktion!

URLs für Sie

Zum Abschluß dieses Kapitels habe ich noch einige nützliche Web-Adressen für Sie – nur falls Sie nicht wissen, was Sie im Internet anschauen sollen ;-)). Adressen im Web haben es allerdings an sich, daß sie sich schnell ändern (insbesondere wenn man sie gerade in einem Buch veröffentlicht hat). Ich habe also versucht, nur Adressen anzugeben, die bereits gut eingeführt sind, und sich (hoffentlich) nicht so schnell ändern werden. Falls doch, bitte ich vorsorglich schon um Entschuldigung!

Thema	Adresse
Apple	www.apple.de
Adobe	www.adobe.de
Netscape	www.netscape.de
Macintosh	www.macnews.de, www.macgadget.de, www.macguardians.de
Microsoft	www.microsoft.de
Mactopia	www.microsoft.de/mactopia/
Bücher	www.amazon.de, www.buch.de, www.bol.de
Familie	www.familie.de
Filme	www.film.de, www.cinema.de
Fernsehen	www.tv-today.de
Sport	www.sport.de
Reisen	www.reise.de
Wetter	www.wetter.de
Musik	www.musik.de
Freeware & Shareware	www.shareware.com www.download.com
Robin & John	www.UrlsInternetCafe.com

Extras

In diesem Teil finden Sie eine Reihe nützlicher Hinweise – darunter Abbildungen und Beschreibungen aller Anschlüsse auf der Rückseite Ihres Macs, eine Sammlung von Tips, einige Hinweise zur Apple-Hilfe, ein Glossar mit häufig verwendeten Computerausdrücken und einen kleinen Überblick über die neuen Funktionen von Mac OS 9. Und natürlich den Index.

34

Hilfe, Tips & Tricks

Wenn Sie nett und freundlich zu Ihrem Macintosh sind, wird er es Ihnen mit ewiger Zuneigung danken und Sie praktisch niemals im Stich lassen. Trotzdem gibt es hin und wieder Umstände, die jenseits seiner Kontrolle sind: Systemerweiterungen verschiedener Programme, die sich einfach nicht vertragen wollen, durch abgestürzte Programme beschädigte Dateien, eine völlig aufgelöste Schreibtischdatei und dergleichen Katastrophen mehr. Zur Ehrenrettung unseres kleinen Freunds möchte ich hier jedoch noch einmal betonen, daß in 90 Prozent aller Fälle die Ursache eines Systemfehlers falsche Bedienung ist. Und das sind Sie und ich! Gründe (oder Ausreden) für dieses Verhalten gibt es genug: Schlecht geschriebene oder nie gelesene Handbücher, wildes Umher-Geklicke, unachtsames und unbeabsichtigtes Verschieben von Dateien und, und, und. Generationen von leidgeprüften Macintosh-Computern können ein trauriges Lied zum Thema Fehlbedienung singen.

Diese Liste soll keinesfalls eine vollständige Referenz für alle möglichen Katastrophen sein, von denen Sie heimgesucht werden könnten. Es ist vielmehr eine Zusammenfassung der häufigsten alltäglichen Probleme (und ihrer Lösung!), die Ihnen am Anfang bei der Arbeit mit einem Macintosh begegnen können. Anschließend folgen einige Tips und Tricks, mit denen Sie Ihrem Mac Erste Hilfe leisten, unwillige Drucker bezwingen und Ihr System ein wenig stabiler machen können. Aber auch hier gilt: Vollständigkeit wurde nicht angestrebt – sonst wäre dieses Kapitel ein eigenes Buch geworden!

Problem am Anfang

Auch wenn der Macintosh nach wie vor Maßstäbe in Sachen Bedienerfreundlichkeit setzt, tauchen doch gerade am Anfang immer wieder hier und da Probleme auf. Doch weil es Apple mit der Bedienerfreundlichkeit ernst ist, wurden gleich mehrere Hilfefunktionen in das Betriebssystem fest eingebaut.

■ Das Hilfe-Menü

Wahrscheinlich haben Sie bereits Bekanntschaft mit der Hilfefunktion in Ihrer Menüleiste gemacht. Diese Funktion ist eine sehr nützliche Informationsquelle für alle möglichen Fragen, nicht nur, was Ihren Mac anbelangt, sondern auch für viele Ihrer Programme. Das Fragezeichensymbol, das Sie in vielen Dialogfeldern sehen, ist ein direkter Link zu denselben Hilfedateien, die Sie im *Hilfe*-Menü bekommen können. Darüber hinaus gibt es im *Hilfe*-Menü die Funktion *Erklärungen ein*, die je nach Programm ebenfalls recht nützlich sein kann. Schauen wir doch mal, was das *Hilfe*-Menü alles an nützlichen Antworten zu bieten hat.

■ Die Apple Hilfe

Apple hat für die Hilfe auf dem Mac eine spezielle Benutzerführung installiert. Wenn Sie die nicht gelöscht oder die Systemerweiterung Apple Hilfe deaktiviert haben, sollte sie eigentlich funktionieren.

- Wählen Sie vom Finder *Mac OS Hilfe* aus dem *Hilfe*-Menü.
- Drücken Sie im Finder ⌘ - ⇧ - ?.
- Immer wenn Sie ein Fragezeichensymbol (siehe Abbildung am Rand) sehen, klicken Sie darauf.

Eigentlich lautet das Kürzel nur ⌘ - ?. Auf deutschen Tastaturen funktioniert es aber nur mit der Umschalttaste.

Die *Apple*-Hilfe ist sehr leicht zu benutzen und erklärt sich größtenteils von selbst. Manchmal ist die angebotene Information wirklich erstklassig, manchmal nicht ganz so toll. Es kommt schon mal vor, daß Schritte ausgelassen werden, die wirklich wichtig sind. Achten Sie auf den roten Kreis, der sich um Objekte zeichnet, auf die die Apple-Hilfe Ihre Aufmerksamkeit lenken will oder mit denen Sie etwas anstellen sollen.

Klicken Sie auf eins dieser Symbole und Ihnen wird geholfen!

■ Das Hilfe-Menü in Programmen

Viele Programme haben mittlerweile eindrucksvolle umfassende Hilfeseiten. Oft brauchen Sie nur ⌘ - ⇧ - ? zu drücken, und der Mauszeiger wird zum Fragezeichen. Sie können dann mit diesem Fragezeichen auf Menüeinträge oder Dialogfelder klicken und bekommen den entsprechenden Hilfeabschnitt präsentiert. Versuchen Sie es doch mal in Ihrem Lieblingsprogramm.

Wenn ⌘ - ⇧ - ? nicht funktioniert, versuchen Sie es mit dem *Hilfe*-Menü (siehe Abbildung unten), um das Hilfeangebot des Programms aufzurufen. Alle unterstrichenen Punkte sind Verweise zu noch mehr Informationen. Sie werden immer Tasten oder Einträge finden, die *Inhaltsverzeichnis*, *Index*, *Themen*, *Stichwörter* oder dergleichen heißen. Klicken Sie darauf, tippen Sie ein, wonach Sie suchen, klicken Sie auf einen Link etc. Sie werden erstaunt sein, was Sie hier alles lernen können.

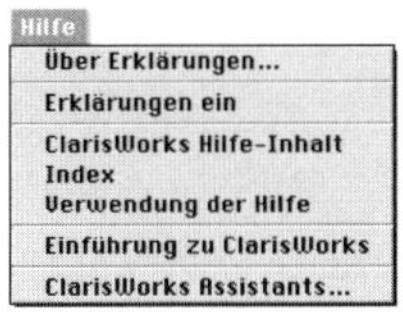

Aktive Hilfe

Die Aktive Hilfe mit den Sprechblasen ist nicht nur vom Finder aus zugänglich, sondern praktisch aus jedem Programm heraus.

- Wählen Sie *Erklärungen ein* aus dem *Hilfe*-Menü.
- Bewegen Sie den Mauszeiger über den Bildschirm und sehen Sie, was sich dort überall für Sprechblasen zeigen. Einige Programme haben eine Aktive Hilfe direkt im Programm integriert, und Sie können Menülisten oder Paletten durchsuchen und bekommen für jeden Befehl eine Sprechblase. Doch nicht alle Programme setzen die Sprechblasenhilfe ein.
- Um die Aktive Hilfe auszuschalten, wählen Sie *Erklärungen aus.*

Manchmal liefern die Sprechblasen nützliche Informationen.

Manchmal sind sie auch nicht so hilfreich.

Probieren Sie die Aktive Hilfe auch in anderen Programmen aus. Die Sprechblasen zu Sherlock zum Beispiel sind sehr auskunftsfreudig.

- **Hilfe aus dem Info Center**

Sie haben sicher bereits einmal probehalber auf das Symbol *Mac OS Info Center* auf Ihrem Schreibtisch geklickt. Wenn nicht, können Sie das ruhig tun. Es öffnet sich ein Browser-Fenster und zeigt Ihnen einige Webseiten, die sich jedoch auf Ihrer Festplatte befinden. Sie finden hier allerhand Hilfe. Wenn Sie allerdings auf irgend etwas unter der Überschrift *Informationen im Internet* klicken, wird Ihr Mac versuchen, eine Verbindung zum Internet herzustellen. Sie sollten daher sicherstellen, daß Ihr Mac eine Verbindungsmöglichkeit hat (Kap. «Mac und Internet» ab Seite 278), bevor Sie auf irgendwelche Links in dieser Abteilung klicken. Wenn Sie über eine Verbindung verfügen, haben Sie so Zugriff auf eine Fülle von weiteren hilfreichen Informationen auf Apples Webseiten. (Vieles allerdings nur in englischer Sprache!) Falls Sie eine Verbindung herstellen, achten Sie darauf, sich anschließend wieder abzumelden, wenn Sie fertig sind. Siehe auch Seite 289.

Ernste Probleme

Diese Hilfefunktion ist sicherlich eine tolle Sache – aber was ist, wenn der Mac gar nicht anspringt? Als erstes sollten Sie unbedingt Ruhe bewahren! Und dann ganz systematisch vorgehen. Das tolle am Mac ist, daß er Ihnen sogar noch Hilfestellungen bietet, wenn er gar nicht funktioniert!

- **Der Computer geht nicht an**

Wenn Ihr Macintosh partout nicht starten will, überprüfen Sie erst einmal sämtliche Schalter und Kabel. Wenn irgendein Schalter die Stellungen *I* und *O* hat, bedeutet das *I* immer, daß er eingeschaltet ist.

- Falls Sie eine überspannungsgeschützte Steckerleiste haben, könnte es sein, daß der Schalter nicht eingeschaltet ist. Schalten Sie den Strom an.
- Falls Sie noch weitere Geräte an Ihren Computer angeschlossen haben, einen Scanner, eine externe Festplatte oder ein CD-ROM-Laufwerk, müssen diese manchmal zuerst eingeschaltet werden. Manchmal müssen die Geräte auch in einer bestimmten Reihenfolge eingeschaltet werden. Versuchen Sie, die Reihenfolge der Geräte zu verändern.

- **Fragezeichen, blinkendes X oder trauriger Mac**

Im Normalfall begrüßt Sie beim Einschalten immer ein **fröhlicher Mac**, was soviel heißt wie: «Alles in Ordnung – Willkommen bei Macintosh!». Manchmal kommt es jedoch vor, daß Sie ein anderes Symbol sehen, zum Beispiel das Bild einer Diskette mit **blinkendem Fragezeichen**. Dies ist ein visueller Hinweis darauf, daß der Mac den Systemordner nicht finden kann. Der Systemordner muß in jedem Fall mindestens die Systemdatei und die Finderdatei enthalten. Falls Sie eine externe Festplatte verwenden, stellen Sie sicher, daß die Festplatte selbst eingeschaltet ist und läuft, und falls noch irgendwelche Schalter da sein sollten, schalten Sie sie ein. Wenn noch weitere Geräte an den Computer angeschlossen sind, dann müssen diese manchmal zuerst eingeschaltet werden. Je mehr Geräte Sie an Ihren Mac anschließen, desto kritischer wird häufig die Reihenfolge, in der diese Geräte eingeschaltet werden müssen.

Das blinkende Fragezeichen

Die Diskette mit dem **blinkenden X** heißt, daß der Mac zwar das Volume gefunden hat, von dem Sie annahmen, daß es das Startvolume sei, daß dieses aber in Wirklichkeit kein richtiges Startvolume ist. Vielleicht ist ja tatsächlich ein Systemordner auf dem Volume, aber der Mac kann nichts damit anfangen. Versuchen Sie es mit einem anderen Startvolume.

Das blinkende X

Ein Symbol, das Sie auf keinen Fall gern sehen wollen, ist der **traurige Mac** (der **Sad Mac**). Wenn der erscheint, bedeutet das, daß irgend etwas wirklich nicht in Ordnung ist und daß Sie wahrscheinlich Ihren kompetenten Bekannten – besser Freund – zu Hilfe rufen müssen, der sich mit Macs gut auskennt, um mit seiner Hilfe herauszufinden, was Ihrem Mac fehlt. Das einzige, was noch schlimmer ist als ein trauriger Mac, ist, wenn der Bildschirm völlig schwarz bleibt (statt grau oder farbig oder gemustert) und die «Todesglocken» ertönen. Vor dem schwarzen Monitor hat man dann wirklich den Eindruck, das letzte Stündlein des Macs hat geschlagen. Ich selbst habe sie sechsmal in meinem Leben gehört, obwohl das letztemal schon einige Jahre her ist.

Der traurige Mac. Aber besser als ein toter Mac.

■ Startdiskette

Sie sollten immer die original System-CD-ROM für System 8.x behalten. Sie ist speziell als Notfall-Startvolume ausgelegt – also für den Fall, daß Ihr Computer aus irgendeinem Grund einmal nicht von der Festplatte starten will. Sie können im Notfall von dieser CD-ROM starten. Falls das nicht mehr geht, haben Sie ein ernsthaftes Problem, das in der Regel nur Ihr Händler beheben kann. Wenn sich der Macintosh jedoch von der System-CD starten läßt, können Sie Ihren Systemordner unter die Lupe nehmen und vielleicht herausfinden, was der Grund für das Problem ist, etwa eine fehlende Finder-Datei. Vielleicht wissen Sie auch, daß es an einer Systemerweiterung liegen kann, die Sie gerade vor einer halben Stunde installiert haben, und die Sie jetzt getrost über Bord werfen können. Oder Sie können zerstörte Dateien oder Zeichensätze löschen und – wenn nötig – gleich das System neu installieren.

Um den Mac von der CD zu starten, legen Sie die CD ein, machen einen erzwungenen Neustart (siehe unten), drücken dabei die Taste C und halten die Taste gedrückt, bis der Schreibtisch aufgebaut wird. Sie können sehen, daß Ihr Computer von der CD startet, wenn das Symbol in der rechten oberen Ecke nicht die Festplatte, sondern die CD ist.

■ Bildschirm friert ein

Gelegentlich kommt es vor, daß Ihr **Mac einfriert**. Vielleicht läßt sich der Mauszeiger noch bewegen, aber Sie können nichts mehr anklicken, und die Tasteneingabe funktioniert nicht mehr. Wenn Sie hören können, daß die Festplatte noch arbeitet, hat sich der Mac vielleicht an irgend etwas aufgehängt. Warten Sie ein oder zwei Minuten und klikken Sie dann irgend etwas an, um dem Computer noch etwas zu tun zu geben. Wenn sich jedoch mehr als drei Minuten lang nichts ändert, haben Sie ein Problem. Manchmal ist dies durch statische Elektrizität verursacht oder durch einen Konflikt in Ihrem Mac, und manchmal, wenn der Computer nicht mehr genug Arbeitsspeicher hat. Sie können versuchen, ⌘ - . (Punkt) zu drücken, aber das wird nur selten helfen.

Programme abschießen

Was dagegen manchmal hilft, ist das gerade laufende Programm zwangsweise zu beenden – es abzuschießen. Drücken Sie dazu die Tasten ⌘ - ⌥ - esc. Ein Dialogfeld erscheint und fragt Sie, ob Sie dieses Programm wirklich beenden wollen. Alles, was Sie nicht in diesem Programm abgespeichert haben, wird verlorengehen, wenn Sie es zwangsweise beenden.

Wenn eine Warnung Ihnen sagt, daß Sie nun den **Finder** beenden, tun Sie es lieber nicht, denn der Finder ist das Programm, das Ihren Schreibtisch aufrechterhält. Wenn Sie den Finder beenden, sind Sie ohnehin nicht besser dran als vorher.

Wenn die Zwangsbeendigung tatsächlich funktioniert hat, sollten Sie sofort alle weiteren geöffneten Programme sichern bzw. schließen und einen Neustart durchführen. Wenn die Zwangsbeendigung nicht funktioniert und alles eingefroren bleibt, bleibt Ihnen ohnehin nur noch ein Neustart …

Neustart nach Absturz

Wenn alle Versuche fehlschlagen, den Mac wieder aufzutauen, bleibt nichts anderes als ein **Neustart**. Halten Sie die Befehls- und Ctrl-Tasten gedrückt und drücken Sie auf die Einschalttaste (die große rechts oben mit dem Dreieck). Dies ist schonender für Ihren Mac, als wenn Sie den Netzschalter ein- und ausschalten würden.

Unter dem Dreieckssymbol ist ein winziges Loch. Stochern Sie mit einer Büroklammer in das Loch.

Den **iMac** können Sie jedoch nicht auf diese Weise neustarten. Um den original bondiblauen iMac neuzustarten, biegen Sie sich eine Büroklammer zurecht und stochern Sie damit in das Neustart-Loch, das sich in der Seitenwand befindet. Über dem winzigen Loch sehen Sie das Dreieckssymbol. Die bonbonbunten iMacs neueren Datums haben an derselben Stelle mittlerweile einen Knopf.

Systemabstürze

In den guten alten Zeiten vor System 7.6 gab es keine Systemabstürze. Oder war es 7.5 oder gar 7.1? Nein, es war System 6, nein … Wie das so ist mit den guten alten Zeiten: Früher war alles besser. Tatsache ist jedoch, daß Systemabstürze inzwischen auch auf dem Mac ein leidiges Thema geworden sind – und das, obwohl sie im Normalfall recht selten vorkommen! Lassen Sie sich daher nicht ins Bockshorn jagen: Wenn Sie Programme immer mit der mitgelieferten Installationsroutine einrichten, sich nicht ständig die neuesten Shareware-Gimmicks ins System holen und Ihre Festplatte einmal im Monat mit Erste Hilfe aus dem Dienstprogramme-Ordner untersuchen lassen, gibt es eigentlich nur zwei, drei Ursachen für Systemabstürze. Und die lassen sich leicht aus der Welt schaffen.

Zu wenig RAM

Mangel an Arbeitsspeicher ist die häufigste Ursache für Systemabstürze. **RAM** (Random Access Memory, «beliebig zugreifbarer Speicher») oder Arbeitsspeicher, ist der Bereich in Ihrem Computer, in dem alle Informationen vorübergehend gespeichert werden, während Sie an ihnen arbeiten. Wenn Sie speichern, werden diese Informationen permanent auf der Festplatte gesichert und machen so wieder neuen Arbeitsspeicher frei. Wenn Sie nur selten speichern, füllt sich der Arbeitsspeicher, und der Mac steigt einfach aus (stürzt ab). Wenn Sie eine Menge Systemerweiterungen haben, denken Sie daran, daß die alle in den Arbeitsspeicher geladen werden, sobald Sie den Computer einschalten. Dann wird noch Ihr Programm in den Arbeitsspeicher geladen. Und dann noch die Zeichensätze. Und wenn Sie mehr als ein Programm gleichzeitig geöffnet haben, nehmen auch die noch Arbeitsspeicher in Anspruch. Wenn Sie dann arbeiten, ist meistens nicht mehr viel Platz übrig. Lesen Sie hierzu Kap. «Wichtige Informationen» ab Seite 245. Entscheiden Sie selbst, ob Sie wirklich alle Erweiterungen und Zeichensätze brauchen, und eliminieren Sie alles Unnötige. Wenn es Ihnen häufig passiert, daß Sie zuwenig Arbeitsspeicher haben, empfiehlt es sich, den Arbeitsspeicher aufzustocken. Fragen Sie Ihren Mac-Spezialisten in der Bekanntschaft, den örtlichen Mac-Club oder Ihren Händler, wie das geht.

Wieviel RAM?

Interessiert es Sie, wieviel RAM ein Programm von dem zugeteilten Arbeitsspeicher tatsächlich in Anspruch nimmt?

- Wählen Sie im Finder *Erklärungen ein* aus dem *Hilfe*-Menü.
- Wählen Sie aus dem *Apple*-Menü den Menüpunkt *Über diesen Computer.*
- Fahren Sie mit dem Mauszeiger über den Balken, der den größten ungenutzten Anteil hat, und eine Sprechblase mit Informationen wird erscheinen.

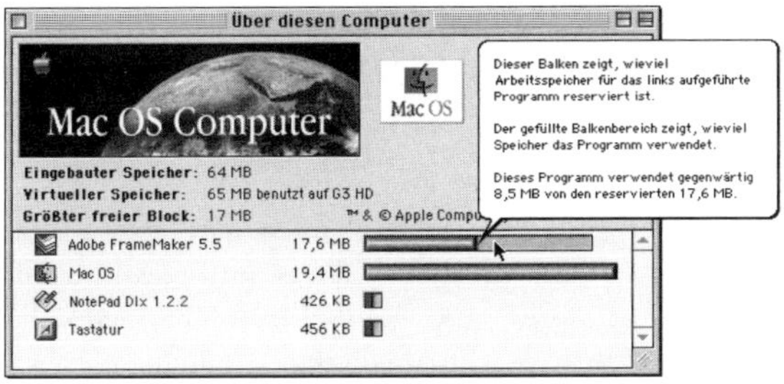

Hier sehen Sie, daß das Programm «Adobe Framemaker» nur knapp die Hälfte des zugeteilten Speichers nutzt. Sollte also bei mir einmal Mangel an Arbeitsspeicher herrschen, könnte ich hier einige Megabyte einsparen.

- Voller Schreibtisch?

Möglicherweise merken Sie nach ein paar Monaten, daß Ihre Festplatte immer langsamer wird. Die Ursache dafür ist häufig eine unsichtbare Datei namens Desktop DB (oder so ähnlich, immerhin ist sie unsichtbar!), in der alle Icons aufgezeichnet werden, die Ihr Schreibtisch jemals gesehen hat, selbst wenn Sie nur einmal kurz eine Diskette eingelegt haben. Es gibt aber eine Möglichkeit, die Schreibtischdatei neu aufzubauen und alle überflüssigen Informationen zu beseitigen. Machen Sie alle paar Wochen folgendes:

1. Wählen Sie *Neustart* aus dem Menü *Spezial.* (Oder warten Sie, bis Sie das nächstemal Ihren Computer einschalten.)
2. Halten Sie – während Ihr Mac hochfährt – die Befehls- und Wahltaste gedrückt.
3. Halten Sie die Tasten so lange gedrückt, bis Sie folgendes Dialogfeld sehen.

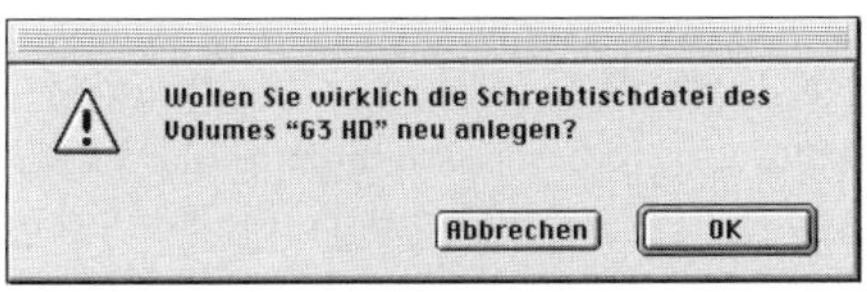

4. Klicken Sie auf *OK* (oder drücken Sie den Zeilenschalter). Danach erscheint eine Dialogbox mit einem Balken, der Sie über den Fortgang der Operation informiert. Bei Bedarf können Sie diesen Vorgang hier auch abbrechen, aber das sollten Sie nur

im äußersten Notfall tun, denn eine halbaufgebaute Schreibtischdatei bereitet garantiert Probleme!

Tip: Ich halte üblicherweise neben der Befehls- und der Wahltaste auch noch die Umschalttaste gedrückt, wenn ich den Schreibtisch neu aufbaue. Die Umschalttaste verhindert, daß Systemerweiterungen geladen werden, was den Prozeß beschleunigt und gründlicher macht. Wenn ich dann schließlich wieder auf meinem Schreibtisch bin, mache ich einen weiteren Neustart ohne gedrückte Tasten, so daß die Erweiterungen wieder geladen werden.

Sie können auf dieselbe Weise den Schreibtisch von Disketten oder Wechselmedien neu aufbauen: Halten Sie die Befehls- und Wahltaste gedrückt, während Sie das Medium einlegen, bis Sie das Dialogfeld wie oben sehen.

Der Neuaufbau des Schreibtisches kann eine erstaunliche Menge von Problemen beseitigen. Ich habe festgestellt, daß immer, wenn irgendwelche Probleme mit dem Drucken auftraten, ich nur den Schreibtisch neu aufbauen mußte, und alles hat wieder funktioniert. Fragen Sie mich aber bitte nicht, warum!

■ Konflikte mit Systemerweiterungen

Wenn Sie viele Systemerweiterungen einsetzen, sollten Sie bedenken, daß es gerade bei kostenlosen Erweiterungen immer wieder vorkommt, daß sie Bugs aufweisen, instabil sind oder nicht ausreichend getestet wurden. Es ist eine wohlbekannte Tatsache, daß Erweiterungen Ärger machen können – bis hin zu Systemabstürzen. Wenn Sie glauben, daß eine Ihrer Systemerweiterungen Systemabstürze verursachen könnte, schalten Sie erst einmal alle Erweiterungen aus und anschließend einzeln und nacheinander wieder ein. Arbeiten Sie dazwischen mit der jeweiligen Konfiguration einige Zeit, bis Sie sicher sind, daß der Fehler auch wirklich nicht auftritt. Beachten Sie die Hinweise in Kap. «Kontrollfelder» ab Seite 219 und verwenden Sie das Kontrollfeld *Erweiterungen Ein/Aus*, um die Ursache des Problems zu finden.

■ Kontrollfeld «Erweiterungen Ein/Aus»

Es kann durchaus passieren, daß Sie gelegentlich einige Ihrer **Systemerweiterungen** deaktivieren müssen. Vielleicht macht eine Erweiterung Probleme, und Sie müssen den Computer ohne sie starten, weil Sie sie nicht bei laufendem Computer deaktivieren können. Vielleicht wollen Sie auch alle Erweiterungen deaktivieren, um neue Software zu installieren.

Um **alle Systemerweiterungen beim Start zu deaktivieren**, halten Sie die **Umschalttaste** beim Einschalten oder beim Neustart gedrückt. Damit verhindern Sie, daß eine Systemerweiterung beim Start ins System geladen wird. Halten Sie die Umschalttaste gedrückt, bis Sie die Meldung *Systemerweiterungen deaktiviert* sehen. Sie können jede Erweiterung einzeln ein- oder ausschalten. Wenn Sie sehr viele Erweiterungen benutzen, sollten Sie sich intensiver mit dem Kontrollfeld *Erweiterungen Ein/Aus* (siehe Kap. «Kontrollfelder» ab Seite 219) beschäftigen, mit dem Sie die Dateien in den Ordnern *Startobjekte*, *Systemordner*, *Kontrollfelder*, *Erweiterungen* und *Ausschaltobjekte* managen können. Damit können Sie zum Beispiel verschiedene Sets dieser Objekte anlegen, zwischen denen Sie beim Neustart hin- und herwechseln können.

Das x in OS 8.x steht als Ersatz für die Zahl, die Sie in Ihrem System sehen.

Um **einzelne Erweiterungen beim Starten zu deaktivieren**, halten Sie beim Neustart die **Leertaste** statt der Umschalttaste gedrückt. Halten Sie sie so lange fest, bis Sie das Kontrollfeld *Erweiterungen Ein/Aus* vor sich haben. Dann können Sie die Erweiterungen, von denen Sie glauben, daß sie Ärger machen, deaktivieren. Falls Sie Zweifel haben, wählen Sie *Mac OS 8.x Standard*, um gerade so viele Erweiterungen zu laden, wie das System braucht, um voll zu funktionieren. Schließen Sie das Kontrollfeld *Erweiterungen Ein/Aus* wieder, um den Startvorgang zu Ende zu führen.

Bildschirmschoner

Vielleicht haben Sie ja auch schon einmal von den sogenannten Bildschirmschonern gehört, die verhindern sollen, daß der Monitor einbrennt. Ein Bildschirmschoner schaltet nach einiger Zeit den Bildschirm aus oder erzeugt ein bewegtes Bild, das sich ständig verändert, wie Sternschnuppen, geometrische Formen oder fliegende Toaster. Sobald Sie die Maus bewegen oder eine Taste drücken, verschwindet der Bildschirmschoner sofort wieder. Leider sind Bildschirmschoner häufig die Hauptschuldigen, wenn mit dem Computer etwas schiefgeht. Wenn Sie einen Bildschirmschoner verwenden und Ihnen irgend etwas komisch vorkommt, sollten Sie als erstes den Bildschirmschoner ausschalten. Bei neuen Monitoren besteht das Risiko des Einbrennens ohnehin nicht mehr.

Kleinere Probleme

Wenden wir uns nach diesen allzu unerfreulichen Szenarien nun wieder dem streßfreieren Macintosh-Alltag zu. Natürlich gibt es auch hier hin und wieder Probleme, zum Beispiel scheinbar oder tatsächlich verlorengegangene Dateien und Programme, nicht druckende Drucker, fehlende Schriften, unlesbare Clip Arts usw. So lästig diese Schwierigkeiten auch sind, so entsprechen sie doch unserer eingangs erwähnten These, wonach ein Großteil von Computerfehlern eigentlich Fehlbedienungen des Anwenders sind. Und die lassen sich fast immer korrigieren oder sogar rückgängig machen.

- Dokumente verloren?

Am Anfang kann es Ihnen durchaus passieren, daß Sie zwar daran denken, brav alle paar Minuten Ihr Dokument zu speichern, aber wenn Sie dann das Programm beendet haben, können Sie Ihr Dokument **nirgendwo mehr finden**. Das liegt daran, daß Sie beim Speichern nicht aufgepaßt haben, auf welches Volume und in welchen Ordner Sie das Dokument abgelegt haben. Lesen Sie dazu Kap. «Sichern» ab Seite 84 und das Kap. «Navigieren und Sichern» ab Seite 124. Studieren Sie die Dialogfelder, die dort abgebildet sind. Dann verstehen Sie, wie Sie Ihre Dokumente sichern und anschließend auch garantiert wiederfinden können.

Wenn Sie trotzdem ein Dokument nicht finden können, beauftragen Sie Sherlock mit einer Suche (Kap. «Sherlock» ab Seite 180). Glauben Sie mir, er ist der Beste. Sobald Sie Ihr Dokument gefunden haben, sollten Sie es sofort in einen Ordner legen, den Sie leicht wiederfinden, genauso wie Sie einen Ordner in Ihrem Büro im Schrank verstauen würden. Ziehen Sie das Dokumentsymbol auf einen Ordner oder eine Diskette Ihrer Wahl. Der Ordner oder die Diskette wird daraufhin **schwarz**. Wenn er schwarz ist, lassen Sie los, und das Dokument wird hineinfallen.

- Ein Dokument läßt sich nicht öffnen

Manchmal erhalten Sie bei Doppelklick auf ein Symbol eine Warnung, daß das Dokument **geschützt ist oder bereits bearbeitet wird** oder auch, daß **kein Programm für das Dokument gefunden** werden kann.

Wenn die **Diskette schreibgeschützt** ist, sehen Sie ein kleines Symbol oben links in dem Fenster. In diesem Fall können Sie zwar nichts auf der Diskette speichern, Sie können jedoch alle Dateien, die sich darauf befinden, lesen, kopieren und ausdrucken. Um den Schreibschutz einer Diskette aufzuheben, werfen Sie sie zunächst wieder aus. In einer der Ecken befindet sich ein kleiner Schieber, der ein Loch verdeckt oder freigibt. Wenn das Loch offen ist, ist die Diskette schreibgeschützt (obwohl es eigentlich umgekehrt sein müßte, oder?). Um den Schreibschutz aufzuheben, müssen Sie also den kleinen Schieber herunterschieben, so daß das Loch geschlossen ist.

Eine CD-ROM ist immer schreibgeschützt. ROM heißt nichts anderes als Read Only Memory, also «nur zu lesender Speicher». Das bedeutet, Sie können zwar überall herumstöbern auf der Scheibe, aber nichts darauf schreiben. Mittlerweile gibt es jedoch auch beschreibbare (und mehrfach beschreibbare) CDs.

Sitcom proposal

Dies ist eine geschützte Datei. Ich habe sie im Menübefehl «Information» geschützt.

Wenn das **Dokument geschützt** ist, klicken Sie es an und öffnen Sie *Information* aus dem Menü *Ablage*. In der unteren linken Ecke des Dialogfeldes ist ein kleines Auswahlfeld: *Geschützt*. Wenn dieses Feld angekreuzt ist, klicken Sie darauf, um das Dokument zum Bearbeiten freizugeben.

Internet

Dies ist ein geschützter Ordner. Ich habe ihn im Menübefehl «Information» unter «Gemeinsam nutzen…» geschützt.

Wenn ein **Ordner geschützt** ist, klicken Sie ihn an und öffnen Sie *Information* aus dem *Ablage*-Menü. Wählen Sie im Einblendmenü *Gemeinsam nutzen…* Unterhalb des Einblendmenüs finden Sie die Checkbox *Bewegen, Umbenennen und Löschen verbieten*. Wenn diese angekreuzt ist, müssen Sie sie abwählen, um den Ordner freizugeben.

Wenn ein **Dokument in Gebrauch** ist, dann wird es gerade benutzt. Normalerweise bekommen Sie diese Warnung, wenn Sie versuchen, ein Symbol zu öffnen, das wie ein Macintosh aussieht. Mac-Symbole sind Teil des Systems und sind daher immer in Gebrauch.

■ Clip Art Dateien betrachten

Clip Arts sind Sammlungen von Bildern, Grafiken oder Fotos, die Sie käuflich erwerben können. Wenn Sie versuchen, Clip Arts anzuschauen, bekommen Sie häufig die Meldung, daß das Programm nicht gefunden werden konnte, selbst wenn es sich auf dem Computer befindet. Das kann daran liegen, daß es mit einer anderen Version des Programms erstellt wurde. Starten Sie in diesem Fall das Programm, und öffnen Sie das betreffende Dokument über das *Ablage*-Menü. (Siehe auch Seite 315)

Meistens müssen Sie Clip Arts jedoch ohnehin nicht eigens öffnen. Statt dessen müssen Sie nur einen Platz in einem Dokument festlegen, an dem Sie sie einfügen können. Schauen Sie in den Menüs Ihres Programms nach so etwas wie *Einfügen* oder *Plazieren*. Im dazugehörigen Dialogfeld suchen Sie nach der Clip Art-Datei. Doppelklicken Sie auf ihren Namen, und sie sollte auf der Seite Ihres Dokuments erscheinen.

■ Falsche oder fehlende Schriften

Wenn Sie ein Dokument auf einem anderen System öffnen, kann es sein, daß das Dokument **vollkommen anders formatiert** wird. Lassen Sie mich die Ursache dieses seltsamen Verhaltens erklären.

Stellen Sie sich vor, Sie erstellen ein Dokument in ClarisWorks und verwenden dabei die Schrift Palatino. Anschließend reichen Sie das Dokument einem Kollegen weiter, der es auf seinem Computer öffnet. Doch bei Ihrem Kollegen erscheint der Text plötzlich in Helvetica und der gesamte Umbruch ist dahin.

Im allgemeinen liegt das daran, daß Ihr Kollege den Zeichensatz Palatino nicht in seinem System hat. Wenn der Zeichensatz, mit dem ein Dokument geschrieben wurde, nicht gefunden werden kann, dann verwendet das Programm einfach den voreingestellten Standardzeichensatz – bei ClarisWorks ist das Helvetica – oder den voreingestellten Ersatzzeichensatz – das ist meistens Courier. Für dieses ziemlich häufige Problem gibt es mehrere Lösungsmöglichkeiten:

1. Sie achten darauf, daß beide Computer dieselben Zeichensätze von denselben Herstellern zur Verfügung haben. Am einfachsten geht das, wenn Sie sich auf die Standardzeichensätze beschränken, die im Lieferumfang des Mac OS enthalten sind. Denn selbst wenn Ihr Empfänger diesen Zeichensatz nicht hat, kann er oder sie ihn von der System-CD wieder installieren.

2. Alternativ können Sie den Zeichensatz auch schlicht und einfach mitgeben – sofern das der Hersteller dieses Zeichensatzes erlaubt. Schriften unterliegen wie alle anderen Dinge auch dem Urheberrecht. Erkundigen Sie sich also, bevor Sie einen Zeichensatz versenden. (Viele Font-Hersteller erlauben beispielsweise die Weitergabe an Belichtungsbüros, sofern diese sich verpflichten, die Zeichensätze anschließend wieder zu löschen.)

3. Um Konflikte mit dem Copyright zu vermeiden, wählen viele Firmen den Super-ATM oder auch ATM Deluxe. Dieser besondere Adobe Type Manager (der natürlich Geld kostet) kann fehlende Schriften simulieren, sprich das Dokument sieht in etwa so aus, wie von Ihnen beabsichtigt, und Ihre Kollegen können es auch ausdrucken. Die Qualität ist jedoch nicht ausreichend für professionelle Ausdrucke oder gar Belichtungen – dafür benötigen Sie immer die Originalschriften.

Das hier beschriebene Problem einer ungefragten Umformatierung tritt üblicherweise nur bei kleinen bis mittleren Textverarbeitungsprogrammen auf. Professionelle Satzprogramme wie PageMaker, Quark Xpress, Framemaker, InDesign oder VivaPress weisen Sie beim Öffnen eines Dokuments auf fehlende Schriften hin.

■ Prüfen Sie Ihre Zeichensätze.

Um zu sehen, welche Zeichensätze Sie im System installiert haben, wählen Sie im Finder aus dem *Apple*-Menü den Menüpunkt *Tastatur*; daraufhin startet das gleichnamige Schreibtischprogramm. Wählen Sie hier den Menüpunkt *Schrift*, um die Liste der Zeichensätze zu sehen. Siehe auch Seite 155 für weitere Informationen über *Tastatur*.

■ Drucken geht nicht

Es gibt leider eine ganze Reihe von Gründen, warum das Drucken manchmal nicht funktioniert.

- Einer der häufigsten Gründe, warum das **Drucken nicht geht**, ist schlicht und einfach, daß der richtige Drucker nicht ausgewählt wurde. Öffnen Sie also zuerst die *Auswahl* und überprüfen Sie, ob Ihr Drucker am richtigen Anschluß ausgewählt ist (vgl. Kap. «Drucken» ab Seite 89).
- Stellen Sie sicher, daß der Drucker eingeschaltet ist, daß er Papier hat und daß die Papierschublade (falls es eine gibt) gut eingerastet ist.
- Überprüfen Sie den Sitz der Netzwerkkabel oder Anschlußkabel.

- Wenn die Festplatte voll ist, auf der sich der Systemordner befindet, kann der Mac nicht mehr drucken. Er braucht erst etwas freien Festplattenspeicher (lassen Sie immer etwa 10% Ihrer Festplatte leer!), um die notwendigen Befehle zum Drucken zu senden. Sie müssen erst ein wenig Festplattenspeicher freimachen, indem Sie ein oder zwei Dateien herunternehmen.

- Viele unerklärliche Druckprobleme werden durch das Neuaufbauen des Schreibtisch beseitigt. Bauen Sie Ihren Schreibtisch neu auf, und schalten Sie den Drucker für ein paar Minuten aus. Versuchen Sie es dann noch einmal. Das funktioniert oft.

- Manchmal verhindern kleine Kobolde, daß es mit dem Drucken klappt. Wenn Sie alles geprüft haben und es wirklich keine logische Erklärung gibt, warum das Dokument nicht drucken will, gehen Sie einfach kurz weg, lassen Sie jemand anders das Dokument auf Ihrem Drucker ausdrucken, schalten Sie alles aus und versuchen Sie es einfach später noch mal. Man kann nie wissen.

- Hilfe! Der Mülleimer quillt über.

Wenn sich um Ihren **Papierkorb herum der Müll stapelt**, liegt das daran, daß Sie eine Menge Dateien nicht in den Papierkorb, sondern danebengeworfen haben. Erst wenn **die Spitze des Mauszeigers** den Papierkorb berührt und der Papierkorb schwarz wird, dürfen Sie Ihr Dokument loslassen.

- Graue Diskettensymbole auf dem Schreibtisch

Ein **graues Diskettensymbol** kann zweierlei bedeuten: Entweder ist die Diskette bereits geöffnet – dann ist ihr Fenster vermutlich einfach nur verdeckt – oder sie befindet sich im Arbeitsspeicher.

Wenn sich die **Diskette** tatsächlich **im Laufwerk befindet**, weist der leere graue Schatten nur darauf hin, daß Sie die Diskette geöffnet haben und das Fenster sich irgendwo auf dem Bildschirm befinden muß. Wenn Sie das Fenster nicht sehen können, sind wahrscheinlich andere Fenster davor. Doppelklicken Sie einfach in das graue Diskettensymbol, und das Fenster wird in den Vordergrund kommen.

Wenn sich die **Diskette nicht im Laufwerk** befindet, haben Sie sie höchstwahrscheinlich mit dem Befehl *Diskette Auswerfen* in einem *Öffnen*- oder *Sichern*-Dialogfeld ausgeworfen. Dieser Vorgang wirft zwar die Diskette aus, beläßt aber die Informationen im Arbeitsspeicher des Mac. In diesem Fall werden Sie nach einem Doppelklick aufgefordert, die entsprechende Diskette wieder einzulegen. Falls die Diskette nicht neben dem Laufwerk liegt, werden Sie sich spätestens jetzt wünschen, Sie hätten Ihre Disketten alle schön feinsäuberlich beschriftet: Der Mac akzeptiert nämlich nur die gewünschte Diskette. Und da er noch deren Inhaltsverzeichnis im RAM hat, genügt es nicht, einfach irgendeine x-beliebige Diskette mit gleichem Namen einzulegen.

Falls Sie die Diskette allerdings leichtsinnigerweise ganz aus der Hand gegeben haben, sieht's düster aus. Der Mac hegt nämlich romantische Gefühle für besagte Diskette und verhält sich nach dem Motto: «Die oder keine!». Auf Seite 109 finden Sie eine genaue Erklärung, wie Sie das Problem vermeiden können, und vor allem, was Sie in so einem Fall tun können. Hier nur soviel: Probieren Sie es doch mal mit der Tastenkombination ⌘ – . (Punkt) und geben Sie nicht gleich nach dem ersten Versuch auf!

- Programm verloren?

Ihr **Programm ist plötzlich weg**? Ihr Menü hat sich auf einmal verändert, und Sie können das *Schriften*-Menü nicht mehr finden? Das Fenster, in dem Sie arbeiteten, ist unter allen möglichen anderen Fenstern verschwunden? Halb so schlimm. Sie haben lediglich aus Versehen das Programm gewechselt oder Sie haben auf den Schreibtisch geklickt und sind dadurch in den Finder zurückgesprungen, wo sich all die geöffneten Fenster befinden. Benutzen Sie das Menü *Programme* (ganz rechts in der Menüleiste), um eine Liste der geöffneten Programme zu sehen. Wählen Sie das Programm, das Sie brauchen. Lesen Sie dazu auch Kap. «Wichtige Informationen» ab Seite 245 und achten Sie dort besonders auf die Beschreibung des *Programm*-Menüs. Verwenden Sie das *Programm*-Menü auch, um die Fenster der Programme auszublenden, die Sie im Moment nicht benutzen.

■ Programm kann nicht gefunden werden

Wenn Sie die Fehlermeldung: «Das Dokument XY konnte nicht geöffnet werden, da das Programm, mit dem es erstellt wurde, nicht gefunden wurde» erhalten, dann passiert das aus folgenden zwei Gründen:

- Das Programm, mit dem Sie dieses Dokument erstellt haben, befindet sich nicht auf Ihrem Computer. Selbst wenn Ihr Dokument ein FileMaker Pro-Symbol hat, muß das Dokument, um dargestellt zu werden, in FileMaker Pro geöffnet werden.
- Einige Dokumente können nicht per Doppelklick direkt im Finder geöffnet werden, selbst wenn das Programm sich auf dem Computer befindet. Wenn Sie wissen, daß das Dokument in einem bestimmten Programm erstellt wurde und Sie außerdem wissen, daß das Programm auf Ihrem Computer ist, öffnen Sie zunächst das *Programm* selbst (doppelklicken Sie auf sein Symbol) und öffnen Sie anschließend das Dokument aus dem Programm heraus (mit *Öffnen…* im *Ablage*-Menü).

■ Der Finder ist sehr langsam

Wenn sich die **Fenster im Finder** nur sehr langsam öffnen oder alles auf dem Schreibtisch langsamer vonstatten geht, als es das eigentlich sollte, dann schauen Sie nach, ob Sie vielleicht *Ordnergröße berechnen* in den Voreinstellungen aktiviert haben. Sehen Sie in einem Fenster mit Listendarstellung unter der Rubrik *Größe* die Größe der Ordner? Das ist der Grund dafür, daß alles etwas länger dauert. Um es zu ändern, aktivieren Sie das fragliche Fenster, wählen Sie aus dem Menü *Darstellung* die *Darstellungsoptionen* und deaktivieren Sie das Auswahlfeld *Ordnergröße berechnen*.

■ Ruckartiges Tippen und springender Mauszeiger

Verhält sich Ihre **Maus irgendwie sprunghaft**? Geht das Tippen nur häppchenweise? Zeigen sich die Menüs erst nach einer Kunstpause? Sie versuchen wahrscheinlich irgend etwas im Hintergrund zu erledigen, wie eine große Datei zu kopieren oder zu drucken. Wenn der Computer zum Beispiel mit Drucken beschäftigt ist, muß er seine Aufmerksamkeit zwischen Ihnen und dem Drucker teilen. Die Folge sind kurze Arbeitspausen, in denen er Sie für ein paar Sekunden warten läßt. Dieses Verhalten ist zwar lästig aber nicht weiter schlimm; es verschwindet von selbst, sobald der Druck- oder Kopierauftrag erledigt ist.

■ CD oder Wechselplatte läßt sich nicht auswerfen

Je nachdem, wie Ihr Computersystem aussieht, können Sie oft nicht einfach auf ein Knöpfchen drücken, um Wechselplatten oder CDs auszuwerfen. Sie müssen sie erst freigeben. Ziehen Sie das Symbol der Platte oder CD auf den Papierkorb oder aktivieren Sie das Symbol und drücken ⌘ - Y. Nachdem es freigegeben ist (das Symbol verschwindet vom Bildschirm), wird das Medium ausgeworfen. Viele CD- und Wechselplattenlaufwerke haben einen Knopf, den Sie drücken müssen, damit das Medium ausgeworfen wird. Versuchen Sie nicht, den Knopf zu drücken, bevor Sie das Medium freigegeben haben.

Wenn Sie eine Warnung bekommen, daß das Volume nicht ausgeworfen werden kann, weil es von File Sharing benutzt wird, müssen Sie File Sharing ausschalten, bevor das Volume freigegeben wird. Benutzen Sie die hervorragenden *Nützlichen Skripte* im *Apple*-Menü. Wählen Sie das Skript *File Sharing stoppen*. Um File Sharing wieder zu starten, benutzen Sie *File Sharing starten* im gleichen Menü.

Wenn Sie eine Kontrolleiste auf Ihrem Bildschirm haben (den kleinen ausklappbaren Balken links unten), ist darin wahrscheinlich auch ein kleines Modul, mit dem Sie File Sharing ein- und ausschalten können. Wenn Sie es haben, können Sie File Sharing mit einem einfachen Klick auf das Tastenfeld starten und stoppen.

Dies ist die Kontrolleiste.

■ **Keine Zugriffsberechtigung, oder das Objekt ist geschützt**

Wenn Sie versuchen, innerhalb des Systemordners oder im Ordner *Programme* Dokumente umzubenennen, und eine Warnung bekommen, daß die Datei geschützt ist oder daß Sie keine Zugriffsberechtigung haben, schmeißen Sie einfach Ihren Computer weg. Oder doch nicht? Gehen Sie lieber in die Kontrollfelder (im *Apple*-Menü) und wählen Sie *Allgemeine Einstellungen*. Deaktivieren Sie in dem Feld *Ordner schützen* die Optionen *Systemordner* und *Ordner Programme*. Schließen Sie das Kontrollfeld und versuchen Sie es noch mal.

■ **Reset-Schalter**

Wenn Ihr Computer abstürzt und Sie einen Neustart machen müssen, kommen Sie manchmal nicht zurück bis zum Finder, um *Neustart* aus dem Menü *Spezial* auszuwählen. (Das Tastenfeld *Neustart* in der Warnung, die Sie bekommen, wenn der Computer nicht mehr will, funktioniert fast nie.) Bevor Sie jetzt den Strom abschalten, sollten Sie folgendes versuchen:

Auf den meisten Computern können Sie einen Neustart erzwingen, indem Sie die Ctrl-Taste und die Befehlstaste gedrückt halten und dann die Einschalttaste drücken (die Taste, mit dem Sie Ihren Mac einschalten, wenn Sie einen Mac haben, der mit der großen Taste mit dem Dreieck auf der Tastatur eingeschaltet wird). Wenn Sie einen iMac besitzen, schlagen Sie bitte auf Seite 308 nach.

Wenn das nicht funktioniert, drücken Sie den Reset-Knopf an Ihrem Mac. (Falls er einen hat. Nicht alle Macs verfügen darüber.) Es ist ein kleiner Knopf auf der Vorderseite des Gehäuses, manchmal auch an der Seite oder auf der Rückseite. Es gibt gewöhnlich zwei Knöpfe oder Tasten. Der Reset-Knopf hat ein kleines Dreieck als Symbol.

Wenn das auch nicht funktioniert, schalten Sie den Computer aus, indem Sie den kleinen Knopf auf der Rückseite des Gehäuses (nicht des Monitors) drücken (ich weiß, manchmal ist er auch vorn …). Bei manchen Computern ist es nicht einmal ein Knopf, sondern eine kleine Plastiklasche, die man eindrücken kann. Es sieht so oder so ähnlich aus: ⏻

Nachdem Sie den Mac ausgeschaltet haben, lassen Sie ihn mindestens zehn Sekunden ausgeschaltet, bevor Sie ihn wieder einschalten.

35

Anschlüsse und Zubehör

Dieses Kapitel beschreibt die diversen Buchsen auf der Rückseite Ihres Macs und die Dinge, die Sie dort anschließen können. Sie können jahrelang mit Ihrem Mac arbeiten und brauchen doch von all dem, was in diesem Kapitel besprochen wird, so gut wie nichts zu wissen. Denn eine der hervorragendsten Eigenschaften des Mac ist: Wenn das Kabel eines Geräts in eine Buchse paßt, ist es auch das richtige Gerät. Der Mac ist in dieser Beziehung idiotensicher. Es ist nicht möglich, ein falsches Gerät an eine falsche Buchse anzuschließen. Eigentlich bräuchten Sie überhaupt nichts weiter über die Rückseite Ihres Computers zu wissen – wenn's paßt, stecken Sie's rein und machen einfach weiter. Wenn Sie jedoch schon immer mal den Unterschied zwischen einen SCSI-Anschluß, einem seriellen Anschluß und einem USB-Anschluß wissen wollten, dann sind Sie im folgenden Kapitel an der richtigen Adresse.

Was ist ein Peripheriegerät?

Peripheriegeräte sind Zusatzgeräte, die sich außerhalb des eigentlichen Computergehäuses befinden, aber daran angeschlossen sind. Dazu gehört zum Beispiel Ihr Monitor, Ihre Maus, Ihre Tastatur und Ihr Drucker. Auch Scanner, CD-Brenner und externe Festplatten gehören in diese Kategorie. Geräte, die in einigen Computern eingebaut sind, können in anderen extern, das heißt anschließbar, sein. Ich besitze beispielsweise ein kleines, leichtes PowerBook, das kein eingebautes Diskettenlaufwerk hat, an das man aber ein externes Diskettenlaufwerk anschließen kann, wenn man es braucht. In diesem Fall ist das Diskettenlaufwerk ein Peripheriegerät. Falls Sie einen blauweißen G3-Mac haben, haben Sie ebenfalls einen Computer ohne Diskettenlaufwerk, aber Sie können jederzeit eines anschließen. Einige Computer haben eingebaute Modems, andere verwenden Modems als Peripheriegeräte.

In der Computersprache nennt man das Hauptgerät des Computers die CPU (Central Processing Unit – der Hauptprozessor), obwohl die eigentliche CPU nur ein kleiner Chip auf der Hauptplatine des Computergehäuses ist. Die CPU ist also kein Peripheriegerät. Um die Fähigkeiten des Computers zu erweitern, können Sie neben der CPU natürlich noch alle möglichen Zusatzkarten – Platinen aus Plastik, mit aufgelöteten Schaltkreisen – installieren, wie Video- und Modemkarten. Manchmal werden diese Karten ebenfalls Peripherie genannt, obwohl sie im Gehäuse stecken. Aber: Ist «interne Peripherie» nicht eigentlich ein Widerspruch in sich?

Was sind Anschlüsse?

Ein **Anschluß** ist eine Art Buchse auf der Rückseite des Computers (oder an der Seite, wie beim iMac) und natürlich auch auf der Rückseite von Peripheriegeräten. Der Anschluß oder (neudeutsch) Port ist die Stelle, an der man ein Peripheriegerät anschließt. Diese Anschlüsse unterscheiden sich von gewöhnlichen Steckdosen, weil hier die Information durch den Anschluß in beiden Richtungen läuft. Durch eine Steckdose fließt der Strom immer nur in eine Richtung: zum Gerät. Bei einem Computeranschluß läuft die Information zwischen dem Computer und dem Gerät hin und her, in beide Richtungen.

Es gibt viele verschiedene Arten von Anschlüssen, jeweils passend für bestimmte Peripheriegeräte. Wenn Sie beispielsweise einen USB-Anschluß haben, können Sie daran nur einen USB-Drucker und keinen anderen anschließen. Wenn Sie statt USB-Anschlüssen serielle Anschlüsse haben, können Sie nur einen seriellen Drucker anschließen. Logisch, oder?

Die Kabel, mit denen Sie Peripheriegeräte an die CPU anschließen, haben jeweils bestimmte **Stecker** an den Enden, die zu den Anschlüssen passen müssen. Beim Mac können Sie sicher sein: Wenn ein Stecker paßt ist es auch der richtige Anschluß, das heißt das Gerät wird funktionieren. Sie können gar nicht das falsche Kabel in die falsche Buchse stecken.

Welche Stecker gibt es?

An beiden Enden Ihrer Anschlußkabel befinden sich jeweils verschieden aussehende Stecker, mit denen Sie die Verbindung der Geräte zueinander herstellen können. An diesem Stecker können Sie erkennen, um was für eine Art von Kabel es sich handelt. Ein Ethernet-Kabel hat einen völlig anderen Stecker als ein serielles Kabel, das wiederum anders aussieht als ein USB-Kabel.

Jeder dieser Stecker ist entweder männlich oder weiblich. Schauen Sie sich die Stecker mal genau an, und Sie werden feststellen, warum. Männlich und weiblich sind wichtige Unterscheidungsmerkmale. Wenn Sie erst einmal angefangen haben, sehr viele Geräte miteinander zu verbinden (wenn Sie beispielsweise vorhaben, eine Computerpräsentation mit einem Projektor an eine großen Videoleinwand zu werfen), werden Sie öfter in die Verlegenheit kommen, nach männlichen oder weiblichen Anschlüssen zu suchen.

Ein weiteres Identifizierungsmerkmal von Steckern sind die kleinen Pins, die dünnen Metallnadeln in den männlichen Enden (nicht alle Stecker haben diese Metallpins). Die Anzahl der Pins kann wichtig sein, damit Sie jemandem beschreiben können, was für ein Kabel Sie brauchen. Ich brauchte zum Beispiel einmal ein Kabel für eine Videokarte, die ich in meinem Computer installiert hatte. Ich wußte nicht genau, was für eine Art Kabel ich brauchte, also zählte ich einfach die Löcher für die Pins und sagte dem Mensch im Laden, daß ich einen 15poligen Anschluß bräuchte, und er wußte genau, wovon ich sprach.

Die Form des Steckers ist wichtig. Einige sind lang und schmal, andere kurz und dick. Viele Stecker haben auch Symbole, die zu den Symbolen am geräteseitigen Anschluß passen. Auf den nächsten Seiten finden Sie Abbildungen der gebräuchlichsten Symbole, mit denen man Kabel und Anschlüsse identifizieren kann.

Was sind Steckplätze?

Auf der Rückseite Ihres Computers sehen Sie einige rechteckige Metallplatten, die wie Abdeckungen für Öffnungen aussehen. Das sind sie auch. Was sie abdecken, sind die Erweiterungssteckplätze. Je mehr dieser Steckplätze Sie haben, desto besser ist Ihr Mac erweiterbar.

Möglicherweise möchten Sie ja eine zusätzliche **Videokarte** für einen zweiten Monitor einbauen? Die Karte (man nennt sie auch **Platine** oder **Grafik-Adapter**) ist ein flaches

Stück Plastik, über und über vollgelötet mit Schaltkreisen und einem breiten Anschluß an einem Ende. Wenn Sie das Gehäuse Ihres Computers öffnen, sehen Sie die Steckplätze in der Hauptplatine (auf Englisch zutreffend Motherboard genannt, die «Mutterplatine» – wie sollte es auch anders sein, wer macht denn sonst die ganze Arbeit!). Dort stecken Sie Ihre Erweiterungskarte hinein, gewöhnlich rechtwinklig zur Hauptplatine. Sie nehmen die Metallabdeckung heraus, und der Anschluß der Platine ist genau an dieser Stelle. Wenn Sie nun das Computergehäuse schließen, haben Sie einen zusätzlichen Anschluß, an den Sie ein weiteres Peripheriegerät anschließen können.

Sie können eine Karte für Videospiele, eine Videokarte mit extra VRAM (Video-Arbeitsspeicher) nur für Ihren Monitor, eine Modemkarte oder andere Karten einbauen, mit denen Sie die Fähigkeiten Ihres Macs erweitern können.

ADB-Anschlüsse

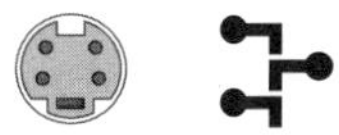

So sieht ein ADB-Anschluß und das Symbol aus, an dem Sie ihn erkennen.

ADB heißt auf Computerlatein: **Apple Desktop Bus**. Einen Bus nennt man ein System von Hardware, Software und Verbindungen, mit denen man die verschiedenen Bestandteile des Computers miteinander kommunizieren lassen kann. Es gibt die verschiedensten Bus-Arten, der ADB ist einer, der speziell für Eingabegeräte entwickelt wurde. Eingabegeräte sind all jene Geräte, mit denen Sie Informationen in Ihren Computer eingeben können. Dazu gehören die Tastatur, die Maus, der Trackball, der Joystick oder das Zeichentablett.

Üblicherweise sind die **ADB-Anschlüsse** daher genau da, wo Sie am besten Ihr Keyboard und Ihre Maus anschließen können. Viele Macs haben nur einen einzigen ADB-Anschluß an der Rückseite des Gerätes, plus einen oder zwei an der Tastatur. Man kann also die Tastatur direkt am Gerät anschließen und die Maus dann mit einem der Anschlüsse an der Tastatur verbinden.

Der iMac und die blauweißen G3-Macs haben keine ADB-Anschlüsse mehr. Apple geht allgemein zu einem neuen System über, dem Universal Serial Bus (USB), der sowohl den ADB als auch den seriellen Anschluß ersetzt. Wir kommen gleich auf USB-Anschlüsse zu sprechen.

Serielle Anschlüsse für Drucker und Modem

So sehen serielle Anschlüsse aus und an diesen Symbolen erkennen Sie sie:

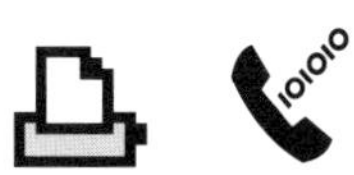

Ein **serieller Anschluß** sieht ähnlich wie der ADB-Bus aus, hat aber mehr Löcher – passend zu den Pins im Stecker. Es gibt in jedem seriellen Kabel zwei Adern, auf denen Informationen übermittelt werden. Die serielle Verbindung kann daher gleichzeitig Daten empfangen und senden.

Üblicherweise gibt es am Mac zwei serielle Anschlüsse – einen mit einem kleinen Druckersymbol und einen mit einem kleinen Telefonsymbol. Obwohl Sie beide Anschlüsse sowohl für Drucker als auch für Modems benutzen können, ist der Druckeranschluß ein wenig anders konfiguriert. Er ist gleichzeitig der Netzwerkanschluß für Local Talk. Das heißt, er ist etwas schneller und aufwendiger als der Modemanschluß. Wenn möglich, sollten Sie Ihren seriellen Drucker mit diesem Anschluß verbinden und Ihr Modem mit dem anderen, obwohl es auch anders herum funktionieren würde.

Bis vor sehr kurzer Zeit waren fast alle Drucker für den Mac serielle Drucker, das heißt, sie wurden über den seriellen Port angeschlossen. Wie oben erwähnt, verfügen iMacs und blauweiße G3 Macs nicht mehr über serielle Anschlüsse. Sie wurden durch USB ersetzt.

SCSI-Anschlüsse

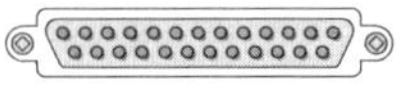

So sieht ein SCSI-Anschluß an der Rückseite Ihres Macs aus (oben), und so das Symbol, an dem Sie den Anschluß erkennen können (unten).

SCSI ist die Abkürzung für Small Computer Systems Interface, **Schnittstelle für kleine Computersysteme** also. Mit diesem Standard lassen sich Peripherie-Geräte an Computer anschließen, die sich gegenseitig Informationen übermitteln können.

Es gibt nur einen SCSI-Anschluß auf der Rückseite Ihres Macs, aber es gibt derer zwei an jedem SCSI-Gerät, zu denen Scanner zählen, externe Festplatten oder CD-ROM-Geräte. Die Anschlüsse am SCSI-Gerät können übrigens ganz anders aussehen als die an Ihrem Mac, häufig sind sie größer, bei manchen Laufwerken aber auch kleiner.

In einer SCSI-Kette können bis zu sieben SCSI-Geräte in einer Reihe nacheinander geschaltet sein. Das heißt, Sie schließen ein SCSI-Gerät direkt an den Anschluß Ihres Computers und die weiteren Geräte aneinander an. Um eine solche Reihe herzustellen, muß man natürlich erst einmal die passenden Kabel haben. Ein Zip-Laufwerk beispielsweise verwendet dieselbe Anschlußart wie der Mac an beiden Enden des Kabels. Aber ein älterer Scanner hat vielleicht zwei ganz andere, viel größere Anschlüsse als die auf der Rückseite Ihres Macs. Obwohl die Anschlüsse der zwei Teile sehr unterschiedlich sein können, können Sie Kabel bekommen, die genau den richtigen Anschluß am jeweiligen Ende haben.

Die Adresse «0» in der SCSI-Kette ist bei vielen Macs der internen Festplatte vorbehalten.

Jedem Gerät in der Kette muß vorher eine bestimmte SCSI-Adresse zugewiesen werden. Schauen Sie sich ein beliebiges SCSI-Gerät genau an, und Sie werden irgendwo einen Schalter finden, an dem Sie eine Zahl einstellen können. Diese Zahl ist die SCSI-Adresse. Außerdem müssen alle SCSI-Geräte terminiert werden, das heißt, das letzte Gerät in der Kette muß einen Abschlußstecker in seinem zweiten Anschluß haben, weil die Daten an einem Anschluß in das Gerät hineinkommen und durcheinandergeraten können, wenn sie den anderen Anschluß leer vorfinden. Einige Hersteller verwenden eine interne Terminierung, eigentlich eine gute Idee. Der Nachteil besteht nur leider darin, daß dadurch die Möglichkeiten, wie man die Geräte nacheinander anordnet, eingeschränkt werden. Sie müssen nämlich vorher wissen, daß das Gerät intern terminiert ist, das heißt, Sie müssen das Handbuch studieren, und Mac-Benutzer sind dafür berühmt, daß sie genau das nicht tun.

*Die meisten SCSI-Fehler werden übrigens durch defekte oder zu lange Kabel (**insgesamt** nicht länger als 1,2 m) und doppelt vergebene SCSI-Adressen hervorgerufen.*

SCSI-Geräte haben den Ruf, daß sie irgendwie unberechenbar sind. Manchmal funktionieren sie in einer bestimmten Konfiguration von Anschlüssen und Terminierung einfach nicht. Wenn Sie sicher sind, daß die Geräte in Ordnung sind, müssen Sie sie vielleicht nur in einer anderen Reihenfolge anschließen oder sie in einer bestimmten Sequenz nacheinander einschalten. Es kommt auch häufig vor, daß sich SCSI-Geräte weigern, sich zu aktivieren. Das geschieht so häufig, daß die meisten Mac-Benutzer ein kleines Hilfsprogramm benutzen, namens **SCSIProbe**, mit dessen Hilfe man SCSI-Geräte zwangsweise aktivieren kann. Falls Sie SCSI-Geräte haben, sollten Sie das Programm SCSIProbe im Internet herunterladen (zum Beispiel bei *www.download.com* oder *www.shareware.com*). Sie können das Programm irgendwo auf Ihrer Festplatte ablegen, es muß nicht in einem bestimmten Verzeichnis liegen, um zu funktionieren (aktuell ist Version 5.1).

Ethernet-Anschlüsse

Ethernet ist die gebräuchlichste Netzwerkart für **LANs** (Local Area Networks, lokale Netzwerke). Lokal heißt in diesem Zusammenhang, daß die vernetzten Computer nahe genug beieinander stehen, daß man sie durch Kabel miteinander verbinden kann. (Wenn das nicht der Fall ist, heißt das Netzwerk WAN, Wide Area Network.) Viele Macs, insbesondere die neueren, haben von Haus aus einen Ethernet-Anschluß. Die

Ethernet-Buchse sieht in etwa so aus wie eine größere Telefonbuchse. Sie können Ethernet auch zu Hause oder in kleineren Büros einsetzen, um mehrere Computer für das Hin- und Herschicken von Daten miteinander zu verbinden.

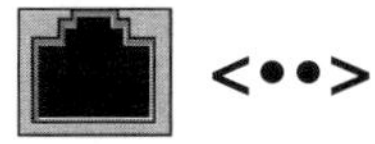

So sieht ein Ethernet-Anschluß und das Symbol aus, an dem Sie ihn erkennen können.

Wenn Ihr Computer über ein eingebautes Modem verfügt, dann haben Sie auch einen Anschluß für ein Telefonkabel, der sehr ähnlich wie ein Ethernet-Anschluß aussieht. Der Ethernet-Anschluß ist jedoch größer als der interne Telefonanschluß und – das ist die gute Nachricht – die Kabel passen auch nicht. (Falls Sie ein externes Modem haben, müssen Sie es ohnehin am seriellen Modemanschluß anschließen.)

***Achtung!** Der Anschluß eines internen Modems sieht ganz ähnlich aus.*

Ihr Drucker hat möglicherweise auch einen Ethernet-Anschluß. In diesem Fall können Sie die Daten viel schneller an den Drucker übermitteln, wenn Sie Ethernet benutzen, als über den seriellen Anschluß. Selbst wenn der Drucker keinen Ethernet-Anschluß hat, können Sie einen externen Adapter besorgen, um den Drucker in Ihr Ethernet-Netzwerk einzubinden.

AAUI-Anschlüsse

So sieht ein AAUI-Anschluß und sein Symbol aus.

Der **AAUI-Anschluß** (das steht für **A**pple **A**dapter **U**nit **I**nterface) nimmt eine Reihe von Adaptern für verschiedene Netzwerk-Protokolle an. Das Symbol für den Anschluß ist jedoch dasselbe wie das Symbol für Ethernet, weil Ethernet die gebräuchlichste Netzwerkart für LANs ist. Wie in Kap. «Dateien gemeinsam nutzen» ab Seite 196 beschrieben, können Sie für diesen Anschluß einen Ethernet-Adapter bekommen, mit dem Sie Ihren Computer mit einem anderen vernetzen können, der einen normalen Ethernet-Anschluß hat.

FireWire-Anschlüsse

An diesem Symbol erkennt man einen FireWire-Anschluß.

FireWire ist Apples eigene, geschützte Version eines Standards, den der Rest der Computerwelt unter der Bezeichnung IEEE 1394 kennt. Dies ist ein **sehr schneller serieller Bus**, bei dem Sie bis zu 63 Geräte an einem einzigen Anschluß mit Ihrem Mac verbinden können. FireWire ist nur in den allerneuesten Macs eingebaut, wie den blau-weißen G3 Macs ab 1999.

Das Sensationelle an FireWire ist, daß es extrem schnell ist, daß man 63 Geräte in beliebiger Weise anschließen kann (beispielsweise sternförmig oder baumförmig) – bis zu 16 hintereinander in einer einzigen Reihe. Man kann sie ein- und ausstöpseln, ohne den Computer ausschalten zu müssen. Und man kann sie mit einem ganz einfachen Kabel verbinden. Außerdem braucht man sie nicht zu terminieren (siehe die SCSI-Erklärungen zur Terminierung). FireWire ersetzt die serielle Verbindung.

Gelegentlich werden die FireWire-Anschlüsse auch als IEEE-Port (ohne Nummer) bezeichnet. IEEE ist aber nur die Abkürzung für das Institute of Electrical and Electronics Engineers, die amerikanische Gesellschaft der Elektro- und Elektronik-Ingenieure, eine Organisation, die für die Normierung von Industriestandards zuständig ist. Ethernet beispielsweise hat die Industrienorm IEEE 8s02.3.

Sie können (oder werden in Zukunft) eine ganze Menge verschiedener elektronischer Geräte an den FireWire-Anschluß anschließen können, darunter Digitale Kameras, Videorekorder, Camcorder, aber auch DVD (Digital Versatile Disk), plus Festplatten und Drucker.

USB-Anschlüsse

Hier sehen Sie, wie ein USB-Anschluß aussieht, rechts das Symbol, an dem Sie den Anschluß erkennen.

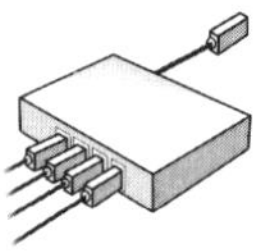

So sieht ein USB-Hub aus. Ein Kabel geht zum Computer, die anderen zu den Geräten.

USB-Anschlüsse gibt es beim Mac erst seit Ende 1998, also ab dem iMac und den blau-weißen G3 Macs. USB steht für Universal Serial Bus, auf deutsch Universeller Serieller Anschluß. Dieser Anschluß ersetzt sowohl den ADB (Apple Desktop Bus) als auch den seriellen Anschluß. Mit USB kann man Eingabegeräte und Ausgabegeräte (Drucker) an demselben Anschluß anschließen.

USB-Geräte kann man nicht wie SCSI-Geräte hintereinanderschalten. Sie können sich jedoch einen «Hub», eine Art Anschlußvervielfacher, besorgen (siehe Abbildung). Der Hub wird an einen USB-Anschluß am Mac angeschlossen und ermöglicht es, mehrere Geräte gleichzeitig anzuschließen. Sie können an den ersten Hub einen weiteren anschließen, und an diesen noch einen und so weiter, bis zu insgesamt 127 Geräten an einem einzigen Mac. Ich habe zwar keine Ahnung, aus welchem Grund Sie dies jemals tun sollten, aber Sie haben die Möglichkeit.

Eine der angenehmen Eigenschaften von USB-Geräten ist es, daß man sie im Betrieb austauschen kann (Power User sprechen natürlich von Hot Swapping). Das bedeutet, daß man Geräte wie Tastatur, Mäuse und sogar Zip-Laufwerke aus- und einstöpseln kann, ohne den Computer ausschalten zu müssen, wie dies bei SCSI, seriellen und sogar bei ADB-Geräten nötig ist.

PCI-Anschluß und Steckplätze

Ein weiteres Bus-System ist der **PCI-Bus.** (PCI ist die Abkürzung für Peripheral Component Interconnect, Verbindungssystem von Peripheriegeräten.) Ein Bus ist, wie ich bereits erwähnte, ein System aus Hardware, Software und Verbindungen, das die Kommunikation verschiedener Teile Ihres Computers ermöglicht. Es gibt viele Arten von Bus-Systemen. PCI ist ein Bus, der sich auf die Verwaltung von Erweiterungssteckplätzen konzentriert und ist mittlerweile auf den meisten Computersystemen Standard. Wenn also Ihr Mac 1998 oder später gebaut wurde, hat er mit Sicherheit einen PCI-Bus (außer im iMac und praktisch allen PowerBooks). Wenn Sie nachsehen wollen, ob Ihr Computer einen PCI Bus hat, öffnen Sie das Programm *Apple System Profiler* im *Apple*-Menü und klicken Sie auf *Geräte/Volumes*. Wenn Ihr Mac noch keinen PCI-Bus hat, dann ist es ein NuBus-Mac, mit Apples eigener, alter Bus-Technologie.

PC-Einschübe und PC-Karten

Die meisten tragbaren Computer und einige andere Geräte, zum Beispiel Digitalkameras, haben **PC-Steckplätze**, in die man **PC-Karten** einschieben kann. Vielleicht kennen Sie diese Steckplätze auch unter dem Namen PCMCIA, doch dieser Begriff wird mittlerweile nur noch für eine Gesellschaft verwendet (die Personal Computer Memory Card International Association) und die Karten und Steckplätze heißen schlicht PC-Karten und PC-Steckplätze.

PC-Karten sind so klein wie Kreditkarten und es gibt sie für alle möglichen Zwecke. Sie können Karten zum Anschluß von Handys bekommen, für Ethernet, für GPS-Systeme oder Joysticks. Andere enthalten Modems, ISDN-Adapter, Soundkarten, Videokarten und es gibt sogar Mini-Festplatten im PC-Karten-Format.

Im Gegensatz zu Erweiterungssteckplätzen, wie PCI oder NuBus, sind PC-Steckplätze von außen zugänglich, obwohl der Zweck der gleiche ist: die Erweiterung der Fähigkeiten des Computers. Der Einschub oder Sockel hat gewöhnlich eine kleine Klappe, die den leeren Steckplatz schützt, in den die Karte eingesteckt werden kann. Werfen Sie einmal einen Blick in das Handbuch Ihres Macs – vielleicht haben Sie zwei Steckplätze für zwei verschiedene Karten.

36

Mac OS 9

Wenn Sie dieses Buch in Händen halten, gibt es sie schon: die derzeit brandneue Version des Betriebsystems, die da auf den Namen OS 9 hört. Da Apple traurigerweise schon 1997 mit der guten Tradition gebrochen hat, Systemsoftware kostenlos abzugeben, ist das inzwischen jährliche Erscheinen einer «völlig neuen Betriebssystem-Software» von einigem Werbegetöse begleitet – schließlich muß die Software verkauft werden, damit Apple's fleißige Ingenieure an der nächsten Version arbeiten können.

Doch genug geschäkert, Mac OS 9 ist wirklich gut, auch wenn es sich optisch nicht so sehr von OS 8.5 und 8.6 unterscheidet. Ja, es könnte sogar sein, daß OS 9 schon auf Ihrem Rechner installiert ist, ohne daß Sie es gleich bemerkt haben. OS 9 bringt eine Reihe von Verbesserungen bereits bekannter Funktionen (Sherlock, QuickTime, File Sharing, AppleScript), einige Veränderungen an Kontrollfeldern (Monitore & Ton) und einige völlig neue Features, die wir uns jetzt gleich mal ansehen wollen.

Familien-Mac

Wenn Sie die Option *Mehrere Benutzer* im gleichnamigen Programm aktiviert haben, dann begrüßt Sie der Mac mit einem Fenster, in dem sich unterschiedliche Benutzer anmelden können. Jeder dieser Benutzer kann durch ein frei wählbares Bildchen repräsentiert werden und – was viel wichtiger ist – jeder hat seinen eigenen Benutzernamen und sein eigenes Paßwort. Jeder Benutzer bekommt seine eigene Umgebung, in der Sie festlegen können, auf welche Programme und welche Ordner er oder sie zugreifen darf. Sie können auch den Zugriff auf CDs bzw. DVDs generell verbieten oder nur bestimmte Medien aus einer Liste zulassen. Außerdem können Sie pauschal den Zugriff auf andere Wechselmedien (Disketten, Zip-Disks, Jaz-Disks, etc.) verbieten oder erlauben. Das ist eine tolle Funktion für alle, die ihren Mac zuhause oder im Büro mit Familienmitgliedern oder Kollegen teilen müssen. Oder auch für Computerräume in Schulen und Universitäten. Im folgenden zeigen wir Ihnen, wie Sie sich selbst als Administrator einrichten und exemplarisch, wie Sie einen normalen und einen eingeschränkten Zugang anlegen.

- Administrator einrichten

Rufen Sie das Kontrollfeld *Mehrere Benutzer* über dem Eintrag *Kontrollfelder* im *Apple*-Menü auf. Es erscheint folgendes Bild:

Oben links in der Liste sehen Sie Ihren Namen – vorausgesetzt, Sie haben den Mac OS System-Assistent verwendet – darunter steht die Bezeichnung dieses Benutzers: «Eigentümer». Da der Eigentümer zugleich der Administrator ist und somit die Zugriffsrechte für alle anderen Benutzern regelt, sollten Sie sich jetzt unbedingt als erstes ein Kennwort geben. Dieses Paßwort ist fast so wichtig wie Ihre Kreditkarte; wer immer es kennt, kann Sie aus Ihrem eigenen Macintosh ausschließen! Umgekehrt gilt: Wenn Sie Ihr Kennwort vergessen, kommen Sie nicht mehr in Ihren Computer rein – es sei denn, Sie starten von einer älteren System-CD …

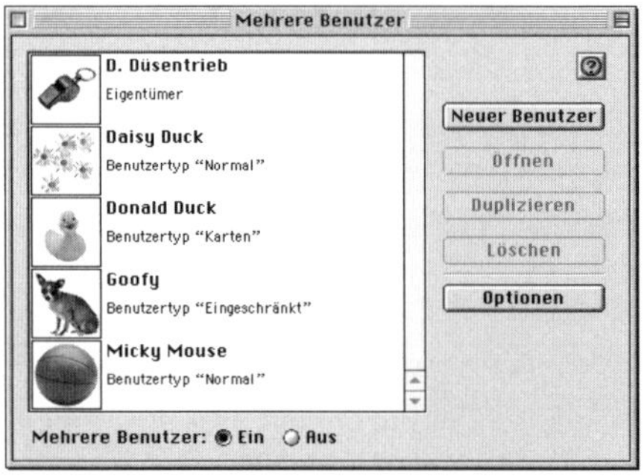

Das ist die Hauptseite von «Mehrere Benutzer». Hier richten Sie Zugänge für sich und andere ein. Alternativ können Sie die Mehrbenutzer-Funktion auch ganz abschalten – dann verhält sich der Computer wie gewohnt als Einzel-Mac.

Hier können Sie die Optionen für den Eigentümer einstellen.

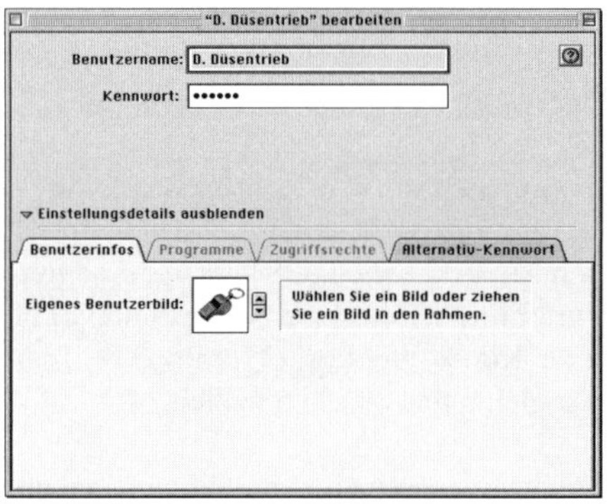

Klicken Sie den «Eigentümer»-Eintrag einmal an und wählen Sie dann die Taste *Öffnen*. Daraufhin erscheint ein Fenster, in dem Sie den Benutzernamen und das Kennwort für diesen Benutzer eingeben können. Wenn Sie unten auf das Dreieck vor *Einstellungsdetails einblenden* klicken, erscheint die untere Hälfte, wie in der Abbildung zu sehen. Von den vier Reitern *Benutzerinfos*, *Programme*, *Zugriffsrechte* und *Alternativ-Kennwort* sind die beiden mittleren nicht anwählbar, weil der Eigentümer eines Macs sinnvollerweise immer Zugriff auf alle Programme und Dateien seines Rechners hat. Was sich hinter *Alternativ-Kennwort* verbirgt, erfahren Sie weiter unten. Wie Sie sehen, können Sie sich unter Benutzerinfos eines der vorhanden Bildchen aussuchen, oder ein eigenes in den Rahmen ziehen. (Gewöhnliches *Kopieren & Einsetzen* funktioniert übrigens auch.)

Ehe wir nun weiter fortfahren in unserer Beschreibung, möchten wir Sie nochmals bitten, sich nun ein Kennwort zu geben. Erledigen Sie das jetzt gleich – sonst tut es vielleicht ein anderer für Sie!

Vielleicht noch eine kleine Anmerkung zur Auswahl eines Kennworts. Sie sollten eines wählen, das Sie sich leicht merken können, das aber Schnüffler nicht so leicht erraten können. Aus diesem Grund scheiden Namen von Lebenspartnern, Kindern und Haustieren von vorneherein aus. Am besten bewährt haben sich «sinnlose» Kennwörter», die Zahlen, Buchstaben und Sonderzeichen kombinieren. Also etwa in der Art von «8unG!». Ich merke mir so etwas als «Achtung!». Bitte beachten Sie bei Ihrem Kennwort auch, daß der Mac zwischen Groß- und Kleinschreibung unterscheidet.

■ Alternatives Kennwort

Falls Sie zu den Menschen gehören, die sich Paßwörter nun einmal partout nicht merken können, werden Sie sich vielleicht über die Option *Alternativ-Kennwort* freuen. Vorausgesetzt, Sie haben ein Mikrophon an Ihren Mac angeschlossen (oder eines eingebaut), können Sie sich das Eintippen Ihres Kennworts sparen und stattdessen einfach nach dem Motto «Meine Stimme ist mein Kennwort.» verfahren.

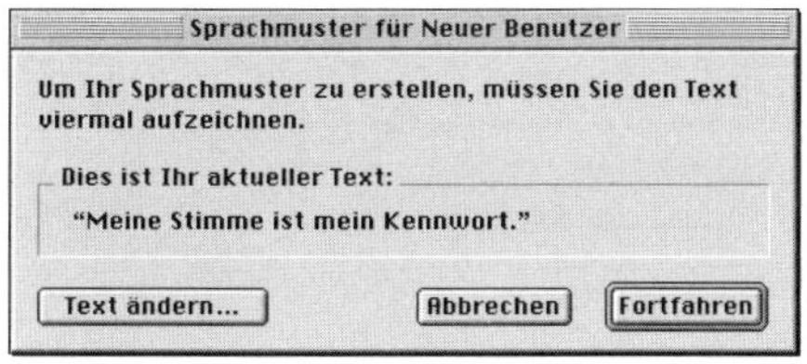

Um diese Option zu nutzen, müssen Sie unter der Rubrik *Alternativ-Kennwort* lediglich die entsprechende Checkbox anklicken und anschließend ein Sprachmuster erstellen. Danach können Sie zum Aktivieren Ihrer Benutzer-Einstellungen immer Ihr Sprüchlein aufsagen und brauchen sich nicht um Groß- und Kleinschreibung, Sonderzeichen und den ganzen Kram in streng geheimen Paßwörtern kümmern. (Sie sollten sich allerdings nicht zu früh freuen: Falls Ihr Mikrophon mal kaputt geht oder die Umgebungsgeräusche zu laut sind, brauchen Sie wieder Ihr handgetipptes Kennwort!)

Wenn Sie ein gesprochenes Kennwort verwenden wollen, müssen Sie als nächstes Ihr Sprachmuster viermal aufzeichnen. Auf Wunsch können Sie vorher auch den Text ändern. Da der Macintosh jedoch keine Spracherkennung betreibt, ist dieser Text lediglich eine Gedächtnisstütze für Sie. (Deshalb können Sie auf Wunsch den Text bei der Abfrage des Kennworts auch ausblenden, damit niemand Ihren Satz kennt – obwohl es kaum jemandem gelingen dürfte, Ihre Stimme so gut nachzuahmen.) Die Prozedur selbst ist ganz einfach und der Mac führt Sie durch jeden einzelnen Schritt, so daß wir das hier nicht weiter beschreiben müssen. Nur soviel noch: Verzweifeln Sie nicht, wenn es Ihnen nicht gleich gelingt, viermal das Gleiche möglichst gleich zu sagen. Selbst Papageien müssen das üben!

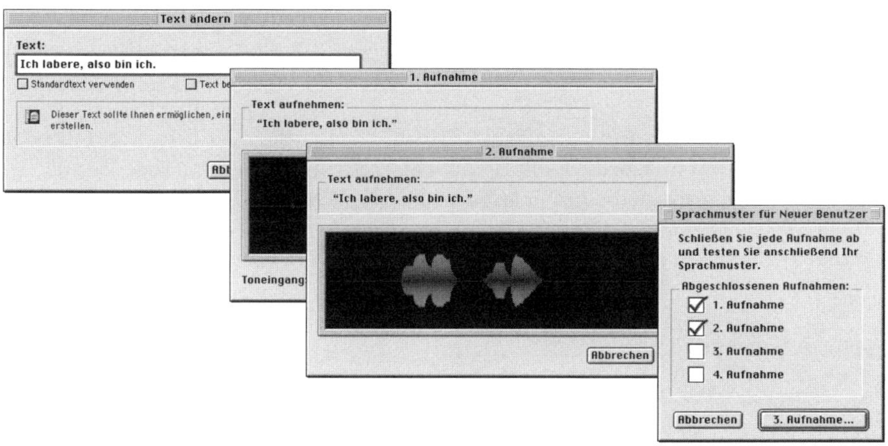

Schließen Sie nun wieder das Fenster mit dem Eigentümer-Eintrag. Klicken Sie als nächstes auf den untersten Knopf *Optionen*. Es öffnet sich ein Fenster mit den «Globalen Einstellungen für Mehrere Benutzer». Unter der Rubrik *Anmeldung* können Sie einen Begrüßungstext für den Startbildschirm eingeben und für alle Benutzer global angeben, ob Alternativ-Kennwörter zugelassen werden.

■ Globale Einstellungen

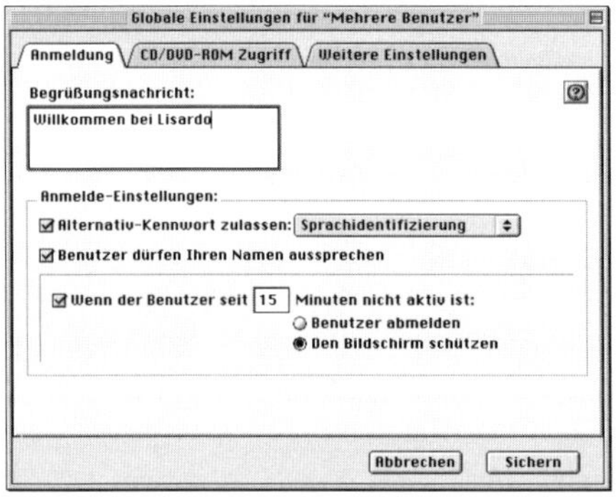

Wenn Sie die Option *Benutzer dürfen Ihren Namen aussprechen* aktivieren, können Sie sich auch «mauslos» anmelden und brauchen dem Macintosh Ihren Namen nur zu sagen. Da der Mac jedoch auf amerikanische Sprecher geeicht ist, müssen Sie Ihren Namen vermutlich mit starkem Akzent aussprechen, damit er erkannt wird. Bis es vielleicht irgendwann auch eine deutsche Spracherkennung für den Mac gibt, dürften sich an dieser Option vor allem amerikanische Kinder erfreuen. (Für die diese Möglichkeit ja wohl in erster Linie gedacht ist.)

Als letztes können Sie im unteren Teil des Fenster angeben, was geschehen soll, wenn ein Benutzer längere Zeit inaktiv ist. Zur Wahl stehen zwei Möglichkeiten: Erstens können Sie den Benutzer abmelden lassen, so daß er sich wieder neu anmelden muß. Diese Option entspricht de facto einem Neustart, da beim Abmelden eines Benutzers sämtliche offene Programme geschlossen werden. Zweitens können Sie deshalb den Bildschirm schützen, wodurch sich der untätige Benutzer nach Ablauf der eingegebenen Zeit wieder neu identifizieren muß. Allerdings ist die Bezeichnung «schützen» etwas irreführend, da der Bildschirm nicht abgedunkelt oder mit einem neutralen Bild abgedeckt wird. Aber vielleicht kommt das in einer späteren Version noch.

In der zweiten Rubrik, *CD/DVD-ROM-Zugriff*, können Sie eine Liste von CDs und DVDs anlegen, auf welche die Benutzer mit eingeschränkten Rechten zugreifen dürfen. Besonders interessant an dieser Funktion ist die Möglichkeit, den Zugriff sogar auf einzelne Objekte auf einer CD oder DVD einzuschränken – allerdings gilt dies nur für Ordner und Dateien auf der obersten Ebene einer CD/DVD.

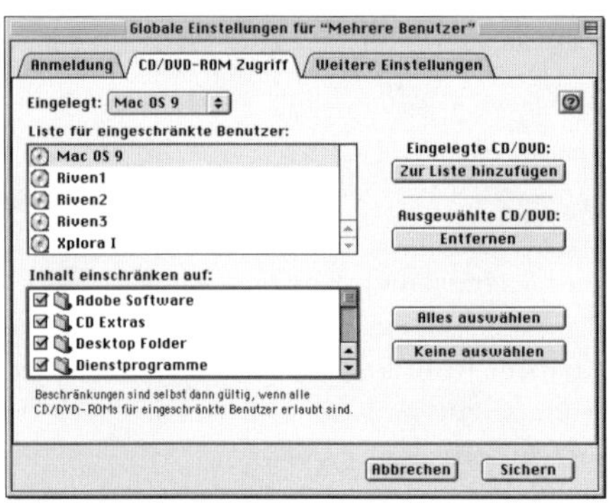

Unter *Weitere Einstellungen* können Sie festlegen, ob ein Gast-Zugriff auf den Rechner erlaubt sein soll und ob Sie benachrichtigt werden wollen, wenn neue Programme installiert worden sind. (Beispielsweise von einem anderen Benutzer.) Darunter können Sie angeben, ob alle Benutzer beim Start ein einer Liste angezeigt werden sollen, oder ob sie auch ihren Benutzernamen selbst eingeben müssen. Letzteres empfiehlt sich vor allem, wenn Sie verhindern wollen, daß Unbefugte an Ihrem Macintosh herumspielen und Kennwörter vielleicht anhand der Benutzernamen erraten könnten. Und schließlich läßt sich hier auch angeben, ob die Benutzerdaten aus dem Kontrollfeld *Mehrere Benutzer* stammen sollen, oder ob sie nur vom Netzwerkadministrator mittels «Macintosh Manager» festgelegt werden können. Da dieses Programm nicht zum Standardlieferumfang von Mac OS 9 gehört, sollten Sie diese Option nicht auswählen.

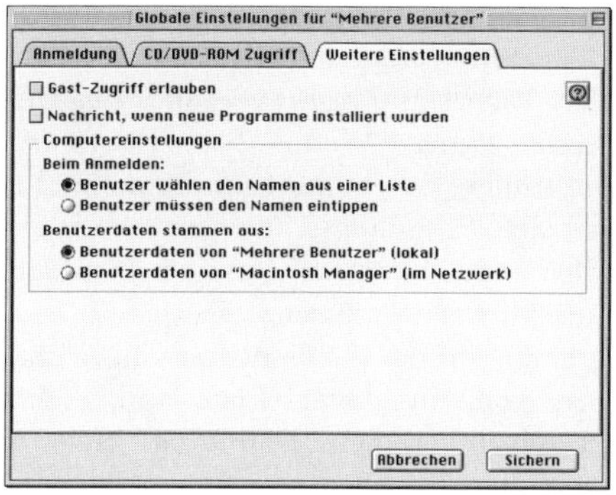

Neuen Benutzer anlegen

So nun sind wir endlich soweit, daß wir einen weiteren Benutzer für unseren Macintosh anlegen können. Öffnen Sie dazu wieder die Hauptseite des Kontrollfelds *Mehrere Benutzer* und klicken Sie auf den Knopf *Neuer Benutzer*. In dem daraufhin erscheinenden Fenster können Sie als erstes einen Benutzernamen und ein Kennwort festlegen. Außerdem können Sie hier den Benutzertyp festlegen: «Normal» entspricht den Möglichkeiten des Eigentümers, bei «Eingeschränkt» gelten mehr oder minder rigide Einschränkungen, und der Benutzertyp «Karten» schließlich ist wohl in erster Linie für Kinder gedacht. Anschließend müssen Sie wieder auf das Dreieck vor *Einstellungsdetails einblenden* klicken; daraufhin klappt die untere Hälfte des Fensters mit den schon bekannten Optionen *Benutzerinfos*, *Programme*, *Zugriffsrechte* und *Alternativ-Kennwort* auf.

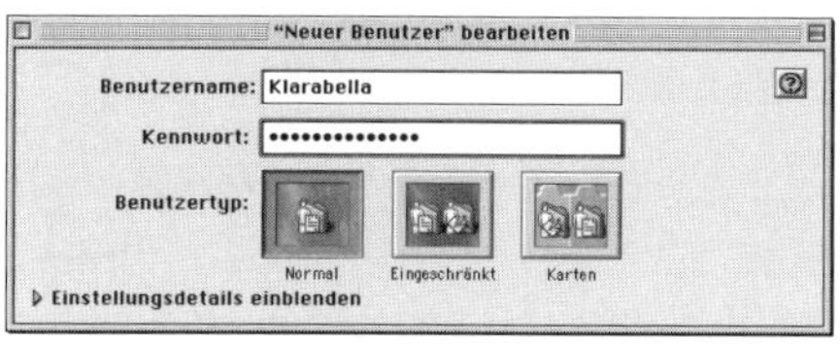

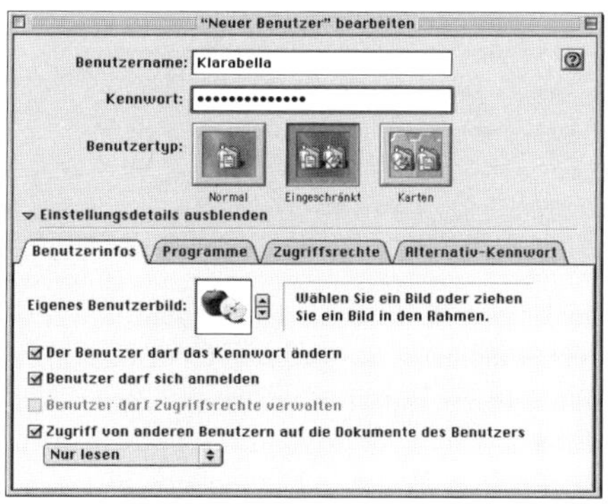

Unter *Benutzerinfos* können Sie neben einem passenden Bildchen noch einige andere Optionen auswählen. *Der Benutzer darf das Kennwort ändern* erklärt sich von selbst, und mit *Benutzer darf sich anmelden* steht Ihnen eine einfache Methode zur Verfügung, Benutzer vorübergehend zu deaktivieren, ohne deren Einstellungen zu verlieren. Der Punkt *Benutzer darf Zugriffsrechte verwalten* steht nur «normalen» Benutzern zur Verfügung. Wenn Sie diese Option aktivieren, kann dieser Benutzer andere Benutzerprofile – außer dem Eigentümer – erstellen, löschen oder ändern. Als letztes können Sie hier angeben, ob andere Benutzer die Dokumente des aktuellen Benutzers nur lesen oder lesen und schreiben können sollen. Wenn Sie die Option «nur schreiben» wählen, dann können andere Benutzer ihre Dokumente zwar in den Dokumenten-Ordner des aktuellen Benutzers sichern, sie können jedoch nicht sehen, was sich bereits darin befindet.

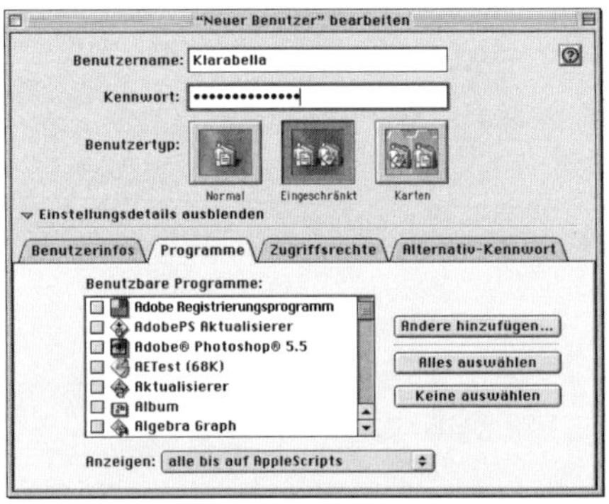

Bei «eingeschränkten» oder «Karten»-Benutzern werden auch die Reiter der beiden Rubriken *Programme* und *Zugriffsrechte* aktiv. Wenn Sie *Programme* auswählen, erstellt der Computer eine Liste aller Programme, die sich gerade auf allen angeschlossenen Volumes befinden. Anschließend müssen Sie jedes Programm, auf das der Benutzer Zugriff haben soll, in dieser Liste mit einem Häkchen versehen. Damit das nicht in eine Sisyphusarbeit ausartet, stehen die Tasten *Alles auswählen* und *Keine auswählen* zur Verfügung. Zusätzlich können Sie mit dem Einblendmenü unter der Liste eine Vorauswahl treffen. Mit dem zweiten Eintrag, *alle bis auf AppleScripts anzeigen* können Sie die Liste meist deutlich verkürzen, und wenn Sie bereits eine Reihe von Programmen aktiviert haben, bietet sich die Option *nur die ausgewählten Objekte* an.

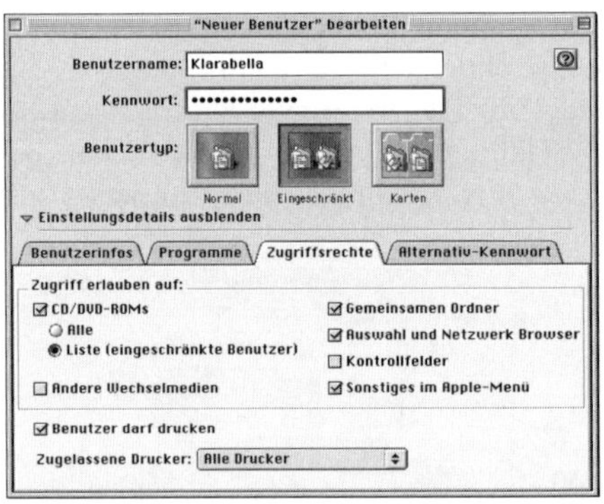

Mit *Zugriffsrechte* schließlich erlauben oder verbieten Sie die Benutzung von CDs und DVDs, erlauben oder verbieten dem Benutzer zu drucken und gestatten den Zugriff auf alle Drucker oder nur einen bestimmten Drucker. Außerdem regeln Sie hier den Zugriff auf eine Reihe von Ordnern.

Normalerweise haben alle Benutzer Zugriff auf einen gemeinsamen Ordner; wenn Sie dies für den aktuellen Benutzer nicht wünschen, müssen Sie diese Option deaktivieren. Die nächsten beiden Optionen entscheiden, ob die Auswahl bzw. der Netzwerkbrowser und der Ordner *Kontrollfelder* im *Apple*-Menü erscheinen. Wenn Sie den letzten Punkt, *Sonstiges im Apple*-Menü ebenfalls deaktivieren, erscheint nur noch der Favoriten-Ordner und – sofern im Kontrollfeld *Apple-Menü Optionen* eingestellt – die Ordner *Benutzte Dokumente*, *Benutzte Programme* und *Benutzte Server*.

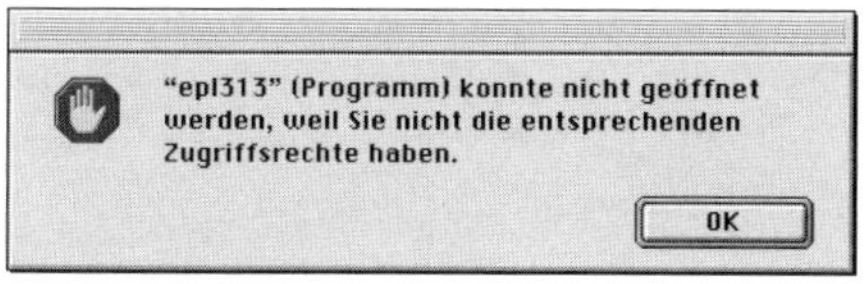

Grundsätzlich werden bei eingeschränkten Benutzern keine Objekte versteckt. Wenn sie jedoch auf ein Objekt klicken, für das sie nicht die entsprechenden Zugriffsrechte haben, erscheint nur eine entsprechende Meldung, und das Objekt wird nicht geöffnet.

So und nun sind wir endlich soweit, daß wir unseren Macintosh im Mehrbenutzer-Betrieb starten können. Aktivieren Sie dazu die Option *Mehrere Benutzer* unten links im gleichnamigen Kontrollfeld und starten Sie Ihren Mac neu. Wenn der Startvorgang abgeschlossen ist, werden Sie statt vom Finder von einem neuen Fenster begrüßt, in dem Sie und Ihre Mitbenutzer sich anmelden und per Kennwort identifizieren müssen.

Sie brauchen Ihren Macintosh übrigens nicht neustarten, um zwischen verschiedenen Benutzern zu wechseln. Wenn Sie fertig sind und Ihren Macintosh freigeben wollen, müssen Sie nur den Befehl *Abmelden* im *Spezial*-Menü aufrufen. Es erscheint eine Sicherheitsabfrage, die Sie nach 90 Sekunden automatisch abmeldet. Danach wird wieder der Startbildschirm mit der Benutzerauswahl eingeblendet. (Es sei denn, Sie haben die Option *Benutzer müssen Namen eintippen* in den globalen Einstellungen von *Mehrere Benutzer* aktiviert; siehe oben)

■ Benutzer abmelden

Profi-Tip! *Verwenden Sie den Apple Umgebungsassistent, um sich für jeden Benutzer eine maßgeschneiderte Umgebung einzurichten. Der Umgebungsassistent ist ein Modul in der Kontrolleiste. Klicken Sie auf den Knopf mit dem Fragezeichen, wenn Sie Hilfe beim Bedienen brauchen*

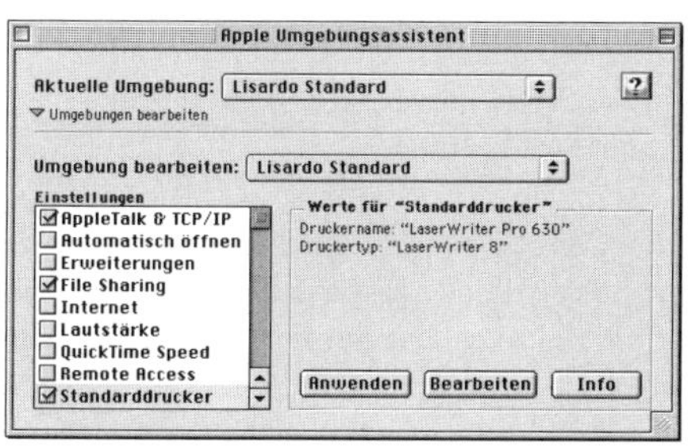

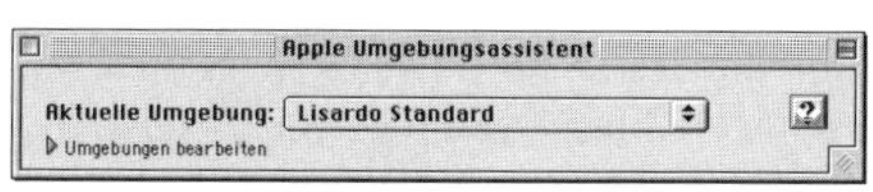

Mit der Mehrbenutzer-Funktion hat Apple nach vielen Jahren einen vielfachen Wunsch erfüllt, auch wenn die Umsetzung nicht jedem gefallen wird. Sie sollten sich auf jeden Fall darüber im Klaren sein, daß es sich dabei um eine Möglichkeit handelt, mehrere Benutzer zu *verwalten*, und nicht so sehr um eine wirklich einbruchssichere Multi-User-Verwaltung wie sie auf Unix-Rechnern zum Standard gehört. Wenn Sie so etwas suchen, sollten Sie sich auf jeden Fall schon mal mit der Serverversion des neuen Mac OS X vertraut machen, aber das sprengt den Rahmen dieses Buches.

Sherlock 2

Wenn Sie Sherlock 2 zum ersten Mal starten, werden Sie ihn zunächst kaum wiedererkennen. Er verwendet jetzt auch das erstmals mit QuickTime 4 eingeführte Metallic-Interface und benutzt die gleiche «Schubladen-Technik». Die großen Menüs und Eingabefelder sind einer breiten Eingabezeile, drei Radioknöpfen, einem Einblendmenü und einem *Ändern...*-Knopf gewichen. In der Menüleiste gibt es jetzt das Menü *Rubriken*, doch auch in den anderen Menüs sind neue Befehle und Tastenkürzel hinzugekommen. An der Bedienung selbst hat sich jedoch gar nicht so viel geändert – sie ist nur deutlich komfortabler geworden.

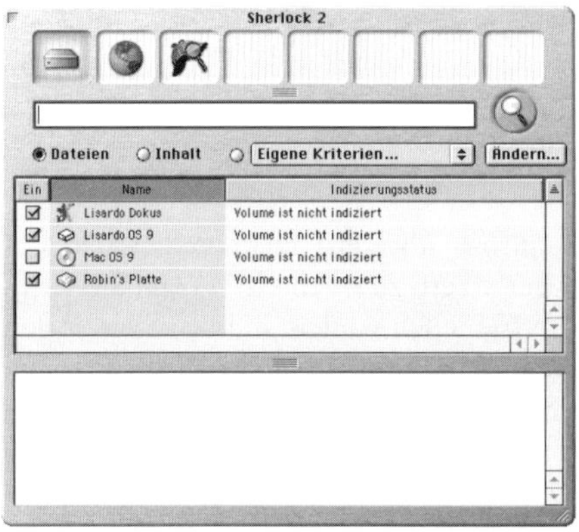

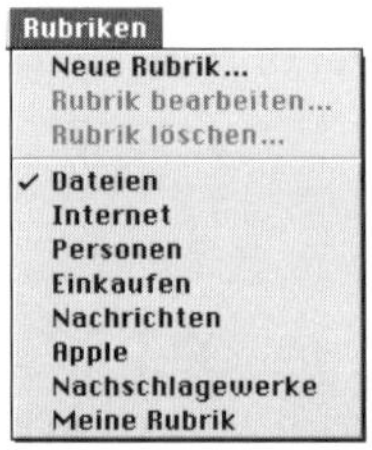

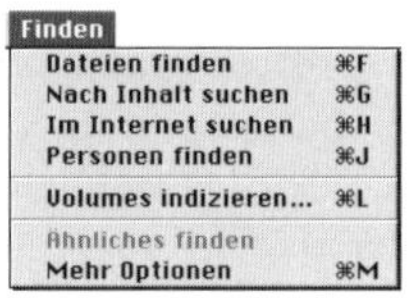

Ein Blick auf das *Finden*-Menü zeigt, daß jetzt zur Suche nach und in Dateien und der Internet-Suche noch die Suche nach Personen hinzugekommen ist. Außerdem kann die Funktion *Volumes indizieren...* jetzt per Tastenkürzel (⌘ - L) aufgerufen werden. Zusätzlich werden alle aktiven Volumes in der Liste angezeigt und können einfach per Klick auf das Kästchen vor ihrem Namen für eine Suche ein- oder ausgeschlossen werden. Praktisch ist auch ein neuer Befehl im *Bearbeiten*-Menü, mit dem je nachdem alle Listeneinträge auf einmal deaktiviert bzw. aktiviert werden können. Durch die Darstellung aller Volumes in einer Liste kann man jetzt auch auf einen Blick sehen, welche Volumes indiziert sind. Die letzte Neuerung verbirgt sich hinter dem Befehl *Neues Fenster* im *Ablage*-Menü, mit dem Sie gleichzeitig mehrere Sherlock-Fenster öffnen und somit parallel auf der Festplatte und/oder im Internet suchen können.

■ Dateien suchen

Die Suche nach Dateien und Inhalten funktioniert mit Sherlock 2 ganz ähnlich wie bisher. Geändert hat sich, daß die Ergebnisse einer Suche nicht mehr in einem neuen Fenster präsentiert werden, sondern die Liste mit den Volumes ersetzt. Da der Suchbegriff jedoch weiterhin in der Eingabezeile oben angezeigt wird, ist das eigentlich ganz praktisch. Schon bisher konnte man mit Sherlock eigene Suchkriterien speichern und laden. Das ist jetzt viel komfortabler geworden, weil es dafür ein eigenes Einblendmenü gibt.

Sie können die vorhandenen Kriterien ändern, löschen oder durch eigene ergänzen. Dazu rufen Sie entweder den Befehl *Mehr Optionen* im *Finden*-Menü auf, oder Sie klikken auf die *Ändern*-Taste. Daraufhin erscheint das Fenster «Mehr Optionen», wo Sie die verschiedenen Suchkriterien kombinieren können.

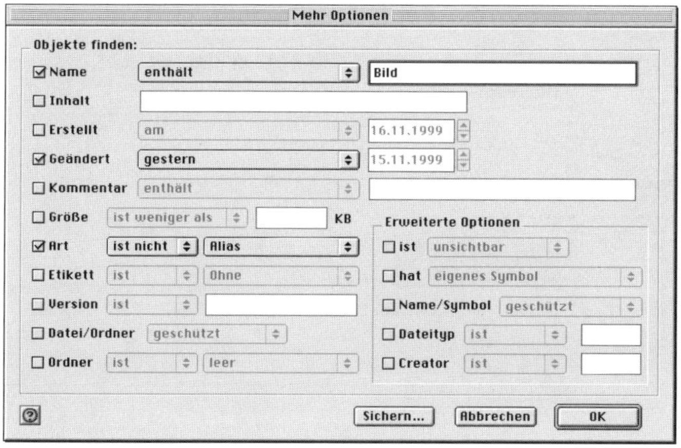

Wenn Sie diese Kombination an Kriterien öfter benötigen, können Sie sie mit der Taste «Sichern» als eigenes Kriterium abspeichern. Ihre gesicherte Suche erscheint daraufhin im Einblendmenü.

■ Internet-Kanäle

Wenn Sie bereits einige Erfahrung mit der Internet-Suche von Sherlock gesammelt haben, werden Sie vielleicht schon eine Funktion vermißt haben, mit der Sie Suchmaschinen zu Sets gruppieren können. Das ging zwar schon, aber nur über den Umweg einer gesicherten Internetsuche. Apple hat sich nun dieses Problems angenommen und Sherlock 2 mit solchen Sets, genannt *Rubriken*, ausgestattet. Als ganz neue Option ist nun auch die Suche nach Personen möglich, lediglich als Gruppen sind eigene Suchmaschinen-Rubriken für Einkaufen und Newsgroups hinzugekommen. Dabei haben Sie die Wahl, ob Sie die Rubriken über das Menü aufrufen oder in die «Schubladen» klicken.

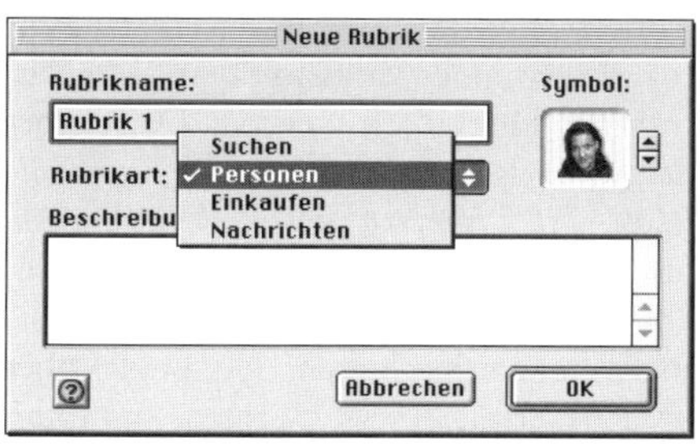

Mit den entsprechenden Menübefehlen im *Rubriken*-Menü ist es möglich, eigene Rubriken anzulegen, zu bearbeiten und wieder zu löschen. Sollten Sie mehr Rubriken haben, als in eine Reihe Schubladen passen, so brauchen Sie nur mit der Maus den geriffelten Griff oberhalb der Eingabezeile anklicken (die Maus verwandelt sich in eine Hand) und mit gedrückter Maustaste nach unten ziehen. Das gleiche gilt für den geriffelten Griff unterhalb der Liste im Modus *Dateien finden* und *Nach Inhalt suchen*. Bei einer Internet-Suche wird im unteren Bereich der Link plus zusätzliche Angaben dazu angezeigt und darunter Werbung – die sich nicht abstellen läßt.

Nachfolgend sehen Sie einige Beispielergebnisse für Suchen in den Rubriken News, Einkaufen (iMac DV & Tubular Bells), Suchmaschinen (Das kleine Mac Buch) und einer Personensuche nach Steve Jobs.

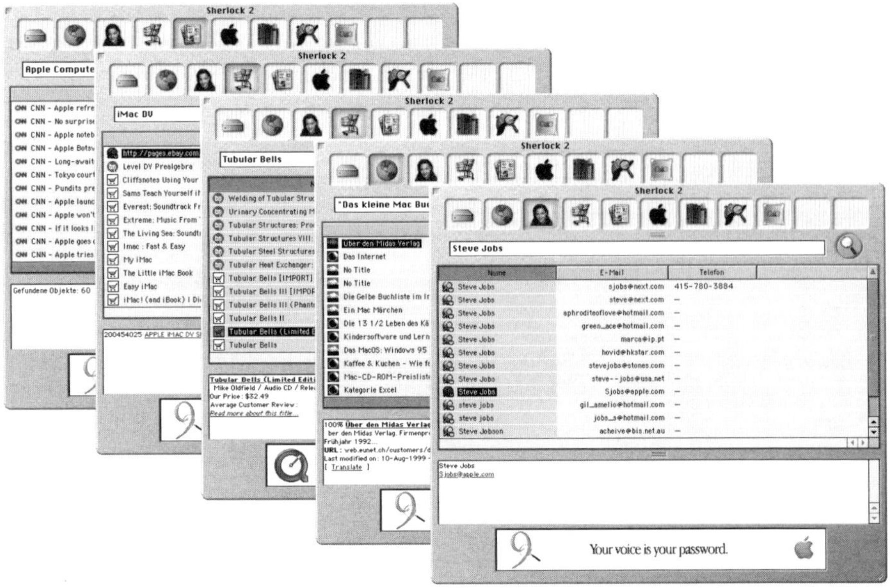

Im Augenblick sind Internet Suchdienste noch etwas Amerika-lastig, in der nächsten Zeit dürften jedoch immer mehr Sets bzw. Definitionen für den deutschsprachigen Raum erscheinen. Sehen Sie gelegentlich in den einschlägigen Internetdiensten nach – Sie wissen ja jetzt, wie das geht.

Weitere neue Features

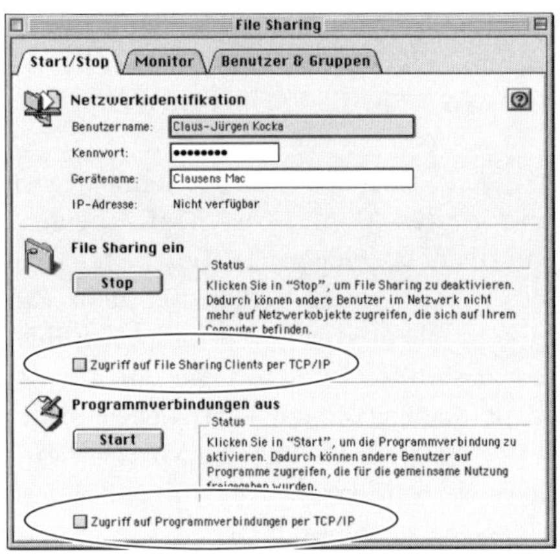

Neben der Mehrbenutzer-Verwaltung und Sherlock 2 gibt es noch einige Funktionen und Features, die ebenfalls neu in Mac OS 9 sind. Eine betrifft File Sharing, das jetzt auch das schnellere TCP/IP-Protokoll verwenden kann, mit dem Daten im Internet übertragen werden. Dazu wurden in der Rubrik *Start/Stop* des Kontrollfelds *File Sharing* zwei Checkboxen integriert, die man leicht übersieht. Hier können Sie angeben, ob File Sharing, die Programmverbindungen oder beides über TCP/IP erfolgen soll. Übrigens steht hier der gleiche Benutzername, den Sie für den Eigentümer Ihres Macs im Kontrollfeld *Mehrere Benutzer* gewählt haben.

- File Sharing per Internet und Telefon

Zusätzlich unterstützt der Macintosh jetzt die Einwahl per Telefon und ist sogar in der Lage, bei Anruf selbständig zurückzurufen. Möglich ist das durch die Integration eines Personal Apple Remote Servers, der die Kommunikation mit Telefon und Modem übernimmt. Um diese Option zu nutzen, müssen Sie im Kontrollfeld File Sharing den Reiter *Benutzer & Gruppen* aufrufen. (Dieses Kontrollfeld wurde sinnvollerweise in File Sharing integriert.) Wenn Sie nun einen Benutzer anlegen, erscheint in dem Einblendmenü neben «Zeigen:» zusätzlich zu den schon bisher vorhandenen Optionen *Identifi-*

kation und *Gemeinsame Nutzung* die Option *Remote Access*. Hier können Sie angeben, ob dieser Benutzer den Computer anrufen darf und unter welcher Nummer der Computer gegebenenfalls zurückrufen soll, um von sich aus die Verbindung aufzubauen. Standardmäßig ist diese Funktion allerdings für alle Benutzer deaktiviert; Sie brauchen sich also keine Sorgen zu machen, daß jemand ohne Ihre ausdrückliche Zustimmung auf Ihren Rechner per Telefon zugreifen kann.

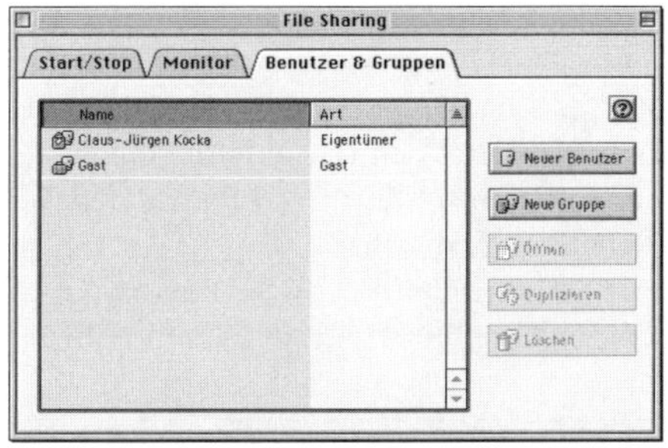

Wenn man diese beiden Funktionen kombiniert, wird es möglich, Dateien per Telefon und Internet mit anderen Rechnern auszutauschen. Wenn Sie also bereits einen Internet-Zugang haben, können Sie Ihren gesamten Rechner für File Sharing zugänglich machen. Allerdings sollten Sie sich dann schon ganz genau überlegen, wem Sie welche Zugriffsprivilegien geben.

Gemeinsamer Schlüsselbund für Kennwörter

Damit direkt in Verbindung steht eine Funktion, die der Mac schon mal hatte und die jetzt wieder integriert wurde – der Schlüsselbund. Dahinter verbirgt sich ein Kontrollfeld, mit dem Sie mehrere Kennwörter verwalten und sicher aufbewahren können. Immer wenn ein Programm, File-Server oder ein Internet-Dienst ein Paßwort abfrägt, das im Schlüsselbund gespeichert ist, werden Sie lediglich aufgefordert das Kennwort für Ihren Schlüsselbund anzugeben. Ist dieses korrekt, dann reicht das Programm *Schlüsselbund* das richtige Paßwort für die Anfrage weiter, ohne daß Sie sich noch weiter darum kümmern müßten. Da dies jedoch eine brandneue Funktion im Mac OS ist, gibt es erst ganz wenige Programme oder Dienste, die davon Gebrauch machen können.

Dateien verschlüsseln

Ein solches Programm liefert Apple jedoch mit, nämlich ein Programm zum Verschlüsseln von Dateien auf der Festplatte. Die Bedienung ist dabei denkbar einfach: Klicken Sie mit gedrückter Ctrl-Taste auf eine Datei, die Sie verschlüsseln wollen. Es erscheint ein Kontext-Menü, das unter anderem den Eintrag *Verschlüsseln* enthält; wählen Sie diesen. Nun erhalten Sie eine Warnmeldung, die Sie sich ganz genau durchlesen sollten.

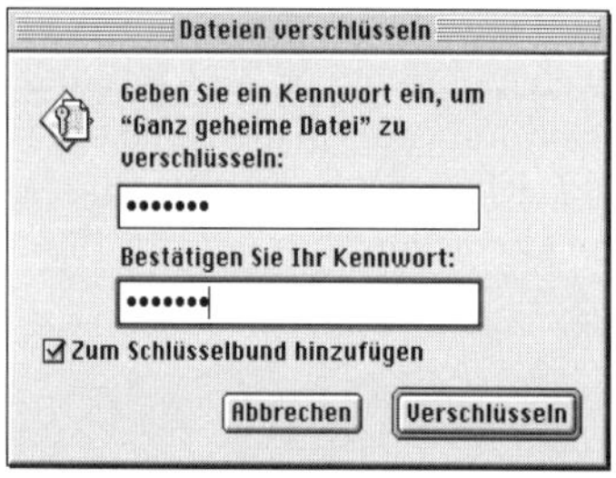

Verschlüsselte Dateien erkennen Sie an dem kleinen Schlüssel im Icon.

Anschließend erscheint eine Dialogbox mit zwei Eingabefeldern, in denen Sie das Kennwort sicherheitshalber zweimal eingeben müssen. Apple gibt an, daß das Kennwort nirgends in der Datei enthalten ist, das bedeutet, wenn Sie das Kennwort für eine verschlüsselte Datei vergessen haben, kann Ihnen niemand die Datei wiederherstellen. Und hier zeigt sich schon der Nutzen des Schlüsselbunds, denn bei der Verschlüsselung werden Sie gefragt, ob Sie dieses Kennwort dem Schlüsselbund hinzufügen wollen. Wenn Sie nun den Schlüsselbund aufrufen und ihn öffnen, sehen Sie eine Liste aller verschlüsselten Objekte. Klicken Sie ein solches Objekt an und wählen Sie die Taste *Info*. Daraufhin erscheint das Informationsfenster der Datei, das die Taste *Kennwort sehen* enthält. Wenn Sie nun darauf klicken, werden Sie nach dem Kennwort für Ihren Schlüsselbund gefragt und anschließend wird das Kennwort angezeigt.

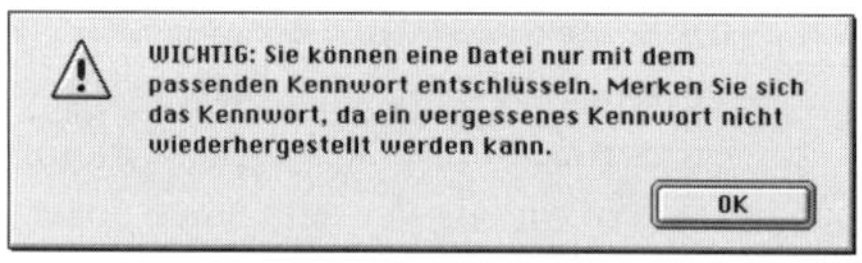

Zum Entschlüsseln brauchen Sie lediglich einen Doppelklick auf die Datei machen. Daraufhin werden Sie nach dem Kennwort gefragt. Falls Sie die Datei zu Ihrem Schlüsselbund hinzugefügt haben, geben Sie das Schlüsselbund-Kennwort ein, falls nicht, müssen Sie das jeweilige Verschlüsselungskennwort eingeben.

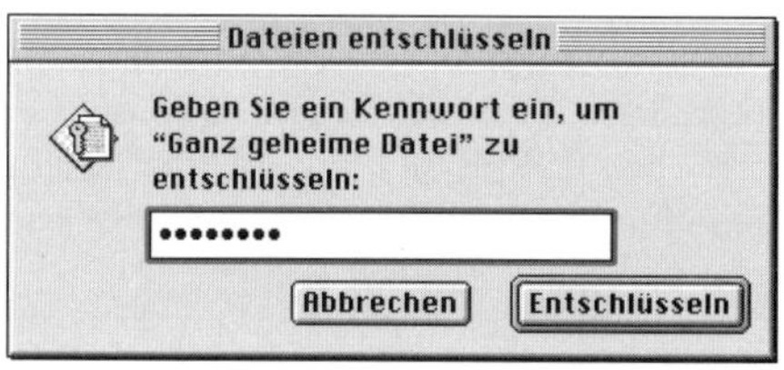

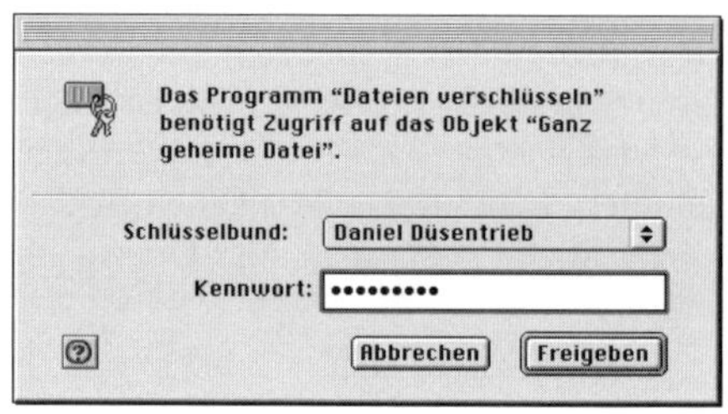

Kosmetische Änderungen

Wie immer bei Systemupgrades gibt es auch in Mac OS 9 kosmetische Änderungen. Eine betrifft das ehemalige Kontrollfeld *Monitore & Ton*, das nun wieder in zwei separate Kontrollfelder aufgeteilt wurde. Funktional hat sich jedoch nichts geändert. Die andere Änderung ist, daß Finder-Meldungen nun nicht mehr in festen Dialogfenstern erscheinen, sondern in hübschen kleinen Boxen, die man auf dem Bildschirm verschieben und wegklappen kann, ohne sie zu beantworten. Äußerst praktisch!

Unter der Haube gab es natürlich noch eine ganze Reihe von Änderungen, doch darauf wollen wir jetzt nicht weiter eingehen. Sollten Sie irgendwann in Mac OS 9 nicht mehr weiterwissen, denken Sie daran: Es gibt immer die Hilfe-Funktion. Dort werden Sie meistens fündig werden. Und falls Sie dort die gewünschte Information nicht finden, sollten Sie es vielleicht im Internet versuchen. Zum Beispiel bei Apple oder bei uns unter www.midas.ch und www.lisardo.com

37

Jargon

Die Computerwelt ist voll von allen Arten abstruser Fachwörter. Viele trauen sich jedoch nicht zu fragen, was die ungewohnten Begriffe meinen. Auch wenn jemand erklärt, was er meint, macht es doch für viele keinen Sinn. Das einzige, was hilft, ist ein verständnisvolles Nicken und so tun, als ob man verstanden hätte. Im folgenden finden Sie eine Liste der am meisten verwendeten Begriffe, die Sie vielleicht hören, so daß Sie sie im Stillen studieren können. Es ist selbstverständlich keine vollständige Liste, aber sie kann Ihnen helfen, wenn Sie sich mit Fachzeitschriften auseinandersetzen oder in ein neues Computergebiet einsteigen. Da dies *Das kleine Mac Buch* ist und nicht etwa *Das ultimative Mega-Handbuch für alle Computer dieser Welt*, sind hier im Glossar häufig verwendete Begriffe erklärt, die wir im Buch nicht erläutert haben. Wir hoffen, daß Sie trotzdem Ihren Spaß damit haben.

68000, 68020, 68030, 68040 etc. Diese Nummern bezeichnen verschiedene CPUs (das sind Prozessoren) von Motorola, die häufig auch als «68K-Prozessoren» bezeichnet werden. Je höher die Nummer, desto schneller die Maschine. So steckt zum Beispiel der 68000-Chip in den ältesten Macintosh, wie Plus oder SE. Der Macintosh II arbeitet mit einem 68020 und ist somit etwa dreimal schneller als der 68000er. Und so weiter. Mittlerweile sind alle diese Rechner veraltet und werden längst nicht mehr hergestellt. Aktuell sind im Moment die sogenannten *PowerPCs* mit G3- oder G4-Prozessoren.

Airport ist die Datenübertragung per Funk, bei der Daten zwischen Mac und *Airport-Basisstation* drahtlos wie bei kabellosen Telefonen digital übertragen werden. Diese neue Technologie ist erstmals im iBook zu finden. Dadurch sparen Sie sich das Kabel vom iBook zum Drucker, zum Netzwerk und zum Modem oder Telefonanschluss.

AppleScript ist die eingebaute intelligente Makrosprache des Macintosh. AppleScript ist eine gelungene Mischung aus Makrorekorder und mächtiger Programmiersprache: Sie können Aktionen im Finder und vielen Anwendungsprogrammen einfach aufzeichnen und sie bei Bedarf anschließend mit Schleifen und bedingten Abfragen modifizieren. Selbst wenn Sie noch nie programmiert haben, werden Sie mit AppleScript schnell zurechtkommen. Mehr zu diesem Thema erfahren Sie im Buch *Eine neue Reise durch AppleScript*, ebenfalls aus dem *Midas Verlag*.

AppleTalk ist ein sogenanntes Netzwerkprotokoll, das die Art und Weise regelt, wie Ihr Macintosh mit einem LaserWriter, mit anderen Macs oder auch mit anderen Maschinentypen kommuniziert. AppleTalk sagt nichts über das verwendete Trägermedium aus: Es kann auf ganz verschiedenen Kabeltypen laufen, zum Beispiel LocalTalk-

oder Ethernetkabeln oder auch kabellos über Infrarot (mittels der IrDA-Schnittstelle) oder neuerdings per Funk (mit dem Airport). Daraus ergibt sich auch, daß Ihnen AppleTalk allein ohne entsprechende Kabel- oder sonstige Verbindung nichts nützt.

Arbeitsspeicher. Siehe *RAM*

ASCII (Ässkki ausgesprochen) steht für *A*merican *S*tandard *C*ode for *I*nformation *I*nterchange. Es handelt sich dabei um einen Standard-Code, den fast alle Computer lesen können. Er ermöglicht Ihnen, Texte und Zahlen zwischen verschiedenen Computertypen und Programmen auszutauschen. Wenn Sie zum Beispiel mit dem Programm Nisus Writer arbeiten und das Dokument jemand anderem geben wollen, dieser aber ClarisWorks benutzt, so können Sie das Dokument als ASCII-File (auch *Text-only-File* genannt) abspeichern. ClarisWorks wird das Dokument öffnen können.

Backup. Siehe *Sicherungskopien*

Baudrate. Wenn Sie ein Modem benutzen, um Informationen von einem Computer zu einem anderen zu schicken, so geht die Information durch die Telefonkabel mit einer bestimmten *Bit*-Rate pro Sekunde. Diese Bit-pro-Sekunde-Rate wird auch *Baudrate* genannt. Die meisten Modems verwenden Baudraten von 14.000 bis 56.000 Baud. Dabei gilt die übliche Regel in der Computerwelt: Mehr ist besser!

Benutzeroberfläche. Die Benutzeroberflächen wurden gemacht, damit Normalsterbliche mit Computern arbeiten können. Die Benutzeroberfläche des Macintosh nennt sich Finder. So ist es zum Beispiel möglich, daß Sie eine Datei doppelklicken können, damit sich die Datei mit dem zugehörigen Programm automatisch öffnet. Was für Sie so einfach aussieht, ist in Wirklichkeit eine Folge extrem komplexer Abläufe. Darum brauchen Sie sich allerdings keine Sekunde zu kümmern.

Betriebssystem. Die Software, die all das macht, was Sie mit Sicherheit nicht selbst erledigen wollen, zum Beispiel: Festplatte verwalten, Programme dirigieren, den Bildschirm steuern ... Das Betriebssystem macht den Computer zu dem, was er ist. Will heißen, der beste, schnellste und schönste Computer ist nichts wert, wenn das Betriebssystem nichts taugt.

Bit ist die Abkürzung für binary digit. Das ist die kleinste Einheit an Information, mit der ein Computer umgehen kann. Es ist gewissermaßen ein elektronischer Ein/Aus-Impuls (siehe auch Binärsystem in Kap. «Bits & Bytes» ab Seite 116).

Bitmaps. Wenn ein Bild aus Bitmaps besteht, heißt das, daß es aus einzelnen Punkten auf dem Bildschirm gebildet wurde. Bitmap-Grafiken können Punkt für Punkt ausgedruckt werden. Sie sind die einfachste Form von Bilddarstellung auf dem Computer. Andere Arten von Grafiken, wie zum Beispiel *EPS (Encapsulated PostScript)*, bestehen aus zwei Teilen: Der eigentlichen PostScript-Grafik, also den Anweisungen, nach denen der Drucker oder Belichter die Grafik ausdruckt bzw. belichtet und einer Bildschirmdarstellung desselben Bildes Bitmap-Grafik, da die meisten Programme reine PostScript-Daten nicht anzeigen können. Der Vorteil dieser Methode ist, daß Sie auf dem Monitor überhaupt etwas sehen, der Nachteil ist jedoch, daß die Qualität der Vorschau je nach Programm sehr zu wünschen übrig läßt.

Bombe. Damit machen Sie mit Sicherheit irgendwann Bekanntschaft. Sie erscheint nämlich immer dann, wenn der Mac abstürzt. Wenn's passiert, findet man es nicht mehr so lustig ...

Booten oder Boot-up heißt, einen Computer oder andere Hardware einzuschalten und anschließend automatisch das Betriebssystem von der Festplatte zu laden.

Bug. Wenn eine Software irgendeinen Fehler aufweist, so sagt man, sie habe Bugs oder sie sei buggy. Es ist der Job von sogenannten *Beta*-Testern, herauszufinden, welche Bugs in der Testversion drin sind, und diese Bugs den Entwicklern zu melden, damit sie eliminiert werden können, bevor der Anwender viel Geld für ein unfertiges Produkt bezahlt. Der Begriff kommt aus dem wirklichen Leben und beschreibt eine Zeit, in der diese Tierchen in längst vergessenen Röhrencomputern herumkrabbelten. Manchmal hauchte ein Käfer sein Leben auf einer heißen Röhre aus – und erlitt dabei das gleiche Schicksal wie das Programm im kurz darauf abstürzenden Rechner. So geschehen unter anderem in Harvard im Jahre 1945, wo Schmetterlinge einen schweren Schaden in einem Großcomputer anrichteten. (Nur falls Sie sich wundern, weshalb es dann «Bug» und nicht «Butterfly» heißt: Bug übersetzt man am besten als «lästiges Insekt» ...)

Bus. Ein Bus ist die Hauptdatenleitung im Inneren des Computers, die es dem Macintosh erlaubt, Daten schnell zwischen Hauptprozessor und Festplatte bzw. Bildschirmkarte auszutauschen. Ältere Macintosh arbeiten mit dem sogenannten NuBus, die neuen Modelle mit dem PCI-Bus, der einen erheblich schnelleren Durchsatz erlaubt. Beide sind nicht zueinander kompatibel; Sie können also in einen neuen Mac keine NuBus-Karte stecken. Auch die Taktung spielt eine Rolle: Bisher hatte der Bus eine Taktrate von 60 MHz, die neuesten G4-Modelle takten mit 100 Mhz. Beim Kauf von Erweiterungskarten müssen Sie das berücksichtigen.

Byte. Ein Byte besteht aus acht zusammengehängten *Bits*, um eine Instruktion zu erzeugen, die der Computer verstehen kann. Siehe auch Kap. «Bits & Bytes» ab Seite 116.

CAD steht für *C*omputer *A*ided *D*esign. Dabei handelt es sich um Zeichen- und Konstruktionsprogramme für Architekten und Ingenieure.

CD-ROM steht für *C*ompact *D*isc, *R*ead-*O*nly *M*emory. Eine CD-ROM sieht genau gleich aus wie die CDs, von denen wir Musik hören, enthält aber Computerdaten. Alle neuen Macintosh-Modelle werden mit einem internen CD-ROM-Laufwerk ausgeliefert. Viele der aktuellen Rechner verfügen statt dessen standardmäßig bereits über die neueren *DVD-ROM*-Laufwerke bzw. können optional damit ausgestattet werden. Schon seit geraumer Zeit gibt es außerdem wiederbeschreibbare CDs, die allerdings anders aussehen und funktionieren als die beschriebenen CD-ROMs. Um CD-ROMs selbst herzustellen (man nennt das CDs brennen) benötigen Sie einen CD-ROM-Brenner mit eigener Software.

Chips sind diese erstaunlich kleinen und bemerkenswert mächtigen Silikon-Stückchen, die einen ganzen integrierten elektronischen Schaltkreis auf ihrer Oberfläche haben. Chips sind das, was den Computer ausmacht. Chips *sind* der Computer. Ein kleiner Chip ist eines der größten von Menschenhand geschaffenen Wunder auf Erden – oder besser gesagt, sie waren es, denn inzwischen sind nur noch Computer in der Lage, noch bessere Chips zu produzieren.

Die **CPU** ist die *C*entral *P*rocessing *U*nit (Zentraleinheit). Es ist der winzig kleine *Chip* im Macintosh – auch Mikroprozessor genannt –, der die ganze Show bestreitet und Jobs an andere Chips delegiert.

Eine **Datenbank** ähnelt einer riesigen Sammlung von Karteikärtchen. Weil sie auf dem Computer gespeichert sind, reicht jedoch ein Klick auf einen Knopf, um jede beliebige Information aus dem Computer herauszupressen. Der Begriff Datenbank bezieht sich entweder auf das Softwarepaket, mit dem Sie eine Datenbank erstellen, oder auf das Dokument selber. Eine Datenbank ist eines der nützlichsten Instrumente auf dem Macintosh und bedeutet eine Menge Spaß.

Desktop *(Schreibtisch)*. Desktop ist das, was Sie auf dem Bildschirm sehen, wenn Sie den Macintosh einschalten.

Desktop Publishing. Publizieren auf dem Computer. Damit ist die Tätigkeit gemeint, auf dem Macintosh oder einem *PC* hochwertige Drucksachen herzustellen, wie es früher nur ein Setzer konnte. Heute arbeiten viele Setzer auf der Straße – mit einer Drehorgel und einem Äffchen versteht sich. Und, als ob das nicht schon schlimm genug wäre, werden wir seitdem von einer wahren Flut schlecht gestalteter Drucksachen geplagt.

Dialogfeld. Wir verwenden die Begriffe *Dialogfeld*, Dialogfenster oder Dialog-Box in diesem Buch relativ locker nebeneinander her. Wir bezeichnen damit alle Meldungen, Öffnen- bzw. Sichern-Dialoge und sonstige Fenster, in denen Sie etwas auswählen oder einstellen können, oder die Ihnen etwas mitteilen oder Sie etwas fragen. Gemeinsames Merkmal aller Dialogboxen, -felder und -fenster und sonstigen Meldungen ist, daß es mindestens einen *OK*-Knopf und/oder einen *Abbrechen*-Knopf gibt.

DOS steht für Disk Operating System, oder zu deutsch, das *Betriebssystem*. Wie die englische Bezeichnung schon andeutet, war es früher in erster Linie die Festplatte, die das Betriebssystem zu verwalten hatte (damals wollte man noch nichts von *Netzwerken*, *E-Mail* und anderen Kinkerlitzchen wissen). Das bekannteste DOS (oder eben Betriebssystem) ist MS-DOS und steht für MicroSoft Disk Operating System. MS-DOS ist ein alter Scherben, der sich nicht einmal in Ansätzen mit der Macintosh-Oberfläche vergleichen läßt. Da gibt es keine Icons, keine nett lächelnden Computer und überhaupt nichts von all dem Komfort, den wir Macintosh-Anwender frei Haus geliefert bekommen. Der Nachfolger von MS-DOS ist MS-Windows, das leider, leider auf dem alten Scherben aufbaut. Zu blöd auch …

dpi wird auch am Anfang einer Zeile klein geschrieben und steht für **Dots per Inch.** Damit wird die Auflösung eines Bildschirms, eines Druckers oder eines *Scanners* gemessen. Der Standard-Macintosh-Bildschirm zum Beispiel hat 72 dpi. Das heißt, daß er genau 72 Punkte auf einer Länge von einem Inch (2,54 cm) darstellt. Ein LaserWriter druckt mit einer Auflösung von 300 dpi. Je höher die Anzahl von Dots per Inch, um so feiner bzw. orginalgetreuer wirkt die Darstellung.

Download. Etwas *downloaden* (herunterladen) heißt, Daten von einer *Mailbox*, einem *ftp-Server* oder Netzwerkserver auf Ihren Computer zu holen. (Das Gegenteil wäre *Uploaden*) Dies kann mit einem *Modem*, einem *ISDN-Adapter* oder auch über ein *Netzwerk* geschehen. Auch nicht-eingebaute Fonts müssen vom Computer zum Drucker geschickt werden, bevor sie ausgedruckt werden können.

Dots per Inch. siehe *dpi*

DVD-Laufwerke. Schon vor einigen Jahren wurde die DVD, die *Digital Versatile Disk* (versatile steht hier für vielfältig einsetzbar) mit großem Werbe-Trara und Datenblätter-Tamtam als der Nachfolger von Audio-, Video- und Computer-CD vorgestellt und gepriesen. Nur leider konnten sich die beteiligten Firmen nicht auf einen einheitlichen Standard einigen. Daran hat sich zwar im Grunde nichts geändert, doch mittlerweile haben die Firmen wohl eingesehen, daß durch diese gegenseitige Behinderung keiner von ihnen einen Fuß in die Tür bekommt. Deshalb gab es dieses Jahr endlich die große Einigung: Man verwendet alle drei oder vier verschiedenen Standards gleichzeitig. Und so gibt es jetzt doppelseitige DVDs, einseitige DVDs mit einer doppelten Schicht und doppelseitige DVDs mit zwei doppelten Schichten. Wie es scheint, ist Apple wieder mal Motor der Industrie: Nachdem sie mit dem Ur-Mac die 3,5-Zoll-Disketten hoffähig gemacht und sie mit dem ersten iMac wieder abgeschafft haben, würde es nicht sehr verwundern, wenn nun der Siegeszug der DVD schlagartig einsetzen würde. Der Grund? Die neuesten iMacs haben standardmäßig ein DVD-ROM-Laufwerk … (Aufgepaßt, das gilt nur für die DV-iMacs!)

E-Mail (Electronic-Mail) bezieht sich auf die elektronischen Briefe, die Sie direkt von Ihrem Computer aus senden oder empfangen können. Ohne Textverarbeitung lassen sich so Memos, Anweisungen oder andere Informationen von einem Computer zum anderen senden. Der Empfänger wird mit einem akustischen und/oder optischen Signal auf das Eintreffen der Informationen aufmerksam gemacht und kann seinerseits antworten. Manche Liebesgeschichte hat durch ein E-Mail-System begonnen. E-Mail-Systeme sind nicht nur nützlich und effizient, sie machen auch Spaß. Sie müssen dazu lediglich ein *Modem* besitzen oder mit einem *Netzwerk* verbunden sein.

EPS oder **EPSF** steht für *E*ncapsulated *P*ostScript *F*ile. Es handelt sich um ein Grafik-Format. Grafiken, die als EPS abgespeichert sind, bestehen aus zwei Teilen. Der eine Teil ist ein einfaches *Bitmap*-Bild, das der Computer liest und auf dem Bildschirm darstellt. Der andere Teil ist ein komplexer PostScript-Code, den der Drucker liest (wenn es sich um einen PostScript-fähigen Drucker handelt). EPS-Grafiken werden auch device independent (Ausgabe-unabhängig) oder resolution independent (Auflösungs-unabhängig) genannt. Das heißt, daß sie immer in der bestmöglichen Auflösung ausgedruckt werden, die der Drucker hergibt. Dieselbe Grafik wird mit 300 dpi auf einem LaserWriter oder mit 1240 bis 2400 dpi auf einer Linotronic-Belichtereinheit ausgedruckt.

Festplatte, auch Harddisk genannt. Im Prinzip ist eine Festplatte eine zu groß geratene *Diskette* und gehört in die Gruppe der Massenspeicher. Auf einer Festplatte können Sie all das speichern, was Sie mit Ihren Programmen erstellt haben, also zum Beispiel Briefe, Grafiken, Berechnungen usw. Da der Inhalt des *RAM* beim Ausschalten des Computers unwiderruflich verlorengeht, müssen all diese Dokumente erst auf die Festplatte gespeichert werden. Die kleinsten Größen beginnen inzwischen bei einem Gigabyte, gängig sind aber mindestens zwei bis 20 Gigabyte. Ein Gigabyte entspricht dabei einer Menge von ca. 500.000 Schreibmaschinenseiten. (Nur gut, daß Grafiken und Multimedia-Files viel, viel größer sind – sonst würden wir unsere Festplatten nie voll kriegen!)

File-Format. Ein File-Format gibt an, in welchen speziellen Strukturen ein Dokument (Grafik, Text, Tabellenkalkulation, etc.) gespeichert ist. So gibt es zum Beispiel bei

Texten File-Formate, wie *ASCII (Text-only)* oder RTF, zusätzlich zu den Standard-File-Formaten Ihres gewählten Textverarbeitungprogrammes. Bei Grafiken gibt es File-Formate, wie *EPS*, *TIFF*, *PICT* oder Paint. Verschiedene Programme können unterschiedliche Formate lesen.

Ein **File Server** wird in einem Netzwerk gebraucht. Sehr oft werden ein Macintosh und seine Harddisk dazu bestimmt, ein Dasein als File-Server zu fristen. Jedermann im Netzwerk kann die Software und die Harddisk dieses Macintosh zusätzlich zu seinem eigenen Gerät als Erweiterung benutzen. Eine spezielle Server-Software überwacht die Zugriffsberechtigung und kontrolliert, wer was lesen oder benutzen kann und wie viele Leute gleichzeitig darauf zugreifen. File-Server werden benutzt, um Daten, auf die alle Teilnehmer zugreifen müssen, an einem zentralen Ort zu speichern.

Der **Finder** ist die grafische Schnittstelle zwischen Ihnen und Ihrem Macintosh. Wenn Sie also zum Beispiel das *Icon* eines Dokuments auf das Icon einer Diskette bewegen und anschließend automatisch der Kopiervorgang eingeleitet wird, dann ist das der Verdienst des Finders, der dem Betriebssystem unglaublich komplexe Anweisungen gibt, während Sie bereits wieder an Ihrer Kaffeetasse nippen. Siehe auch Kap. «Der Schreibtisch» ab Seite 12.

FireWire (Feuerdraht) ist die blumige Bezeichnung für den Nachfolger von *SCSI*. FireWire ist natürlich schneller als sein Vorgänger, doch das Besondere ist, daß Sie FireWire-Peripherie im laufenden Betrieb an- und abklemmen können. Das ist eine große Erleichterung gegenüber SCSI, das extrem empfindlich ist.

Freeware nennt man *Software*, die ein enthusiastischer Programmierer kreiert und dann in die Welt hinausgeschickt hat, ohne daß der Benutzer dafür bezahlen muß. *Freeware* oder *Shareware* ist in der Regel über Zeitschriften oder das Internet erhältlich (zum Beispiel *www.shareware.com*). User-Groups und Freunde sind ebenfalls potentielle Anlaufstellen. Sehen Sie auch unter *Shareware* nach. Leute, die Freeware kreieren, sind so ziemlich genau das Gegenteil von den Leuten, die *Viren* kreieren – manchmal sind sie aber auch beides in einem.

ftp (oder auch FTP) steht für *File Transfer Protocol*, zu deutsch also Datei Transfer Protokoll. Es ist der computer-unabhängige Standard, nach dem im Internet Dateien versendet und empfangen werden können. Zum Empfangen genügen in aller Regel die aktuellen Browser, zum Versenden benötigen Sie aber spezielle Programme, wie zum Beispiel Netfinder, Fetch oder Anarchie. Ein **ftp-Server** ist ein Rechner, der über das Internet Dateien zum Empfang bereithält und auf den Sie je nach Zugriffsberechtigung auch etwas hochladen können.

Gigabyte oder **GB**. Ein Gigabyte ist eine Maßeinheit, die die Dokumentgröße oder den verfügbaren Platz auf der Harddisk angibt. Technisch gesehen, besteht ein Gigabyte aus 1024 Megabytes, was ungefähr einer Milliarde Bytes entspricht (genaugenommen 1.073.741.842 Bytes). Beeindrucken Sie Ihre Freunde mit diesem nützlichen Wissen.

Händler. Auch Computerhändler. Bezeichnung für eine bestimmte Berufsgruppe. Kommt in Sachen Prestige gleich nach Auto- und Mädchenhändler. Sollte eigentlich kompetent sein, versagt aber oft beim ersten Problem, das nach Bezahlung der Geräte auftritt. Im Normalfall versprechen Händler *Support*, der aber kaum etwas wert ist. Falls

Sie einen Händler haben, der tatsächlich Ihre Wünsche und Probleme versteht und etwas dafür respektive dagegen tut, dann erklären Sie ihn blitzartig zum besten Freund, bringen Sie regelmäßig Geschenke und hüten Sie ihn wie Ihren Augapfel. Das sind extrem seltene Ausnahmen, die die Regel bestätigen.

Harddisk. Siehe *Festplatte*

Hardware ist alles, was Sie anfassen können und mit Ihrem Computer oder der Peripherie zu tun hat. Der Monitor, die externe Harddisk, die Maus, die Tastatur, das *Modem*, der *Scanner*, die Kabel – alle diese Dinge, die Sie anfassen können, sind Hardware. Das Gegenteil davon ist *Software*. Eine Diskette ist also ein Stück Hardware, auf dem Software gespeichert wird.

HFS oder **Hierarchisches File-System**. Der Macintosh verwaltete seine Disketten ursprünglich mit dem Macintosh-File-System (MFS). Jedes Objekt mußte sich von allen anderen Objekten auf der Harddisk in der Namensgebung unterscheiden. So durfte zum Beispiel nur ein einziges Dokument Memo heißen, ganz egal, wo es sich befand. Später wurde das Hierarchische File-System entwickelt, das viel effizienter funktioniert. Die ganze Harddisk wird unter HFS in eine baumförmige, hierarchische Struktur umgesetzt. Dabei wird jeder Ordner einzeln verwaltet. So ist es möglich, daß auf einer Harddisk beliebig viele Objekte die Bezeichnung Memo tragen dürfen – wenn auch nicht im gleichen Ordner.

Die einzige Einschränkung von HFS wurde erst vor einigen Jahren deutlich: HFS kann nämlich maximal nur 2 GB effektiv verwalten. (Das war vor zehn Jahren noch eine absolut utopische Größe!) Deshalb gibt es seit Mac OS 8.1 HFS Plus, das theoretisch bis zu 2 Terabyte (also 2.000 Gigabyte) verwalten kann. (Aber vermutlich werden wir diese Grenze in einigen Jahren auch schon wieder überschritten haben. Wo soll das alles noch enden?!) HFS und HFS Plus laufen bei *Laufwerke konfigurieren* – dem Programm zum Initialisieren und Formatieren von Festplatten – unter der Bezeichnung *Mac OS Standard* und *Mac OS Extended*. Grundsätzlich können Sie HFS Plus auch schon ab Ein-Gigabyte-Festplatten einsetzen, Sie müssen jedoch bedenken, daß eine so formatierte Festplatte für Rechner mit Mac OS 8.0 oder älter nicht lesbar ist! Achten Sie auf diesen Umstand besonders, wenn Sie einen Rechner als File-Server einrichten, damit Sie nicht vor unliebsamen Überraschungen stehen.

HTML steht für *Hypertext MarkUp Language*, wohinter sich ein ebenso einfacher wie raffinierter Code zur Erstellung von Webseiten verbirgt. Wenn Sie Webseiten nur betrachten wollen, genügt diese Auskunft. Falls Sie jedoch eigene Seiten erstellen wollen, brauchen Sie ein gutes Buch und etwas Zeit.

http ist das Gegenstück zu *ftp* und sagt dem Browser, daß er die folgende Datei mit dem *Hypertext Transfer Protocol* laden soll, das für Webseiten reserviert ist.

Icon. Jedes Objekt im Finder wird durch ein kleines Symbol, einem Icon dargestellt. So sehen Sie auf einen Blick, um was für eine Art Objekt es sich handelt.

Ein **INIT** (oder Systemerweiterung) ist ein kleines Programm, das sich im Systemordner befindet und beim Start des Macintosh das Betriebssystem um zusätzliche Funktionen erweitert. Ein Bespiel dafür ist *Suitcase* oder der *ATM*. Ein INIT bleibt mit allen seinen Funktionen so lange im Arbeitsspeicher, bis der Computer ausgeschaltet wird. INITs werden deshalb auch Startup-Dokumente genannt. Die kleinen Icons, die in der linken unteren Ecke beim *Booten* aufgereiht werden, stellen ihre INITs dar. Einige davon sind auch *CDEVs*, die wie INITs funktionieren, mit Ausnahme dessen, daß sie über das Kontrollfeld gesteuert werden können.

Initialisieren oder **formatieren**. Wenn Sie eine neue Floppy-Disk kaufen, so ist sie unformatiert; das heißt, sie ist komplett blank und besitzt noch keine Spuren, die nötig sind, damit darauf Daten gespeichert werden können. Deshalb müssen Sie jeden Datenträger vor dem ersten Gebrauch initialisieren. Wenn Sie eine neue Diskette einlegen, fragt Sie der Macintosh, ob Sie sie initialisieren möchten. Bejahen Sie diese Frage, wenn die Diskette erwiesenermaßen neu ist. Wenn Sie irgendeine Diskette neu initialisieren, so löscht dieser Prozeß unwiderrufbar alles, was bis dahin auf dieser Diskette war.

Harddisks werden normalerweise vom Hersteller vorformatiert und müssen nur initialisiert werden. Apple liefert beim Mac OS für diesen Zweck das Programm *Laufwerke konfigurieren* mit, das allerdings nur Original-Apple-Hard-Disks erkennt. Festplatten von Fremdherstellern werden daher normalerweise mit spezieller Software ausgeliefert, die Sie für die Initialisierung benötigen. Fragen Sie Ihren Händler in so einem Fall nach dieser Software, da Sie sonst nichts mit Ihrer Festplatte anfangen können.

Internet. In den letzten Jahren sind so viele Bücher, Artikel und sonstige Beiträge zum Internet, genauer zum World Wide Web und zu E-Mail erschienen, daß Sie sicherlich Verständnis haben, daß wir hier nur eins zu diesem Thema sagen wollen: Das Internet hat das Zeug dazu, unsere Gesellschaft tiefgreifender zu verändern, als das die Einführung des Buchdrucks getan hat. Alles Weitere finden Sie in Teil C: Das Internet.

ISDN-Adapter sind sozusagen die Modems für das ISDN. Da in diesem Fall Computer und Telefonnetz bereits die gleiche Sprache sprechen, nämlich digital, klappt bei ISDN der Verbindungsaufbau meist in weniger als zehn Sekunden und fällt daher kaum auf. Sollten Sie sich erst noch überlegen, auf ISDN umzusteigen, achten Sie darauf, daß viele Hersteller von ISDN-Adaptern Preisnachlässe bei der Neueinrichtung eines ISDN-Anschlusses gewähren.

Eine **Karte** (Card) ist ein Stück Plastik mit *Chips* darauf, die Sie in die Zentraleinheit des Computers stecken. Sie können *Video-Karten*, *Accelerator-Boards* (Beschleunigerkarten), *Modems* oder ganze Computer auf Karten in das Gerät integrieren. Einige von diesen Karten können Sie per Post bestellen und auf einfache Weise selber installieren,was jedoch eine gewisse Portion Selbstvertrauen verlangt.

Konfiguration. Eine Zusammenstellung der verschiedenen Geräte, die zusammen das *System* ausmachen. Wenn Sie zum *Händler* rennen und einen bestimmten Macintosh, Bildschirm und Drucker zusammenraffen, dann nennt man die Summe all dieser Teile eine Konfiguration; das heißt, eine Anlage, die auf Ihre Bedürfnisse, Wünsche und finanziellen Möglichkeiten abgestimmt ist.

Laufwerk (Drive). Ein Laufwerk ist ein Gerät, das je nach Auslegung, Disketten, *CD-ROMs* oder auswechselbare Harddisks aufnimmt und sie zum Rotieren bringt. Einige sind im Computer eingebaut und für Sie unsichtbar, andere werden extern an Ihre Maschine angeschlossen.

Ligatur. Eine *Ligatur* ist eine typografische Spezialität; es ist ein Buchstabe, der eigentlich aus zwei einzelnen, kombinierten Buchstaben besteht. Wenn Sie zum Beispiel den Buchstaben f vor den Buchstaben i setzen , so wird das Dach des f in den Buchstaben i hineinragen. Die Ligatur für f und i ist jedoch nur *ein* Buchstabe. Jeder *PostScript*-Font auf dem Macintosh enthält praktisch immer die Ligaturen fi und fl. Sogenannte Expert-Fonts (z.B. die Adobe Expert Collections) enthalten jedoch sehr viel mehr Ligaturen.

Mac OS X. Hinter der zehnten Version des Mac OS (das «X» steht für zehn) verbirgt sich die bisher weitreichendste Änderung des Macintosh-Betriebssystems. OS X basiert auf NeXt und ist ein waschechter Unix-Dialekt. Unix ist das Betriebssystem, bei dem sogar Power User in andächtiges Staunen verfallen, weil Unix richtig mächtig und wirklich kompliziert ist. Apple und vor allem dessen Chef Steve Jobs haben sich nun angeschickt, das eigentlich Unmögliche zu versuchen: Ein anwenderfreundliches Unix zu entwickeln. Derzeit ist nur die Server-Version von Mac OS X verfügbar, die Client-Version, die für normale Mac-Anwender wie Sie und ich in Frage kommt, wird es im Laufe des Jahres Jahr 2000 geben.

Makro. Der Begriff Makro tönt sehr obskur und einschüchternd, aber wenn Sie einmal auf den Geschmack gekommen sind, werden Sie darauf nicht mehr verzichten wollen. Ein Makro ist einfach eine Abfolge von Befehlen (Menü-Befehle, Maus-Klicks, Tastatur-Befehle etc.), die in Serie geschaltet werden oder auf eine einzige Taste gelegt werden. Wenn ein solches Makro einmal definiert ist und Sie die entsprechende Tastenkombination drücken, wird die ganze Serie von Schritten in schneller Folge abgespult. Nehmen wir an, Sie erstellen eine Datenbank mit Namen und Adressen. Hier könnten Sie zum Beispiel ein Makro kreieren, das die Städtenamen oder eine andere oft wiederholte Bezeichnung automatisch einsetzt. Auch wenn Sie einen immer wiederkehrenden Satz, wie zum Beispiel «Sehr geehrte Dame, sehr geehrter Herr» haben, so können Sie ein Makro dafür erstellen. Alles, was Sie wiederholte Male machen, können Sie sich erleichtern, indem Sie ein Makro dafür erstellen. Do-it-yourself-Makros sind sehr einfach zu erstellen; im Grunde genommen sagen Sie dem Computer nur, daß er eine Reihe von Abläufen wiederholen soll, die Sie ihm bereits einmal vorgeführt haben. Viele Anwendungsprogramme, wie z.B. ClarisWorks, Microsoft Word oder Nisus Writer haben eine Makro-Funktion bereits eingebaut.

Massenspeicher. Damit ist alles gemeint, was in irgendeiner Form Computerdaten dauerhaft speichern kann. Dazu gehören *Disketten*, *Festplatten*, *Opticals* und *Streamer*.

Ein **Matrixdrucker** ist ein Drucker aus der Urzeit der Computer, der relativ grobe Punkte verwendet, um Text und Grafik auf der Seite zu erstellen, etwa wie der Apple ImageWriter. Außerdem macht er einen Höllenlärm und der einzige Grund, warum wir ihn hier überhaupt noch erwähnen, ist, daß Sie auf einen Matrixdrucker angewiesen sind, wenn Sie z.B. für Rechnungen echte Durchschläge brauchen.

Modem. Ein Modem ist eine kleine Box, die Ihnen den Zugang zu der großen, weiten Welt außerhalb Ihres Arbeitsplatzes ermöglicht. Will heißen, daß Sie mit einem Modem in der Lage sind, via Telefonleitung mit anderen Modem-bestückten Computern Kontakt aufzunehmen. So zum Beispiel, um Daten von einer Mailbox zu laden, oder um *E-Mail* zu verschicken und zu empfangen. Im besten Fall ist ein Modem nützlich, im schlimmsten Fall macht es süchtig. Technisch gesehen werden mit einem Modem Daten in Form von verschiedenen Tönen durch die Leitung gejagt und am anderen Ort wieder zusammengesetzt. Genauso zusammengesetzt ist übrigens die Bezeichnung für diese Kiste: MOdulator und DEModulator.

Modifikationstasten sind Tasten, die allein für sich gedrückt keine Funktion ausüben, also genau genommen Anti-Funktions-Tasten sind. Allerdings erfüllen sie einen besonderen Zweck, wenn sie mit anderen Tasten zusammen eingesetzt werden. Auf dem Macintosh gibt es folgende Modifikations-Tasten: Shift-Taste (⇧), Options-Taste (⌥), Befehls-Taste (⌘) und Control (⌃), sofern Ihre Tastatur eine solche Taste besitzt). Eine Modifikations-Taste wird gedrückt und zusätzlich eine andere Taste angeschlagen. So steht zum Beispiel ⌘ - C für Kopieren und ⌘ - V für Einsetzen.

Moirè. Der Begriff bezieht sich auf die bizarren Muster, die beim Einlesen mit einem *Scanner* von bereits gedruckten Bildern entstehen. Eine gedruckte Fotografie ist bereits einmal gerastert worden. Wenn diese Abbildung ein zweites Mal gerastert wird, überlappen sich die Rasterpunkte mit großer Wahrscheinlichkeit so, daß ein schachbrettartiges Muster erscheint. Wie Sie diesen Effekt vermeiden können, geht weit über dieses Buch hinaus. Wir empfehlen Ihnen für solche Fälle zum Beispiel das Buch von David Blatner: *DTP-Survival Kit*, das ebenfalls im *Midas Verlag* erschienen ist.

Motherboard. Ein gar lieblicher Name für ein gutes Pfund Elektronik, auch Logic-Board oder Hauptplatine genannt. Motherboard klingt jedoch so viel erdiger und näher am Herzen. Das Motherboard *ist* der Computer. Es ist das Board oder das Stück Fiberglas, das die wichtigsten Chips enthält, die den Computer zum Laufen bringen, darunter auch *RAM*, *ROM* und die *CPU* (Central Processing Unit).

Multimedia. Das Lieblings-Schlagwort in aller Munde – herrlich, weil keiner so genau weiß, was damit gemeint ist: einst für Präsentationen mit Ton und Filmchen verwendet, später für alles eingesetzt, was am Computer aus Sound, Video, Grafik und Text erstellt wurde, wird dieses Chamäleon von einem Wort heute in einem Atemzug mit dem anderen Superwort der Informationsgesellschaft genannt, mit *Internet*. Leider ist trotz aller Wandlungen immer noch nicht so recht klar, was Multimedia ist und was nicht. Nur daß es mit Medien wie Sound, Video, Grafik und Text möglicherweise in oder aus dem Internet zu tun hat – aber das sagten wir schon.

Netzwerk/Network. Wenn Sie Computer verbinden, sei es direkt mit Kabeln oder mittels *Modems* über Telefonleitungen, bilden diese einen Verbund, einen Netzwerk. Benutzer in einem Netzwerk können Daten austauschen, *E-Mail* verschicken und empfangen oder gemeinsam einen oder mehrere Drucker verwenden etc.

NuBus. Siehe *Bus*

OCR steht für Optical Character Recognition. Es handelt sich um Software, die in der Lage ist, Text auf einer gedruckten Seite unter Zuhilfenahme eines Scanners einzulesen und den Computer dazu zu bringen, nicht bloß die Seite als Bild, sondern die Zeichen als einzelne Buchstaben zu entziffern. Das heißt, daß Sie alle maschinengeschriebenen Briefe der letzten zehn Jahre einscannen und dem Computer so unterjubeln können, ohne auch nur ein Wort zu tippen. Ein Muß für alle, die maschinengeschriebene Manuskripte von Papier in den Computer befördern wollen.

Online-Hilfe. Eine Online-Hilfe ist ein Dokument, das bei den meisten Programmen mitgeliefert wird. Sie erhalten damit Informationen über das Programm oder über dessen Arbeitsweise, ohne daß Sie sich stundenlang durch ein Handbuch quälen müssen. Online-Hilfen sind gewissermaßen ein Handbuch auf dem Bildschirm. Normalerweise sind sie aber recht dürftig, obwohl sie dennoch von Nutzen sein können. Ab System 7 gibt es eine ganz spezielle Online-Hilfe in Form von Sprechblasen.

Online. Wenn Sie mit einem Computer zu einem anderen Computer «sprechen» oder einen Informationsservice benutzen (siehe *Internet* oder *Modem*), dann sind Sie Online.

Optical Disk. Unter dieser Bezeichnung versteht man je nach Veranlagung entweder optische *Massenspeicher* oder die Geräte, die sie abspielen. Optisch bedeutet, daß der Träger der Information mit einem Laser gelesen wird (zum Beispiel eine *CD-ROM*). Es gibt aber auch magneto-optische Massenspeicher, die man bis zu einer Million mal beschreiben und wieder löschen kann, während eine CD-ROM nur ein einzigesmal beschrieben werden kann. Eine Optical Disk kann normalerweise wie ein Diskettenlaufwerk den Massenspeicher auswerfen, um einen anderen aufzunehmen.

Outline-Font. Fonts tauchen normalerweise in einer dieser drei Varianten auf: als *Bitmap*, Outline oder TrueType. TrueTypes werden auf Seite 140 diskutiert, so daß wir sie hier getrost ignorieren können. Bitmap-Fonts werden für die Darstellung auf dem Bildschirm benötigt und sind in einer Matrix von 72 *dpi* aufgelöst. Für sich allein enttäuschen Bitmap-Fonts sowohl auf dem Monitor als auch auf dem Drucker mit einer miserablen, ausgefransten Qualität. Die zugehörigen Outline-Fonts (auch Printer-Fonts oder Druckerschriften genannt) müssen her, um die benötigte Qualität zu erbringen. Der Printer-Font enthält die mathematische Definition der Schrift, abgelegt als *PostScript-Code*. Er enthält alle Daten, die auf einem PostScript-Drucker für eine makellose Darstellung nötig sind, unabhängig davon, wie verhutzelt die Schrift auf dem Bildschirm aussehen mag. Wird zusammen mit den Outline-Fonts der *Adobe Type Manager* verwendet, erscheint Schrift auf dem Monitor in einer Qualität, die über alle Zweifel erhaben ist.

Peripherie. Jede *Hardware*, die an einem Computer angeschlossen ist, wird als Peripherie-Gerät betrachtet. Dazu gehören: *Modems*, *Scanner*, *CD-ROM-Player*, Printer, externe Harddisks etc.

PICT. Ein Grafik-Format, das normalerweise für objektorientierte Grafiken aus einfacheren Programmen wie zum Beispiel MacDraw verwendet wird. Es benötigt nicht viel Speicherplatz, und die meisten Programme sind in der Lage, es zu lesen. PICT-Bilder können aber auch *Bitmap-Grafiken* enthalten. Das Format als solches ist allerdings relativ unflexibel in bezug auf die Weiterverarbeitung und wird von Grafik-Profis nur als Zwischenformat zum *EPS*- oder *TIFF*-Bild verwendet.

Pixel. Ein Pixel (Picture Element) ist der kleinste Punkt, den der Macintosh auf dem Bildschirm darstellen oder den der Drucker ausgeben kann. Auf einem Standard-Macintosh-Bildschirm beträgt die Abmessung eines Pixels 1/72 eines Inches. Sie erinnern sich? Die Auflösung eines Macintosh-Bildschirms beträgt 72 dpi oder *Dots per Inch*. Auf dem Apple LaserWriter ist jeder Pixel 1/300 eines Inches groß.

PowerPC. Alle aktuellen Rechner von Apple verwenden einen sogenannten PowerPC-Prozessor. Programme, die für PowerPCs geschrieben sind, laufen nicht mehr auf Macs mit den alten *68000-* bis *68040-*Prozessoren (zum Beispiel Quadra, LC oder Performa). Dagegen laufen die meisten Programme, die für 68K-Rechner geschrieben wurden, auf PowerPCs, wenn auch nicht so optimal. Derzeit aktuell sind PowerPC-Prozessoren mit der Bezeichnung G3 oder G4; sld Gebrauchtgeräte sind noch welche mit 601- bis 604-PowerPC-Prozessoren zu erhalten. Apple hat angekündigt, bei neuen Betriebssystemversionen nur noch Rechner mit mindestens G3-Prozessoren zu unterstützen.

Power Book. So heißen die Laptops von Apple.

Port ist ein anderer Name für einen Anschluß. Auf der Rückseite des Macintosh befinden sich verschiedene Ports für Modem, Drucker, Maus usw. Es braucht einigen Aufwand, um am Macintosh ein Gerät am falschen Platz anzuschließen – entweder in Form von roher Gewalt oder maßloser Ignoranz. Im Normalfall zeigen Symbole oberhalb des Ports und auf dem Kabel, was wo wie hingehört.

PostScript ist eine Seitenbeschreibungssprache, die von Adobe Systems entwickelt wurde und unterdessen zum inoffiziellen Industrie-Standard geworden ist. Es handelt sich um eine Sprache, die von allen PostScript-kompatiblen Printern gelesen werden kann. PostScript sorgt dafür, daß mathematisch definierte Grafiken und Schriften in jeder beliebigen Auflösung gedruckt werden können (das heißt, entsprechend der höchsten Auflösung des jeweiligen Ausgabegerätes).

PostScript-Drucker sind folgerichtig Drucker, die PostScript zum Ausdruck ihrer Dateien verwenden. PostScript-Drucker können allerdings auch PICTs und Bitmaps ausdrucken, allerdings läßt die Qualität manchmal zu wünschen übrig.

Power User. Wenn Sie erst einmal damit anfangen, Tastaturbefehle zu benutzen, einige *INITs* und *CDEVs* zu installieren, ein oder zwei *Makros* zu kreieren und mit Fachbegriffen um sich zu werfen, so werden Sie von Personen, die weniger verstehen als Sie, schon bald als Power User bezeichnet. Verwenden Sie die Worte *SIMM*, *Motherboard*, *CPU*, *ftp*, *http*, *HTML* bei jeder sich bietenden Gelegenheit, und Sie werden den nötigen Respekt erheischen. (Ganz unter uns: Das ist der eigentliche Sinn dieses Glossars!)

Public Domain sind Softwarepakete, die von freundlichen Zeitgenossen in einem Akt der Nächstenliebe an die restliche Welt weitergegeben werden, ohne daß daraus für den Anwender Verbindlichkeiten entstehen. PD-*Software* darf frei kopiert und ohne Einschränkungen verwendet werden. Allerdings bleibt das Copyright beim Programmierer. Sie dürfen solche Produkte nicht kommerzialisieren oder umschreiben und verkaufen. Siehe auch *Freeware* und *Shareware*.

Punkt ist die übliche Maßeinheit, die Schriftsetzer und Desktop Publisher verwenden, um die Größe von Schrift und Zeilenabstand zu messen. Ein Punkt entspricht 0,376 mm. Die speziellen Meßinstrumente, die dazu nötig sind, nennt man Typometer, obwohl Meter so ziemlich die letzte Maßeinheit ist, die in der grafischen Branche verwendet wird – von der Seemeile einmal abgesehen.

QuickDraw ist ein Computer-Code (oder eine Routine), der im *ROM* (Read-Only Memory) des Macintosh lebt und der gebraucht wird, um Grafiken auf dem Bildschirm in der Macintosh-typischen Schnelligkeit aufzubauen.

QuickDraw-Drucker. Ein QuickDraw-Drucker ist in der Apple-Welt normalerweise jeder Drucker, der kein *PostScript* versteht. In diesem Fall übernimmt QuickDraw nicht nur den Bildschirm-, sondern auch den Seitenaufbau. Der *Adobe TypeManager (ATM)* bringt PostScript auf einem QuickDraw-Drucker in der bestmöglichen Qualität.

QuickTime ist so etwas wie die eierlegende Wollmilchsau der digitalen Medien. Im Originalton von Apple klingt das so: «QuickTime ist der plattformübergreifende Industriestandard von Apple für Multimedia-Software. Er wird von Software-, Hardware- und Multimedia-Entwicklern verwendet, um synchronisierte Grafik-, Ton-, Video-, Musik-, Virtual-Reality- und 3D-Medien zu erstellen und zu veröffentlichen.» Inzwischen ist es schon fast einfacher zu sagen, was QuickTime nicht ist oder kann. Auf jeden Fall ist es Bestandteil des Mac OS.

Wirklich wichtig dagegen ist der Unterschied zwischen QuickTime 3 und 4. Sie sollten sich auf jeden Fall QuickTime 4 besorgen (kostenlos im Internet auf den Apple-Webseiten), denn erst diese Version beherrscht das sogenannte «Media Streaming», das die Voraussetzung für «Internet-TV» darstellt und mit dem Sie – wie der Name schon sagt – über das Internet Fernsehen können. Weltweit!

RAM. Einer der Ausdrücke, die Sie immer und überall hören werden. Siehe *Speicher*

Read me! Sie werden nicht selten ein *Read me!*-File auf einer Programm-Diskette erhalten, wenn Sie ein neues Software-Paket kaufen. Es empfiehlt sich immer, diese Datei zu lesen, weil darin eventuell Informationen enthalten sind, die erst nach dem Druck des Handbuchs bekannt wurden. Andere Bezeichnungen sind *Lies mich!* oder *Bitte lesen!*

Read-Only. Wenn ein Dokument oder eine Diskette als *Read-Only* bezeichnet ist, so heißt das, daß Sie das Dokument oder die Diskette nur laden und ausdrucken, aber nicht ändern können, da das entsprechende Medium schreibgeschützt ist.

Resolution. Die Resolution (oder Auflösung) eines Bildschirms oder Druckers wird gemessen in *Dots per Inch (dpi)*. Je größer die Anzahl dpi, desto höher die Auflösung und desto feiner werden Grafiken und Texte ausgegeben. Der Standard-Macintosh-Bildschirm arbeitet mit einer Auflösung von 72 dpi, der Apple LaserWriter mit 600 dpi.

ROM. Die Initialen ROM stehen für Read-Only Memory. Die ROMs sind einer der wichtigsten Bestandteile eines Computers und enthalten spezifische Informationen über die grundlegende Arbeitsweise. So bekommt beim Einschalten des Computers die Festplatte von den ROMs den Startschuß und wird aufgefordert, das Betriebssystem zu laden. Weitere Inhalte: Definitionen über den Fensteraufbau, über Netzwerkfunktionen und vieles andere mehr.

RTF steht für *Rich Text Format*, ein anderes Dokument-Format, in dem Sie Text speichern können. Es enthält mehr Formatierungshinweise als zum Besipiel ein *ASCII*-File.

Scan, Scanner. Ein Scanner ist ein Stück *Hardware*, das Bilder einlesen (einscannen) und anschließend auf den Bildschirm bringen kann. Es funktioniert eigentlich wie ein Fotokopierer, mit dem Bildschirm als Ausgabemedium anstelle von Papier. Mit Video-Scannern lassen sich direkt Live-Aufnahmen in spezielle Programme einbinden. Wenn Sie Bilder einscannen, bietet Ihnen die Scannersoftware üblicherweise verschiedene Optionen für die Bildformate. Sollten Sie keine klare Vorstellung über die Weiterverarbeitung haben, speichern Sie Scannerbilder immer als *TIFF*-Bilder ab. Damit kommen die meisten Grafik- und Layoutprogramme zurecht.

SCSI steht für *S*mall *C*omputer *I*nterface und wird – typisch amerikanisch – als Kunstwort *Scuzzi* (sprich: Skassi) ausgesprochen. SCSI ist die Bezeichnung für ein Verbindungssystem, ein Interface, das Computern und deren Peripheriegeräten erlaubt, Informationen auszutauschen. Meistens wird SCSI bei Geräten verwendet, die eine große Menge Daten zu verwalten haben (*Scanner*, Festplatten etc.) Die breiten SCSI-Kabel mit den kleinen Steckern (normalerweise 50 oder 25 Pins) werden in den SCSI-Port auf der Rückseite des Macintosh gesteckt. Inzwischen wird SCSI jedoch von *FireWire* und teilweise *USB* abgelöst.

Server. Siehe *File Server*

Shareware ist genau wie *Public Domain* Software, die frei verteilt werden darf, ohne Einschränkungen. Im Gegensatz zu Public-Domain-Programmen sind Sie allerdings verpflichtet, für die Software zu bezahlen, wenn Sie regelmäßig damit arbeiten. Shareware ist normalerweise sehr günstig ($ 5 bis $ 30) und gestattet Ihnen ausdrücklich, ein Programm für eine gewisse Zeit auszuprobieren und bei Nichtbedarf oder Nichtgefallen zurückzugeben – sprich, Sie müssen die Katze nicht im Sack kaufen. Sie sollten sich deshalb wirklich die Mühe machen, diese Gebühr zu bezahlen, um die Programmierer dazu zu ermutigen, weiterhin nützliche Programme auf den Markt zu werfen.

Sicherungskopien. Da der Inhalt des RAM beim Ausschalten verloren geht, müssen Sie Ihre Daten regelmäßig auf die *Festplatte* sichern. Dummerweise gibt es keine Garantie dafür, daß die dort sicher sind, denn auch eine Festplatte kann das zeitliche segnen. Aus diesem Grund sollten Sie Ihre wichtigen Daten regelmäßig auf Disketten oder Wechselmedien sichern, für den Fall, daß der Festplatte etwas passiert oder falls Sie eine Datei versehentlich löschen.

Speicher (Power User sagen natürlich Memory) bezieht sich normalerweise auf das *RAM*, was wiederum für Random Access Memory steht. Das RAM ist temporärer, flüchtiger Speicherplatz, im Gegensatz zum permanenten Speicherplatz, den Sie auf einer Diskette haben. Sie sollten dazu das Kap. «Wichtige Informationen» ab Seite 245 lesen, um einen guten Einblick in dieses sehr wichtige Thema zu erhalten.

Startup Volume (Startlaufwerk). Einige Leute haben mehr als eine Harddisk an ihrem Computer angeschlossen. Manchmal hat mehr als eine dieser Harddisks einen Systemordner, was legitim ist (andererseits darf jede Harddisk nur einen Systemordner enthalten). Die Harddisk, die für den aktuellen Betrieb der Maschine sorgt, ist das *Startlaufwerk.* Sein Icon wird immer in der rechten oberen Ecke des Bildschirms erscheinen.

Suitcase. Der Begriff Suitcase wird oft verwechselt, weil sich zwei wichtige, relativ nah verwandte Objekte darauf beziehen: Suitcase-Icons und das Schriftenverwaltungsprogramm namens *Suitcase*. **Suitcase-Icons** (Koffer) stehen für Bildschirmschriften, Töne oder Tastaturbelegungen. Ab Mac OS 8.x können Sie diese Köfferchen doppelklicken. Es öffnet sich ein Fenster mit einem Dokument für jede Fontgröße.

Das Programm mit Namen *Suitcase* dagegen hilft Ihnen, effizienter mit einer größeren Zahl von Schriften zu arbeiten. Daneben löst es auch Schriftkonflikte oder Identitätskrisen, die vorkommen können, wenn viele Schriften zusammentreffen. Falls Sie ein Schriften-Freak sind (das heißt, wenn Sie Schriften mögen und sammeln), dann werden Sie nicht umhin kommen, Ihre Fonts mit einem Programm wie Suitcase, SuperATM, Font Reserve oder Master Juggler zu verwalten.

System. Zu diesem Begriff gibt es zwei unterschiedliche Bedeutungen. Einerseits ist damit der System-Koffer gemeint, den Sie im *Systemordner* auf Ihrer *Harddisk* finden. Dieser Koffer ist das *Betriebssystem* des Macintosh, das alles, was der Computer tun kann, hinter Ihrem Rücken steuert. Andererseits kann man unter «System» auch «Computersystem» verstehen. Eine Zentraleinheit eines bestimmten Typs mit Zubehör nennt man ebenfalls ein System.

Systemordner. Der wichtigste Ordner auf Ihrer *Festplatte*. Darin befindet sich nicht nur das *Betriebssystem*, sondern auch die *Benutzeroberfläche*, der *Finder*. Außerdem wären da noch verschiedene Schriften und *Treiber* zu erwähnen, die es dem Macintosh erlauben, *Peripheriegeräte* anzusteuern.

Tabellenkalkulation (Spreadsheet). Eine Tabellenkalkulation ist dazu da, Tabellen und Listen von Zahlen und Begriffen zu erstellen, die Sie manipulieren können; ein Spreadsheet wird generell für Zahlenschieberei verwendet. In einem Koordinatennetz von Zehntausenden von Tabellenzellen können Sie beliebig Text, Zahlen und Formeln eingeben und untereinander in Beziehung setzen. Wenn sich ein Faktor ändert, werden auch alle anderen Positionen, die damit in einen Bezug gesetzt worden sind, verändert. Sie können damit Ihr Budget verwalten, Rechnungen für Ihr Unternehmen erstellen, Ihre Mietzahlungen auflisten und so weiter. Die Einsatzgebiete sind grenzenlos.

Text-Only. Eine formatierte Text-Datei (also mit Tabulatoren, Auszeichnungen wie fett und kursiv usw.), verliert sämtliche Formatierungen als Text-Only-Datei. Auf der anderen Seite können solche Dateien von den allermeisten Programmen und Computertypen gelesen werden. Sie besitzen keine Formatierungen wie Schriftgröße, Stil, Spalten. Text-Only ist das Synonym zu *ASCII*.

TIFF steht für *Tagged Image File Format*. Es ist das Format zum Speichern von Bildern, die z.B. mit einem *Scanner* eingelesen worden sind. TIFF-Dateien basieren immer auf *Bitmaps*, aber diese Bitmap-Auflösung kann sehr hoch sein, je nach verwendetem Programm oder Scanner. TIFFs können schwarzweiße Strichzeichnungen, Graustufen-Bilder oder Fotografien mit bis zu 16,8 Millionen Farbtönen repräsentieren.

Treiber (Driver). Ein Treiber ist ein Stück *Software*, das dem Macintosh sagt, wie er mit einer anderen *Hardware* kommunizieren oder diese ansteuern soll. Meistens handelt es sich um einen Drucker, einen *Scanner* oder eine Festplatte. Ihr Systemordner enthält wahrscheinlich mindestens einen Drucker-Treiber. Wenn dies nicht der Fall ist, so können Sie nicht ausdrucken.

Type-1-Font. Es gibt zwei spezielle Schrift-Formate bei *PostScript-Schriften*, Type1 und Type 3 (es gibt kein Type 2-Format). Die Firma Adobe-Systems hatte einst ein Monopol für Type-1-Fonts; sie verwendeten eine wohlgehütete, verschlüsselte Formel, diese zu produzieren und wollten niemand anderen an diese Formel heranlassen. So eine Art Computer-Coca-Cola, wenn Sie wollen. Die Verschlüsselung war gut, aber nicht perfekt. Als ein paar Freaks hinter den Code kamen und dies auch lautstark verkündeten, erlag Adobe einem Anfall von Nächstenliebe, bekam Flügel und gab die Spezifikation frei. Das Besondere an Type-1-Fonts ist, daß sie bei niedrig auflösenden Druckern mit 300 dpi oder weniger eine optimierte Darstellung liefern, die von anderen Schriften nicht erreicht wird. Außerdem werden nur Type-1-Fonts von ATM unterstützt.

Type-3-Font sind die Schriften, die ohne die hauseigene Font-Technologie von Adobe-Systems erstellt worden sind. Nach der Freigabe der Formel für Type-Schriften sind sie verschwunden.

Upgrade. Wenn ein Computer-Hersteller seine *Software* oder *Hardware* verbessert, so wird diese Verbesserung Upgrade genannt. Die Upgrades werden unterschieden durch die Versions-Nummern; so ist zum Beispiel PageMaker 6 das sechste wichtige Upgrade seit der Erfindung dieses Programms. Kleinere Upgrades werden im allgemeinen mit Ziffern hinter dem Punkt angegeben, so zum Beispiel PageMaker 6.5. Wenn Sie ein registrierter Benutzer der Software sind, so können Sie einen Upgrade im allgemeinen zu einem stark reduzierten Preis beziehen, manchmal erhalten Sie sogar einen Gratis-Upgrade. Wenn Ihre Hardware einen Upgrade erfährt, so heißt dies, daß Sie einzelne Teile auswechseln müssen.

USB steht für *Universal Serial Bus* und ist der Nachfolger des seriellen Busses für Modem und Drucker und des *ADB* für Maus, Tastatur und andere Eingabegeräte. Alle neueren Macintosh-Modelle verwenden diesen Bus.

Utility. Ein Utility ist ein Programm (normalerweise ein sehr kleines Programm), das eine ganz spezielle Funktion ausübt. Utilities erstellen keine Dokumente; sie sorgen allein dafür, daß bestimmte Abläufe besser vonstatten gehen oder Ihnen, beziehungsweise Ihrem Computer, zu mehr Bequemlichkeit verhelfen. *Adobe Type Manager (ATM)* ist ein typisches Beispiel.

Videokarte. Eine Videokarte ist die Karte (das Stück Plastik mit *Chips* darauf}, die die Darstellung auf Ihrem Bildschirm kontrolliert. Sie können verschiedene Videokarten für verschiedene Monitore einbauen, die dem Monitor jeweils die Darstellung von verschiedenen Graustufen oder Farben ermöglichen.

WYSIWYG steht für *What You See Is What You Get*, was heißen soll, daß das, was Sie auf Ihrem Bildschirm sehen, auch tatsächlich so auf Papier ausgedruckt werden kann. Wenn Sie noch nicht lange am Macintosh arbeiten und nie irgendeinen anderen Computer benutzt haben, wundern Sie sich vielleicht, was daran so besonders sein soll – schließlich kann man so etwas von einem aufgeschlossenen Computer ja erwarten. In Tat und Wahrheit ist das aber genau die ganz große Stärke des Macintosh, um die uns viele PC-User beneiden.

Der Index

J

K

L

M

T